# 扁鹊传

孙启玉 著

山东友谊出版社
Shandong Friendship Publishing House

**图书在版编目(CIP)数据**

扁鹊传 / 孙启玉著. -- 济南：山东友谊出版社，
2024.5

ISBN 978-7-5516-2977-5

Ⅰ.①扁…Ⅱ.①孙…Ⅲ.①长篇小说–中国–当代
Ⅳ.①I247.5

中国国家版本馆 CIP 数据核字(2024)第 100891 号

# 扁鹊传

BIANQUE ZHUAN

责任编辑：于康康
装帧设计：绿风文化

主管单位：山东出版传媒股份有限公司
出版发行：山东友谊出版社
　　　　　地址：济南市英雄山路 189 号　邮政编码：250002
　　　　　电话：出版管理部（0531）82098756
　　　　　　　　发行综合部（0531）82705187
　　　　　网址：www.sdyouyi.com.cn
印　　刷：淄博汇丰印刷有限公司

开本：710mm×1000mm　1/16
印张：23.75　　　　　　字数：380 千字
版次：2024 年 5 月第 1 版　印次：2024 年 5 月第 1 次印刷
定价：96.00 元

# 药圃无凡草 (代序)

曹庆文

几年前，听到业内人士说，孙启玉先生正在写长篇小说《扁鹊传》。当时听了之后，我并没有往心里去。因为我知道写小说很难，而写历史小说更难，更何况是写关于扁鹊的历史小说！历史上最早记载扁鹊故事的是司马迁的《史记》，里面有一篇《扁鹊仓公列传》，文章中一共记载了6个关于扁鹊的故事，满打满算不足两千字。要把这6个故事演绎成一部长篇小说，则是难上加难了。

我之所以认为历史小说难写，是因为自己深有体会。这并不是说我写过历史小说，只是我曾经喜欢读历史小说。记得许多年前，我看到了著名作家姚雪垠先生写的长篇历史小说《李自成》。我敢说，那是我看过的最好的历史小说。300多万字，我不到两个月就看完了。后来，我从铺天盖地的好评中得知，作者从1957年就开始写第一卷，到1999年才出版最后一卷。也就是说，《李自成》这部历史题材的长篇小说，作者整整写了42年。有谁知道，在这42年间作者经历了多少苦难和曲折？42年的酸甜苦辣，42年的艰难困苦，又有谁能坚持，谁能体会呢？最不解的是，过了不长时间，媒体又对这部小说进行出于各种原因的批评。有的批评还算理性，有的则近乎全盘否定。当时，尽管我不懂文学创作，但是我觉得写历史小说太难了！

所以，当我第一次听到孙启玉先生写长篇历史小说《扁鹊传》的时候，我第一反应就是坚决不信！我想，像他那样能把企业做到极致的聪明人，怎么会穿着好鞋去踩这种烂泥窝呢？他这种见多识广的人，怎么会去干这种费力不讨好的事呢？但是，随着对我说此事的人越来越多，我也就半信半疑了。随着时间的推移，基于对孙启玉先生能力的信任，我不由对他创作《扁鹊传》有了些许期待，如果有一段时间听不到这方面的消息，反而觉得不正常了。

大大出乎我意料的是，两年之后，孙启玉先生竟然带着30多万字的长篇小说《扁鹊传》的打印稿，登门让我为这本书写序言。我在受宠若惊的同时，不由得对他产生了一丝敬意。孙启玉先生回去之后，我如饥似渴地读起来。30多万字的稿件，我仔仔细细读了三天。第一天，我是带着一种猎奇搜怪的心理去阅读的。所谓猎奇搜怪，就是想看看他写了些什么稀奇古怪的内容。第二天，我是带着一种抉瑕摘衅的眼光看的。所谓抉瑕摘衅，就是想以我的业务知识为尺子，对他的书稿加以衡量，从中找出些毛病来。第三天，我是带着一种把玩欣赏的态度读的。所谓把玩欣赏，是因为我被孙启玉先生描写的扁鹊的离奇故事和高尚品德征服了，从而沉浸在一种特定的境界里。总之，读完之后，我对孙启玉先生产生了钦佩之感，他无愧于中华中医药学会中医药文化分会副会长的头衔。他对中医药文化的研究，尤其是对扁鹊文化的研究，达到了常人难以企及的高度。因为他通过对关于扁鹊的大量历史资料的研究，不仅准确把握住了人物及故事的骨架，还将自己的理解和认知渗透到故事的血肉中，从而向我们展现了一个有高度、接地气的生活在人间烟火中的扁鹊形象。

读完之后，我有如下体会：

首先，作者以科学的态度，非常巧妙地处理好了史学与文学的关系。作者运用其把握大局的能力，硬是用司马迁《史记·扁鹊仓公列传》里仅有的6个故事，搭建了这部小说的全部框架。同时，这部小说里描绘的有名有姓的人物达40余人，其中20余人都可以在历史典籍中查到出处。这样，在史学家看来，这部小说在结构叙述故事方面是完全尊重历史事实的，在塑造描写人物方面也是可以进行历史溯源的。在文学家看来，这部小说在结构故事方面，有缘起，有过渡，有高潮，是一部非常吸引人的作品；在人物描写方面，既有职业特点又有性格特点，更有人物的共性和个性，也是非常贴近色彩斑斓的现实世界的，无疑也是非常成功的。

其次，作者在次要情节的设置和次要人物的描写中，也严格遵循历史规律，准确还原了人们心目中的历史场景，自觉处理好史学研究和文学描写的关系，把每个历史人物都放进应有的历史场景里，用还原历史真实的手法去虚构历史故事，从而让读者觉得次要情节也真实可信，次要人物也符合历史场景。按说，创作演绎类作品，思维可以天马行空，情节可以虚实结合，人物可以亦真亦假，一切都可以挥洒自如。但是，一贯以严谨缜密著称的孙启玉先生，在此却更加精益求精和专心致志。他在小说中虚构的各种故事，乍一看是独立的，但是追根求源，都可以从《史记》的6个故事中寻到蛛丝马迹；他虚设的各种人物关系，乍一看都是错综复杂的，但是追本溯源又都能从扁鹊的职业和追求中探出雪泥鸿爪。由此可以看出，作者具备驾驭鸿篇巨制的能力。

当然，作者作为中华中医药学会中医药文化分会副会长，对中医药文化的研究是有目共睹的。同时，作为世界中医药学会联合会中药煮散研究专业委员会会长，其对中医药的专业知识和相关研究，也在这部长篇小说中时有体现。说实话，创作这种小说，从专业知识角度是很难把握的。如果写得专业性太强了，那将会使作品完全失去文学的魅力；如果只注重其文学性，则又会因为专业性不足而受到专业人士的诟病。把握一个恰当的"度"，使其能兼顾专业性和文学性，是此类作品创作中最大的难点。作者在处理这方面的关系时，巧妙地以讲故事为主，从故事中透出专业知识，用人生的悲欢离合去统领治病求医的线索，然后又将这些线索还原于感人至深的故事之中，让读者从人物的命运中去感受专业知识，使读者在文学欣赏过程中自然而然地接受中医药知识。这里，正是作者的过人之处。

终于写好这篇序言了，用什么题目呢？当我看到作者用"松窗有秘方"作为后记的题目时，我突然想到，这不是一副流传已久的关于中医药的对联吗？其上联是"药圃无凡草"，这不正是序言的题目吗？"药圃无凡草，松窗有秘方"这副对联说明，活跃在中医药界的以救死扶伤为业的人们，也都是些学有所成的不凡之人。孙启玉先生能创作出30余万言的《扁鹊传》，不就是一个有力的证明吗？

当然，凡事都有两个方面，《扁鹊传》也不可能是完美之作。至于这本书的不足之处，当由读者评判了。

2023 年 9 月 18 日

（序者为淄博市原文化广电新闻出版局党委书记、局长，山东理工大学文学与新闻传播学院客座教授）

# 目 录

# 人 物 表

（以出场先后为序）

秦齐夫：扁鹊的父亲，乡村郎中。

姜太公：周代齐国始祖。姜姓，字尚父，一说字子牙。曾被封于吕地，故又称吕尚。民间传有钓于渭滨为周文王所罗致之说，有"太公"之称，俗称"姜太公"。

齐景公：姜姓，吕氏，名杵臼，春秋时齐国君主，在位58年。

长桑君：扁鹊的师父。

秦越芟（shān）：扁鹊的大哥，善治各类未病之病。

秦越洸（shuǐ）：扁鹊的二哥，善治各类初起之病。

扁鹊：姓秦，名越人，战国时医学家，有丰富的医疗实践经验，反对巫术治病。他总结发明切脉术及望闻问切四诊法，发明并使用针灸砭石等，被称为中医之祖。

秦淄阳：扁鹊父亲的乡亲和好友，任都城临淄高阳新舍的舍长。

静姝：扁鹊的妻子。

项阳：齐国名噪一时的蹴鞠健将。

孟聰：高阳新舍护院，大力士孟贲的父亲。

子阳：扁鹊的徒弟，擅长熨灸之术。

子豹：扁鹊的徒弟，擅长开方。

子越：扁鹊的徒弟，精通医术，擅长驾车。

子容：原名燕效祖，原为燕国的艺人，后成为扁鹊的徒弟。

子仪：原名孙懿轩，砭石制作者，后拜扁鹊为师，擅长用砭石治病。

子游：扁鹊的徒弟，擅长熬药制丹。

马闾长：赵国邯郸城里的闾长。

齐桓公（田午）：前400年～前357年，"田氏代齐"后的第三位国君。曾创建稷下学宫，聚徒讲学，著书立说，创"百家争鸣"的局面。

翟二豹：齐国天岭东边十几里处的恶霸。

毕思修：翟二豹的家丁，后成为扁鹊的朋友。曾烧过陶器，养牛贩牛为业。

苏衍：魏国宫中的武士，魏文侯近臣。

魏文侯：？～前396年，名斯，魏国的建立者。公元前445年～前396年在位。

洛离：治病的巫师。

西门豹：邺县县令。

太子：虢国太子。因为扁鹊为其治愈疾病而放弃君位，后拜扁鹊为师，精研岐黄之术。

中庶子：虢国国君的近臣。

老客：扁鹊的病人。

赵简子：名赵鞅，晋国卿相，晋昭公时专权。

董安于：赵简子家臣。

西门鬼哭：秦国匪首，秦武王宫中太医李醯的把兄弟。

玉生烟：西门鬼哭的喽啰。

孟贲：秦武王身边的武士，孟骢的儿子。

陈璋：齐国大将军，扁鹊同乡，曾统兵十万大败燕国。

姬须：孟贲的随从。

李醯：秦国的太医，阴险狡诈，杀害扁鹊的人。

秦武王：前329年～前307年，嬴姓，赵氏，名荡。重武好战，喜好跟人比武角力，身边聚集着大力士任鄙、孟贲、乌获等。后因举鼎比赛受伤，不治而亡。

# 第一章　齐都西北角的蹊跷事

风，总是起于青蘋之末。

约公元前 407 年，农历的四月二十八日，是一个平常得不能再平常的日子。可是，就在这天，在齐国都城临淄西北十余里处的郑阳邑，发生了一件蹊跷事。

这天早上，东方的缕缕彩云刚刚洒进淄河，郑阳邑的秦齐夫便匆匆地背上篾筐，迎着宜人的凉风，向临淄城南的牛山走去。

秦齐夫是村里的郎中，乡亲们有个头痛脑热的，都去找他治疗。他为人谦和，医道高明，虽然不是妙手回春，但也有许多药到病除的例子。而且，不论钱多钱少，甚至有些病人不交钱，他也总是一副无所谓的样子。所以，他在村里人缘不错。

走到牛山之后，太阳已经挂在了东南边的天上。他擦了一把汗，又往上背了背篾筐，沿着弯曲的山路向山上走去。牛山是一座从平原上凸起的小山，在周围一片平原的衬托下，更给人一种突兀的感觉。因为山上的土层深厚，又有东边的淄河、西边的系水河滋润，所以这里草木茂密，枝叶葳蕤。山里那黑黝黝的气氛，更给人一种神秘的感觉。加上还有好几代齐国达官贵人的坟墓在此，所以，让人在幽静中觉出一丝丝神圣。

牛山周围，流传着一个神秘而美丽的传说。话说周武王灭商朝之后，姜太公被封于齐地的临淄。当时，势力强大的胶东半岛土著部落——莱夷，一直想占有这个民风淳朴、物阜民丰的地方，据说莱夷的队伍已经跃跃欲试了。为了能赶在莱夷之前控制临淄，姜太公带领人马星夜兼程，快马加鞭。由于是夜行军和急行军，加上天黑路不熟，姜太公的队伍走着走着便迷了路。正在大军一筹莫展之际，奇迹出现了。在朦胧的月光下，可以隐隐约约看到远处走来一头牛，并自告奋勇要为姜太公他们带路。姜太公大

001

喜过望，率兵马跟随神牛一路狂奔。他们跟着这头神牛走啊走，接近天明的时候，来到了淄河边上，这里就是临淄城了。城池因为面向淄河而建，所以名临淄。当满怀欣喜的姜太公回头感谢神牛的时候，那助人为乐的神牛却突然消失了，瞬间变成了一座巍峨秀丽的孤山。姜太公为了感谢这头神牛，便把这座山命名为牛山。

俗话说，一方水土养一方人。牛山虽小，却长满了丹参、益母草、白芷、艾叶、青蒿、桑叶等各种草药。秦齐夫为乡亲们治病疗伤的草药，大都是从这里采的。由于山小，秦齐夫边走边采边挖，不一会儿就到了山顶。当他拨拉开一团黄栌，把手伸进草里去抓一棵益母草的时候，眼前的景象让他大吃一惊，地上竟然盘着一条金黄色的蛇！

只见那条蛇通体金色，盘在那里，就像一堆金子落在草丛里。那条金蛇高昂着头，张着红红的嘴巴，两只炯炯有神的眼睛望着天空，根本不理秦齐夫。秦齐夫看见金蛇的下面，是一片将要开花的丹参。为了获取这些药材，秦齐夫用随身携带的拐杖挑起金蛇，使劲向远处甩去。眼看着金蛇落在了远处的草木丛里，秦齐夫刚要弯腰，只听见啪嗒一声，那条金蛇又从空中盘旋着飞了回来。秦齐夫惊异万分地自语道：

"难道有神仙不成？"

于是，他放下肩上的篾筐，又挑起金蛇甩了出去。这次，他两眼紧紧盯住了金蛇落地的地方。让他更惊诧的事情出现了：那条金蛇从草木丛里飞起来，带着嗖嗖的声响，又飞到了他脚下。这一下，秦齐夫既惊骇又生气。他又一次用拐杖挑起金蛇，向远处甩去。这次，他等了好长时间，金蛇都没有飞回来，他反而觉得不安了。于是，他拨开草木，向金蛇所在的方向走去。走到金蛇落地的地方，他却什么也没看到。正在疑惑的时候，忽然听到后边有动静，他猛地一回头，眼前的景象让他三魂丢了两魂半！

一个人近乎赤身裸体地躺在那里！手里还攥着那条疯狂扭动的金蛇！

秦齐夫吓了一跳，赶紧往后退，一丛酸枣棵挂住了他的袍子，哧啦一声，袍子被扯下长长的一条。他使劲拽了好几下，实在拽不动了，这才敢回过头，打量那个躺在地上的人。

只见那人披头散发，赤裸着上身，脚上连鞋子也没有。虽说发黑的手脚上布满了黑黑的老皮，但是，一张国字形的大脸却异常周正，而且皮肤白里透红。两只深潭般的大眼睛里，闪烁着令人难以捉摸的光芒。最让人感到可笑的是，此人的右耳垂下面，有一个栗子般大小的黑色肉瘤，当地人称之为"拴马桩"。

"你是谁？"秦齐夫战战兢兢地问道。

"我是我。"那个人从容不迫地回答。

"你怎么在这里？"

"我为啥不能在这里？"

"你在这里干啥？"

"我在吸收天地之阳气。"

"你……你……"见那人故意答非所问，被病人尊重习惯了的秦齐夫，气得结结巴巴说不出话来。他要表达的意思是：你这样衣冠不整地躺在这样的名山之上，不但污了大山的英名，而且有伤风化，这事可不是斯文人应该干的。

"蓝天就是我硕大无比的被子，大地就是我宽广无垠的褥子。我躺在这里，就是躺在我的被窝里。我在这里睡得好好的，你蛮不讲理地钻进我的被窝，惊扰了我的好梦，你目的何在？你怎么如此不懂礼貌？你不但不说声抱歉，难道还怨我无理不成？"

"你？你太不讲理了！"秦齐夫气愤道。

"你钻进我被窝就讲理了？""拴马桩"怼道。

"你知道这是什么地方？"

"你说呢？"

"这是姜太公封的神山！"

"还有呢？"

"还有啥？"

"我腚底下这里叫啥？"

"叫啥……"秦齐夫迟疑了。

"这里叫'景公流涕处'！"

"什么……处？"

"'景公流涕处'！大约100多年前，齐景公来牛山游猎，走到这里，望着北边的齐国都城临淄，看到都城内店铺鳞次栉比，人潮汹涌，禁不住想到了人生短暂，繁华易逝，自己的荣华富贵也如草尖晨露，无法永享，便坐在地上，悲伤地号啕大哭。"

"拴马桩"像给学子上课一样，仔仔细细地给秦齐夫讲了起来："随行的奸臣艾孔和梁丘据一见景公大哭，便不问缘由，也虚伪地跟着大哭起来，而且哭得比齐景公还恸。跟在后面的贤相晏婴对这两个奸臣的所作所为极为反感。他一伸手，把艾孔和梁丘据推到一边去，又伸手扶起了坐在地上的齐景公……"

"他这是要干啥？"秦齐夫问道。

"哈哈哈——他要给齐景公上一课呢！""拴马桩"一边说着，一边攥着那条金蛇坐了起来，"晏婴语重心长地告诉齐景公说，时间的流逝是挡不住的，孔子不也面对着流水喟叹过'逝者如斯夫'吗？人的生死交替是自然现象，我们大可不必为此悲喜。如若我们贤明的太公和桓公、勇武的灵公和庄公都长生不老的话，也就没有你景公来当齐国的国君了。所以，你应该打起精神来，珍惜现在的君位，继承和发扬先祖们为国为民的精神，在有生之年，多做一些富民强国的事情，实现自己生命的价值。听了晏婴这一番劝导，齐景公慢慢振作起来。他一共在位58年，虽说他很多时候也贪图享受，但是在晏婴等贤臣的襄助下，还是让齐国繁荣昌盛了一段时间。后来，人们便在他哭泣的地方，竖起了一块石头，上面写上了'景公流涕处'，以鞭策后人……"

顺着"拴马桩"的手指，秦齐夫果然看到了草丛里的那块刻字的石头。过去，他来牛山采药无数次了，因为两眼只盯着各种草药，从来没注意过那块石头。虽说被风雨侵蚀得有些斑驳，但是石头上面的字迹还是能看得清的。听到这里，他对"拴马桩"的反感似乎少了一些。两人沉默了一阵，秦齐夫觉得还是有些解不开的谜，便又问"拴马桩"道：

"你来牛山干啥来了？"

"我的身体是我自己的，它要到哪里去，关你啥事？你快采你的药去吧！别再'咸吃萝卜淡操心'了！我吃得比你滋润，喝得比你舒服，也没有像你这样闲操心！"

忽然，秦齐夫看见一株开着淡紫色花的大丹参。他急忙跑过去，掏出小铲子，仔仔细细地挖着。一会儿，一根红红的胖胖的丹参被挖了出来。他捧起丹参端详着，可是心里又想起了光着身子、坐在地上、黑手攥着金蛇的"拴马桩"。

"你平常住在哪里？也住这里吗？"

"你这人咋这么多事呢？我住在哪里和你采药有关系吗？如果你实在想知道，我告诉你也无妨。我住在临淄城里。从你家郑阳邑往南走再往东拐，过了系水河边的申池湖不远便是临淄城的西门——申门。进得申门便是东西中大街。街北是铸币坊，街南便是我住的地方——高阳新舍。听清了吗？知道了吗？还有啥要问的？"

秦齐夫听对方的口音，就知道他不是本地人。现在，又听到他住在都城里的高阳新舍，便更加断定他不是本地人了。乡村郎中那求真的本性，促使他又问了一句：

"敢问尊姓大名？"

事情到了这一步，"拴马桩"似乎有些急眼了。只见他从地上站起来，随手采了几根草蔓子扎住似乎要掉下来的裤，朝一棵黄栌踢了几脚，然后气急败坏地说：

"男子汉大丈夫'行不更名，坐不改姓'！本人就是临淄城里臭名昭著的长桑君！"

听到这句话，秦齐夫差点惊掉了下巴！作为乡村郎中，他经常走街串巷地为人诊病，也就听到许多八卦和传说。这几年，人们传说中出现频率比较高的，就有这个长桑君。听说他到都城临淄的高阳新舍住了不少日子了，该吃吃，该喝喝，就是不交钱，还怎么赶也赶不走，就像一贴狗皮膏药一样粘在了那里，简直就是个泼皮无赖。今天，自己终于见识了这个江湖传说中的怪人了，但是，他怎么知道我是都城外郑阳邑的人呢？他会算不成？秦齐夫刚要张口，长桑君一句更骇人的话又抛过来了，差点把秦齐夫砸了个大跟头！

"你别再啰唆了，快回家吧！你老婆要给你生个大胖小子了！"长桑君说着，又举起了手中的金蛇，大声道，"今天看见这条金蛇，也是你的福气！你老婆这次给你生的，也许是人中龙凤呢！快走快走，你快走吧！"

听到这句话，秦齐夫打了个愣怔：

"你是人，是神，还是鬼？"

秦齐夫一边瞪着惊恐的眼睛问，一边双腿哆嗦着往后退。一个荆条疙瘩把他绊了一下，他四仰八叉地躺在了草丛里，嘴巴里还嘟嘟囔囔地说着什么，而且浑身出冷汗，让他仿佛活在梦中一般。

"哈哈哈——"长桑君仰天大笑。他一边笑着，一边走过来，拉起了惊魂未定的秦齐夫，还用手拍打他身上的土和草屑。

"你咋知道的？"秦齐夫战战兢兢地继续问道。

"我上知天，下知地，中间知阴阳之气！这临淄城周围几十里的地方，哪有我不知道的事？你家女人已经怀孕整整 12 个月，也就是 365 天了。普通人是十月怀胎，一朝分娩，而你家的女人却怀胎 365 天，这不是很蹊跷的事吗？别问我怎么知道的，你快回家吧！也许，你家女人这次给你生的是个金贵的人物呢？要不，你今天能看到很少现身的金蛇吗？"

秦齐夫捡起篾筐背在肩上，把撒在地上的草药胡乱捡起来，随便往篾筐里一塞，来不及和长桑君告别，一路跟头趔趄地下山去了。

他边走边想，这个长桑君到底是个怪人还是个神仙？他咋知道这么多事呢？不错，自己打从娶柳娘为妻以来，先是生了两个儿子，让那些盼儿不得的伙伴们好一阵羡慕。谁知道此后老婆十几年怀不上了。没想到自己四十多岁了，老婆却又怀上了。眼看着肚子一天天大起来，一家人高兴得不得了。但是，孩子十个多月还没生下来，一家人的笑脸又变成了哭脸。咋回事儿呢？是不是鬼魅上身啊？是不是横生枝节？反正不是什么吉兆！一家人的心，随着时间的推移越提越高。时间一长，即使秦齐夫的人缘再好，外边也慢慢传起了流言蜚语：什么他祖上做了不善之事了，什么秦齐夫赚了昧心钱了，什么'善有善报，恶有恶报'了……弄得他一家人抬不起头来，他只好更加努力地为村人诊病疗疾，以换取人家的好感。

当秦齐夫赤足蹚过临淄城西的系水河的时候，他突然想起了和媳妇第一次见面的情景。那时候，临淄城西北方向有大片大片的桑树林。仲春时节，四野一片葱绿，忙着采桑的姑娘们点缀其中，简直就是一幅迷人的画卷。采药归来的青年秦齐夫，一眼就看上了后来成为他媳妇的采桑女柳娘。为了能吸引她的注意，他便放下篾筐对着她大声唱起了《国风·齐风·东方之日》：

"东方之日兮，

（东方的太阳红彤彤啊）

彼姝者子，

（那个美丽的大姑娘）

在我室兮。

（就在我家内房中）

在我室兮，

（就在我家内房中啊）

履我即兮。

（悄悄伴我情意浓啊）"

歌声传进桑田里，激起一阵阵银铃般的欢笑声。姑娘们叽叽喳喳咋呼开了：有的说唱得好听，有的说他是个大傻子，还有的说他不是个正经人。唯有他中意的那个叫柳娘的姑娘，不言不语地两腮发红，悄悄地从桑枝空隙里看着他。见到她这副娇羞的样子，秦齐夫认为他的歌声起了作用，所以又唱了起来：

"东方之月兮，

（东方的月亮明晃晃啊）

彼姝者子，

（那个美丽的大姑娘）

在我闼兮。

（就在我家内门房啊）

在我闼兮，

（就在我家内门房啊）

履我发兮。

（悄悄随我情意长啊）"

唱完之后，秦齐夫自己也觉得有些唐突，便背着盛草药的篾筐，一溜儿烟似的跑了。回家之后，他总觉得意犹未尽，便托他的师父撮合这门好事。他的师父是走街串巷的老郎中，借着行医的机会，终于打听到了那个姑娘，并为姑娘的父亲治好了在冰水里挖河渠时落下的老寒腿，姑娘也就自然而然地嫁给了秦齐夫。

想到这些，秦齐夫心里美滋滋的。可一想到老婆怀孕整整一年了还生不下来，他的心又提了起来。他刚开始还大步快走，走着走着就跑了起来，跑着跑着累得不行，又慢了下来，就这样跑跑停停地往家里赶。路上不知道情况的人看到他，还以为他是神经病呢！

终于看见郑阳邑了。

终于看见自家的胡同了。

远远看见自家房顶的烟囱了。不到晌午，烟囱咋冒着白烟呢？再走近了，看见几位街坊面色凝重地出出进进。家里出了啥事？难道真如长桑君所说，家里出了蹊跷事？他一头闯进家门，刚刚扔下肩上的箥筐，一声响亮的婴儿啼哭便传了过来。

"恭喜你啊老秦，你老婆又给你生了一个大胖小子！你太有福了，上辈子你是咋修的？庄上的人都眼红你了！"

一个端着一盆血水从屋里走出来的老婆子，一见到秦齐夫，就唠唠叨叨地说了这么多。秦齐夫挠着头皮，不知道该如何回答，只是无奈地、憨厚地嘿嘿笑起来。

对于几乎没有什么娱乐活动的村人来说，十里八村的蹊跷事就是他们最喜欢的话题。也就是从那天起，到秦齐夫家"求医问药"的人突然多了起来。而且来的人总是一个套路，那就是装着走错了房门，都先跑到柳娘坐月子的屋子里看一眼。他们都想亲眼看看，这个赖在娘肚子里 365 天的大胖小子，到底是不是三头六臂。看完之后，又连声啧啧着，也不看病了，径直走出秦家的大门。为了双方都不尴尬，来人临出大门的时候，还不忘留下一句"这孩子一脸福相，将来肯定是个人物"之类的话。

秦齐夫也是个知书达理要面子的人，所以，他对乡亲们这样的举动，自然也不好说什么。于是，他便在柳娘的屋门上，拴上一条醒目的红麻布，以示家里有忌讳，生人不要到那间屋里去。可是，许多慕名而来的"患者"，还是会"走错"房门，故意到柳娘的屋里转一圈。都是抬头不见低头见的乡亲们，你让秦齐夫说什么好呢？实在没办法了，他只好听之任之，谁让儿子在老娘肚子里待了那么长时间呢！让他自作自受吧！

可是，每当闲下来的时候，秦齐夫心里总是有些不得劲。他经常暗暗地想：这事儿咋就这么蹊跷呢？它会带来什么后果呢？

福兮？

祸兮？

# 第二章　各怀鬼胎当舍长

没想到，秦齐夫家的奇事越出越多。

话说秦齐夫那怀孕整整十二个月的媳妇，生了一个大胖小子，作为一件蹊跷事，一下子传遍了十里八村。谁知，更加蹊跷的事还在后头呢！这个老生儿子身上发生的事，总是让一般人目瞪口呆。

生了孩子就要起名，这在农村可是件大事。汤饼之期，也就是孩子出生的第三天，秦齐夫找了村里几个识文断字的老者，好酒好菜伺候着。老者们从太阳东升喝到日头西坠，喝得舌头发硬，"哇啦哇啦"说不成句子了，还是没能说出个仨俩来。秦齐夫只好送他们回家，说好明天大家凑起来再议。谁知第二天他们都知难而退，不是赶集买猪，就是下坡植桑，谁也不来了。孩子生出来三天起不上名字，据说是一件不吉利的事。可是，再好脸面的秦齐夫也没有办法啊！于是，他只好听之任之了。

这天上午，晴空万里，目光所及没有一片云彩。骄阳当空，虽说还是农历五月初的天气，但早就有些热得烫人了。村人们都说今年天气热得早，似乎比往年早了一个节气，恐怕对年景有不好的影响。

这样的天气，正是晒草药的好时节。秦齐夫抓住这个时机，带领他的大儿子和二儿子在院子里摊开草药，开始晒药。就在他们刚刚摊匀不到一袋烟的工夫，远远地从都城临淄那边飘来一片乌云，到了郑阳邑上空便开始下雨。爷儿仨拿耙的拿耙，挥扫帚的挥扫帚，一顿手忙脚乱，才把草药堆进了屋子里。然后，爷儿仨坐在地上，一边擦汗，一边闲拉呱。刚生的大胖小子叫啥名字呢？这是秦齐夫心头始终放不下的问题。秦齐夫想从老大老二两个儿子的名字里找点灵感，受点启发，也好让三个名字能有逻辑关系。爷儿仨不咸不淡地聊了半天，秦齐夫开始对两个儿子话里有话了：

009

"老大，你叫啥名字来？"

"嘿嘿，你给起的名，你忘了？"老大回答。

"我就是问你，快回答。"

"秦越芟。"

"这名字是啥意思来？"

"你说'秦'是我们的祖姓，'越'字是我们这一辈人的辈分。本来想叫我秦越山的，但是'山'字太大，怕我担不起，就找了个同音字'芟'来代替。芟是一种兵器，也是割草的意思……"

"老二，你叫啥名字来？"

"也是你起的名，秦越浼。"

"啥意思？"

"你说我们祖辈都姓秦，我们这一辈人的辈分就是'越'字。又因为我哥叫越芟，所以让我叫越水。但是又怕'水'字太深，我命薄担不起，所以找了个和'水'字同音的字——'浼'。你说，这个字可以解释为'澄清的、温水'，意思很好，所以我的名字成了秦越浼……"

"这个小弟弟应该叫啥名呢？"

秦齐夫看到兄弟二人都在得意地解释自己的名字，冷不丁地提出了这个问题。正在得意的兄弟俩，似乎是一下子被打蒙了，两个人挠着头皮，你看看我，我瞅瞅你，一时语塞了。因为起名字的确是一门学问，村里的几个先生都为三弟起不出名字来，这两个嘴上没毛的哥哥，当然更不行了。

"你说……"秦越芟指着弟弟说。

"你说……"秦越浼指着哥哥说。

听着兄弟俩解释自己的名字，秦齐夫脑子里的一根弦似乎被拨动了一下：老大有"山"了，老二有"水"了，就是缺"人"了！这老三的名字，叫作秦越人如何？想着想着，他禁不住喊出了声。他这一喊出声不要紧，却一下子给那兄弟二人解了围，他俩如释重负地拍着手说：

"秦越人，好！好！好！"

于是，这件蹊跷事的主角，从此便有名有姓了：他就是秦越人。这个被父亲随随便便起的名字，后来被多数国人所感念。再后来，这个名字进入了西汉史学家司马迁写的《史记》里，进入了中华文化典籍里。

都说"龙生龙，凤生凤，老鼠的儿子会打洞"，这话一点也不假。从小受父亲和两个哥哥熏陶，秦越人对岐黄之术产生了浓厚的兴趣，并且对草药和方剂有着惊人的记忆力，表现出了对岐黄之术的天然亲近。他经常和两个哥哥说，他长大了一定要做个像父亲那样的乡里郎中，为乡亲们解除病痛。因为，每当他闻到父亲为病人煎药的味道，他总是如醉如痴；每当他听到父亲为病人说病理、探病源的时候，他总是如闻天籁，一个字不落地吞进肚子里。他知道，自己今辈子已经离不开"郎中"二字了。

为此，秦齐夫天天愁眉苦脸。

因为，他不想让秦越人从医！

天底下的许多事情，总是事与愿违。你想要的东西总是迟迟不来，你不想要的东西却总是在你的眼前晃悠。有些人，你就是再三引导，他也不会走你指出的路；有些人，你即使把这条路堵得死死的，他绕上几个圈也会再走上去。秦越人就是一个倔得可爱又可怕的人。

还是在秦越人的垂髫之年，也就是三四岁的时候，秦齐夫和老大老二两个儿子在屋里分盛他们加工好了的草药。秦越人蹒跚着从外面进来，从老二秦越沅面前的一堆草药里，抽出一根比缝衣针粗不了多少的细毛根说：

"你咋把丹参混进来了呢？"

"你咋看出来的？"老二秦越沅尴尬地问。

"我见得多了！"秦越人说得有些沧桑。

"你怎么知道这是丹参？"

"那边有，上边写着字呢！"

兄弟俩的对话，秦齐夫一直在听着；两种混在一起的草药，秦齐夫一直在看着。尽管他脸上漫无表情，但是心里却在暗暗吃惊：看来，老三秦越人的兴趣也在医药上了！秦齐夫这次只是吃惊，但之后发生的事，更加坚定了他引导老三走别的路子的决心。因为他知道，如果再不强行引导，老三一定会走上自己走过的那条道。那条道，就是一辈子受穷的道。

那是秦越人刚到总角之年，也就是八九岁的时候，为了让他了解社会，锻炼他人情练达的能力，秦齐夫出诊时总是带着他。因为这时候的老大秦越芟和老二秦越沅早已过了弱冠之年，不但能单独出诊疗病，而且在十里八村已小有名气了。有的患者甚至不用秦齐夫，点名要老大或者老二诊治。所以，秦齐夫就让老三跟着他。但是万万没有想到，老三秦越人没有去学习人情练达，却利用这千载难逢的机会，开始研究草药，学习医道。那天，爷俩去高阳出诊回来的时候，太阳早已落山了。秦齐夫觉得浑身疲惫不堪，便烧了热水，一边泡脚解乏，一边闭目养神。这时，秦越人从外面拿着几支竹简进来，笑着递给了秦齐夫。秦齐夫接过来扫了一眼，大吃一惊！

只见上面写着：

治小便失禁：鸡肠一付，洗净晒干，炒黄研成粉状，用黄酒送服。每次一钱，一日三次，服完即愈。忌姜、辣。

治关节炎：食用细盐一斤，放鬲内炒热，再加葱须、生姜各三钱，一起用麻布包好，趁热敷患处至盐凉。一日一次，连用七日，有追风祛湿之功效。

看完这几根竹简，秦齐夫问：

"这是你写的？"

"是。"秦越人老老实实地回答。

"你咋知道这些事情的？"

"你给病人诊病时，我就在一边听着；你给病人开药方时，我就在一旁看着。就这么几句话，我重复几遍就记住了。这不，回来之后，我就把它们抄下来了。再说了，鼻子上边有眼，不明白的我会去看；鼻子下面有嘴，不知道的我会去问。就这么简单！"秦越人说完这几句看似有口无心的话，马上又恢复了孩子的天性，跑到小巷子里和小伙伴们打打闹闹去了。

听完秦越人的话，秦齐夫开始心疼。他并不是不愿意小儿子学医，而是干这行不挣钱，日子过得太凄惶了。村子里植桑养蚕的，发了！村子里跑码头经商的，肥得流油了！他自己却是子承父业，为了乡亲们的安康，义无反顾地做了乡村郎中。老大老二两个儿子耳濡目染，也走上了这条路，而且干得风生水起，小有名气。可是，这是一个不挣钱的行业，更是一个凭良心做事的行业。眼看着街坊邻居都盖起了新房，换上了新衣，吃得脸盘油光发亮，但是他秦家却还是住在老屋里，不是不想盖新房，而是没钱盖啊！在郑阳邑，如果说秦家不是最穷的，那么别人家就更不是了。所以，秦齐夫想，秦家就是条咸鱼，也要想办法翻身啊！绝对不能再让老三秦越人走这条路了。再这样下去，秦家会越过越穷，他秦齐夫如何对得起列祖列宗啊！

必须给他断了这个念想！秦齐夫下定了决心。

光阴似箭，日月如梭。转眼间，秦越人已到了束发之年，也就是十五岁左右。他对草药愈发痴迷，可以说是夜以继日，也可以说是不舍昼夜，这越发令秦齐夫担忧。再不掐断他对草药的痴迷，过了这个村，可就没有这个店了。但是，秦齐夫知道，老三秦越人是个聪明绝顶的孩子，简单粗暴地逼着他做什么或者不做什么，是完全办不到的。对这样的孩子，不能强攻，只能智取。经过几天紧锣密鼓的策划，秦齐夫决定对老三实施两条计策：

一是"现身说法"；二是"借刀杀人"。

第一条计策的实施，还算顺利。

又是一年农历的三月初三。

虽说秦越人聪慧过人，但他毕竟还只是个十几岁的孩子，贪睡的毛病在他身上也十分突出。这不，东方的彩霞已经映红了淄河滩了，他还在撅着屁股睡觉。母亲用笤帚疙瘩轰了好几次，他还是迷迷糊糊的。

"去牛山采药了！"

父亲轻轻的一句话，他便像兵卒听见号角一样，一骨碌从被窝里翻了出来，一边揉着惺忪的眼睛，一边大声地叫着：

"别急，等我穿上衣裳一起走！"

"你不吃饭了？"母亲关切地问。

"不吃了，不饿！"秦越人答道。

秦越人跑出来，抢在父亲前面背上篓筐，拿上铲子，并扛上了两根树枝做成的拐杖。采药的人上山，都习惯带条拐杖。一是爬山累了可以挂一下，二是可以扑打一下草里的蛇虫，免得被咬伤。

往日去牛山，秦齐夫有时候是顺着系水河南行，到牛山附近再蹚水过河；有时候是还没到牛山附近的时候，提前在申池湖附近蹚过系水河，进都城临淄的西门——申门，再从南门——稷门出来，直奔牛山。可是，今天他却走了一条完全不同的道路。他带着儿子在都城北边就过了系水河，然后进都城的北门——章华门，出南门稷门之后，再去牛山。他的目的就是让儿子多看看都城的繁华，看看宫殿的巍峨，看看临淄城"车毂击，人肩摩，连衽成帷，举袂成幕，挥汗成雨"的景象，以唤起他对富贵生活的向往，对男子汉建功立业、出人头地、为人中之王的渴望，以掐死他心中那个日渐升腾的念头。在秦齐夫看来，秦越人那个向往岐黄之术的念头，正是导致秦家穷得至今抬不起头的根源。

谁知道，秦越人对此似乎没有一点兴趣：路边繁华的店铺，彩色的幌子，他视而不见；周围多种多样的叫卖声，不同地域口音的讨价还价声，他充耳不闻。他只是一个劲地踮着脚往前跑，跑一阵，停下等父亲一阵。时间不长，他们便到了牛山北麓的管仲墓旁。

今天是牛山庙会，当地人称"三月三，赶牛山"。在春光明媚、莺飞草长的三月里，在牛山脚下，在管仲墓前，看社戏，逛庙会。小贩的各种叫卖声，大姑娘小媳妇的嬉笑声，宛如喜鹊鸣枝，热闹非凡。人们都想在这里祈求五谷丰登，吉祥安康，发财发家，万事如意。

牛山庙会的由来已久，据说燕国一位任少府官职的大官，掌管着燕国山海河泽的税收。他以此为要挟，逼迫四方向他行贿，以至腰缠万贯，却膝下无子女。他死的时候，为了自己能有个好名声，就立下遗嘱，让人把他埋在了管仲墓旁。据传，当地人在此取土垫猪圈时，曾经挖出过燕国的货币。所以，现在人们拜的财神像，头戴相爷纱帽，像个人间大官。久而久之，求财的人便在春暖花开的季节，来此顶礼膜拜。每年的三月三、九月九，远近的人都赶来为管仲上表，祈求得到财神的福禄。久而久之，便形成了现在的庙会。

因为有别的目的，所以秦齐夫对路边的热闹景象视而不见，甚至还有好几次喝退了向他祝福的商人，只是一直紧紧拉着儿子的手，一步不停地往前走。走到摊点的尽头，便是牛山了。牛山脚下，正是千古名相管仲的墓地所在，也是"三月三，赶牛山"庙会的最核心的地方。和管仲的名气比起来，其墓地并不算大，甚至显得有点寒酸。但是，墓地在简约中却透出了典雅、古朴和庄重，让人肃然起敬。

突然，一个衣着光鲜、温文尔雅的中年男人一把拉住了秦越人，几步走到管仲墓前，指着那块字迹有些斑驳的墓碑，旁若无人地要给秦越人讲管仲的故事。秦越人心头一惊：周围这么多人他不讲，为啥独独要给我讲？我与他素不相识，何劳他如此殷勤？

当然，秦越人的怀疑是有道理的。这个人，就是秦齐夫实施其计谋的配合者。之前，两个人还在一起仔细地协商策划了这次行动呢！此人姓秦，名淄阳，是都城临淄里边高阳新舍的舍长。此人也是郑阳邑人，他母亲在淄河东岸采桑时生下了他，故为其取名淄阳。此人心眼灵活，懂得人情世故，自小便是经商的材料。长大之后，经人推荐到了高阳新舍做学徒。由于他善于察言观色，又能殷勤吃苦，仅仅几年时间就由伙计干成了舍长，并把高阳新舍经营得风生水起，因此家里也积累了不少钱，虽然不能说是富甲一方，但是日子也过得富足康宁。所以，秦淄阳一直是秦齐夫眼中的榜样。秦齐夫一直在心里想，儿子秦越人即使能达到秦淄阳的一半，也算他家祖坟冒青烟了。

正当秦越人狐疑不决、两眼盯着小摊上那些花花绿绿的物品的时候，秦淄阳富有磁性的声音传了过来。

"管仲是辅佐齐桓公成就霸业的名相。他任齐国宰相期间，改革内政，提出了许多富国强兵之策。他还长于外交，为齐国争取到了相对和平的发展环境。所以，人们说齐桓公之所以能够建立霸业，九合诸侯，一匡天下，都是因为用了管仲的谋略。所以，我们男子汉大丈夫，就应当以管仲为楷模……"

说到这里，他瞅了秦越人一眼。

他瞅我做啥？秦越人心想。

"为国家担当大事……"

他又瞥了秦越人一眼。

他是啥意思？秦越人有点心惊。

"要干点惊天动地的事……"

秦越人觉得这话明显针对他了。

"要干点载入史册的事……"

秦越人再次证实了自己的判断！他为什么要针对我呢？本来是陌路相逢，他何苦呢？想啊想，秦越人的脑子成了一盆浆糊。但是有一点他相信，这人是为了他好。有这一点就足够了！秦越人继续听这人讲着，听着听着慢慢地有了兴趣。旁边那些高高的叫卖声，他已经充耳不闻了。

他身后的秦齐夫，和口吐莲花的秦淄阳对了个眼神，甚至偷偷笑了笑，就差击掌庆贺了。时间过得飞快，不觉间太阳走到牛山正南了，在云彩的遮挡下，管仲的墓碑显得更加凝重。秦齐夫领着儿子秦越人往家走了，他们一路无话。这次，他们走的路线是先进都城临淄的南门——稷门，再从南北中大街拐向东西中大街，接着往西走。走到西门——申门附近时，秦齐夫用手指了一下路南一处簇新的建筑，故意有一搭无一搭地说：

"这是高阳新舍。"

"唔！"秦越人答应道。

"这里不错吧？"秦齐夫加重了语气。

"还行。"秦越人轻轻地答道。

爷俩不咸不淡地说着话，一会儿便出了申门。他们又绕过申池湖，蹚过系水河，一路往北向郑阳邑走去。一路上，秦齐夫一直悄悄观察着儿子的表情，并不时地用语言进行探察，努力想知道儿子听了秦淄阳的一番话之后心里是什么想法。但是，儿子除偶尔有所思之外，一直是超乎寻常的平静。不知道秦越人心里是怎么想的，反正秦齐夫的心里反复在想：今天的目的差不多达到了！

接下来便是实施"借刀杀人"计划的时候了。

从庙会回来的第二天，这天上午，阳光灿烂，清风徐徐，空气中氤氲着让人慵懒的气氛。俗话说："清明日，燕子来到天井里。"院子里的树枝上，真的有了燕子呢喃。勤劳一些的燕子，已经飞到房檐的旧巢边上，观察着旧巢是否需要修补。因为，它们要为孵小燕子做准备了。燕子回来，也就标志着春天正式到来了。就是在这样一个春和景明的日子里，秦齐夫又和秦淄阳一起，开始实施他的"借刀杀人"计划了。

"都城里高阳新舍的老板秦淄阳，哦……就是那天在牛山庙会上给你讲管仲的那个人，他近来肠胃不太好，说用了我的药很管用。这不，他又托人找我，让我再给他送点药去，我们一起去吧！"

秦齐夫观察着儿子秦越人脸色的变化，边思考边说出了上边的话。他知道，要让儿子去高阳新舍，必须有和医药有关的理由。因为只有这样的理由，才能激发起他的兴趣。真是知子莫若父啊！秦齐夫话音刚落，秦越人的嘴里便蹦出了脆生生的三个字：

"好！好！好！"

秦越人麻利利地答应了三个字之后，便扔下手里的毛笔，去药房里背出早已装好草药的篾筐，一步不落地跟在父亲身后，顺着系水河向南奔去。路边的风景他一律视而不见，心里只想马上赶到高阳新舍，看看老爹如何给人家诊脉、开方、下药。他甚至多次跑到了老爹的前面，站在骄阳底下，耐心地等待故意走得慢腾腾的老爹。任凭秦越人再聪明，他也还只是个孩子。他那点毫无隐藏的小心思，怎能瞒得过见多识广的秦齐夫呢？

走进申门之后，在都城的东西中大街上，秦越人的两个眼睛不够用了。街两边鳞次栉比的店铺，川流不息的人群，急速驶过的车马，都令他兴奋不已。特别是街北边的铸币坊里，发出一阵阵呼——呼——的声音，让他茫然不知所措，活脱脱一副乡下人进城的样子。

"这是啥动静？"秦越人问。

父亲说："这是铸币坊里的师傅用皮囊吹冶炼炉的声音。如果仅凭木柴自己燃烧，达不到让青铜熔化的温度。这样用皮囊里的风吹起来，火旺了，炉温就高了，青铜就能化成铜水了，这样才能铸成咱们用的齐刀币。"

爷俩儿边走边说，边说边看。就在秦越人听得似懂非懂的时候，他们已经来到了高阳新舍的大门口。

高阳新舍为啥在这里呢？这就不得不佩服都城外高阳馆老板的远见卓识。临淄城外的高阳，是一个纸醉金迷的地方，自古就有"高阳馆外酒旗风"的传说，许多文人雅士都有过醉卧高阳馆的经历。后来大名鼎鼎的"竹林七贤"之一的刘伶，也曾经在高阳馆醉生梦死多天，并获"高阳酒徒"之称。据说，他死后还埋在高阳附近呢！所以，这里鼎盛的时候，仅酒馆就有一百多家。而高阳馆又是这些酒馆中的翘楚，整日里食客盈门，一顿饭翻两次台也是常有的事。为了扩大经营，高阳馆的老板又在都城铸币坊的对面开了这家店，起名高阳新舍——面对着宾客济济的都城，几乎是天天爆满。就连外地在临淄经商的老板，如果宴请重要的客人，也都是安排在高阳新舍里。都说凡事都有正反两个方面，这话一点不假。虽然说生意兴隆让秦淄阳赚得盆满钵满，但是，常年的早出晚归和点灯熬油，却把他的身体熬垮了。

由于宾客众多，秦淄阳只好白天黑夜连轴转，吃不好，睡不好，所以得了肠胃病。他请了几个郎中，吃了好几筐子草药也不见效，上吐下泻几天止不住，眼见得两腮消瘦两眼发黑，厉害时便气若游丝，吓得家里人开始为他准备后事。可是当他让秦齐夫诊脉并服了他的药之后，竟然奇迹般地好了，他高呼秦齐夫为神医，为天上的神仙，简直不知道该怎么感谢秦齐夫好。

这不，秦齐夫自己求上门来了。

那天诊完脉之后，两个老乡拉起了家常。

看到秦齐夫情绪不振，眉眼里透出一片愁云惨雾，秦淄阳便试探着问："郎中有何事不能释怀？不妨与我说来，看看我能否帮上什么忙。"

"唉，一言难尽啊！"秦齐夫又叹了一口气。

这时，善于察言观色的老板秦淄阳，猜准郎中肯定是有难言之隐。他便吩咐下人倒满水，然后屏退左右。他要和秦齐夫好好谈谈，以好好报答郎中的救命之恩。这时，秦齐夫才唉声叹气地说："唉！我那不争气的小儿，胸无大志，总想继承我的差事。你知道，我干的事虽说能行善积德，却是受穷的行当。我家做这事几辈子了，这不还是一贫如洗？不是我唯利是图，不是我不愿意积德行善，而是我也要过日子啊！一家人总不能扎上脖子过吧？喝西北风可是要饿死人的！我想劝他干点别的营生，想让他从事个挣钱的行当。可是，他是头犟牛，我又劝不动他。所以，我想请你帮忙，看看咋劝劝他。"

"这好办！等我熊他一顿！"老板说。

"不行！儿子太犟，他会顶死你！"

"那咋办？"

"我也是束手无策啊！"

"你想办法，我配合，咱们唱一出双簧。"

"我有办法的话，还找你吗？"

"这……这……"能说会道的秦淄阳也语塞了。

但秦淄阳毕竟见多识广，他沉思良久，终于拿出了主意，这般如此，如此这般……于是，这才有了牛山庙会上的多次启发，才有了牛山庙会上秦越人的多次疑问……也才有了今天的送药，才有了下面将要发生的故事。

事情已经进展到第二步了，秦越人那小子还蒙在鼓里呢！所以，秦淄阳和秦齐夫心里暗暗得意呢。因为他俩设计的庙会偶遇是成功的，他们看出了秦越人的转变。今天再演一出"借刀杀人"的戏，彻底"杀死"他热爱岐黄之术的想法，让他对经商感兴趣，并从此走上一条新的人生之路。急人之所难嘛！这，正是秦淄阳对秦齐夫报恩的最恰当的方式。

从铸币坊收回目光，没等爷俩迈上高阳新舍门前的台阶，秦淄阳便从里边颠着碎步迎了出来。他一边谦恭地点着头，一边用双手拉着父子俩，嘴里一迭声地说："因冗务缠身，有失远迎，还望二位恕罪！"

三人在大堂里刚坐下，热水便端了上来。秦淄阳让爷俩先喝，爷俩谦让一番之后，三人便一起品了起来。就在三人喝热水的时候，但见一帮帮客人出出进进，几个伙计跑进跑出忙得脚不沾地；院子里一派繁忙熙攘的景象——赶马车的吆五喝六，扛行李的出出进进，让人目不暇接，心旌摇荡。看来，高阳新舍的生意的确不错，单从这一派繁忙的景象里便可以窥见一斑。

突然，院子里传来一声撕心裂肺的喊声：

"我来也！你们快快出迎！"

正当三人准备长谈的时候，这一声惊天动地的号叫传来，吓得他们一哆嗦，滚烫的热水正巧洒在了秦越人的脚上，烫得他在屋里直蹦高。秦淄阳马上让下人拿来巾帕，一点点吸干秦越人脚上的热水，并装模作样地为他吹了吹，最后，还拿了一条浸了凉水的巾帕，敷在了他的脚面上。直到这时，屋里的气氛才有点安稳了。

"这人是不是长桑君？"秦齐夫问。

"是！你咋认识他的？"秦淄阳说。

"噢！原来真的是他！"秦齐夫自言自语道。

"你认识他吗？"秦淄阳问道。

"这人耳朵下是不是有个拴马桩？"秦齐夫只管自己询问，似乎是不管秦淄阳的疑惑。随着这一问一答，他脸上的狐疑越来越淡了。他还是自言自语地道："我上城南牛山采药的时候见过这个人。那天，他一副蛮不讲理的样子。他是个怪人，也是个半人、半神、半鬼的人。关于他的传说，城里城外的人都知道呢！"

"是啊！"秦淄阳接着秦齐夫的话说开了，"谁也不知道这个长桑君是从哪里来的，谁也不知道他是干啥的。来的时候，他自己背着三捆竹简，住店以后就将竹简堆在屋里，谁也不让看。他本来就很穷，而且越来越穷，最后连住店的钱也不交了。反正我也不差那几个钱，随他吧！而且他还蛮不讲理，今天和这个吵，明天和那个争。但是，他只要手头一松缓，就开始喝酒。这不，又在外边喝醉了回来了。"

正在秦淄阳说到兴头上的时候，带着十二分好奇的秦越人，慢慢站起来走了出去。二人以为他刚才呼噜呼噜喝多了水，出去小解呢，也就没有在意。大约过了一袋烟的工夫，秦越人回来了。回来之后，不知道为什么，他脸上一直洋溢着兴奋的表情，和在三月三庙会上的'无所思'、在造币坊外的'无所谓'截然相反。他这到底是受了啥刺激呢？

"我留下吧！"

突然，从秦越人嘴里蹦出了这么一句没头没脑的话。两位大人听了大惊不已：这孩子是咋啦？受了长桑君的刺激了，还是脑子有了毛病？憋了一上午，就像个闷嘴葫芦一样，半句话也没有，出去这一小会儿，咋就憋出了这样一句话？秦齐夫还站起来把手抚在儿子的额头上，看看他是否发烧了。

"我在这里干吧！"

又是一句犹如晴天霹雳的话！

就为这事，就为让秦越人同意在这里干事，他们两位大人多次密谋，精心策划，认真编排，演示了无数个被他拒绝的场景，可就是没想到秦越人竟然会自己提出来同意做这个事情。所以，当这个结果意外出现的时候，两人惊呆了，乐傻了，高兴疯了，他俩觉得，幸福来得太突然了，他们做梦也没想到啊！所以二人有些手足无措。

"此话当真？"老板秦淄阳不放心地问了一句。

"吐口唾沫是个钉！"秦越人说。

"永不反悔？"

"一言既出，驷马难追！"

"真想在这里干，你可以当舍长！"

"好啊！一言为定！"

老板秦淄阳说出了让秦越人当舍长的话，一点也不后悔：一是出于对秦齐夫的信任，加之今天也暗中考察了一下，觉得秦越人也是个靠谱的人；二是他早已经在这边干够了。这边太操心了，他想回到高阳馆继续干他的副职，不但能和老婆孩子在一起，而且不操心，拿钱还不少。虽然古人说'宁当鸡头，不当凤尾'，但他的体会是，当鸡头的滋味，远远不如当凤尾来得闲适和优越。你再是鸡头，人家只能拿你当鸡；而你再是凤尾，可别人却在心目中拿你当凤啊！今天，终于有人接手了。三者，他这样做也算报答了秦齐夫为他疗疾的救命之恩。一举三得的大好事，怎么这么轻易就落到了头上呢？秦淄阳心里得意，走起路来也轻飘飘地，甚至还有意无意地哼起了小曲儿。

只是二人煞费苦心精心导演的大戏，这么简简单单潦潦草草就结束了。胜利来得太快了，让两个老秦觉得有点意犹未尽，有点虎头蛇尾，觉得少了一点成就感。但是两人还是因为达到了自己的目的而兴奋不已，因为他们的目的本来就是借高阳新舍的"刀"，杀死秦越人的"从医之意"！秦越人这不是已经'自投罗网'了吗？

　　其实，他俩高兴得太早了！

　　因为，谁"杀"死谁，真的还不一定呢！

　　为什么痴迷医药的秦越人会主动放弃他的追求呢？他真的改变主意了吗？当然不是！老爹串通秦淄阳实施的计策，在聪明过人的秦越人看来，不过是儿戏而已。他只是为了心中苦研岐黄之术的梦想，将计就计不点破罢了。

　　刚才，长桑君在大叫一声进来的时候，就引起了秦越人的好奇。然后，秦越人就借着小解的机会，找到了长桑君住的房间。这时，醉酒的长桑君正在发酒疯。他一边嘟囔着，一边摔房间里的东西。看来，他不把房间弄个天翻地覆是不罢休的。他一会儿扔出一床被子，一会儿掀翻一个几案，房间里乒乒乓乓没个消停。

　　"哗啦啦——"

　　突然，一捆竹简被扔了出来。竹简砸了一下门帘子，一下落到了秦越人的脚下。出于好奇，他捡起来看了看。这一看不要紧，他就像中了魔似的，两眼紧盯着竹简，再也放不下了。

　　在父亲的耳濡目染之下，秦越人也粗通一些医药知识。手中的竹简虽然年代久远了，字迹有些斑驳不清，但是有些字还是能认出来的。秦越人把几个字连起来看，发现有的说的是药性，有的说的是处方，还有的说的是病理。他从来没见过这样的竹简。眼前这些东西，虽说他只看了不到半卷，但是却好像在他面前打开了一扇窗户。窗外好像有一束明亮的光芒，一下子照进了他的心里，他觉得心里亮堂了许多。他感到一股从没见过的清流，在他干渴的心田里流淌着。

　　秦越人大喜过望！

　　他想，这个长桑君肯定是个来历不凡的人，更是个在医药方面有故事的人。像他这样的怪人，只有主动接近他、照顾他，才有可能学到他的本事，才能更好地实现自己在医药方面的梦想。于是，秦越人一下子改变了主意；于是，秦越人当了舍长；于是，他们本想"借刀杀人"，却反过来被秦越人"杀"得妥妥的。

就在秦越人一边当舍长，一边伺机"占领"诊病配药这块领地的时候，他那两个作为郎中的哥哥，由于父亲的言传身教和自身的不懈努力，已经在江湖上名气渐长。虽说名气渐长，村民却对他们褒贬不一。有人认为他们是上等名医，有人则认为他们是庸医。而这两种看法的争论，是针尖对麦芒，越来越激烈。两派互不相让，而且引经据典，甚至互相攻击。

这不，支持和谩骂的两帮人，又开始搏杀了。

# 第三章　被误解的兄弟俩

信息的生成和流传，是一件非常奇怪的事。有时候，你想让人们了解一个信息，尽管费了九牛二虎之力却收效甚微，最后并没有几个人知道；有时候，你想封锁一个信息，尽管采取了各种能想到的措施，但这个信息却在须臾之间传遍天下。人们对秦越人大哥秦越芰的误解，是从田间地头、桑田柳下等偏僻地方流传开的。

这是一个多雨的春天。

往年的冬末，刮几场干燥的大风，大风过后，春天便随之而来了。可是，今年的冬春之间，却连着下了十几天的雨雪。有时候淅淅沥沥细如牛毛；有时候轰隆轰隆像使劲擂击战鼓；有时候又紧一阵慢一阵地，给人一种缠绵不绝的感觉，像极了夏秋之际的梅雨。十几天来，田地里湿得进不去人，弄得春播实在无法进行，急得村人们直上火。因为农谚说得对，"人误地一时，地误人一年"哪！过了适宜庄稼播种的节气，那就只好等待明年了。那么，随着冬天的到来，一家人可就只能扎上脖子过日子了。

凡事有一利必有一弊，反之亦然。

连绵不断的春雨虽说耽误了春播，却充分滋润了桑树，桑叶长得绿油油的，比小娃娃的巴掌还要大。雨过天晴之后，天地间充斥着暖洋洋的气息。温暖的阳光，给桑田注入了无限的生机与活力。一阵小风吹来，桑叶不紧不慢地摇着小手，桑田里传出一阵阵哗啦哗啦的声音，与河里的流水声和在一起，简直就像美妙的乐曲，听得让人如痴如醉。

植桑、养蚕、织纫，这是齐国的一大产业。从都城临淄东边的淄河，到都城西边的系水河之间，是一片肥沃的大平原，也是极易植桑之地。经过历代农人的种植和修剪，绿油油的桑田像绿色的海洋，一眼望不到边。

"今年的桑叶长得真好啊！"一个正在采桑的年轻人感叹道。

"是啊！今年雨水多，桑树根扎得深，根深才能叶茂呢！"一位老者笑着回答道。

"除了养蚕吐丝，桑树还能做啥？"

"做啥？用处大了去了！"老者似乎胸有成竹。

"多么大？天大不成？"年轻人戏谑道。

"比天还大呢！说出来能吓煞你。"老者笑了笑继续说，"齐人不但以此富国，而且还以此不战而屈人之兵，让心高气傲又心怀叵测的鲁国臣服呢！"

"哈哈，你扯得有点儿远了吧？"

"你懂啥？我说的句句是实话。"

"你是不是又要讲故事了？"

"正是正是。那还是约300年前的故事呢！想不想听？"

"快说吧，别卖关子了！"

"好，闲话少说。那时候，齐国想搬掉称霸路上的绊脚石——鲁国，于是发生了长勺之战，于是有了曹刿论战，于是有了'一鼓作气'这个成语，结果齐国大败。为了报仇，桓公问计于宰相管仲，希望能不战而屈人之兵。长于计谋的管仲'眉头一皱，计上心来'。当时，齐、鲁两国都大力推行种桑养蚕。齐国用蚕丝织出来的白色的绢叫纨，鲁国用蚕丝织出来的白色的绢叫缟。两国的丝织品质量不相上下，名气大概相当。所以，这两种商品在列国市场上竞争非常激烈。由于这两种丝织品都是闻名遐迩的上品，所以各国的王公贵族都争相穿用。因为市场上经常断货，所以有钱人争相囤积，使之成了市场上的紧俏商品。"

"你能不能说得快一点？"年轻人不耐烦了。

"年轻人，你稍等，心急吃不得热豆腐。突然有一天，齐国的宰相管仲宣布：齐国所有人，不论贵贱，都不准再穿齐纨做成的衣裳了，必须穿用鲁缟制作的衣裳。这一道命令虽然怪异，却执行得非常彻底。一时间，订购鲁缟的订单雪片一样飞向鲁国。鲁国的商人们看到了无限商机，便开始大量收购鲁缟。鲁国的老百姓也纷纷放弃了种粮，甚至把粮食作物拔掉，全部种上了桑树，以满足齐国人连绵不断的订单。但是，此举却导致了鲁国粮食大量减产。两年以后，管仲又突然宣布，齐国的任何人不得再订购鲁缟，违法订购者重罚。然后，管仲又同时宣布，大幅度提高粮食价格，贱卖粮食者一律治罪。这时，鲁国一下子就慌了脚丫子。因为鲁缟开始大量积压，粮食又陷入短缺危机。鲁缟卖不出去，还要高价购入粮食，如此折腾下来，鲁国的经济近乎崩溃，国力空虚之至。不但民不聊生，而且官不聊生，国内矛盾百出，再也不是齐国的对手了。尔后，齐国又开始若无其事地植桑、养蚕、织纨了。"

听到这里，人们采桑叶的手都慢了下来，似乎沉思了一会儿，然后爆发出一阵惊叹！因为他们怎么也想不到，手中一片片柔软的桑叶，能和残酷的战争及国家兴亡这样的大事联系起来。

"咱们不说古了！来点现在的！"

"现在的？说出来吓煞你！"

"吹牛啊？啥事能吓煞俺？"

"当然是你绝对想不到的事！"

"啥事？这里还有我想不到的事？"

"告诉你们个大秘密！"

"别卖关子了，快点说！憋死我了！"

"咱们邑里的秦越芰精神有问题！"

"他……不会吧？看着挺正常的。"有人不信了。

"太对了！他就是精神不正常！"有人呼应道。

这时，大家也都差不多采满了篾筐或者竹篓。大家纷纷走到地头上，把桑叶倒在铺在地上的篾席上，顺便从桑林里走出来透透风，休息一会儿。不长时间，地头上就聚集了十几个人。大家接着刚才的话头，继续议论着秦家的老大秦越芰。这时，一个毛头小伙子把盛满桑叶的篾筐狠狠蹾在地上，愤怒地声讨起了秦越芰：

"这个坏东西，简直不是人！"

见他如此激动，好像和秦越芰有仇，大家急忙劝他坐在水渠边上，让他消消气，慢慢说清楚事情的原委。那个非常愿意打听别人隐私的伙计，甚至开始为小伙子捶背，想让他快点把秘密说出来。谁知那毛头小伙子被捶了一阵子背之后，不仅没消气，反而肝火更旺，喷着唾沫星子说起了一件让人啼笑皆非的事。

原来，那天小伙子初次到郑阳邑的丈母娘家，老丈人热情接待了他。两人坐在院子里，喝着热水谈论当年植桑养蚕的年景。村子里那些好看热闹的人听说后，都放下手中的营生，挤进人家的院子来看新姑爷。院子里一时熙熙攘攘，好不热闹。这时，外出巡诊回村的秦越芨正好从此路过，看到这么多人，还以为是有人发病呢，就挤了进去。秦越芨刚挤到姑爷和老丈人面前，便禁不住大吃一惊！他指着小伙子对老丈人说：

"此人有病！"

老丈人一下子不知道说啥好。

"你才有病呢！"小伙子反应过来了。

"我说的是真的，你不要讳疾忌医。"

"你才有病！你们全家都有病！"小伙子气极了。

"你听我细细道来……"秦越芨说。

谁知道小伙子这时站了起来，拿起手边的陶罐，朝着秦越芨的头就打了下来。多亏老丈人眼疾手快，一下子挡在了秦越芨前边，小伙子的陶罐才没砸到人，硬生生摔在了地上。见没打到秦越芨，他又一把抓住了秦越芨的袍襟，哧啦一声，秦越芨的袍襟被撕下了一半！这样一番折腾的后果是，老丈人坚决要求悔亲，毕竟再傻的人也不会把女儿嫁给一个明知有病的人啊！但是，自古以来村人都说'宁拆十座庙，不破一门婚'，你说，秦越芨这是做的啥事儿啊！这不是断子绝孙的恶行吗？

直到今天，小伙子站在地头上，说起来还咬得牙齿"咯吱咯吱"响呢！面对着这些桑农，他的气还没出够呢："那个狗屁不懂的秦越芨，还口口声声地说他治的是什么'未病之病'呢！真是强词夺理啊！既然'未病'，那怎么还是'病'呢？真是放屁！要是按他的说法，今天我们在这里采桑的这些人，是不是都有病啊？哈哈哈，我看他不是想骗我们的钱财，就是睁着眼睛说瞎话！"

"那不一定！"

一个年轻女子的声音传了过来。只见这个小女子穿着一身素装，一看就知道是个利索人。她一头乌黑的头发披在肩上，就像黑色的瀑布奔流而下；白净的瓜子脸上，长着一双会说话的大眼睛；单眼皮，并且天然一副笑模样儿。大家都知道她，她是申池湖畔郑家营子的，也是这一带十里八乡都出名的小美人，名叫静姝。据说，她的名字是她爷爷给她起的，是从

《诗经·邶风·静女》篇里"静女其姝，俟我于城隅"这句诗中简化而来。

"你横插一杠子干啥？"小伙子说。

"我不插杠子，我说的是事实。"

"秦越芰是你亲戚？"

"无亲无故！但是真的假不了，假的真不了。"

"秦越芰给你多少好处？"

"啥好处也没有，我不否认你说的是真的。但是，请允许我也说一件真事。大家听了后可以评论一下，是非曲直自有公断。"这时，只见静姝放下手中的桑叶，扑打了一下沾在衣襟上的泥土，往后捋了一下散乱的头发，为大家说起了前不久发生的一件奇怪的事。

原来，那是一个清凉的早晨。静姝和姐妹们一起，在都城临淄西边的系水河边浣纱。河水清浅见底，蜿蜒如练，映着天光，照着人影，就像一幅刚刚晕染出的画卷。姐妹们甩起白如云朵的轻纱，连水珠都映着阳光的色彩。女人的欢声笑语中，又间或有水鸟的鸣叫，让人们不觉心情大悦。

姑娘们将轻纱晾在河滩的石头上，抡起棒槌打水，把水花溅在同伴的身上，顿时就会引来一大串的大呼小叫，吓得野鸭一下子飞到了更远的地方。细小的水珠飘到空中，在阳光的折射下形成了大小不一的霓虹，刹那间把河边变成了彩色的世界。这景象配上姐妹们的笑声，再衬上若隐若现的轻纱，简直就是神话般的世界。

突然，静姝大声说道：

"你们快来看呀！我眼前的鱼都沉到水底下了！"

"在哪里？为啥呀？"姐妹们叽喳道。

"姐妹们，你们猜猜吧。"

"怕被咱们的棒槌打着？"

"怕被咱们的脚踩着？"

"不是怕被打，也不是怕被踩，而是它们害羞了。"静姝一边哈哈大笑着，一边给姐妹们解释着，"你们想想，当年大美女西施在若耶溪浣纱的时候，发生了啥事呢？"

"发生了啥？"姐妹们疑惑地追问。

"西施姑娘这么一撩头发，这么一转脸，这么一往水里看，那些鱼发现西施太美了，竟然忘记了游动，从而沉进了水底。哈哈哈……"

"你是说你自己有沉鱼之美？"

"当然了！"静姝玩笑道。

"呸！呸！呸！不要脸！羞！羞！羞！"

姐妹们嬉笑着，围成一圈抢起棒槌打水，水花儿一下子把静姝围了起来。静姝一边告饶，一边往岸上跑。她只顾低着头往前跑，却没看见对面走来一个人，不偏不倚，她和来人撞了个满怀。她因脚下湿滑，差点跌倒，来人一下子把她抱住了。

由于一身薄衣被水打湿了，紧紧地贴在身上，她身体的曲线展露无遗。她睁眼一看，发现抱住她的竟然是个大男人。再一看，那竟然是经常在这一带巡诊疗病的秦家大儿子秦越芰。这一下，她羞得不知怎么好，便奋力从男人怀里挣脱出来，朝着姐妹们的方向跑去。她刚跑了几步，就听到那男人在后边大声喝道：

"你站住！"

"干啥？"她放慢了脚步。

"你要生病了！"秦越芰道。

"你咋知道的？"她迟疑地转过身。

"你马上就要生病了。"秦越芰说道。

正在羞得恨不得找个洞钻进去的静姝，哪有心思纠缠这些病不病的。她把那个一本正经的男人扔在那里，一溜烟跑到姐妹们中间去了。姐妹们开玩笑地问她：刚才被男人抱住了是什么感觉？为啥那个男人那么关心你？刚才他含情脉脉地和你说了啥？接着又是一阵大笑。等静姝再往远处看去，秦越芰早已走得无影无踪了。

如果说静姝和秦越芰第一天是偶遇，那么第二天相见时，则可以说静姝已经多少有些盼望再遇到秦越芰了。因为真让秦越芰说准了，第二天早上一起来，静姝便觉得头晕目眩，全身无力。她想问问郎中秦越芰到底是咋回事。日头刚刚到东南方，秦越芰便从这里经过了，他说知道静姝今天会发病，所以带来了几味药，让她回去煎服就可以了。谁知道事情就是这么神奇！静姝当晚服了药，第二天病症就减轻了不少，第三天就没事儿人似的了。

当静姝给采桑叶的这帮人说完这事之后，大家就不再言语了，连那个大骂秦越芡"精神有问题"的小伙子，也不再出声了。他虽然还是气得肚子一鼓一鼓的，但是也被静姝说的亲身经历的事堵住了嘴，干张嘴说不出话来。

当然，秦家老大能治"未病之病"的名声之所以传播开来，最大的功臣，就是那个在高阳新舍当舍长的秦家老三秦越人，因为他逢人就说老大能治"未病之病"。加之高阳新舍的名声大，每天去的客人也多，而且去的客人也大都是有头有脸的人。这样人们一传十，十传百，于是秦越芡的名声很快就传开了。自此以后，都城临淄里外的很多人，似乎是默认了这样一个理儿：秦越芡就是治疗"未病之病"的。

对秦家老二秦越浣的议论，是从酒肆开始的。

高阳古城是齐国都城临淄城外的一座小小城池，一条清清的系水河南北穿城而过。系水河两岸便是鳞次栉比的店铺。店铺的下面，就是一个个停着小船的码头。店铺的门口，都挂着五彩缤纷的酒旗。挂着酒旗的代表有酒，不挂酒旗的说明酒已经卖完了。两岸向远处伸展着一条条幽深的巷子，里面传出悠长的叫卖声，还时而穿插着歌舞之声和丝竹之音。入夜之后，两岸灯火通明，映得系水河色彩斑斓，光怪陆离。酒馆里传出的猜拳行令的声音和酒后疯狂的笑声，在水面上激起一圈圈细密的波纹。因为这里实在繁华，所以高阳馆主才把总部设在这里，而只在都城临淄开分店，就是秦越人当舍长的那家高阳新舍。

由于这里酒铺旅舍林立，歌厅勾栏相接，所以也是人员嘈杂、信息交汇的地方。天天盘踞在这里的，很少有植桑养蚕的百姓，大多为斗鸡走狗、蹴鞠投壶之流。他们有钱又有闲，整日里生活在各种八卦新闻里面。那些张家长李家短的消息，大都是先从这里传开的。

今天，他们谈论的主要内容，就是郑阳邑秦家老二秦越浣治病的事，而且他们说得有鼻子有眼，言之凿凿。

"听……听说了吗？都城的高阳新舍里的护院孟璁，武艺有些了得，没事总喜欢弄些拳脚啥的。那天他与人比武不小心弄……弄伤了脚筋。其实没啥大事……"一个穿着红袍子的阔少喝得舌头都已经捋不直了，还在喋喋不休地说，"可是那个秦家二小子秦越浣，却追着人家要给人家医治。这点伤根……根本不需要治！秦越浣不就是为了挣那仨核桃俩枣儿吗，真

029

让人瞧不起……"

"哈……"一群醉汉一阵狂笑。

"人穷志短哪！岂有他哉？"

"马瘦毛长啊！仅此而已！"

"话可不能这么说……"

这时，那个在酒店里给人唱"双玩意儿"逗乐的人开口了。这个人来自燕国，在高阳一带唱"双玩意儿"糊口已经有几年了。当然，作为一个下等人，他一直被人瞧不起，所以也没有人打听他的底细。按说，这样的场合，根本没有他说话的份儿，可能是他实在看不下去了，才没头没脑地抛出了这么一句话。房间里一下子鸦雀无声，沉默了一阵后，又一下子炸开了：

"你算哪盘菜？"

"让他说，让他说……"

那个红袍子阔少瞅了几眼，一下子来了兴致，让大家先别嚷嚷。他要让那个唱曲儿的先说几句，然后再驳斥他一顿，那就更显得自己有本事了。那唱曲儿的很年轻，一看就知道涉世未深，所以张口便来了："小病不治，就会成为大病。能善于治小病，才算有大本事。不让小病长成大病，那才是好郎中。不要小看小病，所有的大病都是小病积累起来的。所以，我认为秦家两兄弟一个能调理得人不长病，一个能不让小病发展成大病，这才是真本事！这是大本事！只有这样，这个世界才能太平不是？"

"哈哈，他们有啥大本事啊？"

"看你胡言乱语的，莫不是精神不正常？"

"你知道什么是医道？"

"我爷爷是燕国名医，我父亲也是燕国的郎中，我……"

"你发烧了吧？你爷爷是燕国名医的话，你还在这里干这种下九流的活儿？吹牛也不找个地方！你也不撒泡尿照照自己，你看你瘦得跟猴子似的。赶快给我们唱曲儿吧！唱得好，爷赏你口饭吃！哈哈哈……"

一帮不学无术的公子哥儿，一边饮酒作乐，一边调侃着秦越淞，同时又在挖苦唱曲儿的取乐。当然，更加劲爆的猛料还在后边呢！这时，只见一个身穿袍子，嗓音不男不女的人，晃晃荡荡站了起来。他先是干咳了几声，像是要吐的样子，然后才用大舌头呜啦呜啦地说：

"你们知……道齐国蹴鞠高手项阳吗？"

"当然，咱们齐国人还有不知道他的吗？"

"是啊！他的大名可是家喻户晓啊！"

"你跑题了！项阳和治病八竿子打不着啊！"

"你……们知道他和秦越洸的故事吗？"

"他俩还有故事？愿闻其详。"

那人撇了撇嘴，呜啦呜啦地继续说着。


原来，项阳本是一个纨绔子弟，整日里无所事事。他不仅是高阳馆里的常客，歌厅勾栏也从来少不了他。可是，自从迷上了蹴鞠之后，他就像变了个人似的，整日整夜地练习，而且风雨无阻，最终成了齐国的蹴鞠高手。那时的蹴鞠就是现在的足球，也是一项体育运动。但是，那时场上没有球门，比赛的两支队伍主要是比花样和技巧。每队一到十二个人不等。在场上的队员，一般每人会两三个动作就算不错了，但项阳不怕苦不怕累，每天苦练基本功，将蹴鞠的拐、蹑、搭、磕、捻等十八般武艺练得样样精通，甚至能将多种动作连贯起来一气呵成，前后衔接滴水不漏。他一上场，简直让人眼花缭乱，目不暇接，喝彩声一浪高过一浪。项阳还吸收别人的长处，再加上自己的体会和创造，推出了一系列新动作，更是让观众看得如痴如醉。他的新动作很多，仅流传开来的就有扭转乾坤、南燕归巢、旁斜插花、清风摆荷、大佛顶珠、旱地拾鱼、金佛推磨、拐小流星等。每当项阳把这些动作耍起来的时候，球场边总是人山人海，人声鼎沸。可以说，那场面不亚于三月初三的牛山庙会。

俗话说，"狗欢无好事，人欢就有灾"。

蹴鞠虽说是游戏，但那的的确确是力气活，人浑身上下二百零六块骨头都能活动到，六百三十九块肌肉都要协调配合并一起发力。也就是说，只要你玩蹴鞠，伤筋动骨是迟早的事儿。"常在河边站，哪能不湿鞋"呢！项阳出事的这天，恰巧遇到了秦越洸。但是后来事情的发展，可就大大出人意料了。

那天，秦越洸去高阳馆为一个醉汉疗伤，回来的时候听说蹴鞠场上有项阳的表演，看看天色不晚，正好他也无甚正事，想着去看看也无妨，便去了蹴鞠场。现场人山人海，等他从人缝里挤到前面时，正好看见场上的项阳一个人在做一个动作。看见这个动作，一般人可能没有什么感觉，但秦越浣却觉得胆战心惊。

当时，项阳正在做清风摆荷的动作。虽说动作的前几个部分他做得非常连贯，蹴鞠就像长在身上一样，但是，当他做到后半段收腰的时候，秦越浣看见他身体明显不受控制地摇晃了几下，而且咧了一下嘴，脸上出现了一丝痛苦的表情。

蹴鞠表演结束后，项阳和随从前呼后拥地经过秦越浣身旁时，秦越浣非常关心地大声说道：“壮士，你的腰上有伤了，要早点诊治！”

“你是谁？”项阳的目光射了过来。

“我是乡医秦越浣。”

“你就是那个光治小病的秦家老二？”

“正是！正是在下。”

这时，浑身罩着光环、如日中天的蹴鞠高手项阳，充分显示出了他的高冷狂傲与放荡不羁。他拨拉开随从，径直走到秦越浣跟前，瞅了他几眼，然后居高临下地说：“我听说你能治点小病，骗点吃喝。你骗骗乡野村夫也就罢了，今天，你竟然不知羞耻地骗到我的头上，你不怕我教训教训你吗？以后骗吃骗喝要看准对象，免得让人家一顿拳脚送你回老家！”

说完，项阳示威似的挥挥拳头，转头走了。

那个穿着红绿袍子、嗓音不男不女的醉汉说到这里，屋子里又是一阵大笑。嘈杂的笑声里，还掺杂着对秦越浣的不屑和谩骂。从此，秦越浣只能治小病的名声越传越响了。后来，项阳因为玩蹴鞠用力过猛，开始口吐鲜血，又找到刚刚出道却声名大振的秦越人门上，要求给他医治，那是后话了。

当时，秦越人只是轻轻地说了一句：

“早让我二哥治他的小病，就不会有今天的大病了。”

当然，秦越人的这句话，是在高阳新舍里说的。他对两个哥哥的信任是无条件的，除因为一种不知道从哪里来的感觉之外，更重要的还是他们有耳濡目染学来的医学知识打底。要不，秦越人怎么会说出那样的话呢？

虽然以上是两个偶然的事件，但是自古以来“好事不出门，坏事传千里”。自此，在淄河两岸，在系水河流域，甚至在整个齐国都城临淄，连十几岁的孩童都知道：秦家老大秦越芰，看见没病的人也说人家有病；秦家老二秦越浼，只会治疗些小病。人一旦被打上标签，就很难改变自己在他人心中的形象了。但是，秦家两兄弟从不辩驳，任别人说破嘴皮，他俩还是我行我素。因为他哥俩知道，医道到了一定的层级，会有一些只可意会不可言传的东西。所谓的不可言传，并不是他哥俩不想说或者不能说，而是过于专业的东西，或者个人内心的一些难以形容的体会，很难或者根本无法说给外人听。此乃"隔行如隔山"也。如果你费尽口舌，对方也只能听得懵懵懂懂，一片混沌，那样说与不说又有什么区别呢？

那么，误打误撞当了舍长的秦越人，现在怎么样了呢？

# 第四章　秦越人遭遇怪老头

秦越人简直被逼得不想活了！

太阳懒洋洋地照在地上，秦越人无精打采地走在大街上。

铸币坊里传出呼哧呼哧的吹皮囊声，让人听了心烦意乱。满街的叫卖声令人定不下心，匆匆来去的身影让人躲闪不迭。秦越人像一只无头苍蝇，在乱哄哄的大街上转了半天，本来是想放松心情的，结果更加心烦意乱了。他的心里好像堵了一把草，扎得疼，堵得慌，弄得人心情烦躁，甚至有不想活了的感觉。这时，他索性一不做二不休，又回到了高阳新舍。

秦越人在高阳新舍干得并不算顺利。

所有的原因，都可以归咎为一个人，就是一个怪老头。这个人，就是秦齐夫在牛山采药时遇到的那个几乎赤身裸体的人，就是秦越人和父亲刚到高阳新舍时那个高呼"我来也，你们快快出迎"的人。这个人，就是那个被称为长桑君的人。说不出他是装疯卖傻，还是倚老卖老，还是故意要赖皮，反正见过他的人都烦他，跟他相处过的人都骂他，离开他的人都不愿再见到他。总之，这个人就是这世界上一个多余的人，但是他却总是时刻出现在你的眼皮底下，让你不胜其烦。

那天送走秦越人之后，秦齐夫便径直回家了。那个急于要离开这里，盼着早点回高阳与老婆团聚的秦淄阳，好像终于找到了替死鬼。他一边交代营生，一边观察了秦越人好几天，看到秦越人做事一板一眼的，便觉得他很靠谱。原本想让他干一阵子伙计之后，再干舍长，但是几天下来，觉得他是那块料，又加上老婆天天找人捎信儿来催他回家，于是秦淄阳便一股脑地把舍长的头衔交给秦越人，自己如此这般地急匆匆交代了一番，便头也不回地直奔高阳，与老婆共度良宵去了。当时，秦越人还为自己的计谋得逞，心存小小的得意呢！他想：我在这里能不受任何人干扰，安静地学习医术。这岂不是一个天赐良机？哈哈，你们两个大人，怎么也不会想到被一个孩子骗了吧！

但是，现实却给了他当头一棒！

上任第二天，秦越人就去了长桑君的客舍。

长桑君的客舍，在院子的西北角上。走到门前，他先是恭恭敬敬地敲敲门，听里边半天没有动静，他又使劲敲了三下。难道长桑君还没醒来？我这么早敲客人的门，会不会惊扰了人家的好梦？想到这里，他心里涌上了些许歉疚，转身准备回大堂去。

"外面何人？"客舍里传出了声音。

"我是舍长秦越人。"

"是来逼我还钱的吧？"里边的声音不友好了。

"不是，我是慕名前来拜访你的。"

"我这种人，姥姥不疼舅舅不爱的，连鬼都不愿意搭理我，还有人想拜访我？骗鬼去吧！是不是惦记着我这十几捆竹简？"长桑君一边说着话，一边呼地拉开了房门。由于用力过猛，房门来回碰了几下，像要摔破了似的。然后，他狠狠地瞅了瞅秦越人，翻着白眼径直回屋里去了。

秦越人扶着门框往里一瞅，一股酸臭气卷着一群苍蝇，一下子扑了过来，噎得他咕咚咽了一口气，差点向后倒去。那些苍蝇撞在他的脸上，让他差点吐出来。他定了定神，打眼一看，简直被眼前的景象惊呆了：

炕上的铺盖不知道多长时间没拆洗了，早已看不出颜色，看上去就像秋后阴沟里的一堆烂树叶子。地上到处都是破麻布和烂木头，根本无处下脚。走在屋内，破破烂烂几案上，放着一个长满了绿锈的尿壶，里面溢出的尿液让整个屋子里都是浓烈的尿臊气。几个没吃完的饼子，胡乱丢在流着尿液的几案上，有的已经长了长长的绿毛。靠近房门的地上，扔着几支竹简。近乎赤裸的长桑君打开门之后，又爬回床上，还一把抓过酒壶，往嘴里灌了几口。面对这尴尬不堪的局面，秦越人一下子愣在那里，不知道下面该咋办了。

突然，他发现脚下的两片竹简上，"丹参""煎药"等几个字眼赫然在目。于是，他如获至宝，慢慢蹲下来，双手捧起那片竹简，轻轻吹了吹上面的尘土，虔诚地摩挲着，嘴里还念念有词。他似乎一下子入定了，对他来说，除了眼前这几个字，整个世界都不存在了。

"放下！快放下！"长桑君大声吆喝。

"你……你……"秦越人嗫嚅道。

"你的脏手不配动它！"

"我……我……"

"快滚！别让我再看见你。"

秦越人一个愣怔醒了过来。为了他心中那个梦想，他还是暂时选择了退却，以避免矛盾激化。他轻轻放下竹简，慢慢地往后退着，还向长桑君投去友好善意的目光。当然，那目光里更多的是讨好，甚至是谄媚。他一边往外退着，一边在想：我咋突然感觉到这屋子里有些温馨呢！

当啷啷——

随着一声响，那个淌着尿液的夜壶嗖的一声从屋里飞了出来，不偏不倚正好砸在秦越人的脚后跟上。只听秦越人"啊呀"一声之后，用手捂着脚后跟蹲在了地上。夜壶里的尿液洒了一地，连秦越人的裤子上都溅满了。

突然，远处传来一声大喊：

"长桑君，你还想不想活了？"

随着喊声，只见一个壮汉手拿哨棒，飞也似的奔过来。壮汉所过之处，地皮被踏得咚咚作响。只见他几步奔到长桑君门前，一边挥舞着哨棒，一边对着里边大叫：

"你这个老不死的，你还要不要脸？住在这里多少年了？一文钱不交，还整日里要吃要喝。喝多了还耍酒疯，混嚼乱骂，要多难听有多难听！我们上辈子该你的？欠你的？今天你要是不给舍长道歉，信不信我打断你的腿？你欺负我们多少年了？今天就是砍了你的头，也一点不冤枉！"

"别说难听的。"秦越人制止道。

"他这种人，不懂好话！"大汉道。

"你别说了，回去吧！"秦越人继续劝解。

"都是你这样的人惯的他！"

那大汉扔下这么一句话，便气呼呼地拖着哨棒走了。秦越人知道，这人名叫孟骢，是高阳新舍的护院。他家境贫穷，自幼习武。秦淄阳见他正直善良，便聘他过来当了护院。孟骢也知恩图报，一直忠于职守，兢兢业业，颇得主人和客人的好感。他本来就对长桑君住店不交钱还经常骂人的恶行看不惯，今天看见他对新上任的秦越人口出狂言，而且差点大打出手，那股子压了好几年的火气就一下子压不住了。要不是秦越人一个劲儿地劝说，他说不定会把长桑君赶出去呢！因为他早已恨得手也痒痒，心也痒痒了。

劝住孟聪之后，秦越人回屋换了身衣服，径直回了大堂。

真是一波未平，一波又起！

一天中午，长桑君背着一大捆从牛山上采来的草药，走进高阳新舍的大堂后，便胡乱扔在地上，开始清理药株上的泥土。不长时间，大堂的地面上便撒满了泥块，被客人一踩，弄得到处都是泥印子。同时，不同的草药混合而成的药味，形成了一股说不清、道不明的味道，弄得大堂里乌烟瘴气的。进出的客人都向秦越人抱怨不迭，有的客人甚至威胁要搬走或者再也不来住店了。

秦越人无奈至极，只好向长桑君摊牌：

"客人们对你有意见了。"

"听见蝼蛄叫，就不种豆子了？"长桑君说。

"这是大家的地方，你……"

"你看看哪里刻着'大家'两个字了？"

"你这不是在抬杠吗？"

"你是哪里来的野鸡，在这里乱叫呢？"

"我给你收拾了吧！"

"你敢动一动，我就剁掉你的手！"长桑君一边说着，一边从篓筐里掏出那把割草药用的镰刀，在空中使劲地抢了几下，还用手摸了一下刀刃，吓得周围的人都后退了好几步，并发出一片惊叹声！

"这样确实不合适啊！"秦越人叹道。

"你说咋办？"

"我帮你收出去吧！"

见秦越人一片热心，长桑君没再撒泼，默默地和他一起收拾起来。两人把整理干净的草药束成几小捆，又用笤帚扫净了地上的泥土。两人一起把草药拿到长桑君客舍前边，均匀地摊在空地上，准备晾干了再收拾起来。

这事刚完，谁知凭空又起了风波！

又到了"夕阳西下，断肠人在天涯"的时候。西下的太阳挂在远处的树梢上，把齐国都城临淄西边的系水河映得一片浅红。随着微风的吹拂，申门外的申池湖面上荡起一层层细小的波浪。随着细浪的涌动，明丽的晚霞在细密的浪尖上活泼地跃动着，闪烁着星星点点的光芒。准备归巢的水鸟，在水面上拉出一道道长长的水线之后，又慢慢隐身于湖边的芦苇丛里。打鱼人也划起一叶扁舟，从湖里驶进系水河，向着远处慢慢驶去。水线激起的细浪，打到岸边啪啪作响，让人心里泛起一阵凄凉。

往日，这时的申门已经快要关闭了。但今日却一反常态，生意人进城的车马络绎不绝。虽然不能说是"车辚辚，马萧萧"，但也是一辆接着一辆，前不见头后不见尾的。车上的人都是风尘仆仆的，一看就是从远方而来。这些商人在临淄城住宿的首选，就是高阳新舍，因为高阳新舍已经是远近闻名的老字号了。而且换上秦越人当舍长之后，他又采取了一些招商安商的新措施，诸如早餐免费、晚上免费泡脚等。别看这只是些细微的改变，却给高阳新舍带来了更好的口碑，更多的客人。

当然，这还得感谢多少年前齐国宰相管仲为繁荣齐国商业采取的一些政策。那时，管仲令人诏告天下：来齐国都城临淄经商的人，只要达到四匹马驾一辆车的，就可以免费吃饭；只要达到十二匹马驾三辆车的，马还可以得到免费饲料；而达到二十四匹马驾五辆车的，就会有专门的人来服务。就是"专门的人"和"服务"两个词，给了很多人无穷的，甚至是无底线的想象：

"专门的人"是些什么人？

他们或者她们提供什么样的服务？

虽然说现实也有可能很骨感，但是想象却是非常丰富的。当然，要是按坊间的说法，此事可就够花花的了。据说管仲为了发展齐国经济，还设立了"女闾"，说俗一点就是"官妓"。凡是来齐国经商的人，只要达到一定规模，就有专门的人为其服务。据说，在鼎盛的时候，"女闾"的人数达到700多。虽然说管仲的方法很龌龊，但是他的目的却是直接的。

也许是这些五花八门的招儿起了作用，也许还因为是别的什么，反正都城临淄的商业很快就发展起来了。酒肆旅舍应运而生，歌厅勾栏星罗棋布，应时小吃层出不穷，生活用品让人眼花缭乱……白日里喧嚣入云，黑夜里灯火通明，平日里夜不闭户，节假日通宵达旦，所以，才有了竹简里记载的形容临淄城里繁荣景象的"连衽成帷，举袂成幕，挥汗成雨"……

晚上，秦越人的高阳新舍又是爆满！

客舍被订得一间不剩，平日里经常空闲的马厩，被马匹挤得满满的。甚至有的马没有马槽吃草了，只好临时用木棍支起几个用柳条编成的筐箩，放上草料暂时解决问题。就是这样，还是有好几匹马盛不下了，实在没地方放了，只好把它们拴在院子里的一棵老槐树上。

谁知，这几匹马又成了"大爆炸"的导火索！

这是一个月明星稀的夜晚。那些商人们享受了大半夜之后，都已经昏昏沉沉地睡去，有的门缝里还传出了响亮的呼噜声。虽说房间里的油灯都熄灭了，可是月光依然让院子明亮得很。赶车人给马们喂完夜草之后，也放心地回房间休息了。可是，他们在匆忙之中，忘了给拴在院子里的几匹马喂夜草，正是这个疏忽埋下了祸根。

快敲四更的时候，那几匹马实在饿得不行了，便纷纷开始仰天大叫。但它们叫得嗓子都哑了，主人也没有给它们半点草料。因为昨晚的各种"服务"，让主人们太累了，哪里还有精力管它们呢？实在没有办法，它们就使劲挣辔头。当然，还是无济于事。于是，它们便相互啃咬拴在老槐树上的缰绳。

不一会儿，几匹马的缰绳都被啃断了，马儿们一下子自由了。它们先是嘚嘚地在院子里撒了一会欢儿，然后又开始四处寻摸吃的。满院子里转了几圈后，并没有发现什么好吃的，于是，它们开始啃那棵老槐树的树皮。

"咴咴咴……"

正在马儿们喟叹树皮难吃的时候，一匹马的叫声传了过来。原来，这匹聪明的马转了几圈之后，发现了长桑君晾在院子里的草药。虽说已经晾了半宿，但草药的味道依然鲜美。在同伴的招呼下，另外几匹马毫不客气地昂首奔过去，开始吃起那些草药来。

真是无巧不成书。

准时四更天起来撒尿的长桑君，尿完之后，便迷迷糊糊地往炕上爬。忽然，窗外一阵陌生的声音把他吓得抖了个激灵，人精神了不少。他转过身，借着月光，扒开门缝儿向外瞅起来。

这一瞅不要紧，他顿时怒从心头起：他白天采的草药，快被马儿们吃光了！

长桑君顾不得穿衣服，两手抄起顶门棍，光着身子冲了出来！正在享受美餐的马儿们，根本没想到四更天还会有人出来。它们吃得正香呢，屁股上突然挨了几棍子，于是都朝天咴儿咴儿大叫起来。长桑君气不打一处来，光着身子挥着顶门棍，在院子里和马儿们边追边打了起来。

一边打，他嘴里还一边咋呼：

"这是哪个混蛋放马吃我的草药？你们腰缠万贯，却不知道穷人的苦情！骑在我的脖子上拉屎，还顺便薅我的头发，你们还是不是人？这些天打五雷轰的……"

四更时分，天已经快亮了。

他这一吆喝，惊动了高阳新舍所有的人。先是秦越人一跃而起，穿衣戴帽冲了出来。在看清长桑君光着身子后，他觉得有碍观瞻，便拎起一件袍子追了上去。谁知长桑君接过袍子，顺手一扔，那件袍子竟然像一挂风筝一样飞了起来，不偏不倚地落在了院子里的老槐树上。然后，袍子的袖子随风摆动着，像一个人挂在树上一样，有几分骇人。

这时，被惊醒的房客们都出来了。他们当中倒是没有多少人生气，而是看着长桑君发笑。房客们三三两两地排在房檐下，像看社戏那样，轻松地欣赏着眼前的景象。长桑君每打马一棍子，人群中便爆发出一阵笑声。看着他力渐不支，快追不上马儿们了，还有人击掌为他加油，大喊着让他使劲追赶。其实，长桑君也有他的老主意。他想，我根本不怕你们看！但是，只要照着马狠狠地打，马的主人肯定就会出来说话。到那时，自己再好好地和他们理论。

就在这时，一匹白马跑了过来。长桑君抡起顶门棍使劲打了过去，正好打在马腿上。那匹马往前一个趔趄，差点趴到地上，马嘴里还发出了"嘶嘶"的哀鸣。霎时，一个刚才还在哈哈大笑着欣赏闹剧的胖乎乎的白脸大汉，急赤白咧地从人群里跑了出来，一把抓住长桑君手里的顶门棍，大声道：

"哪里的光腚在这里撒野？"

"我是你爷爷！"长桑君对答道。

"看你也一把年纪了，还如此不知羞耻。"那个白脸大汉一边说着，一边夺下了长桑君的顶门棍。他双手一使劲，顶门棍飞过屋顶，落到了街上。"你露着羞处满院子乱跑，还口出狂言，真是为老不尊啊！你还有理了？"

"你的马为何吃我的草药？"长桑君问。

"它是牲畜啊！"

"你也是牲畜吗？你咋调教的？"

"你嘴里干净点！别满嘴喷粪！"

"我喷粪你吃吗？"

"我看你这是找打……"

白脸大汉一边说着，一边过来抓挠长桑君。谁知长桑君浑身上下无条线儿，又加上刚才狂奔时出了一身汗，流在身上滑哧溜地根本抓不住。白脸大汉飞起一脚，眼看就要踢到长桑君的身上了。这时，只见秦越人飞身跃过去，那人的一脚，稳稳当当地踢了秦越人的羞处，疼得他一下子蹲下去，好长时间说不出话来，气氛一下子凝固住了。

"你们别吵了！"秦越人捂着裤裆说。

"谁赔我的草药？"长桑君说道。

"我赔，我赔。"秦越人跟了一句。

"咋赔？"

"你还有脸让人赔？你好意思吗？"那白脸大汉不依不饶，"我也是这里多年的房客了，你那些丑事我也略知一二。你在这里住了很多年了，你交过房钱吗？俗话说'好事不出门，坏事传千里'，我常年来这里做丝绸生意，不知道听过多少人说你的恶行——欠债不还，蛮不讲理……横行霸道，你干过人事吗？"

"他欠高阳新舍的房钱已经还上了！"秦越人说道。

"太阳打西边出来了？"白脸大汉道。

"你……"长桑君看着秦越人狐疑道。

"大家散了吧！各人还有事呢！"

"他还账了？出了怪事了！"

"长桑君交了钱，鬼才信呢！"

"舍长是个实在人，他能说谎吗？"

"嘿嘿！舍长被踢晕了吧？"

　　长桑君住店不交钱的事，路人皆知。所以，面对目前突然爆出的他还了房钱的消息，大家不信也是很正常的。众人一边怀疑，一边嚷嚷着，陆续散去了，老槐树底下只剩下了长桑君和秦越人。长桑君一脸不解地看着秦越人，嘴里慢慢地出着气。秦越人知道长桑君在怀疑什么，但是他一只手捂着裤裆，一只手冲长桑君摇着，始终没有说破。一会儿，院子里又恢复了平静。当然，也有人开始拴马套车了，因为天已经不早了，赶路的要急着赶路，交货的要急着交货呢！

　　秦越人边走心里边嘀咕：出了这么大的事，咋没见护院孟璁呢？

　　心里想着，秦越人就来到了门房，敲了几下门，里边没有什么反应；他又高声喊了几声孟璁，里面也没有应答。秦越人觉得大事不好，便想推门进去，谁知门从里面顶住了，根本推不动。他一不做二不休，往后退了十几步，加上助跑，一脚就把门端开了！

　　屋里的景象让他大吃一惊：

　　炕沿儿上的油灯，因灯花太多已经"奄奄一息"，屋子里幽暗不明。往日里高大威武的孟璁，蜷缩在破被子里，就像放在那里的一口袋土豆。近看，他的脸痛苦地扭曲着，黄豆大的汗珠子扑簌簌一个劲地往下掉。孟璁两手捂着肚子，时不时地翻滚，嘴里发着哎哎声。

　　秦越人问道："你咋了？"

　　孟璁答道："肚子疼得要命……"

　　"你吃错什么东西了吗？"

　　"昨天从马厩边上捡了几个蘑菇。"

　　"准是蘑菇中毒了！"

　　秦越人赶紧回到大堂里，用跟着父亲巡诊时看到的药方，从簸筐里找了几种药材，装入罐子加上水在火上熬了一会儿，滗出药渣之后，端着药汤一路小跑去了门房，服侍孟璁灌了下去。大约过了一个时辰，就看见孟璁又拖着哨棒在院子里转悠了。在别处应付公事般地走了一趟之后，孟璁扛起哨棒直奔大堂而来。秦越人想：都说这个孟璁是个讲义气的人，但他要是为这事过来感谢我，我可就不好意思了。这次，秦越人可真是自作多情了。孟璁转悠到大堂里的时候，不但没有感谢他，还根本连个笑脸也没给他，而是黑着脸问秦越人道：

"听说你替长桑君还钱了?"

"是啊!有啥不妥吗?"

"你咋做这样的事呢?"

"我咋了?为什么不能替他还钱?"

"你哪里来的钱?"

"用我薪俸的钱,一点点还的。"

"为他这样的人,真不值得!"

"我不替他还上,他自己还得上吗?"

"那么多好人你不帮,却去帮这个下三滥,去填这个无底洞。下三滥永远不会感谢你,无底洞你永远也填不满!长桑君这个人,简直就是个无赖。依我的脾气,早就把他打出去了,可你就是不让。你知道'人善被人欺,马善被人骑'的古训吗?你等着吧!我把这句话撂在这里:这天底下卖啥的都有,可就是没有卖后悔药的!"

孟骢说完,又对着秦越人哼了一声,扛着哨棒径直走了,把秦越人一下子晾在了那里。秦越人心想:今天是咋了?这些人咋都让人捉摸不透了呢?其实,真正让他捉摸不透的事还在后边呢!

有道是"摁下葫芦瓢起来",这话一点不假。

这次风波,也是秦越人自作自受。

秦越人是一个极具责任心的人。如果说他从秦淄阳手里接手高阳新舍的经营,是雪中送炭的话,那么,这次在高阳新舍里设立投壶之礼,则是属于锦上添花了。为了使高阳新舍的生意更好,名气更大,秦越人派人出去学习,引进了投壶之礼。投壶,是古代士大夫宴饮时玩的一种游戏,也是一种礼仪。其玩法非常简单,就是把一个壶放在地上,投壶者把手里的矢投向壶里,投中多的为胜,投中少的按照规定的数量罚酒。当然,投壶有一定的规矩和程序,还要有专人在一边用瑟弹奏《诗经》里的名篇《狸首》,还要有人当主持,有人当裁判,等等。一个公众场所,有没有投壶之礼,也是当时判断该场所档次高低的条件之一。

经过多次外出学习和闭门演习,高阳新舍的投壶之礼终于要正式推出了。

这天，不仅店员们有些激动，就连一向沉稳的秦越人也有些急躁了。他一大早就起来，仔细看遍了大堂的角角落落，并检查了每一把壶，掂了掂每一支矢，又用麻布擦拭了每一个酒杯，看看没有半点灰尘，这才放心地放在几案上。最后，他又向所有店员讲了投壶规程和注意事项，并要求大家必须遵守。他还说这是高阳新舍第一次推出这个项目，事关高阳新舍的声誉，希望大家都瞪起眼来，表现突出者奖励去看项阳表演蹴鞠，谁如有差池，扣除一个月的薪俸。

今天，主人就是秦越人，他请的宾客，是多年来在齐国都城临淄经营鲁缟生意并长期住在高阳新舍的一个商人。此人不但自己长期在高阳新舍住店，而且先后介绍了许多客人来。在高阳新舍常住的客人中，差不多有一半是他介绍来的。所以，他一直被视为上宾。

宾主互相谦让一番之后，终于双双在上席坐定，这意味着投壶之礼就要开始了。因为这是高阳新舍第一次搞这样的宴饮活动，又加上投壶宴饮有着严格的程序，一旦上个环节乱了程序，下个环节就无法进行了，所以这次上上下下都非常重视，大堂里静得掉根针也能听得见。

但是，谁也没想到，长桑君今日会来搅局。

今天，护院孟骢客串了投壶宴饮仪式上的司射一角，也就是主持人。秦越人和客人落座之后，孟骢马上将两把青铜壶放在了他俩面前。青铜壶无耳，壶脖子长七寸，壶口的直径大约二寸半，壶身的通高大约一尺二寸，壶肚子的直径大约五寸，这都是有严格规定的。

放下青铜壶之后，孟骢又拿着一把矢走到宾主面前，轻施简礼之后，给两人分发了用木头削成的六寸半长的木矢八支。孟骢把宾主的木矢放在他们眼前的几案上后，便退到了大堂边上，让乐师奏起了《诗经》中的《狸首》，并庄重地宣布进入投壶的"三请三让"程序。

这时，只见秦越人恭敬地站起来，面对客人深深地施了一礼，谦卑地说：

"吾有枉矢哨壶，请乐宾。"

（虽然我的箭弯曲不堪，我的壶也歪斜不正，但是我用虔诚的心请你屈尊投壶一乐。）

"子有旨酒嘉肴，又重以乐，敢辞。"客人答。

（你有美酒佳肴，又有这么美妙的音乐，我不敢投啊！）

这时，秦越人又对客人深施一礼，态度更加诚恳地说：

"枉矢哨壶，不足辞也！敢以请。"

（虽然我的箭不好，壶也很差，但这些都不是你坚辞不受的理由。所以，我再次请你投壶。）

客人道："子赐旨酒嘉肴，又重以乐，敢固辞。"

（你有这么精致的美酒佳肴，还有如此美妙的音乐，我真的不敢造次。）

这下，终于到秦越人的第三次恭请了：

"枉矢哨壶，不足辞也！敢固以请。"

（我知道你不嫌弃我这些次等的矢和壶，这也不是你谦虚的理由。所以，我再次请你行投壶之乐。）

其实，这些都是江湖上固定的礼数，也没有什么实际的意义。说到底，这些东西只是些程序性的东西。但是，只有遵从这些礼数，人们才认为你有教养，懂礼道。这时，主人已经三请了，按程序客人也应该答应了。只见客人站了起来，对着秦越人深深地还了一个礼，认真地答道：

"吾固辞不得命，敢不敬从？"

（我辞谢了好几次，但你还是不准允，我只有遵从你的命令了！）

这时，司射孟骢俯首上来，向主人和客人每人奉上四支矢，并向他们宣布了投壶的规则和注意事项，投壶便开始了。客人该怎么投就怎么投，而秦越人可就不一样了。客人是他请来的，请客的目的是答谢，总是要谦恭一些的好。以此取悦客人，才是真正的待客之道，也才能永远拉住这个客人。客人投完了，结果是四支矢投中了三支。大堂里一阵欢呼之后，轮到秦越人了。只见他拿出一副特别认真的样子，以行故意失误之实。结果，四支矢只投中了一支，总数比客人少投中两支。

"罚酒！一支两杯！罚酒四杯！"客人大叫道。

"技不如人，甘愿受罚。"秦越人道。

司射孟骢倒了满满四杯酒，依次摆在了那里。

"醉了今日，不想明日！"

突然，随着一声大喊，长桑君一路歪斜着跑进了大堂。只见他的披肩长发上沾着一些草屑，两眼发红，嘴角淌着涎水，两只手十个指头黑得看不出本来的颜色。闯进大堂之后，他四处一瞅，便直奔主席而去。这个到处乱跑的长桑君，慌忙中踢翻了地上的投壶，壶中的矢哗啦啦散落了一地。

那个整日里养尊处优的客人，从来没见过这样的阵势，吓得慌忙躲到了几案后面，两只惊恐的眼睛向外瞅着。气氛一下子紧张起来，所有的人都不知所措。

咕咚……

四声咕咚过后，长桑君把孟骢摆在那里的酒都干了。然后，他又抓起盘子里的一块肉大嚼起来。他一手抓着一根猪腿，腾出另一只手伸向几案，把躲在几案后面的客人一把拖了出来，指着客人大笑起来：

"哈哈哈，谢谢你！要不是你来，秦越人怎么会给我肉吃，怎么会给我酒喝呢？看来，我还是托了你的福啊！快快快！快出来！咱俩比试一下酒量。我想，你肯定不是我的对手！"

这时，大家已经从慌乱中醒过来了。孟骢第一个冲上前，一脚踢倒长桑君，然后扑上去，泰山压顶般把他狠狠地压在了身子底下。任凭长桑君鬼哭狼嚎，他坚决不起身。孟骢早就看不惯这个老东西了，可不知道为啥，主人秦越人总是对他网开一面，还用自己的薪俸替他还账。今天真是天赐良机，终于让长桑君犯到了他手里。孟骢心里想，今天能弄死长桑君最好，因为今天惩罚他的理由太充分了；如果弄不死他，也要弄残他，给他个血的教训，让他以后老实点，别以为没人能管得了他。

"轻一点儿。"秦越人提醒孟骢。

孟骢虽然生气，但他还是听主人的，也就稍微松了一下手，长桑君这才不叫唤了。秦越人给孟骢使了一个眼色，孟骢便把长桑君拖起来押着向外走去。临走时，长桑君像抓住救命稻草那样，一把抓住了秦越人的胳膊，轻轻地攥了三下，又松了三下。然后，他便被孟骢像拖死猪那样拖了出去。大堂里终于恢复了宁静，秦越人向客人道歉再三，取得了客人的谅解之后，才把客人送回了客舍。

这天夜里，乌云深一阵浅一阵的，月亮在云层里无声无息地穿行着，一会儿明一会儿暗，地上的光影也在明暗不定地变幻着。整个大地好像处在一种焦躁不安的气氛里，让人的心里也有一种莫名的不安。

躺在炕上的秦越人，心里一直在想：那个平日里从来瞧不起人又狂放不羁的长桑君，为什么在混乱之中轻轻地抓了我的胳膊？而且还轻轻地攥了三次，又松了三次呢？到底是什么意思呢？难道他有什么暗示？按当时混乱的情况，他要是向我求救的话，也会像落水者抓住树枝一样，有多少劲就使多大劲的。他攥得这么轻，说明他并没有喝醉。难道，他平常醉生梦死、蛮不讲理的样子都是假装的吗？

这里面会不会有什么蹊跷呢？

当然，任何重大事情发生前，都是有预兆的！

# 第五章　神秘的月夜收徒

这几天，长桑君的确有些神秘。

他有时候天不亮就出去，月上树梢儿了才回来，出去时总是拿着一条空袋子，回来时里面却鼓鼓囊囊的。做这些事的时候，他总是避着人，好像在做什么见不得人的事情，甚至表情也慌慌张张的。当然，因为他平日里总是疯疯癫癫的样子，所以没有人注意他的行迹。对高阳新舍的人来说，只要长桑君不给他们制造麻烦，他们就算是烧了高香！但是，时刻警惕地盯着长桑君的秦越人，则早已把这些反常现象看在眼里，记在心里。他预感到，也许，自己盼望的时刻就要来到了。此时此刻，他内心忍不住一阵阵激动。

这几日，太阳好像从西边出来了，长桑君开始打扫自己的客舍。大家都知道，他是窝囊得不能再窝囊了。整个房间，十几年不打扫了，满屋子透着酸臭气。乱七八糟的东西摆得到处都是，进门后根本没有落脚的地方。谁让他清理一下房间，他就和谁急眼。但是，这几天不知道为什么，他竟然开始打扫房间了。常住的客人说："哈哈，人和动物有反常，会不会是天象要有什么大变化呢？"

当然，最明显的是，有一天，长桑君竟然在院子里的两棵树之间，拉起了一根麻绳。他又背着一大堆脏兮兮的衣服，去了城西的申池湖边，在那里洗了整整一天，回来就在这一根绳子上晾满了。

长桑君要做什么呢？

人们禁不住疑惑起来。

这天中午，太阳很毒，晒得大片大片的桑树都耷拉了头，路边的小草都倒在了地上。路上二指厚的醭土，踩上去直烫脚。高阳新舍的马厩里，平常喜欢嘶鸣的马儿们，也都耷拉着耳朵一动不动了。只有院子里的那棵大槐树，还把枝杈顽强地伸向高空。满树的绿叶，给地上织出了一片阴凉。树上的蝉们，使劲地鼓噪着，吵得人们心烦意乱。

树荫下长桑君穿着刚洗过的衣裳坐在那里，手里拿着用申池湖里的蒲草编成的蒲扇，随意呼扇着。他一会儿看看铺在地上的竹简，一会儿若有所思地看着树上正在鸣叫的蝉儿，显得有些漫不经心。也许，心细的人会看出，他似乎是在等待着什么。因为，他那两只眼珠子，总是在骨碌骨碌地转。

在躁人的蝉鸣声中，送走客人的秦越人信步走了过来。这几天来，他也听到了一些关于长桑君突然神秘起来的传言。由于上次和长桑君交往时吃了一次亏，所以，这次他是以不变应万变。他一边往这边走，一边用余光扫了一眼长桑君，然后又装作看不见，径直往马厩方向走去。没想到，这次竟然是"老奸巨猾"的长桑君沉不住气了。

"舍长，你不坐坐吗？"长桑君问。

"请问你有什么需要我效劳吗？"秦越人反问道。

"你就不想和我拉拉呱？"长桑君问。

"你对我感兴趣吗？"秦越人说。

"你说呢？"

"也许不感兴趣吧！"秦越人欲擒故纵。

"不感兴趣？不感兴趣，我能在多少年前去牛山躺着，等你父亲去采药吗？不感兴趣，我能做出一些违背常理的事情，引起你的注意吗？不感兴趣，我能到处打听你家的事情吗？不感兴趣，我会时常考验你的为人吗？"长桑君似乎受了天大的委屈，他越说越来气，最后干脆把手中的蒲扇一下子扔在了地上，扑打起的醭土一下子腾了起来。多少年来，这是第一次有人听见长桑君以正常人的口气说话，也是第一次有人听见他说了这么多的话。秦越人心里嘀咕起来，这个长桑君绝对不是一般人物，他隐藏得太深了！看来，十几年前他就在打我的主意了。他做的那些不近常理的事情，大多数是为了考验我。看来，我的过去早已经被他了解得清清楚楚了。世上的事情就是这么怪，千呼万唤不一定出来，东躲西藏不一定躲得过。要来的事情，肯定会来的。这就是古人所说的缘分吗？这就是风水先生所言的前世注定吗？

秦越人自知闯了大祸，赶忙施礼道歉。看秦越人的态度还算诚恳，长桑君这才捡起蒲扇，用手扑打了一下上面的酶土，慢慢地扇了几下，又慢悠悠地开了口：

"你对我感兴趣吗？"

"当然感兴趣了！我本来一点也不喜欢这份经商的差事。但是，我答应下来，坚持着做。这一点，连我老父亲和秦淄阳也很纳闷，也很吃惊！我为啥忍辱负重？为的不就是接近你吗？而你先是用破尿壶砸我的脚后跟，再是光着身子在院子里打客人的马匹，又是在大厅里晾你那些味道刺鼻的草药，甚至把我以投壶之礼相待的客人吓得躲到案几后面……这些一般人看来忍无可忍的事情，我都忍下了！俗话说，'忍字头上一把刀'！我为什么要忍？不就是为了了解你吗？"

"要不，我告诉你我的来历？"

"愿闻其详，愿闻其详。"秦越人一边谦虚地说着，一边从大堂里拿来热水恭恭敬敬地给长桑君倒上。然后，他端端正正地坐在长桑君面前，仰望着他的脸，一副标准的学生请教先生的样子。为了表示尊敬，他连大气都不敢喘了。他的这些动作和表情，让长桑君很受用。所以，长桑君的脸上露出了多少年没见过的笑容，喉咙里也传出了笑声，使气氛异常和谐。

"不堪回首，不堪回首啊！"

长桑君以这句话开了头。

原来，长桑君是楚国人，祖辈为医，到他这里已经是第三代了。由于世代为医，行善积德，他家在家乡有着良好的口碑，乡邻百家对他们也很照顾。可是，那年夏天出现了一件怪异的事情，让他产生了离开家乡的念头。

那天，长桑君像往常一样，背着竹筐去邻村巡诊。晚上，他一般是不在外边吃饭的。但是那天下午，他遇到了一个屠夫，说是长桑君治好了他孩子的病，一定要当面感谢。长桑君坚辞不受，可那屠夫说再不去他家吃饭，就是瞧不起穷人。因为他知道，长桑君的心其实很软，他最听不得的就是这句话。他这样一用激将法，长桑君立马就跟着他回家了。家里来了客人，这客人又对自己的孩子有救命之恩，屠夫的殷勤程度是可想而知的。就这样，在热烈的气氛中，长桑君就多喝了点。月上柳梢的时候，他才跟跟跄跄地往家走去。

那天夜里的月光似有似无，照得所有的景物都好像有重影，让人如在梦幻中一般。因为喝得头昏脑胀，长桑君的脚步禁不住蹒跚起来。这是走到哪里了？怎么这么熟悉又这么陌生？长桑君稍微清醒一点之后，吓得出了一身冷汗：这不是村外的滥三冈子吗？也就是小孩夭折了，被随便扔掉的地方。按当地风俗，孩子夭折了是不能埋到坟里的，只能扔在这里。滥三冈子下面，是一个三角形的水湾，俗称三角湾。只有当一个路人死在这三角湾里时，才能换一个魂魄去人间托生重新做人。那样，死在这里的路人就叫"替死鬼"。据说，凡是失足掉进三角湾里的人，没有一个活着爬出来的。

想到这里，长桑君心里一惊："快走！"

但是，他越想走，双腿越拖不动，好像地上生出了许多绳索，把他的双腿绑住了似的。于是，他再使劲，再向前，也像是走一步退两步，越来越往后出溜了。他走了好长时间，觉得走了好长的路，但是回头一看，还是在三角湾的一边。他越走不动就越害怕，就越想快点走。就在这样反反复复的进进退退中，他一下子摔倒了，连人带竹筐，一骨碌滚进了三角湾里。

"娘哎，救我……"

长桑君一边喊着，一边使劲地扑打着水，一个劲地往岸边爬。他越想离开水，就觉得身子越重，好像是有无数只手在使劲往下拽他。他挣也挣不脱，跑也跑不掉，在使尽浑身解数，终于拖着竹筐靠到岸边后，回头一看。

天大的怪事儿出现了！

秤砣怎么漂在水里呢？

怪了！秤砣那么沉，怎么会在水里漂着呢？长桑君以为自己看花了眼，又用双手揉揉眼睛。再次看去，秤砣还是一动不动地在水面上漂着。他想想行医这么多年来，也挣不到什么钱，能购置这么一杆秤也不容易，咋能轻易不要了呢？但是他的另一个想法也很明确：这么重的东西漂在水面上，不就是为了勾引他再次下水吗？他第一次逃离了魔掌，这不是想让他第二次下水吗？由于过日子的艰辛，不容许他弃秤而去。于是，他冒着生命危险，战战兢兢地又一次下到了三角湾里。当他的手伸向秤砣的时候，秤砣

051

似乎又向远处漂了一下，他毅然决然地向前靠了靠，一把抓住秤砣，头也不回地爬上岸来。然后，他往后一仰，瘫软在了地上。

夜里回家之后，吓得魂不附体的长桑君辗转反侧无法入眠，满脑子里是神啊鬼的。一阵惊厥后他突然坐起来，并大声叫喊着。等到天快亮的时候，他突然想起了当地的一个骇人传说。

说是一个大王的女儿病了，找了很多郎中都治不好。于是，他让手下想办法。这时，一个手下说："大王，我这里有一个鉴别郎中水平高低的方法。传说医道高超的郎中总会把病人治好的，而医道差的郎中总是会因为治不好而使病人死去。凡是死去的人，都会变成鬼魂，跟在郎中后面，随时向他索命。我这里有一种药水，你把它涂在眼上，就能看清楚郎中身后跟着的小鬼。身后小鬼少的郎中，当然是水平高的。身后没有小鬼的郎中，不就是水平最高的郎中吗？"大王听了，高兴极了。

长桑君想到这里，大叫一声后坐了起来。看看灶台上如豆的灯火，在一阵阵幽幽的小风里摇曳着，他突然想到：我行医这么多年，是不是治死的人太多了？他们是不是也会跟在我的身后索命呢？想到这里，他的后脊梁上又沁出了一阵冷汗，上下牙也开始碰撞起来。

"我是不是该离开这里了？"他自语道。

其实，如果单纯是这件事，还不足以导致足智多谋的长桑君离家出走，漂泊他乡。虽说哪里的黄土都能埋人，但是又有谁愿意客死他乡呢？

最后导致长桑君离开楚国的决定性事件，是一个夜里发生的恐怖事件。那个故事乍听起来并不吓人，但是越琢磨越吓人。

那是夏秋之交一个月黑风高的夜晚。

长桑君借着微弱的灯光，在为患者配药。忽然一阵夹杂着雨滴的疾风扑了进来，差点吹灭荧荧灯火。长桑君只好用手护住灯火，灯火晃悠了一下，又恢复了原样。就在这个时候，一只好大的天牛借着风力飞了进来。只见那只天牛特别健壮，黑色的壳上点缀着刺眼的白点，两只触角长长的，像两根甩起来的鞭子，在夜空里挥舞着。那天牛哪里也不去，径直落在配药的几案上，叼起一块血藤就走。长桑君急忙夺下血藤，抓起天牛往门外扔去。

忽然，随着一声炸雷响过，又一只个头更大的天牛飞了进来，咬着几案上的血藤就要走。长桑君用巴掌狠狠地拍了它一下，然后捡起来扔进了门外的大雨里。一阵更大的雨点洒过来，把那只天牛的翅膀打成了几块，随着院子里的流水冲出去了。

轰隆隆……

又是一声炸雷，震得灯火一晃一摇的。炸雷响过之后，又一只更大的天牛落在了几案上。长桑君从来没见过个头儿那么大的天牛，比人的大拇指还大！长桑君禁不住心里一阵惊叹！他定睛看去，那天牛竟然昂着头，瞪着眼，挥舞着两根长须，挑衅似的看着他。天牛与长桑君对视了一阵，在看到长桑君绝望的神情之后，才漫不经心地叼起血藤，优哉游哉地飞出门去。那漫天的瓢泼大雨，竟然对它毫无影响。

都说事不过三，长桑君一下子惊住了。

眼前的事儿咋这么诡异呢？长桑君琢磨着："从来没见过这么大的天牛，它们从哪里来的呢？是谁派来的？它们的使命是什么？从来没听说过天牛吃血藤啊！可它们为什么叼起血藤就走？再就是它们为什么总是随着雷声而来呢？为什么前仆后继、锲而不舍呢？它们叼血藤去干什么呢？"

在那个月黑风高的夜里，长桑君一夜没睡，只听见外面的霹雳一声高过一声，狂风打起的呼哨一浪高过一浪，瓢泼的大雨一阵压过一阵。他龟缩在墙角，抖动着身子，不时用恐惧的目光向外逡巡着。最后，他在惊恐中得出了结论："看来，是老天要我离开这里啊！先是'替死鬼'拖我下水，试图淹死我；接着又是天牛抢药，试图赶走我。这一出接一出的，不是非常明白吗？如果不走，明日还不知道出什么事呢！"

"天意难违，天意难违啊！"长桑君自语道。

那么，去哪里呢？

长桑君是读书人，虽不能说是学富五车，但也是饱学之士。他早就知道管仲曾经为相的齐国商业发达，都城人口众多，而且齐国人尊贤尚功，不排外，好客商。他此前多次动过去齐国发展的念头，每次都因琐事而罢。今天，他真的决定要走了，目标就是齐国。

都说破家值万贯，这话一点不假。

长桑君看着家里几间屋子里堆的东西，带什么走呢？他用了几天时间，挑了扔，扔了再挑。最后，只带了一点细软，还背了三大捆记录治病验方的竹简，一路蹒跚向北走去。路上遇到过几次强人，细软早被抢夺一空，而那几捆竹简却没人要，他便背着它们风餐露宿，走进了齐国的都城临淄。

当住进高阳新舍的时候，他早已经无力支付客舍的费用了，只好上山采些草药，为人治疗头疼脑热的，聊以糊口。因为生活不如意，混得越来越差，他脾气也越来越坏。

"原来你吃了那么多的苦！"秦越人感叹道。

"你以为我是公子哥呢！"长桑君调侃道。

"哦……我原想你起码家境还算殷实。"

"有意跟我习医吗？"

"有！有！有！求之不得！"

秦越人一口气说了三个"有"字，脸上露出急切的神情。他来高阳新舍做舍长为的是啥？为的就是接近长桑君。他多次被长桑君呵斥甚至羞辱却忍而不发为的是啥？为的就是博取长桑君的好感。这么多年的薪俸，大多数都替长桑君交了房钱，几乎等于白干了，为了啥？这一天终于来了！虽说来得有些难，有些迟，但是它毕竟来了。秦越人觉得热血沸腾，不由得有些脸红起来，两只故意攥紧的手，也忍不住颤抖起来。

"你若有意，晚上到我这里来吧！"长桑君郑重说道。

"一定！一定！不见不散！"秦越人重复道。

夏末秋初的夜晚，来得稍晚一些。

夕阳将落之时，西方的天际上飞满了红霞。今天的晚霞似乎和往日不一样，不仅红得通透，而且长长地飞在天边，有的像红色的龙，有的像橙色的凤，有的像奔腾的马，有的像躬耕的牛，变化多端，千姿百态。这些云有时候一闪就过去了，有时候却在你眼前慢慢幻化着。变幻的巧云映进都城临淄城西的系水河里，因为水的作用，又增添了灵动和温润。随着水鸟轻轻点破水面，水中千奇百怪的云马上变幻起来，活动起来。随着涟漪的消失，多种巧云形状又拼合在一起，让人目不暇接。

夕阳，为高阳新舍镀上了一层神秘的色彩。沐浴在夕阳里，高阳新舍显得神圣了许多。面对这个院子里将要发生的大事，四处都是静悄悄的，只有街对面铸币坊里吹风的皮囊，发出呼呼的声音，显得有点突兀。

大约彩霞收尽的时候，秦越人和孟璁慢慢走近了长桑君的客舍。秦越人让提着两个大包袱的孟璁候在一边，并嘱咐他说："今天将要发生的事，是我一生中的大事，关乎我后半生的福祉。你一切听我号令行事，不得造次，不得懈怠，更不得误事。"有了上次敲门被骂的教训，这次，秦越人先是使劲平复了一下心情，然后才轻轻地敲响了门。还没等他敲完，屋里便传来了一声急切的"请进"。秦越人听到声音，轻轻推开房门，伸头往里一看，禁不住大吃一惊：

"改天换地了？"秦越人问道。

"开天辟地头一回啊！也算是吧。"长桑君笑着答道。

"为什么呢？"

"你是真笨呢，还是明知故问？"

秦越人看到，客舍里点着三盏油灯，使得全屋里灯火通明。炕上、地下的物品多少年来第一次堆放得整整齐齐。地上扫得连根草屑也没有，几案被擦得锃亮。长桑君端坐在炕的中央，往日里披散的长发被规规矩矩地束在了后面。他满面红光，双目炯炯有神，身上穿着一件麻布衣裳，显得庄重典雅。一侧的灯光照在他的半边脸上，明暗适度，层次分明，又显得他充满了英气。

那秦越人是何等聪明之人？他看到眼前景象，马上猜了个八九不离十：长桑君这是要收我为徒了？想到这里，他立即打了个暗号，门外的孟聪递进来第一个包袱。秦越人非常利索地接过来，然后后退一步，等待长桑君的指令。这时，屋里静得很，连院子里老槐树上的鸟儿做梦扑打翅膀的声音都听得清清楚楚。如果再仔细听，连马厩里马儿嚼草的声音都能听得见。

"我再问你一句，你愿意当我的徒弟吗？"

长桑君的声音，好像从遥远的地方传来。

"我愿意，愿意！"

秦越人的声音谦恭得不能再谦恭了。

"从医，苦，累，又冒风险。"

"越人都能承受。"

"医者，要有仁爱之心！"

"谨记，越人定会苦苦修炼。"

"自古'不为良相，便为良医'。做郎中虽然贫穷，但是穷得高雅，穷得心安。我早就知道了，你的两个哥哥都是郎中，而且小有名气，你父亲并不愿意你再做郎中。他送你来高阳新舍，就是为了让你断了为医的念头。你若拜我为师，你父亲那一关不好过啊！你要有充分的心理准备。这几天，都认为我有点神秘。其实，我是在为收你为徒做些准备。因为不知道你意下如何，所以只能悄悄地进行。"长桑君一口气说了这么多，然后两眼盯着秦越人，看他将如何反应。

秦越人说："我之所以喜欢医道，起初也许是受了家人的影响。但是，后来我见得多了，就觉得治病救人是一项非常崇高的职业。平日里，看到可爱的孩子夭折了，看到孝顺的青年突然得病死去了，看到可敬的老人被疾病折磨得死去活来，我就心疼，心疼得难受。我恨不能变成个神仙，让他们起死回生。我之所以答应父亲在这里当舍长，就是因为看了你的竹简上那几个字。我断定你不是等闲之辈，所以我就忍辱负重地接近你，并想拜你为师！今日终于如愿以偿。师父在上，请受我一……"

"且慢！"长桑君果断制止了他的动作。

"咋啦？你要变卦？"秦越人疑惑地问。

"当然不是！"

"那……你这是？"

"咱们这个行当，自古讲究传承。拜师，都有一定的规矩，一定的程序。你们都说我这几天神神秘秘，你说我忙活什么了？我就是忙活这个仪式。咱们要名正言顺，要中规中矩啊！虽说咱们的仪式没有主持人，但是我们还是要正式一些。"长桑君说完之后，详细给秦越人讲解了拜师的具体环节。

"一切按照你说的办！"秦越人道。

长桑君把他早已在竹简上写好的拜师帖放在秦越人眼前的几案上，又从柜子上搬下三大捆捆得非常整齐的竹简，放在炕的一头。然后，他又爬上炕去，郑重地整理了一下衣裳，端坐在竹简的一边。秦越人跪在地上，双手捧着拜师帖念了起来：

"长桑君师尊道鉴：

"弟子秦越人，幼承严父之训，仰慕医道，志在济世利民，愿投身长桑君师门之下，执弟子之礼，谨遵师教。我自当尊师重道，恭敬勤学，团结同道，秉师训，聆教诲，承技艺，闻思修，常精进。承先生之术功，效先生之法礼，悟医道之真谛，续岐黄之魂脉。常存感恩之心，永葆赤子之情，探究大医之道，报答栽培之恩。承具名帖，躬行拜师大礼。"

秦越人念完拜师帖之后，又恭恭敬敬地给长桑君磕了三个响头。这三个响头嗑得太诚心了！磕完之后，秦越人的额头上红红的，还隐约渗着血丝……最后，他又端起一杯酒，虔诚地举过头顶，献给了长桑君。长桑君接过来，轻轻地抿了一口，又放在几案上。这时，秦越人又打了个招呼，门外的孟骢马上递进来第二个包袱。秦越人在几案上解开包袱，里边是他献给师父的礼物。他一边敬献，一边嘴里嘟囔着：

"这六种礼物，越人敬献给师父。一是芹菜，象征业精于勤，勤奋好学；二是莲子，莲子心苦，象征苦心研学；三是红豆，寓意鸿运高照；四是红枣，寓意早早出道；五是桂圆，象征着功德圆满；六是干瘦肉条，以表达弟子对师父的感谢之意。"秦越人一边说着，一边把礼物送到长桑君手里。长桑君郑重地一一接过来摆在眼前。

最后，长桑君开始向秦越人回赠礼物。这时，长桑君情绪突然失控了，他泣不成声地说：

"越人吾徒，这三捆竹简是我翻山越水几千里，从老家背过来的。路上几次遇到强人，当时是我用生命保护下来的啊！这都是些祖传的秘方啊！我把它们看得比我的生命还重要。在我最困难的时候，我多次想到把它们卖掉还账，但是我宁肯顶着别人的误解，还是把它们留存了下来。这些都是无价之宝。今天，我终于找到了可以托付之人。这，就是我在收你为徒时，赠予你的最珍贵的礼物。"

扑通一声，秦越人又跪下了。

礼成之后，原本有些陌生的两个人，此刻亲热得像爷儿俩。他们一会儿对着竹简研究，一会儿一起挑选一味草药。看着秦越人认真的样子，长桑君忍不住颔首微笑。他庆幸自己的医道有了传人，庆幸自己这几千里路没有白跑。

当然，最关键的事还没做呢！

突然，刚刚还在笑的长桑君，一下子严肃起来。只见他慢慢解开袍子，从贴胸的地方掏出了一种药，用双手捧着递到秦越人面前，并且郑重地说道：

"徒儿，我这里有一种特殊的药，今天把它送给你。从明天开始，你每天早上出太阳之前，去牛山采集草木上的露水，回来后用文火熬开并服用此药。一连服用三十天，中间不能间断。你如果照此办理，三十天之后，你会看到许多别人看不到的东西。"

说罢，他一把将秦越人推出门外。

屋门虽然关上了，但是，屋子里的灯火却一直亮着。秦越人想，师父肯定没有睡觉，他在干什么呢？于是，他悄悄地站在门前，一声不吭，静静地等待着。这时，屋里的长桑君也没闲着。他肯定地认为，秦越人一定还站在门口，他在等什么呢？就这样，两人一个门外，一个门里，好像在比耐心，静静消耗着时光。

突然，随着吱呀一声响，屋门打开了。只见长桑君一脚门里，一脚门外，对秦越人说："这么多年来，面对我的无理和刁蛮，面对我的难缠和难斗，你怨过我吗？"

"我为什么要怨你呢？"

"你恨过我吗？"

"我为什么要恨你呢？"

"有人说我疯，有人说我魔……"

"我看你是既不疯，又不魔……"

"你再说一遍，你再说一遍！"长桑君惊奇了！

"你是疯魔其表，怀玉其中！"

"呜呜呜——"

突然，刚才还钢嘴铁牙的长桑君，扶着门框大哭起来。面对长桑君突如其来的哭声，秦越人一下子不知所措了。他不知道长桑君为什么哭得这么恸，他不明白长桑君心里有什么委屈，他不了解长桑君肚子里还有什么难言之隐。所以，他只好用探寻的目光盯着长桑君，看看他能诉说些什么。这时，早已哭得蹲在地上的长桑君，又扶着门框慢慢站起来，边擦泪水边说：

"看来，收你为徒，是我这辈子做得最正确的一件事。其实，我并不疯，也更不魔，那些疯疯魔魔的举止，都是我装出来的。都说我住店不交钱，但是，为了找我看病而前来住店的人多了去了！我给高阳新舍招来的租客挣的钱，不知道超过我住店费用的多少倍。因为做郎中是要过穷日子的，所以，我就故意不交钱，看看你的前任秦淄阳是不是个爱钱如命的人，因为我本来是想收他为徒的。可是，多少年来他没替我还过一点钱。我知道他是个惜财的人，就放弃了向他传授医道的念头。得知你为我偿还欠着的住店钱时，我看到的不是钱，而是不爱钱财的精神。当时我就想，你可以成为郎中，因为你已经具备了耐得住清苦这一条件了。于是，我就开始暗中考验你。当然，从我了解到的你的家世来看，你家几代人精研岐黄之术，家学深厚，你又热爱针砭之术，也是可教之材。特别是我故意给你搅黄了投壶之礼时，你也表现得宅心仁厚。所以，我认为你是一个认定了目标，就不屈不挠地走下去的人，是一个为了达到目标，可以义无反顾的人。这样，我就更坚定了传授医道给你的决心。你说，我疯在哪里？我魔又在何处？呜呜呜——"

说完这些，没等秦越人说话，长桑君一把关上门，一口气吹灭了灯，屋子里顿时一片漆黑。秦越人听听再没有动静了，只好一步三回头地离开了。

第二天一大早，秦越人开始执师徒之礼。他特意起了个大早，亲手在厨房里做了早饭，并亲自端着送到长桑君的客舍里。他敲了几次门，都无人应答。他想，可能是昨天晚上收徒仪式弄得很晚，师父累了，所以今天醒得晚。他稍等片刻之后，便端着饭回去了。过了一会儿，他把饭热了一下，又端着过来敲门，还是无人应答。

这时，他禁不住狐疑起来："师父怎么了？"

他使劲一推门，发现竟然没用顶门棍，门吱一声就打开了。秦越人往里一看，又是大吃一惊：

屋里，地上和炕上摆的东西和昨天晚上一模一样，一动也没有动，连炕上的被子都没有展开。那杯拜师时喝了一口的酒水，还是原样放在那里。难道师父独自走了？怎么转眼间就不见人了呢？说是独自走了，也不可能，因为他所有的日用品，甚至是换洗的衣裳都还放在那里呢！难道长桑君是个神仙，来无影，去无踪？秦越人疑惑地放下饭，急急忙忙在舍里舍外找了个遍，连对面的铸币坊、铸镜坊等都去看了，就是不见师父的人影儿。他眼里流着泪，身上冒着汗，满街筒子乱窜，逢人就问，逢门就敲，折腾了一上午，硬是没有半点消息。

看来，怪事总是出在怪人身上……

虽然说长桑君失踪了，但是太阳照常起落，月亮照常圆缺，一切都和往常一样，只是高阳新舍里比以前安静了许多。

看来，一时半会儿是找不到师父了。秦越人知道，对师父最好的怀念就是听他的话。于是，他按照师父的嘱托，每天早上出太阳之前就爬上牛山，去采集草叶上的露水，然后用文火熬药服下，而且无论刮风下雨，从不懈怠。

一天。

两天。

…… ……

三十天。

奇迹真的出现了！

自从师父失踪之后，秦越人就搬进了师父住过的客舍。为了纪念师父，他要求屋里所有的东西原封不动。服药三十天之后，秦越人端坐在师父坐过的那盘火炕上，两眼似睁似闭，平心静气地等待着师父所说的奇迹。当然，他的心里也在嘀咕：师父那神秘的预测准不准呢？到底会有什么奇迹出现呢？

突然，秦越人似乎看到孟骢躺在眼前！

他作为护院，不是住在我左边的另一间屋里吗？我怎么能看到他呢？难道这就是师父说的，那些我能看到的“别人看不到的东西”？也就是说，我能看穿墙壁，看到别的房间里的东西。秦越人想着，往右边一转头，马上看到了右边房间里的情景，只见那边有一个伙计正在整理退房客官的铺盖。他又回过头来，向孟骢看去。

“哎呀呀……”

忽然，秦越人惊恐地大叫一声。

因为，他看到的孟骢已经不是刚才的孟骢了。在他眼里，孟骢身上的衣裳已经没有了，甚至可以清楚地看到他的内脏——心、肝、脾、肺、肾、胃、肠、膈、胆、胰等，无一不活生生地展现出来。而且，他全身的血管、筋骨、经络等，都一条条地显现在那里。为了证实自己，秦越人又往右边看去。同样，那个伙计的身体在他的眼里也是纤毫毕现。

秦越人明白了，这就是师父长桑君传给他的诊病的绝技。他想，看来我的舍长干到头了，这郎中，我是干也得干，不干也得干了。但谁知那一心阻止他成为郎中的老父亲秦齐夫知道了会怎样呢？

秦越人知道，要想让父亲同意他做郎中，自己就得有过硬的医术，否则门都没有。于是，他给自己制订了一个计划——白天打理店里的事务，晚上研读师父留下的三大捆竹简。他有时候子时才睡觉，有时候则彻夜不眠。他身体日渐消瘦，但是医道却明显见长。有时候，住店的客人有个小病小灾的，他便利用透视方法，加上从竹简秘方中得到的感悟，大胆为客人治疗，竟然能够药到病除。不久他便小有名气了。

半年后，把三大捆竹简倒背如流的秦越人，辞去了干了多年的高阳新舍舍长职务，背着那三捆沉重的竹简，走出了都城临淄的西门，涉过了系水河，又蹒跚着往北而去。他知道，此行走的是一条未知之路。他不但辜负了父亲的殷切期望，而且选择了父亲不让他选择的道路，也许，一场让他难以忍受的急风暴雨，正在等待着他呢！

他家的院子里，长着一棵高大、古老的杜仲树。杜仲树的树皮是一种难得的药材。它性温，味甘，具有补肝肾、壮腰膝、强筋骨的作用。他家这棵树长得特别高，晴天的时候，只要一出都城的申门，就可以在西北方向看到这棵树。因此，许多外地人会把这棵树当成标志物。尽管还在很远的地方，但是只要望见这棵树，他们就知道离都城不远了。由于这棵树根深叶茂，树冠巨大，因此，喜鹊和乌鸦都在树上安了窝。

等秦越人将要走到郑阳邑的时候，脚步开始踯躅了，心里开始犹豫了。今天，是树上的喜鹊在叫呢，还是乌鸦在叫？他在反复思考着一个问题：

父亲秦齐夫会让我进家门吗？

一想到父亲，秦越人更加踌躇了。他知道，父亲为了让他走上经商的道路，为了掐断他从医的念头费了多少心血啊！谁知道自己耗费了好几年的时间，转了一圈儿又回来了，那满怀信心等着他发财的父亲能受得了吗？那个倔强得像根枣木杠子的父亲能饶过他吗？想着想着，秦越人的脚步停了下来。他背着那几捆竹简，开始对着系水河发呆：怎么回家呢？回家怎么说呢？

突然，秦越人想到，回家到底会遇到什么，还不如自己占卜一下呢！从小常在系水河和淄河边玩耍的秦越人知道，这里的人们最忌讳的，就是鸟粪落到头上。因为这两条河里的水鸟多，而它们又经常去桑田里做窝，所以，整个郑阳邑的上空，经常有成群的水鸟飞来飞去。一旦鸟粪落到头上，他们就视之为不吉利，总要做一系列动作去化解。想到这里，秦越人决定，顺着系水河从郑阳邑走到申池湖，来回走三趟，看看有没有鸟粪落到头上，以此来预测这次回家是凶是吉。

　　决定之后，秦越人便背着竹简，沿着系水河，在郑阳邑与申池湖之间慢慢地走着。走第一个来回的时候，尽管空中成群的水鸟飞来飞去，间或也有鸟粪从空中掉落下来，却总是落在离秦越人较远的地方。秦越人心想，这还不错，看来老天还是眷顾我的。走第二个来回的时候，不知道什么原因，天上的水鸟变少了。秦越人走着走着，突然听到身后啪嗒一声响。他回头看看四周，地上并没有什么。那么，声音是从哪里传来的呢？细心的秦越人把背上的竹简放下来，只见一摊鸟粪粘在了捆竹简的麻绳上。秦越人一边用土坷垃搓着鸟粪，一边在心里自我安慰道：还好，没有落到头上。开始走第三个来回了，这时，天空中好像看不见鸟的踪迹了。为了图个吉利，不让鸟粪落在头上，秦越人忍不住加快了步伐。

　　秦越人想，赶快走完这个来回，也就万事大吉了。可是，天不遂人愿。就在他走到最后几步的时候，突然从远处飞来一只鸟，就是这唯一的一只鸟，飞着飞着突然拉屎了。而那摊鸟粪不偏不倚，正好落到了他头顶上！

　　秦越人大惊失色，他马上按照人们传说的方式开始忙活。他先是把鸟粪弄下来，接着又拽下几根头发扔在系水河里。最后，如果按照人们通常的做法，还要把全部衣服脱下来扔进河里。可是，如果那样做，他光着身子又咋进村回家呢？于是，秦越人只是脱下褂子和裤子，一股脑地扔进了河里。然后背起那些竹简，避开行人，溜着路边，钻着小胡同，悄悄地往家走去。

　　他知道，等着他的，可能是个大麻烦！

# 第六章　把自己扎成了筛子底

"嘎嘎嘎……"

坐在院子里用桑条编筐的秦齐夫，听到树上的乌鸦叫，心里便开始烦躁起来。也许是偶然，也许是碰巧了，他家树上的乌鸦或者喜鹊叫，总是和家里遇到的事有关联。喜鹊叫的时候，经常会遇到喜庆的事；乌鸦叫的时候，经常会遇到丧气的事。久而久之，秦齐夫甚至把院子里的杜仲树当成占卜用的龟甲了。

"嘎嘎嘎……嘎嘎嘎"

树上的乌鸦越叫越欢了，一只乌鸦叫，引得一群乌鸦都开始叫，惹得秦齐夫更加心烦意乱。他编筐的手禁不住哆嗦起来。他想，是不是又要有什么灾难降临了？这么多年来，一家三口为医，有时候连温饱问题也解决不了，日子一直过得很紧巴，自己硬逼着老三秦越人去学习经商，也不知道能不能有出息，改变一下秦家的命运。为了让他一心一意学习经商，一家人坚决不进城去打扰他，只是通过外人打听，知道老三干得还不错。这么多年了，他也许攒下几个钱了吧？虽然不求他像高阳馆里的酒徒那样大富大贵，起码他得攒够了自己娶媳妇的钱吧？

"嘎嘎嘎……"

杜仲树上的乌鸦又开始叫了，秦齐夫的耐心已经消耗殆尽了。他放下手中的桑条，顺手捡起劈桑条用的斧子，嗖的一声扔到了树上。斧头削断一根树枝之后，又碰到了很多树枝，发出啪啦啪啦的声音。刚才还在自鸣得意的乌鸦们，争先恐后地四处逃命去了。就在斧头落地的刹那，秦越人风尘仆仆地推门进来了。

"你咋回来了？"秦齐夫一惊，马上问道。

"嘿嘿！不干了！"秦越人笑了笑。

"是不是让人家辞了？"

"不是！是我辞了人家！"

"吹牛，看把你能的！"

"我说的是真的，信不信由你。"

"你为啥要辞人家？"

"一言难尽，一言难尽哪！"

听到这里，秦齐夫就明白了个大概。上了年纪，他火气小了许多，性子也磨平了不少。秦齐夫扑打一下身上的木屑，站起来接过儿子那三大捆竹简，顺手放在了地上。母亲听见老三回来了，赶忙从屋里奔出来，伸出两只因缫丝而烫红的双手，疼爱地拿笤帚扫着秦越人身上的尘土，嘴巴里还一边嘟哝着儿子受苦了。她这一扫不要紧，一家人吓了一大跳：今天的天气不算热啊，你咋穿这么少？秦齐夫看出了儿子的异样，便追着非问个水落石出不可。秦越人看着挡不过去了，便想，糊弄一时算一时吧！就说自己的衣服在系水河边弄上泥了，顺手洗了晾在那里呢！这个理由，似乎也能搪塞过去，秦齐夫便懒得再刨根问底了。听着父子俩不咸不淡的对话，母亲虽不去过问这些事情，但也能看出秦齐夫对儿子的辞工是非常不满意的。于是，她便急忙烧了一壶开水，为父子二人倒上，以缓和两人之间的气氛。做完这些之后，她又回屋里，从蚕茧上抽出蚕丝的头，开始往竹筐上缠绕。她一边缫丝，一边侧耳听着外边爷儿俩的对话。

"这些年挣了不少钱吧？"父亲询问道。

"一点也没攒下。"儿子谦逊地回答。

"那……你的薪俸呢？"

"都替长桑君还账了。"

"长桑君是谁？"

"就是你送我去时，看见的那个怪老头。"

"他一个怪人，是你爹还是你爷爷？"

"啥都不是，他是我的师父！"

秦齐夫本想抓住这件事，狠狠教育儿子一顿，看看事情还有没有转机，没想到，被儿子一句话顶回来了。他闷着头喝了一口水，顿时思绪万千。这么多年来，他之所以能安贫乐道，就是因为还抱着老三秦越人出人头地之后为老秦家光宗耀祖的希望。为此，苦他也吃了，累他也受了，但是，等来的却是这样的结果！本应该挣钱养家的儿子，却两手空空地回来了。儿子这不是白养活了吗？我的苦和累不是白受了吗？想到这里，他瞅了瞅秦越人背回来的三大捆竹简，觉得老三真是越学越不成器，也快成一个怪人了。他站起来，走到竹简近前，来回瞅了瞅，然后又用脚踢了一下，朝秦越人调侃道：

"这些东西，能吃能喝能过日子吗？"

"我这辈子就指望它们了。"

"唉！这些年，父母为你操碎了心，你知道吗？"秦齐夫哀叹道，"老大老二都已经娶妻生子，安安稳稳地过日子了。父母就只剩下你这桩心事了。前些日子我去申池湖边的郑家营子巡诊时，一个我医好的患者向我给你提亲，我就顺口答应了。本想这几天去高阳新舍告诉你，你正好就回来了。姑娘是家住郑家营子的静姝，是养蚕、缫丝、织纴的一把好手，估计持家过日子也差不了。可是你这样两只手甩着十个红萝卜进门，我怎么去给人家下聘礼呢？"

"一切顺其自然吧！"

秦越人说完这句话，背起那三大捆竹简，径直走向了自己的房间。看看十八头骡子也拉不回的儿子，秦齐夫终于决定要妥协了。再说，老三是个有主见的人，也是个走正道的人，不如由他去吧！当天晚上，夫妻两人一夜未眠，妻子整整劝了丈夫一夜。第二天一大早，秦齐夫对正在扫院子的秦越人说："静姝的村里有一个病人，我为他医治了半年，没有任何效果；老大和老二也各为他治疗了三个月，没想到他的病情更重了。他现在躺在家里，说不定过了今天就没有明天了。你要是能医好他的病，我就允许你走这条路。否则，你必须再回高阳新舍。"秦越人听了，虽说心里没多少把握，但一想到这也是个机会，便爽快地答应下来了。扫完院子，吃完了饭，他便向申池湖畔郑家营子的病人家奔去。

来到郑家营子村口之后，秦越人才想起来，自己刚才忘了问问父亲那个病人的姓名了。他在村口徘徊的时候，看见远处一个人背着一大捆桑枝往这里走来。那捆桑枝也太大了，远远看去只见大捆的桑枝在移动，根本看不见背桑枝的人。秦越人心想，那捆桑枝最少也得百十斤，背桑枝的肯定是个大力士吧？等到那一大捆桑枝移动到他跟前的时候，他朝着被桑枝压得看不清楚的人问起了这村的病人。谁知，从桑枝下发出的竟是银铃般的声音。秦越人正在惊愕的时候，桑枝被放在了地上，一个水灵的、白生生的女子站在了他的面前。还没等他从惊愕中清醒过来，那女子惊奇的声音已传了过来：

"哎，你不就是秦家老大秦越茇吗？"

"我姓秦，但不是……"秦越人嗫嚅道。

"你别猪鼻子插葱——装象了！"

"真的，我真的不认识你……"

"你忘了吗？那年我在申池湖边浣纱，被姐妹们洒了一身水。当时你正从村里巡诊回来，我往岸上一跑，差点撞到你。让人怪不好意思的！后来，你还治好了我的病。现在说起来，俺的脸还有些发热呢！"

"你说的是我大哥，我俩长得有点像。"

"啊？那你是谁呀？"

"我是老三，我叫秦越人。"

一听到"秦越人"三个字，那女子的脸唰一下全红了。只见她低下头，使劲一蹬腿，一耸肩，一大捆桑枝又开始在地上移动了。秦越人觉得奇怪，这个人怎么一惊一乍的呢？他快走了几步追上去，在后边轻轻地喊道：

"姑娘，你叫什么名字？"

"静姝……"

声音小得像蚊子哼哼。

这回轮到秦越人吃惊了！

原来父亲说的那个郑家营子的静姝，就是眼前的这个人啊！看她背着这么多的桑枝，肯定身体很健壮；听说她会浣纱，想来女红也不错。她的确是一个过日子的好手。想到这里，他想再追上去看看，但没敢；他想冲过去替她背着桑枝，也没敢。

"哎呀！"随着一声尖叫，那捆硕大的桑枝颤抖了一下。

"你咋啦？"秦越人冲上去伸出手来搀扶。

"没事儿，腰疼。"静姝边说边走。

"我替你背着？"

"不用，我能行。"

话说到这份儿上，秦越人也就不敢再向前了，因为"男女授受不亲"

嘛！他只好心疼地跟在后边，看静姝步子走稳了，才慢慢放下心来。等静姝走远了，他摸了一下脖子，捋下一把冷汗。然后摇摇头，自嘲地笑了笑。

从郑家营子回家之后，为了和父亲争这口气，秦越人把自己关在屋子里，把长桑君赠予的、自己已经倒背如流的三大捆竹简又看了三遍，体会了三天三夜。终于，他找到了治疗郑家营子那个病人的办法。第四天天亮之后，秦越人早早起来收拾停当，便去城南的牛山采药了。三七二十一服草药服下去之后，那个病人便能自己拿着镰刀去系水河边的桑田里削桑枝了。而且，他背的那一大捆桑枝，并不比静姝的那捆小多少。至于秦越人再去郑家营子为这个病人诊病、送药、调方，一共去了多少次，是否又见到过静姝，就只有秦越人自己知道了。

病人被治好了，证明秦越人不但得了长桑君的真传，而且医道了得。又因为自己有言在先，所以秦齐夫也不好食言，就只能同意秦越人继承了他的衣钵，当了走村串户的乡村郎中。再就是，看起来秦越人对静姝也不反感，秦齐夫开始为他准备婚事，认为这样就能拴住他的心。在秦齐夫看来，老三秦越人是想做大事的人，而凡是做大事的人总会遭到很大的磨难。所以秦齐夫并不望子成龙，因为他不希望孩子多受苦，真是可怜天下父母心哪！

秦越人的婚礼办得极其简单。

一切都依了秦越人的意思。

当时，齐国和其他国家一样，男娶女嫁的程序相当烦琐。单单是大家认为必不可少的"六礼"，就会把一般的家庭折腾得精疲力尽。一礼叫"纳采"，就是男方带着礼物，去女方家求婚；二礼叫"问名"，就是男方派人去女方家，问女方的生辰八字；三礼是"纳吉"，就是男方卜得吉兆之后，带着礼物去女方家里，决定缔结姻缘；四礼是"纳徵"，就是男方正式去女方家送聘礼，也就是说，婚姻已成定局了；五礼是"请期"，也就是送聘礼之后，择定婚期，并通知女方家庭；六礼是"亲迎"，也就是新郎亲至女家迎娶。单单是迎亲这个程序，就十分复杂：坐轿（肩舆）者有之；四人抬的大轿有之，八人抬的大轿亦有之。这些，就看你家境如何了。但是，心里装满了医和药的秦越人，哪里有闲心捣鼓这些！他在征得了静姝的同意之后，把前面的一、二、三、四四个步骤全都省略了，只是找人占卜了吉日，然后一抬二人花轿把静姝抬进了门。

他们的新房实在寒酸，两盏红色的灯火，柜子上放着的一个红包袱，就是他们的所有。倒是几案上那三大捆黄里透黑的竹简，成了屋子里的主要风景。静姝的父母也是通情达理之人。按照惯例，婚礼前边的几个步骤所收的彩礼一律归女方父母所有，有的女方父母仅仅依靠这些就能过上好日子，有的甚至下半生就衣食无忧了。而秦越人提出简化步骤的要求后，静姝的父母并没有反对，他们想只要闺女能过上好日子，还拘泥那些陈规陋俗干啥？如果指望着卖闺女挣来的钱过日子，那才真是丢人。

每天都在忙着给人诊病、上山采药、炮制药物、配药的秦越人，难得有了一日清闲。他一边背诵着早已不知背过多少遍的那些竹简，一边看静姝擦拭炕头的箱子和柜子。只见静姝先是飞快地擦了一遍，接着端着盆去换水。看到她灵活的样子，秦越人一下子想到了在郑家营子村外第一次见到她时，她背着桑枝腰疼的样子。他禁不住问道：

"你的腰还疼吗？"

"嗨！早就不疼了。"

"你咋治好的？"

"没治过啊！不知道是咋好的。"

"不知道咋好的？不可能！总得有个原因吧？如果什么病都能不治而愈，还要我们这些郎中干什么？我们也只好去喝西北风了！"也许是出于郎中的职业敏感，秦越人认为静姝的话讲不通。他一再催促静姝好好想想，她的腰到底是咋好的。病的发生和治愈一定是有原因的，他认为原因既是染病的起因，更是疗病的抓手。虽然都说"病来如山倒，病去如抽丝"，可是抽丝也得先有个头儿啊！这原因，就是抽丝的头儿。

在他的再三提示下，静姝突然想起来一件事，便从腰疼的原因开始，慢慢和他说了起来。

那还是春天的时候，桑田里的桑葚成熟了。有的红得发亮，有的紫得发黑。它们一嘟噜一串的，藏在油亮的桑叶里。随着清风的吹拂和叶片的翻飞，紫红的桑葚时隐时现，极力地诠释着春天的美好。郎中们都说桑葚性凉甘，味酸甜，有补血滋阴、生津止渴之功效，也是营养肌肤、健体美颜的佳品。所以，每年春天，摘桑葚的时节对村民们来说就如节日一般。他们把劳动当成娱乐，到处是一片热闹景象。

那天，静姝和姐妹们相约去桑田里采摘桑葚。那几日，天气晴好，春风徐来，姐妹们一边干活，一边嬉戏，玩得好不热闹。这时，静姝看见一根高枝上的桑葚特别紫，特别密实。她踮了踮脚，还是够不着。于是，她使劲跳起来，抓住了那根桑枝。谁知道咔嚓一声，桑枝断了，她一下摔在了地上。她当时也没觉得有啥事，但几天之后，腰的右边依然经常隐隐作痛。她本以为过几天就好了，谁知道几天后腰疼还是经常发作，而且越来越厉害。那天，秦越人在郑家营子村口遇到静姝背着桑枝的时候，静姝疼得啊呀一声，就是因为腰疼又一次发作了。

谁知，奇怪的事发生了！

那天天阴欲雨，没法去地里锄草。静姝和姐妹们坐在树下编麻鞋。姐妹们飞针走线，传播着闺蜜的新闻，嘻嘻哈哈好不热闹。突然，静姝捂着腰又皱起了眉头。姐妹们忙问她咋回事，她说腰疼又犯了，而且疼痛难忍。姐妹们都不懂医道，一时没了主意。眼见静姝疼得越来越厉害，额头上渗出黄豆大的汗珠。就在大家都一筹莫展的时候，静姝突然说道：

"你们用锥子或者针，狠扎我的腰吧！"

"那……咋能行呢？"姐妹们不肯。

"反正咋着也是疼，就当以毒攻毒吧！"

"以毒攻毒？没听说过……"

"快点，你们不敢扎，我自己扎！"

"别……别……"

不顾姐妹们的阻止，静姝拿着锥子使劲往腰上扎了起来。她一边扎，嘴里还一边说着："扎死你这个恶鬼！"姐妹们也没有别的办法，只好由她去了。等静姝扎完了，发泄完了，大家就扶着她一起回家了。第二天大家来到树下，再看静姝的样子，她竟然像好人一样，腰一点儿也不疼了。大家也很奇怪：用锥子扎能治好腰疼？这可是奇闻！

静姝一口气说了这么多，秦越人听得目瞪口呆。只见他双眼盯着静姝，一句话也不说，眼神有时看上去黯淡无光，反正是一副不正常的样子，看样子非常可怕。静姝也不知道自己的话动了丈夫的哪根筋，一时也不敢说话了，只是用力擦着橱柜。大约过了半炷香的时间，秦越人好像从睡梦中醒了过来，一字一句地问静姝：

"你说的……是真的吗？"

"我骗你干啥？有必要吗？"

"你做女红的东西带过来了吗？"

"当然带过来了！要不，咋给你做鞋呢？"

静姝说着，从柜子里找出一个红包袱，解开放在了几案上。秦越人走过去，从里面找出那把锥子，拿起来反复地看着。他一会儿点点头，一会儿摇摇头，一会儿又若有所思地想着什么。突然，他从柜子顶上搬下那三大捆竹简，哗啦啦地翻着看了起来。他边看边自语道："这不正是师父长桑君说的针法吗？不过，师父说的是石针，而石针制作起来太麻烦了。如果铁针能行的话，那制作起来就太简单了！高阳新舍的对面，就是铸镜坊、冶铁坊。这么多年来，我和他们相处得还不错。对那些师傅们来说，铸几根铁针，不是小菜一碟吗？"

秦越人虽然已打定主意明天去冶铁坊，但是又有些急不可耐。他拿着妻子做鞋用的锥子，在自己的身上扎了起来。刚开始扎的时候，他身上还有疼痛感，时间长了似乎没有感觉了。当然，他不是胡乱扎，而是对照着竹简上标注的方法去扎。他一边扎，一边仔细地体会针眼处的感觉。有时候，扎到哪里突然麻了一下，他便认为和师父说的理论对上了。有时候，扎到哪里突然酸了一下，他马上又去翻阅竹简，与师父的理论进行对照。整整一夜，他不知道扎了多少针，也不知道是怎么熬过来的。反正，秦越人在他的针法世界里，腾云驾雾般地漫游着，寻幽索微式地感觉着……

喳，喳，喳……

院子里杜仲树上的喜鹊又叫开了。秦越人往窗外一看，东方已是红云纷飞，太阳一会儿就要升起了。这时候，他才觉得身上疼。其实，除了双手够不到的后背，他已经在全身扎了好几遍了！如果每一个针眼儿都能看见的话，他的浑身上下早已被扎成筛子底了。秦越人看了看手中的汗巾，它早已被血湿透了。他放下早已变红的汗巾，活动了一下僵硬的筋骨，连一口饭也没吃，向静姝打了一个招呼，就推门独自向外走去。灿烂的阳光，刺得他眯起了眼，他禁不住把手遮在额头上。

他要去都城临淄的冶铁坊！

他要和铁工们商量一下，看能不能铸成铁针代替石针！

这次，秦越人入城没走申门，而是出家门先东涉系水河，入了都城的北门章华门，然后沿南北向的中大街走到十字路口，又向西拐，进入了东西向的中大街。他之所以选择这样的路线进城，是因为他当高阳新舍舍长的时候，见过这街边有一家铺子，既诊病也卖药。他想过去看看那里会不会用针法治疗，用的是什么材质的针具。谁知，到了才发现，尽管这家铺子的幌子很大很鲜艳，里边却什么针具也没有，而且住在铺子里的郎中也根本就不知道怎么用针法治病。

秦越人怀着失望的心情，一会儿就走到了冶铁坊，在这里就能看到街对面的高阳新舍了。看着那熟悉的门头，望着自己亲手挂上去的幌子，秦越人的心还是动了一下。谁也不是圣人，谁不知道挣钱好呢？视荣华富贵如粪土的人又有几个呢？但是，如果志不在此，一切都是枉然！他毅然回过头，走进了冶铁坊。

冶铁坊里，吹风的皮囊呼呼地响，火焰把整个屋里映成了红色。铁工们近乎赤身裸体，在炉旁走来走去，身上汗水小河似的往下流。到处浓烟弥漫，人声鼎沸，叮叮当当，简直能把人折磨疯了。

看见秦越人闯了进来，一个与秦越人相熟的铁工急忙走了过来。秦越人把他招呼到一边稍微僻静的地方，把自己的想法告诉了他，问他能否做出来。说了半天，见那人实在四六不通，秦越人就在地上画了起来。当秦越人说到铁针的手捏部分应该是方形时，那人直摇头，说一头圆形、一头方形的模具不好做。但是秦越人一再坚持，因为结合师父竹简上的理论，又结合他整整一夜的针法试验，他觉得只有手捏的部分是方形的，才能在做提、捻等手法时使得上劲，才能把意念和体会加进去，才能用心去感受病人身体那些细微之处。最后，他们终于达成了一致。秦越人把长桑君竹简上的理论和铁针结合起来，又加上他自己的经验，才使针灸之术慢慢流传开来。

秦越人高兴之余，又走进了对面的高阳新舍。进门之后，他径直走到师父长桑君住过的客舍，默默地站在那里，两眼盯着房门，就像入定了一般。此时此刻，他多想师父能从屋里走出来啊！师父就是再发天大的脾气，他秦越人也能忍受。因为他在行医中遇到的难题太大了！他需要问师父的问题太多了！可巧，秦越人站在那里的时候，被护院孟骢看到了。

秦越人猛然听到有人在喊他的名字，心里一激灵：难道师父真的回来了吗？待他回头一看，只见护院孟骢站在他身后，一手拿着刀，一手拿着一根枣木杠子，正不断地用刀削着那根枣木杠子。看来，他是想把枣木杠子打磨成一根格斗用的兵器。虽说不见才没多久，可是孟骢却苍老了不少。白发加上皱纹，让他再也不像个英勇的武士了。两人拉着手，好长时间说不出话来。看到孟骢愁眉苦脸的样子，秦越人心疼地问道：

"咋啦，老哥？有啥愁事？和我说说。"

"还不是我那不争气的儿子。"

"他又咋惹你生气了？"

"唉！一言难尽啊！"

"我记得令郎是叫孟贲……"

"是啊，你真是好记性。我本想送他去跟你学医的，无论如何，这也是一门吃饭的技术。可他却迷上了练武术，成天打打杀杀的。练武术，虽然说能健身，也可能伤身啊！搞不好，过了今天就不知道有没有明天。再说了，你看我练武术的下场，不就是给人家干个护院嘛！哪有半点出息？"

"老哥，'尺有所短，寸有所长'啊！谁也不知道哪块云彩能下雨。再说了，都说'孩子大了不由娘'，何况当爹的呢？就说我吧，父亲坚决要我学习经商，可是他拗过我了吗？我这不是很好嘛。说不定，令郎会成为大武士呢！"

"唉！我看俺孟家祖坟里冒不了青烟。"

谁知秦越人一语成谶！

后面发生的事说不出是福还是祸！至于秦越人在秦武王身边又遇到了孟贲，并在生命危急的时刻受到了孟贲的护助，那都是以后的事了。

# 第七章　泗水河边惊魂

古人说，智者的一生，大都是求知和学习的一生，秦越人亦不例外。

新娘子过门后还不到半月，秦越人便有了新的想法，那就是去周游列国。用他自己的说法，周游列国有三种好处：一是可以四处拜师学习，提高自己的医道；二是体会民间疾苦，为民解除病痛；三是培养新的徒弟，传承岐黄之术。刚开始的时候，他怕自己的想法会受到静姝的阻拦，心里还有些忐忑。但没想到当他提出这事的时候，静姝答应得非常痛快。她说：

"为了解除百姓的疾苦，一切听你的。"

"只是苦了你自己。"秦越人也有些恋恋不舍。

"我从小苦习惯了，没事儿的！两位老人我能照顾得过来。你就放心地去吧！种桑持家，孝敬老人，我会做好的！"

秦越人流泪了。

谁也没想到，秦越人游历的第一站，竟然莫名其妙地定在了泗水河畔！而他之所以从临淄奔波五百多里路到泗水河，为的竟然是一块小小的石头！

泗水河是一条古老而著名的河流。在我国古代，将独流入海的四条河流称为"四渎"，就是长江、黄河、淮河和济水。支撑这四条河的八条支流称为"八流"，就是渭水、洛水、汉水、泗水、沂水、颍水、汝水、沔水。由此，泗水河的地位可见一斑。

同时，泗水河也和历代文化名人有着不可分割的关系。孔子经常带着他的弟子们在泗水河边游学。《论语》中那一句"子在川上曰：逝者如斯夫……"，其中的"川"，指的就是泗水河。宋代理学家朱熹在名篇《春日》里也提到了泗水：

> 胜日寻芳泗水滨，
>
> 无边光景一时新。

等闲识得东风面，

万紫千红总是春。

那已经是几百年甚至是千年以后的事情了，可见朱文公也对泗水河周边的景色甚是喜爱。

但是，作为郎中的秦越人，对这些统统不感兴趣。他感兴趣的就是那块石头，那块位于泗水河边的石头。关于这块石头的消息，还是不久前他收的徒弟子阳告诉他的。当时，子阳态度神神秘秘的，把这块石头吹得神乎其神。此时的秦越人早已经历了太多的人和事，他听了子阳说的这个消息，一下子联想到师父竹简里的描述，似乎讲到过类似的事情，只是记述过于简单，有些语焉不详。但他知道，如此重大的事情，他必须亲自验证和研究，搞得清清楚楚以后才能放心。

去泗水河路途遥远，师徒几个得走好几天。

随着秦越人的名气越来越大，前来拜师的人越来越多。但是，秦越人知道行医诊病是人命关天的大事，所以他收徒的条件非常严苛。这不，几年下来他才收了三个徒弟——一个是给他提供了泗水河边石头信息的子阳，一个是擅长熨灸之术的子豹，还有一个就是赶马车的子越。

秦越人收的三个徒弟，还各有故事呢！

子阳之所以拜秦越人为师，是因为父亲的缘故。他家就在临淄城里。原来，他的父亲经营着一家丝绸店，虽然说不上大富大贵，但日子过得也算殷实，再加上母亲给大户人家缫丝的收入，他们有时候还能接济一下穷亲戚。有一年下起了连阴雨，家里的店铺漏水了，父亲独自搬梯子爬上屋顶修房子，不小心摔了下来，从那时便一病不起。他们请了很多郎中医治，但是父亲的病一直不见好转。最后在亲戚的引荐下，他们延请了秦越人为父亲医治。秦越人仔细地研究了病情之后，制定了一个完整的治疗方案。他先是针灸，后又用汤熨，最后又熬了大半个月的汤药。几个月之后，子阳的父亲竟然康复了。看到秦越人风里来雨里去异常辛苦，父亲提出让子阳拜师学医，学成后照顾秦越人。秦越人对子阳说："你能数清楚牛山上有多少种草药，我就收你为徒。"谁知仅仅三天之后，子阳便找上门去，说牛山上一共有 33 种草药。秦越人心里暗暗一惊：我记得是只有 32 种啊！怎么成了 33 种呢？他的话还没出口，子阳便放下肩膀上的背篓，把 33 种草药一一摆在地上，并且全都叫出了名字。直到这时，秦越人才笑着点了点头，算是收下这个徒弟了。

子豹拜师的故事，是相当动人的。

子豹是般阳（今淄川）人，自幼喜欢岐黄之术，不仅自学了大量医学典籍，还能大胆实践。随着他习医的名气渐渐为人所知，村里的人有点小病小灾的都来找他医治。大部分人他都能治好，至少也能减轻症状。当他正琢磨如何提高医术的时候，无意中听到了都城临淄边上秦越人的大名。他便每天走七八十里路，从般阳赶到临淄，去看秦越人如何给人治病。久而久之，他在秦越人面前也混了个脸熟。当他向秦越人提出要执师徒之礼的时候，秦越人犹豫了。看到秦越人的态度，子豹并没有死缠烂打，他还是每天走七八十里路过来观摩学习。这天上午，子豹来得特别早，从秦越人诊治第一个病人起，他就在现场学习了。这天的病人有点少，当太阳升到杜仲树东南方向的时候，病人就诊疗完了。秦越人坐在屋子里打了个哈欠，往后一仰，有点困意了。正要向前请教的子豹见状，怕在屋子里打扰了秦越人休息，便知趣地退到了大门外边。那天，天气也很怪。刚刚还太阳高照，转眼间就被乌云盖了个严严实实。不长时间，天空电闪雷鸣，狂风大作，接着瓢泼大雨就浇下来了。大雨淋在身上，砸得头皮和肩膀生疼；打到脸上，不但让人无法睁眼，而且连喘气都很困难。雨不知道下了多长时间，只是远远看到系水河里的水，从河岸上溢出来了。饥肠辘辘的子豹，眼看就站不住了。他只好扶着胡同里的一棵小树，艰难地坚持着。就在子豹觉得实在熬不过去的时候，雨突然停了，天晴了，太阳挂在了西南方的天上！吃了午饭又睡了午觉的秦越人，看见雨过天晴了，便信步走出院子透透气。当看到被大雨浇得不成人样的子豹时，他大吃一惊！他问子豹是不是一直在这里站着，子豹狼狈地点了点头。秦越人流着泪说："这徒弟我收了！"

至于收子越为徒的过程，则颇具戏剧性。

那天，秦越人外出巡诊归来，走得又渴又累，双腿也累得有些疼。于是，他便把收购到的一大筐草药放在地上，自己坐在一旁休息。他坐了好长一段时间，可是腿还是有点疼，站起来仍然难以挪步。正在这时，子越赶着马车过来了。看见秦越人坐在路边，子越便问他上不上车，说可以捎他一段路。秦越人看天色不早了，便坐上了子越的马车，并连声地表示感谢。两人在马车上边走边交谈，秦越人知道了子越是个采药人，也兼职给村民治点小病小恙的，目前，家里存了一屋子的草药。走着走着，子越突然问秦越人可不可以拜他为师。秦越人以为子越是在开玩笑，便以玩笑对道："你拜师的见面礼是什么？"子越说："我有一屋子草药！再说了，我会赶车，可以拉着师父出去巡诊啊！"其实，秦越人对那一屋子的草药并不贪恋，因为他自己聚聚劲，半个月也能采那么多。但是他一想到自己要周游列国，太需要驾马车拉东西了，而眼前的子越不但会赶马车，而且还识药性，这不是天大的好事吗？于是，两人一拍即合。

当然，这里还有一个收徒未成的故事。

这个人，就是在高阳馆唱"双玩意儿"，又因为对秦越况评价不同，和那帮公子哥儿大打出手的人。这个人的名字叫燕效祖，听他的谈吐，知道他可能略懂一些岐黄之术。他在唱"双玩意儿"的时候，听说了秦越人的大名，便多次徒步赶到郑阳邑，要与秦越人相交。但是，秦越人认为他来自遥远的燕国，又不了解他的底细，因而一直不敢与其深交。但是，当他把辛辛苦苦唱"双玩意儿"挣来的几个钱，全部买成针灸用的针具送给秦越人的时候，秦越人真的感动了。第二天，他让子越赶车去高阳馆接燕效祖过来。谁知那边的人说，前一天夜里他老家派人来把他绑回去了，至于什么原因，谁也不知道。当然，至于这个燕效祖年老时又成了秦越人的徒弟，那是几十年之后的事了。

师徒四人有说有笑地走着。子越赶着马车，拉着大大小小的行李在前；子阳、子豹扛着防身的哨棒跟在后；秦越人优哉游哉地坐在马车上，边走边思索着问题。

他们一路风尘仆仆，先从临淄到了般阳，又从般阳西南方向走上了天岭。在天岭上，他们喂了喂马，并煮了一顿饭吃。之后，他们便向西南方向奔去，进入了齐长城燕门关西边的关口——风门道关。过了风门道关，便进入了泰山山脉。翻过泰山，就快到泗水河流域了。

风门道关，是齐鲁商道上一处险要的关隘。它处于马径邑（今博山）、莱芜、济南的交界处，东南方向是双堆山，西北方向为霹雳尖，中间的垭口便是风门道关了。齐国的长城，比秦国的长城还要早几百年，所以风门道关也算得上是历史悠久了。据说，这里有个非常特殊的现象，就是山上和山下是两重天。即使是山下的树梢纹丝不动的时候，垭口处也是狂风大作，飞沙走石。也正是因此，当地人才称这里为风门道，而就地取石材，依山而筑的这个关口，也就被称作风门道关了。过风门道关之前，秦越人师徒还专门穿上了厚衣服。

过风门道关之后，已经是夕阳西下了。路边的草木被夕阳染红之后，又挂上了浓重的黑影。晚归的山雀儿叽叽喳喳地叫着，向密林深处飞去。几只或许是无家可归的鸿雁，毫无目的地在空中徘徊着，发出一声声令人思绪万千的哀鸣。夕阳把树影拉得长长的，在路上投下了一排排士兵似的黑影。走着走着，他们师徒四人迷路了。前面有两条岔路，都是弯弯曲曲地通向山脚下。如何翻过大山呢？两条路似乎都不好走。这是他们一路上第三次迷路了。

"今晚我们宿在这里吧！"秦越人说。

"吁——"子越一把停住了马车。

"这里咋住啊？铺着地，盖着天？"子豹问道。

秦越人指了指路边的山岩说：

"你看看这里，上面有一块探出来的大岩石，足以挡风遮雨。下边又有一大块青石板，虽说不大平，但是从那边河边上割些茅草铺上应该可以勉强睡一晚。在路上不同于在家里，凑合凑合就过去了。"秦越人说完，就向那块大石板走去。几个徒弟互相看了一眼，也就同意了师父的主意。

师徒四人从车上下来，拿出自带的干粮，一顿简易的晚饭就算吃完了。临睡前，子越把马拴到了靠近路边的一棵树上。他想，一旦夜里有歹人从路上过来，马儿肯定能及时发现，它会咴儿咴儿一叫，就能提醒他们了。事实证明，他的担心是对的。

这个夜晚伸手不见五指。只听见远处有狗吠的声音，却不知道村庄在哪里。高大的泰山遮住了所有的光亮，只有远处的几颗胆怯的星星，闪烁着有气无力的光点。近处的一棵棵松树，在黑暗里影影绰绰的，像一个个黑色的怪物。天地间没有半点动静，连几丈以外马的喘息声都听得清清楚楚。也许，这样的夜晚就注定不太平。

突然，一阵窸窸窣窣的声音传了过来。最早听见这声音的，是负责赶马车的子越。他对车马比较关心，也算是比较有责任感吧！他刚听到这声音的时候，还以为是风刮树叶的声音呢！随着声音越来越大，他仔细一看，发现好像有个人影在翻找马车上的东西。

深更半夜，荒山野岭的，会是谁呢？

鬼鬼祟祟，飘忽不定的，难道是鬼不成？

一想到这些，子越浑身的汗毛都立起来了。他两手攥拳，汗水已经湿透了脊背，两眼紧紧地盯着那个黑影，一刻也不敢懈怠。这时，那黑影已翻完了车上的东西，显然是一无所获，他似乎觉得非常失望，又向拴马的小树走去。黑影似乎是在小树下沉思了一会儿，然后快速伸手去解拴马的缰绳。

"大胆贼人，住手！"

子越一声大喊，如同从天而降的霹雳声，在寂静的黑夜里炸响了！随着喊声，子越大步冲了上去。他本来是准备和贼人进行一场博斗的，谁想他一声大喊之后，那贼人便"啊"一声向后倒去。等子阳、子豹他们闻声冲过来的时候，那贼人还躺在地上。子阳喊那人起来，他却没有半点动静。子阳便蹲下用手试了试那人的鼻孔，也是只有出的气，没有进的气了。子阳心里想：你看看这贼是咋当的，东西没偷着，还把自己吓晕了，也太可笑了，就凭这点儿胆，还好意思出来当贼？子阳让子豹把那人挪到一平坦处，舒展开他的四肢，又用大拇指的指甲狠狠地掐着他的人中穴。

"啊呀——"

随着一声痛呼，那贼人醒了过来。他躺在地上看了看周围，怎么站着这么些人呢？其实，他还处于被突然惊吓的懵懂之中。那人慢慢揉了揉眼，似乎恢复了一点记忆。他又用手狠狠地掐了一下大腿，这才真正从惊恐中醒了过来。他醒过来的第一句话就是：

"我不是贼！我不是贼！"

"你不是贼还偷东西？"子越顶上一句。

"我真的是好人啊！"那人哭诉道。

"你是从好人里挑出来的吧！"子阳也说了一句。

"你们根本不知道我有多苦啊！"

"苦就是你当贼的理由吗？"

子豹终于有了说话的机会，他手里拿着一根草绳，揶揄了那人一句之后，上前一把拽住那人的胳膊，要把那人拉到马车边上绑起来。谁知那人躺在地上就是不起来，还杀猪似的叫起来。那人一边哭，一边诉说着他的不幸，呜呜啦啦说了很多话。大家却一句也听不清楚，只是一阵阵地哄笑。大家越哄笑，那人越觉得委屈，好像受了天大的冤枉。

"也许，他有他的苦衷吧!"秦越人说话了。

"好人没有当贼的!"子阳又嘟囔了一句。

"听他自己说说吧!"

秦越人重重地说了这句话后，大家都噤声了。

这时，天已经快亮了。东方泛白的天幕下，氤氲着一丝丝红云。大地也有了光亮，那些怪物似的古松，也慢慢恢复了原来的模样。睡了一夜的各种鸟儿，也开始出巢觅食。各种鸟叫的声音交织在一起，使天地间一下子有了生气，师徒四人也觉得精神起来了。

借着光亮，大家这才慢慢看清了那个"贼人"的样子。用灰头土脸来形容他的面貌，不如用蓬头垢面更贴切；用破衣烂衫来形容他的衣着，不如用衣不蔽体更准确；用萎靡不振来形容他的神情，不如用半死不活更传神。

那贼人见秦越人年龄大一些，态度也和蔼一些，便往他的身边靠了靠，耷拉着一只似乎没有感觉的胳膊，一把鼻涕一把泪地诉说着他的悲惨境况。说到动情之处，秦越人师徒四人也禁不住感同身受。

原来，多年以前，他家也是鲁国当地的富户。齐国的管仲和鲁国打完齐纨鲁缟的贸易战之后，他家就完全破败了，可以说是一贫如洗。经过了几代人，日子还是没有抬起头来。到了他这一代，便沦落为石匠，靠开山打钎讨生活。一家人整日里生活在大山的石窝里，伴着叮叮当当的打钎声，呼吸着能噎死人的石粉，过着半饥半饱的日子。妻子受不了穷困潦倒的生活，带着孩子流浪他乡了，只剩下他独自在这里苦撑着。谁知"屋漏偏逢连夜雨，破船又遇顶头风"，他前几天在山上搬石头，右胳膊被拧了一下，到现在都疼得不能动。看他干不了重活了，山主第二天就把他辞了，眼见家里就没吃的了，真是"福无双至，祸不单行"。

"那你也不能做贼啊!"秦越人道。

"我不是做贼……"

"偷马不是做贼吗?"子越又火了。

"你不是贼，带着凶器干啥?"子豹说了一句。

"我这钎子和斧头是打石头用的……"

"杀人也能用吧！"子阳讽刺道。

"你们休得高声，让他继续说。"秦越人制止道。

"唉！不瞒你们了，我都说了吧！"

"贼人"擦了一把鼻涕，又开始说：

"不要再喊我贼人，我有名字，我叫孙懿轩。这是我爷爷给我起的名字，我也不知道啥意思。还是说眼前吧！自从我受伤以后，胳膊疼得不行，一条腿也不得劲儿，这样我这个人就废了。要想活命，我得想办法治病啊！结果找了几个郎中，钱花完了，病也没治好。我想再这么下去，只花钱不挣钱，只有出的没有进的，日子还有法过吗？那天有人和我说，齐国有个叫秦越人的郎中，用针灸就能治好我的病，而且这人的医德特别好，给穷人治病从来不收钱。我一听就迷了心窍，可是我的胳膊和腿都不利索，上百里路我咋去呢？于是，千不该万不该，我不该动了偷马的歪心思。其实，我已经跟了你们大半天了，为的就是趁你们睡着的时候，先从你们的马车上找点吃的，吃饱再去齐国找秦越人看病。"

"你的伤几个月了？"秦越人动了恻隐之心。

"拖拖拉拉快半年了吧。"

"子阳，快拿针过来。快！"秦越人说。

"敢问你是……"

"我就是秦越人。"

"啊……咋还这么巧呢？"

"这叫无巧不成书。"

"这是你这个贼的福报好啊！"子豹又不紧不慢地来了一句。

秦越人使劲白了子豹一眼，然后赶紧吩咐徒弟们把青石板上的野草铺匀了，让孙懿轩平身仰卧在那里。他让子阳给他当助手，一会儿就按穴位在孙懿轩身上扎满了针。只见秦越人的针法是一会儿轻抬快提，一会儿慢抬缓提，一会儿像小鸡啄米那样迅速，一会儿又像大象迈步那样有力。随着秦越人不断变化的针法，孙懿轩的胳膊和腿也在不停地抖动着。大约过了一个时辰，针灸结束了。秦越人让孙懿轩站起来，伸胳膊蹬腿试试，他的症状竟然真的轻了许多。

"你们这是要去哪里？"孙懿轩问道。

"我们要去泗水河边。"秦越人耐心地说道，"听说那里有一种石头，可以用来治病疗伤。不想走到这岔路口，我们竟然迷了路。你知道去泗水河的路吗？你是土生土长的当地人，应该……"

"我知道，当然知道，这里的山山水水都装在我的肚子里。"孙懿轩的头点得像小鸡啄米，"我不但知道路，而且知道哪座山上出产那种石头。年轻刚入行时，我还跟着师傅在那里打过石头呢！听当地人说，那种石头价钱高得很呢！"

"好！"秦越人说，"你带路，我们一起走吧！路上我再给你针灸几次，你的身体就能恢复。这样咱们就两不相欠了！哈哈哈！"

"谢谢神医救命之恩。"孙懿轩道。

"不用谢。治病救人是我们的本分。"

就这样，日上三竿的时候，五个人一起上路了。


泗水河的风光是迷人的。河面宽的地方流出一湾静静的瓦蓝，连游动的鱼群都看得清清楚楚；河面窄的地方激起一层层白色的浪花，像一堆堆流动的雪。沿河两岸有高大的松树，飘扬的垂柳，还有一丛丛的黄栌。最是那一蓬蓬的翠竹，摇曳向上，展示着蓬勃的生命力。更让人流连忘返的是树下的石头。石头奇形怪状，如卧牛，如奔马，如腾龙，如飞鸟……简直美不胜收；有红色的，有黄色的，有青色的，还有红黄两色相间的，斑斓的色彩令人浮想联翩……

秦越人师徒四人和孙懿轩来到河边之后，一下子被这番景象吸引住了。秦越人不顾往日的斯文，大叫着快快停下马车，两只手使劲地拍着车辕，手拍红了都毫无感觉。

秦越人走下车来，不顾徒弟们的劝说，硬是蹚着湍急的河水走到了树下。他用贪婪的目光看着每一块石头，用颤抖的双手摩挲着眼前的石头，眼睛慢慢地湿润了。他嘴唇哆嗦了好长时间，才扬手把徒弟们招呼过来，让他们围坐在自己身边。他有点痴迷地说：

"你们知道这种石头有多珍贵吗？"

"愿听师父教诲！"徒弟们齐声道。

"这种石头，早在大禹时期，就是不可多得的贡品啊！过去，它曾经是祭祀用的神器，道家用的法器，儒家用的礼器。但是，我认为它最大的作用，就是我的师父长桑君竹简中说的砭术。也就是说，用来治病才是它最大的用处。人们真正开始使用砭石治病的年代，应该比我师父长桑君记载的年代更加久远。因为任何一项发明，从出现到被大规模使用，再到规范，到最后的总结提高和记载，都要经过一段漫长的时间。"

徒弟们和孙懿轩都一个劲地点头。说到这里，秦越人停了一下，让孙懿轩拿着钎子从水边的石头上敲下了一块递给他。他反复查看了一下，又在手里掂了几下，然后若有所思地说：

"天下的砭石，以泗水河滨的为最好，所以它们有'泗滨浮石'的称号。说它们是'浮石'，并不是说它们漂在水上，而是因为它们大多数长在水边，从远处看去就好像浮在水里一般。说起来好像很多地方都有砭石，但是治病疗伤最灵验的，还得数这里的。不仅竹简里这样说，我过去的经验也证实了这一点。"

不多时，秦越人站起来活动了一下筋骨，便和徒弟们沿着河边漫步起来。只见很多人躺在河边的树下，手里拿着非常原始的石片，用同样的方法敲打着身体的不同部位。有的人疼得龇牙咧嘴，有的人闭着眼睛如醉如痴，还有的人用手机械地敲着，一脸茫然……

"师父，远处的人躺在那里干啥？"子阳疑惑地问。

"他们在享受砭术呢！"

看到这些，徒弟们也有些茫然。因为他们也不清楚砭石应该怎么用，更不知道不同形状的砭石有什么不同的作用，遑论砭石在身体的不同部位对病症的不同疗效了。徒弟们虽然一脸的不解，却争论得相当激烈，特别是子阳和子豹，一会儿就争得面红耳赤了。最后，两人差点动起手来，惹得子越抱着赶马的鞭子，差点儿笑出声来。

秦越人对这些争论充耳不闻，只是让孙懿轩从这里敲下一块石头来，从那里打下一块石片来，拿在手里摩挲着，对比着，观察着，甚至相互敲一下，听听它们的声音。然后，他又开始在河滨寻找其他的石头。石边草丛里的飞鸟，被他们师徒赶得一群一群飞向天空，消失在云端。

这时，子阳突然看到一个老者在用一块有些尖锐的石头砸自己的头。一会儿，他头顶上的血就流到了脸上，连眼睛都黏住了。子阳不忍心，便上去一把抓住他的手，急切地说：

"老乡，砭石不是这样用的！"

"我用了半辈子了，你一个外地人懂啥？"

"我是一片好心……"

"谁知道呢！好心还要抢我的石头？"

"唉！真是'好心被当成驴肝肺'啊！"子阳道。

"就怕连驴肝肺都不如呢！"

听到老者说这样的话，子豹不干了！只见他三步并作两步冲过来，要为子阳帮腔。这时，秦越人远远地招呼了他俩一声，他俩狠狠地瞪了老头一眼，无奈地摇着头跟随师父走了。看着徒弟们都聚拢在了身边，秦越人告诉大家：

"我一会儿让子越去附近的村子里租个院子，今晚我们就住那里。明天，大家都不准出来，我有件大事要大家一起干！"

秦越人说得大家一脸蒙。

第二天是个大晴天，太阳早早就从东边升起来了，照得院子里一片明亮。拴在槽头的马，似乎对晴朗的天气非常满意，一边挣着缰绳，一边朝着天空咴儿咴儿地叫着。它四个蹄子不停地踏着地面，踏起的尘土四处飞扬，给人一种腾云驾雾的感觉。

但是，令人奇怪的是，往日里总是早起练功的秦越人，竟然醒在徒弟们之后了。太阳一竿子高了，他的屋里还没有动静。这时，大家开始胡思乱想了：师父是不是生病了？不对啊！昨夜子时，子豹起来小解的时候，师父的屋里还亮着灯呢！难道师父还在睡觉？大约又过了一袋烟的工夫，师父屋里还是没有动静。这时，大家再也沉不住气了，可是又不敢随随便便敲师父的门，因为怕打扰师父休息。最后，大家推选了子越去叫师父起床。谁知子越推门一看：

屋子里空空如也！

师父去了哪里呢？

难道失踪了不成？

三人稍微沉静了一下之后，才发现孙懿轩也不见了。难道这个人隐藏得很深，是他把师父劫持走了不成？不对啊！昨天晚上，师父刚给他针灸了啊！他应该感恩才对啊！于是，三个人分头去村子里寻找他们两人。问了一圈儿，村里人都说没见过这两个人。最后，有个早起打鱼的人说，看见两人向泗水河方向去了。就在三人回到院子里拿上打捞落水者的工具，商量着准备去河边寻找的时候，大门口传来一声大喊：

"徒儿们早啊！"

随着问候声，秦越人和孙懿轩一前一后走进来了。只见两人下身的衣服被露水湿得透透的，鞋上糊满了泥水。特别是孙懿轩，背着个大竹筐，被压得腰都弯了。见师父回来了，三个徒弟马上围了过去，有的抓住师父的手，有的拉着他的胳膊，一迭声地问道：

"师父，你去哪里了？吓死我们了。"

"我啊！去取宝了！"秦越人有些神秘。

"啥宝贝啊，让你半宿不睡觉？"

"你们看！"秦越人一边说着，一边从孙懿轩肩上拿下竹筐来，把竹筐里的东西哗啦一下倒在了地上。三人一看，原来是些颜色不一、形状各异的小石头。至此他们才明白，原来师父是起了个大早，带着孙懿轩去河边采砭石去了。就在大家端详那些石头的时候，秦越人说道：

"今天，大家就不要出去了，我们一起打磨这些石头。大家按照我的要求，把这些砭石打磨成大小、形状特定的样式，表面尽量打磨光滑。晚上，我们还有重要的事情要做。大家分头去干吧！"

什么重要的事情呢？师父又卖关子呢！他们想。

在大家叮叮当当地敲石头、呼哧呼哧地磨石头的声音的伴奏之下，太阳飞快地滑向了西山，院子里渐渐暗了下来。没有等到天黑透，秦越人便吩咐子越点上三盏大油灯，分别挂在了院子里的高处，使院子又恢复了先前的明亮。

晚饭后不久，村民们开始向这个院子走来。时间不长，院子里便挤满了人。来的人中，除本村的人之外，还有很多周围村里的乡村郎中。他们来干什么呢？原来，就在大家打磨石头的同时，秦越人也没闲着。他一天走遍了周围的十几个村去通知大家，特别是鼓励各个村的郎中们，让他们来听他讲砭石的制作和使用方法。这就是他一直以来的想法：诊一路疾病，收一路徒弟，讲一路知识，撒一路医药学的种子。

院子里的井台上放了一张几案，几案上摆着他们今天刚刚打磨好的砭石。灯火照过来，给砭石打上了一层光亮，使平常的砭石增加了许多神秘的色彩。秦越人站在几案的后边，像学堂里的先生那样，拿着一根长长的教鞭，一边指点着几案上各种各样的砭石，一边为大家讲着砭石的知识。

"医学上使用砭石，是从几百年前开始的。传统用法是把砭石磨成针状来刺穿脓包，然后排出毒血或者脓水。还有就是用磨得特别细的石针，为病人进行针灸。但是现在有了铁，比如在我老家都城临淄，冶铁坊一排就是好几座，而用铁做针更方便、更耐用。那么，我们的砭石还有用吗？还能怎么用？这是个大问题。"

"是啊是啊！咱们都没想到。"

"砭石不能用了，咱咋治病呢？"

"别说话，听听他有啥高招儿！"

这时，院子里突然暗了下来，秦越人的面容也随之模糊起来，刚才光亮的砭石也失去了色彩。只见秦越人不紧不慢地拔下了一根插在头发上的铁针，对着几案上的灯火一挑，一个灯花轻轻爆了一下。灯火又亮了起来，人们的情绪也同时高涨了起来。

秦越人轻轻捻了一下铁针上的灰烬，使劲吹了一下，又把铁针插在了头发上，这才开始不紧不慢地回答大家的疑问：

"我研究砭石很多年了，我师父长桑君的竹简里就对砭石有记载。我在和临淄冶铁坊的工匠商量如何翻制铁针的时候，就考虑过如何发挥砭石的作用这个问题。这些日子以来，我一边给乡亲们治病疗伤，一边和咱们附近的乡村郎中们一起研究砭石。直到昨天，在咱们这十里八村的郎中们的启发下，我才对砭石有了新的认识、新的体会，我还总结了砭石的二十多种用法……"

"这人这么厉害啊！"

"你快讲讲，都是哪二十多种用法？"

"嘿嘿！吹得有点大了吧？"

"请大家耐心听，我给你们细细数一下。"秦越人一边说，一边扳着指头算着，"我认为，砭石应该有以下的用法：刮、推、抹、摩、擦、缠、划、拔、点、按、拿、拍、叩、剁、温、凉、感……但是每个用法都有自己独特的、不可替代的作用。每个用法都针对不同的部位、不同的病症，并且针对病症的不同阶段。虽然说手法掌握起来是难一些，但是一旦熟悉了这些手法，你将会受益无穷，你就更能承担起一个郎中救死扶伤的大义担当。"

　　话说到这里，秦越人本想今晚就先结束了，毕竟天已经不早了，但是人们还没有要散去的意思，而且有的人已经坐在地上拿出随身带的砭石，按照他说的手法在自己的身上比画起来。看到大家对砭石的用法这么感兴趣，秦越人不禁心潮澎湃。他又挑了一下灯芯，并让子越给三盏灯都新添了油，然后继续和大家聊起来：

　　"仅仅掌握了方法还不行，还要将好方法用到对处。一个人身上有三百六十五个穴位，每个穴位都有不同的生理或病理作用。如果使用砭石的方法正确而穴位不对，还是不能治病，也达不到疏通经络、调理气血的作用，无法排除经络中阻碍气血运行的病理原因，也就无法治愈疾病。"

　　……　……

　　时间已过子时，村子里的更夫敲起了梆子。子越给马喂夜草回来，看师父已经有倦意了，便自作主张地走到井台上，宣布今天晚上的商讨暂时到这里，并好说歹说才把大家劝了回去。大家恋恋不舍地准备向外走的时候，都相约明晚再过来，向秦越人讨教砭石疗病的方法。直到秦越人高高兴兴地答应了，人们才慢慢散去。

　　院子里终于静下来了。月亮已经远远地躲到西山顶上了，而且由原来的白亮变成了黄红。树上那些早已睡熟的鸟儿，除了偶尔扑腾一下翅膀再也没有别的动静。徒弟们都累了，早就开始打呼噜了。只有秦越人的屋子里，还透出昏黄的灯光。那是他在做每天例行的功课——把诊疗记录和体会整理出来，以备查考。

　　咚咚咚……

　　突然，激烈的敲门声响了起来，在暗夜里让人有些毛骨悚然。院子里的安静顿时被打破了。正在吃夜草的马，咴儿咴儿叫了几声，吓得树上的鸟儿扑棱着翅膀向山里飞去。

　　半夜三更的，是谁呢?

　　最早听到敲门声的，是子越。他给几匹马喂完夜草之后，躺在那里辗转反侧难以入眠。他想到上半夜师父讲课的时候，有个人盯着几案上的砭石，盯得时间太长了。他的目光里，有贪婪，有不舍，似乎心里盘算着什么。临走的时候，他又挤到几案边上，用颤抖的手，将那几块特别好看的砭石摸索了好几遍。子越心想：今夜，会不会有人来打砭石的主意呢? 于是，他又翻身起来，去小西屋里点上灯，将那些砭石看了三遍，又数了三遍，然后才放心地回来了。第三次躺下，子越已经折腾得睡意全无。所以，敲门声一响，他就听见了。

子越拿起那根秦越人经常把玩的枣木杠子，悄悄地走出了房间。如果来人真是要打砭石的主意，子越肯定要一棍子砸下去，给他个当头开花！

# 第八章　邯郸闾巷里的误会

昨天晚上，秦越人太累了，也睡得很晚。

但是刚刚入睡，他便做了一个梦。梦中他又与师父长桑君相见了。好像河边有一棵大树，大树下面有一个八角亭，秦越人和师父站在亭子里的石案两边，石案上放着一壶酒。刚开始，秦越人只是站在一边，坚决不敢与师父平起平坐，后来师父一再相让，秦越人才不得不小心翼翼地坐了下来。还不等秦越人动手，师父就为他斟了酒，并端到他面前。秦越人觉得不应如此造次，羞得脸都发红了。所以，他一直小心翼翼的。气氛太安静了，连河里的鱼打水花时的扑啦声都听得清清楚楚。两杯酒下肚，长桑君的谈兴似乎上来了，他对秦越人说：

"这些年，你出息了不少啊！"

"哪能？都得感谢师父教诲。"

"现在看来，师父的医道已经不如你了。"

"师父永远在上，徒弟只是……"

"不必谦虚了！用孔子的话说，你是'后生可畏'啊！用荀子的话来说，你是'青出于蓝而胜于蓝'啊！你别过谦了，越是这样我就越高兴，这说明咱们的医道是一步步前行的，更说明我当初没有看错人。我还听说，不但你的医道日益精进，你的品德也是怀瑾握瑜啊！"

"师父过奖了，我还要……"

"在我面前，不必过谦！我只是想告诉你，为医是很辛苦的，付出多而回报少。一旦哪里有了疫病，商人总是带着一家人离开那里，而我们则要抛却家人冲向那里。这不只是德行的高下使然，也是职业的要求所在啊！这么多年来，你医好了千千万万人的病，救了成百上千人的命，可你家里还不是一贫如洗吗？你还能安贫乐道，这就是你的德行了。所以，每当你要撑不下去的时候，你就想想我在天上看着你呢！"

"师父，我还有一事不明……"

咚咚咚……

秦越人觉得终于遇到师父了，终于可以把行医中的一些困惑说出来，把遇到的一些难题提出来，以求教于师父。但是就在他刚要开口询问的时候，似乎是从半空云彩里传来的咚咚的撞击声响了起来。忽然，他看见师父向空中飘然而去。他慌忙起身，伸手想抓住师父的衣袂，两手在空中抓了几把之后，才觉得好像什么也没有。他一下子惊醒了，只见摇曳的灯光，哪里有师父的影子？

这时，他突然听到了敲门声。

"谁啊？稍等。"

多年来习惯了深夜出诊的秦越人，只要夜里有人敲门，就认为是有人得了急症需要诊治。他一翻身从炕上下来，一脚蹬上鞋子，急忙跑过去打开了房门。几乎是同时，他点上了刚才被他疾步转身带起的风扇灭的灯火。这时，子越早已经打开了院门。问明情况之后，他便和来人一同走到了师父的房门前。随着灯火渐亮，秦越人看清了眼前的来人。

只见来人神情疲惫，骨瘦如柴，嘴唇上干得白皮一片片翘了起来，鼻子下还有干的血迹。再看看他的衣服，则是烂得不成样子，一副风尘仆仆的样子。来人进门之后，一下子跪在地上，两手抱住了秦越人的两条腿。他就这样趴在那里，一句话也说不出来。见此情景，秦越人准确地判断到此人不是来治病的，而是来求他为别人治病的。想到这里，他弯腰扶起地上的人来，一边为他扑打着身上的尘土，一边问道：

"快说，病人在哪里，我们快去！"

"病人离这里太远了。"那人说道。

"多远？外村的吗？"

"很远很远，七百里之外啊！"

"你不发烧吧？咋说胡话呢？"秦越人一阵惊讶之后，禁不住用手摸了摸那人的额头，心里想：他并不发烧啊！难道他是开玩笑？看他这灰头土脸的样子，再加上这半夜三更的，也不像是开玩笑啊！想到这里，他让那人坐好，让他喝了点水，安了安神，然后和蔼地问他：

"别急，你仔细说说到底是咋回事。"

这时，那人长长出了口气，开始细说起来。

原来，来人名叫子游，是赵国的乡村郎中。他从小受家学浸润，喜欢岐黄之术，在父亲的影响下，尤其对草药感兴趣。他擅长尝百草、辨百药，并精通配方取药、制药炼丹，曾经治愈了很多患者。但是近几年来突然出现的情况，让他有些一筹莫展了。不知道什么原因，赵国都城邯郸的妇科疾病突然多了起来。妇女一病，缝不了衣，做不了饭，很多人家如同塌了半边天。子游和一大帮同仁虽然夜以继日诊治，却还是难以解决患者的病痛。同仁们便派他出来，到外地寻找医术高超的郎中求援。他半夜恰巧走到泗水河滨的这个村，听到大名鼎鼎的秦越人和徒弟们正在这里为乡亲们诊病疗伤的消息，便一不做二不休，半夜三更地求上门来了。他本想等到天亮时再找秦越人，但想想家乡妇女们的惨状，便觉得一刻也不能等了。他站在门外，越想心里越急，最后索性夜里敲起了门。

这时，院子里已经微微发亮了。

秦越人抬头一看，子阳、子豹、子越三个徒弟早已经围在门口，想打探到底出了什么事。就连打了一天石头的孙懿轩，也手持斧头站在了门口，时刻准备保护他。看看大家都在，秦越人就挥手招呼他们进来了。他想：怪不得夜里做梦，师父说郎中必须迎着疫病向前冲，看来师父早就知道邯郸的情况了，他夜里是在给我托梦啊！看来这个梦做得很是时候。原来，在冥冥之中，师父还在时时刻刻地关注着我啊！想到这里，他对徒弟们说：

"邯郸出了病灾，我们怎么办？"

"我们听师父的！"仨徒弟异口同声。

"那……我们天亮就出发吧！"

"遵命！"仨徒弟回答得干脆响亮。

"我也要去！"拿着斧头的孙懿轩说，"师父，是你救了我的命，让我成为一个好人。我想一路追随你，我要报答你一辈子。虽然我不懂医道，但是可以从别的方面给你帮上忙，你就带我去吧！"孙懿轩说着说着，急得流出了眼泪。

秦越人略一思忖，说道：

"懿轩，你的本行是石匠，也许留在这里更合适一些。你看，这泗水河流域可以开采砭石的地方太多了。这些日子以来，咱们一起开采、打磨、研究砭石，你的本事长了许多。再说，这里的百姓也和你相熟了，你也了解这里的风土人情了，你就留在这里制作砭石吧！将来我们需要砭石的时候，还需要找你淘换呢！"

孙懿轩听听，也觉得有道理：目前这砭石已经成为秦越人治病疗伤不可或缺的物件，我多采集一些砭石，不也是行善积德吗？不也是报答师父了吗？但是，他心里还是有些舍不得秦越人。谁知刚安抚下这头，那头又出事了。就在孙懿轩勉强点头的时候，那个半夜敲门的子游又一下子跪在了秦越人面前。只见他双手伏地，把头磕得咚咚作响，嘴里还念叨着：

"师父，收下我吧！"

"你……"秦越人竟一时无语。

"我家祖孙三代行医，我略通药性，也行医十几年了。我在邯郸行医四五年了，非常了解那里的情况，在那里还有许多同仁，因此我必须和师父一起回去。如果师父收下我这个徒弟，让我带你们一起去治病救人，于公于私都将是一件大好事。"

子游跪在地上一动不动。

"师父应允了！"

秦越人流着泪说道。

于是，子越张罗着套上马车，扶着师父秦越人坐在了车上。子阳、子豹、子游三个徒弟跟在车后边，向村外慢慢地走去。村民们站满了路的两边，纷纷嘱咐秦越人师徒路上保重。师徒一行走到村口之后，又回过头来向村人们深深地施了一礼。孙懿轩扛着钎子和斧头，一直把他们送到泗水河边，才泪眼婆娑地与他们作别。他转过身的时候，秦越人看到他的双肩一耸一耸的。

秦越人知道，孙懿轩在哭呢！


师徒五人风尘仆仆，一边狂奔，一边为人治病，不知道走了多久，不知不觉间已到了赵国境内的中皇山。

中皇山原本是一座并不出名的小山，名叫凤凰山，只是因了女娲的名气，才成为赵国的名山。相传盘古开天辟地之后，女娲见这世界太空旷，便开始用手捏黄泥造人。后来，她嫌用手捏太慢了，就把柳条往黄泥浆里一蘸，往空中一甩，所有的泥点子都成了人。这样，用手捏的泥人，都成了达官贵人；用柳条甩的泥人，则成了平民百姓。

后来，水神共工和火神祝融之间起了争斗，失败的共工难以咽下这口恶气，便一头撞碎了擎天柱，致使天上塌了个大窟窿。从此山林大火弥漫，地下洪水喷涌，世界野兽横行，一时间民不聊生。这时，女娲挺身而出，只身去逮住吃人的大龟，并剁下了它的四条腿，把天重新撑了起来。女娲又收集大量芦草烧成灰，堵住了漫延的洪水。最后，她在凤凰山这个地方，支起熔化石头的大锅，炼五彩石以补天。补到最后，五彩石没有了，她只好用自己的身体补上了最后的一道缝隙。

再后来，有了"三皇五帝"之说，也有了历史上的"三皇治世"。"三皇"分别是天皇伏羲、人皇女娲、地皇神农。因为女娲排在第二，位置居中，所以，为了纪念女娲，当地人便把凤凰山改名为中皇山了。

秦越人他们自己也不知道，是怎么转悠到了这里的。

这时，太阳已经转到了西南方向。由于山头的阻挡，山里的光线明暗不一。亮的地方一片葱绿，暗的地方四处苍茫，让人顿觉沧桑之久远，人世之渺茫。秦越人找了个山洞，让大家卸下东西，然后支使熟悉这里地形的子游带几个人，上近处的山上采药，以备疗病之需。子游曾经多次来这里采药，对这里人熟地熟，便喏了一声，带着大家上山了。

第二天，山里的早晨本来应该是在叽叽喳喳的鸟鸣声中醒来的，但是，住在中皇山补天谷山洞里的秦越人，他的早晨却是在附近女人们喊喊喳喳的声音中醒来的。起初，他还以为自己的耳朵出了毛病，等他借着黎明的光亮向外张望的时候，才不怀疑自己的耳朵了。外面通向山洞的羊肠小道上，在轻雾弥漫的山林里边，挤满了穿红戴绿的人，仔细一看，都是些年龄不等的妇女。这也印证了子游说的，这边得妇女病的人特别多。子游早起在上山采药的时候，把秦越人来巡诊的消息传了出去，大家就一传十传百地扩散出去了。那些不堪疾病折磨的妇女们，便早早地聚拢过来。她们多想早日康复，再承担起相夫教子的责任啊！

秦越人虽然因长途奔波而疲惫不堪，但是郎中所特有的慈悲心，让他半点不敢懈怠。他想：女娲在这中皇山里补天，最后连自己的命都搭进去了，我这点疲劳可以忽略不计了。想到这里，他马上披衣出来，顾不得梳洗，便坐在洞口的一块石头上开始诊病。

每诊断一位病人，秦越人都是先看看她的脸色，看看她的舌苔；再听听她诉说自己的病情，自诉对病症的感觉；然后，他按照自己多年来诊断此类病症的体会，再问一些相关的问题；最后，他开始伸手为病人把脉，根据脉搏的快慢、强弱、深浅等情况，综合判断病人的病症和病情。多年来，秦越人都是这样诊治病人的。几年之后，他就是从这些具体的病例中，总结出了"望闻问切"四诊法。

太阳升起来了。

中皇山里顿时明亮起来。一片片的山林里，各种鸟鸣响了起来，有时像合唱，有时像独唱，简直是天籁之音。各种不同颜色的树叶交织起来，这边的色彩看着热烈，那边的色彩看着沉静，让人的情绪顿时愉悦起来。郎中和患者在愉快的交流中释放着慈悲之情和感恩之情。

该吃早饭了，秦越人看看漫山遍野的患者，他想等中午一块吃吧！该吃午饭了，他又起身看了看，松树林里还是乌乌泱泱一片人，又想等晚上再吃吧！该吃晚饭了，看看山洞前的一群人都在焦急地等待着，秦越人索性继续给人诊病。天黑得实在看不见了，秦越人又让子越点上松明子。直到快半夜的时候，秦越人才送走了最后一名患者。他长舒一口气，瘫倒在石板上。子游忙过来搀扶，秦越人说：让我躺一会儿吧！整整一天没吃饭，没休息了。望望洞外的大山，看看和大山一样黑的天空，秦越人揉着酸痛的腰和脖子，心里暗暗想道：想当年女娲补天的时候，捏土造人的时候，也是这么累吧？想到这里，他自嘲地笑出了声。

山里的夜特别黑，黑得对面看不见人；山里的夜特别静，静得连昆虫爬行的声音都能听到。师徒五人躺在山洞里的石板上，尽管靠得很近，但是谁也看不见谁。只有说话的时候，才能根据声音判断出这个人的方位。劳累了一天的师徒们，在黑暗中说着"黑话"：

"师父，咱们的药材不够呢！"子游说。

"这个，我知道。"

"一人熬一陶鬲药，得用好几百天的时间啊！"子阳说。

"用别的办法呢？你们动动脑子。"秦越人道。

"用几千只陶鬲同时熬药？"子豹笑着说。

"你们看见我每人给她一件东西了吗？"秦越人问。

"看见了，有小草、松叶、槐枝、石头……"

"那……这是干什么用的？"

"我们还都纳闷呢！"徒弟们一齐说道。

这时，秦越人从石板上坐了起来，一边启发大家，一边说出了他今天的小秘密：

"今天早上我一看患者这么多，就考虑到了如何熬药的问题。如果一人一个陶鬲熬药，就是摆满中皇山，估计也不够，更何况去哪里淘换这么多陶鬲呢？于是，我运用了归类法。病症大体相同的人，发给她们相同的标记物。拿相同标记物的，就是病情大致相同，病因基本一致的人。之后，她们凭相同的标记物来服用相同的药。我先后给她们发了小草、松叶、槐枝、石头等，一共十九种标记物。也就是说，往细里分，她们的疾病一共有十九个类型。一种病服用一种药，那么我们只需要配十九个药方就可以了。这样，让这些患者在短时间内同时服药，就由不可能变成可能了！"

看到徒弟们茅塞顿开，师父开心地笑了。

这一天，天朗气清，万里无云。乡亲们肩背手抬弄来的陶鬲，在补天谷里排成长长的十九排。那么多陶鬲同时熬药，一时间天空中狼烟滚滚，山谷里热气腾腾。那阵势，简直和女娲补天炼五彩石的阵势差不多，使人热血沸腾。手持各种标记物的妇女们，依次排在与其病症相同的汤药前。山谷里人山人海，好不热闹。

就是这样，一连多少天，补天谷里发生着同样的事情。子游他们四个每天带着乡亲们采药炮制，累得人都瘦得脱了形。秦越人则巡回于各排陶鬲之间，或闻或看，检查草药的配伍；或撤柴或加火，调整熬药的火候，也累得双腿直抖，衣带渐宽。直到妇女们恢复了往日的容光，恢复了从前的干劲时，秦越人他们才得以喘息。师徒几人也顾不得什么礼节了，大家一起横七竖八地躺在石头上，歪鼻子瞪眼地调整着胳膊和腿的姿势。

大家刚刚在山洞里躺下，子游便对秦越人说："师父，昨天我那在邯郸城的同仁来找我，问你何时去邯郸城里。那里的许多病号都等不及了，吵着要来中皇山呢！但是这里离邯郸城太远了，那些腿脚不好的妇女不方便过来，都急得泪水直流。"

"子游，不要让患者多跑路了。"秦越人说。

"可是她们需要你为她们治病啊！"

"子阳，这边患者咋样了？"秦越人问道。

"回师父，这几天来的人很少了。"

"子豹，你那边的患者呢？"

"回师父，昨天八九个，今天没有了。"

"哦！那我们是该走了。"秦越人自语道。

翌日一大早，子越早早起来套好了马车，几个徒弟也早早整理好了行李。他们小心翼翼地把师父这些天来写的竹简用包袱裹起来，放在车厢里最稳当的地方。然后，一行人朝着邯郸城驶去。

谁也想不到，他们此行被人误会，还差点出了人命。


第二天的正午以前，师徒一行进了邯郸城。

在城里的青石板路上，马蹄嘚嘚地响了起来。马蹄声带来的节奏，使师徒一行人顿时精神起来了。但是他们无暇观赏"市列珠玑，户盈罗绮"的街景，无暇观看来来去去的红男绿女。因为子越的同仁早已经为他们租好了房子，他们要尽早赶到那里，为邯郸的百姓解除病痛。

突然，从横街上拐出一群白衣人来！

前边，是两个身穿白衣的执绋人；中间，是几个抬着棺材的人；最后，是一群身着白衣的人。原来，这是一支送葬的队伍。他们慢腾腾地走着，前面的两个执绋人还唱着挽歌：

"薤上露，

（薤叶上的露水）

何易晞。

（是多么容易干啊）

露晞明朝更复落，

（露水虽易干，但明日又会重新落在薤叶上）

人死一去何时归？

（可人一旦死去，何时再回来呢）"

见此情景，秦越人赶快从马车上跳下来，一把抓住马的笼头，把车马牵到了一边，并招呼着徒弟们赶快避让，为送葬的队伍让出路来。看来出殡的人家也不是什么富户，仪仗也不是多么复杂，看发丧的人也不怎么多。但是这家人应该是个耕读之家，要不怎么还会唱《薤露》呢！一行人稀稀拉拉很快就过去了，等街面上恢复了安静，秦越人这才低头准备上车。

"啊……"

他突然发现地上有几滴鲜血，忍不住惊讶地叫出了声！为了掩饰刚才的失态，他用袖口掩住了嘴。郎中的职业，让他养成了凡事寻根问底的习惯。他低头往左看去，一滴滴鲜血是从左边来的；他又顺着血滴往右看去，血滴又往右滴着，一直指向了送殡的队伍。

这时，秦越人也顾不得徒弟和马车了，一个人追着血点向右奔去。徒弟们不明就里，更不知道师父是犯了什么邪，只好留下子越看住马车，子阳、子豹、子游他们一起紧跟在师父身边跑了起来。街上的人看见几个壮汉追着一个老头没命地跑，还以为发生了什么事情，纷纷投来惊讶的目光。

跑在最前面的秦越人，已经追上了送葬的队伍。他仔细一看，那些血滴原来是从棺材里滴下来的。刚才他一边跑，一边询问路人棺材里是什么人，路人说是一个过门一年左右的小媳妇，突然气绝身亡了。秦越人觉得这里边有蹊跷，师父长桑君的竹简上记载的他自己行医中遇到过的病例，一下子向他头脑里袭来：

这个妇女可能还没死就要埋？

一路跑得气喘吁吁的秦越人，先停下喘了几口气，随即扒住几个人抬棺材用的扁担，使劲地往后拉，边拉还边对着送葬的队伍说：

"停下，快停下！"

"你要干啥？"

送葬的人们一下子停止了哭声，有几个身着白衣的壮汉围拢过来。在女人的葬礼上，经常发生这样的事。死者的娘家人，认为死者生前受到了不公正的待遇，或者对葬礼的安排不满意，就会在葬礼上挑三挑四，甚至寻衅闹事，让主家在乡亲们面前难堪。所以，一看几个壮汉追了上来，主家便开始干预了。一个穿白衣抬棺材的大汉，扁担差点挥到秦越人的头上。秦越人一看，知道他们误会了，便指着地上的棺材单刀直入地说：

"里边的人或许没死！"

"你是哪里来的疯子？"白衣人不屑地问。

"我是秦越人。"

"你真是秦越人？"一位红脸老者问道。

听到红脸老者有些怀疑，起初，秦越人心里还有些不快。后来，听到有人说这位红脸老者姓马，是这里的闾长，他便知道红脸老者的身份和地位了。他知道在这里看病行医，马闾长也是能帮上忙的，于是，便回答道：

"马圄长，我就是秦越人！"

"你就是齐国的名医秦越人？你就是在中皇山治好了很多人的妇女病的秦越人？你可真是个好人啊！中皇山一带的百姓，都从心里感激你哪！乡亲们，别哭了！打开棺材让这个人看看吧！我听说这个人医道非常高明，很多人叫他神医呢！"马圄长这样介绍了秦越人一番。

这时，大家都半信半疑。再过一会儿就要埋到坟里的人了，怎么还能治呢？几个送殡的人这样狐疑着。刚才问话的马圄长看了看棺材，又看了看棺材周围的白衣人，最后又打量了一下秦越人和他的徒弟们，这才向抬棺材的人挥了挥手。那几个人随即得令一般，找来斧头弄开了棺材盖子，又把明显不信任的目光投向了秦越人。秦越人俯身一看，果然是个年轻小媳妇，看样子还是个孕妇。他马上吩咐徒弟们把孕妇抬出来，放在街边的青石板上，然后又招呼擅长针灸的子豹过来，取出包里的针具递给了他。他和子豹一起，在孕妇的人中穴、涌泉穴及双手十个指头的指尖上反复地刺着、揉着。周围的人围成了一个圈，都伸着脖子目不转睛地盯着。他们看着秦越人的一举一动，看他是在治病还是在轻薄妇女，看他到底能不能起死回生。说实话，在当时的情况下，如果把这个妇女救活了，自然是皆大欢喜；如果救不活，秦越人和徒弟们能不能全身而退，这真的还说不定呢！

最终，奇迹真的出现了。

过了不长时间，孕妇的手慢慢动了一下；过了一会儿，孕妇的腿又哆嗦了一下。随着针刺不断进行，孕妇慢慢睁开了眼。她环顾四周，又长长地出了一口气，竟然双手撑地坐了起来，还如梦初醒地说：

"我这是在哪里啊？"

"你在街上呢！"秦越人笑着说道。

"我来街上做什么？"

秦越人悄悄让人收拾并撤掉出殡的那套用具，并把那个现在看来非常扎眼的棺材拖到了一边去，还让人们把丧服脱掉藏了起来。他这样做的目的，是不让孕妇出现心理阴影。万一她这时明白了一切，精神上受了刺激，即使能救活她的人，她也可能是个废人了！办完这些琐碎的事情之后，他才对孕妇说："你刚才在街上走着，突然就晕倒了。正好我路过这里，就帮着你醒过来了！就这么简单！"

"你是谁？"孕妇问道。

"我是秦越人。"

"你就是那个神医啊！我的病有救了！"

"我也不是什么神医，这事只不过是我碰巧遇到了。你们快回家吧！你的羊水已经破了，孩子也很快就要降生了。"

"哇……"

还没等秦越人说完，一声清脆的婴儿啼哭声传来，在嘈杂的市井中显得特别清晰。这件事情的反转来得也太快了些，以至于大家手足无措。情绪变幻也需要时间，破涕为笑需要巨大的心理转换！这家人一下子由丧事变成了喜事，顿时男女老少都高兴起来。大家一起直接把那些殡葬用品扔在街旁，哭脸变成了笑脸，气氛凝固了一阵之后，护送着产妇和婴儿往家走去。路上，马闾长凑过来悄悄问道：

"你咋知道她没死呢？"

"当我听说死者过门才一年左右，而且是怀孕了之后，我凭借经验马上想到，她会不会是难产导致的暂时性昏迷呢？因为我知道以前有过类似的病例，与她的情况很像。我看到从棺材里滴出的鲜血以后，更加印证了我的初步判断。当然，这也不是什么大病，适当针灸就可以治愈。可是，这种症状又很容易被当成'死亡'，一旦忽略过去，错过了最佳抢救时机，那可就太遗憾了！"

"今日，多亏遇见你啊！"马闾长说道。

"只要是郎中，遇到谁都一样。"秦越人谦虚道。

就这样，与这家人别过之后，秦越人他们拐进了另一条大街，向着他们的住处奔去。第二天，整个邯郸城都知道神医秦越人来了，还当场把棺材里的"死人"救活了！

却说秦越人一行告别了那孕妇和马闾长之后，很快就到了当地同仁们为他们找好的驻地。

这是一个典型的赵国四合院。东南角是大门，进门的影壁上用朱砂写着一个大大的"福"字，给院子增添了一种祥和之气。进得门来，是五间坐北朝南的大北屋，中间三间起脊高一些，两头两间起脊稍低一点。东西厢房各有两间，西南角就是茅房。

与其他院落不同的是，这个院子里有一棵高大的槐树，枝杈繁茂，树叶浓密，而且呈油亮油亮的墨绿色，透过树枝根本看不见蓝天，使院子里看上去有些阴森。这么大的树上竟然没有鸟窝，也不闻鸟鸣，给人一种寂寥的感觉。树干上一人多高的地方，有一个黑黑的洞口，看上去深不可测。

徒弟们七手八脚地从马车上卸下东西，便张罗着把秦越人往正房里让。秦越人看了看院子的构造和房间的布局，略作思考之后，说："我们都住西厢房就行，把正房留给病人住吧。"看师父这样坚持，大家也就不再说什么。还没等行李收拾停当，秦越人就催着子游快去招呼他的同仁们过来，他急着要了解邯郸妇女们的患病情况。

大约傍晚时分，子游约来的同仁，陆陆续续地进了院子。看着屋里坐不下，人们便坐在了院子里大槐树下。时间本来就近傍晚，加上大槐树的树荫特别浓，使得院子里黑黢黢的，有些看不清人影。秦越人吩咐子越点上了两盏油灯，分别放在了院子的高处，院子里这才有了光亮。秦越人坐在一块稍微高一点的石头上，招呼大家说说情况。刚开始时有点冷场，因为大家不知道该说什么，不知道该怎么说。但是，一旦开了头，大家就都收不住嘴了：

"不知为啥，这里的妇女病得太多了。"

"大约有一半妇女得了病吧。"

"都是什么病症？"秦越人启发道。

"症状多了去了！啥症状都有。"

"可拣其要者述之。"秦越人说。

这时，一个郎中高声道："你看看田里采桑的妇女，再看看河边浣纱的婆娘，干活干得好好的，突然就捂着肚子蹲下了，还有的疼得满头冒汗，满地打滚。她们疼得厉害了之后，也顾不得女人的矜持了，撩开衣服就互相用指甲掐肚皮。可是，这样作用了了，该疼还是疼，该哭还是哭。"那人一口气说了这么多。

"是不是月事疼痛？"秦越人自言自语道。

"大部分是，也有的不是。"

"反正是五花八门，就是找不到病根。"

"就是神仙也治不了啊！"有的郎中感叹道。

"我看天色已经不早了，咱们今天先到这吧！"秦越人边思考边对大家说道，"咱们这些人分成两拨。明天一大早，子阳、子豹和子越你们三人带着大家去山上采药，以野艾为主。别的药凡是咱们用得着的也都要采集。我和子游再加一个本地的郎中，一起去街面上看看，去闾巷里走访。咱们都搞清楚之后，才能对症下药。你们放心吧！你有病，我有药，就跟你有盾我有矛一样。病是死的，人是活的，一个方子不行咱们再换一个；喝药不行，咱们就换针灸；针灸无效，咱就用砭石。总有一种办法是对症的。没有驱不走的病魔。大家回去睡吧，别耽误了明天的事！"

众人纷纷散去。

怪事是几天之后出现的。

几天后，东厢房里垛满了子阳、子豹他们编好晒干的艾条，竹篾筐里装满了炮制好的各种草药，满院子飘着一种幽幽的药香味儿。秦越人和徒弟们坐在院子里，一边喝水，一边研究着长桑君赠予的竹简上的药方，更重要的是等待病人上门，好为妇女们解除病痛。但是，谁也没想到，一直等到日头偏西，也没等来病人。甚至有的妇女捂着肚子从门口走过，都不往院子里瞄一眼，用门可罗雀来形容一点也不为过。

第一天过去了，没有一个人来！

第二天过去了，还一个人也没有来！

第三天一大早，秦越人想，我们不能再等人上门了，他决定主动出击。于是，他们师徒五人分成三帮，他自己一帮。师徒们开始在街头巷尾问那些得病的妇女，去酒肆问那些当家的爷们儿。调查的目的就是搞清楚：既然疾病折磨得她们那么痛苦，为什么都不去求医呢？这里边到底有什么隐情？在这个过程中，他们师徒五人遇到了真诚相待的，也遇到了冷眼相向的，更有甚者还有对他们拳打脚踢的。虽然受尽了委屈，但是他们终于还是搞清楚了原因。

原来，邯郸这里虽然是赵国地界，但还是深深地受着齐鲁礼仪之邦的影响，信奉"男女授受不亲"的信条，甚至达到了男人和女人"食不连器，坐不连席"的程度，而且这种现象在国都之内尤甚。更何况，听说秦越人治疗月事疼痛的方法中，除喝草药汤之外，还有什么艾灸疗法。也就是把衣裤往下褪一点，露出肚子来，用艾条熏烤。那时候，女人讲究在陌生男人面前要笑不露齿，齿都不能露，更何况腰呢？所以，很多女人都不愿意来治病。即使少数被病痛折磨得不行，勉强愿意来就诊的，家里的男人也不允许。

但是，事情怪就怪在总是有例外发生！

那天，一直到晚上都等不到患者的师徒五人，早早地吃了饭准备研习那些竹简。秦越人边看边为大家讲解，讲着讲着，眼睛向窗外一斜，发现院子里的大树下站着一个女人，她正在为不知道进哪间屋子而犹豫着。秦越人放下手中的竹简，大步流星地走到院子里，朝着大树走去。只见那女人二十来岁的样子，一只手捂着肚子，脸上露出了异常痛苦的表情。秦越人关切地问：

"请问，你是来看病的？"

"是，哎呀……我肚子疼得厉害！"那女人呻吟了一声。

"我先问你一句，你家男人让你来吗？"

"我家男人死了好几年了。"

"你家还有什么人？"

"还有一个待我很好的老公公。"

"哦，我给你诊看一下。"秦越人迟疑着说。

秦越人看了看她的舌苔，又问了几句她的身体情况，随即为她摸了摸脉象，马上就断定她这是月事引起的疼痛。这时，徒弟们也都闻声出来了。秦越人让他们把小女人带到北屋里，让她躺在大炕上，提示她把自己的衣裳褪下一点，露出一点点肚子，然后拿来艾条点着，开始给她做艾灸。做完艾灸之后，秦越人又叫子游把熬好的草药给她带上，跟她讲明了如何服药，并嘱咐她明天这个时候再来，要连续治疗三天后再看效果。第二天，小女人又按时来了，说艾灸和喝药太管用了，她的症状已经轻了很多，要求多做几次，希望能消除病根。徒弟们都认为这是个良好的开端，也是师父在邯郸治病救人的开始，因而对这小女人也格外殷勤，格外用心。

出事，就出在第三次！

原来，这个小女人的公公，就是那个孕妇"葬礼"上的马间长。小女人的男人去世以后，因为公公待她很好，所以她决定不再嫁人，留下照顾年迈的公公。当月事疼痛折磨得她难以忍受的时候，她决定冲破世俗的偏见，请秦越人为自己诊病。俗话说，"寡妇门前是非多"。就在她第一次找秦越人治病的时候，就有人开始散布谣言，说她耐不住寂寞了，露出肚皮让陌生人看。第二次诊治之后，外边说得更难听了，说她找野男人看病看得很舒服，舒服得上瘾了……当然，这里边也有对秦越人师徒的攻击和谩骂——说他们是浮浪之人，说他们是骗子，说他们不是良人，等等。反正不好的词都加到他们身上了，只是他们暂时不知道罢了。甚至，有些早就对妻子不放心的男人，准备联合起来砸掉秦越人他们的马车，然后再把他们赶出邯郸城。"好事不出门，坏事传千里。"不知道闾巷里的人有意还是无意，反正这事最后传到她公公的耳朵里了。好在她公公是个见多识广并且知书达理的人，他并没有去找秦越人理论，更没有武断地阻止儿媳去看病，而是决定亲自到现场去调查清楚。怎么去现场呢？儿媳妇治妇女病，马闾长作为老公公在一边站着看？显然不合适。于是，他想出了一个法子，趁白天秦越人师徒进山采药的空档，带着两个人潜入秦越人他们租住的四合院，然后相互搭着人梯爬到树上。他们的计划是这样的：他们藏在树上，等人来治病的时候，密切注视着事件的发展，一旦发现秦越人他们行苟且之事，打一个呼哨作暗号，埋伏在墙外的人便和他们一起行动，轻则让秦越人师徒受皮肉之苦，重则把他们绑起来送官，判他们个十年八载的，让他们在监狱里好好认错。由于树上枝叶繁茂，所以下边的人很难发现他们。等到傍晚来临，小女子进来治病的时候，他们正好居高临下，透过窗子看得清清楚楚。到那时，真真假假，是非曲直，自然就水落石出了。

当日下午，那小女子又准时来了。

但是偷窥者却大失所望！

今日这个疗程，秦越人安排的是让擅长熨灸的子豹主治，擅长针灸的子阳为辅，两人一起为小女子治疗。小女子轻轻地往下褪了褪衣服，露出虎口宽的肚皮之后，便躺在了炕上。子阳、子豹一个拿艾条，一个点火。等艾条点燃之后，他们便将艾条吊在了离小女子肚子二寸的地方。二人专注的神情，有些严肃，有些慈祥，哪里有半点男女之情的影子？做好这一切之后，二人小声嘱咐了小女子几句，便退出北屋，快步回到了西厢房里，与其他几个师兄弟一起，又开始听秦越人讲长桑君的竹简上的理论了。

藏在树上的三个人，真真切切地看见了这一切，过去的一切咒骂和误会，顿时烟消云散了。如果是大白天的话，肯定会看见他们惭愧得脸色。惭愧过去之后，又一个严肃的问题摆在了他们面前：

我们怎样下去呢？

下去早了，让秦越人他们师徒看见，如果对方问起来，他们怎么回答？

马间长也是有头有脸的人物，如此丢人现眼，他的老脸往哪里搁？晚一点下去？但是他们已经在树上待得太久了，一个姿势待在那里的时间太长了，浑身疼得要散架似的，再撑下去实在受不了。那两个青年人想，真是"上贼船容易下贼船难"啊！心里禁不住埋怨起马间长来：他以职务之便，让我们来干这种事，我们真是上当了。但是，马间长也是一肚子苦水啊！他想：我四五十的人了，蹲在树杈上大半天，容易吗？这滋味比受刑还难受呢！

树上的三个人正在心里互相埋怨着，北屋里小女子的艾灸已经结束了。她走出屋之后，西厢房的子阳迎了出来，交给她一陶罐汤药，并嘱咐她喝的时间和药量。小女子接过之后，千恩万谢后走了出去。

扑通……

扑通……

扑通……

小女子出门之后，就在子阳关院门的时刻，院子里突然传来三声怪响，惊得大家身上起了一层鸡皮疙瘩，一下子都蹿到院子里来了。大家早就觉得这棵古槐树长得有些阴郁，密不透风，且黑得吓人，总觉得里边藏着什么妖魔鬼怪似的。现在天刚刚要黑，但是树荫已经让院子里黑透了。大家也看不清楚树上掉下了三个什么东西，反正只看见张牙舞爪的样子。等子越掌灯之后，大家才看清楚地上躺着的是三个人。

只见他们三人躺在地上，伸胳膊蹬腿的，不住地哀嚎。特别是马间长，因为惭愧，他的老脸简直成了猴子屁股。那两个年轻人，也用手捂着脸，羞得一句话也说不出来。原来，他们蹲在树上大半天了，双腿已经累得撑不住了。看着小女子走后，他们心里一放松，一下子就从树上掉了下来。多亏没有摔断骨头啥的，不一会儿他们便扶着树站起来了。

看到这里，秦越人大体明白是咋回事了，为了给他们留面子，也就故意不说破事情的真相。秦越人笑着说："谢谢你们来为我站岗放哨。你们要不要进屋里喝口水？"那三个人对着秦越人又是鞠躬又是作揖。秦越人不失时机地说：

"我们在这里是为了给人们诊病疗疾，大家也都不容易。刚才那一幕，估计你们都看得清清楚楚了。我想你们也明白是怎么回事了。希望你们回去之后，多和乡亲们说说吧！让她们有病的就来看，千万别藏着掖着的，耽误了治病的时机就得不偿失了。"

"放心！放心！"

"当然！当然！"

三个人一瘸一拐地走出了院子。看到他们三人出来了，埋伏在外面的人纷纷围了上来，举着家伙摩拳擦掌地向马间长请示接下来咋办。看他们每人都抱着一根顶门棍，一脸严肃的样子，马间长气急败坏地说：

"滚！滚得越远越好！"

也许是因为马间长他们三人对大家讲了这里的真实情况，让人们解除了误会，来这个四合院就诊的患者，一下子多了起来。又过了几天，院子里就开始挤不下了。马间长和子游的同仁们一起，动员邻居又让出了附近的四个院子。这样，五个大院，秦越人师徒每人负责一个，每天废寝忘食地为大量患者治疗。直到多少天之后，来这里的妇女患者才渐渐少了下来。

这天，难得空闲下来，秦越人便带着几个徒弟走街串巷，去那些行动不便的患者家中诊疗。他们经过一个酒肆的时候，看见那个马间长在喝酒，围着他的五六个人，虽然年龄不等，但是都在聚精会神地听他说话，而且听得津津有味，连酒都忘记喝了：

"你说那个齐国的秦越人，就像会飞一样，一会儿从齐国飞到鲁国，在泗水河滨用砭石为人治病；一会儿从鲁国飞到咱们赵国，在中皇山支起十九排陶鬲为人熬药；一会儿又飞到邯郸的大街通衢上，把死人治成了活人；一会儿又飞到五个大院里，为人们用艾灸治病。你们说，他像什么？"

说到这里，马间长故意卖起了关子。

"像个吉祥的鸟儿！"有人说。

"什么鸟？说名字！"马间长接着问。

"凤凰？"

"仙鹤？"

"鲲鹏？"

这时，马间长使劲挥了挥手，像是为此事下了结论："都不是！他就像飞到哪里，就给哪里带来喜事的喜鹊！他翩翩而飞，或东或西，或南或北。但他不论飞到哪里，总是能帮人把病治好，解除压在患者心头的烦忧，最终会让人喜上眉梢儿！"

"那……他是什么呢？"大家思索道。

"我们就叫他'扁（翩）鹊'吧！"

秦越人师徒听罢，哈哈大笑而去。因为他们太忙了，不论大家说他们叫什么鸟，还是像什么鸟，似乎都和他们没什么关系，救死扶伤才是他们的本分。但是，他们也许根本没有想到，由此开始，秦越人的名字就叫扁鹊了，而他真正的名字秦越人却很少有人叫了，甚至根本没有人知道了。所以，我们今天也一般叫他扁鹊。

师徒们诊疗完邯郸中街上几位行动不便的妇女，已经到了晚上了。街上熙熙攘攘，酒肆里灯红酒绿，勾栏歌厅里细语绵绵，连叫卖小吃的街市都被夜色裹得朦朦胧胧。走在这样的街市上，让人实在是心旌飘摇。如果说谁能面对这样的情景而丝毫不动心，那也只有秦越人这样的人了。

忽然，秦越人看见眼前急匆匆过去一个人。等他转过身来看过去时，那人的背影已经消失在夜色里了。虽然仅仅瞟了一眼，那人的身影却在他心中深深地印了进去。

他想，这人是不是在哪见过？咋有点像齐国都城高阳新舍的护院孟璁呢？他又想，根本不可能！孟璁应该在齐国都城临淄吧，高阳新舍还需要他看护呢！他怎么会来几百里之外的邯郸呢？

那……这个人是谁？

一想到孟璁，秦越人突然想起一件事来。

那是秦越人离家的前一天晚上，眼看夜色渐深，来送行的乡亲们说了许多话之后，大都各自回家了。就在秦越人准备关门休息的时候，孟璁扛着两条棍子闯了进来。只见他满脸是汗，胸前背后的衣裳也湿了。秦越人见状，惊讶地问：

"你这是咋了？"

"我来送送你啊！"孟璁憨憨地说。

"这是什么礼物？"秦越人指着两根木棍道。

"这东西可有用了！"

"你不妨慢慢道来。"

"这是我在牛山上砍的五十年以上的酸枣枝，剥皮磨滑之后，先在水里泡了三个月，又用桐油泡了三个月。它可以不弯不折，又能不糟不朽。现在，世上不大太平，盗匪强人时有出没。你这次远行，肯定会风餐露宿，或者日夜兼程。带上这东西，也许能防身，至少可以壮胆吧！"

105

"孟老弟，也真是难为你了！"

"唉！我这一介武夫，还能对你有啥帮助？你平日里对我那么好，还从各方面帮衬我，我实在无以回报啊！我内疚啊！"孟骢一边说着，一边流下泪来，哭得双肩一耸一耸的。在秦越人的多次劝慰下，他才勉强止住哭声，直到深夜才离去。

今天，这个有点像孟骢的身影，有可能是他吗？他跑几百里路过来做什么？

# 第九章　拜见齐桓公

不幸，总是来得太突然。

啪……啪……

一声声清脆的抽鞭子的声音，炸响在闷热的空气里。一挂马车在鞭子的炸响声中，疾驰在乡间的路上。马蹄和车轮溅起的尘土，在马车后边肆无忌惮地翻腾着，像一条上下翻飞的土龙。

赶车的子越，过去都是坐在车辕后边，偶尔用手中的鞭梢儿轻轻撩几下拉车的马。而今天，他却是两条腿叉开，站在车辕后边，左手拉着缰绳，右手拿着鞭子，嘴里还不停地咋呼着"嘚……嘚……"一副火急火燎的样子。

坐在车厢里的扁鹊——我们从现在开始称他为扁鹊了，过去都是坐在马车里，或是闭目养神，或是展开一卷竹简仔细研读；而今日，他早已无心研悟医道，只是两眼无神地望着远方，望着齐国都城临淄西北郑阳邑的方向，心中急切地盼望着早点回到那里。

这是咋回事呢？

原来，那天傍晚，扁鹊在邯郸城中街见到的那个身影，就是他的老朋友，齐国都城高阳新舍的护院孟骢。临淄与邯郸相距几百里，孟骢跑到那里干什么呢？原来是扁鹊家里出大事了。

那一晚，扁鹊在那条灯红酒绿的邯郸中街上似乎看到了孟骢的熟悉身影，但因为是一晃而过，他心里不敢确定那到底是不是孟骢。但是他始终有种感觉，这个身影的出现很可能和自己有关系。感觉只是感觉，过去之后也就忘了。直到半夜里有人急急地敲门，扁鹊才证实了自己的感觉是正确的。

107

那天夜里，月亮很大，连院子里那棵大槐树的树荫里都有点亮光了。白天走街串巷为患者诊病的徒弟们，早就已经进入了梦乡。扁鹊独自坐在灯下，对着竹简上的一行字深思着。他要把这些天在邯郸治疗妇女病的心得写在竹简上。当他挑去第三个灯花的时候，响起了一阵急促的敲门声。当时，他没有往别的方向想，还以为是深夜来访的患者。自从来到邯郸城治病，这样的事情太多了，以至于夜里如果没人敲门，他反而觉得不正常了。

开门的时候，他才大吃一惊！

敲门的人正是孟骢！

他千里迢迢来这里做什么呢？

他把孟骢领进屋里，明亮的灯火让他看清楚了孟骢的样子：风尘仆仆先不用说了，他浑身上下的打扮像是个逃难的，满脸的尘土被汗水冲出了一道道灰黑的印子，蓬乱的头发里，不知藏着多少尘土和草屑，身上的衣裳和肩上背的包袱，都跟土一个颜色。

"孟骢，咋了？"扁鹊担心地问道。

"大……大……大事不好了！"孟骢哭咧咧地说。

"快说，到底咋了？"

"你家老爹……呜呜……"

"快告诉我吧！我爹咋啦？"

"你家老爹他……病重……"

"你说得清楚一点……"

这时，孟骢一下子跪倒在扁鹊面前，从头到尾说起了事情的经过：

"自从你离开临淄之后，高阳新舍的生意就一直不太好。为了养家糊口，我便开了一家拳场，教人家练拳习武。前几天，我正在教授拳脚，你家静姝到拳场找我，说你家老爹病重，要我一定去一趟。我立即锁门歇业，直奔郑阳邑。跑到你家之后，我看到老大越芰老二越浼都在，老人躺在床上，说话有气无力的，看来病得不轻。老人家使劲拉着我的手，说他的病很重，他自己心里有数。他说自知时日不多，又说你可能在泗水河一带行医，让我来找你回去，他有话要跟你说。还说临去之前不见你一面，他死不瞑目。说着说着，就咳嗽得说不下去了。我回家拾掇了一下行李，当天夜里就往泗水河奔，几天之后赶到了泗水河边，可就是找不到你。后来，在山里遇到了一个叫孙懿轩的石匠，那个人真好。他说他是你的徒弟，又是给我做饭，又是给我指路。他和我说你去邯郸了，并要求与我一起来找你。我怕误了人家的营生，好说歹说才把他劝住了。就这样，我在他家歇了一夜。第二天早上临走的时候，他把烙了一宿的一大包袱烙饼让我带上了。要不是他那些烙饼，我能不能撑到现在还不一定呢！等我赶到邯郸的时候，虽然街上灯红酒绿，但我却是两眼一抹黑……"

"慢慢说，你先喝口水吧。"扁鹊劝道。

"我心里急得要冒火啊！"

孟骢咕咚咕咚几口喝下一大碗水之后，又接着说："刚过来的时候，听说你在中皇山，等我好不容易找到了中皇山，又听说你进邯郸城了。进城之后，这么大的城池，我去哪里找你啊！我只好像用篦子篦头发一样，从南到北，从东到西，大街小巷一个不落地找下来。这不，我这深更半夜地遇到一个打更的马闾长，他才告诉了我你的住处。那个马闾长抓着我的手，一直把我送到你的大门口……"

说到这里，孟骢再也不客气，找到门后的水缸，用水瓢舀起一水瓢水，又开始咕咚咕咚地往肚子里灌开了。直到喉咙里打了几个响嗝，他才恋恋不舍地放下了水瓢。然后，他好像突然想起了什么，匆忙解开包袱，掏出一件皂色的袍子，一把送到扁鹊面前：

"这不，还有静姝给你做的衣裳呢！"

扁鹊接过袍子，捂在胸口上待了一会，眼泪流了下来。为了他，为了老爹，静姝吃了多少苦，受了多少累，这些又有谁知道呢？他当即决定连夜启程，他和子越用马车回去，孟骢和徒弟们结伴随后而行。当夜，他们没吃没喝就上路了。


从齐长城的风门道关进入齐国之后，天色已经擦黑。子越回头问扁鹊："我们是否在这里住一宿？"扁鹊说："只要马能认出路来，我们就一直往前走。"于是，车马继续前行。直到走上马径邑（今博山）西北的天岭山脊之后，马儿便停下来再也不走了。扁鹊下车看看，天黑得实在看不见路了。他便在天岭上找到一个看护山林的石头屋子住了下来。

是夜，天幕黑沉沉的，繁星满天，四周静谧异常。扁鹊在油灯下展开竹简，继续书写着他这一段时间诊病疗疾的心得体会。直到子越给马儿们喂第二遍夜草时，他还在奋笔疾书……

又经过一天多的颠簸，在一个夕阳西下的黄昏，坐在马车上的扁鹊，终于看见了久违的系水河。

河还是那条河，从齐国都城临淄的西边蜿蜒流过。夕阳还是那个夕阳，照进缓缓流淌的水里，好像水里又多了一片天。偶尔有小鸟飞过，用尾巴轻轻蘸一下河水，殷红的涟漪便渐渐荡开去，让河水充满了活力。

沿着系水河西岸北行，一会儿便看见了临淄城的申门。这个西城门只是破旧了些，沧桑了些，并没有多大的变化。他想起了申门里边的高阳新舍，想起了高阳新舍对面的铸币坊和冶铁坊。当然，他也理所应当地想起了孟璁。其实，对这些场景他只是随便想想，并不妨碍他赶路。

掌灯时分，扁鹊一头闯进了自己的家门。大哥越芰、二哥越况一齐迎了上来，三人泪眼相望，竟然没有一句话。媳妇静姝听见动静，也忙赶了出来。她只是深深地看了扁鹊一眼，一句话也没说，便回屋做饭去了。兄弟三个沉默了一阵，才开始说话：

"父亲得的是什么病？"扁鹊问。

"好几种急症搅在一起了。"大哥说。

"还有救吗？"

"唉！看来不好说！"二哥叹息道。

听到这里，扁鹊轻轻走进了老爹的房间。房间里青灯如豆，煞是昏暗，老娘坐在一旁，一点动静也没有。满屋子的肃杀之气，让人窒息。扁鹊走到炕边上，一把抓住了老爹有些发凉的手。病入膏肓的秦齐夫好像有感应似的，闭着的眼睛一下子睁开了。他失神地四处望了望，最后才看见扁鹊。他的嘴张了几下，却只是轻轻地出了几口气，没发出任何声音。于是，他又用尽浑身的力气，使劲攥了攥扁鹊的手。多少年来形成的默契，让扁鹊知道老爹这是有话要说。随之，他侧身把耳朵凑到了老爹的嘴巴上：

"你的……路，走……对了……"

先是一阵咳嗽，又喘了一阵粗气。

"我……一张篾席裹身……"

秦齐夫再也没有动静了。少顷，那只攥着扁鹊的瘦骨嶙峋的大手，慢慢地松开了。扁鹊擦了一把眼泪，把老爹的胳膊放回身边，又给他盖好被子。然后，他用手把老爹没有闭上的双眼抹了一下，秦齐夫的双眼终于闭上了。最后，他从柜子里找出一方白绫，盖在老爹的脸上。做完这一切之后，他才招呼坐在另一间屋里的两个哥哥进来。

"今夜，我们三个一起守灵吧！"二哥说。

"老三，你一路鞍马劳顿，肯定很累了。今夜我和你二哥守灵就行了。你回屋好好休息，明天还有很多事情要做呢！"大哥一边说，一边用手往外推扁鹊。谁知扁鹊不但不出去，还一步迈到了炕边，一只手拉着一个哥哥，一边向外拉一边说：

"这么多年来，我一直在外闯荡，地里的耕耩锄耙，家里的秋收冬藏，都是两位哥哥打理，我问心有愧啊！这么多年来，两位哥哥侍奉在父母跟前，嘘寒问暖，求医问药，十几年来风雨无阻，孝心可鉴啊！而我却为了自己的爱好远走他乡，不顾父母的牵挂，不管兄长的辛劳，我有罪啊！今夜，两位哥哥如果守在这里不休息，就是不原谅我啊！"

两位哥哥一时无话，又加上这些天来没白没黑地侍奉在老爹跟前，早已熬不住了，只要一坐下，上下眼皮就开始打架，有时候甚至人还站在那里，就开始打呼噜了。所以，他们也就不再推辞，回到各自的屋里休息了。

夜色如墨……

青灯如豆……

扁鹊跪在老爹的遗体前，两眼紧盯着老爹，禁不住悲从中来。老爹一生行医，治疗过无数病人，从阎王爷手里夺回了许多人的性命，却最终救不了自己。他让多少个家庭重新有了欢乐，却无法改变自己穷困潦倒的命运。他把自己送到高阳新舍，为的就是改变穷困的命运，进而使整个家庭的经济状况宽裕一些，而自己却把所有的薪俸替长桑君还了账。现在看来，老爹当时希望破灭受到的打击，也不是随便一个人就能忍受的，也不是一个寻常的人就能挺过来的。只是自己当时不理解老爹的良苦用心，到理解了的时候，父子二人早已经是阴阳两隔了。想到这里，扁鹊禁不住潸然泪下，清泪滴到膝盖上，吧嗒有声。

突然，骇人的一幕出现了！

蒙在秦齐夫脸上的白绫，突然动了一下！

难道是老爹复活了吗？当然不会！有着多年行医经验的扁鹊，尽管到家时间不长，但是已经诊明了老爹的病情。他知道，老爹得的病已经无法挽救了。可是，那白绫明明是在动啊！而且，只有鼻孔的呼吸才能使它动啊！想到这里，扁鹊真的害怕了。

作为郎中，扁鹊通过自己的行医经历，也大体知道其中的原理。其实，有的人死的时候，由于种种原因可能胸中还残留着一口气。这时，如果被猫、狗或者老鼠冲了一下，那口气就又开始活动，这样，会造成一种假复活的现象。

"咕咕咕喵……"

院子里杜仲树上的猫头鹰叫开了。

虽说扁鹊明白这个道理，但是当一个人在深夜里，在猫头鹰的阴森森的叫声中，他还是感到了恐惧。扁鹊想到这里，虽然吓得浑身起满了鸡皮疙瘩，但还是故作镇定地往老爹跟前靠了靠，又重新跪下来，把头磕得咚咚作响：

"家父在上，你若有话要说，儿子洗耳恭听。有什么话你就说吧！有什么冤屈你就言语吧！我知道你这受苦受难的一辈子，也受了不少冤屈，受了不少难为。你说出来，儿子我为你排解。儿子听着呢！说吧，说吧……"

屋里没有半点动静。

秦齐夫口鼻上的白绫仍在抖动。

扁鹊又一边磕着头，一边重复着刚才的话，屋里还是静得要命。这时，见多识广的扁鹊琢磨开了：难道老爹的死真有问题？要不，盖在他脸上的白绫为啥一个劲地动呢？如果老爹鼻子里不出气的话，它是不会动的。这时，他不再磕头了，也不跪了。他站起来观察了一阵之后，又把手捂在了白绫之上。这时他才发现，气息不是从下边出来的，而是从一侧慢慢吹过来的。他明白了，这是从门缝里刮过来的小风，吹在了白绫上。扁鹊恍然大悟，他站起来过去使劲掩了掩屋门，盖在老爹脸上的白绫不再动了。

这时，他又重新跪了下去。

清晨的阳光从门缝里射了进来，像一条金线把屋里劈成了两半儿。原本跪在地上的扁鹊，这时伏在了地上。跪了一夜，他太累了，连什么时候歪倒的都不知道。他歪倒之后就睡着了。门无声地开了，静姝悄悄走进来，想把扁鹊拉起来，但是刚刚醒来的扁鹊却怎么也站不起来。无奈之下，静姝蹲下来，把他的腿揉了好长时间，扁鹊扶着炕沿才慢慢地站了起来。

早饭后，兄弟三人在院子里的大杜仲树下，开始商量老爹的丧事。老大提出问题：远处的亲戚们是否都要告知？老二提出问题：老爹一辈子治好了无数患者，他们要是来了该怎么办？最后，他俩都让扁鹊这个见多识广的老三拿主意。扁鹊沉思了一阵之后说，为了让逝者尽快入土为安，为了不耽误大家的日常生计，由停棺三天的风俗改为两天，而且不通知远亲，不通知患者。这样，葬礼也就简单多了。

可是谁也没想到，葬礼上官府会横生枝节。

大约午时，出殡的队伍刚要走，门外突然闯进几个人来。扁鹊定睛一看，原来是子阳、子豹、子游他们，后边还紧跟着孙懿轩。他们一行人紧赶慢赶，还是比扁鹊的马车慢了一天多。路上，他们又遇到了往这里赶的孙懿轩。因为孙懿轩已经听孟骢说过了，所以，作为扁鹊的好朋友，便和他们一起赶过来了。

扁鹊示意他们跟在送殡队伍后面，因为时间紧迫，也不需要披麻戴孝了。几个人放下行李，扑打了一下身上的尘土，便跟在了队伍的最后。这时，送殡的队伍开始出门了。

就在队伍一半出了门，一半还在门里的时候，由远而近传来了一阵急促的马蹄声。听到马蹄声，人们不禁打了个愣征。就在大家感到惶惑的时候，两个官差骑着马，严严实实地挡在了送殡队伍的前面。两匹马由于跑得太急，脖子上大汗淋漓，两只前蹄还在踢踢踏踏地乱动。这时，官差跳下马来，径直走到送殡的队伍前，大声叫道：

"哪位是扁鹊先生？"

"在下便是！"

随着扁鹊的回答，所有人都把目光聚焦到了他的身上。他离家这么多年，谁也不知道他到底在外面干了些什么。怎么他一回来，官府就找上门了呢？连扁鹊自己的心里也是在打鼓：我一没贪赃枉法，二没有人命官司，官差急忙来找我干啥？一时间气氛凝固了，好像有一丝火星就会爆炸似的。幸亏官差的话接着又跟上来了。

"你可是闻名天下的名医啊！"官差道。

"救死扶伤，是我的本分。"

"咱们齐国的国君要召见你。"

"召见我？我……"扁鹊一头雾水。

"是！明天这个时辰，我来接你。"

"不用,不用……"扁鹊嗫嚅道。

"不必推辞,一言为定!"

官差扔下这句话,随着一阵渐远的马蹄声,直奔都城临淄去了。这边,送殡的队伍出了郑阳邑,往东北方的洼地里走去。这里的送殡有个习俗,就是孝子贤孙们排在最前面,其次是至爱亲朋们,家族血缘关系稍远的,往往排在后边。排在最后的,就是那些血缘关系最远,按照风俗,碍于面子,又不得不来的亲戚们。这些人,与逝者根本不亲,有些甚至根本没有见过逝者,只是不得不来凑热闹而已。所以,在送殡的队伍中,前面的人哭得最恸,中间的人次之,到了最后的人,可能哭不出来。但是,送殡时哭不出泪来又怕被人诟病,所以,这些人总是仰起头来,一边看着天上的白云苍狗的变幻,一边装出一副悲痛的样子使劲干号,给观看出殡者以舍不得亲人离去的感觉。他们由于仰着头,眼里有没有泪,外人根本看不到。这样,双方都避免了一些尴尬。于是,有些刁钻的观看者,也就有了对付这种人的馊主意。这个主意很简单,只需往天上扬一把尘土即可。一把尘土落下来,那些低头痛哭的人没啥感觉。但是那些仰头看天干号的人,眼里落进了尘土,眼泪也就随之喷涌而出了。这时,观看者们便偷笑起来。

"呜呜呜……"

"哈哈哈……"

一边是悲痛欲绝者的呜呜大哭,一边是不怀好意者的开心大笑,成为出殡时的一种奇怪现象。不过,走在队伍最后的子阳、子豹、子游、子越一众徒弟,与孟骢、孙懿轩等人没有这样,因为他们哭得太恸了。

突如其来的事情,总是不期而至!

扁鹊被一阵砸门声惊醒的时候,正是老爹出殡的第二天。由于前天为老爹守灵一宿未曾睡好,加上前几天日夜赶路,扁鹊真的是累坏了。昨天出殡又忙活了一天,等他送走最后一拨客人,安顿好老娘的时候,早已过了酉时,他没有宽衣解带,没有洗漱,甚至一只鞋还挂在脚上,就一头扎在炕上昏睡过去了。大门被砸响的时候,他还在打呼噜呢!

扁鹊打开门,看见门外站着两个人,正是昨天来传达齐国国君命令的那两个官差。这时,早已忙昏了头的扁鹊,才想起今天国君召见的事情。于是,他让两位官差稍等,自己回屋梳洗打扮一番之后,才跟着他们走出大门来。只见门外停着一顶两人抬的肩舆——也就是轿子。两位官差热情地把他让到肩舆上，等两个抬舆人抬起来之后，两位官差跑回去骑上马，一个在前边引路，一个在肩舆后守卫，一行人这才慢慢上路了。坐在肩舆上的扁鹊，心里忐忑着：我家祖坟上又没冒什么青烟，怎么有幸被国君如此厚待？我就是个游方的郎中，虽然不是"上无片瓦，下无立锥之地"，可也穿的是补丁袍子，吃的是清汤寡水。所以，国君的举动让我受宠若惊之余，总是有些战战兢兢。所以，他虽然坐在肩舆里，但是并没有半点舒服的感觉。

一行人还是和往常一样，先进了系水河边的西门——申门，又沿着大街往里走去。扁鹊坐在肩舆上，看着熟悉的高阳新舍，听着铸币坊的皮囊呼呼吹风的声音，有一种恍若隔世的感觉。一行人在都城里绕来绕去，最后才绕进了王城里。

进了王城，那可就大不一样了。高大的建筑显得威严无比，雕梁画栋支撑起了富丽堂皇。铺地的方砖棱角分明，瓦当上的纹饰，也在古朴典雅中透出显赫的气派。他们刚刚步行到了王宫门外的台阶上，威严的通报声便一人接一人地传了进去。等了一会儿，宣他进殿的浑厚深沉的声音又一人接一人地传了出来，在大殿周围的建筑之间形成反复的回音。在这一次次的反衬下，让人感觉到了自己的渺小和卑微。扁鹊他们不知道穿过了几层宫幕，更忘记了掀过多少块宫闱，这才看见了大殿。

大殿一片金碧辉煌，边角上那些厚厚的沉重的宫幕，在北风的吹拂下一动不动。高大的柱子红得发紫，给人一种能够屹立万年的感觉。传说中的齐桓公，穿紫袍，着玉带，端坐在中央。

鱼贯而入的宫女们，给几案上的青铜尊倒满了酒之后，又鱼贯而出。佩带在她们腰间的玉器，发出叮叮当当的声音，似远似近，似有似无，给人一种缥缈、高远之感。

"你现在是咱们齐国的名人了。"齐桓公先开口了。

"回君王，我只是个乡间郎中罢了。"扁鹊谦让道。

"你行走于民间，周旋于庙堂……"

"我只是救死扶伤……"

"扁鹊的名号可不是随便叫的。"

"我只是浪得虚名。"

"来！你我共饮！"齐桓公站了起来。

"恭敬不如从命！"

扁鹊站起来，小步走到齐桓公近前，认真地说道："我真的非常崇拜君王的胆识和谋略。你登基的时候，燕国、魏国、鲁国、赵国等联合向咱们齐国进攻。在你的奋力抗争下，不仅顶住了他们的轮番进攻，还攻入燕国夺取了燕国的重镇桑丘。就凭这一点，你足以立于战国诸侯国君王之首。我在赵国行医的时候，和他们的王公贵族说起这事来，毫不避讳，他们也是从心底里佩服……一位国君，能得到列国王公贵族的承认，说明他是一个有作为的国君；能得到百姓的拥护和爱戴，那一定是治国有方。"

"你虽然游历在外，还是很关注齐国啊，也很关注我啊！"齐桓公被奉承得很舒服，接着又故作谦逊地说。

"不是关注，是崇拜！"扁鹊认真地说。

这时，站在齐桓公身边的扁鹊，似乎是忘记了与君王身份的差别，竟然有点放肆地观察起齐桓公的脸色来。只见他左看看，右瞧瞧，有时甚至想伸手摸一摸。他的这些举动，让齐桓公非常不高兴。但因为是第一次见面，齐桓公又不好拒绝。所以，他只是有意无意地躲避着扁鹊，用微笑来掩饰心中的不满。没想到，不识趣的扁鹊越凑越近，差不多与齐桓公脸贴着脸了。齐桓公心里想，如果他再向前一分一毫，我可就招呼左右将他擒拿下去了。

这时，扁鹊说话了：

"君王，你的龙体有恙。"

"哈哈哈，我的身体有恙？什么恙？"齐桓公不以为然，自信地反问。

"我认为你的病刚刚发生，还很轻微，病还在皮肤和肌肉之间，建议你快做治疗。如果马上就治疗的话，很快就会痊愈的。如果不快点治疗，病很快就会深入体内的。"扁鹊一边思考着，一边认真地选择着话语。他想让话语既能完整地传达自己的意思，又能让齐桓公愉快地接受，还不会触怒他。俗话说"伴君如伴虎"，至此，扁鹊对这句话有了深切的体会。

"哈哈哈。"

谁知道，齐桓公听完后依然是哈哈大笑，顾左右而言他。其实，齐桓公从心里已经有些厌烦了。但是因为是初次见面，为了给扁鹊留面子，他还是压着怒气隐忍不发，只是一边喝酒，一边草草地应付着扁鹊。谁知道，认真习惯了又不识时务的扁鹊，再也无心喝酒应酬，依然仔细地端详着齐桓公。齐桓公见状，顿时觉得索然无味。他看看左右，言不由衷地说：

"扁鹊先生累了，送他回家吧！"

就这样，扁鹊与齐桓公的首次见面不欢而散。回来的路上，都城繁荣的街景，系水河旖旎的风光，都没有激起扁鹊的半点兴趣。他的脑子里一直在想，齐桓公明明有病，为何不肯承认呢？有病要早治，治好了不就没事了吗？这个道理不是非常浅显的吗？有病不治，他这不是作践自己吗？是他自己这样，还是自以为是的君王们都是这样的？

在扁鹊刚刚走出宫门的时候，齐桓公就把酒杯摔在了地上，并对他的左右说："这些个郎中啊！就是喜欢蝇头小利，蜗角功名。你根本没什么病，但是他们硬说你有病，然后装模作样地为你诊病，再就是煞有介事地给你煎药。最后，还让你把他当成包治百病的神仙来供奉。这点小把戏，简直是小儿科，还想用这套来糊弄我？"

五天之后，齐桓公又差人请扁鹊进了宫。这次，那台两人抬着的肩舆没有来，只有两个官差牵着一匹马来了。俩官差走着，让扁鹊坐在马上，一路匆匆进了宫。骑在马上的扁鹊，心里也没闲着，他想：把肩舆换成了马，明显看出齐桓公对我的态度转变。当然，我本布衣，根本不在乎这些东西。但是，这种转变提醒我，一定要把齐桓公当成君王，千万别把他当成一个患者。否则，我会吃不了兜着走的。如果他的病厉害了，是他自己讳疾忌医，与我何干？

扁鹊入得宫来，就听到从帷幕里、檐角上、宫柱边传来一阵阵似有似无的音乐声。这种曲子美轮美奂，缥缈灵动，绕梁不绝。扁鹊初闻觉得似曾相识，再听又感到耳目一新，让人如醉如痴。扁鹊在自己的座位上坐好之后，轻轻地拍了两下巴掌，然后轻轻地说：

"君王，这是？"扁鹊问道。

"五天前你来得匆忙，没有好好接待你。今日得闲，特意招来乐班，为你演奏古代的舜帝之乐，也就是《韶乐》。舜帝之后，《韶乐》留在了陈国。前些年，陈国的公子陈完逃到了咱们齐国，把《韶乐》也带过来了。这也算是他投入咱们齐国的见面礼吧！《韶乐》歌颂舜帝的德政，平和大气，悠远华丽。要不，孔子听了怎么会说'尽美矣，又尽善矣'，然后脑子里成天想着《韶乐》的旋律，竟然三个月不知道肉的滋味儿呢！"

117

"哦，真是尽善尽美啊！"扁鹊道。

"你知道孔子来咱齐国闻《韶乐》的故事吗？"

"为臣略知一二。"扁鹊谦虚道。

原来，还是在扁鹊发蒙之初，其父秦齐夫就给他说过孔子在临淄城听到《韶乐》的故事。

那是公元前 517 年，鲁国发生了内乱。孔子为避战乱，也为了传播其学说，就离开了鲁国，来到了齐国。他风尘仆仆地来到临淄后，因为齐国人对他那一套学说不感兴趣，所以没有人能接纳他。他不但没有得到应有的尊重，还碰了一鼻子灰，到处不招人待见。于是，他便托朋友介绍，投奔到齐国上卿高昭子的门下。他的目的是想通过自己的表现，让齐景公重用自己。高昭子也知道孔子有一定的名气和才学，所以在宫廷里演奏《韶乐》的那天，带着孔子进了宫。当甬钟、四虎缚钟、歌纽钟、歌缚钟，木鼓、陶鼓、建鼓、悬鼓、鼗鼓、雷鼓、路鼓、灵鼓、古琴、古筝、古瑟、箫、笛、排箫、埙、笙、枳、缶、石、相、铃、土号、角等乐器一下子响起来时，八音共奏，钟鼓齐鸣，琴瑟和谐，金声玉振，犹如仙乐从天而降。孔子仿佛处在天地和谐、万物生发、祥瑞缭绕、多彩绚丽的神话世界里，如痴如醉，不知自己身在何处了，甚至早已忘记有自我了。他只觉得自己身子轻飘飘的，站在柔和的祥云里，有一种喝醉了酒的感觉。之后，他在说出了那句著名的"尽善尽美"之后，还觉得不过瘾，又开始随着音乐大声唱起了舜帝禅让给禹帝时，舜帝和文武百官一同唱的那首著名的《卿云歌》：

"卿云烂兮，

（卿云灿烂如霞啊）

糺缦缦兮。

（聚集弥漫在天空啊）

日月光华，

（日月的光辉啊）

旦复旦兮。

（天天照耀在大地上啊）"

如今，齐桓公令乐班演奏的《韶乐》，那宏大的气势和悠扬的旋律，的确是感染了扁鹊，又加上对孔子闻韶的回忆，他表现出一副如痴如醉的样子。看到扁鹊听入迷了，齐桓公大为高兴，因为这正是他要创造的气氛。他要在这个气氛中，与扁鹊好好地交流一下。

"来来来，我们喝酒！"齐桓公说。

"好好好，我敬君王。"扁鹊随即说道。

从《韶乐》梦幻的气氛中回到现实之后，郎中诊病疗伤的责任，郎中救死扶伤的担当，一下子又把扁鹊激活了。他顺手试着为齐桓公摸起脉来。他一边摸脉，还一边端详着齐桓公那张充满威严的脸。为了躲避他的目光，齐桓公试着将头转向别处。但是，齐桓公刚刚转头，扁鹊又转过来盯上了：

"君王，现在看来你的病已经进入血脉里了。如果现在开始治疗，完全有治好的可能，如果再耽误几天，病情还会加重的。这样发展下去，你的病情会从血脉深入体内的。到那时候，治疗起来就有些麻烦了。"

扁鹊说完，齐桓公勉强笑了笑说：

"谢谢你啊！今天就到这里吧！"

还没等扁鹊走出宫门，齐桓公大手一挥，《韶乐》戛然而止。乐班里的人们迅速地悄悄离开了宫殿，热闹的宫殿一下子静了下来。扁鹊和两个官差走路的声音，在空旷的宫殿里显得格外响。而这种带着回声的脚步声，又反衬出了宫殿的高大和行人的渺小。这种从喧嚣到清冷的对比太过明显，让人的情绪迅速从亢奋降到了冰点，让人心情抑郁至极。

回到家的扁鹊，时刻惦记着齐桓公的病情。同时，他也根据自己所观察到的齐桓公的情况，开始悄悄地准备着治疗方案。齐桓公第三次宣他进殿的时候，两个官差骑着马，让他跟在后面走着。他知道，从这一次不如一次的待遇看来，齐桓公对他是相当不满意了，之所以还要宣他进宫，不过是为了显示君王礼贤下士，做做样子罢了。

这次进宫，为了缓和气氛，扁鹊做了充分的准备。"酒过三巡，菜过五味"之后，开始进入了畅叙的阶段。扁鹊看看齐桓公的情绪尚可，为了先让齐桓公高兴，创造一个和谐的气氛，以便自己把真正想说的话说出来，尽量讲着齐桓公喜欢听的话：

"君王，你顶着压力设立了稷下学宫，可是天大的功劳啊！举目列国，如此煌煌学宫，唯有齐国啊！学宫里招揽了天下的贤士，他们在这里聚徒讲学，著书立说，各种观点交相辉映，百花齐放，百家争鸣。俗话说，'话不说不透，理越辩越明'。你看看，在这里讲学、著书的都是些大贤之士，

119

像孟子、荀子、鲁仲连等都是当今的大思想家。现在，咱们齐国人才济济，接下来就是要彬彬大盛啊！"

"先生所言甚是。"齐桓公高兴了。

这时，扁鹊三句话不离本行，又开始说病情了：

"君王，请听我再讲几句实话，但愿不会影响今天的氛围，更希望不会影响你的情绪。我想说的是，据我观察，你的病已经深入肠胃之间了。如果不尽快诊治，它将会向更深的体内发展。等病情到了那一步，治疗起来就很困难了。所以，我劝君王不要讳疾忌医，免得到最后，就是天上的神仙下凡，也无能为力了。"

"我没有病！"齐桓公变了脸色，厉声说。

"你确实有病，已经很明显了！"扁鹊坚持道。

"送客！"齐桓公挥了挥手。

"君王，病不饶人，你……"

扁鹊被官差使劲推着走到了宫门。他回过头去，担心地想再劝劝齐桓公。但是，他只看见齐桓公逐渐远去的背影。一阵凉风吹过来，那些被大风扬起的宫帷，在毫无目的地摆动着。大风吹过宫殿的檐角，叮当的响声在周围飘散着。室外的天空里，一行大雁在杂乱地鸣声中向南飞去。一切的一切，都给人以凄凉的感觉。

又是五天之后。

一直以治病救人为己任的扁鹊，这几天总是心神不定。齐桓公的病明明已经非常严重了，但是他不但不承认自己有病，而且根本不让治疗。他是一国之君，为国人谋了许多福利，国家也在他的治理下强盛了不少。为了国家，为了国人，我扁鹊都有责任治好他的病啊！想到这里，扁鹊顾不得吃静姝刚刚端上来的早饭，用小包袱包了些针具、砭石和几味草药，便匆匆上路了。涉过系水河的时候，扁鹊感到秋后的河水是冰凉的，河水冰得他腿脚通红，浑身起了鸡皮疙瘩。他把小包袱高高地举在头顶上，生怕河水打湿了草药。走到皇城大门的时候，守卫不准他进去，任他怎么哀求，守卫都不为所动。这时，平时负责接送他的那两个官差刚好回来，误以为是齐桓公又要召见扁鹊，便带他进去了。

三人到了宫门之后，留一个官差看着扁鹊，另一个官差进门通报去了。齐桓公正和文武百官在宫内听乐班演奏《韶乐》。那一队队穿着薄如蝉翼的轻纱的舞女们，在随着飘逸悠扬的乐曲做着各种各样的动作；那些身穿铠甲的武士们，在铿锵有力的鼓乐声中，手持戟剑孔武有力地操演着……

齐桓公正在兴头上，听到有人觐见，而且是他非常不愿意见到的扁鹊，禁不住心里一阵厌烦。他刚要派人把扁鹊赶走，但是转念之间又改变了主意。他大手一挥，豪华的乐舞立即停了下来，乐班迅速撤了出去，宫里显得安静而空旷。他一边来回地踱着步，一边自言自语地说：

"且看我如何羞辱这个不知天高地厚的东西。"

事情就是这样发生在意料之外！

扁鹊终于获得了再次觐见齐桓公的机会。他挎着小包袱满怀希望地上殿之后，仅仅看了一眼齐桓公，就马上回过头来往宫外跑去。齐桓公准备了满肚子羞辱他的话还没开始说呢！他就吓得逃跑了！他出门时被门槛绊了一下，掉下了一只鞋。众人喊他，他也不敢停下来去捡鞋，只是一个劲地往外跑。他两只脚一只有鞋，一只没有鞋，跑起来一高一低的，好像瘸了一样，样子非常狼狈。齐桓公见状，得意地笑了笑说：

"不过如此！不过如此！"

事后，齐桓公琢磨了半天，总觉得这事有点蹊跷：去过很多国家，见过大世面的扁鹊，过去总是处变不惊的，为何今天一言不发，刚看见我，就逃命似的跑了呢？这里边必定有缘故。虽说这人口无遮拦，说话让人讨厌，但他毕竟是周游列国的一代名医。也许，他是用自己创造的望闻问切从我身上看出了什么。于是，他派那两个官差带路，让身边一个大夫跟着他俩，一起去城外郑阳邑，想问问扁鹊，到底为何一见了君王就逃跑。

这名大夫长期供职于宫廷，又是在君王身边行事，所以还是很有修养的。他略备薄酬，到扁鹊家之后，态度甚恭。他与扁鹊坐在院子里的老杜仲树下，还言不由衷地赞美了几句倒水的静妹。等热水下肚之后，他才试探性地切入正题：

"臣闻先生周游列国，今日特来讨教。"

"治病救人，谈不上讨教。"扁鹊直来直去。

"先生认为，君王龙体欠安？"

"你想听真话，还是听假话？"

"当然是听真话了！"

"君王的阳寿不多了！"扁鹊肯定地说道。

"啊？先生可不要胡说！"大夫大惊失色。

"你不是要听真话吗？我说的就是。"

"好好好，愿闻其详。"大夫一脸无奈。

这时，扁鹊认认真真地说道：

"我第一次见到君王的时候，他的疾病刚刚形成，还在浅层的皮肉之间。那时，我简单地给他煎几服草药，做几次艾灸就能治好。可是他说他没有病，我也无可奈何，总不能硬给他治吧！君王第二次召见我的时候，我看到他的病已经渗透到血脉之中了。不过，那时候我用针灸疗法，加上从泗水河滨弄来的砭石，也可以治好他的病。但是，君王还是坚称无病，我又奈他何？我乃一乡间郎中，无权无势，我总不能在大殿里把他摁倒，拿着针去扎他的不便之处吧？君王第三次召见我的时候，我知道他仅是为了礼貌而已。但是，我非常想抓住那次机会，医好他的病。为此，我这个不善言辞的人，还和他当面周旋，说了不少言不由衷赞美他的话。虽然说他这时的病有些严重，已经在肠胃之中了。但是，如果用饮药酒等方法，再配合汤药等，还是可以治愈的。可是没想到，他不但不承认自己的病，还当即驱赶我。我不就是想让他健康地多活几年，多为咱齐国百姓做些好事吗？谁知，他竟然怀疑我有私心，还怀疑我的人品，我……我……"

"最后一次，你为何跑了呢？你不是一直说你想为他治病吗，一言不发跑掉是什么意思？这样的举动，有违郎中救死扶伤的初衷啊！"大夫打断扁鹊的话，一个问题接着一个问题，一步一步地逼出了真相。

"说实话，最后这次是我自己要求去觐见的。"扁鹊继续回忆着，"郎中的本分就是救死扶伤，见死不救那是犯罪！不用说他是君王，就是普通的百姓，我也不能见死不救啊！我是想再去争取一次，如果君王改变了主意，承认了自己的病情，而且同意我为他治疗，我还是会竭尽全力为他治疗的……"

"那你为何一见君王，回头就跑呢？"大夫步步紧逼。

扁鹊无可奈何地说道："我们郎中都知道，一旦疾病进入了骨髓，你就是把掌管生命的神仙搬来，也是无能为力了。那天我进宫之后，看见了正在欣赏《韶乐》的君王。虽然在你们看起来他还很正常，还在津津有味地欣赏乐舞，但是，在我眼里，他的疾病已经深入骨髓了。对此，我已经束手无策。不用说君王讳疾忌医，就是他给我再多的财宝，我也不敢给他治病了。所以，我只有跑得越快越好，跑得越远越好。"

大夫点点头，与两个官差离去。

大夫他们走后，老朋友孟骢一头扎了进来。扁鹊和他聊了一阵之后，又吩咐子越马上把所有的行李都装车，并告诉子阳、子豹、子游和孙懿轩等人，准备连夜离开郑阳邑。听了这话，大家都分别忙碌起来。

看看天色不早，孟骢准备回拳场了，扁鹊一直把他送到大门口。看看孟骢一副欲言又止的样子，他便问孟骢还有什么事。孟骢说，他的儿子孟贲练了十几年武术，学成之后去了秦国。有人捎信回来说，孟贲现在混得不错，成了秦武王身边的人。对于这个消息，他不甚相信。那样的一个浑小子，能有这么大的出息吗？他想央求扁鹊，万一周游到秦国行医，千万帮他打听一下，并想办法捎回个信来。扁鹊点点头，说是记下了，并承诺一旦打听到关于孟贲的消息，一定会想办法告诉他。直到这时，孟骢才千恩万谢地走了。

天很快就黑下来了。

扁鹊和静姝站在院子里的大杜仲树下，静姝递给扁鹊一个不大不小的包袱，里面是几件换洗衣裳，还有两双麻鞋。两人就这样互相望着，除满脸的不舍、满眼的牵挂、满心的温情之外，竟然没有一句话。"咴……"门外拉车的马踢踏着前腿，高叫了一声，惊得树上的鸟儿扑棱一声飞走了。这时，只见扁鹊把包袱往肩上一揞，对静姝说道：

"老娘就托付给你了！你多费心照顾吧！"

"放心吧！早回来！"

没等静姝说完，扁鹊已经冲到了门口。在大门外边，他和大哥秦越芨、二哥秦越浣道了个别，便一步踏进了马车。他觉得，离开得越快，走得越早，麻烦就越少。子越甩起鞭子，鞭子在黑暗的空中脆脆地炸了个响，那马撒开蹄子便往前奔起来。扁鹊的一众徒弟和孙懿轩跟在车后，又匆匆忙忙地上路了。黑暗中的系水河，一如既往地默默流淌着，还倒映出几颗明亮的星星。

五天之后，齐桓公病入膏肓。他马上派身边的大夫和那两个官差一起，飞快地向皇城外的郑阳邑奔去。他要请扁鹊来，先向扁鹊赔不敬之罪，然后再请求扁鹊为他治病。齐桓公第一次请扁鹊时，派的是两人抬的肩舆。而这次，他派的是八个人抬的肩舆，前呼后拥的守卫排成了长长的队伍。

123

谁知，扁鹊早已经逃走五天了！

几天之后，齐桓公病死了。

扁鹊师徒一行虽然出逃得非常利索，但他们的行程却并不是多么顺利。为了迷惑官家，他们先是北行，尔后趁着天还未亮又折回向南行走，转了一个大圈儿之后，又上了扁鹊回家奔丧时的路上去了。也许，他们根本不知道，在他们故意隐藏行踪时，在他们刚刚离开时，就有一个外地人悄悄地来打听他们的情况了。

此人是谁呢？他有何目的？

真是让人不寒而栗！

# 第十章 "专横跋扈者，我不治"

危险，总是无声无息地到来。

扁鹊师徒一行只顾赶路，所以一路无话，除嗒嗒的马蹄声和脚步声以外，似乎一点声音也没有。大约刚过般阳城（今淄川）时，孙懿轩看见山地里有块石头很好。职业的敏感，使他走过去多看了几眼。正是这几眼回望，令他大惊失色：他看见有个人远远地跟在他们后面，虽然也是一副匆匆赶路的样子，却不停地住下张望，有时候还有意地隐蔽自己。这个人是干什么的？刚开始的时候，孙懿轩心里还充满了警惕。但是他转念一想，我们六个人对付他一个人，有什么可怕的呢？于是，他又放开步伐追赶上队伍。因为他自己心里早已有数，又怕师父们担心，所以看见陌生人的事情，他也没有向扁鹊及徒弟们提起。

太阳很快压到了远处的禹王山顶上。

转眼间，师徒几个走到了马径邑西北方向的一个小山上。扁鹊看看脚下站的地方，正是他回家奔丧时露宿的天岭，而且，当时他借宿的那个看护山林的人住的石屋子就在身旁。他想：真是天意啊！难道我这辈子和天岭有缘？他钻进石屋子看了看，上次写竹简用的石头几案还在，只是大风刮进了许多树叶，把那几个石墩埋了起来。他吩咐徒弟们说：

"打扫一下，今晚咱们就住在这里吧！"

扁鹊说完这句话，便站在天岭上向西南方向望去。这时，虽然天岭上尚是阳光灿烂，但是西南方向的禹王山上，已经是残阳如血了。虽说这两座山遥遥相对，但是这边是齐国，那边就是鲁国了，中间相隔的是蜿蜒起伏的齐国长城。从天岭往西南走不远，就是著名的齐国长城上的风门道关，也就是齐国和鲁国相通的重要关口。

扁鹊收回目光，开始打量脚下的天岭。天岭其实就是一座南北走向的小山。它由北而南卧在那里，像是一条头向南、尾向北的巨龙。龙头下是一条东西走向的小河，名曰石沟河。这是一条季节河，夏日雨后白浪翻滚，一泻千里，从西边的龙门山里奔腾不息，一直流向东边的陇水（今孝妇河）里；冬日里则独剩一河鹅卵石，五颜六色，形状各异，为孩童所捡拾把玩。从远处望去，天岭就像一条趴在河里吸水的巨龙，而那个石屋子则如同巨龙脊背上一粒硕大的珍珠，兀自挺立在那里。扁鹊看完这里的地形地貌，微微点了点头。

子越在一棵大酸枣树上拴好白马，然后又给马拌好了草料。最后，他找了几块石头，支起了随身带的陶鬲开始做饭。木柴烧起的浓烟和暮霭混在一起，天岭上一时云雾缭绕。随着云雾的蒸腾，他们几个人如在仙境一般。等他们吃完晚饭之后，月亮已经升起来了。明亮的月光，给山川大地披上了一层朦胧的轻纱，给人一种神秘的感觉。

扁鹊坐在石屋子里，借着微弱的灯光，开始在竹简上记事。他今天记的是对齐桓公病情变化的一些感觉和判断，还有自己这次为齐桓公诊病的体会，同时还记下了这件事情的前因后果。也许是这些日子太紧张了，扁鹊禁不住打了个哈欠。为了能抓紧时间写完他的医案，他使劲在自己的大腿上掐了一把，一下子疼得打了个激灵。借着这点精神，扁鹊又开始写作了。

天很晚了，只有孙懿轩还没有睡。

作为石匠，他对石头有着天然的敏感。两次从天岭走过，使他对天岭的石头有了浓厚的兴趣。这些石头有的是深褐色，有的是浅红色，而且都呈规则的片状。他从山上找了几块，躲在路旁的一个岩洞边上，在灯火下仔细地端详着，比较着。在心里，他又把这些石头和砭石联系起来了。

突然，一个黑影从他眼前蹿了过去。

"站住！你是何人？"孙懿轩大声道。

"我……我……"那个人吓坏了。

"快快通报姓名过来！"

孙懿轩一边喊着，一边挥舞着手中的大锤冲了过去。那人急着快点逃命，往后挪了几步，便被脚下的石头绊倒了。只见那人弯腰躺在地上，捂着被石头硌破的一条腿，嘴里"哎呀哎呀"地喊疼。孙懿轩也顾不了许多，一个箭步冲上去，一把就把那个人提溜起来了。借着月光打眼一看，孙懿轩禁不住怒火中烧。原来这个人竟然是白天悄悄跟在他们后面的那个人！他到底要做什么呢？他是什么人？有话光明正大地说，有事敞敞亮亮地干！就凭这鬼鬼祟祟的样子，就知道他肯定不是什么好人！

"说！你是哪里人？"孙懿轩挥着锤头问。

"我是这天岭东边大山里的人。"

"你为什么跟踪我们？"

"不是跟踪，是想请你们……"

"说，是谁让你来的？"

"是我家主人翟二豹。"

"那……你是谁？"

"我是他的家丁毕思修。"

这时，由于这边咋呼的动静太大，扁鹊和他的几个徒弟都听到了，便一起围拢了过来。眼看孙懿轩挥舞着大锤，就要对家丁毕思修动武了，扁鹊走上前去，摆了摆手，制止了孙懿轩。扁鹊把躺在地上的毕思修拉起来，让子阳从天岭南边的石沟河里舀来一瓢水。毕思修喝下了一大瓢水，用手捋了捋肚子之后，才多少舒坦了些。

"小兄弟，你自己说说吧！"扁鹊轻声道。

这时，毕思修说出了一个令人惊悚的故事。

原来，天岭东边十几里处的大山里，住着一个人叫翟二豹。这个人无恶不作，穷凶极恶，横行霸道。这个翟二豹居住的村子叫作翟家疃，邻村因为山上有"羊眼泉""猪拱泉""鱼跳泉"三个泉眼，所以叫三股泉。三个泉眼汇成了一条小河，绕村一周后向山后流去。就是因了这条小河，逐水而居的人们聚集在这里，形成了一个人丁兴旺的村庄。由于这里有陶土，先民们便开始了陶器生产。眼见着小河两岸绿柳成行，五谷丰登，男人烧窑制陶，女人烧火做饭，生活越来越好。那翟二豹想霸占泉水而不得，于是心生歹念：他得不到的东西，也不能让别人得到。于是，他便差家丁炼铁，用铁水把三个泉眼堵得死死的。从此，泉眼不再冒水，小河也干涸了，村人们便背井离乡去逃荒了。还有，翟二豹家养的白花鹰飞走了，他硬说是落进臭虫庄了，于是，便抓住臭虫庄的人开始审问。谁说不知道，就把谁杀死。就这样，仅仅一宿的工夫，他就把臭虫庄全村人杀了个精光。更令人发指的是，这个翟二豹还是一个恶煞淫棍。在东山里一带，不论是谁家要娶妻或者嫁女，只要让他知道了，他都会派出凶残的家丁，公开把人家的闺女抢回家。尽管他罪恶滔天，但是他家在官府里有人，什么事都能给他摆平，所以他就更加肆无忌惮。人们敢怒不敢言，谁也对他无可奈何。在他家乡那一带，人们为了躲避翟二豹的恶行，只好在夜深人静的时候，偷偷把闺女嫁出去，以致形成了夜间出嫁的风俗。

由于这个翟二豹作恶多端，所以天不度恶人。近些日子，他得上了一种怪病。不生病时看着像个好人，一旦生起病来，浑身大汗不止，头痛得要命，躺在地上直打滚。他不知托人找了多少个郎中，啥方子都用过了，就是一点也不见效，该犯病的时候还是犯，而且一次比一次厉害。眼看着就朝不保夕的样子，一家人愁得没有半点办法了。

"你说这些，和你跟着我们有啥关系？"扁鹊问道。

"你听我仔细说完。"

说到这里，毕思修又要了一瓢水，咕咚咕咚灌了进去。他抹了一把胡子上的水珠之后，先是翻起眼皮看了看眼前的几个人，接着又开始往下说了：

"就在一家人一筹莫展的时候，听从都城临淄来的人说，那个神医扁鹊回来了，目前就住在他的家乡郑阳邑。那天，我家主人翟二豹又一次从昏迷中醒了过来。他听到这个消息之后，哈哈哈大笑起来，高喊着'天无绝人之路'，简直是大喜过望。他立即打发我和另一个家丁一起，带着一些礼物赶去临淄城西北系水河边的郑阳邑，请求神医扁鹊来为他治病。谁知道，由于我们当家的平日里对那个家丁不好，前些日子还打过他，所以，还没有走到都城临淄，那人便带着礼物远走高飞了。这可把我难为坏了……"

"你也跑掉不就得了？"子游戏谑道。

"看你说的，我可是真的不敢。"

"他病得半死不活了，还能抓你回去？"

"我的死活是小事，我的老母、媳妇和孩子都住在翟家疃。我如果不回去，我的家人一个也活不了。我也是多次想逃走的，但是我拖家带口的，出去怎么生活？我要是有能养活全家的家底，早就离开他翟二豹了！这不，那天上午我赶到郑阳邑的时候，听说你们夜里刚刚往北走了，于是就一路追着你们走。我本想早点和你们打招呼的，但是看着你们又往南拐了。我想，你们朝这个方向走，越走离翟家疃越近，等走得差不多了再请你们吧！快到般阳城的时候，我就快追上你们了，但我只是慢慢地走，和你们保持一定的距离。等你们走上天岭之后，我觉得这里离我们翟家疃不远了，就想赶上来和你们联系。这不，我还没敢说话，就被这位拿锤子的兄弟放倒了。"

"对这种专横跋扈的人，我是不治的！"扁鹊冷冷地扔出了一句。

"你不去，我全家就没命了！"

"我给他治好了，让他再祸害百姓？"

"神医，你忍心我全家遭……"

"别说了，我考虑一个两全之策。"

没等扁鹊说完，天岭上突然一下子亮了起来。一群乱七八糟的人，带着刀棍，举着火把，一下子把他们围在了中间。原来，这是翟二豹的一伙家丁，他们本来是去风门道关那里抢东西的，但是什么也没有抢到，正两手空空地往回走，恰好在天岭上遇到了扁鹊师徒一行人。他们把扁鹊师徒团团围住，想抢劫点什么东西，回去也好交差。领头的拉起跪在地上的毕思修问：

"你不是出去请郎中了吗，跪在这里做什么？这些乱七八糟的都是什么人？"

"这就是神医扁鹊啊！"毕思修指着扁鹊说。

领头的家丁大笑起来：

"哈哈！真是我一打瞌睡，就有人送枕头啊！当家的病得厉害，找了那么多郎中都无济于事，今天碰上了神医，这可真是个大宝贝啊！弟兄们，今天没白跑，把他们带回去，当家的肯定重重有赏！"

这时，众家丁一拥而上，把扁鹊师徒赶到一起，推推搡搡地往翟家疃而去。真是秀才遇到兵，有理说不清啊！众家丁不由分说，连拉带拽地带着扁鹊他们向前走去。虽说天黑路险，但是这帮到处抢掠的家丁们熟门熟路的，一会儿就走下天岭，拐上了去东山里的大路。

此时，谁也没有发现，又一个黑影悄悄跟在了他们后面。这个黑影动作矫健，身手不凡，经常变幻着腾、挪、躲、闪的动作，而且都做得恰到好处。

弯月升起来的时候，他们到了翟家疃。

从远处看去，山坳里的翟家疃静静的。弯弯曲曲的小路，宽窄不一的间巷，构成了山村独有的风景。石头到顶的房子，显得矮小而沧桑。破旧的门窗，褪色的幌子，在勉强证明着这里往日的兴盛。村子的中间，突起了一个砖瓦到顶的大院，前中后三进院落，显得有些鹤立鸡群。三个大院外的院墙上，都有一排垛口，显得威严无比。毫无疑问，这就是翟二豹家的大院了。

"汪汪汪……"

一阵疯狂的犬吠声，从大门中传了出来。家丁头目打开吱呀作响的大门，把扁鹊师徒叫了进去。刚进门，恶犬突然扑了上来，想想还要给主人看病，家丁头目厉声把恶犬喝退了。

在前院里，家丁头目只喊着扁鹊一人进入了中院。中院正房的案前，恶霸翟二豹正襟危坐在那里。扁鹊看看他的长相，平静中似乎还有点和蔼，多少有点白面书生的样子，并不像个凶神恶煞。因为身体不适，所以子时已过，他还没有睡。看看一脸正气的扁鹊，他客气地问道：

"来人可是神医扁鹊？"

"在下正是扁鹊，却不是神医。"

"你能治好我的病吗？"

"俗话说，'天雨虽宽，不润无根之草；药方再好，难调不信之人'。你我素来无缘，我无法救你。你的德行太差，世上无药可救了。"

"大胆！你要找死吗？"家丁头目吼道。

"休得无礼！"翟二豹有气无力地制止道。

"咱们无缘，请求你放我们离开吧！"扁鹊说。

"'既来之，则安之'。不急，不急！"翟二豹一反往常的专横跋扈，有些大度，又有些斯文地说着，"因为千里有缘，所以我们才有今日的相会。我这个人，肚子里缺少文墨，所以最敬重读书人。你们既然来了，我就好吃好喝好伺候。山珍海味随你们吃，珠宝玉器随你选。人的一生，就是为财而来，为利而生，为吃喝玩乐而活。我翟二豹可是大方的人……"

"你说的这些，我们都不喜欢……"

"你可别不识抬举啊！"翟二豹变了脸色，阴险地说道。

"我们郎中，也有自己的道……"

"混蛋！只要我不开口，你们休想走出这个院子半步！"

翟二豹大喝一声，终于原形毕露了。这么多年来，哪个人敢对他这个态度？所以，他早已养成了专横跋扈的性格，别说顶撞他，就是有人恭维他慢了点，他都受不了。所以，他忽地一声站起来，一边狠狠地瞪了扁鹊一眼，一边告诉家丁头目：今夜把山珍海味都做好，让他们随便吃；把珠宝玉器垛在几案上，让他们任意拿。明天早饭后，必须让扁鹊为他诊病。否则，就把他们一个不留地全部杀掉。家丁头目点头应诺。

在翟二豹家中院的东厢房里，并排放着两张几案。一张几案上堆放着珠宝，一张几案上放着山珍海味。扁鹊和徒弟子阳、子豹、子游、子越还有孙懿轩六人，围坐在第二张几案周围，大家大眼瞪小眼，面对着佳肴珍馐和醇香的美酒，却一点食欲也没有。到临淄去请他们的那个毕思修，负责站岗盯着他们。通过一天一夜的交往，他也知道，扁鹊他们都是些好人，但因慑于翟二豹的淫威，也不敢太向着他们，只是一个劲地劝他们快点吃，别亏了肚子坏了身体。说到最后，他还恳求扁鹊他们说，不论怎么样，吃饱了肚子总比饿着肚子好。

这时，孙懿轩起身走到扁鹊后边，趴在他的耳朵上轻声道："我刚才进中院的时候，看到东厢房的南屋山边上，竖着一个梯子。我打量了一下，大概和院墙差不多高。我觉得只要我们能摆脱掉这个盯梢的毕思修，今天夜里逃走还是有可能的。"

"快吃！大家快吃吧！"扁鹊听完，突然发话了。

"好！我们都吃！"孙懿轩附和道。

扁鹊一边说着，一边给大家使眼色。同时，他也拿起筷子，夹起了一大块肉骨头，夸张地啃了起来。扁鹊的徒弟们都是聪明人，大家开始心照不宣地吃了起来。他们也真是饿坏了，从来没吃过这么多山珍海味，风卷残云一般，一会儿工夫就把案上的东西扫了个差不多。就在大家吃得带劲的时候，孙懿轩拿起好几块肉骨头，在白酒里泡了泡，偷偷地给那几条狗吃了。不大一会儿，那几条狗就醉了。

突然，子阳把手伸向了那堆珠宝。

"你要干什么？"扁鹊厉声道。

"师父，我有用处！"

"再有用处，也不能动那些东西！脏！"

"师父，你就听我一次吧！"

只见子阳从中取出了三件不大不小的东西，仔细端详了一下，便悄悄把门外盯梢的毕思修叫了进来。他把那几件珠宝放进毕思修的手里，然后亲切地说道："我知道你为翟二豹看家护院不容易，也知道你为人子、为人夫的艰难。这样，今夜咱们一起走吧！我们走我们的，你拿着这几件宝贝，带着全家远走高飞吧！你不是多次想离开这里吗？卖掉这几件宝贝，够你全家过日子的了！"

毕思修扑通一声跪倒在地上说：

"谢谢！谢谢大人！"

这时，孙懿轩伸出头去看了看四周无人，便做了个手势，大家鱼贯而出。西厢房边上的几条大狗呼噜声打得比人的呼噜还响。大家相视一笑，跟着孙懿轩来到了东墙根。孙懿轩扛起他早已侦察好的梯子，一下子搭在了墙头上。他让毕思修先爬上去，看看外面有没有人把守。确认无人之后，毕思修便招呼扁鹊爬了上去。之后，便是四个徒弟分别爬到了墙头上。最后，孙懿轩三步两步便爬了上去。然后他一翻身，双手抓住梯子的顶端使劲一拉，梯子便也上到了墙头上。他又轻轻地转过身，把梯子慢慢地放到了院墙外面。安放停当之后，他第一个爬上梯子，从上到下踩了一遍，觉得梯子放置得够牢靠之后，才把师徒们一起接了下去。

大家都安全下地之后，扁鹊他们草草地与毕思修道了别，便匆匆地各奔前程去了。此时，一个黑衣人在胡同的那头仔细地盯了这群人一会儿，便调头跑走了。大家由于匆忙，都没能注意到这个躲在远处观察他们的人。扁鹊倒是偶然间瞥到了那个黑衣人一眼，但是，为了尽快逃离翟二豹的院子，他也没有深究这事，只是在心底里结了一个疙瘩：这人是谁呢？他属于哪一边呢？现在也顾不得那么多了，还是先逃命要紧！

扁鹊师徒在擅长记路的孙懿轩的带领下，按照原路仓皇跋涉，不知不觉就到了天岭。大家急匆匆地赶了一夜路，又惊又怕，担心翟二豹的家丁们从后面追上来。赶到天岭时天色还没完全亮起来，大家已经是筋疲力尽了。扁鹊擦了一把额头上的汗水，吩咐大家暂时在石屋子外歇息一会儿，他自己则坐进石屋子里，吩咐子游掌灯研墨。利用这短暂的休息时间，扁鹊抽出一支竹简，仔细地用袖子擦拭干净，郑重地在上面写下了一行字：

"倚仗权势专横跋扈者，我不治！"

徒弟们看着师父写下的这行字，纷纷点头表示赞同，并默默地记在了心里，作为以后行医的准则。稍作休息之后，因为怕翟二豹的人追上来，扁鹊师徒一行便又匆匆启程了。

再说那翟二豹早上醒来之后，觉得哪里不大对劲，便去中院的东厢房察看，这时才发现扁鹊师徒一行早已经人去屋空，甚至连盯着他们的那个毕思修也不见了踪迹！翟二豹大发雷霆，一怒之下掀翻了那两张几案。盛怒之下，他立即派人去那个负责盯梢的毕思修家里抓人，但是那里已经是铁将军把门——人去屋空了。也就是在这个时候，扁鹊师徒一行已过了风门道关，踏上了鲁国的地界，任凭你翟二豹手伸得再长，也无济于事了。

当天下午，翟二豹怒火攻心，吐了一口鲜血之后，便死了。

扁鹊师徒进入鲁国之后，紧张的心情终于放松了下来。正当他们不紧不慢地走着的时候，随着一阵肃杀的气氛，一辆马车旋风般地刮了过来，严严实实地挡住了扁鹊师徒的去路。为首的一个将军模样的人把手中的大刀往地上一杵，高声叫道：

"来人可是扁鹊？"

这边，坐在马车上的扁鹊心里开始琢磨了。他到底是谁呢？这时，他突然想到了一件事和一个人。这就是他们师徒几人逃出翟二豹家时，在小胡同里闪过的那个黑影。当时为了逃命，他并没有注意那个暗地里跟踪的人，现在想来，眼前将要临头的大祸，肯定与那个一闪而过的黑影有关系。要不，鲁国的人怎么会预先知道，一个平平常常的郎中要来呢？唉！是福不是祸，是祸躲不过！看来，只有硬着头皮上了。

"正是！我是扁鹊！"

扁鹊大声回应了一声。

# 第十一章　在魏文侯面前的高论

"吁……"子越一提马缰，带住了马车。

"这下可麻烦了！"子游说道。

"只要不是翟二豹的人，我们就没事！"扁鹊安慰道。

这时，那个为首的大汉扛起地上的大刀向这边走了过来。武士就是武士，只见他走起路来咚咚有声，踩得脚下的土地似乎都在打战。他走路带起的风，将他的衣袂不断地扬起来，时不时地向后摆动，更加衬托出了他的威风凛凛。只见这人口阔鼻直，双目炯炯有神，目光如炬。但是没想到他说话的语气却是亲切得很：

"来人是神医扁鹊吧？我想，我是不会看错人的。"

"在下扁鹊，不是神医！"扁鹊谦和地回答。

"我是魏国的宫中卫士，我叫苏衍。"

"敢问找我何事？"扁鹊问道。

"近来，我们魏国出了大事！那……那……"

"别急，且细细说来！"扁鹊宽慰他道。

"前些日子，魏国土地上突然流传起了一种瘟病，很多小孩都得上了这种病。患病者喉咙发红肿痛，恶心呕吐，不思饮食。还有的发烧烧得说胡话，咳嗽咳得喉咙出血，话都说不出来了。很多郎中说这种病叫'缠喉风'，而且这种病在孩童之间散布得很快，常常一个村一个村地发病……"

"听你说的情况，这种病应该是喉痹，多发于婴幼儿。这是由外表引起的全身中毒，如果任其发展，可能会引起病儿瘫痪。"扁鹊急急忙忙插上这几句话之后，又示意苏衍继续往下说。扁鹊插上这几句的目的，是想让苏衍明白他知道这种病的病理病因，并且能对付得了它。果然，听了扁鹊的这几句话之后，苏衍再说起话来就平和多了。

苏衍接着说："现在，魏国到处都是这种病，闾巷里一片惨象。当地的郎中就是长出三头六臂，也实在是应付不了。所以魏文侯传旨，让我带人到齐国请你神医扁鹊，好帮助我们消灭这场瘟病……"

听到这里，扁鹊治病救人的急性子又上来了。因为到了鲁国，孙懿轩也快到家了，所以扁鹊唤孙懿轩过来，给他讲了根据现实情况，砭石的制作和应用也需要做出新的改变，嘱咐他在泗水河滨多做些砭石，也为治病救人多出些力，日后一旦需要，他会派人来取的。扁鹊眼看着孙懿轩踏上归家的道路之后，才挥了挥手转过身来。接着他招呼大家，赶快跟着苏衍走，说救死扶伤一刻也不能耽误，如果耽误一个时辰，就不知道有多少条人命呢！苏衍亲手扶着扁鹊登上他带来的马车，自己肩扛着大刀，一边护卫着扁鹊，一边和他并行着拉呱。徒弟们则驱使着空马车跟在最后，一行人浩浩荡荡地向前赶路。一路上，行人都投来惊异的目光：这是一帮什么人？官不像官民不像民的，不过看起来都是慈眉善目的，反正不像坏人。

一帮人就这样急匆匆地奔驰着。

看看路边的庄稼，谁都是心急如焚。狼尾巴长的稷穗子，原本白里透黄的，现在也都发黑了，可是却没有人来收，眼看着快被老鼠吃光了。火炬一样朝天的秫黍穗子，一穗穗的像红脸大汉，但是因为熟得太久了又没有人掐下来，有的粒儿落在了地上，有的穗子被乌鸦啄得干干净净。瘟病横行，人们顾命要紧，谁还顾得上庄稼？看到这些，扁鹊内火攻心，一阵阵心疼。他能做的，只是催促车夫驾车快点，再快点！

扁鹊与苏衍并列而行。走着走着，扁鹊的心里忽然起了疑问。看看沉静的苏衍，扁鹊心头的疑问也越来越大：我与他苏衍从未见过面，他怎么远远地就能认出我来？这就奇怪了。想到这里，扁鹊便转头直接问道：

"我刚出齐长城的风门道关，你怎么就能认出我来？"

"自然是我有火眼金睛啦！"苏衍玩笑道。

"不可能！你快快说来！"

"我可以告诉你，不过，我有个条件。"

"好好好，行行行，听你的。"

"从现在开始，你一切行动听我的。"

"好吧！"扁鹊沉思了一下，回答道。

135

　　这时，苏衍往后边的队伍里喊了一声。一会儿，一个黑衣人奔了过来，在扁鹊的右边和他并行起来。看到他这一身黑衣打扮，扁鹊马上有一种似曾相识的感觉，可是一时却想不起来究竟在哪里见过。车马在匆匆地行进，扁鹊在苦思冥想。

　　"你认识他吗？"苏衍指了指黑衣人问道。

　　"不认识。"扁鹊又看了那人一眼，轻轻摇了摇头。

　　"你们应该好好感谢他啊！"

　　苏衍这句话，更让扁鹊如坠五里雾中。

　　苏衍看到扁鹊懵懵懂懂的样子，哈哈大笑了一阵之后，给他讲了一个和自己有关的惊险故事。而作为亲身经历过险情的主角，扁鹊却丝毫不知。

　　原来，眼看着魏国的疫情越来越重，魏文侯问计于诸位大臣，大臣们异口同声地说，最好能请扁鹊来帮助消除此病。于是，他们经过商议，把这个任务交给了宫中卫士苏衍。苏衍虽为武士，却是胆大心细。为了既能及时获得情报，又不至于唐突或耽误时间，他先选派了两名武艺高强的士兵，乔装打扮，日夜兼程，率先赶到齐国。其中一位就是现在走在旁边的黑衣打扮的人，他们约定好，两个士兵摸清真实情况之后马上回来报告，然后再由苏衍派出马车和护卫一起去迎接。谁知一个黑衣人因误食了有毒的山果腹泻不止，疼得躺在地上直打滚。另一个黑衣人怕耽误了任务，便独自赶往齐国。他赶到从风门道关进入齐国的必经之路天岭时，正遇到翟二豹家那帮打着火把劫持扁鹊师徒的恶人。因势单力薄无法相救，黑衣人便躲在山坳里静观其变。当那帮土匪吵吵嚷嚷地挟持着扁鹊师徒进入翟二豹的院子时，他就悄悄地跟随在后边，并且在小胡同里徘徊了大半夜，想等待时机搭救他们。

　　突然，正在翟家大院外边徘徊的黑衣人，发现东墙上顺下了一架梯子。他顿时惊喜万分，心里琢磨：真是天无绝人之路啊！这肯定是扁鹊师徒他们找到了逃跑的机会。他知道，如果此时他贸然出去，扁鹊师徒肯定信不过他，这样他不但帮不上忙，还反而会引起大的混乱，不利于他们的出逃计划。他只好从小胡同里悄悄闪到梯子近前，看看能否在不被他们发现的情况下悄悄地协助他们。同时，万一扁鹊师徒下梯子时遭遇不测，他也好尽快出手相救。

谁知，他这一看不要紧，马上被惊出一身冷汗。原来，由于天黑看不清楚，加上行事匆忙，孙懿轩从墙上顺下来的梯子，一条腿偏偏架在了地上的一块三棱石头上。这样，如果人爬到梯子上，梯子一负重就会翻转，不但人会跌伤，梯子歪倒的声音也会惊醒护院的家丁，到时候麻烦可就大了。他们如果逃跑不成，又被抓住的话，那肯定是必死无疑了。就在这千钧一发的时刻，黑衣人悄然来到梯子底下，搬开了那块三棱石头，然后又悄然闪回了胡同口。目睹扁鹊师徒拐出去之后，黑衣人还在原地蹲了一会儿，目的是如果翟二豹的家丁发现扁鹊师徒出逃，等他们追出来的时候，他就会把他们引向另外的方向，尽量拖延时间，好让扁鹊师徒逃得更远一些。看看没有什么动静，黑衣人才追到了天岭。看扁鹊他们朝风门道关方向走去，他便抄小路早早进了关隘，并给苏衍报信去了。

听到这里，扁鹊朝黑衣人拱了拱手，发自内心地感谢道："救命之恩永世难忘，要不是你，我们师徒几人可能早已经成为翟二豹的刀下鬼了！"

黑衣人只是拱了拱手，无话。

一行人说着走着，早已经进入了魏国的地界。

突然，一个妇女抱着孩子，扑通一声跪在了扁鹊乘坐的马车前面。还没等扁鹊明白是咋回事，马车前面已齐刷刷跪了一大片抱着孩子的家长，一直排到了大街拐弯的地方。原来，不知是谁透露了神医扁鹊将从这里经过的消息，十里八村的乡亲都抱着病儿过来了。尽管每个孩子的病情不一，但大多数患的都是喉痹症。孩子们哇哇的哭声此起彼伏，甚是可怜。家长们的声音此起彼伏：

"扁鹊先生，快救救我的孩子吧！"

"神医要先觐见国君，然后才能治病救人！"苏衍道。

"病不等人啊！恳请你先救救我们吧！"家长们哭求着。

"咱国君请来的神医，还没见过国君呢！"

"咱们还是先救孩子吧！"扁鹊盯着苏衍坚定地说道。

"刚才你不是说都要听我的安排吗？"

"是啊！我是说过。"扁鹊答道。

"一言既出，驷马难追。咱们还是先觐见国君吧。"

"孩子们都在受难，你忍心吗？"

"见国君重要，还是治病重要？"苏衍问。

"当然是治病救人重要！"扁鹊斩钉截铁地说。

"没有国君，哪有百姓？"

"没有百姓供养，国君吃啥喝啥？"

"你别诡辩！"

"你看看这些受苦受难的百姓吧！"

苏衍看着在地上长跪不起，一眼望不到头的老百姓，听着孩童们撕心裂肺的哭喊声，心里一时没了主意。最后，他又把目光投向了扁鹊。扁鹊当然知道他的难处：苏衍作为国君命官，王命难违啊！他既然受命请扁鹊他们来，就必须先带他们去魏文侯面前复命，至于魏文侯再让扁鹊他们干什么，就与他没有关系了。这样半道另作他图，他怕担不了这个责任。于是，扁鹊便对着徒弟们说道：

"徒弟们，苏衍大人请我们过来，我们本应先觐见君王。但我们中途遇到病人，情况紧急，所以我们要马上担起救死扶伤的责任，这是我们的选择，与苏衍大人没有任何关系。将来，如果有人问责或是无事生非，我们一起证明。"

扁鹊说完，徒弟们一片"喏喏"。

于是，大家一起下了车马，苏衍差人找了一处闲置的房子，安排扁鹊师徒住下，并立即准备为患儿诊治。苏衍留下几名卫士，以备扁鹊他们的不时之需。他与扁鹊告别之后，便与黑衣人一起，飞马直奔国都大梁，赶去向魏文侯复命了。

救命如救火，一刻也不能耽误。

扁鹊把他的人分成两队。一队以他和子阳、子豹为主，又加入了几名当地的郎中。这一队的任务主要是诊病和治疗。另一队以子游、子越为主，再加上几名当地的郎中。这一队的主要任务是上山采药和收购当地药农手中的草药，然后进行简单的炮制，再煎熬成汤药。这样，两支队伍既有分工又互相配合，治病救人的效率也明显提高了。

扁鹊他们治病的地方靠近嵩山，山上长着白术、丹参、板蓝根、紫苑、夏枯球、皂刺等药材。子游、子越他们带人上山采集药材，由当地的郎中负责炮制。由于需要大量的陶鬲熬药，当地人纷纷捐出了自家的陶鬲。大街小巷里支起了大小不一的各式陶鬲，子游、子越他们巡回教人们熬药的火候、时间，告诉他们如何观察药汤的浓淡，等等。经过扁鹊和子阳、子豹等诊断的病人，按照不同的症状分成几类后，便去服用指定的汤药。就这样，他们三天换一个地方，前有当地的郎中开路，通知村里的病人做好准备；后有当地的郎中收尾，根据患者的恢复情况，再做后续的补充治疗。

过了不长时间，大面积的喉痹症就被遏制住了。

大约两个月之后，当地的喉痹就差不多消失了。

却说远在国都大梁的魏文侯，虽在百忙之中，但仍然时刻关注着这边的疫情动态。一边是苏衍留在此地的卫士，每两天就会去大梁报告一次扁鹊他们治病的情况；一边是魏文侯每隔三天就会派出一批钦差到各地了解疫情，然后回去呈报。因此，扁鹊他们消灭疫情的消息，很快就传到了魏文侯那里。

魏文侯异常高兴，收到消息的那个晚上，他痛快地喝了大半夜的酒。魏文侯做出了他一生中的一个重大决定，就是要以最高的礼节，款待一个从魏国以外到来的客人。这对于一贯谨小慎微的魏文侯来说，实在是一项破天荒的决定。

魏文侯何许人也？

这个魏文侯可不是一般的人物。他上台的时候，魏国西有秦国和韩国虎视眈眈，南有楚国不断骚扰，北有赵国心怀不善，东有齐国日日觊觎。魏国地处各国中央，易攻难守。忧患的环境，使魏文侯一丝也不敢懈怠，勃勃的雄心又让他深谋远虑。他重用李悝为相，在各国中第一个实行变法。他在经济上推行"尽地利"的政策，综合利用魏国的田地和山川，鼓励农民生产，提高耕地单位面积的产量。为了平衡粮价，他还推行"善平籴"的政策，使农民利益不受损失。国家在丰年平价收购粮食储存，遇到荒年也平价售粮。他在政治上维护世卿世禄制度，奖励功臣，使魏国迅速成为战国初期的强国。李悝还把各国的法律汇编成《法经》，这是我国古代第一部比较完整的法典，用来规范魏国人的行为，使魏国成为一个法治国家。后来，诸如商鞅、韩非等大改革家，都是从魏国借鉴了变法经验。魏文侯还选贤任能，内修德政，外治武功，向西攻占了秦国的河西地区，向北越过赵国消灭了中山国，向东也曾大败齐国的军队。一时间，魏文侯风头无双，天下之士都以能见魏文侯一面为荣。

所以，他要亲自召见扁鹊，并派当时魏国最豪华的车马去迎接，可见扁鹊享受的是何等殊荣！这也难怪，喉痹症弄得魏国家家户户不得安宁，魏文侯看出了这种传染病带来的严重后果：往轻里说，是民不聊生；往重里说，会国将不国。即使你是文治武功、八面威风的君王，又能奈喉痹症何？而扁鹊，真是帮助魏国解决了大问题啊！可以说是救民于水火，亦可说是扶大厦于将倾啊！因此，魏文侯对扁鹊的感激之情可以与山比高、与海比深。他觉得，无论以多么高的规格接待扁鹊都不算过分。

扁鹊师徒乘坐的马车响着铃铛行进在赶往大梁的路上。

初冬的田野里有点冷，那些顽强挺着不变黄的野菜，被蒙上了一层细细的白霜，显得更有生命力了。那些早已落光了叶子的槐树，光秃秃的枝杈指向天空，似乎在召唤着春天的到来。那些生在河边的垂柳，黄黄的枝条，还在随风摇摆，似乎不介意初冬的到来。满坡的男男女女，在地里收拾着因喉痹症疫病而未被及时收割的庄稼。他们抱着能收多少算多少的心情，在抢收稷子和秫黍。人们终于摆脱了疫情的控制，终于开始收获今年的收成，其喜悦的心情溢于言表。从庄稼的畦垄里、桑田的阡陌里飘出了动人的美妙歌声。扁鹊侧耳一听，原来唱的是《诗经·郑风》中的一首歌，名字是《萚兮》：

"萚兮萚兮，

（落叶落叶往下掉）

风其吹女。

（秋风吹着你轻轻飘）

叔兮伯兮，

（诸位欢聚的小伙子）

倡予和女。

（我先来唱歌你合调）

萚兮萚兮，

（落叶落叶往下掉）

风其漂女。

（秋风吹着你轻轻飘）

叔兮伯兮，

（对面欢快的小伙子）

倡予要女。

（我先唱啊你合调）"

扁鹊听着听着，心情也慢慢地明朗起来。说实话，前些日子，面对当时铺天盖地的喉痹症疫病，几位徒弟都流露过悲观情绪，他虽然强打精神劝他们振作起来，说一定能战胜疫病，但是每当忙到半夜躺下的时候，也暗暗在心里发愁：就这样一天天没日没夜地诊疗，外边的病人咋不见少呢？这边治得差不多了，换个地方，抱着孩子排队求医问药的人又是一大片。有时候，在忙碌操劳的间隙里，他也想起远在齐国的老母亲，想起代他尽心伺候老母亲的静姝。他不知道这样紧张无序的日子还要过多久，不知道哪年哪月才能回家再与家人们团聚。有的时候，他累得腰酸腿疼，夜里往炕上一躺，浑身软得像煮过了头的面条，感觉似乎再也站不起了。尽管如此，只要天一亮，开始诊疗病人时，他又精神百倍了。不知道过了多少日子，病人终于渐渐地少了，这就说明喉痹症疫病快接近尾声了，他为有这些以救死扶伤为己任的好徒弟感到自豪。

看着路边山水林田的变化，扁鹊知道已经快到魏国的都城大梁了。他让车马停一下，招呼徒弟们下来，在路边的小河旁洗了洗脸，梳拢了头发，扑打了一下衣裳上的尘土。他告诉徒弟们，他们是代表齐国来的，一定要郑重地觐见魏文侯。这既是对魏文侯的尊重，也是为重视礼节的齐国争光。本来，他们还可以提前一天启程的，因为着急上火的魏文侯，已经多次派人催问他们抵达大梁的时间了。但是，扁鹊因为需要整理这次喉痹症疫病的发病经过、主要症状、治疗方法及治疗效果等，特别是相同病症中的细微区别，以及不同病症之间的相似之处等资料，而延迟了一天出发时间。等所有的这些都被一一记载在竹简上之后，扁鹊才和徒弟们匆匆踏上了赶往大梁的征途。


魏文侯可真是求贤若渴，礼贤下士！

他派苏衍在离都城大梁十里外的地方迎接扁鹊师徒，差人摆下几案，倒上酒水，以示敬意。

到这里之后，扁鹊师徒下了马车。

苏衍命人给他们每人献上一杯酒。师徒们喝完之后，坐上了新换的一

141

驾更大的马车。扁鹊师徒乘坐停当之后，苏衍等人前呼后拥地开始向都城大梁走去。

魏文侯对扁鹊的接待规格，更是让人瞠目结舌。他命文武官员等一干大臣，分列大殿门外。在这些大臣们的印象中，分列殿外迎候客人，这还是第一次。就连魏文侯也是破天荒地站在大殿门口迎接扁鹊。他的表情热络中不乏亲切，亲切中还略带一丝谦恭。

扁鹊抵达之后，魏文侯没有弯腰作揖，而是直接伸出双手，亲切地拉住了他的手。一阵寒暄之后，两人像老朋友似的，携手并肩走进了大殿。殿内的几案上，早已摆满了御厨精心制作的山珍海味。等到宾主落座之后，宫女们轻盈地走上前，麻利地倒上了酒。在扁鹊面前，魏文侯似乎放下了往日的矜持和威严。他高高地举起酒杯，对扁鹊说：

"先生为民驱疫，劳苦功高，我先敬你一杯！"

"文侯德行天下，我也是受感召而来。"

"此话怎讲？"

"文侯礼贤下士，众所皆知，我也早有耳闻。"

"先生过誉了。"

"文侯在上，我有例为证。我听说过一个故事，每听一次，就被感动一次。所以，今日特向你求证一下。"扁鹊举了举酒杯，轻轻地抿了一口，继续说了下去：

"我在齐国高阳新舍当舍长的时候，就听来过魏国的生意人讲过你的故事。听说有许多人极力向你推荐段干木这个人，但段干木虽有辅国之才华，却因讨厌乱世而拒绝入朝为臣。他设馆传授儒家诗书礼乐之学。你得知段干木是个人才之后，在一个月夜亲自去拜访他。段干木见你去找他，心里遵从着'不为臣不见诸侯'的训诫，竟然趁你急切地敲门的时候，顾不得起码的礼仪，从后院翻墙逃走了。之后，你又几次登门拜访，他还是避而不见。就算这样，求贤若渴的你，每次乘车经过段干木的家门，不论他在不在家，还是都会从车上站起来，面对着他的家门施礼。最后，他终于被你感动了，出来相见。他长篇大论地向你讲述治国的方略和道理，你一直站在那里听着，即使累得腰酸腿疼了，也还是站在那里，一字不落地听他讲。人们都说，正是因为有了段干木的辅佐，才有了你首霸中原的辉煌。那些去齐国经商的魏国人还说，有一年秦国要讨伐魏国，当他们的兵马赶到阳狐的时候，有人劝秦王说，魏君礼贤下士，又有段干木辅佐朝政，国人上下同仇敌忾，万万不可轻举妄动啊！于是，秦王深思之后，竟然把兵马撤回去了。"

"那是商人们随便说的。"魏文侯谦虚地说。

"因为好几个故事相互印证，我因此深信不疑。"

"怎么？还有别的故事？"

"我听过的多了，还有好几个呢！"

"没想到远在齐国的你，对我的事情了解得这么多。"

"我还听赵国去齐国经商的客人说过你的一件事情。"扁鹊说完这句话，敬了魏文侯一杯，然后才接着往下说，"那个赵国商人说，当时赵国的国君找到你们魏国来，让你帮忙攻打韩国。你告诉他们说，韩国是魏国的兄弟国家，不能帮你们攻打它。赵国的国君听了这句话，扭头就走了。然后，他逢人就说魏国的人不够意思。没过几天，韩国的国君又来找你，想说服你帮助他们攻打赵国。你又对韩国的国君说，赵国是我们的兄弟国家，我无法帮助你们攻打它。韩国的国君也马上离开了，还到处与人说你这个人实在不可交。后来，韩赵两国的国君互相知道了对方身上发生的事之后，既感动又惭愧，都把你当成了自己最知心的大哥。"

"哈哈哈……"

魏文侯乐得大笑出来，扁鹊也跟着笑起来。酒过三巡之后，虽说魏文侯非常注意自己的形象，但是也多少有些醉意了。他大步走过来，紧紧地抓住扁鹊的手，盯了扁鹊好长时间，有点欲言又止，又有点不问明白不甘心的样子。扁鹊当然明白魏文侯是有事要问，便认真地问道：

"国君有何事要问，请尽管说出来，我一定知无不言。"

"这个，是关于你家里的事情。"魏文侯欲言又止。

"我家里有何事，能劳烦国君费心？"

"其实，也不是什么大事。我听闻你家兄弟三人都是郎中，我就是好奇你们兄弟三人的医道问题。"

听到这里，扁鹊长长地舒了一口气。然后，他认真说道："十分感谢君王的信任，把消除疫病此等大事交于我；非常感谢君王的盛情款待，给我和徒弟们这么高规格的待遇。因为你是明君，并且用你的大德征服了我们，我们当为你效犬马之劳。你有什么话就直接问吧，我肯定不会有一丝

143

一毫的隐瞒。"

"听说你兄弟三人都精于医术?"魏文侯单刀直入地问。

"君王说得很对,我大哥二哥的医术都是跟着家父学的。到了我这里,家父无论如何也不让我学医了。因为他认为,当郎中虽然救死扶伤很高尚,但是永远也发不了家。要想当郎中,就要有一辈子受穷的思想准备。所以,他通过关系让我当了高阳新舍的舍长。家父怎么也没想到,我当舍长是为了认识师父长桑君。长桑君不但把他的祖传秘方传给了我,还把他诊疗的技艺和体会告诉了我,使我能在一个比别人稍微高一点的起点上开始行医。"

"你们兄弟三人,谁的医术最高呢?"魏文侯接着追问。

"这……容我仔细想一想该如何回答。"

听到魏文侯这样发问,扁鹊的心里有一瞬间的慌乱。他想到了大哥和二哥长久以来的各种不易:即使是在为老爹出殡的那几天,半夜三更的只要有人敲门求医,他们也都会挎着包袱急匆匆地赶去出诊。等出诊回来的时候,已是艳阳高照了,而早已约好来家里拿药的人,也已经等候多时。虽然从日头升起一直忙到晚上熄灯,但是几十年下来,他们仍是住着老屋,睡着土炕,过着紧巴的日子。扁鹊不但从心底里崇拜两个哥哥的高尚情操,也从心底里佩服他们的高超医术。想到这里,扁鹊认真地回答道:

"大哥医术最好,二哥次之,我是最差的。"

"你可是三兄弟中,医术最出名的啊!"

"出名不代表医术高明。"扁鹊道。

"难道不出名的医术反而更高明?"魏文侯反问道。

"有时候,确实是这样的。"

"何以见得?你把我说糊涂了。"魏文侯往前凑了凑。

扁鹊笑了笑,缓缓道来:

"我大哥有很高明的诊断本领,在病人还没有察觉到自己已经患病的时候,他就能通过蛛丝马迹看出病人患病的症状。这时,病人还毫无感觉,你说他患病,他也不愿意相信。脾气不好的人,还会嘲笑你才有病;心理阴暗的人,还以为你在打他钱财的主意。我家一个邻居,是一个专门编桑条筐卖筐的老头。那年我们去他家里拜年,大哥说他要发病。老人认为自己壮得像头牛,又生气大年初一我大哥就说这么不吉利的话,就抢着桑条把我们兄弟三个轰出来了。过了些日子，那老头蒙瞽初发，才跑去找我大哥治病。多亏是诊治得早一些，否则他的那只眼睛就要瞎了。如果他能早点听我大哥的话，过年时就开始服药，这蒙瞽还没开始发作成病，也就很容易除根了。由此看出，大哥治好的病患再多，也不会多么出名，顶多就是村里的人知道他。应该说，能在瘟病发作之前，没有任何痛苦地消灭了它，这才是真本事，这才是最大的本事！所以我说大哥的医道最高深，是有着充分的依据的。治病不如防病，治已病之病的人与治未病之病的人比起来，后者比前者高明千倍万倍啊！"

"似乎是有道理……"魏文侯思忖着。

"应该是非常有道理。"扁鹊笑着说。

"那……你二哥呢？"魏文侯又问道。

"我二哥嘛……"

扁鹊也在思忖着。忽听音乐声又响了起来，看看穿红披绿的宫女们又开始跳舞，他将座位往魏文侯跟前凑了凑，略微提高了声音向魏文侯说道：

"我二哥的医术虽然比大哥的略逊一筹，但是他却是能在人们瘟病初起之时，明确地诊断出病因，准确地对症下药，把病症消灭在萌芽状态的人。小病如果不及时救治，就会发展成为危及性命的大病。虽说二哥让瘟病初发的患者早早痊愈，避免了他们遭受更大的痛苦，但是，他们往往因为不明就里而以为二哥只能看小病小灾。所以去二哥那里看病的人，都是些得了小病的患者。即使二哥医道再高明，患大病者也从来不找他。那一年，推荐我当高阳新舍舍长的秦淄阳不知为什么得了绞肠痧。他心腹绞痛，有时硬如木板，有时又拧如绳转；有时痛如锥刺，有时又疼如刀刮，眼看就要小命不保。正好我二哥在场，但秦淄阳就是不让他诊治。其实，二哥治疗绞肠痧是很拿手的。但是秦淄阳就是认为二哥只能治小病，坚持要找我为他医治。那时，我医道还不深，不敢接诊得了这样大病的患者。于是，我只能硬着头皮上阵，名义上以我为主诊治，实际上还是我二哥在治病，才把秦淄阳给治好了。说实话，二哥能看好小病，不让其发展成为大病，当然比我高明了。但是世俗之人却认为他只能治小病，所以他的医术只有乡里的人知道。他的名气也不大，这也是情有可原的。"

"也很有道理……"魏文侯依然思忖着。

"是非常有道理！"扁鹊又笑了起来。

"那……你呢？"魏文侯问道。

"我嘛！这就简单了！"扁鹊轻快地说道。

"在我们三兄弟当中，我的名气最大，但是我的医术却在大哥二哥之下。因为患者总是在病情严重的时候，各方面的指征都非常明显的时候，才被送到我这里来医治。我的治疗方法，或是将患者全身扎满针具为他们针灸，或是切开皮肤为他们放血，或是把他们全身敷满药物，甚至动刀、动锯给他们做大手术。我做的这一切，都是看得见、摸得着的，做的都是大动作，患者及其家人的感受就会更深切一些。所以，他们就会认为我的医术更高明，因此我的名气才会传遍齐国乃至各个诸侯国。"

"哈哈哈！先生过谦了！"魏文侯道。

"不敢！不敢！我只是实话实说罢了！"

"先生医道高明，天下人皆知。"

"国君谬赞了，真的不敢当。"扁鹊俯首作揖。

突然，魏文侯满脸严肃起来，刚才那一脸的笑容不知跑到哪里去了。只见他双眼无光，若有所思，大殿里一下子静了下来。乐班见状停止了奏乐，舞女见状悄悄地收起裙摆，慢慢地退了出去。刚才还气氛热烈的大殿里，静如无人一般。这时，魏文侯又慢慢低下了头，嘴里轻声地嘟囔着什么。文武大臣见状都吓坏了，有的认为他喝醉了，有的认为他得病了。但是，这些猜测都是埋在心里的。大堂之上，谁敢议论国君的身体呢？只有扁鹊沉静地坐着，似乎在等待着什么。

半晌，魏文侯睁开眼睛仰天长啸一声：

"治疗病人和治理国家，都是一个道理啊！"

"国君所言极是！国君大智慧啊！"扁鹊拱手道。

"我是受到了你们三兄弟的启发。"

"触类旁通，是国君贤明啊！"

魏文侯屏退乐班和舞女后，又宣文武百官进殿。此时的文武百官大多都在家里用膳，或者趁中午小憩。他们得到命令之后，匆匆往大殿赶来。有的大臣还一边跑，一边拖着朝服往身上披。文武百官到齐之后，魏文侯让他们分列两旁，他与扁鹊端坐在中间。魏文侯拉着扁鹊的手，对文武百官说：

"今天，我听了一个很好的故事。不是故事，而是真事。扁鹊三兄弟为人治病的事，饱含道理，让我深受启发。有些事情说是也是，说不是也是；有些事情说不是就不是，说是也不是。这个世道太混沌了，太朦胧了，能够透过现象看到本质的人，那才叫独具慧眼。而这世上，慧眼又有几双呢？又有谁相信慧眼呢？在我看来，治国和治病一样，能让人不生病，这是高明的郎中；能让国家平稳发展，百姓安居乐业，这就是有作为的君主。如果病情一定要出现的话，在它还是小病的时候就把它消灭掉，那就是医道高深的郎中；如果国家的问题刚刚出现的时候，就能把它顺利彻底地解决掉，这就是贤明的君主。"

魏文侯继续说道：

"如果一个人得了病，你诊断不准确或者没有看到，等它发展成大病或者重病的时候，你再去治疗可就要费大工夫、花大气力了。这时，能不能治好，还不一定呢！要是等到一个人病入膏肓了，纵使盖世神医也将无力回天了。那样，这个人就是必死无疑了。治理国家也是一样，如果平日里我们看到小问题不去解决，等到问题严重起来再去处理，那就需要付出很大的代价了。如果你们任凭问题发生和累积，时间长了，积累的问题多了，那就会发生更大的问题。更大的问题是什么呢？那就是亡国！"

说着说着，魏文侯站了起来。他在大殿里来回走了两趟，巡视着文武百官，一是要看看他们都作何反应，二是思索着他下面要说出的更重要的事情。凭他的感觉，他知道这次文武百官们都深受启发。接着，他缓缓地说道：

"听了扁鹊先生说的故事，我深受震撼，希望各位也能和我一样得到启发。我想，我们最重要的是建立起一种制度，使我们在治理国家时不出现问题。退而思之，即使出现了问题，我们也能很快地发现问题，并把它消灭在萌芽状态。只有这样，我们的国家才能长治久安，我们的百姓才能幸福安康。"

"君王所言极是！"一个大臣说道。

"是啊！治病与治国同理啊！"又有人说。

"这真是抓住了治国的根本啊！"

"小病不治，等于养虎为患啊！"

大臣们议论纷纷，如梦初醒，啧啧称道。

听到大臣们一片"啧啧"之声，魏文侯知道，在这些"啧啧"中，有的是真情实感，有的是从众心理，也有极个别的根本不信此理，只不过是慑于君王的权威，不得已而应和罢了。大臣们的这些心理变化，当然逃不过魏文侯的眼睛。他想，要是借着扁鹊诊病的道理，再烧上一把火，对他的治国理政肯定大有好处。于是，他伸出两只手，向下压了压，以示大家噤声。然后，他提高了声音说道：

"神医扁鹊说的道理启发了我。的确，行医之道与治国之道是相通的。我宣布，从今天起，不论大臣还是百姓，都可以向我提建议，凡是建议事关国家并且被采用的，赏封地一千亩；凡是建议有利于一个地方且被采用的，赏黄金一百两；凡是建议对某一件事情有利而且被采用的，赏玉器若干！本人说到做到，绝不食言！请各位大臣监督！"

这时，扁鹊深深地感受到了魏文侯的圣明。他默默地低下头，激动得一句话也说不出来了。他想，如果天下的君王都能这样勤勉贤良，国家何愁不富足，百姓何愁不安康呢？他想，魏文侯能把郎中治病的感悟用到治国上，这是何等的大智慧啊！

第二天，扁鹊师徒要与魏文侯告别了。魏文侯把扁鹊当成至交，赐他几匹好马和一驾马车，并给他装上了很多珠宝。两人执手走到殿外，扁鹊看了看车马和珠宝，对扛着鞭子的子越说道：

"车马我们收下了，这些能方便我们赶路，方便我们早日为更多的人治病。珠宝卸下十之七八吧！我们留下十之一二当作今后的盘缠就行了！本来我是想分文不取的，可是想想前路迢迢，风雨莫测，我们还是多少留点吧，有备无患。"

因为早已领略了扁鹊的执拗，所以魏文侯也没有再坚持。他来到车马跟前，摸了摸辔头，望着扁鹊，一副恋恋不舍的样子。扁鹊示意子越，准备启程。这时，魏文侯才抛出一句话来：

"此行何处？"

"周游列国，为百姓解忧。"

扁鹊说完，被子阳、子豹扶着，登上了马车。子越挥了两个响鞭，车队在阳光下欢快地前行了。走了好长时间了，扁鹊回头望望，魏文侯还站在宫殿门口，似乎是在挥着手。他身后的阳光，似乎比任何一天都更灿烂。

此时的扁鹊，怎么也想不到，大梁城外会有人拦路挡道。

坐在马车上的扁鹊，半闭着眼睛，身子随着马车的颠簸而前合后仰着。

他脑子里还思考着魏文侯的话，还在思考着从医之道和治国之道的异同。魏文侯和齐桓公同样是君王，认知咋就那么不一样呢？魏文侯能从正确认识疾病的不同阶段，引申到要正确面对现实、尽早洞察社会危机、及早采取补救措施上，这是何等的聪明啊！事后控制不如事中控制，事中解决不如事前解决。不要等到事故酿成了，造成了重大损失之后，才想到江心补漏，实在是为时晚矣！看看，魏文侯是何等聪明啊！而自己家乡齐国的齐桓公，明明得病了，却不听郎中的诊断，不知见微知著，还要讳疾忌医。他不敢正视现实，不知防微杜渐，直到最后搭上了自己的性命。唉！"人各有志，不能强求"啊！

马车一路颠簸，扁鹊一路思考，他完全不知道拦路挡道的人就要出现了。

# 第十二章 "笃信巫术者,我不治"

扁鹊师徒几个,这回可是"鸟枪换炮"了。

原来他们只有一车一马,扁鹊作为师父,当然是坐在车上了。子越作为赶车的,也经常有机会坐在马车的辕杆上。而子阳、子豹、子游一干人等,只好迈开双腿跟着跑。人的步子当然不如马的步子快,所以当扁鹊从泗水河畔回临淄奔丧的时候,他和子越能早到一天,而三个徒弟夜以继日地紧赶慢赶,还是晚了一天才赶到。

而现在,魏文侯一高兴,就赏赐他们一驾更为豪华的马车,还有几匹好马。这样徒弟们把那辆豪华的马车让给师父,还是由子越负责驾车。年龄相对长一些的子阳赶着原来的马车,车上装着他们所有的行李。子豹和子游每人骑一匹马,还多出一匹马。他们本来是想把这匹马退给魏文侯的,但是,扁鹊把它留了下来。他想,多出的这匹马暂时先跟着车队,如果别的马生病或者累了,可以换换班。

就这样,这支车马队伍虽然不能说是浩浩荡荡,却也算有模有样地出了魏国都城大梁,一路向西北方向行进着。师徒几人带着为百姓消灭喉痹之后的喜悦,一路上有说有笑。

"请诸位留步!"

随着一声大喝,一个彪形大汉好像从天而降一般,还没等扁鹊师徒反应过来,就已经站到了他们眼前。只见他一身武士装扮,右手中的大夏龙雀刀一下子杵在地上,刀片被震得嘶嘶有声。他左手里牵着的那匹战马,正在用蹄子啪啪地蹬着地面,让人不寒而栗。

正在马车上闭着眼睛,思考着如何把这次诊疗喉痹症的经验和体会再梳理一下的扁鹊,不由得大吃一惊。但是,多年来养成的沉稳,使他能每临大事都有静气。所以，他并没有马上睁开眼睛，而是继续闭着眼睛急速地思索了一会儿：难道是我的徒弟们惹事了？以我对他们的了解，应该绝无可能！难道是有人得知了魏文侯对我们的嘉赏，半路上要劫财害命？这也不可能，因为这里离魏国都城大梁还不远，谁敢在靠近都城的地方拦路抢劫呢？再说了，青天白日的，劫匪应该不敢这么明目张胆。想到这里，他疑惑地睁开眼睛，端详着拦在路中间的那个武士。

"义士，你好眼熟啊！"

"当然很眼熟了！"武士爽朗地答道。

"恕我眼拙，你是……"扁鹊犹疑道。

"先生，是我，苏衍啊！"

"唉！最近真是忙坏了，你看我这记性。你这是有什么事情呢？咋有劳你的大驾呢？"

"我专程在这里等候先生你哪！"

"你有何事？只要我能做的……"

扁鹊边说着，边从马车上下来，慢慢向苏衍跟前走去。苏衍把手中的马缰交给随从，便走到路边，站在一棵大树底下。扁鹊见状，知道苏衍有难言之隐，所以也就疾步跟了过去。等走到两人肩并肩的时候，苏衍压低声音对扁鹊说道：

"因为看先生你不但医道高明，而且为人正直淳良，所以我想跟你说几句心里话。国君宴请你、为你送行的时候，囿于宫中规矩，我无法近你的身，更无法与你搭话。我今天跑出这么远来在此处等候你，是因为有两件事情要告诉你。先生不要觉得我啰唆，因为是你的德行感动了我，我才萌生此念的。"

"不妨事的，你尽管直说。"扁鹊回道。

"这其一嘛，不知道先生是否记得，你在诊治喉痹的时候，有一家五个孩子病情特别严重，那就是我的两个儿子和我弟弟的三个孩子。特别是我的小儿子，才五岁多一点，被喉痹闹得死去活来，眼看就要一命呜呼了。你治好了我们一家五个孩子，你就是我们全家的救命恩人！我苏衍作为一个武士，就算肝脑涂地也要报答你。"

苏衍一边说着，一边从怀里掏出两卷竹简，单膝跪地双手献到扁鹊面前："这是我家传了几代的竹简，祖辈们不识字，不知道是什么东西。去

151

年老父亲找乡里的先生看了看，说是医学之类的东西。这样的宝贝放在我家里也是明珠暗投，我认识了你，把它献给你，也算是让它遇到知音了。也许，它能为你今后医道的提升起到些许作用。那将是民之万幸，国之万幸。"

"你家祖传的宝贝，我怎么能……"扁鹊推辞着。

"你不收下，我就不站起来了。"苏衍说得坚决。

"好，那我就收下啦！"

"其一是小事一桩，其二才是大事呢！"

"快快说来，愿闻其详。"

这时，苏衍的脸色突然沉重起来。他拉了拉扁鹊的手，缓缓地说道："从这里往前走，用不了半天的工夫，就会看见一些很密集的村子。在那里，巫和医的争斗非常厉害，慢慢地好像是巫占了上风。这事儿你知道的，虽然都说巫医同源，巫医不分家，可是，大家看到的现实是，巫术越来越治不了病，而那些从医的郎中们，医术都越来越高明。就像你们师徒几人，那么厉害的喉痹都让你们消除了，还有什么病是你们治不了的？在前边的一些地方，巫男巫女们一人霸占着几个村子，导致那里巫术横行，郎中们根本没有半点地位。那些巫男巫女痛恨郎中，打击郎中，恨不得马上除之而后快。特别是你，天下人都知道你是主张巫医分家的，更知道你经常戳穿巫术的骗局。所以，那些混吃骗喝的巫男巫女，对你更是恨之入骨。"

"是吗？没想到前面的情况竟然是这样的。"

"有一次，我和手下去前面的山里办事，远远地看到山前人山人海。我们走近一看，吓得三魂丢了两魂半。原来，他们用刚刚晒干的秫秸，捆成一个又粗又大的人形，并在它肚子的位置上写上了你的名字。然后，一群巫男巫女每人手里拿着十根指头粗的铁钉，口中念念有词地围着那个秫秸做成的人转，每转一圈，便扎上一根铁钉。不长时间，秫黍秸人的脸上、身上、腿上便扎满了铁钉，样子非常恐怖。最后，他们还放火烧掉了那个秫秸人。他们一边烧，还一边跳着奇怪的舞蹈，吓得围观的人四散而逃。"

"哈哈哈，他们很看重我啊！"扁鹊道。

"先生，我说的都是真的啊！你可要多加小心。"

"哈哈哈！我知道你不会编瞎话。"扁鹊还是笑。

"你们师徒可千万要谨慎行事。"苏衍紧张地都变了声。

"放心吧！我们早有准备了！"

扁鹊说完，又向苏衍道了谢。苏衍恋恋不舍地看着扁鹊，眼见得走出十几丈远了，还不肯转过头去。扁鹊也往前跟了几步，使劲冲他摆了摆手。直到苏衍的背影再也看不到了，扁鹊才和徒弟们登上车马，继续前行。

苏衍向扁鹊说的关于巫医的事情，扁鹊并没有和徒弟们细说。他认为像这些负面的东西，说早了不但无益，还会让徒弟们心生畏惧，等到真正遇到这样的事情时，再见招拆招也不迟。

车马走得很快，翻过一座大山之后，大约到了中午时分。扁鹊招呼大家停下来，找石头支起陶鬲准备做午饭。没想到这顿饭大家吃得很沉闷，几乎没有一个人说话，只有呼啦呼啦的声音。扁鹊知道，上午苏衍的一席话，虽然是单独与他说的，但是徒弟们也隐约听到了一句半句，因而也就犯了猜疑。这样也好，到了该把这个问题与他们说清楚的时候了。恰恰就在这时，去河边刷碗的子阳回来了。因为在所有的徒弟之间，子阳的年龄最长，所以，大家就公推他来仔细向师父询问一番。子阳把饭碗放在马车上之后，走到还坐在路边石头上休息的师父身旁问道：

"师父，大家都想听听，苏衍到底和你说了什么重要的事情，竟然还要背着徒弟们，是不是和巫术有关？"

"我正想要告诉你们。"扁鹊道。

"快过来，师父要告诉我们到底是怎么回事了。"

听到师父的话，子阳大喜过望，马上招呼几个师弟过来一起听。师弟们放下各自手中的营生，快速地围了过来。扁鹊望着那一双双渴望的眼睛，心里非常满足。多少年来，他最满足的就是看到徒弟们渴望知识的眼神。都说猫教老虎学本事，自己还留着上树这一手不教呢！等老虎自以为把所有本事都学到手了，准备吃掉猫的时候，猫一下子爬到了树上，高喊着多亏还留了一手！扁鹊却恨不能把他的一肚子本事完完全全、毫无保留地教给徒弟们。所以，他最大的享受便是给徒弟们讲授知识。这不，扁鹊一阵满足之后，又开始从巫和医的源头讲了起来：

"还是在很久之前的殷商时代，面对未知的大自然，咱们人的力量实在是太弱小了。所以，人们非常崇拜大自然，认为大自然充满了神秘的力量。特别是天、地、日、月、山、石、风、雷等，都是人们崇拜的对象。更有

153

一些人还去崇拜鬼怪，崇拜神仙。正是在这种崇拜中，慢慢产生了巫术。但是，这些巫术要用一定的形式来体现，于是就有了专门从事此事的人员，也就是巫师。他们遍布朝野，有的宣称能与鬼神沟通，有的宣称能预测朝政，有的宣称能治疗疾病，有的甚至能左右国君的活动，等等。"

"巫术能治病，这不是好事吗？"子豹插了一句。

"当然，如果真能治病，那自然是一件大好事。"

扁鹊看了一眼子豹，又接着往下说："巫师在治疗疾病的时候，有时施行巫术，有时把治病经验和医术实践总结概括起来，使用岐黄之术，的确治好了一些人。随着时间推移，很多巫师因为更偏重于医，便成了地地道道的巫医。他们治病的时候，除使用岐黄之术以外，往往要按照巫术的要求，用巫术的形式来制造一种神秘的气氛，认为这样才能达到治病的效果……"

"巫术真的能治病吗？"子游问道。

"我们要承认，这是医术发展史上一个不可或缺的阶段。"

扁鹊喝了一口水，看了徒弟们一眼，理了一下思路之后，继续往下说："平心而论，巫医对治病救人是有一定功劳的。虽然他们打着神秘的旗号，让人觉得医术与救死扶伤关系不大，但是，他们也在自己的一次次实践中，把祖先们那些零碎的、不成系统的治病用药经验及做法，予以吸取、传承和发展，把医术药学演化成了一门专门的学问。后来，随着社会的演化、认识的提升，人们对神的信仰减弱，巫和医有了距离和差别。再后来，治病救人的医药知识从巫医合流中分离出来，开始随社会的演进而演进，随认识的提高而提高。随着时间的流逝和发展，巫和医的分歧越来越明显，差别越来越大……"

"巫和医早就该分流了！"子越插话道。

"无论早晚，都是由现实决定的。"

扁鹊说："分流之后，有的人笃信巫术，开始纯粹使用巫术给人看病疗疾，而且开始攻击医术和药物，甚至妄想用巫术来约束医术的发展。有的人则慢慢抛弃了巫术，开启了专门利用医药救死扶伤的道路。因此，巫与医之间的争斗越来越激烈，两者之间的矛盾也越来越尖锐。而我认为医术会前路宽广，巫术的路则会越走越窄，咱们的医术会一步一步发展为一门符合大自然和人类发展规律的学问，而巫术则会一步一步走向绝路。也许几十年，也许几百年，不管多久，我始终认为我的预测会成真。今天上午苏衍也是好心提醒我，说这一带巫和医的争斗非常激烈，许多地方是巫术占据了主导地位。所以我们从这里经过，必须睁大眼睛，多长个心眼，不要陷入他们的争斗之中。如果这种争斗自己找上门来，我们必须旗帜鲜明地做到'倡行医术，反对巫术'！徒弟们你们能做到吗？"

"能做到！坚决听师父的教诲！"徒弟们异口同声地说道。

"好，出发吧！"扁鹊一挥手，大家又开始前行了。

山中的暮霭很特别，它把远近不同的山峦分成深浅不同的层次；山中的夕阳也很独特，它能将高低不同的山崖镀上浓淡不一的金色。傍晚时分，山里的景色尤为美丽。扁鹊师徒的车马扬起的飞尘，远远看去像一道长长的白色暮霭，时而浮着一层金色，时而一动不动地罩在盘旋的山路上。

扁鹊师徒的车马在山路上奔波着。

突然，眼前的景象让人大吃一惊！

前面是一个普通的小山村。用山中的青石板垒成的房子，依着山势错落有致地耸立在山前。家家屋顶的烟囱里都冒着淡淡的炊烟，但是整个村落里不见一个人，到处是死一般的沉寂。让人惊悚的是，每家每户的院子里都竖着一根高高的旗杆，上面飘着一面奇形怪状的黑旗。黑旗上面用扎眼的白色颜料画着一个骷髅头，下面还画着两根骨头。顺着山坡向上看去，这些奇怪的黑旗在弥漫的炊烟下缓缓摇动，让人感到压抑。

扁鹊急忙让车马停住。他跳下车来，朝着村子方向观察了一番，又朝着另一个方向的山坡上看了看。他低下头，仔细思忖了一会儿，斩钉截铁地说：

"满村里挂起了黑旗，上面还涂着吓人的图案，肯定是村子里有什么特殊的情况。因此，我们绝不能贸然进村投宿。你们看见了吗？远处的山坡上，孤零零地住着两户人家，他们的院子里没有挂起黑旗，今晚我们就住他们家吧。"

子越"呜呜"几声，把领头的马匹调上了右边的小路。车马在山石嶙峋的山路上颠簸着，慢慢靠近了那两户人家的庭院。扁鹊派子越和子阳二人先去与两家人沟通投宿的事情，自己则开始整理行李准备投宿。子越和子阳很快便回来了。他们说这个村子的名字很怪，叫王家嘴子村。还说那两家的主人都很善良，非常痛快地答应了他们投宿的请求。师徒一行人开始搬运行李，停车拴马。两家人的院子一上一下，上边的大一些，住下了扁鹊及子阳、子豹和子越几个人；下边的小一些，只住了子游自己。

由于大山的遮挡，山里的夜晚来得特别早。刚刚吃完晚饭，山里的天已经黑透了。因为对王家嘴子村里挂黑旗的行为异常疑惑，师徒们一点睡意也没有。说实话，说他们对黑旗关心，倒不如说他们对村子里巫术的情况更关心。他们的这种关心里有厌恶，更有一丝淡淡的恐惧。这不，为了彻底弄明白村子里的情况，他们瞅准这家主人空闲的时候，把主人叫过来，大家一起围坐在院子里的石案旁开始聊天了。主人是一个非常健谈的老汉，只是不知道为什么，他只有一只耳朵，我们暂且称他为独耳老汉吧！借着他来倒水的机会，扁鹊留他坐下，与他聊起天来。

"老人家，村子里挂黑旗干啥？"扁鹊单刀直入。

"咱们聊点别的话题不好吗？"独耳老汉避讳道。

"我们就是对这事感兴趣。"子阳说。

"可是，我不感兴趣啊！"独耳老汉遮遮掩掩。

"挂黑旗可能是喜事。"子豹故意刺激老汉。

"不是喜事，是……"独耳老汉欲言又止。

"我看应该是和瘟病有关系吧！"扁鹊抛出这样一句话。他想起苏衍对他的提示，知道这些地方是巫和医并行的地方，也是巫和医争斗比较激烈的地方。同时，他也知道一些巫师的做法。所以，他抛出这样一个判断，想看看独耳老汉反应如何。的确，独耳老汉听了扁鹊的这句话之后，一下子沉默下来，长久不语，还一声声地叹着气。扁鹊知道，这事被他猜中了。但是，他不明白为什么独耳老汉对此讳莫如深。难道他有什么难言之隐？或者是，这里的巫师是穷凶极恶的家伙？

这时，独耳老汉叹了一口气，摇摇头之后，走到大门口警惕地四处看了看，然后轻轻地双手关上门并插好了门闩，这才回到扁鹊师徒身边，故意压低了声音说：

"都是这伤寒病闹的！"

"伤寒病？治疗就是了啊！"子越不以为然。

"哎，这事可不是这么简单。"独耳老汉连连叹气。

"这里面还有什么猫腻不成？"子游也发问了。

"你们别插嘴，让老人慢慢说。"扁鹊制止徒弟们。

"唉！真是一言难尽啊！"

独耳老汉又叹了一口气，猛然一拍大腿，这才从根到梢地仔细说起来："近些日子以来，俺王家嘴子村这一带流行起了伤寒病。不长时间，就传染了许多村子。得病的人发高烧，打寒战，有的还拉肚子。俗话说，好汉也经不住三泡稀屎，好好一个人，一得这个病，几天就躺下起不来了。地里庄稼没人收，家里孩子没人管，弄得到处哀声遍野。前些日子来了几个郎中，又看病又煎药，在村子里忙了白天忙黑夜，的确治好了很多人的病。谁知道时间不长，又来了一个毫不讲道理的巫师。他的名字可能是叫洛离，大家都这么喊他。洛离带来的人把郎中赶跑了，然后用巫术给百姓治病。他派人从百姓家敛财，然后在村里做法事，又是跳舞，又是烧纸地诅咒病魔，结果收效甚微。于是，百姓们推举我出头，又去外地悄悄请来郎中诊病煎药。这事被洛离知道之后，他派人打死了一个郎中，其余的郎中都吓跑了。为了让村里的人不敢再请郎中，洛离还派人打了我一顿，割掉了我的一只耳朵。之后，他继续从百姓手中敛财，在全村插满了黑旗，说是能辟邪。这不，村里就我们两家没有钱给他，也插不起黑旗，他就派人把我们赶到了这'前不着村，后不着店'的空房子里来了。这么多天了，我们连做饭的东西都还没凑齐呢！你们来投宿，也真是难为你们了！我家这条件，让你们连饭也吃不好。"

"他们这套巫术，你信吗？"扁鹊问独耳老汉。

"他们这一套，我当然不信！"

"为什么？"子阳问道。

"你们可听说过西门豹的事情？"独耳老汉没有直接回答。

"只是略有耳闻。"

"我家原来是邺县的，后来才迁到这王家嘴子村居住。我们邺县的老人都知道魏文侯派他的得力干将西门豹，到邺县收拾那些作恶的巫师的事情。我从这件事才知道，那些巫师是装神弄鬼的，说轻了是骗吃骗喝，说重了是图财害命，我才不信他们那一套呢！"独耳老汉一口气说了这么多。

"你能说说西门豹和巫师的事吗？"扁鹊问道。

"这个事，我可是再清楚不过了。"独耳老汉滔滔不绝地讲起了故事。

原来，邺县的一个专门为人治病的巫婆想要挣钱，便和县乡的官员们说："这里的人之所以年年发病，就是因为每年的涝灾和旱灾。而咱们这里之所以年年涝灾不断，旱灾频繁，是因为河神河伯生气了。所以，咱们每年要通过我做法事，用巫术给河伯娶媳妇，这样他就不会祸害咱们了。"然后，她又偷偷告诉当地的三老和廷掾等大小官员说："我们每年可以向老百姓收取几百万钱，我做法术只需要几十万就够了，剩下的钱我们一起分掉，这可是一笔不小的收入啊！"官员们一听都非常高兴。于是，邺县这个地方，便每年都由巫婆做法事施展巫术，为河伯娶媳妇。他们每年敛财之后，便物色一个长得漂亮的小姑娘，让她沐浴斋戒，并换上绸缎花衣，还在房门口挂上红黄相间的帐幔，让她住在里面，好吃好喝地伺候着。到河伯娶媳妇的那天，他们在竹筏子上披红挂绿，让这个漂亮小姑娘坐上，然后顺流而下。漂到弯急浪高的河段时，竹筏子刹那间就解体了，河水一下子漫上来，就连人带物一起沉入河底了。他们就会说，小姑娘这就是让河伯娶走了，去过好日子了。因此，那些有漂亮女儿的人家，都担心巫婆会替河伯把他家孩子娶走。有的人家便带着自己的女儿背井离乡，漂泊流离。久而久之，这里的人越来越少。但是，巫婆和官家勾结起来，还是每年敛财做法事，弄得民不聊生，也使这方水土更加贫困。

魏文侯派西门豹到邺县当县令之后，西门豹了解到了这个情况。开始他不动声色，只是说再到了给河伯娶媳妇的时候，希望三老、廷掾和巫婆都到河边去送新娘。到时候，他也会亲自过去，办得隆重一些。这帮不明就里的帮凶们，听了西门豹的话还暗暗高兴。他们以为这个新来的县令愚笨至极，不会断了他们的财路。转眼间又到了河伯娶媳妇的日子，西门豹来到河边与三老、廷掾等热情地打了招呼，又和看热闹的人拱了拱手。一会儿，那个女巫和十来个女弟子，簇拥着哭哭啼啼的河伯媳妇过来了。西门豹说要看看河伯媳妇长得怎么样，看了看那个女子之后，说这女子长得不漂亮，把这样的人嫁给河伯，河伯会更生气的！麻烦大巫婆去告诉河伯一声，就说过几天再给他送个漂亮的去。说罢，就叫差役们抱起大巫婆直接扔到了河里。又过了一会儿，西门豹说，巫婆怎么去了这么久还不回来？叫她的弟子去催催她。说着，又让人把她的几个弟子抛进了河里。又过了一会儿，西门豹说，看来巫婆和弟子都是女人，没把事情说清楚，还得三老去说，接着又让人把三老抛进了河里。等了一会儿，西门豹说，看来他们都不回来了，怎么办？要不再派一个长老或者廷掾去问问？这时，吓得不轻的官员们齐刷刷跪在了地上，把头都磕出血来了。西门豹还假装安慰他们说："看样子河伯留下他们吃饭了！你们都回家去吧！"从此之后，这里谁也不敢再提给河伯娶媳妇的事了。

之后，西门豹征集百姓们开挖了十二条水渠，把漳河水引了进来。大片大片的农田得到了灌溉，外排雨水的沟渠也得到了疏浚，灾害的影响得到了控制。带着女儿流落他乡的人们听到消息后，也都回来了。人们再也不受巫师们的盘剥了，从此邺县这个地方风调雨顺，物阜民丰，官府清正廉洁，百姓安居乐业，一派大好景象。

独耳老汉说完西门豹的故事之后，徒弟们都哈哈大笑，只有师父扁鹊黑着脸，一言不发地陷入了沉思。过了好长时间，他才慢慢地说道：

"老伯刚才说的事情，更加印证了苏衍和我说的话。看来，这王家嘴子村里医术和巫术的争斗相当激烈，甚至到了你死我活的地步。所以，我们一定要想办法为这里的百姓解除伤寒之苦。但是，面对这样复杂的矛盾，可能存在百姓认识不一的问题，我们还是要多想计策。没有我的允许，大家千万不要轻举妄动。明天，我们先看看情况再说。"

听了这一番话，大家都觉得问题确实很复杂。但是，情况又不明了，所以，他们都听师父的，准备"兵来将挡，水来土掩"。

谁知道，还没等到天亮就出事了！

这次的祸端，还真有些吓人。

大约五更天，从王家嘴子村来了一个黑影，他悄悄地进入了子游投宿的院子。这个院子里只住着子游和房主，由于院子没有大门，黑影便长驱直入了。碰巧这家主人是个又聋又哑的老光棍，所以当房门被敲响的时候，他还是一如既往地打着呼噜。被师父提醒过的子游，睡觉的时候倒是非常警觉，他从躺下之后，就一直是半睡半醒的。夜里，即使听到树上的鸟儿拍打翅膀的声音，他也要坐起来仔细分辨。所以，一听到敲门声，他便一个鲤鱼打挺站了起来。他悄悄来到门后，听见敲门声又轻又慢，便断定应该不是坏人，于是慢慢打开门。门外的黑影一看门打开了，便一下子跪倒在门外，嘴里嘟囔着：

"先生，救救我吧！救救我吧！"

子游慌忙扶他起来，连声询问："你怎么了？"

"我得了伤寒病，可是那个巫师洛离不让我们找郎中诊治。他只是整日敛收我们的钱财，给我们施展巫术。我的病不但没有好转，反而越发厉害了。今天下午我在地里干活，看见你们几个人过来投宿。我看出了你们是郎中，这不趁着天黑，那个巫师洛离他们看得松，就偷偷跑出村子，来这里碰碰运气了。"

"你快进来！"

子游怕在正房里为这个人看病会惊醒主人，便端起灯来，引着那人来到了偏房。他举起灯来，照了照那人的脸色，又看了看他的舌苔，随后问了几句那人的饮食、排便等方面的情况，问完之后便放下灯来，准备为那人诊脉。

突然，几个黑影蹿了进来：

"哈哈，终于逮住你们了！"

"你们是什么人？"子游疑惑地问道。

"不用问，一会儿你就明白了！"来人中的头目说道。

几个人蹿进来之后，不由分说把子游和这个患者的胳膊拧到身后，又用随身携带的绳子把他俩捆了个结结实实，又推又搡地带着他们往山下走去。他们动作利索又连贯，真像做了无数次一样。这些人弄出这么大的动静，而正房的聋哑老头却一概不知。

原来，那个叫洛离的巫师发现，尽管他用那些装神弄鬼的法术吓唬住了一些人，但还是有些人不信他的把戏，总是想办法找郎中诊疗疾病。于是，他便派了几个手下在村子里巡逻，告诉他们如果发现有偷偷去看病的人，就连郎中一起抓起来，然后当众惩罚他们，以便杀鸡给猴看。这种处罚，有时是砍头剁手，有时是用板子打脊背，有时是割去一只耳朵。至于什么情况下处罚到什么程度，全由洛离的心情而定。所以，当这个患者悄悄出村的时候，这几个人就在后面跟上了。这下，让他们逮了个正着。被五花大绑走在前面的患者，浑身筛糠般地哆嗦。他知道，这一次巫师对他的惩罚，绝对不会轻了。跟在他后面的子游，由于不知道会受到什么样的处罚，心里只是咚咚地打着小鼓。而后边跟着的巫师的几个手下，则兴高采烈的，因为，他们又可以得到奖励了。

太阳又从东山顶上露出来了。

阳光穿越薄薄的晨雾，拉出了一条条的金线。金线连着山上的草树，连着山涧的河水，也连起了山坡上这两个孤零零的院落。山下的村子里炊烟稀少，一片死寂。平日里吱哇乱叫的鸡鸭牛羊，都像相互约好了似的，不再发出半点声音。

扁鹊师徒做好早饭，左等右等，就是等不来住在另一个院子里的子游。没办法，扁鹊便派子越去看看。谁知子越进门一看，只有还在打着呼噜的聋哑老汉，哪里还有子游的影子？子越急得不行了，便用巴掌把聋哑老汉拍醒了。聋哑老汉揉着惺忪的睡眼，嘴里哇啦哇啦地叫着，似乎是什么也不知道。子越觉得这事有些蹊跷，便跑回了师父所在的院子。

"师父，子游不见了！"子越一进院门便高喊起来。

"啊？出啥事了呢？"子阳大吃一惊。

"也许他是早起上山采药了吧！"子豹道。

"我看，事情没有这么简单。"扁鹊幽幽地说道。

从医这么多年来，扁鹊早已熟谙望闻问切之间的内部联系。所以，不论遇到什么事，他总是喜欢把许多现象联系起来，以便从中分析出规律性的东西。而这些规律性的东西，往往就是事情的真相，或者是事物的本质。这时，他又把苏衍说的话和独耳老汉说的事情联系起来了。因为，他知道巫和医的争斗远远没有结束，而且正处于此消彼长的拉锯状态。按照独耳老汉说的，王家嘴子村里的巫师洛离也是个不好对付的魔头。他想，子游的无端失踪肯定和巫医争斗有关系。于是，他拿起筷子招呼大家道：

"大家好好吃饭，咱们今天去会会那个洛离。"

"师父，使不得啊！"徒弟们都为他担心。

"没事！鬼魅是最害怕阳光的。"

"洛离在这里人多势众，而我们只有几个人……"

"徒弟们，有理不在声高！我们是有理的！"

"那……我们去，你在家候着……"

"哈哈！我觉得我能辟邪！"

大家一阵风卷残云就吃完了早饭。

饭后，扁鹊在前，徒弟们跟随其后，一干人向山下走去。

这个叫王家嘴子的小村，是一个背山面水的小山村，一条南北大街，把村子分成东西两部分。由于伤寒疫病肆虐，街上空无一人，只有几只瘦得皮包骨头的野狗匆匆跑过，不知道又要去哪里寻找死人的尸体。扁鹊他

161

们沿着大街往北走，两边都是关门闭户，有的人家里还传出哭哭啼啼的声音。他们敲了几家的门，却没有人出来开门。扁鹊他们一直往北走，走到大街的北头，看见王家门前的大树上绑着一个人。那个人头发乱蓬蓬的，看不清面目。

等到他们凑近一看，禁不住大吃一惊：

"这不是子游吗？"扁鹊喊出了声。

"师父，救救我吧！"子游有气无力地说。

"子游，何以至此？"扁鹊问道。

看见扁鹊，子游就像见了亲人，一肚子的委屈，一下子涌了上来。他一边哭，一边诉说着如何为别人诊病，如何被绑到这里，如何受到毒打，如何不给饭吃……扁鹊听了子游的话，禁不住怒火中烧。他只知道巫和医争斗激烈，却没想到巫师如此猖狂，甚至根本不管人的死活。他忍不住高声叫道：

"岂有此理！岂有此理！"

"是谁这么大胆，敢在这里放肆啊？"

随着一声公鸭似的声音，王家大门里走出来一个人。只见他披着表红里黄的斗篷，满脸抹得煞白，让大红的腮红显得有些突兀，有些像猴子腔。他头上戴着一个不伦不类的类似凤冠的东西，而且满嘴的酒气喷得老远。看他这副做派，扁鹊就猜了个八九不离十。只见扁鹊笑了笑，轻声问道：

"敢问，你就是巫师洛离？"

"大丈夫'行不更名，坐不改姓'！正是在下。"

"你为啥绑我的徒弟？"

"他阻挠我为百姓驱疫！"

"你觉得你那套巫术能治病吗？"

"老祖宗流传下来的，包治百病！"

"你不觉得你很可笑吗？你这是坑害百姓！"

"大胆狂徒！你竟敢出言不逊！报上名来！"

"齐国临淄人！扁鹊！"

尽管扁鹊故意把声音放低了，但是"扁鹊"二字还是犹如一个炸雷，一下子炸响在洛离耳边。他早就知道齐国临淄有个包治百病的神医扁鹊，而且正在周游列国，为百姓诊病祛疾，却没想到今天竟然让他遇上了。他知道，扁鹊到过许多国家，并且受到过君王的亲自接见。宫里宫外的达官贵人们，请他还排不上号呢！今天他竟然有眼不识泰山，这可闯大祸了！最关键的是，他竟然绑了扁鹊的徒弟，这不是太岁头上动土吗？自己惹下这塌天之祸，到底该怎么收场呢？他想，即使是装，也要装到底。于是，他色厉内荏地说：

"绑都绑了，你想怎样？"

"我不想怎样，我只是想和你商量个事！"

"你……商量啥事？"

心虚的洛离，不知道扁鹊葫芦里卖的什么药，真是有些胆怯了。其实，经过和洛离的对话，扁鹊的心里已经有了主意。因为他知道，作为医去和巫争地盘，实在没有什么意思。最好的局面是，既能给百姓治好病，让百姓得实惠，又能让百姓相信医术的正确和巫术的荒谬。于是，他开始和洛离商量，以南北大街为界，两人各选一边，各自用自己擅长的医术和巫术为百姓祛疫，并且让洛离先选区域。听到这个提议，洛离大喜。因为他自知惹了神医扁鹊，已经闯下大祸了，局面还不知道该怎么收拾。更何况，扁鹊与国君的关系那么好，如果他仗着国君的青睐咄咄逼人，他洛离可是吃不了兜着走啊！没想到扁鹊开出的条件竟然是这样，而自己正好可以借坡下驴，真是天助我也！洛离因此大喜过望，并首先选了东边，把西边留给扁鹊。两人商定，从明天开始算，以二十天为期，到时以治疗效果论输赢。最后，洛离打发人给子游松了绑，让他跟着扁鹊回去了。

刚开始时，慑于洛离的淫威，村人们不敢开门。即使开了门的几家，也不敢和扁鹊他们说话，更遑论让扁鹊给他们诊病了。面对这种情况，扁鹊他们苦口婆心地劝说，还把他们拉到王家门前问洛离是不是这样定的。在洛离也点了头之后，大街西边的人才放心地治病了。几天之后，人们都开始相信扁鹊师徒了。这时扁鹊他们就趁热打铁，吩咐村人将家家户户插在院里的黑旗拔掉。他们还动员一些人家捐出多余的陶鬲，在王家大门前的空地一角，一拉溜地盘起了十几个陶鬲。然后，扁鹊让子豹、子越和子游分别带领村人上山采药并回村炮制。接着，由他和子阳在一个闾长的带领下，挨家挨户去诊病开方。最后一道程序，就是村人们各自持扁鹊开的药方，去领取煎好的汤药。整个流程不紧不慢、井然有序，而且悄无声息。这安静的气氛，也有利于村人们养病疗疾。

163

可是，洛离那边可就热闹了！

当天下午，洛离先命人将山村东部的黑旗拔掉，又统统换上黄旗。黄旗上面画着一把白色的大刀斩断一条黑色的蛇，下面还画着红色的血滴。他告诉村里人，村子里之所以出现了伤寒疫病，是因为从村北的大山上下来了一条千年青蛇，盘踞在地底下作法害人。只要把这条青蛇斩断，疫病自然会消除。同时，洛离还命人在王家门前空地的中央筑起了一个土台子，上面挂满了麻布条儿。

每天午时，洛离就披挂一番，站上土台子。他让四个手下扯着一块麻布走上台来，麻布上画着一条丑陋的黑蛇。他拿起手下递过来的毛笔，在那黑蛇身上打个红叉，然后口中念念有词：

"天蛇蛇，地蛇蛇，

青地扁，乌梢蛇。

三十六蛇，七十二蛇，

太上老君急急如律令，敕。"

嘟囔完之后，他又用左手拿起一根秫秸，举起右手中的刀，一口气将秫秸斩成七截。手下人马上拿笤帚将砍断的秫秸扫拢起来并用火点着。这时，洛离大步走过去，用脚使劲地跺着那些燃烧的秫秸。直到地上半点火星也没有了，洛离发出一阵瘆人的大笑，这才宣告他主持的仪式结束了。

扁鹊诊疗煎药，一共坚持了十五天；

洛离杀蛇作法，一直闹腾了十五天。

大约是从第十七天开始，王家嘴子村大街的西边出现了明显的变化，早上开门和晚上关门的吱吱呀呀的声音，明显由疏转密了。大白天，肩扛农具的人们陆续涌出村口，分散在山坡地里，开始在自家田地里耕、耩、锄、耙了。而村子的大街东边，却依旧是死气沉沉的，既听不见牛马和鸡鸭的声音，也少见出坡的人。只有那些插满大街小巷的黄旗，偶尔有气无力地摇摆几下，给人一种奇怪的感觉。

到了第二十天的早晨，大街的两边都没动静了。

虽然同样是没了动静，原因却大相径庭。大街西边的男女老少早已康复，天不亮就上山干活去了，因为他们要把因伤寒疫病耽误的农时夺回来。否则，"人误地一时，地误人一年"哪！来年吃啥喝啥？他们的心里早就火急火燎了！而大街东边的村人们，却因得不到有效的治疗，没有病的人又得了病，早得了病的人病情更加严重了，所以，都是一家人窝在家里，小孩叫唤，大人哼哼，眼看着一口气上不来就要死过去。

在王家门前的空地上，扁鹊和洛离又见了面。

两个人都是一样的疲惫不堪。但是，扁鹊面色疲劳的背后，是为百姓疗疾成功后的喜悦；而洛离精神萎靡的背后，则是与别人争强斗狠失败之后的无奈和狼狈不堪。看着洛离一蹶不振的样子，扁鹊并没有半点赢得比赛之后的兴高采烈，而是更多地担心大街东边那些村人的病情。看看洛离并没有半点要阻挡的样子，扁鹊马上指挥徒弟们扑向大街东边，开始用在大街西边用过的方法为大街东边的人治病。洛离只是慢慢地抬起头来，有气无力地看了一会儿，便又低下头去了。因为，他自己也得了伤寒病了。直到这时他才知道，伤寒病实在是太折磨人了，简直让人生不如死啊！

"洛离先生，你……"扁鹊看出他生病了。

"扁鹊，我承认你赢了，很得意吧？"洛离嘴硬道。

"咱们没有输赢，都是服从道理！"

"什么道理不道理？我坚决不信！"

"那……你后悔的日子还在后边呢！"

"扁鹊，我求你一件事吧。"

"什么事？说来听听。"

"我也得了伤寒病了，你帮我治一治吧！"

"你只要说一句不信巫术了，我就给你治！"

"我就是死了，也还是信奉巫术！"

"笃信巫术者，我坚决不治！"

太阳已经升得很高了。漫山遍野忙农活儿的人们，都穿得红红绿绿的，阳光一照，像一朵朵烂漫的山花，点缀在山坡的畦垅里。拉着木犁的牛犊子哞哞地叫着，惊得一群群山雀叽叽喳喳地飞进蓝天里，飞进白云里。扶犁的老汉吼了一声山歌，在四面的山崖上慢慢地回荡开来，好像有许多人在合唱……

当天下午，村里到处传递着一个惊人的消息，说那个霸道的巫师洛离因患伤寒病死了。死前，不知道为什么，他把披在身上的红黄相间的斗篷撕成了一缕缕细条……

听到这些，扁鹊的心情很沉重：

165

医战胜巫，怎么就这么难呢？

得到洛离死去的消息之后，扁鹊放下正在看着的苏衍送给他的那卷竹简，喊上在家的几个徒弟，匆匆向村北头走去。他们赶到的时候，正看见村里的几个老者用篾席胡乱卷起洛离的尸体，准备拖到山脚下，随便找个地方埋了算了。同时，有好几条红着眼睛的野狗，撒着欢儿地跟在后面。野狗们的打算是，等埋人的老者一离开，它们便饱餐一顿。

"你们住手！"扁鹊见状高喊着。

"他祸害我们祸害得还不够吗？"那几个抬着篾席的老人，在不解中掺杂着些许愤怒，但碍于扁鹊的面子又不好发作。憋了好长时间，他们也只憋出了这样一句话。

"我要厚葬他！"扁鹊一字一句地说。

"厚葬他？"子游大声地问道。

"对，厚葬他！"扁鹊又重复了一句。

这时，子游的气不打一处来。他想起了洛离派人将他捆绑起来，绑在门前的柱子上，不给吃不给喝的滋味，想起了自己被绑得手脚不能动，又被蚊子咬得浑身奇痒的滋味，想起了自己被鞭子抽得浑身皮开肉绽、痛不欲生的滋味，他当时恨不能用双手撕碎洛离！他觉得，如今洛离染疾死去，是老天惩罚他，是他罪有应得。想到这里，子游大声喊道：

"师父，你为什么要厚葬洛离？他多少年来抱着巫术不放，而且用巫术来大肆敛财。他耽误了多少百姓的病情，草菅了多少百姓的性命，这些你知道吗？他多少年来不信医术，而且肆无忌惮地打击迫害郎中。他赶走了多少郎中，逼死了多少郎中，这些你知道吗？他以治病为名，从百姓手中敛财。这么多年来，他坑害了多少百姓，聚敛了多少财富，逼得多少百姓家破人亡，这些你知道吗？洛离死了是活该，他死有余辜，遗臭万年！这些都是报应！有因必有果，有果也必有因。你突然提出来要厚葬他，你是什么目的？今天你要是不说清楚，我就斗胆忤逆你一次！"

对于子游这一席话，不但师兄师弟们感到惊讶，连扁鹊也感到惊讶。毕竟，子游平日对师父可谓百依百顺了，连和师父说话，都是低声言语，从来没有质问过师父。但是，让大家更惊讶的是，扁鹊听完子游这些话之后，并没有生气，而是依然笑着对子游说道：

"吾徒子游，你不要激动。你也知道，多少年前，巫和医是在一起的，它们是同一个源头而来的。由此看来，咱们和洛离还是一个老祖宗呢！"

"谁和他一个老祖宗？"子游气鼓鼓地说。

"哈哈哈！只是到了后来，巫开始幻想用超人的力量来影响社会，而我们则开始研究用医和药来为人治病。由此，我们与他在两条道上越走越远了。君不见，直到现在，直到眼前，这不是还撕扯不清楚吗？人死如灯灭，一了百了！饶恕去世的人，我们要有这个胸怀啊……"

"师父所言甚是！"

没等扁鹊说完，子游等徒弟在师父面前纳头便拜，痛痛快快地认可了师父的做法。在扁鹊的带领下，师徒几人买了厚厚的上等棺木，非常正式地为洛离入殓，并将他埋在了村北山脚下的松林里。不论是村东还是村西的百姓，都为扁鹊的举动感动万分。他们逢人就说扁鹊的故事，还时不时地伸出大拇指。

疫情平息之后，扁鹊师徒又要离开了。等待他们的会是什么呢？虽说是"一波未平，一波又起"，但是，扁鹊师徒做梦也没想到，他们遇到了一个有情有义、有担当的宫中太子。

# 第十三章　虢国太子起死回生

几驾马车在坑坑洼洼的路上不紧不慢地走着。

虽说前路莫测，但是扁鹊师徒还是义无反顾地出发了。巫师洛离的事，在扁鹊心中打成了一个难以解开的结。从昨天到今天，他一直在想，这事儿必须向徒弟们解释清楚。他认为，这是一个重大的理论问题，也是一个重大的实践问题。将理摆得泾渭分明，那才是百姓之福；若任凭它泥沙俱下，则是百姓之祸了。

今天，师徒乘车马的次序，与往日有点不一样。

往常，总是扁鹊自己坐着魏文侯赠送的那驾大马车。今日，扁鹊却邀请子阳与他一同坐上了这驾马车。子豹见状心里稍一吃惊：师父今天这是怎么了？难道与子阳还有什么悄悄话要说？同时，今日车马队伍的行进方式也不一样了：过去，总是让车马前后排成一队，摆成个"一"字形的长条雁阵往前行进；而今天，除去个别非常窄的道路，扁鹊都让车马左右并列，排成两队前行。当然，这里边也没有什么奥妙，扁鹊只是为了和徒弟们说话方便。因为只有这样，他们才能一边赶路一边说话，避免耽误时间。其实，这也是扁鹊为徒弟们授课的一种方式。为了防止徒弟们多想，他还自嘲地称之为"行进式授课"。

"其实，那个洛离，也不是完完全全的坏人！"

扁鹊这话一出，徒弟们都投过来吃惊和不解的目光。他们想：洛离那么武断，那么顽固，又那么残忍，他还不是坏人？那么，师父眼里还有坏人吗？想想师父亲自厚葬洛离的事，徒弟们心里还是有些别扭。扁鹊知道，他的这句话一定会引起徒弟们的反对，所以，他对徒弟们的反应并不意外，只是不紧不慢地向徒弟们解释道：

"我给王家嘴子村的人治病的时候，村人说巫师洛离就是他们这个县的。这人刚开始从事的就是岐黄之术中同样倡导的祝由术。平心而论，虽然祝由术和巫术有些相近，但祝由术是真心给人看病的。特别是关于精神方面的疾病，使用祝由术，是能起到一些治疗作用的。这一点，我们不能否认。岐黄之术发展到今天，祝由术还能存在，这说明了一个问题，就是它的出现和进化，都是人们所需要的。因为人体是复杂的，而人的精神则比人体本身还要复杂一千倍、一万倍。因而治疗精神方面的疾病，亦比治疗肉体方面的疾病复杂千万倍。所以，就目前而言，我们还需要祝由术的存在。而其将来会如何发展，则是以后的事情了！"

"什么是祝由术啊？"子豹问道。

"我们所说的祝由术，最早的时候，和巫术是有些相近的。最早，它是轩辕黄帝所赐的一个官名。当时，社会上能施祝由术的人，都是一些学识渊博的人，十分受人尊敬。祝由术绝对不只是一种神秘的仪式，它的范围很广，包含的内容也很多。它包括草药和医术在内，还有借助咒符和某种仪式来治疗疾病的方法等。而从字面上看来，'祝'者，咒也；'由'者，原由也。祝由术最盛行的时候，基本上到处都有传人。那时候，都是师父带徒弟，口传心授，一代代传下去。所以，我们要正确地看待祝由术。也许，存在的都是合理的。当然，这只是我偶尔闪过脑海的想法。你们的医道也在日趋精进，我也允许你们有自己的想法。我老家的稷下学宫，不是也提倡百家争鸣吗？如果只开一种花，那还叫春天吗？只有百花盛开，那才是真正的春色啊！你们每个人都可以提出自己的观点，不同的观点在一起争辩，最后形成新的观点，这就是一种上升，一种进步。"

"这么说，洛离还是做对了？"子游心有不满。

"也不能这么说，因为凡事都要有个度。"扁鹊看了看徒弟们，知道他们的心结还没完全打开，又接着往下说，"据说，刚开始的时候，这个洛离还是走正道的。听说他用他的那一套，也为很多人医治好了疾病。但是后来，他嫌上山采药太累，又嫌点火熬药太慢，关键是嫌这些东西不挣钱。再说了，他本身又有表演的欲望，就开始专门做祝由术，不但不累还受人尊重。久而久之，他就完全蜕变成一个巫师了。在他看来，不论巫术是否能治病，能挣钱就行……"

"可巫术也是能治病的呀！"子越说了一句。

"准确地说，最早出现的巫术是能治一些病症的，因为它们是和医药合在一起的。久而久之，很多人把巫术搞成一种迷信了。这些人笃信巫术，不管患者的死活，目的就是图财害命。他们的存在，已经成为社会的毒瘤。说实话，面对染了伤寒的洛离，我也是动过恻隐之心的。我想，郎中以治病救人为天职，我的心也不是石头做成的啊！可是，想想他不管村人的死活，甚至杀死看病的郎中，留着他也是个祸害。而且他笃信巫术，不肯放弃执念，所以我才下了狠心，坚决不给他医治。"

突然，一阵大风从山上刮了过来，扬起的尘土弥漫，把扁鹊师徒的车马都淹没了。刹那间，天地一片混沌。近处的草树，只能朦朦胧胧地看见一点轮廓，车马只好停了下来。待大风过后，扁鹊师徒他们相对一看，禁不住大笑起来。原来，大风扬起的尘土落满了他们的头上、身上，使他们一个个像泥塑一样。

"我们去河边洗洗吧！免得别人说我们是刚'出土'的。"

扁鹊师徒来到路旁的小河边，撩起清水开始洗了起来。待梳洗完毕后，几个人看着精神多了。随着子越一声"嘚儿——驾"，他们的车马又开始前行了。几天的时间，似乎一眨眼就过去了。马儿们由于在王家嘴子村歇的时间比较长，加之救死扶伤、心情舒畅，所以走起来特别快。大家还没觉得疲劳，已经进入了虢国。又走了一会儿，看到前边有个路边小店，扁鹊便招呼大家下车吃点饭，顺便饮饮马。

这家小店处在一个十字路口上，虽说有三间草房，但那只是做饭的厨房和店主的住房。顾客吃饭的地方，是用四根木头柱子撑起来，上面搭些谷草或秫秸，再用黄泥糊起来，都是能避雨却不能挡风的。这里虽然简陋，但是由于处在十字要冲，吃午饭的人还是络绎不绝，经常是有一拨人在吃饭，后边还有好几拨排队等候的。

今天，他们的运气还不错，这里吃饭的人不多。看见扁鹊选了一张空着的几案，子游马上凑过去用衣服袖子清扫了一下上面的尘土，大家便围坐了下来。子越还在饮马，子阳便从行李里掏出干粮，拿着去让店主给烩一烩，再加些菜叶子就行了。子豹在给大家的碗里倒着热水。

突然，旁边传来一阵呼呼啦啦的声音。

大家随着声音望去，只见一个正在吃饭的秃顶男人忽然倒在了地上。他手里的饭碗扣在了身上，滚烫的饭菜流了一身。跟他一块吃饭的几个人惊呆了，只是傻傻地看着他，不知道应该怎么办才好。这时，子阳正好端着菜从厨房出来经过这里，他抢先一步冲过去，把那个秃顶男人放平了躺下，为他清理一下身上的饭菜后，便一边摸着那人的脉搏，一边看着扁鹊。

只见扁鹊放下手中的碗筷，一边撩着袍子，一边快步走了过去。他一边摸着那人的脉，一边向子阳讲解着："子阳你看，他是突然发病的，呼吸气粗。你再看看他的舌苔，又薄又白。你看他的身上，冷汗把衣裳都湿透了。你再试试他的脉，脉沉细微。像他这样，就是典型的昏厥症状。你快拿出我的针灸用具来。"

子阳自然不敢怠慢，随身取出了几枚细针，按照扁鹊说的穴位，依次扎了进去。扎完之后，他又开始依次捻了起来。大约过了半袋烟的工夫，只见秃顶男人长长地吐出一口气，慢慢地睁开了眼睛。他用失神的目光四处打量了一下，有气无力地问道：

"我这是怎么了？"

"你刚才昏倒了，师父刚救过你来。"子游说。

"我的钱，我的钱呢？"秃顶男人摸了摸身上，忽然大叫起来。

"在这里！"子豹捡起个袋子送到他怀里。

"还在，还在，在就好。"秃顶男人嘟囔着。

原来，这个人家里是养牛的。他家养的牛不喂饲料，只是让牛在山上吃草，而且专门吃鲜草、嫩草。秋后，他就把谷草埋在地里，让他的牛在冬天也能吃上鲜的谷草。所以，他的牛能卖个好价钱。这次，他去城里要回了卖三头牛的钱。这是他全家老小今明两年的开销，所以他把这些钱看得比命都重要。因为钱一旦丢掉，他全家人就要过苦日子了。

秃顶男人爬起来之后，非要拿出一半钱，用来感谢扁鹊的救命之恩。扁鹊坚辞不受，秃顶男人便千恩万谢地不停作揖。他得知扁鹊师徒是往虢国都城方向走时，便自告奋勇要为他们带路，并说自己也是往都城方向去的，因为自己在那边还有一头牛的钱没要回来。看此人这样热情，扁鹊觉得实在是却之不恭，便同意他一起跟着走了。

芝麻掉进针鼻里，天底下就是有那么巧的事。

午饭后重新行进，扁鹊还是让子阳坐在了他的车上。虽说和师父并肩而坐有诸多不自在，但是子阳毕竟拗不过师父，只好恭敬不如从命。再说了，这样坐也满足了他作为大师兄那心存已久的小小虚荣心。

就在大家匆匆走着的时候，跟在队伍后面的秃顶男人心里却犯了嘀咕：这个大家都叫他师父的人，咋这么面熟呢？难道是在哪里见过他？秃顶男人一边走，一边苦苦思索着。当他们走到山中一个石屋子附近的时候，秃顶男人一下子想起了天岭之上的那个石屋子，他心里一激灵：这个师父不正是救过我一家性命的扁鹊吗？想到这里，他立即加快脚步，赶到了队伍的最前面，一下子跪在了扁鹊的马车一边。扁鹊见状，忙让子越停下马车，疑惑地问：

"你这是做什么？你这人怎么这样呢？刚才不是已经谢过了，怎么现在又来跪拜呢？天色已经不早了，咱们还要赶路呢！快，快起来！"

"师父，你还认识我吗？"

"咱们不是刚见面吗？我咋能不认识你？"

"我是毕思修啊。"

"毕思修？哪个……"扁鹊皱眉思索起来。

"师父你忘记了吗？我原来是翟二豹的家丁，在天岭的石屋子旁边，那是第一次见你。后来在翟二豹家里，是你和子阳救了我，还给了我几件宝贝当盘缠，让我全家逃出了魔掌……"

"哦，原来是你啊！这些年，你过得……"

"唉！一言难尽啊！"毕思修突然泪如雨下。他意识到现在掉泪有些不妥，便擦干眼泪，一字一句地说起了他的经历：

"那天夜里，咱们一起从翟二豹家逃出来之后，我回家带上老婆孩子，便一路往北逃去。跑到齐国都城临淄之后，我想在那里落脚。可是，我仔细一想，万一翟二豹派人追过来，会不会给你家惹麻烦？于是，我们全家继续往北跑。到了燕国之后，看到那里有人做陶器，我想，作为一个从齐国马径邑出来的人，做陶器还不是小菜一碟？于是，我把子阳给我的其中一件宝贝卖了，在那里建了一孔馒头窑，开始烧制陶器。刚开始时，还挣了些钱。结果有一年夏天下大雨，那雨下得特别大，十几天不停，最后把我的馒头窑泡塌了。一家人没办法了，又继续往西北走。走到一个水草丰美的地方，看见有人养牛卖牛，我就用那点本钱买了种牛，干起了养牛的行当。这不，一直干到现在，直到遇见了师父你们……"

"日子还行吗？"扁鹊关切地问。

"马马虎虎吧！能够吃饭的。"

"这年头，能吃饱饭就是好日子!"扁鹊说。

"多亏了子阳给的那几件宝贝。"

"毕思修老弟，我们走吧!"子阳笑着说。

"好好好，走走走。"毕思修边点头边答应着，马上从地上爬起来不好意思地笑笑，并躬身让扁鹊的马车先走，自己最后才跟上。

车马队伍又开始走了。毕思修的遭遇，让大家的心里一直沉甸甸的。大家感叹了几句人生不易之后，一切又恢复了平静，耳边只剩下了马蹄声。

这时，也不用子阳问什么，扁鹊就主动和他聊起了针灸治疗中的一些方法：

"这次，咱们是用针灸的办法，把老朋友毕思修治好的。所谓针灸，是咱们针法和灸法的合称。所谓针法，是指将针具按一定的角度刺入体内，通过捻、转、提、插等手法对穴位进行刺激，以达到治疗疾病的目的。所谓灸法，一般是用艾草制成的艾条，在人体的一定穴位上烧灼或熏熨，以达到治疗疾病的目的。人体上有三百多个穴位，每个穴位都在不同的部位，它是我们针灸治疗的刺激点和反应点……"

"师父是怎么知道这些穴位的?"子阳好奇地问。

"从我往前到长桑君，从长桑君再往前，经历了不知道多少辈人的摸索，才有了今天的认识。穴位又叫腧穴，'腧'有转输的意思，'穴'就是孔隙，所以'腧穴'的本意，就是指人体脏腑经络之气转输于体表的肌肉腠理或骨节交会的特定的孔隙。刚开始，人们并不知道这些腧穴的存在。随着针灸治病的实践，根据效果的好坏，人们才慢慢地摸索到了一些腧穴。再后来，人们尝到了甜头，便开始主动地寻找这些穴位。长桑君交给我的那些竹简，就有一些这方面的记载。当然，前人的成果非常重要，而我们的实践则更为重要。因为任何事物都是时刻在发展的，只有与现实同步，我们才能解决人们健康中出现的新问题。我认为，人们对穴位的认识也是有变化的，我们使用的针具、针法也会随之变化。一成不变的事情，是不存在的。"

这时，一心一意赶马车的子越回过头来对师父说："听子豹说，原来的时候，竹简上记录的穴位排列也没有什么规律，是你把三百多个穴位分门别类，分成了十四经穴，又把十四经穴包括不了的有特定疗效的腧穴，归为经外奇穴。据说你还找到了无固定部位、随病而起、病愈即失的阿是

173

穴……"

"哈哈哈！"扁鹊闻言一阵大笑，笑得胡子都抖起来了。他顺势捋了一把胡子说："我以为你成天只知道抱着鞭子赶车呢。没想到你是一个有心人啊！我也是边干边摸索经验的。说实话，人命关天啊！干咱们这行的，必须慎之又慎地下手，胆大心细地总结，然后才能造福于百姓啊……"

突然，随着扑通一声响，拉车的马趴在了地上，马车的两条辕也戳在了土里，正在侃侃而谈的扁鹊打了一个趔趄，要不是子阳眼疾手快扶一把，扁鹊一个嘴啃泥是少不了的。

这是怎么回事儿？

大家仔细一看，只见拉车的那匹大红马趴在地上，不但一个劲地伸脖子，肚子还一鼓一鼓的。马精神不振，嘴里不断地吐出一些混有黏液的草料。同时，它的鼻孔里还流出一种褐色的黏液，里边也混合着一些未消化的草料渣子。马还拉出来一些很稀的粪便，像一些黄泥浆子。

虽然说扁鹊是一代神医，医好的病人无数，且几个弟子各怀绝技，亦在各地小有名气，但是，"隔行如隔山"啊！面对这匹病马，他们都一筹莫展。问它也不会说话，叫它又不应声，望闻问切都用不上，师徒几个你看看我，我看看你，可真是"老虎吃天——无从下口"了。

也该是天无绝人之路！

这时，一直跟在后面的毕思修走了过来。他问子越发生了什么事，子越刚开始根本瞧不起他。子越认为，你一个成天钻在城里卖牛的人，能有啥办法给马治病呢？可他就偏偏忽视了毕思修既然是个养牛的，常年和牛在一起，对牲畜的小病小灾必定十分了解。只见毕思修走上前去，大体看了一下马的状况，说问题不大。他让大家稍等一下，便向路边的山里走去。过了一会儿，毕思修抱回了一大捆各色野草和野菜。他向路边人家借了一口陶鬲，将那些草叶熬成汤。又从行李中掏出酒壶，向汤里倒了些酒。待那汤凉了之后，他便用手使劲掰开马嘴，让子阳帮着将那些汤灌了进去。虽然那匹马摇着头抵抗，但是在众人的齐心合力下，那半盆汤还是硬灌了下去。

时间不长，那匹马自己站起来了。

这下，轮到扁鹊师徒对毕思修刮目相看了。子豹再也不坐那驾马车了，他把马车让出来，非让毕思修坐上去不可。可是，毕思修有些口拙，说不出什么客气的话，一个劲地往一边躲，坚决不上马车。最后，还是在扁鹊的劝说下，毕思修才极不情愿地坐上了马车。常言道"滴水之恩当涌泉相报"，何况扁鹊救了他的命呢！能给神医扁鹊带路，他已经非常高兴了，哪还好意思坐马车呢。

夕阳西下的时候，他们来到了虢国都城。

晚上，扁鹊师徒住进了一家客栈。毕思修说他带路的任务完成了，他还要去客户那里要钱，就先走了。临走，他非要把自己的钱留一半给扁鹊师徒。双方推让得面红耳赤，最终钱还是被扁鹊退回了。出门的时候，毕思修还说了几句后会有期之类的话。子游笑了笑，小声说："本来就是萍水相逢，哪有什么后会有期呢？"谁知，他这话还真是说早了。因为，世间的变化太快了。

简单的晚饭之后，大家聚在了师父的身边，想听听师父有什么教诲，或者有什么要嘱咐的。谁知，还没等师父开口，一向不大言语的子游竟然像发现了新大陆似的，突然蹦出一句没头没脑的话来：

"这虢国的都城，怎么比鸡屁股还小呢？"

就在大家哄笑的时候，扁鹊伸了伸手，制止了大家的嘲笑声，认真地说道："别看虢国小，但是它的历史又长又复杂。大约七百年前，周武王灭了商朝，周文王的两个弟弟虢仲和虢叔都被封为虢国的国君。虢仲封在了制邑那个地方，建立了东虢国；虢叔封在了雍邑那个地方，建立了西虢国。后来，西虢国迁到了黄河边上原来的焦国一带，大家都叫它南虢国。但是南虢国存在了不长时间，就被晋国给灭了。再后来，东虢国也被灭了。但是，其后裔又建立了北虢国。咱们现在所在的地方，应该就是北虢国了。虢国人这种不屈不挠的坚韧，也是咱们在对付疾病时，应该好好学习的啊！"

大家听完，都觉得师父不但是神医，而且精通历史，越发觉得师父学识渊博了。大家发现子豹好像有话要说，却一直在憋着，一句话也没说，这很不符合他的性格。果然，就在大家将要散去的时候，子豹突然说道：

"这里哪能比得上咱们大临淄啊！"

"尺有所短，寸有所长。不能乱比啊！"

扁鹊说完，便拿起一卷竹简，凑到灯下自顾自地读了起来。大家知道，师父这是不想再和大家闲拉呱了。于是，他们便一哄而散，除子越提着水桶出去喂马之外，其他几人都回各自的房间研读去了。有空就读书，从书中研究医道，从诊疗实践中验证书上的内容，这是扁鹊教给徒弟们的方法。

一夜无事。

第二天，虽说大家都有些奔波之苦，但还是都按时起床了。早饭后，扁鹊结合路上用针灸给毕思修治病的例子，给徒弟们讲起了针法和灸法各自的特点和作用，又讲了针与灸相互配合能治的病症。最后，他又让四个徒弟相互配合，在对方的身上准确地摸到穴位，并用针刺进去，感受一下针灸的滋味。等到大家能相互准确地摸到穴位，时辰已经到了巳时。

这时，扁鹊想外出采购些草药，炮制好后以备不时之需，便带着徒弟们上街了。在街上，扁鹊看到宫中派出人来大批大批地买麻布。扁鹊感到十分好奇，他想：这是哪个达官贵人死了，摆了这么大的排场啊？正好，那边有一队官差过来，他便顺手拉住一个宫中的差人问道：

"敢问，这是宫中出了什么事情吗？"

"出大事了！太子死了！"差人一脸的不耐烦。

"太子得的是什么病啊？"出于郎中的本能，扁鹊接着问了一句。凡是碰到这样的事，他都会问个究竟，并做出自己的判断。有些很有特点的病例，他还会在竹简上记录下来。

"你问我，我问谁去啊！"

"你是宫中之人，应该知道个大概吧？"

"哪来的闲人，你管事还不少呢，一边去！"

差人的无礼，更加激发了扁鹊的好奇，郎中的职业敏感，也在促使他去问个究竟。于是，他带着徒弟们向王宫的方向走去。走到宫门口，站岗的士兵不让扁鹊他们进去。事有凑巧，这时中庶子从宫门走了出来。中庶子是太子身边的近臣，主要协助太子处理一些杂事。扁鹊估计他对这事肯定非常了解，于是急忙走上前去，礼貌地询问起来：

"先生请留步，敢问太子患的是什么病？"

扁鹊这样劈头一句，把中庶子问了个愣怔。中庶子本来不屑于回答这样的问话，但是，他打量了一下扁鹊，看他礼数周到，还一副仙风道骨的样子。况且，他身后还站着四个衣着干净、神情甚恭的人，便觉得此人有来头就顺口回答道：

"我也略通点医术。我觉得太子是因为浑身的血气错乱而得不到发散，血气运行不正常而造成的突然发病。因为他早晨还吃了一大碗饭，之后打了一个大大的饱嗝，发病前还在谈论赛马的规则。他一边和我们说着话，一边还在画着赛马的图，并仔细地安排着赛马的各种准备。可能是因为太兴奋了，突然阳脉松弛，阴脉紧急，阴阳失调，所以他才突然晕厥了过去……"

"太子死了多长时间了？"扁鹊打断了中庶子那听起来非常专业而又喋喋不休的话。也不怪扁鹊不礼貌，人命关天的事，这个近臣却还在近乎卖弄地谈一些不着边际的医术，实在是让人难以忍受。扁鹊想，当务之急是了解病因，对症下药，抢救生命啊！

"从鸡鸣的时候到现在了。"中庶子答道。

"收殓进棺材里了吗？"

"才半天工夫，还没有！"

"我能救活太子！"扁鹊斩钉截铁地说。

"你……这怎么可能？宫中太医都束手无策。"中庶子听完扁鹊这句话之后，先是愣了一下，然后又表现出一脸的不屑。最后，他露出一副怀疑的神情，将头摇得像拨浪鼓一样。

"我说的是真的！"

"此话当真？"中庶子还是一副不相信的样子。

"请你快快转告国君，时间不等人啊！"

"要说岐黄之术，我也是略知一二的。对于太子的病症，我是心里有数的。"中庶子此时仍然是一副拒人于千里之外的样子。

"那……你说来听听。"扁鹊谦让道。

"那我就不客气了！"中庶子甩了一下袍袖，认真地说起来，"我听我的师父说过，上古的时候有个名医叫俞跗，他治病不用汤药、药酒、石针、按摩等方法。他打眼一看病人，就知道病因所在。然后，他顺着五脏六腑的穴道，先割开皮肤，再分解肌肉，导通经络，然后再结扎筋腱，这是第一步。第二步整治脑髓，触动膏肓，梳理隔膜，洗涤肠胃，修炼精气，最后是改变形体。你要是能有像俞跗那样天大的本事，太子可能还有活过来的希望。否则，要说能让太子活过来，就纯粹是骗人了！"

扁鹊听完中庶子的长篇大论之后，仰天大笑了几声，然后认真地说道："你研究岐黄之术的方法，简直就是从筒子里看春天，从门缝里看花纹。而我呢，只要知道病的阳分，就能推断出它的阴分；反之，亦然。你如若不信，我们可以以太子为例，当场试试……"

"太子的身体，是你能随便试的吗？"中庶子正色道。

"因为我有十分的把握。"

"你是何方神圣？"中庶子语气里还是带着轻蔑。

扁鹊急切地说："请你马上向国君禀报，我是齐国都城临淄城外的人，我叫扁鹊。以前虽然听说过太子贤良，却未得相见，今日前来拜会，却没想到遇到这等事。据你刚才说的情况，我认为太子还能起死回生。但是，不能再等下去了。多等一个时辰，太子就会多一分危险！我绝对能把太子从死亡边缘拉回来！如果拉不回来，我愿以命相赔。今天，我说出的每一句话，都愿意负责！"

"你说的太过了吧？"中庶子根本不晓得扁鹊的名气。

看看中庶子不紧不慢的样子，扁鹊实在是等不下去了。这时，他急中生智，指天打赌似的和中庶子说道："这样吧！如果你不信我的话，我有一个绝招，能让你信我。你现在就进宫去，摸摸太子的腿，从下往上摸，肯定是越往上越有温度。你摸到他两腿上边的时候，会发现那里是温热的。你去验一下，如果我说得对，你就再来叫我进去。如果我说得不对，要打要罚随你处置！"

中庶子半信半疑地进了宫。

他推开一层层的挽幛，屏退左右，轻轻撩开太子的寿衣，从脚腕慢慢往上摸。他的手摸到太子的大腿根时，果然感到还有些许温热。这时，他禁不住目瞪口呆，张着大嘴说不出一句话来。看来，这个扁鹊的确是个高人，他说的每句话都是有根据的。想到这里，中庶子便再也顾不得近臣的矜持了。他两手撩起袍子，撒开腿向大殿奔去。尽管宫门的台阶让他摔了个大跟头，但是他顾不得疼，爬起来又向前跑去。等跑到国王面前时，虽然有些上气不接下气，但他还是从头开始，把如何遇到扁鹊，扁鹊说了什么，他是如何去验证的，等等，完完全全地禀报了一遍。

国王又惊又喜："是扁鹊来了？我儿有救了！"

中庶子慌忙答道："他此刻正在宫门外候着呢。"

国王迫不及待地说："还不快请！"

中庶子边跑边答道："是！是！是！"

"慢着！"国王高叫道。

"你还有什么吩咐？"中庶子停下了脚步。

"此等重要人物，我还是亲自出宫去请吧！"

国王说完，完全放下了往日的威严和矜持，紧跟着中庶子急急地向宫门口奔去。宫门外的扁鹊，久等中庶子却不见人，正急得在原地转圈。远远看见两个人急奔过来，他才终于松了一口气。对跑在前面的中庶子扁鹊看清了，但是后面的来人他不认识。他无论如何也没想到，此人竟是国王。扁鹊迈开步子，急切地迎了上去：

"大人可验证清楚了？"

此时的中庶子满脸羞愧，转头恭敬地说道："这位是国王陛下，他听闻你在门外，便亲自来了。"

"在下扁鹊，怎敢劳烦国王亲临？"

"我早就仰慕你的大名，今日幸得一见。"

"国王过奖了！"扁鹊谦虚道。

"神医能到我国来，这是我国的幸事，更是我儿福报深厚，这下他有救了！谢谢神医！"国王一边说着，一边恭敬地拱起手来。

"万万不可！"扁鹊道。

"当然要谢！我就这么一个儿子，还要让他来继承王位呢！要不是你来了，我这王位恐怕都无人继承了。我们多灾多难的虢国，怕是命运堪忧！"国王说着说着，竟然涕泗滂沱起来，好像谁也劝不住似的。他心里的苦楚，只有他自己知道。不管他的眼泪是真是假，但确实给扁鹊添了更大的压力。

"我们还是快去看看太子吧！"

扁鹊一边说，一边和国王及中庶子等人一起，疾步走进了太子所在的大殿。进殿之后，扁鹊仔细地观察了一阵躺在高台之上的太子，伸手给他把了把脉，然后，翻了翻太子的眼皮，还捏了捏他的嘴。接着，扁鹊一边让子阳准备针具，一边让子豹准备药材。这时，他才慢慢地告诉国王：

"太子只是严重昏迷，还可以救活。"

"谢谢神医！谢谢神医！"国王道。

扁鹊接着又说了下面的话。这话既是说给国王听的，更是说给几个徒弟听的，也相当于现场教学了："太子的病，医家称之为'尸蹶'。人，是接受天地之间的阴阳二气的。阳主上主表，阴主下主里，阴阳和合，身体康健。现在，太子的阴阳二气失调，内外不通，上下不达，从而导致了气脉紊乱，所以他才面色全无，失去知觉，看表象如同死去一般，其实太子并没有死。"

说完，扁鹊从子阳手里接过针具，刺在了太子身上的阳明、百会、听会等八九个穴位上，并不停地将针具捻、提、转等。不大一会儿，太子鼻孔里有了微微的喘息，面色也从蜡黄渐渐变为微微的红色。看来，太子要醒过来了。又过了一些时间，太子竟然用手扶着高台坐了起来。只见太子缓缓睁开眼睛，失神地望着四周。国王大喊："看看我，看看我，我是你父王啊！"但任他喊多少遍，太子都不向他看一眼。直到看到扁鹊的眼睛时，太子的双眼才放出了光芒。这时，扁鹊又开出了二十服草药，其中十服是熬成膏贴在穴位上的，十服是熬成药汤口服的。嘱咐完熬制草药的方法之后，扁鹊的治疗就算结束了。

当晚，国王设宴招待扁鹊师徒，其盛况不必细说。扁鹊师徒没见过的美酒佳肴，没听过的丝竹之音，没看过的动人舞姿，自然应有尽有，徒弟们直呼大开眼界。

扁鹊师徒本来打算第二天离开虢国都城，但是，扁鹊使虢国太子"起死回生"的事情，当天就在城内城外传了个遍。于是，来找他们诊病治疗的人络绎不绝，有时夜里还有不少人在排队。救死扶伤的本分，使扁鹊师徒无法拒绝，便只好继续住了下来。他们一边为当地百姓治病，一边传授他们一些防病的知识，并且告诉他们一些治疗常见病的小药方，全城的人脸上喜气洋洋的。来看过病的人逢人就讲："那个让太子'起死回生'的扁鹊，今天给我看病了。"另一个人马上说："你真有幸啊，你能长命百岁了。"

天下没有不散的筵席。

扁鹊师徒终于要走了。

这天，当东方的第一缕阳光射向大地的时候，扁鹊已经早早地起来了，他在小心地整理着眼前几卷新写完的竹简。在虢国的日子里，凡是找上门来的疑难杂症患者，他都是亲自诊疗；凡是一般的病症患者，他都是让四个徒弟各据所长，为他们医治。诊疗空闲的时间里，他把这几年诊病治伤的典型病例，还有医治病例的方法，加上诊治过程中的体会，一一写了下来。仅仅十几天时间，他就写成了三大卷竹简。他又用皮绳换下原来的残绳，重新将竹简连起来，然后卷在一起存了起来，以备徒弟们阅读。卷好竹简之后，扁鹊踱着步子走出屋来，只见几个徒弟早已经收拾停当，套好了马车，只等他上车赶路了。子游帮师父拿上行李，车马便向客栈的大门口走去。

这时，意想不到的事情发生了！

当店小二打开大门的时候，一驾华丽的马车，不偏不倚、结结实实地堵住了门口。马车不仅装饰极其华丽，连马的辔头都是披金的。那匹马也是珍贵的品种，马一摇头，脖子上的马铃便清脆地响起来。

四个徒弟齐刷刷地望着扁鹊。扁鹊从最初的惊讶中慢慢地镇定下来，向那驾华丽的马车走去。他围着马车转了一圈，没看见半个人影儿。他刚刚凑到车辕附近，便听到车厢里传出了长长的呼噜声。

扁鹊拍了拍车辕，车厢里坐起来一个人。那个人一边整理着衣裳，一边揉着眼睛，缓缓地走下了马车。扁鹊打眼一看，眼前这个衣着华丽、神情庄重的人，看着怎么有些面熟呢？我在什么地方见过他呢？还是在哪里给他治过病？扁鹊一时记不起来了。于是，他便恭恭敬敬地问道：

"请问，这位贵人是……"

"哈哈，我是虢国太子啊！"

"是不是你的病没有治好，所以找来了？或者是经我们诊治后，你留下了什么后遗症？你尽管说就是了！"子阳惴惴地问。

"不是不是。师父用起死回生的神技，把我这个被当成死人的人给救活了。现在，京城里大街小巷都在传颂神医的故事呢！有些故事，编得太离奇了，说你们几个都是神仙下凡呢！还传得有鼻子有眼儿的。"

"那，你大早晨为什么拦着门不让走？"子豹也问道。

"我是来找你们的。"

"你的病已经治好了，还找我们干啥？"子游也疑惑了。

"正是因为病好了，所以我才找你们啊！"

"你究竟有何事，慢慢说。"扁鹊发话了。

这时，虢国太子才向扁鹊一五一十地说了起来："我从小在宫中，父王和母后整日里都很繁忙，我就整日跟着中庶子玩儿。因为中庶子喜欢老

181

祖宗传下来的医药，所以我也就跟着喜欢了。但是，父亲听说后勃然大怒，骂我不务正业，并命令中庶子不准再和我谈论医药的事儿。这次我昏厥了，神医你用针灸和草药让我起死回生，我非常感激你的救命之恩。于是，我那埋藏在心底的对老祖宗留下的岐黄之术的喜爱之情，又一下子被激活了。那天，我提出来想拜你为师，父王为了让我继承王位，狠狠地打了我一巴掌，并骂我是蓬间小雀，缺乏鸿鹄之志，是个没出息的东西。我就几天不吃不喝，也不见任何人，整日躺在床上……"

"你这是何苦呢？"子越插言道。

"不为良君，宁为良医！"虢国太子咬着牙说。

"你该为良君啊！"扁鹊劝道。

"父王和我僵持了几天，看我丝毫没有回心转意的意思，便大叫着不管我了，还说将来我要是混成乞丐，如果讨饭讨到他的门上，他绝对不会给我半碗菜汤。同时，他还在宫中宣布，与我断绝父子关系。实际上，我知道他拗不过我，我更知道他心疼我，因为我知道他暗地里让人为我准备好了宫中最好的马车，又让母后为我备好了饮食和穿戴之用，最后，又让中庶子从宫里拿上了许多珠宝玉器。他托中庶子告诉我，让我好自为之。但是，他就是不和我见面，也不让人说是他为我准备的一切。直到我出宫，他一次也没有露过面。"

"太子，你给我出了一个难题啊！"扁鹊道。

"不难，不难，你同意就行了！"

"我同意啥？"

"你同意我拜你为师！"

"你别开这样的玩笑！"

"不是玩笑，我是认真的。"

"不做太子，当郎中？"

"正是！正是！"

"这可万万使不得！这得你父王同意。"

"师父，你别多想。"八字还不见一撇呢，太子已经喊上"师父"了。太子停了一下，正色道："师父，你别觉得有啥压力，我觉得父王就是面子上挂不住。他觉得一个养尊处优的太子，去做一个风里来雨里去的乡村郎中太掉价了。知道原委的人明白是我喜欢岐黄之术；不知道的，还以为是宫中争斗多么激烈呢！我知道，其实父王心里已经同意了。今天早晨我赶车出来的时候，偶尔回头一看，发现父王正躲在宫帷后面，掀起宫帷的一角，悄悄地目送我呢！我早就打听到你们住在这里，其实，今天天不亮，我就已经赶着车到了门口。我知道最近你们为百姓诊疾，肯定十分劳累，看你们还没有起来，也就没有打扰你们。我知道我这样用车堵门是不礼貌的，可是我如果把车停在一边，万一睡着了，你们走了我都不知道。于是，我一不做二不休，直接就把马车堵在了店门口。这不就把你们堵住了吗？哈哈哈！"

虢国太子一边狡黠地大笑着，一边跳上车去，喝令他的马往后倒。由于他在宫中经常研究赛马，所以他赶车的能力也是超一流。几声吆喝之后，他的马车倒在了一边，把客栈的大门敞敞亮亮地让了出来。然后，他轻轻地来了一声：

"恭请师父师兄的车马出门。"

扁鹊无奈地叹了口气，又笑着摇了摇头，便进院上车了。扁鹊师徒的车马出了客栈大门之后，沿着街市往城外奔去。太子非常娴熟地赶着他的马车，一步不落地跟在了后边。街巷里早起讨生活的人们，都用不解的目光盯着这支奇怪的队伍：

这是些什么人呢？

正是春暖花开的时节。山坡上覆盖着一层层深浅不一的绿色，绿色中点缀着星星般的小黄花，色彩缤纷的蝴蝶们在小花的周围飞来飞去。路边的垂柳，绿色的枝条柔顺地随风飘拂着。树下的小河边上，垒窝的春燕正在争先恐后地衔泥呢！勤劳的农人们，挥着满脸的汗水，把攒了一个冬天的土肥撒进了地里。扁鹊看着看着，早已忘记了跟在后面难以"处理"的太子，他的脸上慢慢地露出了笑容。扁鹊怎么也想不到，虢国太子此时正躺在马车的棚子里睡得正香呢！

突然，后面一阵由远及近的马蹄声疾驰而来。

是谁呢？

是来追太子的？

还是来追扁鹊的？

坐在马车里的扁鹊虽然睁着眼睛，却对追来的马匹视而不见。多年来周游列国，他遇到的事情太多了，遭遇的变故数也数不清了。所以，在别

183

人看来，也许是天大的事，但是在他看来，早已经司空见惯。在他看来，除事关性命的事算是事儿以外，其他都不算什么。更何况，他还曾经这样和徒弟们说过——砍掉脑壳也才是碗大的疤！既然如此，他还怕什么呢？

追来的马蹄声越来越近了！

# 第十四章　望闻问切的奥秘

就在大家疑惑的时候，追来的马匹越来越近了。

扁鹊师徒的车马正走在山下的路上，而追来的马匹则正狂奔在山脊的路上。扁鹊师徒转头看去，见那马匹好像在高处狂奔。那马飞一般在跑，但是马背上的骑手还是不断地喊马和挥鞭，"嘚儿——驾"的声音和啪啪的鞭声交替响起，给人一种急不可耐的感觉。马蹄踏起的醭土，在蓝天的背景下越来越长，像一缕缕沉沉的黄云，在不断地延长着、飘散着……那骑手一边快马加鞭，还一边高叫着：

"前边的人，快停下！"

是福不是祸，是祸躲不过。

扁鹊索性说："我们等他一会儿吧！"

就这样，扁鹊师徒停下车马，干脆坐在了路边的草地上，静等事情的发生。一直不远不近地跟在车马后边的太子，也下了马车走过来。他赶紧给扁鹊倒上水，一口一个师父地喊着，一点紧张的意思也没有。因为他知道，在虢国的地界上，谁也不能把他一个将要接班的太子怎么样！虽然扁鹊现在还不承认自己是太子的师父，但是太子喊得比真师父还亲热。

说时迟，那时快！就在大家尚未从惊愕中清醒过来的时刻，那匹马已经冲到了跟前。只见骑手果断地一勒马缰，马的两条前腿腾空，在空中"咴咴"地叫了几声，便停住了。骑手翻身下马，在路边的树上拴住马缰，然后一溜烟跑到了扁鹊面前。只见那人双腿跪地，双手作揖，大喝一声：

"先生，我冒昧了！"

"你怎么来了？"扁鹊狐疑地问道。

"我是来感谢你的救命之恩的！"

看着来人，扁鹊一下子认出了那人明亮的秃顶，是那个养牛卖牛的毕思修啊！好一场虚惊，好一场误会，把大家吓得不轻。一看到是他，大家如释重负，长长地舒了一口气。扁鹊马上弯腰将毕思修扶起来，询问他为何前来，有何急事。毕思修道，他在虢国都城要回卖牛的钱之后，又去乡下跑了几天生意。然后，他又回到老家，挑选了一匹上乘的良马，匆匆往城里赶。等他回到虢国都城的时候，扁鹊他们已经离开了。他便到处打听，知道他们朝着这个方向走了，这才快马加鞭追了过来。

“请问，你找我有何事？”扁鹊问道。

“就是为了换马的事。”毕思修直截了当。

“换马？为什么？”

“那天进城前，我看到你的马病了。虽然我给它用了药，它也能拉车了，但是，我觉得它的病并没有去根儿。你看，它的精神萎靡不振，马蹄经常不安地踢踏地面，这说明它还需要长时间的调养。这不，我回老家选了一匹训练好的良驹，准备把它送给你拉车。你的那匹病马交给我吧！我有经验，会调理。等我把它养好了，说不定哪一天再碰到你，我再奉还。”

听毕思修说完，扁鹊大为感动。他也不客气了，马上吩咐子越卸车换马。等一切收拾完毕之后，他把那匹病马郑重地交到了毕思修手里。毕思修倒也痛快，只见他一手接过病马，另一只手摸了摸他那匹刚被套上车的马，嘴里说了一句“老伙计，他们不会亏待你的”之后，转身就要离去。这时，扁鹊一反往日的矜持，快行几步，走到病马跟前，摸着马背沉默良久，然后转过身来低下了头。毕思修刚走了几步，子越快步追了过去，一把拉住毕思修牵缰绳的手，泪眼婆娑地说：

“好好待它！”

“放心吧！我会的！”毕思修说道。

“这里允许个人养马吗？”扁鹊忽然想到这个问题。

“不让个人养啊！”

“那……你哪里来的马？”

“唉！这也是巧了！”

接着，毕思修说起了马的来历。原来，他的牛栏与官府养马的马厩相隔不远。一天夜里，天上的炸雷特别响。差不多是三更时分，一个明亮的闪电把马厩点着了，马儿们被烧得“咴咴……”直叫。有两匹劲儿特别大的马，挣脱了缰绳后，一头冲进毕思修的牛栏里，再也不肯出来。大部分的马都被大火烧死了，周围的乞丐们闻讯跑过来吃了好几天。府上的官员们过来察看了情况，也知道是没法挽回的事了，便想打道回府。朴实的毕思修拉住他们，问他牛栏里的那两匹马咋处理。官员们瞪着眼想了想，扔下一句"你养着吧"便回去了。自此，毕思修的牛群里多了两匹马，再也没有人问了。

毕思修说完之后，随着一声清脆的扬鞭声，他们自此道别了。

蹊跷的是，扁鹊今天突然不愿意赶路了。往常出来的时候，他都是一路着急地赶，就像身后有人用鞭子催着一样。而且，不到太阳下山的时候，他就不让停下来，说是多赶一站算一站。但是今天不一样。大约是吃午饭的时光，他们到了一个比较繁华的镇子。这个镇子南北向和东西向各有一条大街，两条大街交叉的十字路口上，各种店铺比较多。简单的午饭结束后，子越就张罗着牵马套车，准备继续赶路。谁知，吃饱喝足的扁鹊坐在那里并不急于起身。他一边悠闲地用苇篾剔着牙，一边和徒弟们说：

"我看这里山青水秀，咱们就多住几天吧！"

"师父，你这是？"子豹很疑惑。

"我自是有事情要做的。"

"师父，那我们做什么？"太子问道。

"哈哈！我还没收你为徒呢，你这师父叫得有点早。"扁鹊笑了笑说，"听说你跟中庶子学了不少关于草药的学问，估计你对这片山水也不陌生吧？我看这样吧，这里山青水秀、水草肥美，估计山上的草药也不少。这几天，你就领着我的徒弟们进山采药吧！这样，咱们多储备些药材，免得用的时候不凑手。我呢，就在店里做我自己的事情。如果用得着谁，我自然会告诉你们。今天下午，我给你们放个假，大家休息一下吧！"

一听说放假，子阳他们四个人便嚷嚷着想去街面上看看，看这里有没有医馆，有多少药铺，还想了解一下这里的流行病和慢性病的种类。每到一个地方，只要有时间，这就是他们的必修课。临出门的时候，他们想叫着太子一起去，以示友好，谁知一向大大咧咧看起来没心没肺的太子，今天好像心事重重的，笑着婉拒了他们的邀请。

当然，太子的确有心事。

他知道，他这次拒绝父王让他继承王位的想法，带着珠宝玉器，跟着一个四处周游的郎中跑出来动静闹得太大了些，如果现在还不拜师，怎么收场呢？宫里宫外的人，怎么看他呢？怎么看父王呢？如果有人说"不爱江山爱郎中"，而郎中又不理他，这事，你就是有八张嘴也说不过去啊！那样的话，他以后还怎么做人呢？他刚才试探了一下扁鹊，扁鹊只是笑着说了一句"我还没收你为徒呢"，看来他对自己也不很反感。俗话说，择日不如撞日！趁今天师徒几个都不太忙，索性拜了师父，也算了却了一桩心事，心里一块大石头也就能落地了。

说办就办，太子扭头自己上了街。几圈逛下来，他把美酒佳肴装了一大袋子，自己背着摇摇晃晃地进了门。他让客栈的老板该热的热、该烹的烹、该烫的烫，不长时间，就准备好了满满一大几案佳肴。太子先把扁鹊请了进来，让他坐在了最尊贵的位置。这时，外出的四个弟子也说说笑笑地回来了。太子又一一把他们请了进来。经过三番五次的推让之后，太子自己坐在了靠近门口的位置上。当时，大家都以为太子是财大气粗，想请大家一块乐呵乐呵呢，谁也没想到他会借机拜师。所以，大家都大大咧咧地坐下，嘻嘻哈哈地说着刚才大街上的见闻。

看大家都坐定了，太子的目光转向了扁鹊，好像在征询着什么。扁鹊心里知道，太子这是想让他说个开场白，给他的宴请定个调子。于是，扁鹊看了看徒弟们，笑着说："太子跟着咱们跑了几天了，不容易啊！他一个从小在宫中养尊处优的人，能跟着咱们没白没黑地跑这好几天，足以说明他的心是诚的。今天，他千方百计地组织了这么个场合，和大家表表心意，我们也应该好好支持。下面，还是让太子说几句吧！"

虽说太子和大家在一起已经好几天了，但是他们除了赶路就是睡觉，还真的没有仔细地端详过他。今天闲了下来，他们多看了太子几眼，觉得这人还真是不让人讨厌。他长得胖乎乎的，一对自来笑的小眼睛，让人觉得非常亲切。而且他话还不多，没有纨绔子弟的口若悬河。加上一路上太子跑前跑后，一会儿帮子越卸车，一会儿帮子阳饮马，做事殷勤又踏实，给大家留下了非常好的印象，所以，当太子准备说话的时候，大家都拿出了一副洗耳恭听的样子，很给他捧场。

太子起身，真诚地说道：

"今天，我要拜师了！"

大家一惊，都转头看着扁鹊。

扁鹊惊讶之后也微微点了点头，大家这才释然了。

太子继续说道：

"今天，我以这样的形式拜师，各位是不是觉得我太孟浪、太鲁莽、太草率了？我知道，自古以来，拜师是有着严格的程序和严密的形式的。而且，师父收徒弟，也是有着一定的门槛的，并不是任何一个人随随便便都可以踏进师门的。但是，虽然从小生长在宫里，我却烦透了宫里的繁文缛节。能一句话说完的事，穿靴子戴帽之后成了几十句；能一个环节办完的事，附赘悬疣之后啰唆得你头疼。所以，今天的拜师程序我就想搞得简单一些。有天有地，不如有一番真情；哪里有，也不如心里有。弄些烦琐的程序，反而把真情冲淡了。今天，我就是用真心、真情来拜师的。"

"你为什么喜欢郎中这个行当？"子阳问道。

"说实话，我身上也有一些浮浪子弟的毛病，我最喜欢的是赛马。但是，我从小就发现父王很忙，他把我丢给中庶子就不管不问了。中庶子出身于郎中世家，而且经常研究些岐黄之术，所以慢慢地，我就对这些东西产生了兴趣。俗话说，病来如山倒。你看病来的时候'张牙舞爪'的，可是一次针灸，或者几服汤药，就可以把病魔赶得无影无踪，真是太神奇了！那年我发烧，宫里上上下下急得火烧火燎的。谁知道，中庶子连大牌的御医也没找，只是从他珍藏的一块羚羊角上刮下一点粉末，烧水让我喝了下去，当夜我就退烧了。医和药结合起来，咋有那么大的魅力呢？如果我能去探索其中的无穷奥妙，将会见识到怎样一个全新的天地啊！从那时候开始，我就对学习医药非常神往。每当我行走在医药这片新天地里的时候，便觉得自己神清气爽，而当父王每次将我从这片新天地里拉出来时，我总是觉得心烦意乱、无所适从。看来，我对医药这片新天地有着天然的亲近感，我与岐黄之术有着深厚的缘分。"

太子说到这里，大家也都非常激动，看来，太子是从心底里热爱郎中这个行当啊！就在大家为他这席话感到心潮澎湃的时候，太子深情地说道："能遇到你们，是我生命中的缘分。如果能拜神医为师，将是我一生中的大幸！为我一直期待的这一刻的到来！"

"有个事儿，我想问你！"

子豹一饮而尽之后，用怀疑的口气问道，"你在宫中吃喝不愁，一呼

189

百应，过的是无比舒适的生活。你'衣来伸手，饭来张口'，为何会看上我们这受苦受累的差事？你为什么放着好日子不过，非要选择郎中这个居无定所、吃了上顿没下顿的行当？难道，你所说的理想和追求，这些空得不能再空的东西，就真有那么吸引人吗？"

太子略微一顿，接着说：

"宫中的生活也不是你想的那么美好，太子的生活亦不是你以为的那么惬意。你知道那一道道厚厚的宫帷后面，隐藏着多少惊心动魄的故事吗？你知道夜夜笙歌停下之后，演出了多少钩心斗角的事吗？有时候，你今天还是众人追捧的座上宾，因为一句话说得不当，明天就会成为万人唾骂的阶下囚。有时你睡觉的时候也要睁着一只眼睛，否则，大刀就可能斜刺里劈过来。我早已经厌倦了那种生活，那种整日里生活在谎言中的生活，那种为了权势言不由衷的生活，那种表面一套、内心一套的做派，那种'不能多说一句话，不敢说错半句话'的战战兢兢……"

"那……你受得了做郎中的苦吗？"子游问道。

"我知道做郎中苦，因为每当疫病来临的时候，那些腰缠万贯的商人们总是望风而逃；郎中们却要冒着生命危险迎难而上。但我更知道做郎中的甜，每当看到濒临死亡的人被救活的时候，每当看到被病痛折磨的人转危为安的时候，郎中心里的甜蜜，不是一般人能体会到的。说实话，你们在虢国都城的日子里，我经常去你们住的客栈外边，观察那些找你们诊病的百姓。他们大都是愁眉苦脸地进去，喜笑颜开地出来。我想，作为一个郎中，看到这种景象，那种从心底里生发出的甜，可不是一般人能享受到的。于是，我就想如果有一天我能享受到这种甜，那天下还有什么苦是我不能吃的呢？我总认为，如果是你不想要的，给你的甜也是苦的；如果是你想要的，给你的苦也是甜的！这就是老百姓常说的那句话：萝卜青菜，各有所爱。当然，人生的道路需要贵人指引。但是，即使是神仙为你指引了道路，走还是不走，什么时候走，以怎样的方式走，还不是你自己说了算吗？"

"这么说，你是不怕苦了？"子越问道。

"只要跟着师父为民解忧，再苦也是甜的！"

听太子说出了这样的话，扁鹊也激动起来。也许，扁鹊原来对太子也有误解，但是，听听他刚才说的话，句句都是真心话啊！看看他这几天在路上和客栈里的表现，半夜里还起来给马们喂夜草，看来他也是很能吃苦的。皇宫里那些要天上的星星也有人为他去摘的王公贵族，有他这种志向的人，也算是凤毛麟角了。再说，他原来也跟着中庶子学了些草药方面的知识，收他为徒，也是顺理成章的事啊！虽然如此，扁鹊决定还是要再问他几句：

"你真的不怕苦吗？"

"为了百姓，以苦为乐！"太子跪下磕了一个头。

"你真的不怕穷吗？"扁鹊又问。

"不怕！"太子又磕了一个头。

"如果你因为治病受了冤枉呢？"

"为了患者，甘愿受苦！"太子又磕了第三个头。

"这徒弟，我收了！"扁鹊高声答道。

真是欢娱总觉时光短。

就在大家谈笑风生的时候，不觉时辰已经到了子时。看到大家意犹未尽，太子又去他的马车上拿来从宫中带出的美酒，与大家继续畅饮起来。就在大家交谈甚欢的时候，太子偷偷地溜了出去，带上筐子和口袋，去外边的马厩里给马匹喂夜草去了。


此后的四天，扁鹊一直把自己关在屋里。

这四天，他足不出户，连饭菜都是由徒弟们送进屋里的。这四天，徒弟们哪里也不敢去，因为扁鹊会随时叫一个徒弟进去，随便提一个问题让人回答，搞得徒弟们紧张兮兮的。这四天，他用了很多墨，写了很多很多的竹简。太子每天站在门外听差，只要扁鹊一声喊，他就按照吩咐一一去做。这四天，扁鹊关在屋里，唯一的对外联系人就是太子。这四天，虽然日子过得形式有些雷同，但内容是既有关联又有区别的。下面，我们看看扁鹊这四天是怎么过来的吧！

第一天早晨，当窗棂上刚刚露明的时候，扁鹊便早早起来更衣梳洗，恭恭敬敬地沐手熏香之后坐在案前，一边思索，一边开始在竹简上记录着他的心得：

"望而知之谓之神。望而知之者，望见其五色，以知其病。"所谓望诊，即是观察病人之神、色、形、态之变化。神为精神、神气之状态；色即五脏气血之外化，表象枯荣色泽之表现；形为形体丰实或虚弱之征象；态为

191

动态或灵活或呆滞之表现。同时，还须对病人面目、口、鼻、齿、舌和苔、四肢及皮肤进行观察，供以了解病人之"神"……

写到这里，扁鹊放下手中的毛笔，陷入了沉思。此时，他的脑子里出现了他看过的病人，闪过了许多病人的病状，还有一些他一眼望去的感觉和判断。沉思良久之后，他喊了太子一声，太子马上开门进来，请示师父有何吩咐。扁鹊让太子去叫子阳过来，说他有话要问。一会儿，子阳踮着小碎步走了进来。扁鹊吩咐他坐下，说有话要问他。

"你在望诊中有过误诊吗?"扁鹊边写边问道。

"有过，还不止一次呢!"

"那你举例子说说。"

"那次我接诊了一个病人，刚一看他的手心里有汗，我马上就认为他是气虚，身体卫阳不固，是津液外泄所致。于是，我给他开了药。谁知几天以后他又来找我，说那些药吃了不管用。这次，我又全面地看了看他，才知道他手心出汗，只是就医紧张所致。出现误判是因为我太大意了，也太自负了，说到底，还是医道不及所致。当时，羞得我恨不能找个地缝钻进去……"

"你说得很对，望诊还要讲究全面。"扁鹊放下手中的笔，开始详细地给徒弟讲了起来，"在我们这个行当里，所谓的窥一斑而知全豹是根本不可行的。因为人体是一个巨大精密的系统，不同部位之间有着不可分割的关联。望诊，一般包括望诊和舌诊。五脏开窍于五官，五官内应五脏，故有望五官而知五脏之说。所以，眼、耳、鼻、口等，其微小的变化都要辨出来，看清楚，不得有任何遗漏。比如舌苔，深浅厚薄，有千变万化，须仔细望辨。医道浅的人，或者粗心的人，看着所有人的舌苔都一样，其中的细微差别都无法分辨，这可是要耽误人命的。还有，比如望痰辨病，痰有肺寒咳痰和肺热咳痰之分，这都需要我们在望诊时细细辨来。以上我只是略举一二。其实，望诊须全面而系统，郎中望诊时须将自己化入进去，体验出来，这样方能保证少误诊乃至不误诊。"

"受教了! 师父。"子阳如梦初醒。

"好了，你可以出去了。"

说完这一句之后，扁鹊马上又拿起毛笔，边思考边写起来。最后，他又拿出一捆细细的皮绳子，把写好的竹简仔仔细细地编起来。稍加整理以后，他又将竹简卷起来，轻轻地放进了身边的箱子里。这时，大约已到了子时。

第二天早晨，雄鸡报晓，天将微明，扁鹊又起了个大早。他觉得头有些涨，于是独自走出客栈，走到路边的大树下，让晨风吹拂着全身，顿时觉得清凉了不少。早起的鸟儿在鸣叫着，那婉转的声音，像一只素手拨动了琴弦，让人非常惬意与舒坦。等东方的天边上飞起一抹抹红云的时候，他才走回客栈，坐在案前又开始写作：

"闻而知之谓之圣。"闻诊包括听声音和闻气味，此所谓视喘息听音声而知所苦也。从患者说话声音的高低、强弱、清浊、缓急等，以辨明病情的虚实寒热。如声音洪亮者，多为正气尚未损伤，一般病情表浅，多为阳证；如声音低怯且不接续，则正气阳气不足；若声音重浊且有鼻涕咳嗽等，则为外感风寒；如声音嘶哑或失音者，大都为外感风寒袭肺，而久病失音，多属阴虚火旺或肺肾精伤的虚证……当然，我们还要听呼吸。呼吸有力、声高气粗者，多是热邪内盛之实热证；而呼吸微弱少气不足者，一般为阴虚而致。同时，我们还要听语言。神志不清、语无伦次而声高有力者为谵语；神识不清、语言重复、时断时续而语声低弱模糊者为郑声；自言自语、喃喃不休而见人不语、首尾不续者为独语；精神错乱、狂躁妄言者为狂言。以上各表现究其原因不同，故而疗法亦各有异。当然，在问诊中，嗅气味也是少不了的，并以其体臭及排泄物的气味来判断其病症及病因……"

写到这里，扁鹊放下笔在屋里踱起步来。走着走着，他觉得脑子里灵光一闪，便马上坐回案前，拿起毛笔想要写点什么。可是就在毛笔刚刚接触竹简的一刹那，那灵光似乎闪过去了，没有留下半点痕迹。这时，扁鹊又站起来，走到门口对着外面说："叫子豹过来一下。"早已恭候在外边的太子，得令之后速去传达。因为四个徒弟时刻候在那里，所以子豹得令之后马上就进来了。

"子豹，说说你印象最深的闻诊病例吧！"扁鹊说。

"回师父，记得我曾经接诊过一个老妪，我问了带她来的老伴，说是因为儿子英年早逝她才得了病。从一进门开始，她就絮絮叨叨，有时候声音大而响亮，有时候声音却细微得好像蚊子哼哼。有时候她急切地要跟你交流，好似一刻也等不了似的；有时候她则缄默不语，任你千般宽慰，她就是不开口吐出一个字。我简直对她没有办法了，就向她老伴表示：我医道

193

浅，她的病我实在看不了。但是，看看她老伴那求救的眼神，我又实在不忍心走掉，搞得我又尴尬又无奈，浑身上下出透了大汗……"

"这条路走不通，可走另一条啊。"扁鹊说。

"可……闻诊不就是一条路吗？"子豹为难道。

"闻也是有技巧的啊！"扁鹊说完这句话，便放下手中的毛笔，踱着步来到了子豹跟前，"如果你只听她说话，并以此诊断而开方，你治病的本事可就差多了。听其语言只是闻之其一，我们还要闻其呼吸。呼吸快而声音粗短的，呼吸慢而气息微弱的，其病因以及由病因而导致的病症是不一样的。我们还要听她的咳嗽，有痰多清稀、咳声重浊的，有咳声不畅、痰黄浓浊的，有咳呛咽干、干咳无痰的，病因与病症亦有差异。再者，我们也可听她的呃逆，有呃逆连声、响亮有力、发作频繁的，有呃逆时断时续的，亦为不同原因所致。当然，我们也要听病人的呕吐、打饱嗝等声音。总之，闻诊的范围很广，值得我们去细细体验。任何的粗心或者不经意，都会导致错找病因，因而达不到治疗效果。严重的，甚至还会危及病人的生命。"

"啊！原来如此！"子豹恍然大悟。

第三天早晨，虽然还是同样的时间，天气却完全不同了。因为满天的云彩非常凝重，所以觉得天亮得晚了。乌云刚开始的时候还是在四周盘旋的，但是，随着一阵辨不出风向的旋风刮过来，很快头顶上变得浓云密布了。大早晨的四处就黑黢黢的，连远山近树都看得模模糊糊了。客栈里马厩里的马儿们，也在不安地或刨着蹄子，间或朝天咴儿咴儿几声。

不论天气如何，扁鹊还是按时坐在了案前。

他今天要写的，是关于对问诊的一些体会。自从开始记录诊疗体会以来，他早已记不清用秃了多少支毛笔了。今天，他又破开了一支新的毛笔，所以，他的情绪还是挺高涨的。在这种情况下，他一般是写得比较顺利的：

"问而知之谓之工……问而知之者，问其所欲五味，以知其病所起所在也。"明了患者既往病史，问明其家族病史，亦为探究病因之条件。问其起病原因，了解其发病过程，问明主要痛苦之所在，听其回答自觉病症之状况，以及其饮食喜好等，皆为诊疗之条件。此乃审问其所病，当知今日之所方病也。同时，推而广之，患者所居内外环境，其所在之处气候之温凉湿热，其饮食嗜好以及情绪脾性等等。如果患者是小儿，在问诊之时，由于其表述能力稍差，则应以问随行的大人为主，否则将难以达到目的。

写到这里，扁鹊开门出来，早已立在门口的太子马上凑上来，笑容可掬地问师父有何吩咐。扁鹊笑了笑，仰起脸来试了一下，并没有雨滴落下，这才让太子去把子游叫过来，说他有话要问。太子走了之后，扁鹊又仰着头看了看四周的云彩，厚薄不同，浓淡不一，并不像要有大雨的样子，这才低头走进屋里，又开始写了起来。

"说说你在问诊中遇到的问题吧！"扁鹊知道子游进来了，但是，他也没有和子游说什么，只是不停地在写着。等写得差不多了，扁鹊才看了看站在面前的子游，放下毛笔轻轻地问道。

子游想了一下，感觉脑子里有点茫然，然后用疑惑不解的神情看了看师父，回答道：

"只要是不明白的，都可以问吗？"

"你提问题，我来回答。"扁鹊还是很有耐心。

"那还是在泗水河滨的时候，我接诊了一个壮年人。那人很聪明，口头表达能力也很强。我问什么，他就回答什么，我们相互交流得很彻底，可我就是无法诊断他的病症。于是，我又从头开始，把你教过我们的，关于问诊的知识捋了一遍，又重新问了一遍，直到快要把那人问烦了，我的脑子里还是没有个头绪。直到最后，那个壮年人终于按捺不住了，朝着我就吼了起来，他说我哪是什么神医扁鹊的徒弟，连这点头痛脑热的小病都治不了，不过如此！不过乡野凡夫而已！说完，他一摔门就走了。"

没等子游说完，扁鹊就截住了他的话。扁鹊问子游都问过了什么，子游一一回答了。扁鹊认为，子游还是问得太少，问得不全面，说："你问的那几个问题，只是枝叶，并没有触及根本问题；只是皮毛，还没有透到血里、肉里甚至骨里。仅仅凭你问的那几个问题，不用说难以诊断病情，就是勉强诊断出来，也是失于偏颇，甚至南辕北辙的。说到这里，扁鹊开始向子游说起自己用问诊诊病的体会来：

"你还要问寒热，是表寒证还是表热证，还是寒热交替的半表半里的症状。你还要问汗津，用表症辨汗、里症辨汗或者局部辨汗的方式进行判断。你还要问疼痛，疼痛的机理可概括为虚实两个方面，谓之不通则痛，或不荣则痛。当然，最为重要的是问清楚疼痛的特征和疼痛的部位，等等。还有，对孩童和妇女的问法，又有不同的特点。问孩童，要用孩童懂的语言

195

进行交流；问妇女，要讲究礼仪和分寸。当你再问过这些之后，你就会对那个壮年患者的病症有个大体的把握，就不会像现在这样茫然了。"

子游若有所思，施了个礼，口中念念有词地出去了。

第四天的早晨，是在大雨中到来的。

瓢泼似的大雨，时断时续地下了一夜。雨密的时候，打得房顶像千万人在擂鼓，让人听得心惊胆战；雨疏的时候，房子外边的野地里，青蛙便敲响了阵阵蛙鼓，有时如蹄声嘚嘚，有时像万马奔腾，使人心烦意乱。眼见得天渐渐亮了起来，雨却半点要停的意思也没有，还是紧一阵松一阵地下着。屋檐上的雨水滴在地上，在房前的地上打出了一条小河似的水沟。

扁鹊从门缝里往外一瞅，看见太子已经早早地站在了门口的一边。只见他双手举着一块破席头，遮挡着头顶上的雨水。但是，雨中的风东一阵西一阵的，早已经把他的下半身淋得湿漉漉的。他的双腿在雨中浸得久了，还有些微微打战。一个"衣来伸手，饭来张口"的太子，什么时候受过这样的罪呢？扁鹊心里一软，想开门拉他进来避避雨。可是他转念一想，受点罪多点折磨，对锻炼他的心性有好处，于是，又打消了这个念头。他走到案前，拿起毛笔，又开始在竹简上写了起来：

"切脉而知之谓之巧……切脉而知之者，诊其寸口，视其虚实，以知其病，病在何脏腑也。"切脉又称诊脉，为医者用手按患者腕搏动处，借以体察脉象变化，辨别脏腑功能盛衰，气血津精虚滞的一种方法。正常脉象为寸、关、尺皆有脉动，不浮不沉，不迟不数，从容缓和，节律一致，一息搏动四至五次，谓之平脉。不同脉象之形成，与病人心脏、脉络、气血、津液密不可分。脉象不同可对应变化有三，乃心力强弱，脉络弛张，气血津液虚滞。

"叫子越过来！"写到这里，扁鹊朝门外喊了一声。

"师父，你说什么？我没听清。"

听不清楚，这也不怪太子。外边的雨下得太大了。屋檐上的瓦当，像一条条小水沟，流下的雨水连成了瀑布，激起满院子里哗哗一片水声。两种声音合在一起，人站在对面说话都听不见。再说，虽然时在夏日，但是在雨水里浸得久了，就是铁人也会被泡得打颤的，更何况太子这样有血有肉的普通人呢？只见他两腿打颤，嘴唇发紫，上牙和下牙碰撞时发出清脆的响声。因此，他听不见师父的话也就在情理之中了。

"叫子越过来，你和他一起进屋里吧！"

扁鹊终于动了恻隐之心。整整四天了，三天的蚊虫叮咬，一天的大雨浸泡，太子都坚持下来了，而且无怨无悔。他本来是来学医术的，被无端地磨炼了四天，再老实的人也会有点脾气的。可是太子放下了宫中的架子，放下了太子的脾气，宁肯吃尽冤屈和不公，也要侍奉好师父，这让扁鹊大为意外。他甚至有点后悔：我是不是对太子太无情了？所以才改变了心意，让太子和子越一起进来，听他讲述切脉的知识和要领。

扁鹊抬起头，看见两人像刚从水里爬出来的一样站在他的面前。只见他俩身上的雨水不停地往下滴，一会儿就在地上形成了一个小水洼。两个人恭恭敬敬地垂手而立，一副洗耳恭听的样子。扁鹊看后，心里非常感动，禁不住放下毛笔站了起来，伸手拍了拍他俩的肩膀，让他俩坐下。师父站在那里教授知识，让徒弟坐在那里听，这在之前三天是绝对不可能的。所以看得出来，今天扁鹊的心情不错。

"子越，我今天先听你说吧！"扁鹊说道。

"我自从拜你为师之后，日常的事情大体分为两项。一项是白天为你赶车，为马调料；夜晚一边给马匹喂夜草，一边检查车辕、车轮等情况，坏了的就修理一下以保证第二天顺利出发。第二项是学习了你的烫熨疗法和疏通腠理的本领。这么多年来我一直在你身边，听你讲了很多，虽然由于时间所限，看你的书籍少了一些，但是你在给病人诊疗时，我经常当你的助手，所以治病的本领多学了一些。只是在切脉方面，体会尚浅，一般不敢出手。"

扁鹊听着，忍不住点了点头。

"太子，我也想听听你的体会。"扁鹊转问太子。

"我入行时间短一些，所以想法也不多。"太子往前凑了凑，恭恭敬敬地说道，"虽然我追随师父的时间短一些，但是，我以前跟着宫中的中庶子上山采过药，也在宫中炮制过草药。所以，我对草药的认识还是有些基础的。追随师父之后，我们周游列国的时候，我总是坐在马车上，而师父的大批竹简都放在我的马车上。于是，我借着这个得天独厚的条件，读了很多很多的竹简，补上了欠缺的一课。由于在师父身边的时间短，所以，我对切脉这门以体验为主的医术，一直非常生疏。虽然我也看了一些师父关于切脉的记录，但是对于切脉的精细微妙之处，还请师父在百忙之中赐教。"

197

扁鹊一边点头，一边详细地记录着徒弟们说的话。

"两位徒弟所言甚是，各有其道理。一切脉象都是心力强弱、脉络弛张、气血津液虚滞之表象。人之心脏、脉络、气血津液之病变，又与五脏之病理有关联。所以，人体千变万化，反映至脉象上亦有细微之差异。如浮脉、沉脉、迟脉、数脉、细脉、微脉、洪脉等，都需要我们沉下心、屏住气，去一一细细体察。在这方面，容不得半点虚假或疏忽。"

扁鹊一口气讲了许多，听得子越和太子直点头。看师父不再说话，又拿起笔开始写作，子越和太子两人便知趣地向外走去。两人顾不得外边的大雨，只是痴痴地一边走，一边相互对了一下眼神，接着异口同声地嘟囔着：

"如梦初醒啊！茅塞顿开啊！豁然开朗啊！憬然有悟啊！"

两位徒弟出去之后，扁鹊又开始放下笔在屋里踱步。他想了想这么多年来行医问诊的经历，回忆了最近四天来关在屋子里的所觉所悟，有些想法犹如一道光亮穿破云层，使天地之间顿时明亮起来。当然，这些想法如电光石火，是稍纵即逝的。所以他迅速坐到案前，铺开早已编好的竹简，拿起饱含浓墨的毛笔，奋力书写起来：

"望而知之谓之神。……望而知之者，为望见其五色，以知其病。闻而知之谓之圣。"闻而知之者，闻其五音，以别其病。"问而知之谓之工。"问而知之者，问其所欲五味，以知其病所起所在也。"切脉而知之谓之巧。"切脉而知之者，诊其寸口，视其虚实，以知其病，病在何脏腑也……

写到这里，扁鹊把毛笔一扔，站了起来。只见他高高地仰起头来，像是对着漫天的乌云，又像是对着光秃秃的房顶，口中喃喃道：

"望气色，闻声息，问症状，切脉象，乃千古诊病之真理啊！等将来有机会，我一定将这个真理明明白白、真真切切地写下来，以惠及后人。"

说到这里，扁鹊推门走了出去。此时外面早已是雨消云散，太阳挂在高高的天上，给近的树、远的山都镀上了一层明亮的色彩。雨后的大地上，一片生机勃勃。此起彼伏的蛙鼓，预示着庄稼的收成；喳喳飞过的小鸟，展示着天地之间的活力；蓝天上慢慢飘动的白云，给人以无限的希望和畅想。扁鹊深深地吸了一口雨后的新鲜空气，顿时觉得神清气爽。

此时，扁鹊还不知道，他一生中的克星就要出现了。

# 第十五章　初见秦武王

扁鹊师徒出事，发生在秦国。

扁鹊带着他的五个徒弟，差不多是漫无目的地走着。哪里遇到病人了，他们就在哪里勒马停车给人诊病，病人少了，看完就走，病人多了，就住下第二天接着看。不知不觉，他们已经从魏国到秦国好几天了。扁鹊到了秦国的消息，很快就传遍了朝野。江湖就是由各色人等组成的，同样的事情，不同的人当然会有不同的看法、不同的想法，会衍生出五花八门的不同的做法。扁鹊入秦，庙堂上的想法是，让他给国王调理一下身体，好让国王延年益寿；民间的想法是，让扁鹊给自己诊疗疾病，最好明天就能病愈，然后再去地里种庄稼，去市场上用蚕丝换取麻布；而那些呼啸山林的土匪们，早就盯上了扁鹊的那辆马车。

因此，扁鹊此行的路上，注定了处处是坎坷，处处是陷阱，处处是明里暗里的埋伏。

可也是，魏文侯赐予的这辆马车也真够豪华的。马鞍的四个边沿上，都镶着金边。连那个装饰别致的车棚，都是用蚕丝缚围起来的。尤其是马头上那一串铃铛，很是珍贵。那马走起路来，一串清脆的响声袭来，让人陶醉得不知身在何处。

这驾马车，早就被当地的匪首西门鬼哭盯上了。

说起这个西门鬼哭，在当地可是臭名昭著的人物。据说他出生于武术世家，从小练武，练就了一副好身板。他刚出生的时候，胖乎乎憨嘟嘟的，两个弯弯的小眼睛一副笑模样，父亲就给他起了个名字叫西门神笑。他小的时候出去练武，回来的路上遇到一条恶狗挡道，他想起父亲告诉他的恶狗也怕人蹲下，于是便使劲往下一蹲。恶狗虽被吓跑了，但他刚一站起来，

199

恶狗就又扑上来了。如此反复几次，恶狗还是不依不饶地扑上来。正在他惊恐万状的时候，他父亲从他身后扔过一块石头，恶狗顿时吓得没了踪影。父亲循循善诱地告诉他，凡事该出手时就出手！虚张声势的次数多了，别人就不怕你了。父亲这句话，大大地激发了他的野性。长大之后，他开始称霸一方，欺男霸女，拦路抢劫，无恶不作。老百姓暗地里说，这个西门神笑太坏了，太恶了，简直把鬼也能吓哭。于是，人们背后里都喊他西门鬼哭。据说每一位新县令到任，都想严惩他，以壮官家声威，安抚一方百姓。可是每次围剿，西门鬼哭都能轻松地逃脱。于是人们传说，西门鬼哭为何作恶多端反而从不被惩处？为何历次围剿他都能顺利逃脱？因为他朝廷里有人，朝廷里秦武王身边的太医李醯，就是他的拜把子兄弟，而且两人多有走动，谁能奈他何？这些传说，也没法去认真考证，大家只是藏在心里敢怒不敢言。

这天，扁鹊师徒的车马正在悠闲地走着。

头顶上的天特别蓝，蓝得深邃而悠远。一些不知名的小鸟，成群结队地从蓝天上飞过，它们打着呼哨，扇着翅膀，忽而远忽而近。道路两旁是茂密的芦苇，芦苇里的水面上，扁舟上的渔人轻轻地驱赶着鱼鹰在湖面上逮鱼。远处的山坡上，一群群农人正在耕种。

今日，扁鹊似乎兴致很高，他又招呼子阳坐上他的马车，拿出一卷竹简给子阳讲了起来：

"上医医未病之病，中医医欲病之病，下医医已病之病。比如我家兄弟三人，就像前些日子我对魏文侯说的，大哥才是上医，二哥则为中医，我呢？勉强算个下医吧……"

忽然，芦苇荡里传来了唱《诗经·秦风·蒹葭》的声音：

蒹葭苍苍，

（河畔芦苇苍苍碧色）

白露为霜。

（那是白露凝结成的霜）

所谓伊人，

（我那日夜思念的人啊）

在水一方。

（她就在河水对岸的一方）

歌声未落，道路的转弯处突然传来一阵急促的马蹄声。没等扁鹊师徒搞清楚是咋回事儿，一团人马带着尘土已经到了眼前，巨大的尘土，刹那间把他们包围了。等尘土稍落，扁鹊定睛望去，一群凶神恶煞挡住了他们的去路。眼前的人一个个目露凶光，不怀好意，而且有随时准备动手的可能。中间为首的大汉黑脸龅牙，呼吸有声。只见他手里举着一把利剑，剑刃在阳光的照耀下闪闪发光，刺得人有些眼晕，胯下的马打着响鼻，并做出随时进攻的样子。扁鹊心里暗暗猜度：眼前这人是不是传说中的西门鬼哭？

这还真让他猜对了！

"谁是扁鹊？报上名来！"西门鬼哭咋呼道。

"在下正是。"扁鹊一副谦和的样子。

"哈哈！什么神医，不过如此！"西门鬼哭不屑道。

"请问你是……"扁鹊慢言慢语。

"我看你的眼睛不小，原来是有眼无珠啊！原来是进庙不磕头——眼大无神啊！"一个名叫玉生烟的小喽啰高叫着，"这就是我们当家的，威震八方的西门鬼哭！实话告诉你吧，我们当家的看上你的马车了！这是你的荣幸，快快下来，把马车送过来！可别敬酒不吃吃罚酒！"

这突如其来的变故，把扁鹊师徒都吓呆了。等他们反应过来的时候，可就都愤愤不平了，特别是一贯锦衣玉食、前呼后拥的太子，哪里吃过这样的亏？没等那个玉生烟说完，他就要冲上去和西门鬼哭理论，还是扁鹊用眼神阻止了他。赶车的子越也不甘示弱，但当他向玉生烟抡起手中的长鞭时，扁鹊一把摁住了他。然后，扁鹊招呼徒弟们走下车马，准备和西门鬼哭交涉。因为扁鹊一看对方的阵势，就知道他们不是对方的对手。俗话说，好汉不吃眼前亏，说不定，周旋一下，会有意想不到的结果呢！

"哈哈哈——"

只见西门鬼哭震天的几声大笑，下马走到扁鹊的车前。他毫不客气地抓起马的缰绳，使劲地拽了拽，然后又一边贪婪地看着车马，一边仔细地摩挲着车的辕条和马的脖子，口中还念念有词。也许，他这一辈子还没见过这么漂亮的车马呢！正当他审视着车马的时候，扁鹊发话了：

"你喜欢车马不要紧，放我们师徒走吧！"

"放你们走？这事可没那么容易！"西门鬼哭一边思忖着一边说道，"不仅这些车马是宝贝，你们师徒六人更是宝贝。从今之后，你们和车马都是我的了！我要开个大药铺，让你们为人看病，我的伙计们卖药。诊费和药价都要高高的，我就会财源滚滚了！我再也不用起早贪黑地呼啸山林了，我也会过上钟鸣鼎食的日子了！从此之后，江湖上少了一个呼啸山林的强人，多一个救死扶伤的好郎中！哈哈哈——"

"西门先生，请你放我们走吧！"

扁鹊走到西门鬼哭面前，郑重地告诉他：

"我们这些乡村郎中，走街串巷，风餐露宿，为的就是给百姓解除病痛，能勉强糊口就不错了，根本不会挣钱的。我们这几张嘴，一年吃多少东西，你算过吗？你把我们留下，要管我们吃喝管我们住，你真是得不偿失啊！我说的句句都是实话，还请西门先生三思。"

"少废话，把他们绑了！"

随着西门鬼哭的一声高叫，玉生烟带领一帮小喽啰一拥而上，用麻绳把扁鹊师徒绑了个结结实实。随后，西门鬼哭跳上扁鹊的马车，使劲一挥长鞭，马车开始走了。西门鬼哭喜形于色，他心里想，今回干了一票大的，今后可以一劳永逸了。想着想着，他情不自禁地哼起了小调。玉生烟也坐上了另一辆马车，其他的喽啰们押着扁鹊师徒六人，一帮人乱哄哄地往他们暂住的山洞行进。

"当家的，咱们晚上庆祝一下吧？"玉生烟请示道。

"好啊！咱们去找点东西！"西门鬼哭道。

说着，西门鬼哭带着这帮人拐上了一条小道，跑了不长时间就进了村子。小喽啰们上墙爬屋，在村人的哭声和骂声中，提着鸡鸭、抬着猪羊走出来了。扁鹊师徒看在眼里，气在心里，却一句话也不敢说。就这样，他们闹闹哄哄地走到山洞的时候，早已是日落西山。西门鬼哭吩咐手下把扁鹊师徒捆结实了，看牢靠了，然后他们便开始杀鸡宰羊，喝酒吃肉，一直闹腾到三更天方才罢休。

在西门鬼哭和小喽啰们的呼噜声中，扁鹊师徒却异常清醒。扁鹊虽然也有些紧张，但是他毕竟年龄大了，经历的事情又多，所以，他总是想用什么办法缓解一下徒弟们的情绪。情急之中，他突然想起一个人来。这时，他一下子来了精神，向徒弟们道：

"你们还记得我老父亲去世的时候，那个跑前跑后、干活最忙、哭得最恸的叫孟骢的人吗？"

"记得！那个高阳新舍的护院啊。"子阳说。

"你这时候想起他来有啥用？"子豹不感兴趣。

"他有个儿子，叫孟贲，此人好身手啊！"扁鹊道。

"还能比西门鬼哭厉害？"子游戏谑道。

"嘿嘿！说不定他俩还有得一拼呢！"扁鹊笑了。

"也是大武士吗？"子越感兴趣了。

"是啊！孟贲小的时候，经常跟着他父亲孟骢练武，也经常去高阳新舍玩耍，我还给他买过糖瓜呢！后来，他越练越有力气。有一件事，让他在我们齐国都城临淄一带出了大名。据说孟贲小的时候去地里剜野菜，遇到两头牛在打架。两头牛使劲地缠斗在一起，主人费了九牛二虎之力，却怎么也拉不开它们。这时，只见孟贲扔掉菜篮子，一个箭步冲了上去。只见他一手掐住一头牛的脖子，一下子把两头斗牛摁在了地上。一头牛服了，另一头牛不服，还仰起头来挣扎，牛鼻子里热乎乎的黏液喷了孟贲满满一脸，这下可惹怒了孟贲。他把服了的牛推到一边去，转过身来，两只手把不服的牛头摁在地上。见那头牛还在挣扎，他便一手摁着牛头，另一手握住牛角，那头牛最终竟然气绝而亡。从那开始，孟贲就出了名了。"

"他再出名，和咱们有什么关系？"太子叹气道。

"你听我说完！"扁鹊活动了一下被绳子绑着的双手，继续说道，"那年我回家葬父时，孟贲的父亲、我的老伙计孟骢说，儿子学上本事之后，心也野了，竟然开始周游列国，找人比武了。据说，孟贲最后到了秦国，可能在秦武王身边当了武士了。孟骢还说，我要是见到了他儿子孟贲，一定要告诉他，家人都很健康，让他安心在外面闯荡。我想，要是他知道咱们在这里受难，看在我对他父亲不薄的份儿上，看在我为他买过糖瓜儿的份儿上，肯定会来搭救咱们的。"

"唉！远水解不了近渴啊！"

"等他来到，怕已经晚了！"

随着太子一声叹气，大家的上下眼皮也开始打架了。

无巧不成书，古人总是说得对。

那天夜里的风特别大，打着呼哨似的围着大山盘旋。远处的芦苇，被风刮得几乎伏倒在水面上，有时刚刚站起来又被一片一片地刮倒。山上风口处的大树上，响着咔吧咔吧的声音，胳膊粗的树枝，带着白森森的茬口落了下来。洞口的山风更大，卷起的沙粒儿或碎石子，一阵一阵地撒进来，打得人脸生疼。

突然，时急时缓的风声中，似乎掺杂进了若有若无的马蹄声。被捆得无法入眠的扁鹊，最早听见了这种声音。他想，这里既非城镇村落，又不是通衢要冲，深更半夜哪里来的马蹄声呢？想到这里，他用脚蹬了一下子阳，然后大家互相踢了几下，就都醒过来了。只听那马蹄声越来越响，越来越近，刹那间来到了洞口。

多亏那天夜里的月色不错，还能让扁鹊师徒把情况看个大概。从衣着上看，杀过来的是官军。他们来的人可不算少，把山洞围了个里三层外三层。他们举起手中的火把，把半边山照得如同白昼。为首的将军站在中间，结结实实地堵住了洞口。只见他相貌堂堂，威风凛凛，表情严肃，给人一种不可直视的感觉。

风，恰在这个时候停了，大山里一片静谧，静谧得有些吓人，似乎是谁也不敢弄出动静来戳破这种静谧。

"快把扁鹊师徒交出来！"那人一声大喝，惊天动地。

扁鹊听到大喝声，心里一阵疑惑：这人是谁呢？没容得他多想，一只粗壮的胳膊从身后伸了过来，一个猛力锁喉，把他提了起来。由于喉咙太紧，让他一下子喘不过气来。正当他要回头看看是谁的时候，头顶上响起了炸雷似的声音：

"孟贲，我告诉你，大道朝天，各走半边，你不要总是坏我的好事！要不是你多次横生枝节，我现在早就富得流油了！过去的事，我也就忍了，但是你别不识抬举，一而再再而三了！你上边有人，你以为我上边没人吗？你不让我活痛快了，我能让你活舒服了吗？下手要留有分寸，做人更要留有余地啊！"

"啊！原来眼前就是孟贲？咋这么巧？"扁鹊心里想。

"西门鬼哭，我无意伤害你。"孟贲的话一下子软了下来，却是软中带硬，"不是我要坏你的好事，而是王要召见神医扁鹊。王最近龙体欠安，我想你宫中的耳目也会告诉你的。王听说扁鹊入秦了，特意让我四处寻访，然后给他诊疗疾病。我是一路寻访到这里的。要是扁鹊有个好歹，上边怪罪下来，甭说是你，就是你宫中的主子，也是要吃不了兜着走的！孰轻孰重，不用我多言，你自己琢磨吧！到时候万一耽误了王的大事……"

"我交出扁鹊，你放我们弟兄走？"

"君子一言，驷马难追！"

"成交！算我晦气！"西门鬼哭也无可奈何了。

就这样，官军们自动让开一条路，西门鬼哭带领那帮还没有完全从醉酒中醒过来的匪徒，慌慌张张地爬上马，一溜歪斜地向远处奔去。匆忙败退之中，他们连那驾让他们眼红的豪华马车也顾不得赶走了。西门鬼哭他们的马蹄声还没消失，孟贲便一个鹞子翻身跳下马来，单腿跪地，把半躺在地上的扁鹊扶起来，亲自为他松了绑。孟贲的护卫也一拥而上，给扁鹊的几个徒弟解开了绑着手的绳子。

"世叔，让你受惊了！"孟贲边扶扁鹊边说道。

"你真是孟贲？"扁鹊不敢相信自己的眼睛。

"假一赔十啊！哈哈哈！"孟贲大笑起来。

"你怎么知道我们被绑在这里？"

"说来话长啊！"孟贲长叹一声。

这时，天已经亮了起来，东山上空的云彩，被朝阳映得通红，像朵朵盛开的杜鹃花开放在天际。早起的鸟儿起落在庄稼地里，到处啄食那些藏起来的昆虫。土黄色的野兔穿梭在田垄间，忙碌地准备着冬天的粮食。牵着耕牛的农人们开始劳作，耕牛的哞哞声传得很远……

孟贲亲自把扁鹊扶到原来的马车上，他自己则骑着马在马车一边护卫。前后各有两路官军开道和护卫，扁鹊的徒弟们行在中间。一边走路，孟贲一边向扁鹊说了这次巧遇的原委。

原来，扁鹊和徒弟们进入秦国之后，消息很快传遍了朝野。恰好这时秦武王觉得身体有恙，太医李醯为他治疗了多次，但效果不甚明显。因此，秦武王便想找神医扁鹊为他诊疗。这时，太医李醯认为，扁鹊并没有人们吹得那么神，其医术不过一般而已。但是，满朝文武都在为秦武王的身体着急，也都异口同声地推荐神医扁鹊。经不住大家的劝说，秦武王便派身边的武士孟贲作为他的代表，出去四处寻访扁鹊，并说找到他后，尽快接他到京城来。面对秦武王的决绝态度，太医李醯也就不好说什么了。可是，孟贲带人找了几个城邑，都没见到扁鹊师徒的踪影。最后，他还是从一个看病抓药的老者那里得到了消息。但是，当他们赶到那个村落时，听说扁鹊师徒又往前走了。就这样，孟贲他们追了一路。昨天晚上，他们在山下的小村投宿时，才得知扁鹊师徒被西门鬼哭他们抓到山洞里去了，于是一路追过来并解救了扁鹊。

"我估计，要不是你来搭救，我们早就成了西门鬼哭的家奴了。他还不知道会怎么折腾我们呢！"扁鹊坐在车上，从心里真诚地感谢解救他们师徒的孟贲。

"哪里哪里，是你们修得好！"孟贲谦虚道。

"我们孟兄厉害着呢！"一个名字叫姬须的随从打了马一鞭子，他的马快跑了几步，开始与扁鹊和孟贲齐头并进。然后，姬须接着往下说："我们孟兄和西门鬼哭交手不止一次了，哪次他不是孟兄的手下败将？要不是孟兄手下留情，他那动静生风的漏影三刀抢过去，西门鬼哭就是有十颗人头，也早已被削下来喂了野狗了。"

"此人如此可恨，你为何手下留情？"扁鹊不解。

"唉！都说侯门深似海，宫中的水可就更深了！"孟贲看了看左右，只有他和扁鹊，还有他的亲信姬须，这才小声地说，"按西门鬼哭所做的恶，我把他剁成肉酱都不解恨。可是，他在宫里有人啊！那个深得秦武王宠爱的太医李醯，和西门鬼哭是拜把子兄弟。有他在秦武王身边替西门鬼哭美言，所有的人都无可奈何了。为什么官军几次围剿都让西门鬼哭逃跑了？因为总是有人向他通风报信，总是有人为他说情。所以，地方官也只好睁一只眼闭一只眼了。你进宫以后，不该说的，千万别说，免得引火烧身。"

"哦！天下乌鸦一般黑啊！"扁鹊自言自语道。

"世叔，我父母还壮实吧？"

"你看，我让西门鬼哭弄迷糊了！"扁鹊似乎才从沉迷中醒来，急忙说，"他们壮实得很呢！那年我回家葬父，你父亲也去帮着张罗。百十斤重的猪肉，他还能扛着满院子跑呢！送殡的队伍里，亲属以外，只有他哭得最恸，让我着实感动。我离开临淄时，他还特意赶过去，让我如果见到你，告诉你好好在外边闯荡，不要挂念他……"

石头般硬朗的孟贲，偷偷抹了一把眼泪。

"世叔，你记得郑阳邑你家胡同口的陈家吗？"走着走着，孟贲忽然问道。

"记得呀！咋了？"

"陈家的二小子陈璋，小时候和我一起习过武。"

"习武咋了？"

"哈哈，那小子可有出息了！"孟贲用缰绳把马往路边上贴了贴，接着说，"他和我一起跟着我老爹习武的时候，也没看出来会有啥大的出息。我事秦之后，就与他断了音信。前些日子，齐国的来使得知我是齐国人，又得知我和陈家二小子陈璋一起习过武，就对我说，咱们齐王招贤时把他招去了，据说他现在在军队里是个不小的头目呢！"

"看来，咱们邑里还是有人才啊！"扁鹊一边走，一边应付道。但是他万万没想到，等他见到陈家二小子陈璋时，他已经是统率十万雄兵踏平燕国国都的大将军了！

一路说着道着，他们进了京城。


秦国的当红太医李醯，早已经笑容可掬地在宫门前恭候。眼见得孟贲引领扁鹊师徒过来，李醯迈着小碎步下了台阶，在给扁鹊等深深作揖之后，还亲自用长袖拂了一下扁鹊身上的尘土，又仔细地从扁鹊头发上捏下了一枚细碎的草屑，极尽谦恭之能事，显得极其真诚而又优雅。一行人说笑着进入了大殿，秦武王早已在此等候。宾主寒暄了几句之后，便按长尊位次一一坐定。

谁也没想到，宾主的话题不是病情，不是客套，而是从孟贲身上开始的。在宾主喝下第一杯酒后，秦武王看了看扁鹊，指着孟贲说道："因为我喜欢比武，所以我身边聚集了任鄙、乌获和孟贲等大力士。在他们之中，你们的这位齐国老乡可是独具风采啊！想当年我发告示广招天下武士的时候，你知道孟贲是怎样从你们齐国都城临淄过来的吗？"

"此事我不明详情。"扁鹊老老实实地说。

"那时候，这可是轰动一时的大消息呢！"

太医李醯说完这句话之后，便让孟贲起身离席，给大家说一说他的那段辉煌历史。孟贲几番推辞，无奈扁鹊的几个徒弟不依不饶。最后，还是秦武王发了话，孟贲不敢再推辞，才老老实实地叙述了那段奇迹般的经历。

原来，秦武王好武。他登基之后，为了广招天下武士聚其左右，便一方面派人到处广而告之，另一方面派人四处寻访，并以优渥的生活条件相许诺，目的就是要得到天下最好的武士。齐国的武士孟贲听到这个消息之后，便去临淄的高阳新舍，找到了在那里护院的父亲，也是他学武术的启蒙老师，说出了他想到秦国一试的想法。谁知父亲一听，就把头摇得像拨浪鼓一般，说："你这点鸡刨狗蹬的小本事，在村子里给孩子们看看也就算了，最好也就是哄着孩子不哭。这些东西难登大雅之堂，你就别自不量力了。河里无鱼市上看，天下有本事的人多着呢！数上三年也数不着你啊！等你碰得头破血流地回来，连孩子们也不信你的本事了。"但是，孟贲自恃有武艺在身，和父亲吵了一顿之后，便在一个伸手不见五指的黑夜里，悄悄地独自上路了。在一个夕阳西下的时候，他来到了黄河边上。无奈西渡黄河的人太多，眼看着当天就渡不过去了。如果当天过不去，可就过了秦武王规定的时间了。因此，他想办法挤到最前边，问船家他能不能优先过河。谁知大家对他不依不饶，要求他去后边排队。他说他的事情紧急，要大家照顾一下他。

这时，一个船工举起船桨砸了他的头一下，戏谑地叫道："你这么争强，难道你是孟贲不成？"连船上的人也在嘲笑他。这一下激得孟贲怒从心头起，恶向胆边生。只见他对着船工两眼一瞪，连眼眶都要裂开了。同时，他的头发像无数条铁丝一样，一根根竖了起来。然后，他大喝一声："算你说对了，老子就是孟贲！"刹那间如同响起了晴天霹雳。那条船像一片树叶一样，一眨眼翻在了河里，船上所有的人都被波涛卷走了。只见孟贲捡起水面上漂浮的一支船桨，使劲往岸边一点，双腿一蹬，便像大鸟般飞了出去。如是者几次，他便飞也似的到了对岸。然后，他风驰电掣，晓行夜宿，不日之间便到了咸阳。孟贲经过几轮比武之后胜出，当场就被留在了秦武王身边。不说父亲孟骢没想到，甚至连他自己也没想到。

孟贲说到这里，扁鹊的徒弟们都向他投去了敬佩的目光。连扁鹊心里也在想：孟贲真有出息啊！这样，等我回到齐国时，跟我的老伙计孟骢就好交代了，他养了一个有出息的儿啊！想到这里，他端起酒杯邀秦武王共饮：“这也是因为秦国的政治清明，国泰民安，才吸引了天下的人才啊！这一切，都是王你励精图治的功劳啊！”

“你对寡人还有所了解？”秦武王问道。

“当然，我的确了解了许多。”扁鹊答道。

“不妨说来听听。”

“我知道的只是一鳞半爪……”

扁鹊一边谦虚着，一边开始细数起来：

“听说王新立之时，虽然年纪轻轻，却使出连横卫秦之策。首先摆出联合齐国攻击韩国、魏国的架势，并以此杜绝了韩魏两国攻秦的妄想。然后，你派遣樗里疾与韩国使节共叙友情，采取措施巩固秦魏的联盟。通过这一系列的外交活动，你稳住了周边邻国，为秦国争取了和平的环境。其次，你采取联越制楚之策，亲自接见越国使者，与越国达成夹击楚国的密约，并以此制楚。此外，你还果断平定蜀乱。当时蜀相陈庄作乱，你派大将甘茂平定了蜀国叛乱，杀死了陈庄，使秦国国威大振。当然，你在治国方略上更高其他六国一筹。当时，其他六国都设有相国一职，你却把秦国的相国一职改为丞相，并设立左右丞相各一人，由此加强了对国家的管理。此外，你还更改了关于农林牧渔等的法令，修改了封地的疆界，疏通了长年发生水患的河道，还筑堤修桥，为国家、为百姓做了许许多多的好事。”

“哈哈哈！看来扁鹊先生并不单纯是一个神医啊！”秦武王大笑一阵，端起酒杯一饮而尽之后，又继续说道，“我看，你对如何治国理政、如何为官驭民、如何发展经济，不但非常关心，而且都有着自己很独特的看法啊！”

“我……就一介粗陋的郎中。”扁鹊谦虚道。

“不，我是不会看错人的！”秦武王坚持道。

“王谬赞了！我的确不懂政事……”

“好！那咱们说说孤的病吧！”秦武王严肃起来。

这时，扁鹊让子阳从褡裢里掏出针具和砭石，放在秦武王面前的几案上，开始运用自己总结的望、闻、问、切的理论，为秦武王诊病。他看了看秦武王的面色，又瞅了瞅他的体态，并让秦武王伸出舌头，仔细地看了看他的舌苔。然后，他又问秦武王近来的饮食起居情况，身体各部位的感觉如何。同时，还听秦武王主动诉说了近来家事和政事等方面的诸多烦恼和纠结。最后，他又半闭着眼睛，把右手的食指和中指搭在秦武王的左手腕脉处，细心地揣摩起来。慢慢地，扁鹊脸上的笑容变成了疑云，一会儿又由疑云换成了笑容。这时，弟子们知道师父已经探明了病因，马上就准备开方配药治病了。果然，望、闻、问、切结束之后，扁鹊开始详细地向秦武王介绍其发病的原因，以及形成这些原因的深层次问题。同时，他又说出了这种病的一些症状，而这些症状又都是秦武王没有描述出来的，说得秦武王心服口服，一个劲地如捣蒜般地点头，直呼扁鹊是真正的神医。扁鹊命人研墨破笔，准备开方配药。

可就在此时，帷幕后面传来了一阵窃窃私语：

"这个江湖游医，他能有啥本事？"

"他当然有本事了，混吃混喝的本事！"

"为啥要请这人诊病，我看他远远不如李太医。"

"王没病，我看得很清楚！"

扁鹊听出来了，帷幕后面说这些话的人中就有在宫门外迎接他的太医李醯。李醯以为隔着帷幕，外面的人听不见，所以还在肆无忌惮地说着："当初，我说我可以治好这个病，可是王就是不信任我。不知谁告诉他，说神医扁鹊来秦国了，王就非让孟贲去找扁鹊过来不可。孟贲和扁鹊是齐国都城临淄的老乡，孟贲能说扁鹊不好吗？俗话说，知底莫过老乡亲。他们肯定相互之间都知根知底，说不定还相互包庇呢！蛇鼠一窝呐！"

"我听说，孟贲的父亲和扁鹊还是好朋友呢！"

"什么神医，我看连鬼医也不如！"

秦武王听到帷幕后的声音越来越大，脸上实在挂不住了。看扁鹊一副不动声色的样子，他朝扁鹊歉意地笑笑，并让扁鹊稍等片刻。然后，秦武王起身朝帷幕走去，帷幕后面的声音马上消失了。但是，扁鹊还是听到了帷幕后面更小的嘁嘁喳喳的声音，好像秦武王也加入了讨论当中。扁鹊心里想：不论你们说什么，我还是按照我的方法诊治，听见蝼蛄叫难道就不种豆子了？大约过了半袋烟的工夫，秦武王才慢慢走了出来，又笑容满面地坐在了扁鹊面前。

"先生，我有话要与你说。"秦武王笑着说道。

"好的！你说明白了，我才好对症下药。"

"众大臣与你的看法不一样。"

"理不辩不明，你但说无妨。"

秦武王听了扁鹊的话之后，思忖了半天，然后一字一顿地说道：

"刚才先生为我诊病的时候，李醯及其他一干大臣，都在堂下听着呢！他们说，他们常年在我身边，对我的饮食起居比你清楚。对于我发病的原因，他们也能条分缕析。他们还说，我的病因生在耳朵的前面、眼睛的下面，这个位置的病很难治。他们认为，眼睛与肝、心、肺、肾等有直接的关系，如治疗中稍有差池，便会伤及内脏。李太医还认为，耳朵本身和周围布满了经络，而这些经络与五脏六腑关系密切，弄不好也会伤及全身。这样治疗下去，不但治不好原来的疾病，说不定最后会导致眼睛看不见、耳朵也听不清楚的后果。得不偿失，得不偿失啊！他们说，这样的话，治还不如不治呢！"

"王，此言差矣！"扁鹊痛心地说。

"先生此言，何以见得？"秦武王追问道。

可以看出，扁鹊听了秦武王的话之后，心里非常生气。他真不知道秦武王花钱养了这些太医是干什么吃的，连这么明显的病症都诊断不明，不敢医治，而且还怀疑甚至干扰正确的治疗方法。秦武王对治国和比武的确有一套，但是，对待疾病的认识和分析，实在是差得太远了。他身边这帮所谓的太医，知识和经验太浅薄了。要知道，误了秦武王就是误了秦国啊！这秦武王的优柔寡断，也令扁鹊心里十分不快。他越想越生气，索性伸出手一划拉，把几案上的砭石和针具统统扫到了地上！然后对着秦武王认真地说：

"王，你知道你的做法错了吗？"

"我还有错？我错在哪里？"

"如此聪明的人，应该知道自己错在哪里。"

"扁鹊，你是不是有点狂妄啊？"

"我只不过是尽了一个郎中的本分！"

"你说说，我错在哪里！你要是说得在理，让我心服口服，我就承认我错了。你如果牵强附会，东拉西扯说些玄而又玄的东西来糊弄我，你可要小心你的项上人头。刚才你还历数了我的功绩，你也知道，我如果是一个动不动就会犯错的人，也无法做那些重大的决策！"

"王，恕我直言，你的错误已经非常严重了。你同我这个郎中商量如何给你诊断治病，等我诊断明确了，拿出治疗方案了，你又同不懂医道的人一起讨论，评论我的方案，又拿出一些根本无法解释的理由，来干扰诊疗的过程和方案。你仔细想一想，一边治病又一边反对治病，这样的举动能治好病吗？人一旦有了病，是听信郎中的话，还是偏听不懂医道的人的话？孰重孰轻，这不是一目了然吗？治病如同你治国……"

"何以扯到治国上去了？"秦武王打断了扁鹊的话。

"这当然是一脉相承、一个道理呀！"扁鹊看出秦武王有些心动，于是又开始往深里说了，"你想，在治理国家的时候，如果你一方面根据国家的基本国情和百姓的需要及呼声制定出治国方案，另一方面又偏听偏信一些貌似关心国家，实则一窍不通的酒囊饭袋的高谈阔论，去修改甚至放弃你先前正在执行的正确的治国方略，这样的结果会是什么？我想不用我说你也是清楚的！古人云，治大国如烹小鲜。你这样毫无原则地反复，会让下级官员和百姓无所适从。正因为上边这样不停地变化，才使他们也不知道该干什么，不该干什么，更不知道如何去干了。你想想，这样的国家还能兴旺发达吗？在我看来，你只要认准了，就要坚定不移地走下去，一直走到光明的目的地。而你看不准的，才需要和左右相商，大家共同选择正确的方向，然后再往前走。你这样人云亦云，动不动就变卦的治国方式，会误民误国的啊！"

听到这里，秦武王禁不住浑身一颤！

"久而久之，随时会有亡国的危险啊！"

扁鹊扔下这句硬邦邦的话，也不看秦武王一眼，起身离席向宫外走去。他的几个徒弟见此情景，慌忙起身跟在了扁鹊后边。谁也想不到，秦武王精心准备的酒宴不欢而散。大家一起匆匆忙忙地向外走着，孟贲见此情景，撩起衣襟追了出去。等大家走下宫外高高的台阶之后，子阳悄悄地问孟贲："师父这样会不会得罪秦王？"孟贲沉思着说："估计不会的。一是因为秦王是一个从善如流的人，所以才有秦国这几年的国泰民安。二是你们随师父走出宫门之后，是秦王给我使眼色，让我出来为你们送别的。"听到这里，子阳才放心地出了一口气。

就在扁鹊师徒走出宫门之前，秦武王身后的帷幕被掀起了一角，一个熟悉的面孔露了出来，那就是太医李醯。只见他望着扁鹊师徒的背影，阴险地笑了。因为他知道，如果让扁鹊师徒顺利地治好了秦武王的病，自己作为太医的老脸就没地儿搁了。他这样略施小计，就把扁鹊挤兑走了，这样自己在秦武王面前又加分了，自己的地位坐得更牢了。

　　但是，谁也没有想到，秦武王第二次因病召见扁鹊的时候，阴险的太医李醯竟然设计暗杀了扁鹊。当然，这都是后话了。

# 第十六章 "轻身重财者，我不治"

因不欢而散，扁鹊师徒很快便离开了咸阳。

他们出咸阳往北走，一直到了定阳。再往前走，就要出秦国进赵国了，所以，孟贲带人把他们送到这里就止步了。在驿站旁边的一家饭馆里，孟贲掏钱请扁鹊师徒吃了一顿告别饭。虽说酒菜简单，但气氛也算热烈。大家笑声不断，丝毫没有离别的忧伤。特别是扁鹊，带着一股如释重负的轻松，一边劝大家吃好喝好，一边自己也喝了不少，两腮都有些微微发红了。

当大家兴致正高的时候，扁鹊突然瞪着两眼盯了孟贲好长时间，把孟贲盯得都有些发毛了。半晌，扁鹊才慢慢收回目光，对着孟贲说道："孟贲，你实话告诉我，我那天对秦王说的那些话，他会不会不高兴？他会不会生气呢？如果他真的因为这事生气的话，说明他不仅仅是肚量小，而且他将来可能是个碌碌无为的君王。"

"秦王生气，这是明摆着的。人们都愿意听好听的，更何况天天被众人捧着的君王呢？师父，连有些病人都不愿意听你说的直通通的话，更何况是君王呢？齐桓公不就是例子吗？你在他那里受的冷遇，不就说明问题了吗？"子阳有些埋怨地说。

"秦王肯定没有生气。"孟贲说道。

"你为什么这么肯定呢？"

"我当然有我的根据了！"孟贲狡黠地笑笑。

"什么根据？说出来我听听。"

这时，只见孟贲招了招手，他的几个手下便从马上卸下了一件行李。打开一看，原来是五匹绸、五匹绢，还有两件雕刻精美的玉器。孟贲一边招呼子越把这些礼物放在车上，一边与扁鹊说道：

"你走的前一天，王把我叫到宫里，说你说的他的病症太对了，你分析的他的病因太准了，完全都说到他的心里去了。他说，他真是舍不得你这么快就离开秦国。他还说，让你周游列国的时候，再来秦国，多来秦国。最后，他又让下臣拿上这些御用的玉器送给你，也算是为他诊病的报酬。他还嘱咐我，一定要安全地把你送出秦国，绝不能出任何差池。"

"那……治病的事，他怎么出尔反尔呢？"扁鹊不解。

"世叔，一入宫门深似海啊！大家都羡慕宫中生活，其实也是一地鸡毛啊！现在宫中的太医李醮，其实早就是先王的太医，他不但深得先王信任，而且还在宫中经营了密不透风的关系网。王即位之后，又继续任用了李醮。李醮在诊疗疾病方面也有他的独到之处，只是这人心胸狭隘，小肚鸡肠，见不得别人比他好。而且他嫉妒心极强，睚眦必报。这次王请你过来诊病，事前他也曾经多次阻挠，他怕你为王治好了病，危及他的威信，甚至危及他的地位。眼看阻挠不住了，他先是假装高兴地在宫门迎接你，还假惺惺地为你扑打头发上的草屑，继而那天又躲藏在宫里，鼓动大臣们反对你的治疗方案。秦王是何等聪明之人？他早就看出这里边的蹊跷了，所以他派我来送你，其中有两个目的。一是保护你的安全，二是让你为他写个药方，我带回去为他抓药煎熬。"

"没想到当个君王也这么难啊！"扁鹊感叹道。

"谁也不容易，天下哪有容易的事啊！"孟贲笑道。

说完这些之后，孟贲又让人拿过来一匹麻布，一边交给扁鹊，一边郑重地说："世叔，孔子曰父母在不远游，而我却常年远离父母几千里，不能床前床边侍奉父母，为儿不孝啊！劳驾你将这匹麻布带回去给我父母，也算是我孝顺他们吧！如能成衣为父母遮风御寒，也算父母没有白养我一回。一切拜托世叔了。"

扁鹊含着泪接过来，两人深深地相互作揖。

大家就此道别，都说后会有期。

其实，当他们再见面的时候，扁鹊就性命不保了。


秋天，是跟着扁鹊师徒的滚滚车轮和嘚嘚马蹄声来的。路边一排排的白杨，白皮包裹的树干上，那花纹很像一双双黑色的大眼睛，在默默地注视着行人。原先青翠欲滴的树叶，不知什么时候变成了一片金黄，远远望

215

去，好像是一队队征人，不倦地行走在荒原上。稍远的山峦上，成片的黄栌和不知名的灌木，被秋霜染成一片鲜红，像燃烧的火焰，又如殷红的轻雾，随着山势的起伏，像一群群红色的山鹿在跃动着。山坡上的茅草半黄半绿，别具一番景致。

路边的农田里，农人们有的在收割小米，有的在收割高粱。更有个别性急的农人，已经扶犁赶牛耕好了秋墒，准备种来年的小麦了。到处是人欢马叫，到处是鞭声轻响，特别是远处的山坡上，还时断时续地传来了唱《诗经·邶风·静女》的歌声：

自牧归荑，

（郊野采初生的茅草送给我）

洵美且异。

（茅草美好又珍奇）

匪女（汝）之为美，

（不是茅草长得好看）

美人之贻。

（美人相赠有情意）

坐在马车上的扁鹊，不禁听得如痴如醉，两手轻轻地打着拍子，口中轻轻地和了起来。由于师父带头，五个徒弟也跟着唱了起来。太子因为长期在宫中生活，受充耳的笙箫琴瑟、满眼的莺歌燕舞影响，所以他唱起来特别投入、特别陶醉，就像领唱一样摇头晃脑，听得拉车的马儿也不时地回头。他们的歌声感染了正在劳作的农人们，他们纷纷放下手中的镰刀和犁耙，喝停正在耕耘的牛，都加入了起自山坡和车马队的大合唱。一时间，祥和美妙的歌声充盈在天地之间，蓝天显得更加柔和，阳光变得更加温暖，连雁阵里传来的鸣叫声，都听着更加和谐与亲切。坐在车上的扁鹊激动得不能自已，赶忙让子越停下车马，把子阳、子豹、子游、太子招呼到跟前，用颤抖的声音问他们：

"你们说，咱们郎中的最高理想是什么？"

"妙手回春。"子阳说。

"药到病除。"子豹曰。

"火眼金睛。"子游道。

"治病救人。"子越跟上一句。

"造福生民。"太子搭上了一句。

"你们说的都有点意思，但又都不十分准确。治病救人，那是我们的神圣职责；妙手回春，那是我们追求的医术境界；药到病除，那只是一种理想状态。不怪徒儿们愚钝，这个问题我思考了好长时间了，也是没有一个可意的答案。刚才，我听到农人们发自内心的歌声，看到他们脸上由衷的笑容，突然觉得有了答案。这就是：但愿世上常无病，安宁祥和日子甜。"

听了扁鹊的话，徒弟们都点头称是。

他们一边赶路，一边为人诊病。不知道走了多少天，在一个夕阳西下的傍晚，他们驻足在赵国一个坐北朝南、东西两面靠山、南面临水的小村子里。周围村庄的人都说这个村子的风水好，因此，村子的名字叫福窝村。看看天色不早了，而且村名又这么吉祥，扁鹊抚摸着村口的村碑，笑着说："大伙今晚就住在这里吧，我们都沾沾这村子的福气。"由于村子小，没有客栈，徒弟们便分散住在了村人的家里，只有扁鹊和子越二人住在一处空宅子里。宅子的主人进城经商了，邻居帮忙看家，遇到逃荒避难的人，便打开门让路人住几天，也算行善积德吧！

晚饭就由子越来做，晚上大家一起来这个空宅院里吃。太子过来吃饭的时候，一边走一边大笑不止。子游问他笑什么，他便满口喷着干粮碎屑，开始说那个故事。扁鹊见他这副样子有点不雅，便嘱咐他吃完饭以后再说。于是，大家只好悄无声息地吃完饭，静静地坐在那里，等太子说他刚听到的可笑故事。

"据说这个村子叫福窝村，大家应该都有福分，十分富裕，人们都特别大方才对。哈哈哈！"这时，刚咽下干粮的太子，才说了个开头，便又独自大笑起来。在被子游捣了一拳之后，他才慢慢止住了笑声，接着说下去。

原来，太子的房东是一对中年夫妻。太子进门之后，双方只是客气地点了点头，并没有更深的交谈。他来扁鹊院子里吃饭的路上，刚刚走出门，便碰到了一个热心而又饶舌的邻居。邻居知道太子住的那家，便给他讲了个人人皆知的他那房东的笑话。

"事情是这样的。"太子清清嗓子说开了。

"这家的男主人特别吝啬，总是把一个钱看得比磨盘还要大。因此，村人便戏谑地称他为'老吝'。久而久之，大家把他的真名字忘了个一干二净，'老吝'便成了他的名字。有一天，老吝看见打完枣的树上还有两颗枣。他想抓着树枝把枣晃下来，又怕枣儿落到墙头那边的别人家里，那样岂不吃了大亏？于是，他战战兢兢地爬到了树上。因为树枝太细，他一个仰八叉摔到了地上，疼得捂着屁股嗷嗷直叫。正在烧火做饭的妻子听到声音后，急忙跑了出来。看着地上丈夫那痛不欲生的样子，妻子不知如何是好。老吝疼得龇牙咧嘴地说：'你快去灶里抓一把灰，给我抹一下就行了。'妻子只好遵命而行。灰哪能治病？几天后，老吝伤口发炎了，而且还有些脓水流了出来。妻子看着心疼，便问老吝说：'我看灰不治病，咱们还是买贴膏药吧！'老吝听后十分恼怒，说：'膏药不是钱买的吗？一说花钱我就心疼。'妻子一时没了主意。眼看疼得忍不住了，老吝对妻子说：'你去地头捡一片杨树叶子给我糊住吧！'妻子捡回杨树叶子，可是怎么也糊不住。便试探着问老吝：'说要不咱们用面粉打点糨糊？'谁知老吝听见后又是大发雷霆。他说面粉是白来的吗？不是用钱买的吗……"

"如此重财轻身，死了算了！"子阳不平道。

"简朴也是一种美德嘛！"子豹戏谑地说。

"听太子说完吧！"子游急切地说。

"听我慢慢说，你们急什么？"

太子抢白了他们一句，同时也使即将说话的子越憋了回去。这时，他才接着往下说："老吝的妻子一下子没了主意，不用糨糊，这可怎么糊住呢？老吝疼得一边咧嘴一边说：'看你平常脑瓜挺灵活的，这时咋成了榆木脑袋了？吐上一口唾沫不就粘住了吗？'妻子这才恍然大悟，吐上一口唾沫，将杨树叶子啪的一声糊在了老吝的腚上。妻子一边糊，一边自言自语地说：'你呀！真是把钱财看得比命还重要。你呀！吃大亏的日子还在后边呢！'从此，凡是来福窝村看病的郎中，一听说是老吝来了，卷起包袱就走，无论如何也不给老吝诊病……"

"郎中们这样做也欠妥啊！"

听完太子说的故事，扁鹊第一个发表了感想。他说："救死扶伤，是郎中的担当；治病救人，是郎中的天职。不论病人如何，郎中应该一视同仁。如果郎中面对病人见死不救，道德哪里去了？世上的人性千差万别，但郎中的望、闻、问、切只有一种作用，那就是救人性命。"

连扁鹊自己也想不到，他为自己的这句话付出了代价。

计划永远不如变化快！

扁鹊师徒原来的打算是，只在福窝村住一个晚上，第二天便继续赶路。谁知，神医扁鹊到来的消息像长了翅膀，一夜的时间飞遍了十里八村。第二天一大早，当扁鹊师徒想牵马套车离开村庄的时候，他住的院子早已被百姓围了个水泄不通。子越出门问了一下，全是来找扁鹊诊病的。本来，扁鹊见了病人就心软，这一下他可忙得不可开交了。刚开始时，他认为三五天时间就可以走开了。但是，没想到病人越来越多，竟让他在这里一住就是半个月。这半个月里，辛苦劳累自不必说，他对那个老旮的看法也有了一百八十度的大反转，这是他无论如何也没想到的。事情的发生，逼着他在徒弟们面前收回了自己曾经斩钉截铁说过的话。

也许，事情是偶然的。

但是，这诡异的偶然中也蕴含着必然。

事情是这样的。刚到福窝村的当天晚上，由于新换了一个地方，太子久久难以入睡。大约三更时分，院子里传来男人轻轻的呻吟声。这声音时断时续，时强时弱，好像是随风而来，又随风而去。太子跳起来，扒着门缝向外望去，除淡淡的月光之外，院子里什么也没有。可是，当他躺下刚要入眠的时候，那声音又响起来了。如是者三，太子就根本不当回事了。可就在他将要入睡的时刻，院子里又响起了沙沙的脚步声。他心里一惊，又跳起来扒着门缝向洒满月光的院子瞅去。这一瞅不要紧，吓得他三魂丢了两魂半！

只见一个披头散发的女人，正悄无声息地向他的房门走来。走到门口，她似乎是思忖了一会儿，又向大门外走去。过了不到半个时辰，那个披头散发的女人又回来了。这次，她没有犹豫，而是直接冲着太子住的房间过来了。太子一惊，一屁股坐在了地上。只听得那女人使劲推了推门，看看推不动，索性一屁股坐在门槛上。

这下，太子浑身起了一层鸡皮疙瘩。她是人是鬼？为啥蹲在我门口了？是我前世的冤仇索命来了？她进来了，却又出去一趟干什么去了？这时，随风而来的呻吟声，又若有若无地传了过来。太子心想：这个荒凉的院子，这个骇人的黑夜，这是要吓死人啊！但是，从小骑马打猎的太子，有股不信邪的劲儿。今夜，他决定和这个披头散发的女人过过招儿。

太子想出了一招儿。他一手握着从门后捡起的顶门棍，另一只手悄悄地抽开了门插。然后，他猛然使劲打开门扇。那个披头散发的女人正背倚着门扇，这一下子失去了倚靠，她便咕噜一下滚了进来。太子想：我不论你是人还是鬼，先一棍打残了你再说。说时迟那时快，太子举起手中的顶门棍打了下去，但恰恰就在棍子往下落的时候，那女人开口说话了：

"郎中，你醒了？"

"你是人是鬼？你是谁？"太子大吃一惊。

"嘿嘿，我是你的房东啊！"

"你……你深更半夜推我的门干啥？"

"推门找你啊！"说着，那女人从地上爬了起来。

"男女授受不亲，更何况黑灯瞎火的……"

"上半夜，你听见呻吟声了吗？"

太子刚刚忘记上半夜那让他头皮发麻的呻吟声，这女人一提起来，他的头皮又一阵发麻。太子只觉得双腿一抖，他又把垂下来的顶门棍高高举了起来。借着门口的月光，他看着女人的脸上并没有多大的恶意，倒是有许多茫然。到了这份儿上，太子也奇怪了：这个女人，半夜三更的到底想干什么呢？还是她遇到了什么急事？想到这里，他放下了手中的顶门棍，避嫌似在让女人站在门外，然后问道：

"你是不是有什么事啊？"

"是啊！我有大事想求你啊！"

"啥大事？快说！"

"我家当家的老爸得了大病了，肚子疼得要命，从昨天太阳落山的时候就开始哼哼唧唧的。夜里你听到的呻吟声，就是他发出来的。可是他又太心疼钱，为了省钱，他坚决不看病。直到三更的时候，他实在忍不住了，又开始呻吟。我实在没办法了，就瞒着他出来找你们。我摸黑推了推你的门，听听里边没有动静，知道你睡了。于是，我又走出去，去后街神医扁鹊住的院子里，想请他来为老爸诊病。谁知我进大门的时候，他屋里还亮着灯，当我敲屋门的时候，灯火忽然火了。我怕神医扁鹊生气，只好回来了。无奈老峇疼得在炕上打滚。我想，反正我也睡不着了，不如坐在你门口等着……"

"原来如此啊！"太子如释重负。

郎中的职责和良心，让太子一刻也不敢耽搁。他和女人一起走进老峇的屋里，看到老峇正疼得碰头打滚呢！太子问了几句，由于肚子疼得厉害，老峇龇牙咧嘴地说话也含糊不清。加上太子的道行也还差点，他一时难以准确地诊断病情。这时，太子看看天色已明，知道师父有早起的习惯，便一下子背起老峇，三个人跟头骨碌地向前走去。

扁鹊问了老峇几句之后，又听女人说了几句他的病情。然后，又是看他的舌苔，又是为他切脉。最后，扁鹊开了药方，让女人拿着到附近的药铺里抓药煎熬即可。女人千恩万谢之后，扶着老峇走了。这时，子越已经把早饭做好了。就在大家在院子里吃饭的时候，太子突然兀自大笑起来。

子游闻声问道："你又听到什么故事了？"

太子笑着说："这次是新的故事。"

子阳笑道："谁的新故事啊？"

太子说："还能谁的？师父的呗！"

他这样一说，大家都受了惊吓，齐刷刷地放下了手中的筷子。大家虽说都故意低着头，不往师父那边看，却都在用两眼的余光偷偷往师父的方向瞅。他们都屏住呼吸，想听听师父会怎样解释这件事。扁鹊毕竟是过来人，他听后先是一惊，然后又是一副处变不惊的样子，对着太子说道：

"要是说瞎话，你可是欺师灭祖啊！"

"我当然有证据了！"太子还是装得很认真。

子豹马上说："欺师灭祖可是要挨雷劈的。"

"师父，你昨夜吹灯时，发生了什么？"

"昨夜吹灯时……"扁鹊略一思忖，接着认真地回忆说，"我昨夜写医案，睡得稍晚一点，大约三更天吧，就在我正准备吹灯的时候，听到大门吱呀一声响。我从窗子里看出去，只见月光下走来一个长发的女人。她径直走到我门口，先是推了一下门，见我门插得很死，又用手敲了几下。因为咱们初来乍到，人生地不熟的，所以我不敢答应，也不敢出声，就赶紧把灯吹灭躺下了。那女人似乎在门口站了一会儿，就慢慢走了。"

"哈哈哈！坦白了吧？"太子哈哈大笑道。

徒弟们都不明就里，一个个面面相觑。

"哎，这事你咋知道的？"扁鹊突然明白过来了。

"哈哈哈！我有分身术啊！"

太子看看他开得玩笑效果不错之后，便开始从长发女人敲他的门又敲师父的门，最后被他猛然开门诳倒之后，他与长发女人一起背着老岔过来找师父的事，一一细说了一遍。大家听完哈哈一笑，这才开始喝粥的喝粥，吞饼的吞饼，石案周围一片吃饭的声音。

谁也没想到，当夜的故事更惊悚了！

晚饭后，太子从扁鹊那里回到了他自己住的院落。他看看天色尚早，便展开一卷师父写的医案，在灯下细细研读起来。读到关键处，他觉得脑子里似乎有一道电光闪过，忍不住站了起来，边踱步边思考着。突然，寂静的院子里传来了喊喊喳喳的人语声。起初，还是好像故意压低了声音；一会儿，便成了激烈的争论。太子侧身细听，原来是房东两口子又在争吵。虽然夜里看不见人，但是从他们声嘶力竭的声音里，太子早已判断出他们争吵的激烈程度。

"花那么多钱买药，不值！"老岔的声音。

"钱重要，还是身子重要？"女人的声音。

"我起早贪黑，挣那几个辛苦钱容易吗？"

"没了身子，钱又有什么用？"

"反正不能花那么多钱去买药！还不如死了算了！"

"我看你是钻进钱眼里了。"

"要不，我看这样也行……"

从他们突然小下来的声音里，太子判断出来，老岔的话似乎是有商量的余地。因为肚子又一阵剧痛，似乎让老岔忍无可忍了，所以他只好让步。女人问他咋样，他说你给我拿过药方来，我仔细研究一下。这时，屋里传出了竹简撞击的噼里啪啦的声音，太子猜想，这是老岔正在研究药方呢！也许，他多少懂点岐黄之术呢！要不，他审视师父开出的药方，岂不是老虎吃天，没处下爪子？须臾，屋里又响起了老夵的声音：

"你看这样行不行？反正是药就是治病的，我看咱们适当减一下。这样，既能治病，又能少花钱，岂不两全其美？你看，我估计药方里这沉香可能花不少钱，咱们把它减掉；丹皮这味药咱也不要了；这生大黄可能也不便宜，咱们也不用了；冬瓜仁这味药，上次吃冬瓜的时候，晒在窗台上的冬瓜仁还在那里呢，这个咱们留着，反正也不用花钱买。其他的，我看就算了吧……"

"这样不能治病，根本不行！"女人嚷嚷道。

"你这个败家婆娘，这个家迟早毁在你的手里。"

"老夵，你可真是要钱不要命啊！"

这时，只听屋里传出哗啦一声响，之后就再也没有动静了。太子想：可能是老夵因为镇不住女人而生气了，就他那小气的样子，能舍得摔碎一个碗，那得下多大的决心啊！太子借着月光往院子里看了看，并没有人影出现。他便重新坐下来，拿起刚刚放下的那卷竹简，开始研读师父写的医案。但是，刚才听到的老夵说的那些话，就像一把干蒺藜堆在他心里，又刺得慌，又堵得慌，让他简直不知道怎么办才好。于是，太子索性把竹简往几案上一扔，吹灯睡觉。

第二天吃早饭的时候，太子又把昨夜的所见所闻当作谈资说了出来，惹得他的几位师兄笑得前仰后合。而师父扁鹊听后，不仅没有笑，反而放下手中的筷子，停下口中的咀嚼，看着远处发起呆来。看到师父的样子，大家都收住笑声，规规矩矩地吃起饭来。过了一会儿，扁鹊好像从一场大梦中刚刚醒来，他把徒弟们招呼了一下，然后说：

"食分温凉寒热，药有君臣佐使。这个要钱不要命的老夵，可真是犯了大忌了。君臣佐使，本意指的是君主、臣僚、僚佐和使者，对治理社会分别起着不同作用。用到我们医药领域之后，就是指的我们药方中的各味起不同作用的药。君药，就是对主证或主病起主要作用的药物，是药方中必不可少的药物，它体现了处方的主攻方向。臣药，是辅助君药的药物，它可以加强治疗主证或主病药物的作用，以使治疗效果最大化。佐药，也就是佐助的药物，它的作用是治疗次要兼证。当然，佐药还有一个作用，就是用来减缓君药、臣药的毒性或烈性。同时，高明的郎中还可以巧妙地使用与君药药性相反的佐药，以在治疗中起到相辅相成的作用。使药，有两个作用。一是作为引经药，引导处方中诸味药物直达疾病所在之处；二是作为调和药，也就是调和诸味药物的作用，以使其合力祛邪。你们想想，这个要钱不要命的老齐，为了省钱，减去这个，抛掉那个，把一个完整的药方弄得支离破碎。君不君，臣不臣，怎么治病？佐不全，使不达，药方还有什么作用？我看，他这是在拿他的性命开玩笑啊！如此连自己都不珍惜自己性命之人，我们还能有什么办法呢？"

眼看师父越说越生气，徒弟们只是频频点头，并在心里默默地记下师父说的知识。看看眼前的气氛，谁也不敢插半句话。谁知道，扁鹊并没有因为说出了这些而消气。他还是气得肚子一鼓一鼓的，把正在用的饭碗扔到一边，甚至用右手狠狠地拍了一下石案，也丝毫不觉得手疼。最后，扁鹊意犹未尽地说：

"今天，各位徒儿作个见证：像福窝村的老齐这种人，他自己都不珍惜自己的生命，我们百般关爱又是为何呢？我们的关爱又能起到什么作用呢？你给他诊病再准确，你为他配药再对症，他为了省钱减了药，为了钱而不要命，我们剃头挑子一头热，又有什么用呢？从今往后，凡是轻身重财者，无论是何人，我都坚决不治！"

说完之后，他拿过一支竹简，在上面郑重其事地写下了这句话。然后，他又给徒弟们说了许多这方面的道理。直到徒弟们都点头称是，他才拿起筷子开始吃饭。

又过了几天，眼见得病人越来越少，扁鹊知道，想找他诊病的人差不多都来过了。又加上太子告诉他说，老齐的身体每况愈下，大概撑不住了，并且准备再来找他诊病。扁鹊一听，气不打一处来，当天就和徒弟们离开了福窝村。

扁鹊师徒晓行夜宿，不知道走了多少日子，来到了赵国的内丘附近。扁鹊令子越停下马车，他下车看了看周围，便说要在这里住下来。他们走到这里的时候，正好是中午。按照他们师徒活动的常规做法，一般是走到晚上才会找地方住下来。但是，今天为何刚到中午，扁鹊就让他们住下来呢？

原来，这是扁鹊在马车上决定的。因为他们的车马由西向东一路走来，走到内丘这里的时候，扁鹊发现这里的山山水水特别有灵性。他问正在劳作的农人，他们说，这些山有蓬山、鹊山、鹤度岭，等等。一听这些名字，扁鹊就知道它们的灵性非同寻常。而他在车上一路看来，高峰绝壁之上，到处长满了珍奇的草药，就连路边的溪水边上，也长满了茂盛的车前子、丹参等草药。虽然说时令已到深秋，但是这里向阳坡上的草药还在鲜活地长着，展现出蓬勃的生命力。

看看师父主意已决，子游便张罗着四处找房子。为了不打扰当地的百姓，子游找了几间坐落在溪水边上，而且只有春夏才有人住的护坡的小屋子，让师父和大家住了进去。这样，他们远离村庄，白天上山采药，晚上开始炮制，倒也乐得自在。偶尔有村人过来求医，他们也是热情相待。住在这里，就像住在了世外桃源，师父因为老齐引起的各种不快，也被河水和清风带走了。

这一天晚上，扁鹊师徒吃饭比较早。吃完饭后，天色尚明，西边的山顶上还有一抹红霞。扁鹊便招呼徒弟们坐在小溪边的石头上，说起了炮制草药的一些方法。扁鹊拿着一棵择洗干净的车前子，对徒弟们说："车前子的炮制，分炒车前子和盐车前子两种。炒车前子，就是取干净的车前子，置于炒制的容器内，用文火加热。炒至略有爆声，并有香气逸出之时，取出放凉即可。而盐车前子的炮制，同样是取净车前子放入炒制器里，同样是文火加热。不同的是，炒至略有爆声的时候，马上喷淋盐水，然后再炒干，最后取出放凉。在这里，有一点你们必须要记清楚……"

说到这里，扁鹊故意停了一下，就像老师敲黑板那样，提高了声音，放慢了语速，以示郑重地说道：

"你们仔细看看，车前子味甘，性寒，归肾、膀胱经。其功能是利水、清热、明目、祛痰。按我说的用盐一炒，就是盐车前子了。盐车前子性寒，味苦、涩，归大肠经和胃经，其功效是解毒、除湿、利尿。你们看，同样是车前子这味药，用不同的方法炮制，就能针对不同的病症。所以，炮制草药这个环节，和诊病、配方的环节同样重要，同样马虎不得。也就是说，开方，不能惜药量；炮制，不能惜气力。这些都是良心活儿，要摸着良心去干这些事。"

看看天色渐黑，师徒之间的话题已经不多。这时，去屋后喂马的子越回来了。他由于刚才忙于喂马，没有听到师父讲课，有些怅然若失。看别人不再说话，他便见缝插针地问："师父，这里哪座山最高啊？"

"那还用问吗？肯定是白鹿山啊！"扁鹊说。

"白鹿山上有白鹿吗？"子阳问道。

"白鹿是不是白乎乎的？"子越也傻乎乎地问。

"哈哈！白鹿还能是黑乎乎的吗？"子豹大笑道。

"刚才我给马添料的时候，看见一个白乎乎的东西，从马的后边一下子蹿了过去。它在溪水边驻足了一会儿，不知道是想喝水，还是想听师父讲课，反正看着对咱们很友好，不知道那是不是山里的白鹿。"子越补充道。

"白鹿是神仙，能让咱们看见吗？"子游笑道。

就在大家你一句我一句地说着话的时候，远处的树影里果然有一个白乎乎的东西，在苍茫的暮色中东张西望地往这里走着。在大家惊奇的目光下，那个东西越走越近。它看起来似乎是腿上受了伤，走起路来一瘸一拐的。它走到大家面前之后，竟然一点也不怕生人，一下子趴到了那里。大家仔细一看，竟然真是一头小白鹿。扁鹊见状，便肯定地说："小白鹿的腿受伤了，它是来向我们求救的。"他让子豹拿出随身带的膏药，亲自抱过小白鹿，给它糊在了腿上。

接下来的几天，大家忙着采药的采药，诊病的诊病，只是吃饭时才给小白鹿点吃的。没想到几天以后，小白鹿竟然奇迹般地好了，又能行走如常了。那只小白鹿为了报答扁鹊师徒的救命之恩，便经常利用它身体轻巧的优势，攀爬上那些人迹罕至的悬崖绝壁，采下一些千年的灵芝和奇珍异草，放在扁鹊他们的门前。据说扁鹊师徒走后，这只小白鹿进了白鹿山，一直等待扁鹊师徒回来，希望再和他们一起周游列国，为列国百姓治病疗伤。

离开白鹿山，是在一个清晨。

扁鹊师徒离开的时候，牵衣扯袖的百姓挤满了山前的小溪边。为什么有这么多百姓与他们依依惜别呢？因为，扁鹊师徒在赵国改变了他们的行医方式。而导致他们改变行医方式的，是一个五岁的童子。过去每到一地，扁鹊师徒总是在租住的房子里，坐等病人来求医问药。而这个五岁童子的出现，让这种行医方式一下子改变了，而且让人觉得非常突然。

那天早晨，刚吃完饭的扁鹊师徒坐在小溪边上，一边观鱼，一边坐等病人上门。这时，远处走来一个看上去五六岁的童子。只见他满头大汗，稚嫩的脚步迈得急匆匆的。刚走到扁鹊跟前，他便用清脆的童音高叫着：

"请问，你是扁鹊爷爷吗？"

"我是啊！"扁鹊笑着模仿童音回答他。

"你能给我奶奶看病吗？"

"好啊！"扁鹊还是模仿着童音笑道。

"好啥呀好！"谁知道那童子眉毛一竖，说出了下面的大人话，"神医爷爷，你好胳膊好腿的，舒舒服服地坐在这里。可是，这里有很多不能走路的病人，很难让你治病。你看看我奶奶，自从上山干活摔坏了腿，就一直躺在床上，实在没办法出来看病。家里就是我和奶奶两个人，我又背不动她。听说你来了，可是我奶奶她没法来啊！扁鹊爷爷，你能不能去我家给我奶奶诊病呢？"

扁鹊听后，心里一阵惭愧。平日里自己经常说一切为了百姓，咋就没想到这一层呢？当天，在这个童子的带领下，扁鹊亲自去为其奶奶诊病，并把草药煎熬好了之后送过去。从此之后，扁鹊为自己立了一条规矩：不论周游列国到哪里，他与五个徒弟都是分成两组，三个人一组，一组负责坐诊，一组负责巡诊，这下可大大方便了百姓。所以，当他们离开白鹿山的时候，百姓们牵衣扯袖，甚至捶胸顿足，也就是理所当然的了。

据太子说，他们离开白鹿山的时候，在山路的一个转弯处，他看见那头白鹿站在那里为他们送行。白鹿两只眼睛红红的，眼睛下面的白毛都被泪水打湿了。当时怕惊动了白鹿，太子没有将这幕动人的景象告诉大家。

离开赵国，接连奔波几日之后，他们又踏入了燕国的土地。他们在燕国会演绎出什么故事呢？可能会更加让人意外，让人觉得不可思议！因为，他们在这里，遇到了一个让他们大吃一惊的老朋友！

当然，他们还遇到了几十年前在高阳馆里唱"双玩意儿"的那个奇人！

古人常说他乡遇故知，是人生一大喜事，扁鹊虽然在这遥远的他乡遇到多年不见的故知了，他却没有半点喜悦，他所感到的只是撕心裂肺的痛苦！

这是怎么回事呢？

# 第十七章　燕国奇遇

让人惊掉下巴的事儿，发生在冰天雪地里。

燕国的冬天来得特别早。扁鹊师徒进入燕国几天后，燕国便迎来了入冬以来的第一场雪。那场雪下得太大了，从早上开始，一直下到傍晚还没停。人们说燕山雪花大如席，这话一点不假。一片片的雪花从天空中无声无息地飘落下来，盖上了河流，掩住了山峦。所有的草木稼禾，全都被大雪掩盖得无影无踪。鸟儿无处觅食了，只好躲在树枝上瑟瑟发抖，偶尔有气无力地鸣叫几声，更衬托出了天地间的空旷。目光所及之处，天地间一片混沌。

最要命的，就是找不到脚下的路了。沟壑平了，畦垄隐了，道路遁了，人们走在地上，好像神仙驾着祥云那样，似乎是轻轻地飘在了空中。因为实在看不清路在哪里，扁鹊师徒只好小心翼翼地试探着赶路。子游让大家在后边慢慢走，他自己拿着刚刚折下的树枝，在最前面探路。子游走一段就停下，后边的车马就按照他的脚印跟上去，接着车马再停下，然后子游再走。因为雪太大了，车马若不紧跟子游，子游探路的脚印一会儿就会被填平；而如果车马跟子游跟得太紧，那么子游一旦遇到坍塌之处，将会连人带车马都一起掉进去，那将是灭顶之灾啊！跟得太近了不行，太远了也不行，这简直是不让人活啊！

那时候，灌溉或者吃水用的水井大都在路边上，这样人畜用起来方便一些。每当大雪来临时，在风力和温度的共同作用下，大雪总是会把井口封得严严实实。由于天地间一片白色，人们早已不知道井口在哪里了，人一旦踏在井口的雪上，一下子就会掉进水井里。因为雪天出来的人少，又加上前不着村后不着店，所以每年大雪天，村上都会有人掉进路边的水井

229

里淹死。扁鹊定下的子游探路、车马紧跟的办法，无疑是最安全的。

但是，这样在雪地里走走停停，行进的速度异常缓慢，什么时候是个头呢？眼见得雪越下越大，由于天气寒冷，车马也走得越来越慢。这时，扁鹊发现远处的山坡下有一间护坡用的石屋子，他便和徒弟们说，一起去那里避一避风雪。于是，一行车马偏离了道路，朝着那间石屋子走去。离开道路行进，他们走得更艰难了。因为在同样的大雪的覆盖下，不同地方的地形地貌完全不一样。一会儿是庄稼的畦垄，一会儿是浇水的水渠。这些地方费一些周折还勉强能过去。但是，一旦遇到雪下的地堰，那都是石头垒的，而且齐上齐下，不用说是车马，就是人也难以爬上去。每当遇到这种地方，他们就把马卸下来，先是大家合力把马撮上去，然后再把车抬上去。最后，大家互相拉扯着爬上来，再套车，再探路，再继续前行。费了九牛二虎之力，他们终于到了石屋子。子越他们把扁鹊扶进屋子里，然后又把马匹拴在屋子外边的大松树下。由于大松树的遮挡，那里的雪要小一些。

扁鹊坐好之后，吩咐徒弟们出去扒开厚厚的积雪，拣出雪下的干树枝抱回来。在石屋子的中央，他们点着了那些干树枝，一边烤火，一边吃饭。由于漫天大雪搅得天昏地暗，他们也不知道现在是什么时辰了。吃了许久之后，身上有些热气了，大家的嘴唇才不抖了，才能说出完整的话来。正在烤火搓手的扁鹊，开始给徒弟们讲解赵国草药和白鹿山一带百姓流行病的特点，徒弟们一个个点头称是。篝火映照着大家的脸庞，石屋子里出现了短暂的温暖。

突然，外边传来咔嚓一声巨响！

接着，又传来马的哀鸣！

外边到底出了什么事？

子越一下子跳过篝火，第一个奔了出去。然后，子阳、子豹、子游和太子他们纷纷蹿了出去。他们看到一根巨大的松树枝压在一匹马身上，被压在雪地上的马蹬了蹬蹄子，就再也没有动静了。他们几人合力把那根松树枝抬了起来，拖到了一边。子游把手掌放在马的鼻孔上，试了好长时间也没有气息。接着，子越的眼泪就流下来了。那是他最心爱的一匹马啊！那匹马已经跟着他十几年了。它又能拉车，又通人性。每次喂夜草的时候，子越都会多给它一把料。这时，扁鹊也出来了。他看了看松树枝，又看了看躺在地上的马，幽幽地说：

"雪太大了，压断了松树枝，松树枝又太重了，砸死了咱们的马。大家睡吧！天不早了，明天再说吧！"

一夜无话，奇事发生在第二天一大早。

冬天的寅时，天仍是一片漆黑，但由于漫山遍野大雪的映照，天地间也有些许光亮了。因为牵挂着那匹死去的马，子越早早便起来了。他蹲在那匹死马的旁边，从地上捡起一根短小的树枝，开始为马梳起身上的毛来。他一边梳，一边流着泪，嘴里还在嘟囔着什么。闻声起来的太子，也走过去为马梳毛。他一边梳，一边劝慰着子越。

"想开些吧！这匹马在大雪中死去，也是它的造化。"

"唉！多少年了，它就和我的兄弟一样……"子越哭腔哭调地说道，"有一年，遇到一个无赖，非要夺走我们师徒仅有的一点口粮不可。就在我们师徒万般无奈的时候，这匹马冲上去，朝着那贼人尥起蹶子，一顿就把那贼人踢倒了……"

"马死了不能再复活了，它……"

突然，太子说了半截话停下了，他为马梳毛的手先是慢了下来，接着又停了下来。他像被人施了定身术一样，一动不动地望着远方，连表情也是呆呆的。一会儿，他过来拉了拉子越的手，指着远方说："你快看，那里是什么东西？"

"没有呀！"子越不解，满脸的茫然。

"你仔细看，东边天地相接的地方……"

"我看你是着了魔了吧？"子越又说。

"你停下手，认认真真地看看。"

这时，他俩都停下手中的动作，一起往东边天地相接的地方望去。只见天是一片红色，地是一片白色，就在红白相交的地方，有一个黑点在移动着。待黑点更近一些之后，他们才看清，那黑点是顺着昨天他们留下的车辙和蹄印移动的。这冰天雪地的，怎么还会有活物呢？是人是兽？它要来干什么呢？当太子还在呆呆地看着那个越来越大的黑点的时候，子越已经扔掉手中的树枝，惊慌失措地朝石屋子奔去了。他多年来养成的习惯，就是每当遇到大事，第一时间向师父报告。是啊！在这万籁俱寂的荒山野岭里，在这万物都被大雪覆盖得无影无踪的原野里，竟然还有活物在活动，神鬼乎？精灵乎？恶魔乎？

谁知师父扁鹊听到这事之后却不以为然。他认为，冰天雪地里不会有什么兽类，更不会有什么剪径大盗。即使有盗匪，光天化日之下，他们六个人还怕他一个？所以，那顶多就是个走投无路的行人。子越脾气温和，从来不和别人争论，对师父更是言听计从。但是，这次他不同意师父的判断。于是，他想用尽一切办法，来改变师父的看法。

就在子越还在试图说服师父的时候，那个黑影已经来到了离石屋子不远的地方。这时，太子已经看清了，那是个衣衫褴褛的推车人。就在太子刚要喊出声的时候，那人似乎是一下子失去了重心，连人带车子翻倒在了雪地里。在挣扎了几番之后，那人再也不动了。

因为看清了是个人，所以也就没什么可怕的了，郎中心里那种救死扶伤的担当，促使太子甩开大步冲了过去。那人身上的衣裳早已经冻得硬邦邦的了，摸摸他的手，也是冷冰冰的；看看他的脸，眉毛胡子上全沾满了霜雪；试试他的鼻孔，只有一丝气息在喘，好像只有出的气，没有进的气了。太子判断，这是一个长途奔波的行人，而且连病带冻，已经奄奄一息了。太子想把那个人抱起来，可是尝试了几次，实在抱不动，便开始呼叫他的师兄们，让他们过来和他一起救人。

这时，扁鹊听见了太子的喊声，和徒弟们从石屋子里走出来了。看见眼前的景象，子阳、子豹、子游都跑过来，和太子一起，架起那人的胳膊腿，把那个几乎冻成冰的人抬进了石屋子。然后，子阳又回来，和子越一起扶正了那辆小推车，一步一个趔趄地把小推车推到了拴马的大松树下。子阳一边推车一边想：这篾筐里装的什么呢？咋这么沉呢！但是，篾筐上面盖着厚厚的雪，也看不清楚里面装的是什么。

大家七手八脚地把那人抬到石屋子中间，在他一边堆上些干树枝，太子便张罗着点火，想让那人烤烤火，好尽快醒过来。扁鹊高呼着"住手"，又一步抢上前来，把那些树枝子撤了下来。看大家都感到不解，扁鹊告诉他们，冻成这样的人，如果马上给他烤火，冷热一激，这人就完了。他让大家弄点雪来，赶快在他的身上和手脚上搓，等搓得皮肤发红了，血脉流通了，再慢慢用小火温暖他。

太子赶紧从外边搬进一大块雪堆来，然后几个人在扁鹊的指导下，开始在那人的身子和四肢上轻轻地擦拭。大约过了半个时辰的工夫，那人身上慢慢有了血色，喘息声也开始粗重起来。这时，扁鹊让子阳用树枝远远地在墙角点起了小火，用小火来提升屋里的温度，再用屋里的温度来温暖那人。

扁鹊对着那人的脸端详了一下。

"这人咋有点眼熟呢？"扁鹊自言自语道。

"我也有这种感觉。"子阳、子豹异口同声。

"师父在燕国也有熟人？"子游表示惊讶。

"看这人的装束，不像本地人。"扁鹊不顾徒弟们的议论，兀自说着自己的判断，"再说了，如果是本地人的话，这么大的风雪，他不在家里待着，出来冻个半死做什么？你看他冻成这个样子，肯定是离家时间不短了。子越，你出去检查一下他车子上的东西，看看有没有能证明他身份的物件。一是要仔细，二是不要弄坏或者弄丢了人家的东西。"

一会儿，子越手里拿着两块砭石进来了。他一步走到扁鹊跟前，举起手里的砭石说："手推车上只有两只篾篓子，篾篓子里除砭石之外，什么也没有了。"

说到这里，大家看到师父突然流泪了。

只见师父走到躺着的那个人面前，一下子抱住了他的头，一边在那人的脸上摩挲着，一边哭着喊叫："孙懿轩，你这个傻瓜！你醒醒啊！你这是咋了？你快醒来吧！你别吓唬我啊！你的命可比这些砭石重要啊！你咋傻到连命也不顾了呢？"

这时，除太子以外，大家才都恍然大悟了。怪不得这人看着有点面熟呢，原来是泗水河畔的石匠孙懿轩啊！当初，要不是依靠他，他们师徒怎么能在泗水之滨得到那么上乘的砭石呢？他怎么会来到这里？大家一下子围了上来，只见那人还是闭着眼，而且一直气若游丝，只是头发上开始冒热气了，不知道到底能不能醒过来。大家虽然觉得这人很像石匠孙懿轩，但是此时他却比原来整整瘦了一圈，好像几个月没吃饭似的。他的家远在鲁国，又隔着齐国跑到燕国来做什么呢？扁鹊师徒有太多的不明白、太多的不理解需要求证了！

看太子站在那里发愣，扁鹊慢慢放下孙懿轩的头，活动了一下被压酸的胳膊，轻轻地对太子说："孙懿轩帮助我们师徒的时候，太子你还没有拜我为师呢！所以你才不认识他。孙懿轩可是个好人，他仗义、能干，没有私心。这么多年来，咱们治病用的砭石，都是他无偿提供的。而且，他多年以前，就尝试着用砭石为人治病，还为此多次和我磋商呢！据说，这些年来，他除制作砭石之外，还用砭石给人治病，而且小有名气呢！现在，他不能开口说话，我们也不知道他遇到了什么事，也无法帮助他……"

说着，扁鹊又流泪了。

"孙懿轩醒过来了！"一直在为他擦拭身体的子游，突然抬起头喊道。由于惊讶，由于兴奋，子游的声音有些颤抖，把大家吓了一跳。

大家呼啦一下围了上去。

"我这是在哪里呀？"孙懿轩无力地呻吟道。

"你跟我们、跟师父在一起呢！"子阳、子豹道。

"你是谁？"孙懿轩抬手指了指扁鹊。

"我是扁鹊啊！"扁鹊流着泪回应道。

"先生啊！终于见到你了！"孙懿轩终于认出了扁鹊，之后又认出了各位徒弟。他使了几次劲，才抬起胳膊拉住扁鹊的手，久久不愿意放开。之后，他又转动着眼珠，把几位徒弟看了又看。最后，看他挣扎着要坐起来，子游看他身体虚弱，便俯下身子把他抱了起来，把铺盖塞在他的后背外，让他倚靠在那里。这时，孙懿轩又仔细地看了大家一遍，然后双手抱住扁鹊的腿，哭了起来。

"呜呜呜……"

"别哭了，你说说到底是咋回事吧！"扁鹊劝解道。

"我……我两天没吃饭了。"

听到这句话，扁鹊马上吩咐子阳做饭，并嘱咐他说，两天粒米未进的人，一次不能吃得太多了，要给他少食多餐。扁鹊一边将着孙懿轩的胸膛，一边安慰着，一边询问是什么原因导致他成了这个样子。谁知，孙懿轩只是喝了几口稀饭，就什么也吃不下去了。他非常着急地要告诉扁鹊他的状况，但又因为身体虚弱，不得不多次中断。从他断断续续的话语中，大家了解了事情的来龙去脉。

原来，在帮着扁鹊出殡葬父之后，孙懿轩就回到了泗水河畔，继续制作砭石，兼为乡亲们治疗一些小病。他牢记着自己的命是扁鹊救的，便每年去齐国，为扁鹊两个行医的哥哥送些砭石之类的东西。因为扁鹊周游列国，居无定所，所以他不知道去哪里报答扁鹊。去年，孙懿轩又去给扁鹊的两个哥哥秦越芟和秦越涗送砭石，得知秦家老母去世了。孙懿轩临走的时候，独自悄悄地去了墓地。看到斜阳衰草下的一抔黄土，他的心里难受得要命，眼泪止不住地流。他想，三个兄弟都是出名的郎中，特别是老三扁鹊，被奉为世间神医，但老母亲的墓这么寒酸。于是，孙懿轩来回近千里路，在泗水河畔，用上等石料刻好了墓碑，又用小推车推着重重的墓碑，一直推到齐国都城临淄城外的墓地里。立好了碑之后，他又露天在墓地里守墓三天，也算是对扁鹊救命之恩的报答。也就是那次在野地里睡了三天三夜后，他落下了腰疼的病根，身子一天不如一天了。

"我老母亲是啥病去世的？"扁鹊急切地问道。

"听你家里两位兄长说，老母亲只是偶感风寒，但是由于身子骨本来就弱，又加上多年思儿心切，身体太弱了，所以连药物都难以服下，最后……"

孙懿轩喘息着，说完这几句话，便早已上气不接下气了。扁鹊一边为老母亲的去世伤心落泪，一边让子豹为孙懿轩熬药煎汤。想到兄弟三人行医一生，老母亲却死于一般的偶感风寒，扁鹊心如刀绞，泪流满面。他下定决心一定要把孙懿轩的病治好，让这个兄弟多活几年。也许，孙懿轩下意识里觉得自己的大限已到，为了不留遗憾，他又开始时断时续地说自己的事了。

自从得了腰疼病之后，孙懿轩的身子骨大不如前了。偶尔搬块稍大点的石头，他便气喘吁吁，腰疼得不行，感觉像有千根针刺在扎。为了用自己的方式感谢扁鹊，他便一头扎进山里，精选了少有的上好石料，做了满满两篓篓子砭石，准备送给扁鹊。扁鹊常年周游列国，去哪里找他呢？孙懿轩推着小车来到了临淄城外的郑阳邑。扁鹊的两位兄长说，三弟这次出去，是往南出鲁国走的，如果回来，一般应该是从北边的燕国进齐国再回来。孙懿轩算了算时间，便想反方向往北走，出齐国进燕国去迎他们。就这样，他从临淄往北，差不多是顺着渤海边走的。由于带的给养不够，时间不长就断顿了，实在没办法，他便用砭石向郎中换干粮吃，就这样撑了大半个月。

"我想，光用砭石换干粮也不行啊！如果把砭石换干净了，我来这一趟还有什么意义呢？我还用什么东西报答我的救命恩人呢？"孙懿轩一边挣扎着，一边还在叙述着。

"你先活命要紧啊！"扁鹊说。

"我有了命了，能给你什么帮助呢？"

孙懿轩又开始往下说。就这样，他开始边走边要饭，要得着就吃，要不着就饿着。几天之后，他的身体越来越弱了。特别是从昨天开始，一场大雪把整个世界都掩埋了！山川一色，天地混沌，不用说要饭吃了，正在路边休息的孙懿轩，连道路也找不到了。原来，他实在饿的时候，就放下小推车到路边的地里乱扒，有时候能扒到一两块农人收获时遗漏的萝卜，就算是一顿饭。有时候在沼泽、河沟边上，将下稗子结的籽儿，也算是一顿饭。谁知这大雪一盖，什么也没有了。他想：上天要让我这样就死了吗？正在绝望透顶的时候，他看见天地之间有几个像黑豆大小的东西在游动，但他不知道，那就是他日思夜盼的扁鹊师徒的车马啊！他大声地呼喊，但是大风把他的呼喊吞得无影无踪。他想从土地里斜插过去，无奈畦垅让他推着小车寸步难行。最后，他决定孤注一掷，先是分两次把那两个盛有砭石的篾篓子扛到雪地里尚存的车辙旁，第三趟才把小推车扛到车辙边上。这样，他重新装了车，然后顺着扁鹊他们的车辙往前走。遇到田埂，他卸车扛过去，扛过去之后再装车……就这样装装卸卸，卸卸装装，一路向前赶着。

谁知，一宿的冻饿，让他头晕眼花；一宿的辛劳，让他筋疲力尽；最后，在那轮红红的太阳升起的时候，他一下子倒在了雪地里。再后来，就是太子看见他了。

说完，孙懿轩又晕过去了。

这时，子豹端着熬好了的药汤过来了。扁鹊接过药汤来，一把把孙懿轩搂到怀里，然后用小勺舀起药汤，放到自己的嘴唇上试试温度之后，才喂给孙懿轩。谁知一连喂了几勺，孙懿轩的嘴就是张不开，好不容易倒进去了一点儿药，一会儿又顺着嘴角流了出来。就这样，扁鹊抱着孙懿轩，徒弟们围坐在扁鹊旁边，大家不吃不喝不说话，悄无声息地煎熬着。虽然说没有一句话，但是大家的心在疼，眼睛在流泪。

看着孙懿轩难受的样子，扁鹊心如刀绞。他想，这么多年来，孙懿轩虽为石匠，但钻研的是岐黄之术，解除的是百姓的病痛。他在潜心研究和制作砭石的同时，又力所能及地为百姓诊病疗伤，行的是郎中之责。他的医道，比那些一般的乡村郎中，不知要高多少倍。他救过的性命，更是比一般的郎中多得多。可是，在一般人的眼中，他只是石匠，这也太不公平了！我要收他为徒！如果他同意做我的徒弟，那是我的无上荣光。只是，不知道他意下如何。

"你愿意成为我的徒弟吗？"扁鹊看着怀中的孙懿轩问道。

"我……"孙懿轩吃力地睁开了眼睛。

"我求之……不得。"孙懿轩道，说完，他还使尽全身的力气，重重地点了点头。就是点头这样的小动作，竟然将他累出了一身大汗。是啊！他太虚弱了。

"有你这样的徒弟，是我的光荣。"扁鹊道。

"谢……谢……师父。"

看着怀中气喘吁吁的孙懿轩，扁鹊郑重地说："懿轩，我收徒是非常严格的。这么多年来，许多想拜我为师的人，都因为各种原因被我拒绝了。而你，是我唯一一个主动要求收为徒弟的人。因为你的人品、医道感动了我。如果不收你，我认为是天理不容！按咱们师徒的辈分，我也给你起个名字，就叫子仪吧！"

孙懿轩那惨白的脸上，一下子现出了红云。

大约子时，孙懿轩——子仪，这个只给扁鹊当了一个时辰徒弟的人，呼出了最后一口气。就这样，一个性格耿直、为人仗义的老石匠，竟因为身子羸弱服不下药，静静地死在了一代神医的怀抱里。扁鹊用尽全身的力气，仰天大哭了三声，然后就陷入了深思：身子弱得难以服药的人，还能治吗？听孙懿轩说，我的老母亲不也是这样吗？她身边守着我的两个郎中兄弟，最后不也是因为服不下药而去世了吗？

天亮了，太阳出来了。

大雪在朝阳的映照下，闪烁着晶莹剔透的光芒。在那片因大松树遮挡而没被大雪覆盖的土地上，一群群各色的鸟雀在刨食儿。它们一会儿在地上嬉戏打闹，一会儿又相互追逐着落在松树枝上，踩踏得树枝上的雪扑簌簌落到地上，惊得地上刨食的鸟儿一下子飞得很远很远。昨天还是死一般寂静的世界，今天又活了过来。

扁鹊吩咐徒弟们去石屋子后边刨了两个大坑，一个埋葬了子仪，一个埋葬了那匹跟随他们多年的马。然后，他们又折了些松枝，插在了两个坟堆上，也算是个纪念吧！最后，扁鹊让徒弟们找了一块大石板，工工整整地写上："吾徒子仪之墓。"他一边将那块石板竖在坟前，一边在嘴里念叨着："吾徒子仪，你虽对我一片忠心，但是由于条件所限，我安葬你安葬得太潦草了。你原谅我吧！将来徒弟们谁有了大出息，再过来重新为你下葬。子仪，你听见了吗？"

整个过程中，扁鹊总是若有所思、而且还时不时地自己嘟囔着：病重的人，身子弱得喘气都没有力气了，怎么能喝药呢？

埋完坟之后，扁鹊一头扎进了石屋子里，大声叫子阳磨墨。子阳心里想：天寒地冻的，手都伸不出来，磨墨做什么呢？虽然心里这么想，但是子阳行动还是非常利索的。他抓了一块雪放进砚台，麻利地磨起墨来。看着差不多了，扁鹊用毛笔蘸了一下，在一片竹简上写道：

"身体赢弱不能服药者，我不治。"

徒弟们一看，恍然大悟，如梦初醒。

就在徒弟们仔细品评着扁鹊这句话的时候，扁鹊却是一副心事重重的样子。徒弟们一时不知所措，只是小心地望着扁鹊，等着听他要说出什么样的话、看他要做出什么样的事。但是，扁鹊只是一动不动地发呆，许久都没有说话。就在徒弟们惊愕不已的时候，扁鹊突然大叫一声，把大家赶出了石屋子，并把屋门上的草帘子放了下来，大声说道：

"只要我不请，谁也不能进来！"

徒弟们待在屋外，谁也猜不透师父这么做的缘由。他们侧耳听去，屋里除翻卷竹简的声音之外，再无声响。他们怕师父自己在屋子里有什么事情，想进去看个究竟，无奈师父有言在先，谁也不敢违背。所以，他们只能在屋外干等，在静默中煎熬。

大约过了一炷香的工夫，徒弟们听见石屋子里又有了细小的动静。先是卷起竹简的哗啦声，接着是衣裳扇动的窸窸窣窣的声音。由此，徒弟们判断，这是师父写完了东西，从石案边站起来了。所以，徒弟们纷纷拥向石屋子的门口，等待师父出来，以便问个究竟，看看师父神神秘秘地做了什么。

这时，扁鹊一手拿着一卷竹简，一手掀开草帘子，满面红光地走了出来。徒弟们看到师父一脸的笑容，这才放下心来。等师父一开口，他们的心又吊起来了：

"从今天开始，有六种人我不治！"

扁鹊没头没脑的一句话，把徒弟们惊呆了！

"六种病还是六种人？"子阳问道。

"不是六种病，是六种人！"扁鹊道。

"是哪六种人呢？请师父赐教！"子豹问。

"具体是哪六种人，我都写在这里了。这是我行医多年来遇到的一些人，经过多年琢磨和总结后，我将其归类为六种，不过这只是一个约数，作为大类罢了！他们的表现各异，也许你们也遇到过多次，只是没注意总结而已。下面，让太子给你们念一下。"

扁鹊说完，就把手中的竹简递予太子。太子接过来，双手展开之后，先是故意咳嗽了几声，以起到引起大家重视的作用，然后，才开始念起来：

"人之所病，病疾多；而医之所病，病道少。故病有六不治：骄恣不论于理，一不治也；轻身重财，二不治也；衣食不能适，三不治也；阴阳并，藏气不定，四不治也；形羸不能服药，五不治也；信巫不信医，六不治也。"

"师父，你能为我们解释一下你写的'六不治'理论吗？"子游、子越异口同声地问，"我们有些不大明白，有劳师父解释一二。"

"当然，当然！"

扁鹊答应之后，又从太子手中接过写有"六不治"的竹简，招呼大家回到石屋子里坐下。他把竹简展开放在石案上，开始一条一条地为大家解释：

"人们之所以患病，原因是多种多样的。而且疾病的发展和转化，也是一个极为复杂和相互影响的过程。作为郎中，我们对疾病的认识却不可能方方面面都那么深刻；我们的治疗手段，也不可能那么全面。所以，针对以下六种病人，我们要慎重对待。"

看到徒弟们渴望的目光，扁鹊心里十分满意：

"一是不遵医嘱，而且不讲道理、狂妄骄横的人。这种人听不进别人的意见或建议，而总是自以为是。就像我们遇到的翟二豹之类，我们怎么去治呢？二是把钱财看得比身体重要，宁肯坏了身体，也舍不得拿钱买药的人。就像我们诊疗过的老咎，你给他开了十味药，他却自己减掉八味，无君臣，缺佐使，何以治病？三是对环境、食物、药物等过于挑剔的人。他们对环境的适应性差，且过于挑食而导致营养摄入不够全面，再就是对药物非常敏感，大量的药物都不能用，用了就会引起别的病。四是体内的气血严重混乱，而且已经导致脏腑功能严重衰竭的人，也就是说他已经病入膏肓了，已经无法治疗了。五是由于各种原因，身体已经极度衰弱了，而且已经无法服药，或者不胜药力的人，怎么治呢？六是只信鬼神巫术，不信岐黄之术的人，就像和咱们斗法的那个巫师洛离，咱怎么给他治病呢？"

"师父，你一直教育我们说，治病救人，救死扶伤是我们的天职。可是，你又说'六不治'，我私下里觉得，这可不是你的为医之道、为人之道啊！"太子说道。

"徒儿们，非不与治也，乃是无法治也！"

扁鹊说完，众皆释然。

冬天里的头场雪，来得快化得也快。

漫山遍野的大雪，没想到两三天时间就化完了，山川河滩，露出了本来的模样。几天来，扁鹊一直和徒弟们商量，怎样离开这个石屋子。一是因为石屋子太小，师徒在一起太拥挤了。二是随着大雪的融化，山上的草木都已湿透，做饭熬药时，全是浓烟难以燃烧。三是远处的人们慢慢知道了神医扁鹊来到这里，纷纷来求医问药，而这里的黑土地一遇到水就黏，经常泥泞得黏住脚，让人寸步难行。来看病的患者有时候只穿着一只鞋，问其缘由，答曰那只鞋被黏在泥里拔不出来了。扁鹊也曾经试图下山，但是刚一上路，车轮和马蹄便陷进泥里。扁鹊师徒就像是龙困浅滩，再大的本事也施展不出来了。

就在这时，一位奇人带来了福音。几十年前，这位奇人还曾经想拜扁鹊为师呢！只是家里人发现他之后，派人把他捉回家了。

这天早饭之后，扁鹊师徒正在盘算着怎么下山。这时，从山下上来一老一少两人。年长的白白净净，一袭长须飘在胸前，满头白发整整齐齐地束在脑后，仙风道骨。年少的挎着青色的包袱，从敞开的包袱角上看进去，里面是些竹简、笔墨之类的东西。扁鹊由此判断，这二人不是教书先生便是乡村郎中。进屋之后，年长者说出的第一句话，就让扁鹊大吃一惊：

240

"我是来接神医和徒弟们下山的。"

"你怎么知道我们要下山？"扁鹊惊奇道。

"我想，天下有名的神医千里而来，不会是为了躲进山里修炼的吧？再说了，乡人们来找你诊病得踏着泥泞长途跋涉，就是没有病也会累个半死，这也不是心系病人的神医的初衷吧？我冒昧说了这些话，不知道神医以为然否？"年长者说完，还得意地捋了捋胡须。

"先生所言甚是，我这里谢过了！"扁鹊道。

"岂敢岂敢！我是来谈条件的。"

扁鹊大吃一惊道："谈什么条件？"

年长者道："你还能有什么条件和我谈呢？"

年长者把话中那个"还"字说得特别重，拉得特别长。虽然说此人说出这样的话让扁鹊很不舒服。但是，聪明的扁鹊一听便知道，他所说的条件大概就是医道或药学方面的。扁鹊想：他要是能接我们师徒下山，这样的条件也太简单了，别说一条、十条，就是一百条我都答应。由此，扁鹊进一步判定，此人肯定是个郎中。于是，他请那人坐在了一块石头上，并往前凑了一步，谦和地问道：

"敢问先生尊姓大名？"

"不尊不贵，燕效祖。"那人答道。

"你所从事的……"扁鹊谨慎地选择着词汇。

"乡村郎中！哈哈哈！"那人倒也痛快。

"那……请问你的条件是？"

"很简单！我帮你们下山，你教我一项绝技。"

"绝技？什么绝技？"

"我是三代祖传的郎中，我也知道神医你归纳和发明了望、闻、问、切四大诊法。这观气色，听声息，问症状三项诊法，我都烂熟于心了，而且也是屡试不爽。唯独这个切诊，也就是摸脉象，我就是深入不进去。有时候能够多少体验到一点，但都是浅尝辄止，那脉象就像和我捉迷藏一样，跳来跳去，七上八下，好像对面都无法相逢一样……所以，你得教我切脉的方法。"

"成交！"扁鹊弯下腰，两人击掌为定。

燕效祖也是个急性子。两人击掌之后，他便打发那年轻人下山了。当天下午，那年轻人就带着许多壮汉和马匹，来山上接扁鹊师徒了。在泥泞

241

的路上，他们马拉人推的，有时候甚至是抬着马车，一袋烟的工夫就下了山。

这次，扁鹊师徒住的真是阔气了！

燕效祖觉得，神医扁鹊能答应专门为他讲解望、闻、问、切，那是他多年来梦寐以求的事情，也是他的莫大荣幸。在他家的院子里，他把家眷们赶到东西两个厢房里，腾出六间正房，让扁鹊师徒每人住一间。每天，由他的老婆和其他家人负责做饭，并端到扁鹊的房间里供他们师徒食用。他还在院子里放置陶鬲，供病人熬药之用。人心都是肉长的，扁鹊师徒被奉若上宾，自然心情大悦，本就有救死扶伤、造福百姓的仁心，就更加不遗余力地为当地百姓看病了。

每当扁鹊为病人诊病的时候，燕效祖都是站在一旁，一边看扁鹊如何诊病，一边为扁鹊随手递过需要的用具，同时还在悄悄记录着什么，极其谦恭，极其殷勤。一个年过半百的郎中，一个经历了人生风雨的老人，还有如此强烈的求知欲，还能对同行如此崇敬，实属难得，因此他深得扁鹊嘉许。

由于扁鹊对谦恭的燕效祖很感兴趣，所以，在为病人诊疗的时候，他就特别注意人们对燕效祖的议论。而从人们的议论里，他得知燕效祖的家世非常特殊，这又更加激起了他的兴趣。

有一天，大概是午后，病人开始稀少了。趁这个空当，扁鹊收拢了一下几案上的竹简、笔墨、砭石等东西，又看了看正在擦拭砭石的燕效祖，轻轻问道："我听说你是个有故事的人啊！"

"嘿嘿，我的故事多着呢！"燕效祖直来直去。

"可否告知一二？"扁鹊试探道。

"没问题！"

随着一阵爽朗的大笑，燕效祖开始说他的故事。

原来，燕效祖的祖父是燕国的一代名医，到他的父亲这一代，虽说医道稍浅，但子承父业，依然是为乡亲们治病疗伤的好郎中。燕效祖出生之后，为了让他效法祖父成为一代名医，父亲便为他起名效祖。谁知他名为效祖却从不效祖，而且生性顽劣，不服管教。他五岁那年，父亲郑重地给他一块祖父用过的砭石，让他拜师学医。谁知道他接过砭石之后，便把它扔起来打野狗野猫，有时候还把它扔到河里砸鱼，害得老爹经常冒着严寒跳进河里，去捞那块被他视为传家宝的砭石。这还不算什么，燕效祖对丝竹琴瑟非常感兴趣，竟然还迷上了"双玩意儿"，有些类似于现在所说的二人转。村里来了"双玩意儿"戏班子，他就一直跟着看，有时候竟然跟着走八九个村子不回来。父亲把他抓回来打一顿，第二天他又跑了。抓回来再跑，跑了再抓，如此三番五次之后，父母也没了办法。最让人气愤的是，他跑到"双玩意儿"戏班子之后，要拜师学艺，索性不回家了，而且跟着戏班子天南海北地跑，却从来不给家里个信儿。戏班子的当班知道他父亲的态度，根本不敢收留他，但他硬赖在那里不走。

有一日，家里人捎信来，说他的母亲去世了，他只得回家奔丧。在出殡后整理母亲遗物的时候，他发现了一个关得严严实实的木盒子。他打开之后，见里面只有一块砭石，正是父亲曾郑重交给他，他毫不珍惜地拿去砸野狗野猫的那一块。打猫狗时砭石碰到地上，碰残的那个豁口还在呢！

看到这块砭石，燕效祖心里最柔软的地方好像被刀子划了一下，他真的心痛了。看起来，平日里只是父亲逼迫自己学医，而母亲从来不掺言。实际上，母亲要儿子学医的念头，却时时刻刻地在心里生长着、发酵着。母亲珍藏的这块砭石，瞬间把燕效祖的顽劣、叛逆击垮了，而且垮得一塌糊涂。他流着泪将砭石揣了起来，先去"双玩意儿"戏班向当班的道谢和告别，然后又去父亲屋里下跪磕头，并痛哭流涕地表示要痛改前非。第二天，他就挎起小包袱，跟在父亲后边，走街串巷地去诊病煎药、救死扶伤了。由于他聪明伶俐，加之勤奋好学，很快，他的名气就超过了父亲。虽说这期间在"双玩意儿"的诱惑下，他也时不时有些心猿意马，曾经几次跑到戏班子里混生活，但最终还是被父亲派人绑了回来，继续研学岐黄之术。

乡亲们说，效祖可真是效祖了。

扁鹊听完，若有所思，又对燕效祖多了几分好感。因为，从病人对燕效祖恭敬的态度上，他看出了燕效祖在人们心目中的威信。从燕效祖对疾病的判断和诊治上，他看出他的医道已经达到相当的高度。从他谦和好学的态度上，他也看出了他视病人为亲人的品性。所以，扁鹊决定再推他一把，再帮他一程，满足他的愿望。这样，也算是用另一种形式，为这方百姓造福了。

那是一个月明星稀的夜晚。晚饭之后，圆圆的月亮早早挂在了东山的树梢上。天地间一片朦胧，村子里静谧无声，除吃草的老牛偶尔高叫几声之外，再也没有其他声音。子游收拾走碗筷之后，子越也给马匹喂草去了。子阳和子豹去院子里收拾他们炮制的草药了，太子也躲进屋子里，开始研究那些他视为宝贝的竹简了。

扁鹊是个言必信、行必果的人，他信奉"一言既出，驷马难追"，这是他做人的一条原则。他想，尽管这些天来，燕效祖没有多说一句话，但是他能看得出来，燕效祖一直在等待自己兑现帮他们下山的"条件"呢！前些日子病人多，这事不好提，现在病人越来越少了，扁鹊的空闲也越来越多，也到了兑现"条件"的时候了。扁鹊喊了声正在刷碗的子游，让他去厢房喊燕效祖过来说话。

燕效祖非常高兴，三步两步就进了正房。

燕效祖进门之后，什么话也没说，只是一个劲地笑，笑完之后，两只眼睛盯着扁鹊看一会儿，然后再笑。他刚开始时是微笑，过一会儿，是捂着嘴，使劲憋着劲儿地笑，最后，又仰天大笑。他的笑声，把扁鹊搞得莫名其妙。扁鹊问道：

"何故大笑？"

"师父还认识我吗？"燕效祖憋住笑问道。

"哈——天天见面，怎么能不认识呢？"

"我俩几十年前见过面。"

"几十年前见过？"扁鹊茫然了。

"当然，师父还记得吗？"

"说实话，我真是一点也不记得了。"

"那你还记得高阳馆吗？"

"我当过它分店的舍长，咋能不记得呢？"

"你还记得高阳馆里那个唱'双玩意儿'的人吗？"

"你是那个送我一包针具的唱'双玩意儿'的人？"

"对！对！对！"

扁鹊拍着脑袋道："我终于想起来了。你知道，我收徒弟是非常严格的，一般的人我不收。你是唯一个我要收你为徒，你却坚决不干的人。"

"不是我不干，师父误会了！"

"哦！想起来了，听说你被家里派人绑走了。"

"我被家人绑回燕国了。"

这时，燕效祖开始讲述起几十年前的事情。

燕效祖和父母闹翻之后加入了唱"双玩意儿"的戏班子。因为在家时每天耳濡目染，燕效祖也多少明白一点医道。戏班子里谁有个头疼脑热的，他配几服小药给人吃了便好了，由此深得班主喜欢。在他们到齐国的高阳馆演出之后，燕效祖逛街的时候，听到人们议论秦越人的医术，看到人们对秦越人的崇敬之情，便也对秦越人萌生了崇敬之念。随着时间的推移，他改变了对岐黄之术的看法。有一天，燕效祖演出之后，独自去了秦越人外出巡诊归来的路上，他要亲眼看一看秦越人的样子。就在那条路上的一个桥头，他看到人们把刚从地里摘下的果实和刚从场里打下的稻谷，争相塞入秦越人的褡裢。看到这种郎中和患者相互尊重的情景，燕效祖坚定了拜秦越人为师、研岐黄之术、救民于水火的决心。为了能让秦越人接纳他，他带上用演出挣来的钱买的针灸用具，径直去了郑阳邑的秦越人家里。献上礼物之后，两人相谈甚欢。燕效祖深为结识秦越人这样的郎中而高兴，秦越人也为燕效祖年纪轻轻就通岐黄之术感到欣慰。两人来不及深谈，燕效祖演出的时间便到了，他只好匆匆告辞离开。两人约定，明天继续交流。谁知当天夜里，燕效祖父亲派出的人，跨越了千山万水终于找到了他，便把他绑回去了。要是他知道儿子正要拜秦越人为师，准备做乡间郎中的话，他肯定会后悔死的。而秦越人这边一直等着燕效祖，后来听说他被人绑走了，秦越人连呼"遗憾"。

"原来如此啊！"扁鹊感叹道。

"我还以为咱俩无缘呢！"燕效祖道。

"大器晚成，现在不晚！"扁鹊连连说。

"承蒙师父错爱，弟子有一事相求。"

"不必过谦，尽管言语。"

"几位师兄皆为'子'字辈，请师父也为我赐名！"

扁鹊听完这句话，心里咯噔了一下。他只顾考虑医德的高尚、医术的精湛等高深内容了，却全然忘却了师徒辈分这些形式的东西。直到燕效祖提出了要求，扁鹊才想起师徒辈分的重要性。虽然说内容比形式重要，但是，形式也是内容的载体啊！如果没有形式，内容如何存在？想到这里，扁鹊郑重地对燕效祖说：

"徒儿，你就叫子容吧！"

"谢师父赐名，徒儿十分感谢！"

"子容不必客气。俗话说，师父领进门，造化在个人。你既有三代家传，又有几十年的实践，相信你对岐黄之术的研究会日益精进的。只要不怕苦，走正道，肯努力，人人都可以成才。我给你讲的，也都是些最基本的东西……"

"师父，请你示教，徒儿洗耳恭听！"

扁鹊没有再多说，便直接切入正题：

"脉为血府。五脏六腑的气血，只有通过血脉才能周流全身。当肌体受到内外因素刺激时，血脉的周流必然受到影响。随之而来的，就是脉搏发生变化。"扁鹊头一句话就切入了正题。因为子容早已经有了丰富的经验，只是在关键的切脉技术方面尚存疑问，所以，尽管扁鹊说得高深，子容还是当场心领神会了。

扁鹊又道："我们可以通过脉位的差异，来测知脏腑或气血的盛衰、邪正的消长，还有疾病的表里、虚实、寒热，等等。根据我这么多年来切脉的体会，我认为，病变在肌表时，就会呈现浮脉；病变在脏腑时，就会呈现沉脉；如果是阴征病候，则阳性不足，血行缓慢，呈现迟脉；如果是阳征病候，则血流加速，呈现数脉……而浮、沉、迟、数……"

月亮到了中天，两人还在兴致勃勃地讨论着。

第二天一大早，子越遛马回来，看见师父和子容牵手站在村边的高坡上，初升的阳光洒在他们身上，有些金黄，又有些殷红，使两人像穿了崭新的衣裳。地上的影子拉得长长的。两人还在不停地说着什么，交流着什么。

突然，扁鹊擦了一把眼泪。

他知道，这次出来周游，时间也不短了。特别是听子仪说母亲去世的消息之后，他整整一夜没有睡着，恨不能当天就跑回临淄，在母亲的坟上大哭一场。但是，他清楚地知道，一旦他到了燕国的消息传出之后，肯定会有大批的病人蜂拥而来，大医精诚，他怎么能说走就走呢？再说了，老母亲已经驾鹤西去，即使他回去，又有何益呢？还是以治病救人为先吧！

早饭之后，早已收拾停当的扁鹊师徒，又赶着车马上路了。子容恋恋不舍，一直从内丘送到燕国和齐国的边境上。扁鹊和子容相互作揖，互道珍重，方才挥手相别。他们二人本是萍水相逢，怎么会如此难舍难分呢？是惺惺相惜，还是有别的说不清道不明的原因？

谁能想到，当他俩再次见面的时候，则是生离死别了！这世间的事情，实在是难以预料！

而扁鹊眼看着自己的爱徒子容被砍头，自己却根本无法施救，痛不欲生！


正在扁鹊师徒一心一意地朝齐国飞奔的时候，身后突然传来一阵阵嘈杂的声音。师徒几人停下车马，转回头去一看，一下子惊呆了：

只见后面的原野上，蜿蜒着长得看不见头的队伍。队伍中的车马和兵士走在一起，干戈和砍刀撞击的声音，再加上马蹄的声音合在一起，真个是车辚辚、马萧萧，行人弓箭各在腰了。特别是走在最前边的那辆华丽的马车，上面的将军更是威风凛凛，不可一世。

扁鹊师徒不明就里，只知道是要过队伍了，便恭恭敬敬地躲在一边，让队伍先过。就在他们刚刚贴到路边的时候，那支彪悍的队伍已经开始从他们眼前疾速通过。队伍踏起的尘土，腾空而起，遮天蔽日。

忽然，队伍前头传来一阵奇怪的喊声。随着喊声的传播，疾速行进的队伍一下子停下来了。就在扁鹊师徒莫名惊诧的时候，前面华丽战车上的将军下来了。兵士们纷纷躲避让路，那将军威风凛凛地径直走到了扁鹊面前。

"来人可是三伯？"将军迟疑地问道。

扁鹊看到将军是面对着自己问话的，可自己实在不认识此人，更不知道他说的三伯是谁，于是，他转头看了看徒弟们，徒弟们也是一脸不解。最后，他又把目光转向了将军，迟疑地问道：

"我是扁鹊，敢问你是……"

"我是你胡同口陈家的老二啊！"将军兴奋地说，"我出生时，你早已

247

周游列国行医去了，很少在家，所以你不认识我。我家大伯秦越芟、二伯秦越洗都为我看过病，你来家时我见过你。我从小身子羸弱，老爹就把我送进孟聪师父的拳场练武。刚才从你身边过去，我瞥了一眼，看到你和大伯、二伯长得有些像，又看到你师徒一行像是行医之人，这就下车问你了。"

"你就是陈家二小子陈璋？"扁鹊恍然大悟。

"是啊！一点不假！你知道我？"

"我听邑人孟贲说起过你，你这是……"

"那孟贲和我一起习过武呢！他可是个大力士啊！几个月前，我受齐王之命，统兵征讨燕国，此时正得胜回朝呢！"陈璋答道。

原来，看到齐国日益强大，北边的燕国一直不服气。就在几个月之前，趁燕国发生内乱的时机，齐宣王派陈璋为大将军，统兵十万杀入燕国，仅用了五十天的时间，便踏平燕国国都，并缴获燕国的国之重器青铜圆壶及青铜方壶。得胜几天之后，陈璋便统兵浩浩荡荡凯旋，这不，在返回的途中，遇到同邑的老乡了。

"三伯，你来看！"

陈璋一边说着，一边拉着扁鹊的手，走到他那华丽的战车旁边，揭开一层层包裹的丝绸，露出了造型别致、工艺精美、一圆一方两个青铜壶来。扁鹊定睛一看，如此精美之物，连见多识广的他也觉得罕见。这时，陈璋说话了：

"三伯，这两件宝贝就是燕国的国之重器。我把它们运到齐国，献给齐宣王，它们就成了咱们齐国的国宝了。你看，我差人把咱们得到这珍宝的过程，都刻到这方圆两个壶上了。"

扁鹊禁不住点头称是。

谁知，世事沧桑，这两件被后人称为陈璋方壶、陈璋圆壶的无价之宝，后来竟然经过了几千年的颠沛流离，其中的陈璋方壶竟然被美国宾夕法尼亚大学博物馆收藏了。而壶上的 29 个铭文，后来也成为考证扁鹊故里的有力依据。当然，这是后话。

"三伯，乘我的马车一同回去吧。"陈璋邀请道。

"我和徒弟们一起，不劳烦你了。"扁鹊说。

"也好！今日有幸一见三伯，我也心安了。三伯路上多多小心，我先行一步。"陈璋说罢，深深作了个揖，便匆匆登上了马车。长长的队伍又开始向前飞奔了。

婉拒了陈璋将军的邀请后，扁鹊坐上自己的马车，师徒几人直奔齐国而去。

# 第十八章 《难经》：八十一难的真相

一踏进村子，扁鹊就哭了！

还是那个熟悉的小院，只是添了几分破败；还是那棵熟悉的杜仲树，只是有了些许老态；还是那个熟悉的小石案，只是多了些许苍凉。

扁鹊师徒从燕国回来，一直走进了郑阳邑。当他们迈进家门的时候，时光已经快到中午了。扁鹊迈进家门的时候，他的双腿是颤抖的。因为他很多年都没有踏进家门了，家里发生了什么变化，家人的安危情况如何，他一无所知。当第一只脚踏进家门时，他一下子愣住了：

院子里的两个年轻后生是谁？

出现在扁鹊面前的两个年轻后生，大约十几岁。他们两人正在院子里忙活着呢！一个用木叉子在地上细心地翻晒着草药，另一个用剪子小心地剪着手中的草药。两人各忙各的，谁也不和谁闲聊。可能是因为太专心了，扁鹊往里走了好几步了，他们还没发现。这时，扁鹊故意跺了跺脚，以引起他们的注意，但他们还是毫无察觉。最后，扁鹊只好使劲咳嗽了几声，这时两人才放下手中的营生，瞪着四只大眼睛茫然地望着扁鹊。一时，场面显得万分尴尬。

"快叫三爷爷！"

这时，从屋里出来送病人的老大秦越芪，一眼看见了风尘仆仆的扁鹊，又看见三个人大眼瞪小眼地不说话，马上就明白是怎么回事儿了。于是，他马上提示后生快叫三爷爷。

"三爷爷好，你回来了？"

随着叫声，两人放下手中的家什，快步走过来，开始帮着扁鹊提行李。这时，扁鹊方才明白了，这是老大秦越芪和老二秦越浣的两个孙子啊！这时光过得可真快啊！都说光阴似箭、日月如梭，这话一点不假。扁鹊心里一边感叹着，一边往院子里走去。

扁鹊走到院子里那些摊晒的草药前，慢慢地站住了。他多年来养成了习惯，每当看见与药与医有关的人或物，总是认真地打量一番。只见他蹲下来，从摊晒的草药中拣出一种草药，仔细辨别了一阵之后，若有所思地问他的两个侄孙子：

"这延胡索可是好东西啊！它性温味辛苦，入心、脾、肝、肺经，是活血化瘀、行气止痛的妙品。可是，我记得咱们的牛山上没有这种药啊！你们去哪里采的？"

"去鲁山采的。"两个侄孙异口同声。

"去鲁山可是好远的！"扁鹊道。

"就是呢！"大侄孙说，"我们两个带上几天的干粮，背着竹筐，从日出走到日落，才到了鲁山山顶呢！"

"你们夜里住在哪里？山上有野兽吗？"

"我们住在看山的石屋子里。"二侄孙答道，"夜里有狼，围着我们住的石屋子转悠。要不是我们用石头垒住了门口，它们说不定还能钻进去呢！"

这时，妻子静姝从屋里出来了。看到扁鹊活生生地站在面前，她一下子惊呆了。静姝好像不敢相信自己的眼睛，她使劲擦了几下眼睛，又看了几眼之后，这才放下手中的棒槌，又狠狠地掐了一下自己的胳膊，直到有了痛感了，她才真的相信她日思夜想的丈夫回来了。然后拿起笤帚，在树身子上狠狠拍打了几下，甩干净了上面的浮土之后，才恭敬地递给丈夫，让扁鹊师徒扫去身上的尘土。

兄弟三人见面后，在杜仲树下的石头上坐了一会儿，几句话还没说完，静姝便和两个妯娌把饭菜端上来了。虽说没有杀猪宰羊，但是杀鸡宰兔也是蛮丰盛的。扁鹊斟满了三杯酒。他首先端起一杯，对着两位哥哥说道："我常年在外奔波，老母亲生病，我也没能在床前尽孝。这第一杯酒，咱们敬逝去的老母亲吧！祝她在那边不愁吃，不愁穿，过得好好的。"

说着，兄弟三人把酒洒在了地上。

扁鹊斟满第二杯酒之后，亲自为两位兄长端起来送到手中，然后才涕泗长流地说："不论父亲母亲，我都没能在身边尽孝，我为我的不孝而内疢。两位兄长长年照顾父母而毫无怨言，一直替我尽孝而毫不懈怠，实在让我感佩之至。今天，我代表静姝，敬两位兄长和两位嫂嫂，我先干为敬。"

兄弟三人互敬之后，都无言地流下了眼泪，院子里一时间鸦雀无声。酒过三巡，兄弟们的话才开始多了起来。两兄弟说的最多的就是询问扁鹊在外边的颠沛流离和种种不易；扁鹊说的最多的就是询问两兄弟在村里扶老携幼和种种艰辛。一会儿，话题便转到了老母亲的病上。这时，老大、老二兄弟俩便打开了话匣子：

"咱娘是想你想死的！"老二秦越况低着头，没头没脑地说了一句。

"瞎说！咱娘是病死的。"老大秦越芰厉声制止道。

"但说无妨，但说无妨！"扁鹊流着泪急忙道。

这时，大家开始一边喝酒，一边交谈。从两位老兄的话语中，扁鹊得知了母亲去世的原因。原来，自从扁鹊开始周游列国之后，母亲就一直为他费尽心思。一是最小的儿子常年不在跟前，都说天下爷娘向小儿，母亲思念他也是正常的。二是都知道春秋无义战，儿子在烽火连天的世界里穿行，外边兵荒马乱的，为母的肯定要担心。于是，母亲常常郁郁寡欢，有时候梦里大叫着扁鹊的名字，有时候辗转反侧彻夜难眠，身体便越来越弱，直到最后，便是两眼无神，还经常出现小儿子回来的幻觉。有一天夜里，母亲似乎听到有敲门的声音，她马上穿着单衣裤跑出去开门。打开大门之后，外面却除了扑面的冷风，什么也没有，母亲打了几个寒战，便失望地回来了。从那天开始，她便一病不起了。关于这些，扁鹊心里是有数的，即使两位兄长不说，他也是能猜到的。但是，扁鹊也知道，这世上，有多少病人需要他啊！他怎能为了承欢母亲膝下，舍弃那么多病人呢？不论在什么地方，扁鹊只要一想起身形羸弱的母亲来，就恨不能一步跨回家，为母亲端水递饭，以尽孝心。但是，他回头看看那些蜂拥而来的病人，看看那些满脸痛苦的男女老少，那刚想往家迈的腿，瞬间又拔不动了。一个个唉声叹气的病人，就像一条条软软的绳子，把扁鹊的腿拴得结结实实。就这样，在这年复一年的纠结中，母亲越来越老了，身子越来越弱了，守着两个闻名乡里的郎中儿子，最后竟然连药也吃不下了。

兄弟三人喝完了哭，哭完了再喝，如此反反复复，一直坐到太阳偏西。

直到最后，他们商定，不论明天是什么日子，也要去给母亲上坟。因为，老三说不定哪一天又要去周游列国了。妯娌仨一听，连晚饭也没吃，又开始准备明日上坟的祭品了。

秦姓的墓田，在郑阳邑北边、系水河以西，墓田里长了许多高大的柏树和柳树。那些柏树，是坟主们专门栽的。栽种柏树的目的，是取"长青不老"的寓意。那些柳树，却不是墓田的主人们专门栽的，他们在将去世的人下葬的时候，会在地上砸一个刚从树上砍下来的鲜柳木橛子，将吊着棺材的绳子缠在上面，慢慢地把棺材放到墓穴里，免得摔坏棺材。葬礼结后，按照当地的风俗，柳木橛子顺便就埋在那里了。时间一久，一个个柳木橛子就长成了一棵棵大柳树。扁鹊父母的坟就在一棵松树和一棵柳树之间。看着坟前的石碑，扁鹊一下子想起了那个忠心耿耿、乐于助人的徒弟子仪，这么大的石碑，行走几百里地，从泗水之滨运过来，也真是难为他了。

大哥秦越芰解开包袱，把祭品摆在了坟前的供台上；二哥点着了几炷香，在风中使劲摇了一会儿，待它们被风吹旺了之后，依次插在了坟土上。这时，兄弟三人一起跪在了坟前。扁鹊跪在那里，心里想了很多很多。他想起小的时候，有一只大雁掉在他家天井里死了。母亲炖好后，把两条雁腿都给他吃了，她却把扁鹊吃完肉之后剩下的骨头舔了又舔。他想起每当他出远门的时候，母亲总是要把他衣裳的领口和袖口重新补一遍。他想起每当他聚精会神地研读的时候，母亲总是把家里的鸡鸭赶得远远的，生怕它们的叫声干扰了孩子……一桩桩、一件件，扁鹊越想越心酸，忍不住悲从中来：

"呜——亲娘啊！原谅你的不孝之子吧！为儿不孝啊！对不起你啊！"一连串撕心裂肺的哭喊声，从扁鹊的嘴里冲了出来。几只潜伏在树杈上准备人走之后下来吃供品的老鸹，被扁鹊的哭声吓得一翅子飞出了老远，似乎再也不打算回来了。因为男人的哭声太吓人了！像牛叫，也像狮吼。

兄弟三人从墓田里往回走的时候，扁鹊一边走，一边环顾四周，想看看墓碑上刻的名字中有没有他认识的人。当看到"秦淄阳之墓"的时候，他愣了一下，脑子里马上闪现出秦淄阳在高阳新舍里教他如何待客、如何

253

算账的样子。他死死地盯住墓碑，又仔仔细细地看了好几遍，然后扑通一下跪在那里，咚咚作响地磕了三个头，这才爬起来转身追上前边的兄弟俩。他一把拉住他们俩，急切地问道：

"咱淄阳叔去世了？"

"唉，大概有十几年了吧！"秦越芟说。

"他是咋死的？病死的吗？"扁鹊又问。

"自杀的，死得很惨哪！"秦越浼答道。

"到底是怎么回事啊？"

扁鹊这么急切地想知道秦淄阳的事，也是因为他认为秦淄阳有恩于他啊！虽说秦淄阳也不愿意他学医做郎中，还和父亲合起来阻止他，但是，那时毕竟是他给了扁鹊一个饭碗，而且让扁鹊在高阳新舍认识了长桑君。要不，怎会有他扁鹊的今天呢？在他的要求下，老大老二兄弟两人，在沿着系水河回家的路上，向扁鹊说了秦淄阳去世的前前后后。

原来，名噪一时的高阳馆的主人没有后代。他去世的时候，高阳馆的经营已经出现了颓势，因为感念秦淄阳忠诚又有经营头脑，就把高阳馆赠送给了他。在秦淄阳的苦心经营下，高阳馆又重新蓬勃发展起来了，秦淄阳也赚了个盆满钵满。为此，秦淄阳不但经常周济穷人，连亲朋好友家的"娘生日孩满月"，他都有周到的礼节。扁鹊父母在世的时候，每年的生日酒席上，总是少不了秦淄阳的身影。但是，最让他无奈的是，他生了个不争气的儿子。也许是因为他太有钱了，所以儿子养成了好吃懒做的恶习，成天和一帮公子哥儿混迹于酒肆赌坊，不是饮酒唱歌，便是赌钱，时间不长，就欠了一屁股债，债主三天两头打上门来，搞得全家鸡犬不宁。那天事发很突然，他儿子为了躲债，在淄河边上东张西望地跑着，突然，天上掉下来一个硕大的乌龟，重重地砸在他的头上，他当场就没了气。天上怎么会有乌龟呢？乌龟不都是在水里吗？咋会有这么蹊跷的事儿呢？事后，村人们分析，淄河里乌龟很多，而周围墓田里住着很多老鹰，它们经常在河边捉乌龟。那天，可能是老鹰叼着刚在淄河里捉的乌龟在天上飞着，因长时间飞行而力所不及，乌龟就掉下来了，可巧的是，正好砸在这个逆子的头上。儿子的死，等于除了一害，秦淄阳也没有过分悲伤。谁知道，那些债主们竟然打上门来，要求子债父还。在与债主们的撕扯中，老伴儿失手倒地，一命呜呼了。债主们不依不饶，把他家里洗劫一空。孤苦伶仃的秦淄阳，从此一蹶不振，瘦得像根稻草一样细弱无力，走路像个影子一样无声无息。时间不长，人们便见不到他的身影了。大家起初还以为他是躲债去了他乡呢！大半个月之后，人们才在秦家墓田里见到了挂在柳树上的秦淄阳。官府来勘验之后说，他是自缢身亡。

"世事无常啊！唉！"

兄弟三人一边往墓田外走着，扁鹊一边感叹道："还有生命更短的呢！你看这草尖上的露珠，半夜里诞生，一出太阳就消亡了。所以，我们要多做事，做好事，做善事，做有用之事。我要是有大本事，就把太阳拴住，不让它那么快地往西走，把一天变成十天，这样能多做多少事啊！"老大和老二一边笑着，一边把目光集中在老三身上。他们好像又看见了年轻时候的扁鹊，看见了那个精力旺盛、意气风发的小伙子。

扁鹊原来的打算是回家为父母上个坟，兄弟三人拉拉家常，自己为妻子静姝做几天饭，然后再开始带领徒弟们周游列国，为百姓解除病痛。谁知道回村后，听到的和见到的许多事，让他感叹世事的无常，所以，他决定多在村里住些日子。一是妻子多年来独自撑起这个家，还要照顾公婆，实在不易，他要从感情上多给她些补偿，以尽夫妻之道；二是自己行医多年了，有很多医案和体会要加以总结和提炼，需要写出来以便更广泛地传播，让更多的人知道，为更多的人解除病痛，使他们安居乐业。

这天早饭后，扁鹊招呼徒弟们来到身边，说出了自己的打算："从今天开始，子阳、子豹为一组，子游、子越为一组，你们每天去周围村里为村人诊病疗伤，早出晚归，吃住还在我家。太子留在我这里，为我的写作做些事情。子阳一组可去远处的村庄，子越一组要去近处的村庄，因为喂马的事情还由子越负责……"

徒弟们各自应诺，然后各自去了。

从这天起，扁鹊的生活轨迹是这样的：

每天早上起床后，先去厨房做早饭，之后端到杜仲树下的小石案上，和妻子静姝一起吃饭，饭后他还不让妻子刷碗，而是自己去刷洗碗筷。饭后，他躲进屋里，从太子为他采购的一垛竹简上取下来一卷，开始写他的千古巨制《难经》。按他的计划，这是一部大书，既要在书中认真地解释《黄帝内经》，又要把自己多年来行医的体会、经验总结出来，以便后人借鉴。中午，他还是先做饭，与妻子一起吃完饭并刷完碗之后，他又开始写作《难经》。晚上，妻子睡觉之后，他又开始写作。用他的话说，这些年来周游列国，欠妻子的太多了，恰好有这个绝佳的机会，他一定要好好照顾妻子，把自己欠妻子的感情债补回来。无情未必真豪杰，尽管这么多年来，扁鹊常年旅居在异国他乡，看起来好像不顾家，但是，父母妻子以及兄弟们时刻挂在他的心头。当然，在病痛难耐的病人面前，他那颗菩萨心肠却总是偏向病人。其实，尽管他在外地专心致志地救死扶伤，但是每当夜深人静的时候，他的心总是飞回齐国，飞回都城临淄附近的郑阳邑，飞回他心心念念的亲人们中间。所以，现在著书立说，虽然是绞尽脑汁，但是能陪伴在亲人之侧，他已经是心满意足了，这是他多年的夙愿。

夜深了，雾重了，小巷空寂了。

豆粒大的灯火，只照亮了几案上一点点地方，四周还是黑黢黢的。扁鹊独坐灯下，更显得孤单冷清，形影相吊。他一会儿独自捋捋胡须，一会拿起毛笔又放下。接着，他又找出一卷竹简，哗啦啦打开，一行行看着，似乎在字里行间寻找着什么。

此刻，他心里想得最多的是，是如何能让同行们及后辈们顺利地读懂《黄帝内经》。这部奇书相传是黄帝与岐伯、雷公等讨论医学的著作，书中内容奠定了人体生理、病理、诊断以及治疗的认识基础，还重点论述了脏腑、经络、病因、病机、病证、诊法、治疗、针灸等内容。这本书是医学理论的最早阐述，也是郎中的必读书。但是，细心的扁鹊又想到，书中也可能有错误的猜测和牵强的解释，甚至有些理论，囿于当时的条件只是一些假说。因此，他想站出来，用自己行医的医案和诊病的经验，对书中的一些说法来进行证实或证伪，并对其中一些玄而又玄的东西，深入浅出地作一些通俗易懂的解释。同行们读《黄帝内经》的时候，经常被有些高深或者模棱两可的地方难住了，并被导引的无所适从，扁鹊写这本书的主要目的，就是用自己行医多年的体会和实例来为他们解开这些难题，让他们有更通俗的理论来指导其诊病实践。扁鹊想：那本书叫《黄帝内经》，我这本释疑解难的书，就叫作《难经》吧！内容就是解释《内经》中八十一个难以理解的问题。根据对《黄帝内经》的研究，结合同行的许多困惑，这些年来，我已经准备了八十一个问题。所以，我可以将这八十一个问答作为我这本书的主线，我的这本书因此亦可曰《扁鹊八十一难经》。

主意既定，扁鹊顿时觉得一阵轻松。他忍不住拍了一下几案，深为自己的好主意叫绝！接着，他披衣出门，但见天幕深邃，繁星点点。让他更想不到的是，启明星已经从远远的淄河上空升起。他觉得才过了一会儿的工夫，其实他已经在案前坐了差不多一夜了。凉风飒飒，吹得院子里的杜仲树叶唰唰作响。此刻，尽管一夜未眠，但是扁鹊的大脑特别清醒。他过去记在竹简上的问题，写在衣袖上的体会，憋在心里的疑问，一股脑地涌了出来。他在脑子里将八十一难作为要讲清楚的八十一个问题，迅速地排成了一队，同时又按着问题的性质，迅速地归结为几类。

他的计划是这样的：

一至二十二难为脉学类；

二十三至二十九难为经络类；

三十至四十七难为脏腑类；

四十八至六十一难为疾病类；

六十二至六十八难为腧穴类；

六十九至八十一难为针法类。

如果把这六类问题都说清楚了，那就不仅说明了疾病的种类和表象，而且指明了发生疾病的原因；不仅指出了这些疾病该如何治疗，而且道出了在治病过程中应该掌握的分寸；不仅阐明了一种疾病的几种不同的根源，而且论述了数种疾病相互之间的关系……想到这里，扁鹊好像看到眼前有一条金光闪闪的大道，一直通向他理想的王国……

"咕咕咕——"

妻子静姝养的鸡叫了。扁鹊收回他的万般思绪，拿起担杖，挑着水桶，吱吱呀呀地向街上的水井走去。挑水回来之后，他看到静姝把柴火抱到灶前，正准备点火做饭。他把妻子推到一边，开始独自烧火做饭。待水开之后，扁鹊稍微减了减火。这时他回头一看，妻子的脸盘在灶火的映照下，显得白里透红，比前几天更有了生气。看到这些，扁鹊的心里一阵甜蜜。他觉得，他对妻子的补偿终于见到效果了。他一边用烧火棍拨拉着灶里的火，一边傻傻地笑了起来。

扁鹊决定从今天开始写作他的鸿篇巨制《难经》，也是有他的深层次想法的。因为，今天的确是个好日子，是个难得的好日子。

今天，是二十四节气中的雨水。一年中的第一个节气是立春，虽名为

257

立春，却还是天寒地冻。而雨水时节，天地万物开始萌动。所以，古人认为"且东风既解冻，则散而为雨水矣"。雨水一过，就可以开始播种庄稼了。写作也像播种，能在成千上万人的心中生根发芽，开花结果，而这种心灵中的播种，是更为神圣和有意义的。

扁鹊沐手之后，从太子为他采购的一垛竹简里拿过一卷，郑重地写下了八十一难的第一难：

一难

曰：十二经皆有动脉，独取寸口，以决五脏六腑死生吉凶之法，何谓也？

然：寸口者，脉之大会，手太阴之脉动也。人一呼脉行三寸，一吸脉行三寸，呼吸定息，脉行六寸。人一日一夜，凡一万三千五百息，脉行五十度，周于身。漏水下百刻，荣卫行阳二十五度，行阴亦二十五度，为一周也，故五十度复会于手太阴。寸口者，五脏六腑之所终始，故法取于寸口也。

译文：问：分布在全身的十二经在一定的部位上都有搏动的脉，单独切按寸口脉，作为诊断五脏六腑病变轻重及预后良恶的方法，这是怎么说的呢？

答：寸口的部位，是十二经脉之气的总会合处，属于手太阴肺经的动脉。正常人每一呼出，脉气流行三寸，一吸入，脉气也流行三寸，一呼一吸称为一息，脉气共流行六寸。人在一日一夜中，一般有一万三千五百息，脉气承接着流行五十周，环绕于全身。漏水下注百刻的时间内，荣卫气血在白天运行于全身二十五个周次，在黑夜也运行于全身二十五个周次，一日一夜运行五十周次，称为一周，所以五十周后，又会于手太阴寸口。正因为这样，寸口是人体五脏六腑血气运转的起止点，因此，诊脉要切按寸口。

写到这里，扁鹊觉得心力交瘁，大汗淋漓，好像一个人拉着木犁耕了半天那样浑身酸痛。他知道，这是因为刚才自己太投入了。他也知道，写书是一件累活儿，是从心上到身上、从里及外的累。写得不顺利的时候，辗转反侧，苦思冥想，令人痛不欲生；写得顺利的时候，则废寝忘食，欲罢不能，令人无法停下来。所以，他放下毛笔，站起来伸了个懒腰，在屋里慢慢地踱着步，思考着下一个"难"写什么，怎么写，需要讲些什么道理，回答些什么问题，让人们看了之后，从中有什么收益。

咚咚咚！

突然，屋门被敲响了。

谁敢在这个时候敲门呢？自从开始写作，他就告诉妻子静姝，让她坐在院子的杜仲树下，外人一律不准进来，因为写作时最怕被打搅，一旦思路乱了，就再也找不回来了。扁鹊异常恼怒，他使劲将几案一推，两步便跨到了屋门口。他几乎是一边咋呼着，一边哗啦一声抽开了门插。屋门哐当一声打开了，扁鹊和来人差点撞了个满怀。他一边往外推那个不速之客，一边大声高叫道：

"你急啥？来抢孝帽子吗？"

"老兄，是我啊！"来人不慌不忙。

"天王老子也不行！是你又有啥了不起？"

谁知来人并不生气，而是硬生生挤了进来，一下子坐在了扁鹊的炕沿上，还朝着扁鹊傻笑。扁鹊禁不住心里一阵气恼：哪里来的不速之客？拿自己不当外人啊！扁鹊一步跨到炕前，拉住那人的胳膊，便使劲往外拽。谁知那人不但不生气，还是笑模样儿地看着扁鹊。直至这时，扁鹊才开始打量那人：这个老人咋这么面熟呢？就在扁鹊拽人的手慢慢放下来的时候，来的那位老人轻轻说了一声：

"哈哈，你不记得我孟骢了吗？"

"孟骢？你是孟骢？"扁鹊禁不住一愣。

"嘿嘿，我真是孟骢啊！"

"唉！真是大水冲了龙王庙啊！"

扁鹊一句话没说完，就扑上去抱住孟骢，两行清泪流了下来。孟骢本以为他的泪水早就流干了，没想到一看见扁鹊流泪，他的泪水又被勾出来了。都说男儿有泪不轻弹，那是只因未到伤心时啊！两个老人面对面抱着，肩头一耸一耸的，竟然哭出了声。许久之后，两人方才停住，然后，各自抹了抹泪水。他们满肚子的疑问，满肚子的关心，却不知道憋了那么多的话从何说起。最后，在两人长时间相对无言之后，还是见多识广的扁鹊先开口了：

"孟兄，别来无恙啊？"扁鹊问道。

"没法提啊！"孟骢一脸凄然。

"咋了？流年不利？还是……"

"唉！"孟骢用一声长叹开始了他的故事。

其实，从孟骢帮扁鹊为其父出殡的时候起，他的日子就开始走下坡路了。他担任护院的高阳新舍，鼎盛时期就是扁鹊任舍长的时候。那时，孟骢一个人的收入，就能养活一家三口人。后来，尽管齐国都城临淄越来越繁荣，但是生意上的竞争也越来越激烈。新开的店铺越来越多，而且条件都比高阳新舍优越，所以高阳新舍的生意一天不如一天，最后逐渐冷落下来了。后来，到了连薪俸也发不出的时候，孟骢被店主辞掉了。实在走投无路了，孟骢就捡起了老本行，用自己会武术的特长，专门教习几个年轻人练武，借以养家糊口。谁知道，一个跟他习武的小伙子出去惹了事，人家来追究师父的责任，把他的场子砸了个稀烂。最后，迫于生计，他只好扛着家伙，走街串巷地咋呼"磨剪子来，抢菜刀——"像这种好汉子不愿干、赖汉子干不了的小生意，五冬六夏地风里来雨里去，却挣不了几个钱。后来他还因起早贪黑落下了一身病，身子一天不如一天了。

"你是咋走过来的？"扁鹊关切地问。

"万般无奈，我做了一件吓死人的事情。"

"啊？你……不会去当强盗了吧？"

"我是有底线的。嘿嘿！"

孟骢苦笑了一下，接着说他的故事。

眼看身子骨越来越弱，趁着还有一口气，孟骢用仅有的几个钱买了砖，自己砌了个坟，然后自己钻进去躺下了。他当时是这样想的：万一自己死在家里，连三尺黄土也捞不着，那可真是应了骂人的那句话——"黄沙盖脸尸不全"了！谁知道，真是贱命活得长！躺在坟里几天之后，他竟然没有死，只是饿得肚子疼。他疼厉害了就咋呼几声，刚好被来上坟的秦淄阳听见了。当被坟地里的哭声吓得魂飞魄散的秦淄阳清醒过来之后，他硬是要从坟洞里把孟骢拖出来。去意已决的孟骢，硬是把着坟砖不肯出来。无奈几日汤水未进，他浑身早已软得像烂面条儿，被秦淄阳三把两把就拽上来了。秦淄阳把他背回家之后，他一口气吃了九个窝窝头。最后还是秦淄阳怕他一下子撑坏了肚子，硬是从他手里夺下了第十个窝头。

"这是啥时候的事啊？"扁鹊关切地问道。

"很久了，连秦淄阳都死了许多年了。"孟骢道。

"那你现在……还好吧?"

"唉!自从那次死不成之后,我想,也许是老天不让我死,那就好死不如赖活着吧!我就每天出去采药,炮制好之后卖给你的两个老兄。为了采药,我去过牛山,去过马鞍山,连鲁山我都去过呢!不过,鲁山太远了,得三四天才能回来,可是那里草药多啊!"

"知道你儿子孟贲的消息吗?"

"那个小鳖犊子,泥牛入海啊!"

"你知道孟贲现在有了大出息吗?"

"他?生就的骨头长就的肉,会有啥出息?"

"我本想过几天去找你的,没想到今天你过来了,我就给你说一说孟贲吧!"

一听到要说儿子孟贲,孟聪的抽泣声一下子消失了。他使劲抹干了脸上的泪水,刚才还愁情满满的眼里,一下子射出了柔和的光芒,而且两只眼睛紧紧地盯住扁鹊,好像怕他一下子消失了。扁鹊一把拉住孟聪的手,高兴而认真地说道:"你儿子孟贲现在出息大了!他现在在秦国,秦王身边有好几个武士,他排第一位呢!秦王不论走到哪里,都喜欢带着孟贲。而且他在练武的时候,都要孟贲指点一二呢!我这次去秦国,秦王专门指派了孟贲接我、送我。你这个儿子啊,没白养!宫廷里的礼节,大臣之间的周旋,江湖上的规矩,人情世事的铺排,他都知道得头头是道,而且游刃有余!过去,咱们都说人就像庄稼,从小看苗儿。现在,我再也不相信这句话了。说句实在话,你别不高兴。你家孟贲小时候可是够调皮的,当时你我都说他长大了也不会有啥出息。可是,谁也没想到,他会成为名声显赫的秦王身边的大红人!"

"他?有出息了?"孟聪两只眼睛突然放光了。

"不但有出息,还是大出息呢!"扁鹊道。

"呜,呜……"孟聪一下子大哭起来。

"孩子出息了,咱们应该高兴啊!"扁鹊劝道。

"唉!远水解不了近渴啊!"孟聪两眼又暗淡了。

"远水解不了近渴,那是水少,水多了就能解渴了。"扁鹊说完,从柜子里拿出孟贲让他捎给他父亲的那匹麻布,恭恭敬敬地递给了孟聪。孟聪就像突然被电击了一般,呆呆地站在那里,不知如何是好。孟聪这辈子,见过最长的麻布就是做被子用的，满打满算才一丈二尺！而儿子请扁鹊给他捎的麻布，有整整四丈长啊！这是多么贵重的东西啊！他从扁鹊的手中接过那匹麻布，一边摩挲着，一边又号啕大哭起来。

扁鹊拍着他的肩膀，也是涕泪满脸。

两个月之后的一个深夜里。

翻了一天竹简的扁鹊，虽然累得头晕眼花，却久久无法入睡。他摸摸自己的腿，又捋捋自己的胳膊，脑子里反复地想着几个问题：人的经络是什么呢？它们是按什么规律分布的呢？它们对于人体的作用是如何实现的呢？这些看不见摸不着的东西，我怎么能写得让人相信，并让人通过学习能顺利地掌握呢？经过多年的行医实践，我当然知道经络的存在，并可以通过经络为人诊病疗疾。但是，对这种看不见摸不着的东西，我怎样去描述，才能让人掌握呢？窗外的杜仲树上，猫头鹰在咕咕咕地叫着；墙角的黑洞里，老鼠们在吱吱地追逐着；远处的系水河里，鱼儿们在扑棱棱打着水花。炕上的扁鹊，一边翻身一边思考着……

突然，扁鹊一下坐了起来。他端坐在案前，铺开竹简，援笔研墨，飞快地书写起来：

二十三难

曰：手足三阴三阳，脉之度数，可晓以不？

然：手三阳之脉，从手至头，长五尺，五六合三丈。手三阴之脉，从手至胸中，长三尺五寸，三六一丈八尺，五六三尺，合二丈一尺。足三阳之脉，从足至头，长八尺，六八四丈八尺。足三阴之脉，从足至胸，长六尺五寸，六六三丈六尺，五六三尺，合三丈九尺。人两足跷脉，从足至目，长七尺五寸，二七一丈四尺，二五一尺，合一丈五尺。督脉、任脉，各长四尺五寸，二四八尺，二五一尺，合九尺。凡脉长一六丈二尺，此所谓经脉长短之数也。

译文：问：手足三阴经和三阳经的长短尺寸，可以明白地讲述出来吗？

答：手少阳三焦，手阳明大肠，手太阳小肠，三条阳经，每经从手指到头部的距离，各长五尺，左右六条经脉，五六得三十，共长三丈。手厥阴心包络，手少阴心，手太阴肺，三条阴经，每经从手指到胸中的距离，各长三尺五寸，左右六条经脉，三六得一丈八尺，五六得三尺，合计长二丈一尺。足少阳胆，足阳明胃，足太阳膀胱，三条阳经，每经从足趾到头部的距离，各长八尺，左右六条经脉，六八四十八，共长四丈八尺。足厥阴肝，足少阴肾，足太阴脾，三条阴经，每经从足趾到胸部的距离，各长六尺五寸，左右六条经脉，六六得三丈六尺，五六得三尺，共长三丈九尺。人体在两足的阳跷脉和阴脉，从它自足到目部的距离来计算，每脉各长七尺五寸，二七得一丈四尺，二五得一尺，共长一丈五尺。督脉和任脉，是分布在背腹正中的单行线，各长四尺五寸，二四得八尺，二五得一尺，共长九尺。以上各经脉，共长十六丈二尺，这就是十二经脉长短的尺寸数。

充足的经验，加上缜密的思考，终于使扁鹊达到了下笔如有神的状态。关于经络的论述这部分，扁鹊写得特别顺手，以至于忘了白天黑夜，忘了吃饭睡觉，甚至忘了为妻子做饭。他只知道低着头一个劲地写写写……太子为他展开一卷竹简，刚出去翻晒一下师兄们采回的草药的工夫，扁鹊又在屋里让太子再给他拿一卷新的竹简。到了最后，太子索性站在扁鹊身边，须臾不再离开。只要扁鹊一招呼，太子就马上行动。直到最后，太子研墨研得手腕子都肿了，扁鹊还是一个劲地说"快……快……"

谁知道，就在扁鹊著述《难经》进入癫狂状态的时候，齐国发生了一件大事！因为这件事与扁鹊有着直接的关系，所以，他不得不中断写作，认真地去面对这件事。

那天夜里，扁鹊也不知道写到了什么时辰，只听得墙外马蹄嘚嘚、喊声阵阵，而且有几支巨大的火把燃在院墙之外，照得天地间一片通红。扁鹊刚开始并不理会这些，因为，他一直沉浸在对经络的分析和描述判断之中。但是，随着呼叫声越来越高，砸门声越来越大，他无法再置之不理，只好披衣走出屋子，向大门走去。

哐当一声，就在他刚要抽门插的时候，大门被从外边撞开了！突然倒过来的大门，一下子撞到了他的头上，他的头上顿时起了一个大包。扁鹊刚要发火，那个撞门的人一下子跪在了他的面前。头也不抬地跪在那里，双手抱拳道：

"神医扁鹊在上，宫中有请！"

"宫中有请，也不能给人家撞坏大门啊！"

"事出紧急，不拘礼节，请神医海涵！"

"哪位大人欠安啊？"扁鹊以为是要让他去诊病。

"无人欠安，只是王与你有要事相商。"

扁鹊一听不是去宫里诊病，而是齐威王召见，心里就犯起了嘀咕：这次回乡，他本是悄么声儿地回来的，为的就是不打扰别人，以便空出更多的时间，来著述他在心里酝酿了几十年的《难经》。没想到让齐王知道了，还三更半夜地宣他进宫，他有什么要事相商？于是，扁鹊也没再换衣裳。他穿着写作时那墨迹点点、处处褶皱的袍子，叫上太子，坐上马车急急忙忙地向宫里跑去。

事出紧急，齐威王也顾不得那么多礼节了。扁鹊和太子进宫的时候，齐威王正穿着睡袍在宫门外急匆匆地来回踱步呢！看见扁鹊进来，他连王座也不坐了，上去一把拉住扁鹊的手，疾步到平日上朝时大臣坐的地方，一屁股就坐下去了。从齐威王那粗重的喘息和焦急的神情中，扁鹊感受到了事情的严重性。于是，他迅速地向齐威王投去了询问的目光。

"神医，你为国效力的机会来了！"齐威王说。

"请君王言明，即使为国捐躯，臣也在所不辞！"

"这不，前些日子，韩国来使说……"

接着，齐威王给扁鹊说了即将开始的一场战争，以及交战各方的态度、各方的意图和力量对比等。当然，最主要的是齐国的态度和需要扁鹊做的事情。这场战争就是后来在战国历史上著名的马陵之战。

原来，魏国的魏惠王即位之后，为了扩大地盘，跻身强国之列，对相邻的韩国发动了战争。魏国派出大将襄疵挑衅，韩国派出将军孔夜应战。双方经过几个激烈的回合之后，韩国败了下来。韩国国君在百般无奈之下，只好派使者向兵强马壮的齐国求救。齐威王权衡利弊之后，说服了朝中的反对派，决定出兵助韩击魏。韩军得到齐国准备出兵的消息之后，军心大振，想打一个大胜仗给齐国看看。所以，没等齐国的援兵到来，便匆匆忙忙地接连向魏军发起了五次进攻，结果最后以五战皆败告终。于是，韩国国君再次派出特使来齐国，请求齐国尽快发兵。就在前几天，齐威王派出了以田忌为主将、田婴为副将、孙膑为军师的大军，星夜疾驰魏韩战场。

"军中之事，与我郎中何干？"扁鹊插了一句。

"征战之事，当然与你无干。"齐威王接着刚才的话头往下说，"昨日大军传回消息说，由于战事紧急，阴雨连绵，军士们多日不脱征衣，导致浑身长满了疥疮，轻时奇痒难耐，重则痛不欲生，直接影响了士气和斗志，长此以往，战事堪忧哪！还有，军士们奔赴远处，水土不服者甚多，拉稀者甚众。俗语说，好汉撑不住三泡稀屎。咱们齐国的队伍，目前太需要郎中了。郎中的多少与医道的高下，直接关系到咱们这场战争的胜败啊！今日听说你回来了，所以连夜打扰你……你和徒弟们的给养，我已经差人给你们备好了。所需药物，也让宫里去市上采购了一些。另外，我还从民间征集了二十多位郎中，随你一起上战场！你看……这出发的日子……"齐威王最后只说了半句话，两只眼睛紧紧地盯着扁鹊的脸，急切地等待着他的答复。

"好的，我今夜就出发！"扁鹊说。

"从咱们都城临淄到马径邑，有一条山谷曰夆中峪，走此路可以出燕门关，直接去战场附近，也就是齐国的城阳都（今郯城）。这条路虽然不是官道，但也平坦，走起来也舒服些……"齐威王笑着指点扁鹊。

"君王就不用管这么多了。"扁鹊急切地说，"你说的这里我走过多次，从临淄到般阳城南之后，从夆中峪走出来，斜插过马径邑西北的天岭，可直接出风门道关口。走马径邑去燕门关是弓背路，走天岭出风门道关是弓弦路，这样走近得很，能少走几个时辰呢！早一点赶到战场，咱们就多一分胜算的把握。这条路虽然有点颠簸，但是车马还过得去。在天岭上，还有徒弟们和我住过的石屋子呢！"

"拜托！拜托了！"齐威王放下身段，双手抱拳。

"为国为民，扁鹊当全力以赴！"扁鹊高声道。

战事紧急，扁鹊马上辞别了齐威王。

回到郑阳邑的家里之后，他让太子去通知其他徒弟们，让他们马上准备车马，告诉他们天亮前就动身出发的消息。然后，他开始在院子里徘徊起来。看看这熟悉的院子，想想两位兄长熟悉的声音，他的脚步突然凝重了，好像被浆糊黏住了一样，似乎是再用力也迈不动了。听见妻子静姝的屋子里传出的酣睡声，扁鹊一下子又犹豫起来。按照他本来的计划，是要在家住个一年半载的，一是为了把多年行医的体会写进《难经》里，二是

265

多忙忙家务，为妻子做做饭，补偿一下这些年来对妻子的亏欠。没想到，自己在家住了才几个月，又要启程外出了，而且，此一去又会是多少日子呢？他年龄大了，越深切地体会到了世事的无常，又有谁知道意外和明天哪一个先到来呢？

就在扁鹊悄悄搬运行李、牵马套车的时候，两个年轻人的身影，出现在他们的身边，搬竹简、背草料、拉辔头，忙得不亦乐乎。当时，因为大家都在忙活，谁也没注意到这两个人的存在。待车马走出小胡同的时候，他们才发现队伍里多了两个人。扁鹊仔细一看，才发现这两个人是他那两个侄孙。

扁鹊万般无奈，只好从马车上下来，径直走到两个侄孙面前，轻声细气地问道："你俩知道我们去干什么吗？"

"知道！"两人同样轻声细气。

"知道，你们为什么还要跟着？"

"正因为知道，所以我们才跟着。"

"你们知道战场多么凶险吗？"

"知道。但是我们不怕。"

"你们不怕，但是我可怕呢！"

"你怕什么呢？"两个侄孙有点不明白。

"我怕的事多了去了！"扁鹊拉住两个侄孙的手，语重心长地对他们说道，"一怕战事凶险，戈矛可是不长眼睛的，一旦你们命丧沙场，咱们老秦家断了后，我怎么向列祖列宗交待？二怕你们的父祖年龄都大了，万一你们命有不测，剩下他们孤苦伶仃，生不如死，我不就是最大的罪人吗？这个罪名我可是担待不起的！三怕你们的三奶奶静姝没人照顾，这么多年来，我周游列国行医，留她一人在家，茕茕孑立，形影相吊，我心里有愧啊！你俩若能在她身边嘘寒问暖，添衣加柴，我心里也踏实啊！咱们的亲情摆在这里，道理我也都说清楚了，于情于理，你俩自己判断吧！"

听完扁鹊这一席话，两个侄孙双双跪在了地上，像两尊石雕那样一动不动。见此情景，扁鹊马上登上马车，快马加鞭而去。走到胡同口的时候，他回头一看，两人还在那里长跪不起。这时，扁鹊让车马停下，他走下车来，朝着祖宅的方向作了三个揖。他想：今生还能再回来一次吗？同时，扁鹊心里也在埋怨自己：一向处事干脆果断的人，今天怎么就那么优柔寡断呢？

　　总之，他今天有种生离死别的感觉。

　　寅时，扁鹊他们的车马上路了。

# 第十九章 《难经》：八十一难的风雨

马疾，车快，人人行色匆匆。

因为战事紧急，扁鹊他们的车马快马加鞭，走得特别快。当日傍晚，他们已经到了马径邑西北的天岭。他们本来打算继续往前走，但是因长途跋涉，马匹已经多次大汗淋漓，再不喂草料，它们就撑不了多少时间了，加之扁鹊多次从这里经过，对天岭上的石屋子有特别的感情，所以，他们决定今晚就住这里了。

子越去天岭下的石沟河提水去了，因为他的任务是饮马、喂马和做饭；其他几个师兄弟，则分头在山上寻找枯木做窝棚。扁鹊稍得空闲，站在天岭的最高处，向四周望去。东边是太阳山，北边是邑山，西边是瑚山，南面是禹王山……重重大山在夕阳的映照下一片殷红，层层的山峦，苍凉厚重。面对如此景象，扁鹊禁不住思绪万千。

还是大禹治水的时候，扁鹊站立的天岭及东北方向，还是一片汪洋。相传大禹走到这里的一个山头时，在这里和龙王相商，让龙王继续后退，谁知龙王坚决不同意，并要求以此处为陆地和大海的边界。最后，在经过多次讨价还价之后，龙王答应可以再退一箭之地。龙王认为，就算你大禹有千钧之力，一箭又能射多远？而足智多谋的大禹，站在山头上弯弓搭箭，向东北方向射了过去。箭头落在海里漂浮的一棵蓬蒿上，那蓬蒿漂了好几天，最后才被一座山头挡住，这座山因此便叫作蓬莱山。也正因如此，蓬莱成了陆地与大海的边界，而大禹站立的那个山头，便被马径邑的后人称作禹王山了。

面对着沧海桑田的变化，扁鹊发出一阵阵叹息。

扁鹊收回目光，独自在天岭上徘徊着。看见徒弟们搭起的窝棚里，都透出了微弱的灯光，他会心地笑了。因为他知道，徒弟们正在抓紧时间苦读勤练呢！他回到石屋子里，面对着一卷卷的竹简，开始了他的思考。他在思考一个大家"知其然，不知其所以然"的问题，那就是人食用的五谷杂粮，是如何变成营养的呢？都说病从口入，那么人们吃进的五谷杂粮，又是如何引起病变的呢？人吃的食物只能进入胃肠之中，那么，它又是以什么形式进入并滋养着五脏六腑的呢？连三岁的稚童都知道人吃多会发胖，那么，其原理是什么呢？这些问题恐怕十个人就有九个人答不上来。这些说浅显也浅显、说深奥亦深奥的东西，常常是意中有、语中无啊！

想到这里，扁鹊一手端灯，一手从一卷卷的竹简里翻出了最大的一卷，他哗啦哗啦地一遍遍翻着，口中还念念有词。最后，他抽出一卷新的竹简，哗啦一声铺在面前的石案上。他又用针把灯火剔到最亮，拿起毛笔开始写了起来：

三十难

曰：荣气之行，常与卫气相随不？

然：经言人受气于谷。谷入于胃，乃传于五脏六腑，五脏六腑皆受于气。其清者为荣，浊者为卫，荣行脉中，卫行脉外，营周不息，五十而复大会。阴阳相贯，如环之无端，故知荣卫相随也。

译文：问：荣气的运行，是不是经常同卫气相互配合着周转呢？

答：医经上说，人体的精气禀受于饮食物所化生的精微。食物入胃，通过消化吸收以后，其精微就分别传布到五脏六腑，从而使五脏六腑都能得到营养物质的供应。其中清的称为荣气，浊的称为卫气，荣气流行在脉中，卫气运转于脉外，都在周身不息地营运着，一日一夜各循行五十周次后，再总的会合一次。这样在属阴属阳的表里内外之间，互相贯通着运行，好像圆环一样没有止端，所以知道荣气和卫气都是相互配合而并行的。

"看住他们，别让他们跑了！"

"有伤的站这边，没伤的去那边警戒！"

"快！快！快！一刻也不能懈怠！"

突然，外边传来一阵杂乱的声音，同时，还伴随着声嘶力竭的大喊大叫。正在专心写作的扁鹊不由得心头一惊。他放下笔，转到门口悄悄向外看去。这一看不要紧，吓得他起了一身鸡皮疙瘩。只见天岭上散布着一群

269

军士，有的坐着，有的躺着，有的龇牙咧嘴地哭叫着，也有些没负伤的军士扛着刀在巡视。在冷冷的月光下，刀闪耀着层层寒光，令人不寒而栗。等眼睛适应了外边的光线之后，扁鹊终于看清了，这些人就是齐威王说的，帮助韩国去打魏国的军士们。当然，他们还顺便带回来一些魏国的俘虏。他们到底是得胜而归，还是大败而回呢？一时间也看不出来。扁鹊想：无论如何，救死扶伤是郎中的本分，这事不能稍有懈怠。于是，他准备挨个窝铺去喊他的徒弟们。谁知道，外边的声音早已惊醒了徒弟们。扁鹊出门一看，五位徒弟和从临淄带来的那些郎中们，早已围在了他的石屋子周围，他们在保护着他呢！

"伤兵下来了，我们准备急救！"扁鹊轻轻地说。

于是，弟子们匆忙去准备了。

早晨的太阳，准时从东边的太阳山上露出来了，天岭上一片金黄色。在扁鹊的指导下，徒弟们将受刀箭伤的人集中在一块，将身上长满疥疮的人集中到一块，将上吐下泻的人集中在一块。扁鹊让子阳、子豹带领部分郎中，负责治疗受刀伤者；让子游、子越带领部分郎中，负责治疗长疥疮的军士们；让太子带领部分郎中，负责诊治那些上吐下泻者。而扁鹊自己，则穿行于他们中间，随时解答他们的疑问。看着这些令人心痛的伤兵，扁鹊一次次地抹着眼泪。他知道，无休无止的征战，带给军士的，带给百姓的，都是无妄之灾啊！何时才能天下无兵，百姓安居乐业呢？

太阳快转到禹王山了。扁鹊看看都已安排就绪，也没有人向他提问题了，才放下心来。但是，为了稳妥起见，他还是拖着疲惫的双腿，又从天岭上来回走了一遍，把他想到的事都嘱咐了一下，这才走到天岭南头，去石沟河里看了看水质，并用双手捧起来尝了尝，这才慢慢踱回他的石屋子里。

看看石案上的竹简，扁鹊知道今天是写不成了。于是，他小心翼翼地将竹简卷起来，搁在了身后的石龛里。之后，他把毛笔涮了涮，同样放进了石龛里。就在这时，一位齐军的军官模样的人踱了进来。他一见扁鹊，就单膝跪下来，纳头便拜：

"多谢神医，救我兄弟们性命！"

"为国为民，我当效犬马之劳！"扁鹊回应道。

"军中传神医不日即到，没想到你这么快！"

"军情紧急，威王也是催得紧啊！"

"一听说你要亲自来，兵士们走路都轻快了！"

"前方战事如何了？可否告知一二？"

"胜仗啊！天大的胜仗！"军头高声叫道。

"快……快说来听听！"

家国情怀，使扁鹊特别关注这次战役。他用袍袖扫了一下地上的石头，客客气气地让军头坐下，请他详细地说说这次战役的战况。那军头也是正在兴奋当中，所以，也就毫不推让，一屁股坐在那块石头上，绘声绘色地说起了马陵之战的盛况。

前些日子，一贯争强好胜的魏惠王太兴奋了。他让太子申为上将军，庞涓为将，眼看就要把韩国打倒了，谁知齐国又横插了一杠子，派田忌为主将、田婴为副将、孙膑为军师，兵强马壮地一路杀了过来。眼看到嘴的鸭子又飞了，魏惠王好不气恼！他决定狠狠教训一下齐国，省得它以后再给自己捣乱。于是他急命太子申放过韩国，尾随早已进入魏国纵深地带的齐军。齐国军师孙膑对田忌和田婴说："魏惠王狂妄自大，很容易轻敌。我们应该根据魏国战场的地形条件，做出败退的假象，诱敌追击，然后在齐国的马陵道附近设伏。马陵道那里山高、林密、沟深，而且我军非常熟悉那里的情况，而魏军对那里的地形是两眼一抹黑。所以，那个地方极适宜我们设伏。我们张网以待，只等他们进入伏击圈之后，就可以一鼓作气全歼魏军。"田忌和田婴认为孙膑的计谋可行，经过周密计划之后，便大张旗鼓地命令部队假装败退，而且一边败退，一边有计划地减灶。也就是，今天有一万个灶做饭，明天就成了八千个灶，后天就成了五千个灶，给魏军造成齐军大批逃亡、吃饭的人数越来越少、军士越来越懈怠的假象。当队伍撤到齐国的马陵道时，经过精心策划，一万名射手埋伏在了这里道路两侧的山上，并约好到夜里以火光为号，一齐放箭。同时，孙膑还让人把路边的一棵大树削掉树皮，在白森森的树干上，用浓浓的墨色写下"庞涓死于此树之下"的字样。

却说太子申和庞涓追一天又一天，接连追了三天，见齐军又不敢恋战，又天天在减灶，便武断地认为齐军不敢打仗，而且吃饭的人越来越少，部队已经逃亡过半了。于是，他们便命令部队丢弃辎重，轻装上阵，星夜兼程，一窝蜂地追到了马陵道。他们看见树皮上写着字，但无奈天黑又看不清楚，便命人点上火把照明。一支支明亮的火把，把魏军的队形映照得清清楚楚。树上的字还没看完，齐兵便万箭齐发，给魏军以迅雷不及掩耳的打击。魏军顿时秩序大乱，溃不成军，死伤大半。眼看败局已定，庞涓无力回天，便在羞愧忧愤中拔剑自杀了。齐军以排山倒海之势冲下山来，连续大破魏军。魏军主帅太子申在一番左冲右突之后，也被齐兵从马上揪下来，捆了个结结实实，成了俘虏。

扁鹊听完讲述之后，心中大悦，他亲自把太子递给他的水端给了军官，说让他润润嗓子，多给他讲些前线的故事。谁知道那个军官是个自来熟，见扁鹊对他如此敬重，竟然也滔滔不绝起来。喝下那碗水，他用手一抹嘴巴子，又开始说了起来：

"知道这些伤病员为什么撤到这里吗？"

"扁鹊愿闻其详。"

"上边有令，重伤员都要当场救治，因为他们有生命危险，他们的身体拖不了那么久。能够撤到齐长城以北进行救治的，大都是轻伤员，他们有的只伤了胳膊，不耽误走路；有的是水土不服或者吃错了什么，拉肚子拉得没有战斗力。这样，伤病员分散了，救治起来也就方便了，后勤、给养、供应也就减轻了压力……"

"太子申为什么被擒了？"扁鹊截断他的话。

"其实，太子申被生擒，怨他自己！"

"何以见得？"扁鹊觉得很惊奇。

"太子申平日里对手下非常苛刻，下属多有怨言。加上他经常克扣粮饷，弄得军士们连果腹都保证不了，可他却还是逼着军士们卖命。所以他的队伍斗志萎靡，纪律涣散。在马陵道，咱们齐兵刚刚冲下山谷的时候，他身边有个叫苏衍的头目，就设计把他的马腿别住了。所以，捉拿太子申，就像笼子里抓鸡一样简单。"

"苏衍？这个名字好熟悉啊！"扁鹊自言自语道。

"哎呀！我活不了了！"外边有人叫了起来。

"肯定是那些俘虏又在闹事！这些该杀的东西，一路上就没有消停过。看我怎么收拾他们！"军官扔下这句话，头也不回地跑出去了。扁鹊本来还想问他一句那个似曾相识的"苏衍"是怎么回事，但是也只好作罢。

接下来，扁鹊的心里一直在想这事儿……

齐军的第一波伤病高潮终于过去了。

这天，一边救治伤兵，一边写《难经》累得头昏眼花的扁鹊，走出石屋子伸了几个懒腰，便向天岭的南头走去。天岭南头的山下，横亘着一条季节河，名曰石沟河，河水是由从西边的大山里流出的泉水汇合而成的。河水往东流进陇水，最后汇入渤海。由于目前正是丰水期，河面显得有些宽阔。薄薄的晨雾笼罩着河面，让人只能听见哗哗的流水声，却看不见河里的水波。扁鹊抬头看看四周的群山，也是笼罩在轻轻的薄雾之中，近的树木稼禾，只有一团团的影子，远的山峦则是似有似无了。

看到这里，扁鹊心头突然一惊：人的身体生病，不也是这样吗？郎中为病人诊病，不也是这样吗？人们所生的大多数疾病，都是些看不见摸不着的东西，甚至是云里雾里的东西。特别是如何治疗"未病之病"，更是玄而又玄的问题。譬如刚才看见的石沟河，上面的晨雾是虚的，但晨雾之下的河水是实的。虽说河水是实的，但推动河水流动的力量又是虚的，是看不见摸不着的。人体也和这个世界一样，虚中有实，实中含虚，虚虚实实，相因相果。那么，作为一个郎中，该如何去寻找虚中之实，又怎样去辨别实中之虚？如何透过迷雾看见真实，又如何从真实出发去认定迷雾的存在？哪是真实？哪是迷雾？迷雾与真实又有什么联系呢？它们是通过什么媒介联系的呢？如果要分清虚与实，应该从哪里入手呢？脉有虚与实之分，疾病亦有虚与实之别，诊治也有虚与实之术，在这三者之间，我们应该把握什么样的度为宜？雾里看见的花，是真实的花吗？水中看见的月，是真实的月吗？

扁鹊拍着自己的头，在天岭上来回地踱着步，苦苦思索着，认真分辨着，小心翼翼地选择着……突然，好像一道电光石火从扁鹊的脑子里穿过，使他的脑子一下子明亮起来、清晰起来、条理起来，各种盘旋不去的疑问，似乎都有了清清楚楚的答案。他立刻回到石屋子里，展开竹简，提起毛笔，开始著述《难经》中关于疾病的学说：

四十八难

曰：人有三虚三实，何谓也？

然：有脉之虚实，有病之虚实，有诊之虚实也。脉之虚实者，濡者为虚，紧牢者为实。病之虚实者，出者为虚，入者为实；言者为虚，不言者为实；缓者为虚，急者为实。诊之虚实者，濡者为虚，牢者为实。痒者为虚，痛者为实；外痛内快，为外实内虚；内痛外快，为内实外虚，故曰虚实也。

译文：

问：人的疾病有三虚三实，是针对哪些情况而说的？

答：三虚三实，就是指脉象有虚实，病征有虚实，诊候有虚实。所谓脉象的虚实，一般是细软无力的属虚，坚劲有力的属实。至于病症的虚实，主要可从三方面来说：

一是由内病传变外出的属虚，由外病传变内入的属实；

二是久病而言语如常的属虚，暴病而不能言语的属实；

三是进展徐缓的慢性病属虚，骤然发作的急性病属实。

所谓诊候的虚实，有痒的感觉属虚，有痛的感觉属实；若仅在外表有疼痛，而体内仍感舒适的，属于外实内虚；体内有疼痛，而外表仍感舒适的属于内实外虚，所以说这就是辨别虚实的大纲。

"虚与实……"

扁鹊正在专心致志地低头写作，眼前突然一黑，门口有个影子挡住了光线。他抬头一看，原来是那个军官凑过来了。通过这些日子的接触，扁鹊见军官不但爱护伤兵，而且对俘虏也很耐心，所以对军官的印象还是不错的。要不的话，军官打扰了他写作，他肯定会大发雷霆的，同时，还要把守门的太子批评一顿。

"请问你有何公干？"扁鹊抬头问了一句。

"今天要押过来两个俘虏。"军官说。

"俘虏多了，又有啥稀奇的？"

"今天的俘虏，有一个就是你问的那个人。"

"哪个人？我问谁了？"扁鹊闻言，放下了笔。

"那个苏……什么来？"

"苏衍？"

"对！苏衍。"军官重复了一句。

"苏衍……苏衍……"扁鹊轻轻地嘟囔着。

"是啊！今天这两个俘虏，一个是魏军的主将太子申，一个是宫中的重要人物苏衍。"军官一边说着，一边不请自坐，"上边传下话来，说威王很重视这两个俘虏，让你亲自为他俩疗疾，并嘱咐我们要善待他俩，好酒好肉伺候着，绝对不能打骂！好了，我都告诉你了，我走了，不打扰了。"说完，军官急匆匆地走出去，可能是准备接待去了。

看着军官向外走的背影，扁鹊突然想起来了：怪不得觉着名字有些熟呢！如果不是重名的话，他多少年前去魏国给魏文侯诊病时，那个迎接并保护他的武士，就是苏衍！如果真是他的话，这世界也真是太小了。经过这一番交谈，扁鹊的思路一乱，就写不不去了。他索性让太子帮他收拾起竹简和毛笔，自己出来在天岭上走走，重新理一下思路。

谁知，扁鹊刚走到天岭南头，两辆马车便从山路上绕上来了。头一辆马车，拉着一个虽显落魄但仍然气宇轩昂的人，不用说，这就是魏军主将太子申了。那个坐在后一辆马车的人，虽说多年不见，但扁鹊还是一眼就认了出来，那人就是当年保护过他的魏国宫中卫士苏衍。扁鹊想凑上去说句话，但苏衍的周围戒备森严，让他很是无奈。不过，扁鹊并不着急。因为军官已经传了上边的意思，要让扁鹊亲自为他们诊病，所以机会是有的。

当天晚上，天空中星星闪烁的时候，两个士兵押着苏衍，慢腾腾地走进了扁鹊的石屋子。然后，那两个士兵退出门外，门口一边站一个，手中的剑在夜色中寒光闪闪。苏衍坐下之后，耷拉着眼皮，连头也不抬一下，一副要砍要杀随你便的样子。这是他被俘以来一贯的样子。扁鹊走到他跟前，轻轻地说道：

"苏衍，你看看我是谁。"

苏衍抬头看看，又耷拉下眼皮了。

"你咋不认识我了？我是扁鹊啊！"

苏衍身子一震，两只眼睛盯住了扁鹊。

"苏衍，你想想，那年我去魏国的时候，还是你在半路上接的我呢！我在魏国那些日子里，要不是你保护我，我说不定会遇到什么事呢！记得我走的时候，你还送了我很远呢！你对我们师徒的大恩大德，我们现在还经

275

常说起来呢！没想到，真是山不转水转，磨不转人转啊！"

"你？真的是你？"苏衍惊奇地问。

"就是我啊！齐威王传令让我给你诊病呢！"扁鹊道。

"唉！天下真是无巧不成书啊！"苏衍叹了一口气说道，"这世事变化真快，真是三十年河东，三十年河西啊！当初的魏文侯，真是一个贤明的君王、治国的明主啊！魏武侯的时候，还算是凑合吧！唉！自从这个魏王即位之后，一帮小人围着他，成天阿谀奉承，可是他还自鸣得意呢！一听好话就乐，一听劝说就炸，弄得我们远也不行，近也不是，真是把人逼得痛不欲生啊！"说着，苏衍竟然流下泪来。

"不急，今天咱们慢慢说。"扁鹊安慰他道。

原来，魏惠王即位以后，也有他的宏图大业，也干过许多利国利民的大事。他曾经问政于孟子，孟子给他出过一些很好的主意。之后，他又大兴水利工程，先是把黄河的水引到甫田泽，又开凿一条大渠，引出甫田泽的水灌溉农田，使魏国的农业得到了很大的发展。在军事上，他沿洛水筑了长城，对秦国采取守势。所有的这些措施，都对魏国的内政外交起到了很好的作用，使魏国的国力进一步增强，百姓得以安居乐业。但是，随着魏国的强盛，魏惠王变得好大喜功，而且，为了征战，开始对内横征暴敛，搞得民怨沸腾。他在对外政策上则一会儿合纵，一会儿连横，变化无常，因而在军事上树敌太多，朋友越来越少，逐渐陷入了孤立无援的境地。

"唉！那些都是肉食者的事……"扁鹊听了劝道。

"老百姓们都看得很清楚的事，他一个国君能不明白吗？"听到扁鹊劝他，苏衍更来气了。他不管扁鹊感受如何，自顾自地继续往下说："他重用庞涓，虽然使魏国在军事上强盛了不少，庞涓陷害孙膑，他却不闻不问，导致孙膑出逃到了齐国。就说这次马陵道与齐国的战役吧。当初，很多大臣劝过他，说尽量别与齐国为敌，可他刚愎自用，就是不听别人的劝谏，所以才这样败得一塌糊涂，连他心爱的名将庞涓也自杀了。要不是我将太子申别下马来，保护了他，让他躲过了齐兵的刀剑，估计他早已一命归西了。在被齐兵押送的路上，太子申和我争论了好长时间，直到进了齐长城的风门道关，他才勉强同意了我的观点。现在，一切都晚了……唉！"

看看垂头丧气的苏衍，扁鹊心里想：古人说得对，败军之将，不可言勇啊！想当年他苏衍是怎样的雄姿英发啊，可如今，却只有唉声叹气的份儿了。但是，不论苏衍落魄到什么程度，扁鹊一直有着滴水之恩当涌泉相报的心态。因此，扁鹊道：

"不说了，不说了，咱们开始诊病吧！"

看看石案上摆的砭石、针具等，苏衍终于不再言语。看看无依无靠的苏衍，年纪也不小了，扁鹊一下子又动了恻隐之心。当年毕竟是苏衍保护了自己，如今苏衍落难了，自己能不助他一臂之力吗？所以，扁鹊亲切地问道：

"现在，你打算怎么办？"

"据说齐王仁慈，不杀降将。"苏衍说。

"那倒是！我也可以替你求情的。"扁鹊道。

"我孤家寡人的，也没有过高的要求。"苏衍一边伸出胳膊让扁鹊摸脉，一边说道，"我一不想出人头地，二不想富贵荣华。只要他们给我自由了，我就进山里开荒种地，终老山里即可。"

诊病结束后，扁鹊开好药方，让那两个齐兵拿了。然后，他拿起一支竹简，在上面写上"秦越芰、秦越浼"两个人名，并递给了苏衍。他拍了拍苏衍的膀子说："这是我两个兄长的名字。你在这边，如果有需要帮助的事，直接找他们就行，他们一定会帮助你们的。找他们的时候，你就说你是我的朋友。再说了，我也多次和他们提到过你。"

苏衍点点头，接过竹简便被押走了。


时光过得好快！

眼见俘虏和伤兵越来越少，但是扁鹊师徒并没有感到丝毫的轻松。因为，马径邑周围的百姓们，听说神医扁鹊来了之后，纷纷到天岭来请他医疾疗病。说实话，扁鹊师徒的确是累了！整日里没白没黑地干，有些伤兵还仗着自己为国家立了功，动不动就大发脾气，甚至用拐杖敲打扁鹊徒弟们的头顶。徒弟们真想发火，但是师父每天叮嘱他们，说伤兵是功臣，要尊重他们。谁知送走伤兵和俘虏之后，他们还没来得及休息，老百姓又拥上来了。来的人都说是急症，师徒们动作稍微慢一点，有的人就不高兴。扁鹊对弟子们非常严厉，说谁对老百姓耍脾气，他就修理谁。还有更过分的，就是说病人来不了，要求他们上门诊视。对于所有不合理的要求，扁

277

鹊一概应允。

那天，夜已经很深了，天岭周围一片沉寂。偶尔的几声狗叫，显得天地间更加空旷。哗啦啦流了一天的石沟河，好像突然凝固了似的，安静得一点声音也没有。扁鹊的徒弟们送走了最后一批病人之后，早已经进入了梦乡。只有住在石屋子里的扁鹊，还在奋笔疾书他的《难经》。

突然，一团明亮的火焰，从天岭下急速地飞了上来。不明就里的人感到非常奇怪，火怎么能飞起来呢？等那团火快到跟前的时候，才看清是一个年轻人，手里举着火把飞快地跑着。年轻人跑上天岭之后，看看只有石屋子里亮着灯光，便直冲石屋子而去。走到石屋子跟前，他一把掀开门上吊的草帘子，大声叫着：

"郎中，救人啊！郎中，救命啊！"

"别急，慢慢说。"扁鹊放下毛笔说道。

"快，快，我家娘子快没命了！"

"太子！你叫他们起来，我们一起去诊病。"

扁鹊喊了一声之后，便收拾上砭石和针具，随那人走了出来。这时，他的五个徒弟，已经麻利地从窝棚里爬出来收拾停当了。在那个人举着的火把的照耀下，他们一行人沿着崎岖的山路走了下来，直奔马径邑附近的村庄而去。由于天黑路陡，沿途的荆棘几次挂住了他们的衣袍，却一直没有人吭声。有根棘针刺破了扁鹊的胳膊，扁鹊伸手一摸，摸到了一些黏手的东西。他知道，那是血。但是，他怕徒弟们知道了大惊小怪，便还是默不作声地跟着那个年轻人往前走。

进得那人家门，便听见上房里有女人在咆哮。扁鹊和徒弟们走到炕前细看，只见那女人早已把被子蹬到了炕下，并且因大汗淋漓而衣衫不整。头发被汗水浸得一缕一缕地盖在脸上，而且满脸赤红。看到这些，几个徒弟禁不住紧张起来。他们想，第一次遇到这么狂躁的病人，要不是师父亲自来了，他们可真是老虎吃天，没处下爪子了。但是，扁鹊一点也不惊慌。女人虽是两眼射着凶光，但扁鹊看出了那凶光之后，透着一股无力与散淡。正当他要上前仔细察看的时候，那女人忽然大喊一声：

"汝等何方人士？来老娘身边作甚？"

"你是何方人士？"子阳大着胆问了一句。

"我是天岭上的大仙！"女人高叫道。

"我今天就是来降服你的!"子阳往前凑了凑。

"你敢近身,我让你有来无回!"女人说。

这时,扁鹊招呼徒弟们围过来,指着女人对他们说着什么。他说了几句之后,徒弟们的紧张情绪慢慢缓解了下来。然后,他又专门对擅长针砭的子阳单独嘱咐了几句。最后,只见子阳从他的针包里拿出各种各样的针,在手里捻了捻之后,蹑手蹑脚地走到炕边,快速地在那女人头上、脸上和胳膊上扎了许多针。他们以为那女人肯定又会咆哮起来,谁知道,那被扎上针的女人好像没有什么反应,躺在那里一动不动,连喘气都比刚才匀了、细了。过了好长时间,只听那女人长长出了一口气,然后轻轻地说:

"我这一觉睡得好长啊!"

"你知道你刚才做什么了吗?"女人的丈夫问。

"什么也没做啊!只是睡觉和做梦。"

看到女人醒过来了,而且一切如常,扁鹊便向那家人辞行。那家人是烧窑的,家里旮旮旯旯塞满了各种各样的盆盆罐罐。所以,他执意要送扁鹊师徒一些他自家烧的用具。扁鹊和徒弟们坚辞不受,可那人就是不依不饶的,非要送几件不可。最后,还是太子自作主张,从那一大堆窑货里取了一个盆不像盆、碗不是碗的玩意儿,说:"主家盛情难却,拿这东西回去给师父当笔洗吧!以后师父涮毛笔,就不用我再跑到河边去了。"至此,那人才放他们走出家门,并且又点上火把,一直把他们送回天岭上。

是夜,扁鹊躺在铺了草的石板上,久久不能入睡。

他一直在反复思考行医多年以来自己关于腧穴的一些发现和体会。腧穴,是人体的脏腑经络之气输注于体表的部位。所有这些部位,都是郎中用针灸治疗疾病时的刺激点和反应点。腧穴位于体表,是肌肉腠理和骨节交会之处的特定的孔隙。它们的功能,大都是输注脏腑经络气血,沟通体表与体内脏腑。就像昨天晚上那个胡言乱语的女人,他大体判断了她的病情及病因之后,根据多年来行医的经验,让子阳在几个关键穴位下了针,也就手到病除了。这就说明,身体内部的经络机理,与身体表面各个穴位有着密不可分的关系。

想到这里,扁鹊又翻了个身,身子底下铺的干草咔吧咔吧作响。但是,这些声音,丝毫不能打乱他脑子里源源不断地涌出来的想法。他想:目前,我已经探明并且屡试不爽的,大概有160个穴位了,我也差不多都给它们起了名字。有的是根据其所在部位命名的，如耳尖、脐中、大椎等；有的是根据治疗疾病的作用命名的，如眼明、听宫、风府等；有的是根据天体和地貌命名的，如上星、天池、水沟等；有的是参照动植物形象命名的，如伏兔、鸠尾、竹空等；有的是结合医理命名的，如心俞、阳池、三阴交等。

想到这里，扁鹊知道，为了著写《难经》，自己今夜又不能睡了。他披衣下炕，点灯研墨，准备写作。估计天早已过半夜了，他不忍心再把太子喊起来，便自己深一脚浅一脚地赶到天岭南头的石沟河边，盛了一罐子水回来研墨。走过荆棘丛生的山路，一罐子水洒了半罐子，但是剩下的足够了。今夜，他要专门写一下关于腧穴的几个篇章，要写得更通俗，让更多的人明白，以解除更多人的病痛：

六十二难

曰：脏井荣有五，腑独有六者，何谓也？

然：腑者阳也。三焦行于诸阳，故置一俞，名曰原。腑有六者，亦与三焦共一气也。

译文：

问：五脏的经脉，各有井、荣、腧、经、合五穴，六腑的经脉却每经各有六穴，这是什么道理呢？

答：六腑的经脉，都是属阳的。三焦之气运行在各阳经之间，所以添置了一个穴位，名叫原穴。因此，六腑的阳经各有六穴，也就是每条阳经，都和三焦之气互通，共同保持着一气相贯的关系。

"经脉……"

这一夜，扁鹊把自己画成了一个黑人。

因为每写到一个穴位，或者论证此穴位与彼穴位的关系，或者解释穴位的作用，为了准确无误，他都会在自己的身上寻找一番。每当他认为找得准确的时候，凡是能够得着的地方，他就用毛笔在身上标注出来。一夜下来，他身上画成了一张标注得密密麻麻的穴位图。如果让不知道的人看见，会以为见到了什么鬼怪，肯定会吓得回头逃走。扁鹊知道，他标注得越仔细，解释得越准确，他的徒弟们掌握起来就越容易，应用起来就越便捷，从而才能给更多的人解除病痛，带来福祉。

在天色将明未明的时候，扁鹊抱着衣服，悄悄走出了石屋子。听见窝棚里徒弟们睡得正酣，看看马匹们正在嚼着夜草，他断定天岭上无人走动之后，抱着衣服来到了石沟河边。他实在是怕徒弟们看见他满身画满墨迹的狼狈相，更怕徒弟们看到他裸体奔走在荒野上的不雅之举。在石沟河边，他放好衣服，撩起冰凉的河水，开始洗身上的墨迹。有些怎么搓也搓不干净的地方，他便先用随身携带的皂角搓磨几次，然后再用水冲洗。清洗干净之后，穿上昨天太子刚给他洗过的衣裳，他觉得一身轻松，神清气爽。

就在扁鹊往石屋子走的时候，太阳从东边的山头上露出了半张脸。几个徒弟已经都起来了。他们有的在挖山上的草药，有的在比画着锻炼身体，看见师父过来，都纷纷聚拢过来，问师父今天有没有什么吩咐。扁鹊知道他们没看见自己浑身画着图案的样子，心里暗自庆幸，也算是心里有了底气。


春天，说来就来了。

天岭上，白得像雪片一样的野杏花开完之后，红得像云霞一般的野桃花又开了。一棵棵，一簇簇，一片片，像夏日的巧云，若冬日的晚霞，把天岭装扮得如诗如画。红红绿绿的树下，各种有名的和无名的野菜野草，肆无忌惮地疯长着，向人们展示着它们强悍的生命力。当这些景象映进石沟河的时候，石沟河也真的是醉了，醉得一塌糊涂。

扁鹊在天岭上徘徊着，望着灿若云霞的桃花，他想起了《诗·国风·周南》里的《桃夭》。是啊！当自己还是个蒙童的时候，父亲就找了村里的先生，教他背诵《诗》。尤其是这首《桃夭》，经常让他想起系水河边的一片桃林：

桃之夭夭，

（这棵棵的桃树那么茂盛而茁壮）

灼灼其华。

（它朵朵的桃花映出了满树的红光）

之子于归，

（这出嫁的姑娘那样窈窕而健康）

宜其室家。

（她婚后的生活应该是幸福而安详的）

281

走在漫山遍野的桃花里，品味着《桃夭》的美好，扁鹊自然而然地想起了妻子静姝。他这次受齐威王之命，出来为兵士疗疾，时间也不短了。目前，伤病员早已痊愈归队，为马径邑附近的百姓治病，也算告一段落了，按说，也该回临淄看看妻子和兄弟们了。但是，听归来的兵士们说，南方有几种瘟疫流行，扁鹊想：我作为郎中，有责任去拯救那里的百姓。权衡再三，扁鹊还是准备由此南行。而南行之前，他决定把他的《难经》写完。他计划的《难经》正文共有六个部分，目前已经完成了五个部分，只剩最后一个部分了。他怕不赶紧完成，南行之路吉凶未卜，万一拖下去，完成之日便遥遥无期了，也许，今后会再也没有机会完成这本书了。想到这里，扁鹊禁不住心里一阵苍凉。

在往石屋子走的时候，扁鹊看见天岭下有几户农人在耕作，他忽然又多了一层心思：山下的几户农人，真是够善良的了，他们不但常常为我送水送饭，而且把自己家里保存了多年的草药无偿地送给了伤病员们。还有一户人家，直接跑到扁鹊住的石屋子里，把几块上等的砭石送给了他。在救治伤病人员最紧张的时刻，他们甚至不怕误了农时，果断放下手中的农活，上来帮着扁鹊和徒弟们忙活。扁鹊想，自己在临走之前要请他们一起吃个饭，也算是对他们的答谢了。在这贫困的山里，请他们吃什么呢？扁鹊一下子陷入了沉思。

有了！扁鹊终于想出了一个主意！

大约是在太阳位于东南方的时候，山下的几户农人应扁鹊之邀陆陆续续上了天岭。子阳和子豹站在上山的小道旁边，热情地迎接着他们。在石屋子旁边的一块大石头旁边，子游和子越早已经搬来了好几块当座位的石头，并把农人们一个个让到了座位上。太子是最忙活的。他把各种各样的菜肴有序地摆在当几案用的石头上，并用一块麻布把它们盖了个严严实实。农人们只是闻着香气扑鼻，却根本不知道麻布下是什么菜肴。他们想：神医扁鹊请客，肯定是山珍海味，最差也得是鸡鸭鱼肉吧。

看看人到齐了，扁鹊放下手中的毛笔，卷了卷眼前刚写完的竹简，从石屋子里走了出来。他给每位乡亲都作了一揖，然后和大家一起坐了下来。这时，太子轻轻一抖，把石案上的麻布揭开了。大家往石案上一看，禁不住大失所望。这哪里有什么山珍海味啊，也没有什么鸡鸭鱼肉，石案上的十几个碗里，全是拌、煮、蒸过的野菜！而这些野菜大都生长在天岭周围，最远的也不过是出自马径邑东边的鲁山上。这些野菜太平常了，都是他们经常见或者经常吃的。个别的野菜，村人们甚至不屑于吃。有的人甚至想：你扁鹊还天下神医呢，也太抠门儿了吧？就在人们狐疑的时候，扁鹊说话了：

"今天，我请乡亲们吃的是药膳。"

"什么是药膳？这不是山上的野菜吗？"

"此野菜，非彼野菜也！"扁鹊笑着说。

"你说得再好听，野菜也成不了羊肉。"

"就保养身体来说，这些野菜比羊肉强多了！"

"咱们听神医说说，他肯定不会糊弄咱们的。"

"药膳这事，说起来也简单，也不简单，它是传统的医药知识和多年的烹调经验相结合的产物。它既可以将某些药物作为食物，又可以将食物赋以药用。正是所谓药借食力，食助药威，二者相辅相成，相得益彰也。"说到这里，扁鹊见大家有些懵懂，便开始和大家从头说起，并给大家举了许多浅显易懂的例子：

"我们的祖先觅食的时候，经常不可避免地误食一些不合适的食物。我们的祖先神农氏'尝百草之滋味，水泉之甘苦……一日而遇七十毒'。后来，人们寻找食物时，就会避开有毒的，摄取无毒的。再后来，人们又发现有的食物不仅能够果腹，而且能够解除病痛，这就是药食同源的最初阶段……"

"对，咱们天岭上的青青菜，也能当菜吃，如果你割破手了，把青青菜捣碎，捏出它的汁液还能止血呢！"一个农人听到这里，忍不住插了一句。

"对！"扁鹊肯定了他的说法，"后来，人们从利用自然火到燧人氏钻木取火，开始吃熟食，开始'火上燔肉，石上燔谷'，到伊尹制造汤液，再到仪狄造酒，人们的饮食又上了一个台阶。《诗·七月》中说的'为此春酒，以介眉寿'，就是说酒有延缓衰老、强身益寿的作用。伊尹也写了《汤液经》一卷，说用烹调的方法可以治疗疾病。在《周礼》中，有了'食医'这个词，说食医用'六食''六饮''六膳'等来调配周天子的饮食。《周礼·天官》中，还记载了用'五味、五谷、五药养其病'的主张。再后

283

来的《黄帝内经》中，则明确地提出了'五谷为养，五果为助，五畜为益，五菜为充，气味合而服之，以补精益气'。《黄帝内经》还提出了食物也有四性五味的理论，要求我们按照治病的要求，选择不同味道的食物，这就是那个时候的药膳。"

"可是，今天摆在这里的，除了野菜就是野菜。年景好的时候，我们都不吃这些东西。这些清汤寡水的，能有什么作用呢？"村人又提出了问题。

扁鹊看了看石案上摆的各种野菜，笑了笑对大家说道："今天，我们摆在这里的，大都是最初步、最原始的药膳。你像这蒲公英，它性寒味苦，入肝胃经，具有清热解毒、消痈散结、清肝明目的作用。你像这白茅根，它性寒味甘，归心肺胃经，有凉血、止血、清热利尿的作用。你看这盘苦菜，它性寒味苦，有清热解毒、明目止咳的作用。当然，这里还有其他菜，这些都是药食两用的东西，而且都是最初步、最原始的药膳。将来，随着条件的改善，有很多很多的食材可以加上草药之后，烹制成色香味俱佳的药膳，以让大家大快朵颐……"

"吃药膳有什么好处？"有人问道。

"药膳和治病有关系吗？"接着又有人问。

"对我们做郎中的人来说，最上等的郎中是医未病之病的郎中，中等的郎中是治即将发作之病的郎中，而治疗大家都能看到的疾病的郎中则是下等的郎中了。怎么治疗未病之病呢？根据每个人不同的情况，为他们调理身体，正是题中之义。而食用药膳，则是最主要的调理方法之一。我说到这里，也许大家就明白了。"

"原来如此！"

"真是开了眼界了！"

一阵感叹之后，村人们都争先恐后地拿起了筷子。这些他们平常视而不见的野菜，竟然是治病的良药、调理身体的宝贝，现在，他们再吃起野菜来，竟然真的觉出了不同的味道。他们从心底里感叹道：神医就是神医，教人们吃饭也是治病，看来，今后我们也应该关注一下药膳了。天岭上这顿饭，让我们知道了什么是养生。今后，咱就奔着药膳的方向走吧！

送走大家，趁徒弟们收拾的空儿，扁鹊径直走进了石屋子。伸了几个懒腰之后，扁鹊又摊开了一大卷竹简。按照他的写作提纲，《难经》的正文分为六个部分。目前，前面五个部分已经写完，下面就要开始写作第六部分了。这样，在马径邑的天岭上写完《难经》之后，他就完成了今生最大的一件事。之后，他就可以全身心地投入治病救人、救死扶伤中去了。

提起毛笔，扁鹊在竹简上写了起来：

六十九难

曰：经言虚者补之，实者泻之，不实不虚，以经取之，何谓也？

然：虚者补其母，实者泻其子，当先补之，然后泻之。不实不虚，以经取之者，是正经自生病，不中他邪也，当自取其经，故言以经取之。

译文：问：医经上说治虚症用补法，治实症用泻法，不实不虚的病症，可以在本经取穴治疗，这是怎样解释的呢？

答：各经穴按五行的规律，都有母子相生的关系，凡是虚症，就宜补其所属的母经或母穴，实症就宜泻其所属的子经或子穴，一般来说，在治疗步骤上应当先用补法后用泻法。至于不实不虚的病症，可以在本经取穴治疗，因为这是本经自生的病，不是受了其他各经病邪的影响或传变而得，所以应当治其自病的经脉为主，不必在他经补母泻子，因此说可以在本经取穴进行治疗。

"不实不虚……"

三天以后，这部一万余言的皇皇巨著《难经》，终于在齐国马径邑西北的天岭写完了。写完之后，扁鹊让徒弟们轮流为他站岗，不准任何人来打扰。他不吃不喝，一口气睡了三天三夜。当他醒来的时候，又成了一个精神矍铄的老头儿。他让子阳专门买了一个木箱子，把《难经》的全部竹简放进去锁好，并专门用一驾马车拉着它。从此，他不再让子越为他赶马车了，而是让子越专门驱赶拉着《难经》的那驾马车，并让子阳、子豹骑着马，在车的两边加以保护。从此，他开始让太子为他赶马车，并让子游负责断后。

车马离开天岭的石屋之后，扁鹊回过头一遍又一遍地看着天岭，心潮起伏着：是啊！这里承载了我太多的记忆了！已经记不清是几次经过这里了，也记不清在这里住过几次了。特别是这次，我在这里写完了自己倾注全部心血的《难经》，九九八十一难，几乎耗干了我的所有啊！他看着天岭上的一草一木，想想山下那些淳朴善良的农人们，禁不住泪如泉涌，眼泪打湿了他的衣衫：

今生，我还能再来这里吗？

也许，像扁鹊这样的神医，是有预感的。此次远行，让他无意之中踏上了一条不归之路。这种不归的因，在他上一次见秦武王的时候，就已经种下了。这次的不归，只不过是果而已。虽然他上一次离开秦武王时，显得那么潇洒、那么决绝，但是，那张网早已经向他张开了。他所做的，不过是自投罗网而已。

车马刚到风门道关，扁鹊便喊着大家回去。

回去干啥？大家一头雾水！

原来扁鹊忽然改变了主意！促使他改变主意的，是子越赶的马车上那大半车竹简。对于这部《难经》，扁鹊看得比他的生命都重要。而此次周游列国，他总有一种不祥的预感。至于会遇到什么不测，他难以判断得那么准确，他只是想到，自己已是迟暮之年，此行又是山高水远，万一自己有个好歹倒算不了什么，但是，如果他倾注了半生心血的《难经》遭遇不测，那该是多么重大的损失啊！这大半车竹简，存在哪里比较合适呢？扁鹊在车上翻来覆去想了无数遍，最后还是觉得放在天岭那几个农人那里比较合适。一是这部书大部分都是在那里写的，存放在那里有纪念意义；二是天岭下那几个农人憨厚老实、忠诚质朴，也是很值得托付的。

于是，扁鹊师徒一行调转马头，又向着天岭方向行走。好在齐长城上的风门道关离天岭不远，不到半天的工夫，车马又涉过石沟河，盘天岭而上。

正在天岭周围劳作的农人们，眼看着扁鹊师徒早晨刚刚从天岭下来，去了风门道关方向，没想到这刚刚到中午时间，他们又回来了。是多么重要的事，值得他们去吃如此奔波劳顿之苦？于是，农人们纷纷聚拢起来，跟在扁鹊师徒的车马之后，一起上了天岭。

扁鹊师徒的车马上了天岭之后，一直往北走。待他们走到天岭中部那个石屋子跟前的时候，扁鹊招呼大家停在了那里。扁鹊看看周围的农人们，从中发现了那天吃药膳时和他几次对话的老者。他双手把老者拉到跟前，郑重地，一字一句地说：

"老兄，我有一事相求……"

"你是神医，为国家做了那么多事，帮百姓解决了那么多困难，别说一事相求，你就是有一百件一千件事，我们帮忙也是应该的！快说，快说！"老者异常痛快。

"我车上的这些竹简，想存放在这里。"

"好说，好说！"老者又是满口答应下来。

"存放哪里呢？我得看看地方。"

"这……"老者看了看天岭西侧的几间草房，大概他觉得放在草房里透风撒气的也不安全，便又把目光扫向别处。扫了几圈之后，老者最后把目光锁定在了眼前的石屋子上："此地甚好，此地甚好。屋子全是用石头垒的，密不透风。竹简放在屋子里的石头上，再大的洪水也淹不上来。东西放好之后，我们再用石头把屋门砌死，而且专门派人看着，保证万无一失。你看如何？"

见老者都说到这个份儿上了，扁鹊还能有什么话说呢？于是，他指挥徒弟们卸下竹简，码放在石屋里边的石头上。老者也叫来了石匠，一阵钎子锤子敲敲打打之后，将屋门用石头砌得严严实实。扁鹊围着石屋子转了几圈后，这才放下心来。最后，他让太子从车上拿下两块玉佩，郑重地交给老者：

"郎中贫寒，两块玉佩，权作费用……"

"你这就是瞧不起我们了……"

老者伸出手来挡住，态度异常坚决。只见他的两条浓而黑的眉毛好像要竖起来似的，一张长满了皱纹的脸，一下子红了起来，好像扁鹊如果再硬送，他就会马上翻脸似的。扁鹊见此情景，也只好作罢，只是深情地拱拱手：

"拜托了！有劳了！"

"神医放心吧！保证万无一失！如果发生什么事，我们宁肯搭上性命，也要保住你的竹简，你的宝贝！"老者和农人们异口同声说道。

扁鹊师徒转身离开了。

多亏扁鹊有先见之明，将《难经》的竹简存放在了天岭之上。因为他遇到的对手太无耻了！手段太残忍了！如果他此行带走了这些竹简，它们可就真的要遭遇不测了，那样，我们今天就看不到这部千古奇书了！

因为，恶魔已经向他张开了大口！

这次离开天岭，简直太诡异了。

扁鹊就《难经》的封藏和保护的注意事项向农人们交待好之后，便开始向风门道关方向行走。也就是在这个时候，好像是从石沟河里升起了一阵大雾，刹那间把天岭包围了。刚才还风和日丽的天岭上，突然一下子被不知道从哪里来的大雾盖了个严严实实。山上的树和石屋子忽然间统统不见了踪影，天地间一片混沌。扁鹊和徒弟们找不到车在哪里，看不见马在哪里，谁也不知道谁在哪里。尽管是大白天，他们却只能伸出双手，一边四处摸索着，一边磕磕绊绊地走着。不知道走了多长时间，扁鹊的手突然被什么东西扎了一下，顿时疼得钻心。他马上把手指放进嘴里，使劲嗍了一下，一股黏稠的带着咸味的液体被嗍了出来。扁鹊知道，这肯定是指头被什么东西扎破了，要不怎么会这么疼、出这么多血呢？想到这里，他自言自语道：

"是什么东西扎人这么厉害呢？"

"当然是我了！"半空中传来一句吓人的话。

"你是谁？怎么神不神鬼不鬼的？"

"我是我，我叫酸枣王。"

"酸枣王？好大的口气！谁封你为王的？"

"没人封我，等着你去给我讨封呢！"

"去哪里为你讨封？"

"哈哈哈！你以为我不知道吗？你此行肯定要去秦国的秦武王那里。而且，恰恰是在你去的时候，他正好患了失眠的病症。而挂在我枝丫上的酸枣能养心安神，能治疗失眠多梦，你给他用上之后，他肯定会龙颜大悦。你瞅准这个机会，让他封我为酸枣王，他肯定会满口答应的！不信你就试试！"

"我要是连试也不肯试呢？"扁鹊的脾气上来了。

"那……那山上的雾气会越来越重，你就别走了！"

突然，天岭上的雾气更加浓重了，连面对面也看不见人影儿了。扁鹊师徒又踉踉跄跄地走了大半天，还是不知道走在哪里，更不知道走到了哪里，只是觉得浑身冒汗，而且衣袍也被树枝刮得条条缕缕。扁鹊突然觉得脸上奇痒难耐，用手一抹，一些黏稠的东西黏在了手上。他放到鼻子前一闻，什么味道也没有，又放进嘴里一尝，有一股浓咸味儿。这时他才知道，肯定是头和脸也被酸枣树的棘针刮破了。扁鹊知道，他们遇到道行深厚的老树精了。为了能早一点离开这里，扁鹊恭恭敬敬地说了声：

"酸枣王，我一定去秦武王那里为你讨封！"

霎时间，雾气迅速消散，天岭上一片清清亮亮。师徒几个相互一看，原来，他们走了半天，只是在围着一棵老酸枣树转圈儿。定睛看那棵酸枣树时，只见它全身发黑，树皮皱裂得像小孩子裂开的嘴，几根遒劲的老枝对着天空伸了出去，似乎是要抓住天上的白云。它的全身布满了棘针，似乎是你一动它，他就会把你扎得血流不止。只是在它最上端的棘针密布的枝丫上，挂着上百个酸枣。

扁鹊和徒弟们小心地将酸枣摘了，用细绢包好，装进了贴身的口袋里。这时，他们才赶马套车，向着风门道关方向走去……

坐在马车上的扁鹊，一副心事重重的样子。虽说他的两眼在盯着竹简上的字，但是他的心思根本不在竹简上。他还在想着那棵老酸枣树，想着老酸枣树说的那些话。想着想着，他突然浑身哆嗦起来。因为，他突然想起了他老家村里的一件事。

那时候，临淄多出蚕丝，而马径邑多出陶罐。每当冬闲之时，村里的人便用小推车推着几束蚕丝，去马径邑换取陶罐，以供日常生活所用。那天，村上几个人约好了，结伴去马径邑易货。村口的老秦头出门时，一只黄鼠狼突然蹿了出来，一下子挡在他的小车前。他放下车子，过去把黄鼠狼赶跑了，然后又回来推车。当他推起车子刚要迈步时，发现那只黄鼠狼又挡在了他的小推车前面。被黄鼠狼连续挡了三次后，老秦头打了一个激灵：这是咋回事？也许是今天我不应该出行？于是，他干脆推着车子回了家。同行的另外三人轮流劝他一起走，可他就是躺在炕上不起来。第三天，外边传来了消息，说那三个去马径邑易货的村人，过了般阳城还没到天岭的时候，被滚下来的山石砸死了。

　　想到这里，扁鹊出了一身冷汗！他想：难道老酸枣树放出浓雾不让我走，这里边会有什么预兆吗？难道是我此行凶多吉少？不对呀！最后不还是雾收云散了吗？这不也是好的征兆吗？

# 第二十章　脉诊赵简子

扁鹊师徒重新来到齐长城的风门道关时，太阳已经偏西，天色不早了。看着多次经过的关口，扁鹊停了下来。

齐长城北面的西北风，争先恐后地从关口里钻向城墙南边。它们刮起的沙砾和小石子，打得垛口噼啪作响，给人一种苍凉的感觉。扁鹊走下车来，站在了关口的一边，大风吹得他的白发像一团乱草似的舞动着。他呆呆地站在那里，目光好像是要越过重重山峦，看到齐国的都城临淄，看到临淄城外的郑阳邑，看到他心爱的妻子静姝和他的兄长们，看到那片生他养他的故土……

也许，他感觉到了什么。

"师父，风太大了，走吧！"子越催促道。

扁鹊还是一动不动地站在那里。

子越勒住马车，拿了件夹衣走过去，给师父披在了肩上。但是，咆哮的大风又把夹衣吹落在了地上，被一棵棘针树挂住了。子越捡起来，直接给师父穿上。扁鹊呆呆地转过身，径直向前走去，所有的车马都慢慢地跟在他的身后。天地间，除了呼呼的风声，似乎没有任何其他声音。直到走得太阳压山了，扁鹊才在徒弟们的劝说下，慢慢坐上了马车。大家一声不吭地继续往西南走去。

神医就是神医，走到哪里也藏不住。

师徒几人晚上刚刚住下，水还没烧开呢，就有人找上门来了。来人是一位妇女，长得高高大大的，一看就是庄稼地里耕耩锄耙的好手。她见到扁鹊之后，却一下子就跪下了，泣不成声地开始说丈夫的病情，说得上气不接下气。扁鹊把她扶起来，招呼太子给她倒上水，让她喝口水之后慢慢

291

地说。后来，从她连哭带叫的诉说里，扁鹊终于听清了她丈夫的病因及病情。

原来，她丈夫是个五大三粗的小伙子。大前年夏天，他在地里锄草时锄累了，便躺在田垄里睡过去了。由于他睡觉时总是张着嘴，所以醒来之后，他觉得有两个蚂蚱跳到他嘴里又被吞肚子里去了。从此以后，他就觉得肚子经常疼，吃什么吐什么，吃多少吐多少。最后，不论家人怎么劝，他都一口东西也不吃了，人也渐渐地瘦得皮包骨头了，不用说去庄稼地里干活，就是从屋子里走到茅房里，也要气喘吁吁地歇好几次。三年来，不知道看了多少郎中，不知道喝了多少药，可就是丝毫没有起色，一家人愁得要死要活的。

扁鹊听完后说："三天后你和他过来吧！"

那妇人急不可耐地说："为啥三天以后啊？"

"这么厉害的病，我得准备一下啊！"

"你咋准备？我帮你吧！越快越好！"

"天机不可泄露，你帮不上忙。"

"好！三天就三天！神医可不兴骗人的！"

"一言为定！包好！"

待那妇人走后，太子便悄悄地问扁鹊："师父，问你个事儿。你还没见到病人，你的望、闻、问、切几个诊病的环节基本上连一个也没有，咋知道人家是什么病？再说了，你过去给人看完病，总是说服了这几服药看看吧！从来没给病人打什么保票。可今天，你还八字没一撇，咋就和人家说包好呢？是不是前些日子写《难经》累坏脑子了，现在还没有休息过来呢？万一你给人家治不好，你这神医的大名上，可要蒙尘了！"

"你等着看好戏吧！"扁鹊神秘地笑了笑。

太子听了师父的话，心里还是疙里疙瘩的，似乎有些飘忽不定。他回去和几个师兄一说这事，几个师兄也觉得非常奇怪。但是，由于多年来对师父的信任和崇拜，他们并没有对师父的举动有过多的怀疑，只是说走一步看一步吧！谁知道，三天后的早上发生的事，更让他们大惑不解。

早上，刚刚吃完早饭，扁鹊就吩咐子阳和子豹去山上逮蚂蚱，而且要逮两个还没长翅的小蚂蚱。子阳、子豹说现在节气尚早，山里的蚂蚱还没孵出来。扁鹊却笃定地说，山里那些向阳背风的坡上，有的蚂蚱早已经孵出来了。然后，他又让子游和子越准备一服催吐的药，并且要煎好凉透备用。徒弟们不知道师父葫芦里装的什么药，只是凭着多年对师父的信任，一一按照师父的吩咐而行。到这时，连他俩也开始怀疑了，因为，师父不论给谁治病，治什么病，从来没有这样神神秘秘过。

"你还记得师父说过的祝由术吗？"子游问。

"记得啊！和逮蚂蚱有什么关系？"子越道。

"看师父神神秘秘的，我突然觉得……"

"对！对！有道理！"没等子游说完，子越便一下子截住了他的话。子越一边拍着大腿，一边大笑着说："师父原来讲过的祝由术，就是一种非常神秘的治病方法。听这个女人叙述，她丈夫得的就是一种非常奇怪的病。看来，也许师父有一种神秘的方法，能治疗这种奇怪的病！过去，师父总是望、闻、问、切之后，才说些留有余地的话，可是，那天他早早就把话说满了、说绝了，估计今天会有好戏看了。不信？你等着。"

"我咋不信？我信！"子游高声道。

没多久，那个妇人便用小推车推着那个瘦得像小鸡子似的男人进来了。扁鹊走到病人跟前，通过简单的望气色、闻声息、问症状、摸脉象，便得知他前天的判断是准确的。他让太子端过凉得不冷不热的催吐药，让那人一口气喝下。过了不长时间，那人便开始呕吐。见此状况，扁鹊亲自端盆接着。只见那人闭着眼，皱着眉，一口气吐了个天翻地覆，直到最后把胆汁也吐出来了。最后，那人实在没东西可吐了，扁鹊才将吐满呕吐物的盆子端过来，趁大家没注意的时候，他悄悄把早已攥在手里的两个小蚂蚱扔进盆子里，并顺手用棍子搅拌了一下。然后，他把盆子端到那人面前，装作毫不经意地说了句：

"唉！终于吐出来了！"

"吐出啥来了？"那人紧张地问道。

"没啥！两只小蚂蚱！"

"小蚂蚱？我看看。"

"你看吧！老蚂蚱生了小蚂蚱了！"扁鹊道。

那个人接过扁鹊手中的棍子，不住地在盆子里拨拉着。他把那两只小蚂蚱翻过来翻过去，看了好几遍，然后才叹息着说："唉！终于吐出来了！三年了，那两只大蚂蚱已经在我的肚子里生了小蚂蚱。我说呢！它俩成天

293

在我肚子里蹦跶，弄得我肚子里那个难受啊！可是，他们硬是说我没有病。真的，病在谁身上谁知道啊！找了那么多郎中，都无法把它们弄出来，看来还是神医管用啊！谢谢你了，神医！"

那人说完，竟然不用他老婆推着，迈着大步独自走了出去。妇人非要给钱不可，扁鹊说治这样的病不要钱，那妇人千恩万谢而去。这时，忠厚老实的子阳问扁鹊道："师父，你咋这样治病呢？你这不是骗人吗？"

"通过听那妇人的叙述，我就判断此人无病，只是因为对肚子里有蚂蚱这事心里有疙瘩罢了！这样的病，什么药也不管用。"扁鹊认真地对子阳以及其他徒弟们说道，"这时候，他已经失去了判断事物真假的能力，更无法听人劝说了。在这种情况下，郎中就只能在保证患者尽量少受痛苦的前提下，剑走偏锋了。治心病，就得这样！我不是给你们讲过祝由术吗？我做的这个，虽然不能说是完整或标准的祝由术，但是，道理都是一样的。"扁鹊笑得很开心，几位徒弟也跟着大笑起来。因为，他们觉得，他们又学了一招儿。

扁鹊师徒的车马又开始向前走了。

不过，这次，他们遇到了一个怪现象。大约是到了卢地（今山东长清）的时候，虽然正在农忙季节，但是田畴里连个人影儿也看不见。他们想停住车马问路，也因为没人可问而作罢。无奈，他们只好拐进了村里，谁知道村里也如同死一般沉寂，家家关门闭户，街巷里没有半点人声儿，甚至连鸡狗的声音都很难听得到。好不容易看见个人影儿，等他们追过去，那人早已经蹿进家里，把门顶得死死的，任你喊下天来，人家也决不开门。

扁鹊四处寻人，终于在路边的石板上找到一个奄奄一息的老人。他把老人从地上扶起来，用袍袖为他擦干净嘴唇上的白沫，然后，又轻轻地为他捏了捏胳膊腿，这时老人才慢慢地喘过气来。经仔细询问，他才知道是村里从山那边传来了疠病，吓得家家户户都不敢出门了。据说，得了疠病的人必死无疑。还有的说外村染疠死的人，一片片地躺在街上，没人抬没人埋，其惨象无法描述。听了这话，扁鹊心里一怔：这种病传染得很快，此地不可久留。在往村口走的路上，他忽然觉得浑身发冷，两条腿直打哆嗦。他知道，自己可能被传染上了。到了村口，他招呼徒弟让他们一起走，他自己却走在另一条小路上。走到山前的时候，他让徒弟们一起住一个山洞，而他自己住一个相邻不远的山洞。他让子阳、子豹和子游等，每人根据自己理解和判断的扁鹊的病症，各开一个药方，并各为他准备一服不同的草药。

他煎好并服下第一服草药之后，不等落太阳便早早躺下了。

谁知道，当夜他不仅浑身继续发冷，而且嗓子还开始发干。几天之后，他连咽口水都困难了。这时候，他连一口饭也吃不下，只是煎服了第二服草药。又过了些日子，他不仅以上的症状没有减轻，而且连续咳嗽得要命，一直咳得喉咙里吐出了血丝。为了检验草药的效力，他忍着疾病的痛苦，又硬撑了一些日子。这天夜里，实在熬不过去了，他又煎服了第三服草药。徒弟们着急得要命，都想过去服侍师父，但是师父怕传染他们，又不让他们来到近前。他们只好远远地坐在树下，心急火燎地望着这边干着急。每当听到师父住的山洞里传来要命的咳嗽声，徒弟们的心都一揪一揪的，疼得要命。

第十二天的太阳出来了。

一宿没睡的几个徒弟，眼巴巴地望着扁鹊睡觉的洞口，都盼着师父能恢复健康走出来。师父也没有辜负他们的希望，随着山崖上的几声鸟叫，师父真的走出来了，而且步履非常有力。扁鹊的脚步不停，一直走到了大树下的徒弟们中间。他朝徒弟们笑了笑，声音非常洪亮地问徒弟们："第三服草药是谁包的？"

"师父，是我包的。"子游小声说道。

"我服下前两服草药后，病情不但没有好转，反而有些加重。我服下第三服草药之后，病情明显好转了。今天早晨，我觉得更好了。所以，我断定是第三服草药起作用了。子游你说说，你的草药里都包含了哪几味药？每味药的用量是多少？谁为君臣？谁为佐使？哪一味药是先煎后下？哪一味药是包煎？"

子游受宠若惊，小心地一一报了出来。

"好！我们就用你这个方子！"

扁鹊说完这句话，便吩咐徒弟们按照子游的方子进山采药。扁鹊看到采的草药足够了之后，又把徒弟们分成两组，让他们一组用麻布把一些草药包成许多大包袱，进村入户，将盛药的大包袱挂在大门上、屋檐下，甚至村子里的大树上，也被他们挂满了包着草药的大包袱；另一组到老乡们家中借了许多陶鬲，选了些尚未染疫的青年壮汉帮忙，他们在山坡上用石头支起陶鬲来煎药。几天时间，村子里的大街小巷，都放上了盛着汤药的陶鬲。全村弥漫着一股浓浓的草药味，整个村里连一个昆虫也不敢飞进来。树上的小鸟都飞得远远的，用惊恐的眼睛看着村子里发生的一切。在扁鹊师徒的劝说下，有些人家的大门打开了，村人们开始出来喝汤药了。早喝了汤药的人觉得症状减轻了，便劝着那些抵触汤药的人喝。几天下来，扁鹊他们熬的汤药便供不应求了。这时，有些疫症消失了的村人，也加入了上山采药的队伍。看着眼前的景象，扁鹊和徒弟们高兴得合不拢嘴。仅仅几天时间，村子里开始见到人影儿了，山下的庄稼地里，也开始有了欢笑声。

扁鹊知道，他们又该走了。

与往常一样的是，扁鹊师徒的车马又上路了。与往常不一样的是，这次，扁鹊并没有坐在车上闭目养神，或者在不言不语地思考，而是一路上不停地给徒弟们讲着：

"这种病，不同的地方有不同的叫法。有的地方叫作瘟，有的地方称作疫，还有个别的地方叫它疠。这种病性烈，往往是一人得病之后，全家或者全村很快就传满了。其实，这种病虽然来势汹汹，看起来非常吓人，但并不是没有防治之术。我们的古人，早已经在很多方面进行了探讨，并且卓有成效。相传，在《黄帝内经》中，黄帝问他的老师岐伯说：'我听说疫病流行起来，具有很强的传染性，不管老少长幼，发病的症状都相似。面对疫病的暴发，怎么才能防止它传染呢？'你看，早在那时候，他们关于瘟疫传染的描述，就已经很形象了。而且，他们早就开始研究防止疫病传染的方法了。"

"疫病能预防吗？"子阳问道。

"我正想往下说呢！其实，还是在《黄帝内经》中，岐伯的回答，已经把这个问题说得很清楚了。他说：'不相染者，正气内存，邪不可干，避其毒气。'也就是说，我们平常要注意养生和锻炼，只要身体内的正气充沛了，免疫力强了，即使遇到疫病，也不会被感染的。从这几句话里，我们可以看出加强锻炼，加强营养，对人们的生存是必不可少的。"

"一旦遇到疫病，我们怎么办？"子豹问。

"疫病总是和人在一起的，想让疫病不流行，这是很困难的。十年一大疫，三年一小疫，这是老百姓常用的说法。疫病一旦流行，我们前几天用的方法是最有效的。当然，目前还可以用一些别的办法，就是把我们炮制好的草药，制成膏状或糊状，抹在身上，涂在门上，也能起到一些治疗或者预防的作用。还有，就是……"

"师父，前面岔路，走哪条？"赶车的子越问。

"走左边这条宽的吧！"

扁鹊一下子从对疫病的分析中走出来，似乎有些累了。回答完子越关于道路的问询之后，他不再说话，并且又开始闭目养神了。整个车马队伍，没有了说话的声音，只有嘚嘚的马蹄声和子越偶尔赶马驾车的声音。微风吹来，路两边庄稼地里禾叶的唰唰声，一下子显得清晰起来。

谁也没想到，扁鹊无意中走的这条路，竟然是他又一次创造奇迹的道路！

当扁鹊一行顺着这条路，进入晋国都城——绛城的时候，眼前的景象，的确把他们吓了一跳。

他们是傍晚进入绛城的。作为一国之都，这个时间，应该是满眼灯红酒绿、充耳丝竹管弦的时刻，但是，此时的绛城是黑灯瞎火、死气沉沉，即使是勾栏酒肆集中的街道上，也是人影稀疏，清冷得很。大街上偶尔有人影飘过，也是面色凝重，行色匆匆。晋国本是精通音律、善弹琴的乐圣师旷出生的地方，著名的音乐作品《阳春》《白雪》也是出自他手，而今怎么如此沉寂呢？扁鹊一行觉得非常奇怪。于是，他们悄悄地放慢了脚步。在大街转弯处的一处酒肆旁边，子阳忽然觉得有股阴森之气，让人脊梁沟发凉。从街上走的人，都是远远地绕开那里，悄无声息地走过去。子阳他们不知就里，竟然径直走了过去。他们一抬头，看到一棵大树上吊着一个人。子豹胆子大，凑近仔细一看，禁不住惊出一身冷汗：只见那人披头散发，身上的衣裳被撕得一条一缕的，那身破衣烂衫的下边，还不停地滴着血。这时，他把子游招呼过来，让子游看看这人的情况。子游把手掐到那人的鼻孔前，觉得那人还有些气息，便轻轻地问道：

"敢问先生，你这是怎么了？"

"我……给赵简子治病，他……"那人有气无力。

"治病怎么了？告诉我。"子游问道。

"没……没治好……"那人气息很弱了。

"治不好是寻常之事……"

"他们差点把我打死……"

说完这句话，那人长长地出了一口气，一坨黏稠的黑血从他的口中流出，一直拖到了地上。刹那间，那人便没有了气息。子游又在那人鼻孔上捂了一会儿，然后走到师父跟前，讲了那人说的事。扁鹊听完之后，便嘱咐大家："此处是非之地，我们少说话，少管事，尽快找地方早点住下，一切等待情况明了之后再说。"听了师父的话，大家不再言语，匆匆找了一家离得最近的客栈住下，关门闭户，不再与生人打交道。连给马加料的子越，铁勺碰到石槽的时候，声音轻得都传不出马厩。

晚饭后，大家聚集在扁鹊的屋子里，商量着明天的行程和打算。扁鹊虽然年事已高，但热血未凉，他为街上那个治不好赵简子的病而被毒打致死的人愤愤不平，说这世道简直是暗无天日，只许州官放火，不许百姓点灯，凭什么你国王可以治理不好国家，而郎中就必须治好所有的病人呢？要是所有的病人都能治好，所有的人都能活几百岁，这世界上的人早已多得盛不下了。就在扁鹊发泄不满的时候，太子不紧不慢地来了一句：

"这个赵简子可不是一般人啊！"

"他能比国王晋昭公还厉害？"扁鹊嘟囔道。

"当然比国王厉害了！"

"他不就是一个普通的大夫吗？"

"大夫比国王强硬，这就是晋国的现实。"

"愿闻其详，请你赐教！"扁鹊忿忿然。

"师父，弟子不敢'赐教'。只是我在宫里时，经常听王公大臣们议论起列国的政事，略知一二而已。"短暂的开场白之后，太子开始介绍起赵简子来。公子哥儿喜欢高谈阔论的毛病，在他身上还保留着一些，所以，介绍起赵简子来，太子说得有些啰唆：

"赵简子本名赵鞅，是晋国赵氏的领袖人物，也是晋昭公的卿相。他曾经领兵平息了持续三年的王子朝之乱，为国家的稳定立下了汗马功劳。之后，他又把晋国收集准备上交的480斤铁熔化，铸成了一个铁鼎，并把晋国的法律刻在了上边。这就等于明确地宣布，在晋国，'刑不上大夫，礼不下庶人'已经成为历史。这在当时引起了巨大轰动，也招来了士大夫的强烈反对。连孔子也认为这样会导致'贵贱无序'，进而发出了'晋其亡乎，失其度矣。'的哀叹。与此同时，他又加大治理力度，将晋国本来的三军六卿格局，裁减为二军四卿。所有这些措施，都使他威望大增，崇拜他的人，支持他的人，一拨接着一拨，因而形成了晋国王公贵族弱、大夫势力强的局面。所以，赵简子把持朝政，连晋昭公都拿他无可奈何。也正因如此，赵简子得了病，晋国的人才如丧考妣，甚至连娱乐活动都停止了。这是怪事，却也不怪！权倾一时，有谁不怕呢？威及四方，有谁不去巴结呢？人之常情，人之常情啊！"

太子一口气说了这么多，扁鹊越听怒气反而越小了。直到最后，他竟然一点怒气也没有了。扁鹊呆了好长时间，最后只是在回过神来之后，淡淡地说出了四个字：

"吹灯睡觉！"

扁鹊想睡觉，可是偏偏有人不让！

大约是在寅时，正在熟睡中的扁鹊师徒，被一阵由远而近的马蹄声惊醒了。踏在青石板街道上的马蹄声，在夜深人静的时候，显得格外清脆。奇怪的是，马蹄声到了扁鹊师徒下榻的客栈门前，便戛然而止。接着，便传来了咚咚的敲门声，而且敲门声急促有力，一阵紧似一阵。从敲门声里，扁鹊感到了事情的急迫，便打发身边刚给马喂夜草回来的子越去开门，他也紧接着穿起了衣裳。

子越刚刚打开门，一个满脸汗水、身穿朝服的人便跟头趔趄地闯了进来。虽然从衣着看来，来者是个颇有身份的人，但是，他丝毫没有官家的蛮横，态度也是极其谦恭。他看了看灯影中的扁鹊，竟然纳头便拜。而且，他的话语里也充满了对扁鹊的尊敬：

"神医在上，受我一拜！"

"请问尊姓大名？"扁鹊有些疑惑。

"我乃赵卿家臣董安于是也！"来人通报说。

"请问董君有何贵干？"

"我来拜见神医，是有事相求的。"

"不必拘礼，但说无妨！"

"请神医一定救我家主人！"

"我的职责就是治病救人，你详细说一下。"

299

"我家的主人，就是晋国的卿相赵简子。他每天殚精竭虑地处理国事，可能是太累了。前几天，他正和大臣们商量边关大事的时候，突然昏迷不醒。截至今日，已经是第五天了。五天来，他不吃不喝也不动，只是鼻孔里还有一丝气息，证明他还活着。这些天来，府中的人急得像热锅上的蚂蚁，可是谁也想不出好办法，找了几个自称'神医'的人，可都毫无效果。几天来，连朝中的政事都停摆了，满朝文武束手无策。这不，上半夜听说神医你过来了，我便受相府之托，到处打听你，并且连夜赶过来了。真是打扰你了，还望你海涵！"

昨晚，听了太子的介绍，扁鹊对赵简子并无好感。但是，听到董安于这一番话，他心中那种救死扶伤的精神又升腾起来了！他马上收拾停当，连脸也没来得及洗一把，便带着徒弟们向宫中跑去。凉风吹在他的身上，让他禁不住起了一身鸡皮疙瘩。

府中，肃杀的气氛让人感到压抑，死一般的寂静使人觉得喘不上气。赵简子仰躺在华丽的病榻上，身上覆盖着丝绸被子。但是，再华丽的被卧，也难覆盖住他那病恹恹的身体。一班王公大臣，只是围在那里捶胸顿足，却没有人能拿出一个有用的治疗方案。

"闪开，闪开！神医扁鹊来了。"

随着董安于有点威严的声音，扁鹊师徒带着一阵冷风进了宫中。众大臣听见之后，慌忙让出了一条路，让扁鹊等鱼贯而入。走到躺着的赵简子身边，扁鹊稍微沉思了一下，然后仔细看了一下他的面色，又翻了翻他的眼皮，捏开他的嘴看了看舌头。接着，扁鹊开始为赵简子摸脉。摸了左手又摸右手，如此反复几次之后，扁鹊似乎有所悟，然后他独自转身走到府外。董安于见状，马上迈着小碎步，麻利地跟了出来。

"神医，你看我家主人的病……"董安于忐忑地问。

"尽管放心，并无大碍！"扁鹊说得非常轻巧。

"五天不醒了！又加上粒米未进，还无大碍？"

"当然，只是气血不畅而已。"

"你以前治过这样的病吗？"董安于还是不放心。

"治过。譬如秦穆公……"

"秦穆公也是这样的病情？"董安于有点不信。

"是的。我去他宫中的时候，他也是差不多昏迷了五天了。整整五天，不吃不喝也不动，满朝文武都吓坏了，连后事都为他准备好了，只是因为他还有一口气，无法出殡入土而已。我诊断了他的病情之后，命我的徒弟子游和子越为他稍加调理和治疗，然后我们就想离开那里。众大臣问我秦穆公何时醒来，我说大概两天之后吧！我说也许他醒来还会和你说他做的梦呢！一众大臣都不信，坚决不让我离开，说等君王醒来再放我走。为此，他们还在宫中放了暗哨，并安排了专人分工，来盯梢我和徒弟们。第二天晚上，我正在和大臣们聊天，忽听得帷幕那边有动静。等我们转过去之后，秦穆公已经坐起来了，并向大臣们要水喝，要饭吃。吃饱喝足之后，没等别人询问，他果然说起他的梦境来。说他去天帝那里玩了几天，天帝对他很好，很多峨冠博带的人，和他说了国家的很多秘密，等等。我想，赵简子醒来之后，也可能会说类似的情景吧？我们可以拭目以待。"

"我家主人的病怎么治疗呢？"董安于还是担心。

"这事不复杂。"扁鹊为他吃了定心丸。

"愿闻其详。"董安于有点信心了。

"你先停了赵简子的汤药吧！这病不适合喝汤药。因为他不清醒，药渣若是呛在喉咙里，咱们也不知道。说句难听的话，这样是会呛死人的。"听了这话，董安于马上让下边人去执行，并把所有煎好和没煎好的汤药，全部撤出府去。

这时，扁鹊又让子游拿出一包针具，吩咐太子在石头上反复打磨，待他觉得差不多了，方让太子住手。然后，扁鹊又返回府中，在赵简子的背上点了几个穴位，让子阳和子豹为其针灸。针完之后，眼看着子越收拾完包袱，扁鹊一行就要离开。旁边围绕的一众大臣，却不认可扁鹊的治疗方法，他们认为，这么重的病，都不省人事了，胡乱扎几针就能好？但是，碍于扁鹊的名望，他们又不便于明确反对，便撺掇董安于发难。

"神医留步，我家主人的病……"董安于软中带硬。

"三日之内必会醒来，放心吧！"扁鹊说。

"那就请神医在宫中小住三日。"

"你们这是要软禁我吗？"

"岂敢，岂敢！只是以应不测。"

看看眼前的情况，扁鹊知道再争执下去也无益，便索性坐了下来。他对董安于说："我这几个徒弟太累了，你把他们安排好，让他们好好休息一下。"董安于闻言,马上协调各方,让他们住进了府中最好的客房,并对他们盛情款待。徒弟们开始吃喝睡觉,睡觉吃喝,过了几天神仙般的日子。当然,只是周围经常出没的盯梢的黑衣人,让他们心里很不情愿。虽然说日子非常舒服,但是他们也是有些忐忑不安的。因为,赵简子两天后能不能醒过来,还是个未知数呢!一旦赵简子醒不过来,他们和师父可要有性命之忧了!听到董安于那软中带硬的话,他们早已感受到了其中的压力。

一天过去了,宫中的人对扁鹊师徒由热情相待转为冷眼相向。往常为赵简子治病的时候,董安于等人对扁鹊师徒非常殷勤,不但跑前跑后,而且笑脸相迎。但是,今天见面之后,他们脸上和眼里的那种热情明显消退了,甚至冷得让人心里打颤。

两天过去了,宫中的人开始恶语伤人!非常明显的是,今天的饭菜比昨天差了许多。特别是到了晚饭,端上来的菜全是些青菜和汤汤水水,跟喂兔子一样。而且,府中的人见了扁鹊师徒,不再是热情地打招呼,而是以各种原因回避与他们相遇。对于这些,扁鹊并不往心里去,只是一笑了之。因为他太自信了!他知道,大反转马上就会到来了。

果然,奇迹出现在第三天早上!

那天早上,狂风大作。大风吹来,宫殿的檐角都在打着呼哨,发出尖厉的声音。宫中那厚重深长的帷幕,被大风吹得四处翻飞,发出啪嗒啪嗒的声音。宫外地上的沙砾被大风卷得疾速飞舞,打在行人的脸上,让人觉得生疼。由于天气不好,赶来护理赵简子的大臣们都来晚了。但是,当他们赶到赵简子的病床前之后,都被眼前的景象吓呆了。

赵简子的被角一下下掀动着,他的手和脚也在颤抖着往上抬。那双紧闭了将近七天的眼睛,也微微睁开了一点。那又恢复了血色的双唇,也抖动着似乎要说出话来。这时,围在赵简子周围的一班大臣们,心里都七上八下地打开了小鼓。过去,许多关于"诈尸"的传说,又在他们的脑海里鲜活起来。虽然说赵简子还没死,不可能会"诈尸",但是六七天不吃不喝不动了,和死了又有什么两样?想到这里,大臣们纷纷开始后退,有的已经在盘算逃走的路线了。当然,无论什么时候,都会有比较清醒的人。这时,稍微清醒的几位大臣,便惊呼着找到了董安于。董安于又找到了扁鹊师徒,让他们赶快过来看看。

"果然不出我之所料。"扁鹊看完后笑着说。

"神医就是神医!"董安于一反往日的冷眼,对着扁鹊深深地作了一个揖,带着满脸的笑容,适时地奉承了一句。

就在这时,赵简子突然伸出手,一把掀掉了身上的被子,呼的一声坐了起来。文武大臣见状,纷纷跪在地上,每个人嘴里都嘟囔着,但听不见说的什么。赵简子茫然地看着四周,看着这些既熟悉又陌生的面孔。他看了看周围的环境,又看了看董安于,最后把目光定在了扁鹊师徒的身上。董安于见状,马上凑到赵简子面前,轻轻地向他说道:

"你的病,就是这位神医扁鹊治好的!"

"多谢先生再造之恩!"赵简子说。

"言重了!言重了!"扁鹊说道。

"你做梦了吗?"董安于还惦记着扁鹊说的秦穆公的事。

"做梦了!你怎么知道的?"

"这是神医扁鹊说的,他说你可能做梦。"

"哈哈,你真神医啊!"赵简子对扁鹊说。

"岂敢岂敢!我只是援引秦穆公的故事而已。"

"我做了一个很长的梦。梦中,我见到了天帝,天帝邀请众神和我一起玩乐。那令人百听不厌的美妙音乐,那令人百看不烦的神奇舞蹈,真是让人流连忘返啊!梦里有一头熊朝我奔来,天帝命令我射死它。我弯弓搭箭,一箭就射中了。之后,又有一头罴冲了过来,又被我射死了,天帝非常高兴,还要赏赐我。"

听他说完这些,扁鹊和董安于相互交换了一下眼色,两个人发出了会心的微笑。这是因为他们想起了秦穆公的故事,想起了扁鹊对赵简子醒来之后情况的预测。那些文武大臣也跟着笑了起来,但是,他们自己也不知道自己在笑什么。

风停了,府中无数厚重的帷幕又重新垂了下来,显示出往日的厚重与威严。大臣们不再环绕在赵简子的病床前,而是各自忙自己的政务去了。他们的匆匆步履中,透露着敬业和殷勤。赵简子传下话来,为了感谢扁鹊师徒的救命之恩,他要在府中宴请扁鹊师徒,并让一众文武大臣作陪。

宴会规格之高,简直是无以复加,连平日里很少露面的晋昭公都出席了。天上飞的,地下跑的,水里游的,只要是稀缺珍贵而且有营养的,席上应有尽有。一众文武大臣穿着朝服喝酒,在晋国这也是第一次。宴会气氛相当热烈，全是对扁鹊师徒的赞美之辞。酒过三巡、菜过五味之后，人们开始脸红耳热起来。这时，赵简子开始向扁鹊师徒敬酒。然后，他用袍袖轻轻抹过嘴唇，凑到扁鹊耳边问道：

"关于我的病情，敢问神医一二。"

"尽管问，尽管问，请便，请便……"

"我知道我的病情很厉害，而且已经陷入了绝境。太医们都束手无策，请了许多所谓的天下名医，也都觉得无力回天。当然，因为治不好我的病而被打死的郎中也有几个，这些我都不知道。病愈之后，已经严肃处理了那些打死郎中的人了，府中也费了些财宝，尽量安抚了那些死去的郎中的家人。而你，不但不用药，我听董安于说，你连我本来服用的汤药都停了。你不用药就能治好我的病，这是什么道理呢？"

"人之所以能活着，就在于血脉经络等按照一定的规律不停地运行着。而疾病的发生，就是因为血脉经络的运行受到了某种阻力，其运行的规律都被打乱了，产生了气郁或者血瘀，这就造成了许多疾病的表象。在你昏迷的时候，我为你实施了针灸，其目的就是解除运行的障碍，或消除改变规律的原因，使你的血脉和经络重新运行起来。这样，疾病也就消失了。"

"原来如此！"赵简子如梦初醒。

"这是简单的道理。"扁鹊说道。

"越简单越高深啊！"赵简子若有所思。

扁鹊接着说："说实话，有些疾病，在常人看来非常凶恶危险，但是在郎中看来，从道理上讲，不过是身体的自我调整而已。身体是自己的，就与孩子是自己的同理。人之所以有种种疾病，只是身体这个孩子的恶作剧而已。孩子撒野，当然有着巨大的破坏力，但医道高明的郎中可以将其转化为一种成长的动力。如果谈病色变，身体一有不适，就将病情视若仇雠，不惜用大量的药物来药死它、清除它，那样，也就把自己的身体摧残了。所以，我的观点是，在治疗疾病的时候，能不用药就不用药，能少用药就少用药。是药三分毒，这个道理，连乡村野夫都知道啊！所以，我们必须顺势而为才行啊！"

"神医就是神医，高人就是高人啊！"

赵简子把两个大拇指举到了扁鹊跟前，然后是一连串的赞叹声。宴会结束之后，赵简子要送他万贯钱财，扁鹊劝他用到百姓身上更好。最后，赵简子决定把四万亩土地封给扁鹊。这时，清高了一辈子的扁鹊，考虑再三之后，决定收下。几个徒弟急得要命，直给师父使眼色。因为他们知道，师父一辈子不爱财，收下这四万亩土地，会坏了他一辈子的名声。谁知，师父对他们明里暗里的劝阻视而不见、充耳不闻，竟然真的答应了赵简子。当天晚上，太子愤愤不平地向扁鹊问起此事，谁知道扁鹊只是轻轻地说了一句：

"那地，让山民们种药去吧！"

众徒弟这才恍然大悟！

就在赵简子得知扁鹊让山民们在他赏赐的土地上种药，表示对扁鹊的举动不理解的同时，扁鹊师徒的车马又上路了。扁鹊他们只问耕耘，不问收获。多少年来，他们不论春秋周游列国，还是冬夏救死扶伤，就从没想过自己的明天……

不过，这一次有点特殊，那就是死亡的威胁就在眼前，扁鹊却浑然不觉。

# 第二十一章　致命的邂逅

这次巧遇，是一次致命的邂逅。

扁鹊师徒辞别赵简子，离开晋国，一路风尘仆仆到达洛阳附近的时候，正是傍晚时分。太阳已经西坠，满天一片绯红。被夕阳拉得长长的树影，将道路映得深浅不一。归巢的乌鸦在凄凉地叫着，透骨的寒风在不紧不慢地刮着。寒风吹起了马身上的毛，马儿们时不时地颤栗着。路边的衰草，也在寒风中发出萧瑟的声音。

看看天色已晚，又加上前不着村、后不着店，扁鹊便对赶车的子越说道："往山脚下那边走吧！看看那里有没有山洞，让我们凑合一宿。"

子越得令，赶车拐上了通向山脚下的小路。一阵颠簸之后，他们终于来到了山脚下。说来也巧，那边真的有个很大的山洞，而且洞中还冒出缕缕炊烟。洞口坐着一个面朝里背朝外的老头，两只手不断地忙碌着，好像在择野菜。他的身旁，有几只鸡在草地里刨食，并不时地因为争夺食物而高叫着，相互追逐着。

"老丈，忙着做饭呢？"扁鹊招呼道。

那老头一声不吭，也不回头，只是忙他的。

"老丈，择菜择得好用心啊！"扁鹊又道。

那个老头还是不答应，也不回头。

"听见了。"扁鹊正在纳闷，这时，从山洞里边飘出了一个女人的声音，接着，山洞里传出一阵窸窸窣窣的声音。一会儿，一个白发老妪出现了。只见她一手拄着头上发红的烧火棍，一手摸索着山洞的石壁，脚步踉跄地走了出来。她一边走还一边说着："老头子耳朵背，你们有啥事问我吧！你们是不是又是来借宿的啊？"

"老人家，你真是神仙啊！"太子开玩笑道。

"我不是神仙，这是我的经验。这里离洛阳说远也不远，说近也不近。很多去洛阳的外地人，因为时间没有算计好，有的甚至半夜三更地过来投宿。时间一长，我也就习惯了。虽然我的眼睛看不见，但是，听外地口音听得多了，一听来人的口音，我也能猜个八九不离十……"

直到这时，他们才发现，眼前这个健谈的老妪，竟然是个盲人。明白之后，子游马上走上前去，扶住了拄着烧火棍往前走的老妪。这时，老头看见了眼前的情景，他让扁鹊他们坐下，一边很抱歉地向大家笑笑，并且指着自己的耳朵说：

"聋得厉害，治不好，没办法。"

子阳问道："你俩也真是凑巧了，一个眼睛不好，一个耳朵不好，住在这山路崎岖的山洞里，多不方便啊！一早一晚，黑灯瞎火的，万一有个磕磕碰碰咋办？你们孩子的心也真大，把你们两个老人放在这里，他们怎么能放心呢？"

老妪笑了笑说："孩子年纪轻轻就瞎了眼，走路看不见，掉到井里淹死了，家里只剩俺俩了。俺俩一聋一瞎，也找了很多郎中看了，他们只知道收钱，却从来给我们看不好。他们说我这是蒙瞽，老头子是耳聋。说是生就的骨头长就的肉，根本治不了。再说，我俩躲进山里住，很少和外人打交道，慢慢地就习惯了。能不能听见声音，能不能看见事物，对我俩来说，已经没有那么重要了。听见公鸡打鸣，就知道是快天明了！听见地里下坡的老牛哞哞叫，就知道是要黑天了。嘿嘿！"

"让我师父给你们看看吧！"子豹说道。

"你师父是谁啊？他是神医扁鹊不成？"

"真让你说对了！正是神医扁鹊！"

"啊！老天爷啊！是老天爷来救我们了？"

大家说着，开始卸车安顿。老妪说夜晚山里经常有野狼出没，又热情地把扁鹊师徒让到山洞的最里边。老头吃力地爬到山崖上，抱下他平日里砍下的柴火。太子拿出陶鬲准备做饭，子越更在离洞口不远的地方找了几棵树，将几匹马拴在那里，顺便放下草料。晚饭一会儿就做好了，吃饭的时候，扁鹊边吃边给徒弟们讲解着：

"夫耳者，肾之壳也，其为病亦有数种：有气厥而聋者；有挟风而聋

307

者；有劳伤而聋者；亦有热气乘虚，随脉入耳，而为脓耳者；有耳出津液，风热博之，结核塞耳，亦令暴聋而为耳者。然又有左聋者，有右聋者，有左右俱聋者。不可不分经而治之也……"

"明白了！那眼病呢？"子阳问道。

"至于眼病嘛，首先是原因亦不同……"

"咴儿——咴儿——"

突然，在树上拴着的马大叫起来，并传来一阵阵马蹄踢石头的声音。老妪说了句"不好，狼来了"，老头抄起割草的大钐镰冲了出去。见状，扁鹊和徒弟们也抄起家伙，一起冲了过去。饿极了的野狼们，两只冒着绿光的眼睛盯着马群，它们不甘失败，在和扁鹊他们对视了好长时间之后，才悻悻而去。这突如其来的情况，打断了扁鹊师徒研究医道的兴致。随着月牙的升高，他们都沉沉睡去。

第二天天一放亮，扁鹊便让徒弟们给两位老人放下点草药，又嘱咐他们怎样煎服，便匆匆向洛阳城赶去。因为，昨夜与两位老人相谈之后，扁鹊有了新的想法，也有了新的打算。进了洛阳城之后，铺盖还没有安顿好，扁鹊便把大家召集到一起，开始说他最新的打算：

"通过昨天夜里和两位老人交谈，我发现了一个问题，就是这边患眼、耳、鼻、舌、口病的人比较多。这是人的五个感觉器官，所以，我们就将其称作五官吧！今天进城大家也许看到了，大街小巷的幌子上，都写着可以治这些病。至于他们治疗效果如何，就另当别论了。周游列国这么多年，我得出了一个经验，就是不论在哪里，你只要看到治某种病的铺子多，就说明那种病在那里大面积流行。我们在洛阳的街巷上看到这些幌子，就知道现在的洛阳，与五官相关的疾病是高发状态。那么，这里患五官病者甚众，是饮食习惯所致，还是一方水土的原因？这些都尚未可知，我们当或探幽索微，或独辟蹊径地去仔细研究。我记得我师父长桑君传给我的竹简里，好像有这方面的记载，等我再拿来研判一下。从明天开始，你们五个人就四处去收集关于五官的病例，不厌其多，不厌其殊，不厌其烦，带回来供我研究。我看，在洛阳期间，咱们就把此类疾病当作重点，以解生民之病痛。"

众徒弟点头称是。

之后，日子平淡得像小溪里的流水，没有朵朵浪花，亦没有沉静的深潭，有的只是涓涓细流。

扁鹊和徒弟们每天在诊病、煎药、收集病例、分析归类、研究判断、整理材料中度过。慢慢地，洛阳的五官科病人少了，而扁鹊书写的竹简一卷卷多了起来。直到太子帮他整理的时候，大家才突然发现，《扁鹊外经》已在不知不觉中写完了。徒弟们纷纷为师父的勤奋精神所折服，又为师父的博学多思所惊叹。晚上，由子阳和子豹提议，子游和子越采买，太子主持，为扁鹊举行了一个看似简单、实则隆重的庆祝宴会，大家一直喝到月牙西沉方才休息。本来，大家都觉得这么多年来，跟着师父已学了不少本事、长了不少见识，甚至觉得和师父的距离在逐渐缩小。结果，一看这《扁鹊外经》，他们才觉得，自己还被甩在十几条大街以外呢！但是，他们没有为此悲观，反而因此被激起了学知识、长本事的激情和劲头！他们想，拜扁鹊为师，真是拜对了！都说是严师出高徒，那么，高师更是出高徒啊！

早晨一露明儿，子越和子游便做好了早饭。早饭之后，师徒们按照常规，开始各人忙各人的。子阳和子豹大街小巷地串着，为那些五官有恙的人问诊；子游和子越进山访问山里的老人，一边采药一边买草药；太子还是干他的老本行，协助师父整理刚刚完成的《扁鹊外经》。只等午时一到，大家回来吃午饭，顺便交流诊病、采药等各方面的信息。

谁知，今天却出了件大事！平静的日子再也不平静了！

吃完早饭，送大家出门后，扁鹊刚刚摊开竹简，太子为他研墨还没研完，子阳和子豹便轰隆一声推开大门，惊慌失措地跑了回来。他俩一边跑，一边大喊着"师父"。进院之后，他俩又迅速反身把大门关死，还找了根又粗又长的顶门杠，将大门死死顶住。然后，他俩才跟头趔趄地跑到扁鹊跟前，一边用袍袖擦着汗水，一边急切地大叫道：

"师父……师父……"

"何事惊慌？"扁鹊头也不抬地问。

"外边……有人要抓你……"

"我一不偷二不抢，三不杀人放火，为何抓我？"

"不知道……我们看到正在搜捕你呢！"

"喝口水，慢慢说！"

扁鹊说完后，太子马上舀了一瓢水递过去。两人咕咚咕咚喝了一阵，然后抹抹胡子上的水珠，开始慢慢道来。原来，今天早晨，为百姓巡诊的子阳和子豹，刚刚拐进一条小胡同，就看见两个人鬼鬼祟祟地走在里边，而且嘀咕着，说："你搜那片胡同，我搜这片胡同，找到扁鹊之后，马上向上面禀报，千万别让他跑了。"两人一听大惊，便装作无事人一样，悄悄地退出了胡同。他俩想，这两个人听口音看装束，都不像是韩国人，他们要干什么呢？两人一边想着，一边步入了另一条街道，准备继续巡诊。恰恰是在这时，他俩又听到粥棚里两个喝粥的人在说话。一个说："再找不到扁鹊，你我都有麻烦了。"另一个说："是啊！上边一天天催命似的，如果再找不到他，上边说不定会要了咱们的命，唉！"最后，那两个人商定，就是豁出命来，今天也要找到扁鹊并把他带回去。其中一个人说："只要我们在街上看见扁鹊，就一个人逮住他，另一个人马上回去向上级禀报。"子阳、子豹看了看粥棚里的两个人，心中禁不住大惊：他俩和胡同里的那俩人口音一致，装束无二，他们是干什么的呢？请郎中看病？但哪里有这个请法的？子阳和子豹一合计，便悄悄退出那条街，待走得稍远之后，便撒开脚丫子，头也不回地狂奔了回来。

两人还没说完，院门突然就被砸得山响！

"师父，他们来了！"子阳、子豹惊慌起来。

"心里无鬼就不慌！开门！"扁鹊命令道。

"这……这……"太子不知如何是好。

"你们不开，我自己开！"扁鹊说道。

看着太子开始往院门方向挪步，子阳、子豹跳过去，一把扯住了他的衣袂，示意他在搞不清楚情况之前，千万不能贸然去开门。因为那帮人一个个精明强干，自己这些人根本不是他们的对手。正在他们僵持的时候，外边的砸门声更大了，好像是一定要把院门砸破似的。都知道这样对峙下去不是办法，可是谁也没有更好的办法，一帮人都大汗淋漓。大家觉得最无助的时候，就一齐把目光投向了师父。

"为人不做亏心事，半夜叫门心不惊！"

扁鹊一边高叫着，一边快速走到了院门口。就在大家还没明白过来之际，他已经挪开顶门杠，三下五除二地拔开了门插，呼隆一声，把两扇大门拉得四敞大开！

谁知，进来的竟然是子游和子越！

就在大家还在发蒙的时候，满身是汗的子游和子越，反过身朝大门外看了看，又呼隆一声关上大门，仍旧顶上了那根又粗又重的顶门杠。原来，他俩在山上采药时，也和子阳、子豹一样，碰上了同样的事情，只不过他们因为路远才回来晚了。他俩急匆匆走到扁鹊跟前，上气不接下气地说：

"师父，外边有人要抓你！"

"是些什么人？"扁鹊问。

"不知道是些干什么的，听起来口气很大，说是上边布置下来的。看来，他们的后台挺硬。师父，我们想个办法吧！或者找个地方躲起来，或者找个更硬的后台替我们撑腰。否则，一旦他们找上门来，那时候就是黄花菜也凉了。师父，师父，你快拿主意吧！"子游一口气说了这么多。

这是咋回事呢？

直到这时，师徒六人才真的紧张起来。五个徒弟簇拥着师父回到屋里，把屋门也紧紧地关上了。他们在分析，眼前到底是怎么回事；他们在研判，下一步到底应该怎么做。无奈几个人各有主意，莫衷一是。最后，生姜还是老的辣，主意还是扁鹊亲自拿的："咱们一没有违法犯罪，二没有伤风败俗，这点大家都心知肚明。如果是有人诬陷咱们，那我们也身正不怕影子斜。再说，咱们在这里也有大半年了，大家收拾一下，把手头的活儿收收尾，明天，咱们也该离开这里了。"

扁鹊说完，又开始修改他的《扁鹊外经》。

当天夜里，大家收拾行李到很晚才睡。就在大家刚刚睡熟的时候，大门又被砸响了。扁鹊一惊，慌忙起身外出察看，只见院外一支支的火把，把附近照得通红。近处，马蹄踏得青石板嗒嗒作响；远处，无数的马蹄声还在向这里集中。砸门声虽然很重，但是又显得很有节制，甚至多少有些彬彬有礼的成分。到底是怎么回事呢？看看满心狐疑的徒弟们，扁鹊也有些如堕入五里雾中了。

"先生，开门。"声音矜持而内敛。

"好，你们进来吧！"扁鹊一下子开了门。

呼啦一声，外面的人蜂拥而入，几乎站满了整个院子。无数支火把一下子拥进来，把院子内外照得如同白昼，树上夜宿的小鸟，看到这阵势，被吓得扑打着翅膀远远地飞走了。突然被这强光一照，扁鹊和徒弟们一下子什么也看不清了。但是，徒弟们明白一点，就是要把师父紧紧护在中间，决不能让坏人伤害他。

一阵长时间的缄默，气氛有些尴尬。

"世叔，你在哪里？"为首的大汉说了一句。

"请问……你是……"扁鹊疑惑地走了出来。

"世叔，我是孟贲啊！"大汉说道。

"嗨，大水冲了龙王庙啊！"扁鹊随了一句。

"世叔，没想到以这种方式见面吧？"

"又是多少年不见了！"

"世叔，我家老父亲可好？"孟贲流泪了。

"好着呢！只是耄耋老人了。"

"壮实就好，活着就好。"孟贲自言自语道。

"孟贲，你这是……"扁鹊还是有些疑惑。

"唉！说来话长啊！"

孟贲叹了口气，开始说起了事情的原委。原来，秦武王尚武，一直喜欢和别人比武。前几年打打杀杀还不要紧，但是随着年龄的增长，身体不经折腾了，他却还是争强好胜，逢人就要亮出武功，和人家比个高低，实在是让人担心啊！那天，从外地来了几个武士，要和秦武王比赛举鼎。武王一听非常高兴，便不听别人劝告，非要孟贲和他一起去参赛不可。那次比赛，武王虽说是赢了，却伤了腰，找了很多人治疗，却总是不见效。因为治不好病，而被不怀好意的太医李醯杀掉的江湖游医已经不少了。秦武王最后只好用了太医李醯的药，谁知越来越严重了。这时，宫中开始议论孟贲了，说武王之所以好武，是受了孟贲的影响；说武王之所以受伤，是受了孟贲的蛊惑才去和人家比武，好像孟贲就是十恶不赦的大坏蛋！甚至以此推理下去，要是秦国亡了，孟贲就是罪魁祸首。背负这么大的压力，孟贲实在受不了了，他吃不下饭，睡不着觉，眼见得衣带渐宽，神情恍惚。有几次，孟贲甚至产生了结束生命、一了百了的想法。

正是在这时，秦武王想起了上次为他诊病的神医扁鹊来。由于扁鹊周游列国行医，行踪难以确定，于是，他便派人四处寻访。孟贲是他身边的武士，又是神医扁鹊的同乡，加上孟贲的父亲孟骢和扁鹊是世交，所以，寻访扁鹊的重担，自然而然就落到了孟贲肩上。孟贲深受秦武王信任，所以他也认为责无旁贷，必须尽快寻访到神医扁鹊，一是为了尽快为秦武王治好伤病，二是为了尽早为自己洗清罪名。于公于私，找到扁鹊都是一件重大且急迫的事情！因此，他就下了死命令，要下面不惜一切代价，尽快找到扁鹊。由于责任大、时间紧迫，所以大家都很心急，这才在寻访中出现了误会。

"原来如此，原来如此啊！"扁鹊听完笑了笑。

"不过，有一点我要提醒……"孟贲欲言又止。

"但说无妨！"扁鹊痛快地说。

"请世叔借一步说话……"

两人避开众人，来到马厩旁站住了。孟贲凑到扁鹊耳边小声说道："太医李醯这个人，不但妒忌心太重，而且心术不正，经常设计害人。他自己的医术一般，又怕别人超过他。那些被杀的江湖游医，差不多都是他在暗中操作的。给武王治不好病不行，治好了更不行，所以，郎中们哪有不死的道理？你上一次为秦武王看病，大臣们都说你的诊断很准，但是，当时李醯已经很妒忌你了，所以才挑动几个大臣把你赶走。这次武王受伤，李醯根本不提你的事。之后，李醯先是围在武王身边，不允许别人接近，然后他给武王开了药让武王服下。本来他说服三服药就会好的，但是武王服了十八服药，伤情不但没有减轻，反而加重了。刚开始时，武王还能自己下床走走。现在，武王只能躺在床上了，吃喝拉撒也只能在床上完成了。武王也多次怀疑过李醯的医术，但是每次都被他花言巧语地挡回去了。这几天，武王多次提你的名字之后，李醯还放风说你早就死了。见武王面有不悦，而且执意让我出来找你，他才不敢再阻拦。但是，此行你要多长个心眼，以防他陷害你。他这个人，品行太差了，什么龌龊的事都能做得出来，我们必须时刻提防他。"

"好的，我心里有数了！"扁鹊点头说道。

"这时辰也不早了，我们直接走吧！"

"好，我和徒弟们说一声。"

当夜，乘着月光，扁鹊和孟贲他们上路了。在死亡之路上，扁鹊又向前走了一大步。

车马在崎岖不平的道路上走着，颠簸且摇晃，使车马上的人无法坐稳。为了赶时间，他们必须走这样的小路。扁鹊坐在马车上，尽量保持着安静和威严。但是，在平静的表情下面，他的内心却早已经翻江倒海了。多少年来，作为周游列国的郎中，他不知道挽救了多少人的生命，也不知道收获了多少赞誉。扁鹊想：人们送我神医扁鹊这个高尚无比的称号，是对我最高的褒奖啊！但是，用俗人的眼光看，我还是一贫如洗啊！难道当初老爹对我的劝阻是对的吗？但是，我的内心里的确是无怨无悔！现在，我唯一需要的是，上天再给我些时日，让我多为百姓疗疾，让我多多记录下我的经历和体会，以方便后人在遇到相似的疾病时作参照。

但是，上天会给我这个时日吗？想到这里，扁鹊浑身打了个激灵，脊梁上出了一层细密的冷汗。说到底，他不怕死！都说人生七十古来稀，而他早已过了古稀之年，已经97岁了！他想的是那些被病痛折磨得九死一生的百姓们，他想的是如何把自己的医道毫无保留地传给徒弟们。每当想到这些，他心里总是有一种紧迫感，有一种使命感，有一种要把太阳拴住的强烈欲望。

前路迢迢，是福是祸？

扁鹊终于忍不住了！

他看看孟贲目视前方，时刻注意路况的神情；又看看徒弟们被颠得昏昏欲睡的样子，禁不住心里暗喜。他悄悄地从行李里边抽出一根竹简，紧紧地攥在手里。这个从来不相信占卜的人，今天要悄悄地为自己占卜一下了！他要占卜一下此去是福是祸，然后再决定去还是不去。他默默地想：如果竹青一面朝上，那就是福，那就要去；如果竹瓤一面朝上，那就是祸，那就不去，一共扔三次，重复两次者为最终结果。打定主意之后，他刚要扔竹简，却正巧遇到孟贲回过头来问安，他只好作罢。当他第二次想要扔竹简的时候，子越又回头提示前面路况很差，要师父坐稳了，他也只好作罢。又过了好长时间，看看大家终于消停了，扁鹊又悄悄地拿出竹简，准备往车垫上扔下去，以卜祸福。

第一次，竹青朝上，是福；

第二次，竹瓤朝上，是祸。

扁鹊浑身颤抖起来了！

他想，定的是占卜三次，以重复两次者为准。现在，已经是一比一了，第三次会怎么样呢？如果第三次是竹青朝上，当然是必去无疑了！但如果是竹瓤朝上呢？难道，是祸就不去了？郎中治病救人的责任心哪里去了？郎中救死扶伤的担当哪里去了？扁鹊的内心在煎熬，灵魂在挣扎。最后他想，是福不是祸，是祸躲不过！横下心来朝前走吧！

一旦决定了，心里反而轻松了。扁鹊拿起那支早已被他攥出汗来的竹简，轻轻地放进了行李里，还特别用手摁了摁。

马车，在不管福祸地往前走着……

突然，一阵嘚嘚的马蹄声，伴随着啪啪的甩鞭声，从扁鹊他们的后边传来。在马蹄声和甩鞭声的衬托下，还传来尖厉的呼哨声。三种声音和在一起，给人一种不寒而栗的感觉。这时，只见他二人互相使了个眼色，都立刻明白了对方的意思。那就是：等他们追上来之后，相机处理吧！

但是，令他们感到意外的是，后面的四五匹马赶上他们之后，并没有停下的意思。骑马的人仍然甩着响鞭驱赶奔马，一阵风似的超过他们，又继续向前奔去了。见此情景，扁鹊道："看来，这些人不是朝我们来的。也许，他们有他们的事，我们只是一场虚惊呢！唉！人老了，经得多了，见得广了，总是把事情看复杂了！"

"我看未必！也许事情没有那么简单！"

果然，事情的变化又一次出人意料！就在孟贲的话音刚落的时候，刚才飞奔过去的几匹马，突然间停下了。然后，他们调转马头，冲着扁鹊和孟贲他们的方向一字儿排开，把路堵得死死的。

"不好！有情况！"孟贲大叫一声。

"看来是劫道的！"扁鹊道。

"我看事情不会那么简单！"

"没事儿，我们就是几个穷郎中……"

两个人没说几句话，已经来到了那几匹马跟前。定睛望去，只见中间站着一个黑脸大汉，两边的就是几个小喽啰了。孟贲一看就明白了！这些人，他和他们已打过几次交道了。为首的名字叫西门鬼哭；旁边的人名叫玉生烟。他们就是当地的惯匪团伙，黑道白道都吃得开的那帮人。几乎是同时，西门鬼哭也认出了孟贲。西门鬼哭他们本来已经蹿过去了，但是，他们又突然想到，要是能从这帮人这里劫点什么，也算是贼不走空了。这样，他们才停下来，然后调转马头拦住了道路。没想到来人竟是秦武王身边的武士孟贲，这可令人进退两难了。正在西门鬼哭犹豫不决的时候，孟贲首先开口了：

"西门大人，你这是……"

"我们当家的有要事在身！"没等西门鬼哭答话，站在他身边的玉生烟早已抢先说话了，"我们当家的是干大事的。今天，是奉宫中太医李醯的命令，进宫……"

"就你嘴快？"西门鬼哭突然大喊一声，严厉地止住了玉生烟的话头，然后哈哈大笑几声之后，故作轻松地说道，"哈哈，兄弟在山里待得久了，闷得慌，今天，和几个兄弟出来撒撒欢儿，遛遛马，放松一下筋骨。如果还有兴致的话，打算再去都城咸阳乐和乐和，也算犒劳犒劳弟兄们。哎，敢问你这是……"

孟贲作了个揖，说道："武王近来龙体欠安，这不，派我接神医扁鹊去为他疗疾。我在各国到处寻访，才在一个破房子里找到他。武王命令我和扁鹊尽快进宫，我们只好星夜赶路……"

"哈哈哈！原来是神医在此，得罪了！万望海涵！"前几年，西门鬼哭还抢劫过扁鹊师徒呢！现在又装作不认识的样子。看来，这个西门鬼哭也不简单，并不单纯是一个呼啸山林的土匪，还满肚子的心眼呢！

"西门大人可是贵人多忘事啊！几年前，你把我和徒弟们绑到山洞里，差点把我们勒死啊！你看看，至今我的手腕上还有疤痕呢！你忘得倒快，我们可是忘不了呢！"扁鹊一边说着，一边伸出胳膊，撸起袖子，让人们看他的伤疤。

"没想到名闻天下的神医，还这么记仇呢！"西门鬼哭红着脸，不咸不淡地扔出了这么一句。扁鹊刚要反驳，孟贲接过话头说道：

"都是过去的事了，大家别再为此伤了感情。西门大人，你的马快，请你先走吧！"

西门鬼哭正好借着这个台阶下坡，一溜烟跑了。这边，扁鹊对孟贲的话很是反感，刚要论个究竟，没想到孟贲先开口了：

"这个西门鬼哭，就是太医李醯的一条狗，李醯在宫外干的坏事，都是由他出面执行。这次李醯找他，谁知道又要流什么坏水呢，我们应当小心才是。"

扁鹊听完稀里糊涂地点了点头。只是他不知道，西门鬼哭这次偷偷进咸阳城，却和他的性命有关！

# 第二十二章　凶兆降临

凶兆，在扁鹊师徒进宫门时就出现了。

在孟贲的带领下，扁鹊师徒一行走小路，抄近道，一路快马加鞭，几天时间便赶到了秦国的都城咸阳。一进咸阳，扁鹊就感受到了一股肃杀的气氛。所有的诊所，一律关门闭户；所有的药铺，都已闭门谢客。因为有很多郎中被召去治秦武王的病，如果治不好，就会被太医李醯派人推出斩首，或派人抄家放火。所以，都城的郎中们纷纷闻风而逃，躲去乡下避难。从孟贲的言谈里，了解到京城中景象的原因之后，扁鹊并没有声张。他是怕徒弟们知道之后，会因心情紧张而害怕。

突然，一队吆三喝四的官兵，押着一个血肉模糊的人，从扁鹊他们身边走过。扁鹊无意之中瞥了一眼：这人咋这么眼熟呢？他便向孟贲投去了询问的目光，孟贲见状，对扁鹊耳语道：

"此人姓燕名效祖，是燕国的名医。他年轻时曾经在咱们老家临淄的酒肆里，唱过'双玩意儿'小曲儿。成人之后，他发誓继承家学，开始精研岐黄之术，终得正果。听说，此人还曾经拜你为师，学过一阵子呢！前些日子，燕效祖周游列国到了这里，被拉进宫为秦武王治病。燕效祖认为，他一定能治好秦武王的病，便开始采药炮制并煎药。太医李醯见状，诬陷燕效祖要暗害武王，便经常暗中给他使绊子。燕效祖无奈，只好当着几个卫兵的面，戳穿了太医李醯的把戏。这下子可捅了马蜂窝，李醯指使人把燕效祖关起来，不给吃，不给喝，还要每天用鞭子抽打。看这架势，今天可能是要拖出去斩首的。"

扁鹊心里想：我说这人咋这么面熟呢！原来是我的徒弟啊！那年大雪之后，是他助我和徒弟们脱困的。记得他拜我为师之后，我还给他起了名字，名曰子容呢！听说，子容在燕国治病救人，名气很大！在我走过的几个国家，我也几次听到过病人对子容的医道赞不绝口呢！

"救命啊！我冤枉啊！"子容大叫起来。

"你是子容吧？"扁鹊赶过去问道。

"敢问你是……"子容泪眼蒙眬看不清。

"我是扁鹊，你的师父啊！"

"师父！恩人！"子容说着就要下跪。

"别别！你这是咋了？"

"师父！我冤枉啊！我能治好武王的病。可是，他们千方百计地阻挠我，给我刨坑设陷阱，不让我治啊！师父，你千万别接手这活儿啊！他们里边的水太深了，你会有灭顶之灾的。宫中的太医李醯老谋深算，心术不正，阴险奸诈，杀人如麻！你可千万要当心啊！要不，你连自己是怎么死的都不知道。死在他手里的郎中，少说也有十几个了……"

"不准胡说！"一个刽子手大叫。

"我说的是实情！"子容大声说。

"堵上他的嘴！"那人说。

"你们做的事，为什么怕人说？这说明你们心里有鬼！你们这样丧尽天良，将来不得好死！我就是做了鬼，也会来向你们索命的……"说到最后，子容声嘶力竭。

扁鹊听得义愤填膺，徒弟们气得怒火中烧，孟贲则是满脸的无可奈何。扁鹊走上前去，用袍袖为子容擦了擦脸上的血迹，又解下腰间的葫芦，给子容喂了几口水。然后，他强咽下悲愤，紧紧地看着子容的双眼。四目相对，涕泪涟涟，他们还能说什么呢？他们还有什么可说的呢？扁鹊使劲攥了攥子容的手，忍不住哭出了声。然后，扁鹊毅然决然地回头去追赶徒弟们。就在扁鹊他们刚走了几步之后，忽听得身后扑哧一声响。等他们回头看时，刽子手已经把子容的头砍下来了。因为太医李醯早已经买通了这些刽子手们，子容刚才的揭露，让刽子手觉得，多让子容活一个时辰，李醯就多一个时辰的风险，所以尽快把他处死了。突然，扁鹊发现那帮刽子手中，那个高叫着要把子容的嘴堵上的人，面孔有些熟悉。他便问孟贲，孟贲告诉他，此人是西门鬼哭的手下，名叫玉生烟，也就是他们在路上碰到西门鬼哭时，他身边那个持流星锤的人。李醯每逢做那些见不得人的事的时候，总是找这个人来帮忙。扁鹊听到这里，怒从心来。他想：这世上还有没有真事？这人间还有没有公理？

看着洒在草叶上的鲜血，看着滚落在青石板街道上的人头，听着刽子手们狰狞的笑声，想想早已领教过的李醯的狡诈，扁鹊有种不寒而栗的感觉。他转过身来对着徒弟们说：

"我们这次是提着头进宫的。其危险程度，不用我多说，大家也是明白的。进宫之后，一切看我脸色行事，不该说的话一句也别说，不该看的事一眼也别看，不该干的事，更是一点也不能轻举妄动。还好，我们还有我们的老乡孟贲。他熟悉宫中的人，明白宫中的事，我们有事可以多向他请教。"

孟贲只是重重地点点头。

扁鹊他们穿过重重帷幕，才走到秦武王居住的房间。上次来时，秦武王是在大殿里接见扁鹊的，而且神采飞扬地说了许多话。这一次，秦武王却蜷缩在床上，面色灰暗，两眼黯淡无光。瘦弱的武王蜷曲着身子，躺在那么大的龙床上，越发显得渺小和无力。见到扁鹊，他如同见到了生命之光，断定扁鹊会救他的命。所以，秦武王两眼放出近来少有的光芒，挣扎着要坐起来。无奈病体不争气，虽然太医李醯上前去扶了他几下，但他挣扎了几下，还是躺下了。扁鹊走上前去，坐在床边，撩起秦武王的衣袍，开始观察和询问他的伤情。看到曾经威震四方的武王成了病秧子，而且是一副无助的模样，扁鹊的眼泪流下来了。这时，李醯来到床前，一把摁住扁鹊正在翻动被衾的手，重重地说道：

"轻点儿，别让武王受了风寒。"

"我在诊病，大家要安静。"扁鹊不冷不热地说。

李醯碰了个软钉子，自己觉得没趣，便往后退了退，和一干人一起，在那里严密地盯着扁鹊的一举一动。扁鹊从李醯的话里，听出了他的戒心和故作威严。同时，他在瞥了李醯一眼的时候，非常明显地感觉到，李醯笑眯眯的双眼里，有一股寒凉的肃杀之气。因为孟贲事先把事情的原委告诉了扁鹊，所以，扁鹊时刻警惕着呢！扁鹊用他的望、闻、问、切之术，将秦武王的伤痛统统诊断了一遍之后，觉得胸有成竹了。但是为了慎重起见，他还是谦和地对秦武王说：

"武王，我要回去和徒弟们研判一下……"

"我的病能治好吗？"秦武王不放心地问道。

"放心！武王的病不重。"扁鹊回答。

"都半年多了，还治不好，这还不重？"李醯挑衅了。

"这就看是谁治了！"

扁鹊实在受不了李醯的阴阳怪气了，便毫不客气地扔下重重的一句话，带着徒弟们出宫了。孟贲见状，也匆匆赶了出去。回到住地，扁鹊招呼徒弟们围过来，和大家一起分析着秦武王的伤病。大家根据平日里诊病的经验，结合秦武王的伤情病状，都说出了自己的看法。看看议论得差不多了，扁鹊综合大家的意见，也阐述了自己的看法：秦武王的伤病不算重，实际上就是扭伤和岔气。他喜欢和武士们比赛，没有事前的热身和准备，那么重的青铜鼎一下子举起来，扭伤和岔气是常有的事。而且，事后又不对症治疗，无法缓解，这么长时间他吃不下、睡不宁，身体早已经垮下来了。治这种病，根本不需要什么高深的医道，只要舒筋活血即可。扁鹊说着说着，气不打一处来，生气地说：

"太医李醯是吃干饭的吗？！"

"那人目露凶光，我们要提防啊！"太子道。

"不管他！还是治病救人要紧！"

扁鹊还在生气："我开个方子，子游、子越你俩去抓药煎药，我们明天给秦武王送去。子阳、子豹，你俩今夜熟悉一下手法，明天见了武王之后，你俩协助我为他推拿按摩。治这点小病，对我们来说，简直不费吹灰之力。我看，用不了几个疗程，秦武王就又能和武士们比赛举鼎了。"

"宫中水深，师父当心啊！"子阳犹豫道。

"一个太医，能掀起多大风浪？"扁鹊还是不以为然。

"子阳师兄言之有理，不得不防啊！"子豹说。

"听见蝼蛄叫就不种豆子了？"扁鹊又道。

于是，大家一夜无言。子游起夜的时候，看见院子里有个黑影一跃而过。子游一个激灵，抬腿追了出去。追到街上子容被砍头的地方，那人停下了。子游拖着顶门棍冲过去一看，原来是孟贲。子游问孟贲缘由，孟贲说，他见以玉生烟为首的几个李醯身边的人，总是鬼鬼祟祟的，心里一直放不下扁鹊师徒的安全，便深更半夜里独自出来巡逻一下，看看有没有什么情况，但他又怕打扰了扁鹊师徒休息，只好悄悄地暗中进行。子游听后释然，双方互相嘱咐了几句，便匆匆分开了。天亮之后，子游悄悄将这事告诉了扁鹊。扁鹊听了，不以为然，还说了几句"身正不怕影子斜"之类的话。看看师父这个态度，身为徒弟的子游不好再多说。然后，子游分别找了几个师兄弟，都进行了严密的嘱咐，要大家一定要多长个心眼，凡事提高警惕。

第二天，当扁鹊师徒进入秦武王宫殿的时候，秦武王早已经穿戴整齐，端端正正地坐在椅子上了。侍从说，武王今天是少有的精神，也许是因为昨天扁鹊的话让他宽了心，所以他的精神才好转了。现场除孟贲和几个护卫之外，还有李醯和另外几个太医。他们分立两旁，木偶似的站在那里，等待着扁鹊师徒来为秦武王诊病。宫里静得很，似乎没有一丝生气。

扁鹊进来之后，心无旁骛，目不斜视，径直走向秦武王。几个徒弟或持针具，或持砭石，或端着煎好的草药，依次跟在后边。看到这阵势，秦武王的脸上又露出了笑容。因为他知道，他的病情终于有救了。

扁鹊在秦武王的身边坐下之后，仔细地端详了一下他的神态，又让武王伸出舌头，认真地看了看他的舌苔。最后，他又问了武王那天举鼎之后的感受，身体不适之后的前后对比，并让武王起身活动了几下。之后，在征得武王同意的情况下，扁鹊让武王除去了朝服，换上了宽松的衣裳。最后，扁鹊笑着点了点头。这时子阳马上带着针具过来。扁鹊点了几个穴位，子阳熟练地把针扎了进去。少顷，扁鹊过来将针捻挑了一番。大约一袋烟的工夫，子豹把针起了，用砭石在针眼上滚了一阵。这时，扁鹊让武王趴在床上，他一手托住武王的前额，一手在武王的腰背间推拿捏揉了一会儿。然后，他又让武王站起来，伸伸胳膊蹬蹬腿，问他感觉如何。

"比刚才好多了，觉得很轻松。"武王说。

"明天你会比今天还轻松。"扁鹊说。

"那……何日复诊呢？"武王问道。

"只此一次，不用复诊。"扁鹊说得干脆。

"武王的龙体可不是让你闹着玩的。"李醯幽幽地说。

"我知道，武王比我重要，也比你重要。人命大于天，这点我是清楚的。"扁鹊说到这里，故意停了一下，看了看秦武王和李醯。孟贲给他使个眼色，意思是他这些话太呛人了，让他别说了。可扁鹊好像根本没看见，一点也不理会，自顾自地往下说着："我看了一辈子病了，知道轻重缓急和温凉寒热。不像有的人，挂着那么大的名号，却连这些小病小恙也束手无策。说挂羊头卖狗肉是言重了，说占着茅坑不拉屎倒更恰当些……对了，子游，你把汤药给孟贲，让他服侍武王服用。武王的龙体，几天就会康复的。"说到这里，扁鹊停了一下，回头瞥了李醯一眼，意犹未尽地又加了一句，"郎中要讲医德，也要讲为人的良心。做郎中的心术不正了，天下还有救吗？"

扁鹊说完，头也不回地走了出去。

李醯气得身子晃了几下，差点摔倒。

在现实生活中，有一个非常奇怪的现象，那就是，你越不想见到谁，可就是非让你见到不行，还会让你无处躲无处藏。

笃笃，两声虽然非常礼貌的敲门声轻得似有似无，还是把正在研究草药的扁鹊吓了一跳。他慌忙把从天岭上带来的酸枣拢在一起，稍微镇静了一下便朗声问道：

"谁啊？进来吧！"

"打扰神医了，不好意思。"

听到这声音，连看也不用看，扁鹊就知道是李醯来了。扁鹊心里一惊：这个平常端着架子的李醯，怎么会放下身段来到我这里？这太反常了。俗话说夜猫子进宅，无事不来，不行，我得提高警惕防着点。眼下，这个李醯就是扁鹊最不愿意见到的人。且不说昨天在秦武王面前闹得不愉快，就是作为一个素不相识的人，单凭他的做派、他的为人，扁鹊就在心里烦得很。可是，在目前的环境中，他又不得不去面对、去应付。于是，扁鹊虽然没站起来，语言里的恭谦却让李醯感到非常愉快。

"太医大驾光临，有失远迎，罪过！"

"神医为天下倾慕，何罪之有？"

"敢问大驾光临，有何指教？"

"武王吃了你的药，失眠了！"

"什么？不可能吧？"

"这有啥不可能的？你亲自去看看……"

"啊？我开的药里，既没有人参、五味子，也没有黄芪、党参和太子参，更没有麝香、冰片和苏合香，怎么会这样呢？武王失眠想必有别的原因，你这样猛然一说，我的确有点蒙呢！很多原因会导致失眠，武王失眠的具体原因，等我诊断之后才会得知，太医不能这么武断地下结论啊！"

"我武断？好，现在咱们就去！"

"遵命！"

扁鹊收拾了一下几案上的酸枣，让太子帮他拿着小包袱，跟在李醯身后就走。扁鹊这样跟他一走，李醯心里也开始打鼓了。本来，今天退了早朝之后，秦武王非常高兴。他对李醯说："扁鹊为我治疗和用药之后，我的身体轻松多了。没想到我能恢复得这么快！扁鹊果然名不虚传，真乃神医也！只是昨夜没有睡好，如果扁鹊能再给我治一下失眠的问题，可就是锦上添花了。"听了武王这番话，李醯心里可谓是五味杂陈，让他觉得苦涩的是，扁鹊的医道如此高明，竟然到了药到病除的境界，这让他这资深太医的老脸往哪儿搁？关键是这件事一出，他觊觎已久的、那个空置了好长时间的太医令的位子，会落在谁的头上呢？让他心里甜的是，武王竟然失眠了！尽管这失眠和服用扁鹊的草药没有啥关系，但是，他把武王的话颠倒了一下逻辑关系，再从他的如簧巧舌里说出来，就成了武王因为服用了扁鹊的草药才导致了失眠。这可就从没事变成了有事，把小事变成了大事，够让扁鹊喝一壶的了！所以，在带着扁鹊向宫里走的时候，他竟然高兴地哼起了小曲儿。殊不知，这等简单的把戏，就如同纸包不住火，是不会有用的。

由于扁鹊为秦武王疗疾效果甚为显著，秦武王命扁鹊不必再执君臣之礼，两人不仅热络起来，而且相谈甚欢。谈到高兴之处，两人还开怀大笑。

"听说君王近日时有失眠？"扁鹊问。

"是，有时彻夜难眠呢！"武王曰。

"是用我的药之前呢？还是之后？"

"当然是之前了！哈哈哈！"

当武王哈哈大笑着说完这句话之后，扁鹊一下又把目光投向了待在一旁的李醯脸上。看到扁鹊在瞄着他，李醯一下子转过头，把脸扭向了一边。他是怕武王和扁鹊看见他那红一阵、白一阵的脸色。当他回过头来时，看到扁鹊依然在严肃地瞄着他，顿时便觉得很不自在了。为了掩饰，也是为了自嘲，他一直在重复着一句没头没尾的话：

"神医高明，神医高明！"

"比太医差一截子呢！"扁鹊得理也饶人了。

"神医先生，我举鼎刚受伤的时候，就开始睡不着了。"秦武王看不出扁鹊和李醯演的什么戏，便开始诉说自己的病史，"后来，身子越疼，就越睡不好。再后来，我每天都在想，什么时候才能恢复以前的强壮呢？这样，我越来越着急，睡眠的质量就更差了。到了现在，每当夜晚来临的时候，我就这样想：我今天夜里可能又要睡不着了。果不其然，到了夜里，我就更睡不着了。你为我治疗和服药之后，似乎好了一点。我是这样想的，趁你还在这里，连我这失眠也一起治好了，我也就算是彻底放心了！"

扁鹊开始用其总结的望、闻、问、切的诊病理论，一项一项地为秦武王条分缕析，并一边分析一边告诉他道：

"君王所说的睡不着，早在《黄帝内经》中就有记载。不过，当时称'目不瞑'或者是'不得眠'，亦曰'不得卧'等。引发此类病症的原因很多。有的是因为情志、饮食或内伤等原因，有的则是因为病后、年迈或心虚胆怯等原因，这些都是能引起心神失养或者躁动不安的。其实，同样是在《黄帝内经》中，已经有了治疗此病的药方，这就是半夏秫米汤。此外，最近我在齐国的天岭得到了一种药材，名曰酸枣。我从我师父长桑君的竹简里查阅了一些说法，并对此进行了研究。我觉得，也许酸枣更能对你失眠的病症……"

"你说的酸枣为何物？"武王有兴趣了。

"酸枣仁性平，味甘酸，归心经、肝经、胆经。"扁鹊一口气说了这么多，喝口水之后，又认真地为秦武王讲解着，"它能补肝、宁心、敛汗、生津，能治虚烦不眠，能镇静催眠，能治疗体虚多汗。我对君王的失眠是这样分析的，刚受内伤时，多半是由内伤引起的失眠。而你后来的失眠，则是由于心烦意乱，或因着急身体不知何日才能康复而形成的烦躁所导致。所以，我私下认为，服用酸枣仁，正好能对了你的病症。"

"你想用一味山野小药糊弄君王？"李醯说话了。

"我可是口无戏言啊！"扁鹊道。

"难道我说的都是戏言？"

"各自心里有数，我们还是不争论的好。"

见李醯又和扁鹊杠上了，秦武王觉得两人都是为了他好，便哈哈大笑着说："二位都医道深厚，不必在此多说了。我看，就按神医说的，我先服几次酸枣仁试试。酸枣本身就是山果，即使治不了病，也不会有大碍的。"

"君王，我有个请求。"扁鹊道。

"什么请求？请讲！"

"一旦病愈，请你封我们齐国天岭的老酸枣树为王。"

"八字还没一撇呢！你竟然……"李醢又顶上了一句。

"你不要再说了！"看到李醢打断了扁鹊的话，秦武王有些不高兴了。因为，李醢总是在扁鹊为他疗疾的问题上说三道四。武王早有不悦。今天见他又横生枝节，终于忍不住出面主持公道了。否则，万一惹恼了扁鹊这个倔老头儿，起码对他治病是不利的。所以，他慷慨地说："就这个请求？简直是小事一桩，我允了！"

"一言为定？"扁鹊兴奋了。

"一言为定！"秦武王重复道。

果然，秦武王服用酸枣仁七天之后，失眠的症状完全消失，入夜后躺下，一觉能睡到红日东升。不过，虽说秦武王将齐国天岭的老酸枣树封为酸枣王了，但是扁鹊无法当面去天岭下边向为他守护《难经》的农人们传达了，因为，李醢的阴谋正在加紧进行。

最黑暗的时刻即将到来。

杀人的阴谋，起源于一次宴会。

又过了十天左右的样子，孟贲策马赶到了扁鹊师徒的住处，说秦武王要举行盛大宴会，感谢扁鹊师徒的救命之恩。为了庆祝自己的身体康复，他还要当场举行举鼎比赛，并请扁鹊师徒一同欣赏。扁鹊一听，说宴会可以参加，他正想嘱咐一下武王康复后要注意的事项呢！但是举鼎比赛是万万不可的，因为武王的身体尚未完全恢复，还需要较长一段时间的静养。孟贲说："武王定了的事，一言九鼎，谁能挡得住呢？再说，太医李醢说身体无大碍，武王就更高兴了。"扁鹊说："李醢这样巴结武王，实际上是害了武王啊！"孟贲说："自从前任太医令去职之后，这个职位就一直空缺。太医李醢一个劲地讨好武王，为的就是能早日当上太医令。所以，他做的一切，都是冲着这个官位去的。为了这个官位，他不仅毫无原则地巴结武王，而且毫无底线地陷害忠良。特别是你来了之后，他看到你医德高尚、医道深厚，生怕武王让你进宫，将他取而代之。他生怕将要煮熟的鸭子再飞了，所以肯定会疯狂地打击你、陷害你。这些，你心里千万要有数啊！"最后，扁鹊也觉得很无奈，只好又叹气又摇头，然后跟着孟贲上路了。

咸阳的街道上，酒肆林立，勾栏相连，既有公子哥寻欢作乐的声音，亦有引车卖浆者的叫喊声。二者混在一起，恰到好处地烘托出了咸阳的人间烟火气息。街道上各色各样的幌子，随着或疾或徐的街风在摇摆着，给人一种恍惚的感觉。走在街道上，使人觉得如同踏入仙境，有种飘飘欲仙之感。但是，扁鹊从这种繁华里，看到一种悲凉；从如梦如幻中，感觉出一种孤寂。因为，他有一个发现，那就是街上走动的差不多全是青年人，老人却是凤毛麟角。为什么呢？他大为困惑，便问孟贲道：

"街上怎么全是年轻人呢？老人呢？"

"这里的老人大都因病在家。"孟贲答道。

"他们长的什么病呢？"

"我也不大明白。反正是有的喘气不畅，憋得满脸通红；有的半夜里咳嗽不止，一直咳得吐出血来；有的突然口眼歪斜，说话、吃饭都不方便；有的突然就半边身子不能动了，躺在床上需要人照顾；有的突然头晕恶心，一站起来就天旋地转；有的手脚僵硬，握不住锄把，什么活儿也不能干……所以，街上干活的大都是年轻人。老年人都在家里，有的躺着，有的坐着，有的因为觉得吃闲饭拖累了儿女，就想尽各种办法自杀。"

"他们大都多大年纪？"扁鹊插话问道。

"不算大，四十多岁就不行了。"孟贲答道。

"可惜！可惜啊！"扁鹊对跟在后边的徒弟们说。

"关键是没人为他们治病。"孟贲愤愤地说。

"那些民间郎中呢？"扁鹊问。

"武王这次负伤，太医李醯治不好，就从民间郎中中找人进宫。民间郎中凡是治不好武王的伤病的，一律被砍头示众。这几年，秦国的民间郎中都逃走了。所以，老百姓长了病，根本没人治。"孟贲答道。

"祸国殃民，祸国殃民啊！"扁鹊气愤地说。

他们进入宫中的时候，丰盛的酒宴已经摆好。上首坐的是秦武王、扁鹊、李醯及孟贲等，扁鹊的徒弟们和宫中的另外几个太医坐一起，孟贲带的卫士们等站旁边。在大厅最宽敞的地方，放着一个巨型的青铜大鼎。酒足饭饱之后，这里将是比赛的赛场。

大家依次坐定后，礼官宣布宴会开始。

一阵悠扬的琴瑟声之后，司仪高声宣布宴会开始，主题当然是秦武王身体康复了。武王端着酒，对扁鹊说道："我这点小病，拖拖拉拉了好几个月。要不是神医扁鹊过来，说不定小病不除，会积成大病啊！神医就是神医，真是名不虚传！今天，我要重重地奖赏你！想要什么，神医你随便开口！"

"我什么也不要！治病救人，乃郎中天职。"扁鹊谦恭道。

这时，席上却有人不谦恭了。只见太医李醯站起来，醋意浓浓地说："武王身体康复，是我们秦国之大幸，是秦民之大幸。这么多天来，宫中的太医们夜以继日地为武王诊治，焚膏继晷地精研医术，上山下海地寻珍采药，大家都褪了一层皮。武王的阳光雨露，是不是我们也得均沾啊？"

"是的！是的！"几个太医吆三喝四地应和着。

"大家放心，你们都有重赏！人人有份儿！哈……"武王举起酒杯，一边高兴地呼喊着，一边吩咐手下抬进来一大箱珠宝，让太医李醯按照给武王治病的功劳大小分给大家。这可把李醯难为坏了。他自己知道，他给武王治病，不但没治好，反而越治越重了。要不是他能言善辩，又杀了十几个江湖游医顶罪，说不定武王早就把他赶走了。他心里非常明白，武王的病，百分之百是扁鹊师徒治好的。但是，如果真的按照治病功劳大小把最多的赏赐分配给扁鹊师徒，自己得到的少是小事，更重要的是那就承认了自己医道不行。可是赏赐如果给扁鹊师徒少了，这也是明摆着的不公啊，单单武王这一关就过不去。在他看来，这已经不是分配赏赐这么简单的事了，而是通过功劳大小而关系到政治地位的大事了。工于心计的李醯，眼珠子一转，想出了一个好主意。之后，他对在座的各位高声说道：

"大王康复，犹如雨过天晴，蓝天丽日，我们应该享受王恩。虽说大家从医的时间有长短，医道有深浅，陪伴王的时间有多少，但是大家为武王尽忠的心，却是同样的忠诚，因此，我郑重提议，大王的奖赏我们平均分配。在座的所有太医及扁鹊师徒，还有我，人均一份儿，以示对大王的真诚谢意。大家意下如何？"

"好！好！好主意！"

看到奖赏成了这样的结果，秦武王虽然觉得有点不对劲儿，但又找不出哪里有不对劲儿，便也跟着大家笑了起来。扁鹊知道李醢无耻，但没想到他这么无耻。扁鹊不是为了奖赏，他只是为了公平。正当他张了张口准备说话的时候，看到孟贲远远地使了几个眼色，他才勉强把气压下了。

其实，虽然扁鹊疾恶如仇，眼里容不得沙子，但是读书人的修养加上多年的历练，早已让他成为顾大局、识大体的人。今天，对秦武王来说是个非常高兴的日子，虽说有李醢这个苍蝇来搅和，但是目前场面还算过得去，扁鹊想：今天是秦王非常高兴的日子，如果因为我起来痛斥李醢的无耻，导致了气氛的不和谐，也是不给秦王面子啊！我扁鹊不就成了恶人了？二十四拜都拜过去了，还差这一哆嗦吗？想到这里，他又重新换上了笑脸，努力让酒宴的气氛尽量和谐起来，以让各方满意。

但是，接下来的场面便无法控制了！

分完赏赐之后，秦武王正在兴头上。他觉得分赏赐雨露均沾，也似乎有些道理，但又觉得有些亏欠扁鹊，便想要采取些措施弥补一下。于是，他端着酒走下王座，径直来到扁鹊面前说道："虽说钱财都是身外之物，但神医扁鹊如此高风亮节，实乃今人之楷模，令我等深受感动。正好，宫中的太医令一职不是空缺吗？我想，如果先生不嫌这个位置，我看还是让你来补缺吧？"

尽管秦武王的话是用征询的语气说出来的，但是，在太医李醢听来，不啻当头一棒，更如同头顶炸雷，令他魂飞魄散！做太医令，这是他多少年来的梦想啊！为此，他绞尽脑汁，费尽心思，先是以干扰朝政的罪名挤走了前任太医令，又造谣将要继任太医令的太医为王后诊病摸脉时摸得时间太长，似乎有调戏之嫌，并挑拨武王将其关进了大牢。到这时按照资历排名，最有可能晋升太医令的人只有他了。但是，他的医道和品行很差，秦武王虽然表面上不动声色，暗地里也有所耳闻，所以迟迟不肯任命他。为此，他一是忍气吞声，采取各种手段讨好武王；二是打击同行，排除异己，造成宫里太医只有他最好的假象。为此，他连全部的心思都用上了，想着眼看鸭子就要煮熟了，可千万不能让它飞了。谁知，武王今天竟然说出了这样的话，简直让他如五雷轰顶！正在他内心挣扎的时候，突然听见扁鹊说话了：

"扁鹊不才，恐难担此重任！"

"怎么，是我的庙小，盛不下你这尊大神？"武王不悦。

"非也，非也，大王多虑了。"扁鹊辩解道。

"这可是很多人梦中都惦记的位子呢！"武王道。

"惦记就是热爱，还是各得其所的好。"扁鹊谦让道。

"你不干，总得给我个理由吧？"武王不高兴了。

"我这一辈子总是在外边跑，不是在诊病，就是在去诊病的路上。我一辈子周游列国，在外边跑个不停，王任命我职务，一旦我上了任，就不方便为百姓治病了，我受不了。实话实说，我这一辈子懒散惯了，和谁也是没大没小的。你一下子把我供起来，一是我不自在，二是怕给你耽误事啊！我也九十多岁了，也不想给王添麻烦。再说了，我就是现在这样整日里奔波在庙堂和江湖之间，王有事，我不也是随叫随到吗？还有，我这帮徒弟们也要吃饭啊！我一走，他们无人带领，也是个大问题……"

"他们都由宫里供养……"武王截住了扁鹊的话。

刚才，因为秦武王一句话而失态的太医李醯，一直表现得非常低调，非常矜持。但是，他的眼睛一直死死地盯着武王和扁鹊，耳朵一直仔细地捕捉着他俩的每一句话，脑子一直认真细致地分析着每一句话的含义，以决定自己下一步的动作，并最大限度地保住自己的利益。他看到事情进行到这里，一个要任命，一个要请辞，多少有点僵持，便认为自己的机会终于到来了。这时，他已经做好了退一步的打算，那就是，即使秦武王今日不任命他为太医令，只要武王也不任命扁鹊，对他来说就算是阶段性的胜利了。于是，他笑容可掬地对大家说：

"王任命神医扁鹊为太医令，也是为了宫中的诊疗之事能有个秩序。你们想想，咱们宫中的太医们已经好几年没有头头了，不光遇到大事无人拍板，即使平常的小事也没个人商量，很不方便。今天，王让神医扁鹊当我们的太医令，我本人从心底里拥护，因为王的命令永远是正确的。但是反过来，神医扁鹊一再推辞，也有他的道理。你想，一个九十多岁的老人了，早应到了被别人伺候的年纪了，你让他再来伺候别人，他的心里能痛快吗？"话说到这里，李醯又不动声色地挑拨了一下武王和扁鹊的关系。说白了，就是说扁鹊竟然反对一言九鼎的武王，他既然现在就敢忤逆武王的旨意，等他真的当上了太医令，宫里还能盛得下他吗？事情到了这一步，李醣又以为了双方都好的名义，假装真诚地往下说开了："王爱才的胸怀是天下皆知的，神医扁鹊的医道之深也是有目共睹的。我看这事今天先不议，改日再定如何？"

"好！好！就是！"几个宫中太医借酒劲高叫着。

秦武王看看，也只能这样了。于是，他便向大家笑了笑。扁鹊看看巧舌如簧的李醣，真想再给他几句厉害的。但是，扁鹊也在想，自己再说多了，说硬了，就真的开罪武王了，那也不是他的本意。接着，酒宴上又响起了饮宴之声，乐班开始奏乐，舞女也开始献舞，整个大殿里一片祥和。

噼里里，啪啦啦——

这时，旁边突然传来一阵用筷子敲碟子的声音，刹那间，几个几案上都敲了起来。声音最大的是远处的一排武士，他们用棍子使劲地敲着手中的木头梆子。那沉重有力的声音，像战鼓在催促着征人杀向战场。正当扁鹊和徒弟们看得一头雾水，听得不明就里的时候，武王脱掉衣袍，露出了一身短打扮。直到这时扁鹊他们才明白，武王这是又要和武士们进行举鼎比赛了！

扁鹊一下子惊出了一身冷汗！

"王，你不能上场！"扁鹊抓住了武王的手。

"哈哈哈！我不是纸糊的！"武王不以为然。

"你也太小看王了！"李醣煽风点火道。

"你身体痊愈不久……"扁鹊争辩道。

"你给我一个不上场的理由！"武王笑着说。

"俗话说，伤筋动骨一百天。而你，在一百天里根本没有得到有效的治疗，这又加重了你的伤情。再说，从我为你诊病到今天，一共才不过十余天的时间。你的肌肉扭伤，你的筋骨拉伤，恢复起来是相当缓慢的。虽然恢复的时候也需要锻炼，但是需要柔和徐缓地运动，举鼎太过猛烈，万一再次拉伤，身体受屈可就大了。到时候，就是神医也难下手了。我想，今天你必须听我的！否则，你万一因这次举鼎有个三长两短的，你就是再派人去接我，我也不会再入宫给你疗伤了！"

秦武王听听扁鹊说的有道理，尽管话中有些埋怨甚至是威胁的意思，但那也是从爱护和关切的角度出发的，所以也就没再坚持。他让人给自己披上长袍，又坐下了。但是，一直看不惯扁鹊的李醣可就看不下去了。他

331

走到扁鹊跟前，以教训的口吻说道：

"扁鹊，你要摆正你的位置！你算什么东西？江湖游医而已！王是秦国的国君，王想干的事，没有不行的！你不过为王摸了摸脉，熬了几服草药，就开始拿三做四地摆起架子来了？就开始不知天高地厚地教训起王来了？你去宫外的渭河里照照自己，看看自己是什么东西！"

谁也没想到，本来是一团和气的宴会，最后会搞成这个样子。依照扁鹊原来的脾气，他肯定会抬腿走人。但是，现在他面对的是国君，而且同坐的孟贲频频使眼色，他只好一忍再忍。扁鹊知道，孟贲是武王身边的人，又有一身好武功，他怕谁？连他也暗示要忍让李醯，可见李醯势力之强大。俗话说惹不起，还躲不起吗？扁鹊使劲往回咽了口气，还在脸上添了点笑容。

"这次多住些日子吧。"武王看着扁鹊。

"是啊！住半年以上吧！"扁鹊若有所思。

"你要做的事，我当鼎力相助！"李醯也凑上来说。

"我的事，我和徒弟们做就是了，谢谢你的好意。"扁鹊不冷不热地回了李醯一句，然后又将脸转向秦武王说道，"前些日子，我和孟贲走在街上，发现咱们咸阳城的老年病比较多。我们师徒几个想多住些日子，一是为民众解除病痛，二是我的《扁鹊内经》刚开了个头，我也想借你一方宝地，结合这里的各种病例，把这卷写完。"

"好，你住十年都行！"秦武王慷慨道。

"多谢王上！"扁鹊作揖道。

"不必感谢！你医道高明，宅心仁厚，多少人请你而不得啊！你能长期住在寡人这里，是寡人的福分，也是秦国百姓的福分。以后，寡人有什么头疼脑热的，可以直接向你问诊求医，寡人和大臣们得感谢你啊！你这么出名的神医，长期住在秦国，让列国的人们知道了，肯定会非常羡慕寡人的！"

听到这里，李醯急得出汗了，气得嘴歪了。

回到住处，扁鹊便开始忙活了。

因为得到了国君的恩准，可以在这里多住些日子，而且国君还为其诊疗活动提供了方便，所以他找了许多当地的老人，了解了老年病的大体症状、地域分布及发病年龄等基础情况之后，又把徒弟们分成了两组——子阳和子豹一组，负责在渭河流域巡诊；子游和子越一组，负责在泾河流域巡诊。一般的病人，在当地诊断后用药治疗即可。特殊的、有疑难杂症的病人，可将病症带回来，大家一起研判病情，开方煎药。经大家研判之后仍难以诊断的，可以把病人带回来，和师父扁鹊同吃共住，由师父亲自观察，并实施进一步治疗。太子留在扁鹊身边，每天早起，做好便于携带的饭食，等四个师兄带上干粮外出之后，再服侍师父分析病例，归集资料，以便扁鹊运用这些材料，进行《扁鹊内经》的写作。

就这样，日出一天，日落一天，大家在忙忙碌碌中过着，日子好似渭河的流水一样充实而又平淡。虽说水有时急有时缓，却是一直不断线。

但是，危险却在悄悄逼近！

扁鹊这里忙活着，李醯那边也没闲着。

那天的宴会上，秦武王说要任命扁鹊为太医令，让他掌管宫中所有太医及医事。尽管秦武王是酒后轻飘飘的一句话，但对李醯来说，不啻毁灭性的打击！那是他觊觎已久的美差啊！咋会让它落到别人的头上呢？虽然是煮熟的鸭子，却也是说飞就能飞了的。为此，他多次用非常卑鄙的手段，陷害了好几个人。他想，近在咫尺了，绝不能输在这里！

终于，机会来了。

那一天早朝退朝之后，秦武王觉得有些头晕，便把李醯叫到了跟前。李醯为他找准穴位推拿了一会儿，症状就减轻了。看着秦武王因病情舒缓有些高兴，李醯便瞅准了机会，开始向秦武王进言：

"王，太医令之事万万慎重啊！"

"你有何心思？不妨道来。"武王笑了笑。

"我觉得王应该拟几条选任标准。"

"那……你觉得应该是什么标准呢？"

"我觉得标准的第一条，就是不要江湖游医。"

"江湖游医咋了？医道高明就行！"

"对，王言之有理。世有郎中两种，一为坐医，一为游医。坐医，也就是长年在一个地方行医的人，医道深浅，疗效如何，周围的百姓自有公论。看好了病，声誉鹊起，求医问药者蜂拥而至；看不好病，患者弃之，求医问药者门可罗雀。所以，为坐医者，大都胸中有救国救民的情怀，肚里有

333

祛疾疗病的方法，手上有妙手回春的工夫，身上有施医煎药的真本事。所以，他们敢于久坐一方，不怕毁，不怕谤，坦坦荡荡而医名远扬。而那些江湖游医，嘴里说得天花乱坠，骗吃骗喝。他们从来不敢久居一地，因为他们怕被他们误诊而死的冤魂们会要了他们的命，怕那些被骗的病人会找他们算账！所以，他们只好今日河东，明日河西，四处游荡……他们吃饱了就换地方，有的甚至等不到吃饱，一看惹下祸了，空着肚子就跑到另一个地方去，重新开张骗人……"

"你见过江湖游医吗？"秦武王问道。

"见过，那个给你治病的子容就是一个！他号称医道高深，又号称是神医扁鹊的徒弟。但是，他给你治腰伤的过程你不是很明白吗？不但什么也没治好，而且还让你的伤越来越厉害了。像他这种江湖游医，治死人是经常的事。要不是我派人把他处死了，他还不知道要祸害多少人呢！我这是为民除害啊！王你出去听听老百姓们怎么说。他们说，处死子容，就是保护百姓啊！就是功德无量之事啊！所以，对江湖游医不能手软……"

"啊？你把那子容处死了？"秦武王惊讶道。

"是啊！他连王都敢谋害……"

"过了！太过了！"秦武王听了连连摇头。

"王，我是为你的身体负责啊！"

"那……你认为扁鹊做太医令如何？"

这时，李醯看时机已到，便故意以不经意的方式，把在肚子里练了好几遍的话说了出来："既然王问我了，我就大胆地说几句。对的，请王考虑，不对的，也请王恕我口拙。的确，扁鹊的医道尚可，这一点我不否认。他也确实治好了许多人的病，在民间也有一定的口碑。但是，你从他的行医轨迹来分析一下，就可以看出问题来了。他从来不敢在一个地方坐医，而是选择了江湖游医的方式。每到一个地方，他多则大半年，少则一两个月，从来不敢待的时间长了。为什么？因为他虽然名气大，但是名不副实，也就是没有什么真本事。他怕在一个地方待久了，露了破绽，觉得与其被人赶走，还不如自己早早溜掉。他的名气，都是他的徒弟们给他吹出来的。徒弟们为什么吹捧他？因为把师父吹神了，水涨船高，他们自己的身价也会倍增。然后，他们就会有不菲的收入了。所以，他们有何不吹之理？所以，如此江湖游医，偶尔看好一次病，并不能说明他的医道有多么高明。

当然，这样的人，要是王非要他当太医令不可，我们做臣下的，也不敢有什么意见。"

"扁鹊真的如此不堪？他治好了寡人的病……"

"我一切听王的！"李醯欲擒故纵。

"容寡人再考虑一下吧！"武王最后说道。

终于，在李醯对扁鹊一顿明褒暗贬，对秦武王一阵欲擒故纵之后，搞得秦武王又犹豫了。李醯听了武王的最后一句话，心里暗暗踏实了一点，但是他认为还是不能掉以轻心。他知道，既然这把火烧起来了，就得让它烧的越大越好，烧它一个昏天黑地才好呢！但是，这把火该怎样才能往大处烧呢？怎样才能不动声色地彻底解决掉扁鹊，一劳永逸地以绝后患呢？

这时，他又想起了他的莫逆之交，那个无恶不作的土匪头子西门鬼哭。前些日子，李醯已经盘算了好几次这件事，已经把西门鬼哭召进了咸阳，让他在宫外租房子待命了！

李醯终于要杀人了！

# 第二十三章　遇　害

死亡，是没有彩排的。

扁鹊只是埋头著述，却不知道死之将至。

这些日子，徒弟们从渭河流域和泾河流域带回了大量的医案。这些医案大体分两类，一是一般的普通医案，二是极个别的特殊医案。扁鹊将这些医案归类之后，再就其中一些共同点进行分析，并试图找到其中规律性的东西。有的医案他可以在写作中选择引用，有的医案就用于备考。他就这样日复一日地忙碌，夜以继日地写作，要不是身边的太子及时提醒，忘记吃饭是经常的事。有时候，他甚至不知道什么时候是白天，什么时候是黑夜了。

暗地里，太医李醯也加快了赶走扁鹊，或者暗害扁鹊的步伐。他和西门鬼哭商量了好几次，都因为酬金的多寡而没有达成协议。最后，他又提高了一点酬金，尽管西门鬼哭还是有些不满意，但想到李醯是他的保护伞，作恶多端的他，还指望李醯为他提供保护呢，也就勉强同意了。他们商定，在一个合适的夜里，派玉生烟带人暗杀扁鹊。

谁知因为阴差阳错，扁鹊躲过了一劫。

扁鹊和太子住的是正房的里外间。平日里，扁鹊上半夜在外间写作，下半夜在里间就寝。外间里还有一张榻，太子平日里在外间侍奉扁鹊写作，扁鹊去里间就寝以后，太子收拾好笔墨简砚，也就在榻上睡下了。心怀鬼胎的李醯，多次派人以看望或者关心扁鹊师徒生活的名义，前来打探过，所以对师徒二人的作息规律和就寝方位，摸得一清二楚。

终于，他们选择了一个月夜。

这天夜里，扁鹊写作的时间特别长。从一勾月牙儿升起之前，他就开始写作了，直到月上中天，他还没有要睡的意思。也许是因为太困了，他站起身来，去盆里掬了一捧凉水，在脸上胡乱拍了拍。等精神头重新起来了，他又坐在案前，铺开了一卷新的竹简。那宽大的窗户里，透出一缕昏黄的光，隐隐约约地照在院子里的墙上。

这时，只听嗖的一声，一个身穿黑衣、头扎皂巾的人，一个旱地拔葱跳到了墙上。这个黑衣人就是西门鬼哭的狗腿子、颇有些功夫的玉生烟。玉生烟四处观察动静，等确保无人看见之后，又一个大鹏展翅跳到了院子里，然后猫腰躲到屋檐下的黑影里了。大约沉了一炷香的工夫，屋里的灯光熄灭了，并传出了窸窸窣窣的更衣又或是铺床的声音。因为灯灭了，所以院子里顿时一片漆黑，正所谓"月黑杀人夜，风高放火天"。在天地间的一片寂静中，大树上猫头鹰的叫声显得尤为刺耳，特别瘆人。

在树上的猫头鹰嚎叫的间隙里，屋里很快就传出了轻微的呼噜声。看看时机已到，藏在黑影里的玉生烟悄悄起来去推屋门。屋门竟然没插，他一下子推开了。一阵暗喜之后，他快步走进屋里，一个箭步冲进了里间。玉生烟拔出刀子，就向炕上的被窝刺去。他原来以为，扁鹊九十多岁的人了，一刀就能结果了他的性命，根本不用刺第二刀。谁知道他杀人心切，第一刀刺偏了，一下子刺进了土炕里。当他使劲从炕上拔出尖刀，聚聚劲刺出第二刀的时候，炕上的被子一下子飞了起来，被窝里的人一脚踢中了玉生烟的下巴。只听咔吧一声，玉生烟知道自己的几个牙掉下来了。还没等他缓过神来，手中的刀子已经被打掉。玉生烟想，神医太厉害了！九十多岁的人了，腿脚还这么利索，而且还能腾空飞起来！我还是好汉不吃眼前亏，先保命再说。想罢，玉生烟回头就向外跑。他边跑边想：九十多岁的神医扁鹊，真的与常人不一样呢！要不是我跑得快，说不定他会像老鹰抓小鸡一样抓住我了。

当玉生烟跑到院子里，正要往墙上蹿的时候，墙上突然又出现了一个黑衣人，泰山压顶般地跳下来，像块大石头一样砸在了他的身上。然后，黑衣人像老鹰抓小鸡一样，把被砸了个半死的玉生烟提起来，又使劲扔在地上。这一摔，一下子把玉生烟摔得只有出的气，没有进的气了。然后，黑衣人又把玉生烟拖到了屋门口。这时，太子已经点起了火把。他疑惑地举起火把四处照了一下才发现，后面跳进来的黑衣人，竟然是秦武王身边的武士孟贲。

孟贲用脚踩住地上的玉生烟，急切地问太子道："我世叔不要紧吧？"

"我没事，好着呢！"

这时，躲在外间小床上的扁鹊，才慢慢腾腾地边坐起来，边穿着衣裳。见此状况，孟贲一是有些欣慰——好在世叔安然无恙；二是有些不解——世叔怎么睡在外间呢，他不是一直睡里间的吗？难道他知道今夜黑衣人要来杀他？看出孟贲不解的样子，扁鹊笑了笑说：

"昨夜写到紧要处，我估计肯定会睡得很晚，所以，我就让太子先去里间睡了。等我写完之后，怕换床再打搅了太子的好梦，就顺便睡在外间了。也多亏是这样，要是我睡在里间，这家伙一下子扑上去，不用刀子，一扑就会把我这把老骨头压碎的！命不该死，天意，天意啊！"

扁鹊说完之后，太子接着说："我躺在师父的炕上，刚开始还翻来覆去睡不着。后来实在困了，谁知我刚睡着，师父翻动竹简的声音又把我弄醒了，从那时候开始我一直没有睡着。其实，黑衣人一进来，我就听见了。刚开始我怕他伤害师父，想马上跳起来，但是听他朝里间来了，我就故意装睡，打他个措手不及！"

"想必你是受人指派来的吧？"孟贲问玉生烟。

"说！谁让你来杀人的？"太子指着玉生烟问。

"是……是西门鬼哭……"玉生烟吞吞吐吐。

"哼！西门鬼哭背后的人是谁？"

"我……我真的不知道，不知道啊！"

孟贲脚下一使劲，玉生烟吐了一口血，接着就翻白眼了。这时，其余几位徒弟也闻声赶了过来。他们帮着孟贲，将玉生烟拖到院子里的树下，还为他擦了一下嘴角的血。然后，孟贲又回到屋里，看着惊魂未定的扁鹊和太子，故意大咧咧地安慰他们道："放心，没你们的事，我一人做事一人当！大不了玉石俱焚！你们该咋办就咋办。"

"你咋认识这个人？"太子还是不解。

"当然了！扒了皮我也认识他的骨头！"

"这人是宫里的？"

"什么宫里不宫里的！他叫玉生烟，是西门鬼哭的狗腿子。太医李醯干的那些见不得人的事，都是由他出面。为了方便干坏事，太医李醯还找人给他发了宫牌，以方便他出入宫里。今天，我把他打死了，但是，不论谁问起来，我都会说不认识他，让太医李醯再吃一次哑巴亏！哈哈哈！"

"你怎么知道他今晚会来行凶？"扁鹊还是不明白。

孟贲道："这事说来话长了。前几年你们来秦国的时候，满朝文武都看得出来，李醯嫉妒世叔你。也多亏了后来世叔负气而走，要不，李醯还不知道要耍什么花招收拾世叔呢！这次秦王伤了腰，李醯又到处兴风作浪。他先是埋怨我和王一起到处比武，要把责任推到我的头上，让我把锅背起来。然后赶我走，想趁机除了他的眼中钉。你们说，王说要干的事，我能阻拦吗？李醯又到处散布说我故意让王伤了腰，你们说，我有那么大的本事吗？咱们接着说，这次请世叔来秦国行医之前，李醯就到处散布消息说，扁鹊的医道不过一般般，所谓的神医，是他的徒弟们为抬高自己的身价帮他吹出来的。看着秦王心意已决，非请世叔过来疗伤不可了，他也没办法了，才只好同意，还假惺惺地夸了世叔几句。"

"你怎么知道他会派人行凶呢？"子阳问。

"这事，你们说我怎么知道的？"孟贲故意卖关子。

"嘿嘿，我们又不是你肚子里的虫子，怎么会……"大家迷糊了。

"你们还记得咱们赶往咸阳的路上的事吗？"孟贲问。

"什么事啊？"大家真的蒙了。

"唉！看来，你们的精力全都用在治病救人上了。"孟贲说完这句话之后，似乎觉得口气有点重了。于是，他便轻轻地说："也难怪，因为我的责任就是保护世叔和你们的安全，所以，咱们关注的重点不一样。当时咱们碰见西门鬼哭等人之后，玉生烟抢头说了一句话，说是太医李醯招他们进入京城的。当时，他还没说完，就被老谋深算的西门鬼哭喝停了。当时，我就在心里嘀咕：这是李醯又准备用他们做坏事了？但是，我没想到李醯会这么快动手。后来，随着事情的发展，我慢慢明白了。自从那天宴会上，王说要让世叔当太医令之后，李醯就和疯了似的，开始丧心病狂地攻击世叔了……"

"这事，他说了不算！"子阳、子豹异口同声。

"他是说了不算。你别看王平日里很谦和，但是一旦发起火来，他可是不管不顾的。"

孟贲接着往下说："李醯和西门鬼哭的事，是人所皆知的。他为了能当上太医令，动了杀害世叔的心，也是不言自明的。有一天夜里，我的手下看到西门鬼哭从李醯家后门出来，当时我就觉得大事不好，为此我就提高了警惕。那天，我在宫里巡逻，忽然听到帷幕后面有人窃窃私语。我侧耳一听，主要是李醯的声音，还有一个陌生的声音。尽管他们说的话不能全部听清楚，但是听到他们说的大意就是要对世叔动手。从那天开始，我睡觉都睁着一只眼，经常夜里悄悄为世叔站岗。刚才，我刚走到这里，就听到院子里的动静不大对。等我蹿上墙头之后，正好碰上玉生烟，后面的事大家就都知道了……"

"我们是不是该走了？"子游道。

"是啊！此处不是久留之地啊！"子越也说道。

"再过几天吧！等我写完再走。"扁鹊说。

"也行，不过大家要提高警惕，千万要保证世叔的安全。"孟贲说到这里，又用脚踢了一下玉生烟的尸体说，"这事大家什么也不要说，一切由我应付，我有我的办法。我已经把他的刀子藏了。天亮之后，我就进宫上奏，说咱们夜里抓了个贼，我不小心下手重了些，一下子把他打死了。这事李醯也不愿意声张，他知道，万一闹大了，让王看清了他的阴谋，那也不是闹着玩的。就这样吧！我回去了！"

扁鹊重重地点了点头。

虽说此事已经了结，但是阴谋还在继续。


李醯狠毒的诡招儿，一个接着一个。

这一个回合，虽说李醯偷鸡不成蚀把米，赔了夫人又折兵，但是，早已经利令智昏的他，是绝对不会放下屠刀的。慑于秦武王对扁鹊的好感，李醯不敢公开贬损甚至杀害扁鹊，但是，他暗地里采取的手段越来越阴毒，越来越令人发指。他清楚地知道，他必须在秦武王正式任命扁鹊为太医令之前，赶走或者消灭扁鹊，以彻底解除后患。

这天，是一个久违的晴天。

往年的阴雨天，大都出现在盛夏。但是，今年却有些反常。春末时节，离着立夏还有些日子呢，老天就阴雨连绵起来，多少天不见太阳的影子。一日下几场小雨，几天下一场大雨，屋檐上总是淅淅沥沥地滴水，街巷里总是有一个一个的泥窝。虽说草木稼禾，都因为雨水充沛而茂盛地生长着，但床上的被褥却都潮湿得一塌糊涂。今天，天气终于放晴了。蓝蓝的天上一丝云也没有，连鸟儿的叫声都显得格外清脆。一大早，太阳就灌满了院子内外，让人的心情也爽朗起来。

扁鹊又是一夜没睡，直到东方天边发亮，蓝天初现的时候，他把《扁鹊内经》彻底写完了。这时，他正坐在院子里，沐浴着明媚的阳光，仔细地整理着一卷一卷的竹简。他将竹简一卷卷地卷好，又认真地一卷卷编号。每弄好两卷，他便打发太子拿进屋里，按他规定的顺序放好，以准备随时查阅之用。由于扁鹊太投入了，不知不觉到了中午。

"神医别来无恙啊！"

一个公鸭似的嗓音，从院门口传了进来。扁鹊正在整理最后一卷竹简，被这突然间出现的公鸭嗓子吓了一跳，竹简哗啦一声掉在了几案上，扁鹊心里马上有了些不快。但是，当抬头看见是宫中太医李醯等走进来时，他马上就把心中的不快掩饰掉了。他想，尽管李醯不是东西，但是在人家屋檐下，就得低下头啊！再说了，好鞋不踩臭屎！在这里住不了仨月俩月了，还去惹他干啥？还有，他派来的杀手被打死了，他也该接受教训，老实一点了。想到这里，他放下手中正在整理的竹简，笑容可掬地道：

"是什么风把太医吹来了啊？"

"春风，和煦的春风啊！"李醯道。

"快坐，快坐！"扁鹊笑着说。

"神医，不必客气，打扰了。"李醯说。

这时，太子已经把几案擦干净，忽然听到门口一阵熙攘。接着，几个穿着宫里服装的人，抬着一个大食盒进来了。他们把食盒抬到几案前后，便垂手而立，听候李醯的吩咐。李醯一挥手，拿出一副责备的样子，大声呵斥道："还等什么？眼见得晌午了，还不快给神医把酒菜摆上？饿着了神医怎么办？你们不要以为神医的身体是他自己的，他的身体是王的，是秦国百姓的！神医的身体有恙了，你我都要受罚……"

"他这是犯的哪门子神经啊？"扁鹊疑惑道。

就在扁鹊疑惑不解的时候，宫里来的几个人已经打开食盒，七碟子八碗地摆上了，丰盛的菜肴，精致的酒具，精美的餐具，不比秦武王请客时差多少。虽说没有宫中的金碧辉煌，但是，这些东西在春末院子里风景的衬托下，也别有一番滋味。看着扁鹊不解的神情，李醯慷慨地说道：

"神医扁鹊来到秦国，上为王疗伤，下为百姓治病，夜里还著书立说以传后世，以利国家，本人钦佩之至。作为同行，先生无论品行还是医道，皆足以为我师。今日，我略备薄酒，亲自招待各位，以表寸心，以表崇敬之情。快把你的徒弟们招呼过来，我们不醉不散，一醉方休。哈……"

扁鹊这些天一直在分析病例，指导徒弟，研究草药，著书立说。今天被李醯这么一说，他真的有点蒙了。他心里知道，李醯这一套肯定是虚情假意，甚至是居心叵测的，但是，听听他刚才说的那些掏心窝子的话，看看眼前他做的这件让人感动的事，看他真诚得让人掉泪的态度，真是让人难以判断了。最后，扁鹊决定，不管他是真情还是假意，先接招儿再说。在过招之中，再见招拆招吧！于是，他谦恭地站起来，和蔼地说：

"多谢太医美意！扁鹊师徒身无寸功，有些担待不起啊！太子，快去叫子阳他们几个人过来。这些天，他们也真是累坏了。我们共同和太医一叙，一起感谢太医的盛情。"

一般酒席，都是开始先说正事，酒酣耳热之后，再开始畅叙友情。可是，今天的酒席，刚开始时大家都客客气气，云里雾里地相互试探，不拉正词儿。不一会儿，酒意上头之后，大家开始夹枪带棒，话里话外地有些火药味儿了。虽然表面上大家小心地避免着碰撞，实际上，你来我往的攻击意图已经非常明显了。你想，头顶上长疮，脚底下流脓，从头坏到脚的李醯，他能做出什么好事来？他要是真能做出半点好事的话，那肯定是太阳从西边出来了。

事情是从李醯讲故事开始的。

"我给大家讲个故事吧！"一阵明枪暗箭之后，李醯半带酒意地说，"古时候，有个人的父亲病了，他要去镇子上请郎中。他见到一个郎中，刚要说请他的话，忽然看见郎中身后跟着一群冤魂。毫无疑问，他非常明确地知道，这些冤魂都是被这个郎中治死的人，可见他的医道不甚高明。他只好离开这个郎中，去找另一个郎中。当他看到这个郎中身后还是跟着一帮冤魂的时候，他也不敢请他了。最后，他终于看到一个郎中身后只有一个冤魂，他就断定这个郎中的医道很深，被他治死的人不多，便准备请他回家。他走近一问，结果让他大吃一惊。你猜怎么样？这个郎中战战兢兢地说，他今天是第一天行医！哈……"

"你是说郎中身后都有冤魂？"扁鹊思忖道。

"是啊！冤魂多了会把郎中吃掉！"李醯道。

"做郎中多长时间才会这样？"子阳问李醯。

"你们在秦国多长时间了？"李醯问。

"大半年了吧！"子豹抢先答道。

"估计冤魂也不少了！哼哼！"李醯笑了笑。

"你是想让我们离开这里？"太子单刀直入。

"那是你说的，我可没说！"

子游说："你讲的故事就是这个意思！"

子越也跟了一句："你有话直说就是了！"

"那我可就直说了？"李醯奸笑着。

"但说无妨，但说无妨！"扁鹊异常谦和。

"那我可就得罪各位了！"李醯夹了一块大肉塞进嘴里，吧唧着嘴咽下去之后，说出了一些他蓄谋已久的话，"我作为太医，代表了秦国诊疗方面的最高水平，这一点，我相信各位不会否认吧？从我的角度看，你们在诊病、配药方面也有一定的水平，这点我也不否认。但是，你们毕竟是江湖游医，就像飞蝗一样，云山雾罩地飞来飞去。诊疗一般的小病小恙，我承认你们是有经验的，但是真到了治疗关乎人命的大病时，我认为你们是说得比做得多，失败的比成功的多，治死的比治活的多。你们知道，你们身后跟着多少冤魂吗？你们知道，秦国的百姓是多么痛恨你们吗？他们恨不得一口把你们咬死，然后食其肉，剥其皮，让你们消失得无影无踪！当然，百姓们这些话，你们是听不到的。因为当着你们的面，他们不敢说，万一你们不高兴了，在药里给他们多放上点巴豆，让他们拉肚子拉得爬不起来，也不是不可能的。所以，为了保住你们的小命，我劝你们早一点收拾摊子，早一点离开秦国，我这也算是为秦国的百姓做了善事了！"

"你说，我们把谁治死了？"太子气坏了。

"治死的多了，我不一一列举了！"

"李太医，说话要有根据。"扁鹊彬彬有礼道。

"你们的劣迹，一抓一大把！"

"李太医，你的话毫无根据！"扁鹊轻轻地弹了一下袍袖，一板一眼地说道，"医者，仁心也。作为郎中，我辈当以高尚操行，行救死扶伤之仁爱之术。对外无愧于天地，对内无愧于本心。你我深谙岐黄之道，熟悉岐黄之术，其中道理就无须我多说了吧！我认为，为医者，要坚守医道。医道是一种艺术，其坚持以人为本，岂有乱诊乱治之理？医道是一种观念，尊严和热情为医者的必备条件，岂有见死不救之理？医道是一种积累，其从不厌其繁的诊疗实践中得来，而在诊疗实践中实施和提高，更无残害生命之理。医道是一种境界，其可在妙手回春中出神入化，随心所欲，进而效若桴鼓。面对病人，唯有如此，我们才能做到大医精诚。而你却心胸狭窄，见利忘义，你不觉得你肤浅了吗？作为一名宫中太医，你是否要思忖一下，你的品行合格吗？哈哈哈！至于那种多放些巴豆之类的小人之心，小人之术，也就是你这样的人才能想得出来，才能做得出来！哈……"

"我看你是不见棺材不落泪！"

李醯气得歪了歪嘴，瞪了瞪眼，恶狠狠地抛出了这样一句话。刚才，他满以为他那些狠话能把扁鹊师徒吓住，进而悄悄地逃走了事。可是，他万万没想到，扁鹊竟然用那么高深的大道理，毫不留情地把他教育了一顿。扁鹊讲的那些道理，李醯尽管似懂非懂，但是他觉得大大地丢了面子。他想，再不拿出点厉害的招数来，这几个江湖游医就反天了！于是，他把手伸进衣襟里，一下子摸出了一个小葫芦来，并将其高高举在空中，大声高叫着：

"你们看看，我手里是什么？"

"哈……一个破葫芦！"子阳哈哈大笑道。

"嘿……你葫芦里装的什么药？"子豹戏谑道。

"你们的药！这是你们煎的药！"李醯阴笑着。

"我们的药？你从哪弄的？"子游丈二的和尚摸不着头脑。

"扁鹊开的方，子越煎的药！"

"我？我什么时候煎药了？"子越迷惑了！

子越伸过手去，想拿过葫芦来看看，看看里边装的是什么药。谁知李醯一转身，护住了葫芦。然后，他吩咐手下牵过一条狗来。他从几案上夹起一块肉，把葫芦里的汤药倒在上边，又把肉扔到狗的面前。那狗见到如此美食，三口两口便吞进去了。大家不知道李醯这是玩得什么把戏，一时院子里鸦雀无声。突然，那条狗狂叫着躺在了地上，一阵伸腿瞪眼之后，七窍流血而死。趁着大家还在懵懵懂懂的时刻，李醯的公鸭嗓子又叫开了：

"你们自己看看，这就是你们开的药，这就是你们熬的汤！狗吃了都当场暴毙而亡，更何况人呢？如果医道不行，自己承认就是了，何必醉死不认半壶酒钱？你们如此坑害百姓，如此草菅人命，真是罪恶滔天啊！你们的这些暴行，百姓们无数次向我反映，但为了你们的性命，为了你神医的名声，我一直压着下面，不让他们向王禀报。万一王知道了，你们还能活着离开秦国吗？念在你们与我是同行，我劝你们还是早点离开秦国吧！否则，你们死的时候会不会是全尸，我都不敢保证呢！"

"太医，药是谁给你的？"扁鹊问道。

"我要保护秦国百姓，无可奉告！"李醯道。

"你告诉我，我马上问清楚。只要是我们师徒煎的药，我们绝不逃避责任！我会把责任人交送给你，要杀要剐，悉听尊便！但是，如果是有人故意诬陷我们，抹黑我们，我们是绝对不会吃这个哑巴亏的！就是告到秦王面前，我也要把这个理正过来！我就不信天下没有说理的地方，我就不信你李醯能一手遮天！"

"我给你们想个办法，那就是抓紧离开秦国，而且越早越好！我这可是为你们好。要是走晚了，那可就……哼哼！"

李醯阴笑一声，装起葫芦走了。


公元前 310 年，这是一个注定要进入史册的年份。

夏历六月二十八日，这是一个值得纪念的日子。

这天早晨，大难临头的扁鹊，好像浑然不觉，还在从容地安排着徒弟们的差事。其实，他也不完全是浑然不觉。来自李醯的危险，一天比一天厉害。但是，善良的扁鹊总是以己度人，总认为李醯即使再坏，也不至于要人性命。而且，在秦国诊疗老年病的事，他也需要有一个可以说得过去的结尾。再说了，行医一辈子了，一生的著作除《难经》之外，只有这《扁鹊外经》和《扁鹊内经》了，利用这个时间，他想把这两本书写得全面一些、改得深刻一点，也算是为后人留下了点可以借鉴的东西。

早饭后，眼看着子越将碗筷刷得干干净净，放得整整齐齐之后，扁鹊一如既往地安排着。他还是让子阳、子豹到渭河两边再走走，让子游、子越去泾河两边再看看，问一下老病人的药吃完了没有，并了解一下他们身体恢复的状况。同时看看有没有新的病人，并教会当地的郎中治疗老年病的方法。他留太子在身边，整理一下行李和资料。他还打算，晚上徒弟们回来之后，大家一起吃顿团圆饭。明天一早，去宫里向秦武王辞行之后，他们便要离开秦国了。因为他知道，天气渐渐热了，那些容易在夏天传播的疾病，已经开始悄然萌动了。他和徒弟们必须四处周游，主动出击，以为百姓解除病痛。

谁知道，计划总是不如变化快。

四个徒弟出去之后，扁鹊吩咐太子再去给马厩里的马们喂一遍草料，自己又开始倒腾起那些竹简来。他把《扁鹊外经》放在一起，又把昨天刚整理完的《扁鹊内经》放在一起。床上的两堆竹简，就像两个灶台那么大。就在他刚刚堆放完毕，还没来得及喘口气的时候，大门吱呀一声响，孟贲像旋风一样进来了。扁鹊大吃一惊。

肯定不是好事！扁鹊心里想。

"世叔，你们快走吧！"孟贲焦急地说。

"为啥？"尽管预感不妙，扁鹊还是追问了一句。

"太医李醯要动手了！"孟贲答道。

"你怎么知道的？他能如此丧心病狂？"

"来不及细说了，是这样的……"

原来，这些日子以来，阻止秦武王任命扁鹊为太医令这件事，已经成为李醯的心病。他到处造谣污蔑扁鹊，但并没有起到多么大的作用；他在秦武王那里说扁鹊的坏话，实施挑拨离间的把戏，无奈秦武王高深莫测地一言不发；他让西门鬼哭派玉生烟去刺杀扁鹊，却偷鸡不成蚀把米，玉生烟被打死在现场；他亲自出面赶扁鹊早点离开，却又被扁鹊师徒驳得哑口无言。实在没办法了，他决定重金请西门鬼哭亲自出马。李醯认为，此事关系重大，必须处处小心，不能让任何人知道。一旦走漏了风声，单单是秦武王那里就不好交代啊！毕竟，扁鹊还为武王治好了腰伤呢！谁知，若要人不知，除非己莫为，一直暗中保护扁鹊的孟贲，早就盯上他了。正所谓螳螂捕蝉，黄雀在后，今天早上，天还没亮的时候，孟贲看到有个黑影闪进了李醯的家宅。一直高度警惕的孟贲，仗着自己的一身功夫，翻墙进入了李醯家里。他将耳朵贴在李醯的房门上，听见屋里有两种声音：一是李醯给西门鬼哭数钱的声音，二是他嘱咐西门鬼哭今天晚上必须杀掉扁鹊的声音，也许是这次李醯下了大本钱，让西门鬼哭非常满意。所以，孟贲听见西门鬼哭说："放心吧，这次，我只需一刀，就让扁鹊毙命！"孟贲听到这里，惊出了一身冷汗！上朝后，他为秦武王安排好了举鼎比赛的现场，趁比赛前小憩的空当儿，便飞速过来给扁鹊报信儿了。

"你一定要快点离开！时间越快越好，走得越远越好。王举鼎比赛马上就要开始了，我必须在现场。所以，我也无法送你。你一定要珍重。"孟贲一口气说完事情的原委之后，又急切嘱咐扁鹊道。

"我那些去了渭河和泾河的徒弟们……"

"你放心，我会差人通知他们的！"

"你……"扁鹊对孟贲感激不尽。

"一切都不必说了，后会有期！"孟贲拔腿走了。

这次，扁鹊是真的急了！

孟贲匆忙离去之后，扁鹊开始了出逃的准备。可是，面对屋子里那么多的东西，该带走什么呢？俗话说，破家抵万贯，但是，他目前考虑的不是千贯或万贯，而是要带走最重要的东西。环顾四周，他的目光最后落在了《扁鹊外经》和《扁鹊内经》上边。望着这两堆小山似的竹简，他虽然有些发愁，但是他要带走它们的决心是坚定不移的。因为，这是他多少年心血的结晶啊！多少种疾病的症状，多少种草药的效能，多少种顽疾的诊疗方法，都是他多少年来在艰苦的实践中摸索出来的。传之后人，功莫大焉，利莫大焉！

于是，扁鹊吩咐太子套好马车，两人开始往车上搬运《扁鹊内经》和《扁鹊外经》那两堆竹简。他俩用了半个时辰的工夫，才把两堆竹简搬出来，整整齐齐地码在车上。放完竹简之后，车上满满的，只能坐下一个人，赶车的太子实在无法坐在车上了。当然，这时，太子也不在乎这些了。扁鹊在马车上坐了一会儿，不见太子过来，有些焦急。当他准备下车去找他的时候，太子一身草屑，擦着汗跑过来了。

"火烧眉毛了，你干啥去了？"扁鹊真的急了。

"我去马厩里喂马了。"

"那些马，不喂也罢！"扁鹊说。

"那可不行啊师父！"这么多年来，这是太子第一次反驳师父，"孟贲说了，他会派人去通知那几个师兄的。我想，他们匆匆赶回来，一看咱们不在，肯定会去追赶咱们。到那时候再发现几匹马都饿得肚子瘪瘪的，岂不误了大事？"

扁鹊听罢，禁不住沉默了。

啪——一记清脆的鞭声炸响在空中，两匹吃饱喝足的马儿，腾空"咴儿咴儿"一叫，拉着车子奔出了院门。由于车速太快，扁鹊只好紧紧地抓住扶手，以使自己不至于颠起来。因为马车上坐不开了，太子只好甩着鞭子，跟头趔趄地跟着马车向前奔去。

就在马车出门的时候，街对面一个卖灯油的伙计，一溜歪斜地向宫门方向跑去……

原来，李醯和西门鬼哭定下谋杀扁鹊的计划后，便马上派了一个手下化装成一个卖灯油的伙计，在扁鹊住处的对面监视他的行动。他们本来是准备今天晚上行动的，谁知扁鹊上午就坐着马车逃走了。所以，他赶紧跑到宫里，去向李醯报告去了。李醯得到消息之后，急忙去宫外的一处民房里，和租住在那里正在呼呼大睡的西门鬼哭商议：

"事出偶然，我们怎么办？"西门鬼哭急了。

"这样也好。哼哼！"李醯冷笑了几声。

"明明不好，你却说好，为何？"

"你想啊！我们若在城里杀了他，官府总要破案吧？就算是咱们上上下下活动好了，也是要多花不少钱的。现在，虽说扁鹊逃到了城外，但是他无论如何逃不出咱们的手心。咱们要是能在荒郊野岭里把他杀掉，岂不是神不知鬼不觉了吗？在那天高皇帝远的地方，还有谁吃饱了没事干？"

"那个孟贲，他应该知道一些事情。"西门鬼哭沉思着说，"据我的手下来报，说是孟贲今天早上去过一趟扁鹊那里。刚才扁鹊的突然出逃，会不会和孟贲的突然造访有关系？再说，从半年前那次在山里相遇的事，我就知道他俩是齐国临淄的老乡，孟贲称扁鹊还一口一个'世叔'呢！"

"孟贲的事，我自有打算。"李醯道。

"好，一切听你的。"西门鬼哭说。

李醯接着说："我估计，扁鹊他们出城之后，肯定是往骊山方向去了。一个外地人，又在慌乱之中，肯定不熟悉骊山的路，而你在那里多年，对那些大小路径，比对自己手心的掌纹还熟悉。你马上带着人，现在就抄小路赶到他们的前边去。至于截住他们之后如何处理他们，按计划行事！"

"你就听我的好消息吧！"

西门鬼哭说完，便向城外奔去。

却说太子跟随拉着扁鹊的马车一路狂奔，来到了骊山脚下。他们慌不择路，拐上一条青石铺的官道，又开始打马狂奔起来。走着走着，眼前出现了两条岔道。两条路一样宽，蜿蜒着伸向密林深处。到底该走哪一条呢？太子没了主意，连车上经多见广的扁鹊，也不知道应该往哪走了。这时，两匹马呼哧呼哧地喘着，眼看就要趴下的样子。

突然，路边沟壑里，传来了猫头鹰叫声般瘆人的歌声。扁鹊定下神来仔细一听，才知道那人唱的是《诗·秦风·车邻》：

"阪有桑，

（君子门前高坡上栽着蚕桑）

隰有杨。

（洼地里长着茂盛的绿杨）

既见君子，

（他诚惶诚恐地拜见了君子）

并坐鼓簧。

（君子邀他并肩坐把笙吹响）

今者不乐，

（啊呀！趁现在及时行乐吧）

逝者其亡。

（说不定哪天闭眼进了天堂）"

随着歌声，一个年轻人牵着一头黄牛，不紧不慢地从坡下爬了上来。只见那人瞪着两只贼溜溜的眼睛，一个劲地往扁鹊的车上瞥，他的心思根本不在牛的身上，而且他身上那件长袍，根本不是农人们放牛或劳作时穿的衣裳。太子瞄了他一眼，觉得似乎有些面熟，但是根本想不起来在哪见过。其实，这个人就是这几天一直在扁鹊住处对面以卖灯油为名，行监视之实的那个人。今天早上扁鹊和太子出逃，还是这人去给李醯报的信儿呢！既无害人之心，亦无防人之心的扁鹊师徒，怎么能想到这一层呢？

"迷路了吧？"那人显得很热情。

"是啊！哪条路能走出去呢？"太子急切地问。

"右边是条断头路，往左边走吧！"那人指点道。

太子给那人作了个揖，千恩万谢之后，扬鞭催马拐到左边的路上，又开始狂奔起来。那人在后边暗笑了几声之后，打了个尖利的呼哨，向前边树林里的人传递了信号。呼哨声又尖又长，惊得林子里的鸟儿扑棱着翅膀向远处飞去……

太子跟着马车跑，越跑路越窄，越跑树林越高越密。在越过几棵奇形怪状又有些吓人的千年古松之后，脚下的路到头了。要不是太子勒马及时，差点连人带车马撞在拦路的大石头上。太子勒住马头之后，往远处一瞥，看见树下站着一个人。这个人背对着太子，头上戴着一顶被桐油染黑的草帽，肩上背着一支弯弓，腰上挂着一只还在滴血的野兔。不用说，一看这身打扮，就知道这人肯定是当地的猎户。

"壮士，这路怎么没有了？"太子谦和地问。

那猎户没有回答，甚至连头也不回。看看没有动静，太子便将马拴在路边的树上，向那猎户走去。他从后边拍了拍猎户的肩膀，正要再次问路的时候，猎户突然一下子转过身来。随着一阵狂笑，只见那猎户手起刀落，须臾间太子便身首异处了！马车上的扁鹊见此情景，禁不住大惊。他用手指着那正在狂笑的猎户，愤怒地说：

"你……你……"

"哈……我？我怎么了？别来无恙啊？"

那人说完，摘下破草帽一扔，破草帽一下子挂在了树上。然后，他又摘下黑色的面罩，一边擦着刀上的血，一边冷笑着向扁鹊走来。直到这时，扁鹊才看清楚，眼前的凶手，正是几天前见过的土匪头子西门鬼哭。事情到了这一步，扁鹊心里一下子全明白了！看来，如果不交出这条老命，今天是过不去了。于是，他平静地和西门鬼哭说道：

"你我往日无仇，近日无怨，为什么……"

"我是拿人家钱财，替人家消灾。"

"我是黄土埋到脖子的人了，这条老命也值不了几个钱了。我唯一的要求，就是我死后，你能把车上的《扁鹊内经》和《扁鹊外经》这些竹简，想办法交给我的徒弟们，他们会一代代传下去的……"

"别啰唆了！我让你死也要死个明白！"西门鬼哭打断了扁鹊的话，快速说道，"太医李醯有话，就是所有和你有关的东西，要统统销毁！特别是你车上的竹简，这些是必须销毁的！我佩服你大医精诚的胸怀，我崇拜你救死扶伤的德行，我欣赏你妙手回春的医道，但是，我收了人家的钱财，就要做我该做的事！"

西门鬼哭说罢，手起刀落，万世医祖扁鹊，一下子便身首异处了。西门鬼哭从怀里掏出火镰，三下五下打出火星，然后又引燃了火绒，随后大火一下子烧了起来。不长时间，扁鹊、太子、马车，以及《扁鹊内经》《扁鹊外经》等竹简，全部化为了灰烬。连马车周围的几棵高大、葳蕤的古松，也都被烧成了半人高的黑木桩子……

等子阳、子豹和子游、子越四个徒弟接到孟贲派人送去的消息，策马赶过来的时候，只看见那一大堆灰烬上，盘旋上升着一股散发着焦煳味儿的青烟……

此时，扁鹊刚刚过了 97 岁。

# 尾　声

公元前 309 年：

一直热衷于举鼎比武的秦武王，带着重兵远赴几百里之外的洛阳，去观看他向往已久的九龙神鼎。作为秦武王信任的武士，孟贲当然要随同前往。秦武王看见九龙神鼎之后，爱得要命。他围着神鼎转了好几圈，激动得两眼放光。为了显示一下自己的气力，以提高秦国在列国中的地位，他便提出来和人比赛举鼎。但是，洛阳一时找不到可以和他比武的大力士，他便把目光投向了身边的孟贲。孟贲作为臣下，哪敢不从？一向自以为是的秦武王没做任何热身运动，抓住九龙神鼎一下子举了起来。谁知道，这只鼎太重了！武王将鼎举过头顶之后，便耗尽了所有的气力，累得两眼出了血。最终因力尽鼎落，被一下子砸断了髌骨。大家把他抬回秦国之后，太医李醯根本不会医治，也可能是不想治疗，最后秦武王不治而亡。李醯联合几个大臣让孟贲获罪，并诛杀其九族。可怜孟贲远在齐国都城临淄的老父亲，尽管已经九十多岁了，还是被带往秦国斩首。

公元前 308 年：

任丘、内丘、汤阴、卢邑等扁鹊行医的地方，都先后建起了扁鹊庙。村人们塑上扁鹊的坐像，刻下扁鹊的事迹，编纂和记录扁鹊的故事。每逢节日，四处的村人都赶来祭拜，后发展成为一场盛事。

公元前 307 年：

在齐国的马径邑西北的天岭上，来了一群衣衫褴褛的人。山下的村人们仔细一看，原来是多次在石屋子周围住宿过的扁鹊的徒弟，他们分别是子阳、子豹、子游和子越。只听子阳对着石屋子说："师父，你这一辈子收了十个徒弟，今天能到这里来的，只有我们四人了。你这一辈子写了三部书，《扁鹊内经》和《扁鹊外经》都在骊山被那个万恶的李醢派人烧毁了。今天，我们四个徒弟决定，一定要把你的《难经》传下去，以荫后人。"子阳说完，几个徒弟和赶来的乡民们朝着石屋子作了三个揖，然后打开那个一直由村人值守的石屋子，搬出了扁鹊所著的《难经》。当时，外出烧窑、贩牛多年的毕思修，已经挣足了钱告老还乡。在他的资助下，扁鹊的徒弟们请了两个先生，将《难经》抄了两份，分别藏于两个地方。所以，扁鹊的重要著作《难经》才得以传到了今天。

公元前 306 年：

人们在马径邑西北的天岭上，把那个石屋子修整一番，塑上了骑着白马的扁鹊像，并将这里命名为白马庙，以纪念扁鹊多次在天岭上治病救人及著写《难经》的事迹。直到 20 世纪 40 年代，白马庙一直香火旺盛。

公元 1940 年：

日军为了封锁张博铁路，以利于其掠夺博山的煤炭资源，将白马庙拆毁，用拆下的石头修建了碉堡。至此，在天岭周围，扁鹊的故事只剩下了传说。

公元 2023 年：

岜山村民在白马庙的旧址上，恭塑了重达百吨的扁鹊铜像，并建起了扁鹊书院。书院建筑飞檐斗拱，古香古色，内藏差不多目前能搜集到的关于扁鹊的所有图书。院子里回响的若隐若现的古乐，更衬托出了书院的旷远闲适与敦厚持重。院子里的几棵古树，分别是酸枣树、金银木、黄荆和椰榆。其中那棵古老的酸枣树，相传是当年向扁鹊讨封的老酸枣树，经过几千年的生生死死之后，又于几十年前从老根上发出的新芽。

2019 年 9 月 15 日到 2022 年 5 月 21 日一稿
2022 年 10 月 1 日到 2023 年 6 月 8 日二稿
2023 年 7 月 1 日到 2023 年 10 月 18 日三稿

附录一：

# 《史记·扁鹊仓公列传》

扁鹊者，勃海郡郑人也，姓秦氏，名越人。少时为人舍长。舍客长桑君过，扁鹊独奇之，常谨遇之。长桑君亦知扁鹊非常人也。出入十余年，乃呼扁鹊私坐，间与语曰："我有禁方，年老，欲传与公，公毋泄。"扁鹊曰："敬诺。"乃出其怀中药予扁鹊："饮是以上池之水，三十日当知物矣。"乃悉取其禁方书尽与扁鹊。忽然不见，殆非人也。扁鹊以其言饮药三十日，视见垣一方人。以此视病，尽见五藏症结，特以诊脉为名耳。为医或在齐，或在赵。在赵者名扁鹊。

当晋昭公时，诸大夫强而公族弱，赵简子为大夫，专国事。简子疾，五日不知人，大夫皆惧，于是召扁鹊。扁鹊入视病，出，董安于问扁鹊，扁鹊曰："血脉治也，而何怪！昔秦穆公尝如此，七日而寤。寤之日，告公孙支与子舆曰：'我之帝所甚乐。吾所以久者，适有所学也。帝告我晋国且大乱，五世不安，其后将霸，未老而死。霸者之子且令而国男女无别。'公孙支书而藏之，秦策于是出。夫献公之乱，文公之霸，而襄公败秦师于殽而归纵淫，此子之所闻。今主君之病与之同，不出三日必间，间必有言也。"

居二日半，简子寤，语诸大夫曰："我之帝所甚乐，与百神游于钧天，广乐九奏万舞，不类三代之乐，其声动心。有一熊欲援我，帝命我射之，中熊，熊死。有罴来，我又射之，中罴，罴死。帝甚喜，赐我二笥，皆有副。吾见儿在帝侧，帝属我一翟犬，曰：'及而子之壮也以赐之。'帝告我：'晋国且世衰，七世而亡。嬴姓将大败周人于范魁之西，而亦不能有也。'"董安于受言，书而藏之。以扁鹊言告简子，简子赐扁鹊田四万亩。

其后扁鹊过虢。虢太子死，扁鹊至虢宫门下，问中庶子喜方者曰：

"太子何病，国中治穰过于众事？"中庶子曰："太子病血气不时，交错而不得泄，暴发于外，则为中害。精神不能止邪气，邪气畜积而不得泄，是以阳缓而阴急，故暴蹶而死。"扁鹊曰："其死何如时？"曰："鸡鸣至今。"曰："收乎？"曰："未也，其死未能半日也。""言臣齐勃海秦越人也，家在于郑，未尝得望精光侍谒于前也。闻太子不幸而死，臣能生之。"中庶子曰："先生得无诞之乎？何以言太子可生也？臣闻上古之时，医有俞跗，治病不以汤液醴洒，镵石挢引，案扤毒熨，一拨见病之应，因五藏之输，乃割皮解肌，诀脉结筋，搦髓脑，揲荒爪幕，湔浣肠胃，漱涤五藏，练精易形。先生之方能若是，则太子可生也；不能若是，而欲生之，曾不可以告咳婴之儿。"终日，扁鹊仰天叹曰："夫子之为方也，若以管窥天，以郄视文。越人之为方也，不待切脉、望色听声写形，言病之所在。闻病之阳，论得其阴；闻病之阴，论得其阳。病应见于大表，不出千里，决者至众，不可曲止也。子以吾言为不诚，试入诊太子，当闻其耳鸣而鼻张，循其两股以至于阴，当尚温也。"

中庶子闻扁鹊言，目眩然而不瞚，舌挢然而不下，乃以扁鹊言入报虢君。虢君闻之大惊，出见扁鹊于中阙，曰："窃闻高义之日久矣，然未尝得拜谒于前也。先生过小国，幸而举之，偏国寡臣幸甚。有先生则活，无先生则弃捐填沟壑，长终而不得反。"言未卒，因嘘唏服臆，魂精泄横，流涕长潸，忽忽承睑，悲不能自止，容貌变更。扁鹊曰："若太子病，所谓'尸蹶'者也。夫以阳入阴中，动胃缠缘，中经维络，别下于三焦、膀胱，是以阳脉下遂，阴脉上争，会气闭而不通，阴上而阳内行，下内鼓而不起，上外绝而不为使，上有绝阳之络，下有破阴之纽，破阴绝阳，色废脉乱，故形静如死状。太子未死也。夫以阳入阴支兰藏者生，以阴入阳支兰藏者死。凡此数事，皆五藏蹶中之时暴作也。良工取之，拙者疑殆。"

扁鹊乃使弟子子阳厉针砥石，以取外三阳五会。有间，太子苏。乃使子豹为五分之熨，以八减之齐和煮之，以更熨两胁下。太子起坐。更适阴阳，但服汤二旬而复故。故天下尽以扁鹊为能生死人。扁鹊曰："越人非能生死人也，此自当生者，越人能使之起耳。"

扁鹊过齐，齐桓侯客之。入朝见，曰："君有疾在腠理，不治将深。"桓侯曰："寡人无疾。"扁鹊出，桓侯谓左右曰："医之好利也，欲以不疾者为功。"后五日，扁鹊复见，曰："君有疾在血脉，不治恐深。"桓侯曰：

"寡人无疾。"扁鹊出，桓侯不悦。后五日，扁鹊复见，曰："君有疾在肠胃间，不治将深。"桓侯不应。扁鹊出，桓侯不悦。后五日，扁鹊复见，望见桓侯而退走。桓侯使人问其故。扁鹊曰："疾之居腠理也，汤熨之所及也；在血脉，针石之所及也；其在肠胃，酒醪之所及也；其在骨髓，虽司命无奈之何。今在骨髓，臣是以无请也。"后五日，桓侯体病，使人召扁鹊，扁鹊已逃去。桓侯遂死。

使圣人预知微，能使良医得蚤从事，则疾可已，身可活也。人之所病，病疾多；而医之所病，病道少。故病有六不治：骄恣不论于理，一不治也；轻身重财，二不治也；衣食不能适，三不治也；阴阳并，藏气不定，四不治也；形羸不能服药，五不治也；信巫不信医，六不治也。有此一者，则重难治也。

扁鹊名闻天下。过邯郸，闻贵妇人，即为带下医；过雒阳，闻周人爱老人，即为耳目痹医；来入咸阳，闻秦人爱小儿，即为小儿医：随俗为变。秦太医令李醯自知伎不如扁鹊也，使人刺杀之。至今天下言脉者，由扁鹊也。

## 【译文】

扁鹊是渤海郡郑人，姓秦，名越人。年轻时做别人家的馆舍主事。客人中有位长桑君，扁鹊认为他与众不同，总是很恭谨地对待他。长桑君也知道扁鹊不是普通人。长桑君在客馆出入十多年，有一天叫扁鹊到他房间里单独坐一坐，悄悄对他说："我有些秘方，我老了，想传给你，你不要说出去。"扁鹊说："我一定照办。"于是长桑君从怀里取出一包药给扁鹊说："用未落地的雨水或露水送服此药，连服三十天你就会具有神奇的能力。"接着长桑君便取出他所有的秘方书都给了扁鹊。然后他忽然不见了，大概他不是凡人吧。扁鹊按照他的话吃了三十天药，就能隔墙看见墙那边的人。凭着这种超能力看病，他能清楚地看见病人五脏中的病症，只不过以诊脉为名义而已。扁鹊行医有时在齐国，有时在赵国。在赵国时被称为扁鹊。

晋昭公时，大夫们的势力强大而昭公及其宗亲贵族势力衰弱，赵简子是大夫，却独掌国事。赵简子患重病，昏迷了五天，大夫们都很害怕，于是召来扁鹊。扁鹊入室给赵简子看了病，出来后，董安于询问扁鹊病情，扁鹊说："血脉正常，你们为什么大惊小怪呢？当初秦穆公也曾这样，七天才醒过来。醒来那天，他对公孙支和子舆说：'我去了天帝那里非常快乐。我之所以在那这么久，是因为刚好要学些东西。'天帝对我说："晋国将要大乱，五世不得安宁。此后晋国将称霸，称霸不久霸主就会死去。他的儿子将使你们国家男女无别。"公孙支把这些话记下来收藏好，秦国记载这事的简册就这样传下来了。之后晋献公时的内乱、晋文公的称霸、以及晋襄公在崤山打败秦军后回国纵情淫乐，这些都是你所知道的。现在主君的病和秦穆公的病情况相同，不出三天他一定会醒来，醒来后一定会有话说。"

过了两天半，赵简子醒了，对众位大夫说："我去了天帝那里非常快乐，我和众神在钧天游玩，那里各种乐器齐奏的音乐，配合各种舞蹈演奏不停，那些乐曲舞蹈不同于夏、商、周三代的乐舞，那声音动人心魄。有一只熊想抓我，天帝命令我射它，我射中了熊，熊死了。又有一只罴过来，我又射，射中了罴，罴也死了。天帝非常高兴，赐给我两个方竹箱，上面都嵌有饰品。我看见我的儿子在天帝身旁，天帝交给我一只翟犬，说：'等你儿子长大了就把这犬赐给他。'天帝又告诉我说：'晋国将一代代衰落，七世后国家灭亡。嬴姓的国家将在范魁的西部大败周人，但也不能占有它。'"董安于听了这些话后，把它记录下来收藏好。董安于又把扁鹊的话告诉赵简子，赵简子赐给扁鹊四万亩田地。

后来扁鹊路过虢国。虢国的太子刚死，扁鹊来到虢国宫门前，询问一个懂得医术的中庶子说："太子得的是什么病，国都里为他祭祀祈祷超过了其他事情？"中庶子说："太子患上了血气不按时运行的疾病，阴阳之气交错致使气血郁结不通，突然暴发，就使内脏受了伤害。他体内的正气不能抑止邪气，邪气蓄积得不到发散，结果阴盛阳衰，导致突然晕厥而死。"扁鹊问："他死了多久了？"中庶子说："从鸡鸣到现在。"扁鹊问："收殓了吗？"中庶子说："还没有，他死了还不到半天呢。"扁鹊说："请你去通报说，我是齐国渤海地方的秦越人，过去我未能瞻望过国君的风采，未能在他跟前效力。听说太子不幸去世，我能让他死而复生。"中庶子说："先生是不是太荒唐了？你凭什么说太子可以复生呢？我听说上古时，有个医生名叫俞跗，他治病不用汤剂药酒，不用针灸导引，不用按摩熨敷，一加诊察就能知道病症在哪儿，然后顺五脏的腧穴，割开皮肤，剖开肌肉，疏导血脉，疏理筋腱，按摩脊髓与脑部，触动膏肓，疏理膈膜，清洗肠胃，洗涤五脏，培养精气，变易形体。先生你的医术如果能像这个一样，那么太子还可能复生；如果达不到这样的水平却想让太子复生，这种话告诉三岁小孩他也不会相信。"两人谈了很久，扁鹊仰天长叹道："先生你所知道的医术，就像是从管子里看天空，从缝隙中看花纹。而我的医术，不必等切脉、望色、听声、看形之后，才能知道病在哪儿。我可以由表知里，由里知表。一个人内脏中的疾病都从体表反映出来，不需远行千里，诊断病症的方法很多，不能只从一个角度看问题。如果你认为我的话不可信，就请让我进宫试着给太子诊察一下，应当能听到他还在耳鸣，看见他的鼻翼翕动，顺着他的两腿向上直到阴部，应当还是温热的。"

中庶子听了扁鹊的话，目瞪口呆，张口结舌，就进去把扁鹊的话报告给虢君。虢君听到后非常吃惊，赶紧出来在正殿门前双阙间迎接扁鹊说："我早就听说过你的大名，只是从没有机会去拜见。现在先生路经我们这个小国，如能有幸蒙你救助，那鄙国太子真是太幸运了。有了先生你他才能活，没有先生你他就只能死去，永不能复生了。"话还没说完，虢国国君就抽泣起来，他精神恍惚，涕泪交流，睫毛上挂满泪珠，悲伤得不能自已，连容貌都变了。扁鹊说："像太子这种病，就是通常所说的'尸蹶'。是由于阳气下降入阴，搅扰胃部，经脉受损伤，络脉被阻塞，分别下沉于三焦、膀胱，因此阳脉下坠，阴脉争上，阴阳两气交会之处闭塞不通，阴气继续上升而阳气只好向内走，于是阳气只能在身体的下部和内部鼓动而不能升起，本应居上居外的阳气被隔绝而不能引导阴气，这样，上有阳气被隔绝的脉络，下有阴气被破坏的筋纽，阴气被破坏，阳气被隔绝，使人的脸色改变，脉气混乱，因此身体静卧就像死了一样。太子实际并没死。因阳气侵入阴气而阻隔了脏气的病人是可以救活的，阴气侵入阳气而阻隔脏气的则必死。凡此种种情况，都是五脏失调之时突然发生的。高明的医生能救治，医术不高的就只能疑惑不解而坐视其死亡了。"

扁鹊让弟子子阳把石针磨好，取太子的百会穴用针扎了下去。过了一会儿，太子就苏醒了。于是扁鹊又让弟子子豹把剂量减半的熨药和八成的药剂一同煮好，交替烫贴太子的两胁下面。太子就能坐起来了。扁鹊又进一步调理太子体内的阴阳之气，只服了二十天汤药，太子就完全康复了。所以全天下的人都以为扁鹊能起死回生。扁鹊说："我并非能起死回生，只是能使本来就没死的人病好而已。"

扁鹊经过齐国时，齐桓侯接待了他。扁鹊入朝朝见，对桓侯说："你皮肤和肌肉之间有病，如果不治疗就会向身体内部发展。"桓侯说："我没有病。"扁鹊出去后，桓侯对左右的人说："医生贪财好利，想用给没有病的人治病来作为自己的功劳。"五天以后，扁鹊又来朝见齐桓侯，说："你的病已经进入血脉了，如不医治恐怕还要往体内发展。"桓侯说："我没有病。"扁鹊出去后，桓侯很不高兴。又过了五天，扁鹊又来朝见桓侯，说："你的病已到了肠胃之间，如再不治还会加深。"桓侯不搭理他。扁鹊出去之后，桓侯更不高兴了。又过了五天，扁鹊又来朝见齐桓侯，只远远地一看就转身退走了。桓侯派人问他缘故。扁鹊说："病在皮肤和肌肉之间，用汤剂、熨剂的效力可以到达而治好；病入血脉，用铁针、石针的效力可以到达而治好；病入肠胃，用药酒的效力可以到达而治好；病入骨髓，便是掌管性命的神仙也没办法医治了。如今国君的病已深入骨髓，所以我不再要求为他治病。"又过了五天，桓侯身体疼痛，派人去请扁鹊，扁鹊已经逃离了齐国。于是齐桓侯就病死了。

圣人假如能察觉细微的患病征兆，能马上请良医及早治疗，那么病就可以治好，性命也能保住。病人所发愁的，是疾病种类太多；医生所发愁的，是治病的办法太少。所以疾病有六种情况不能医治：骄傲放纵不按规律调节身体，是第一种；轻视身体看重财物，是第二种；衣着饮食不能调节得当，是第三种；阴阳错乱，五脏功能紊乱，是第四种；身体太弱不能承受药物，是第五种；信巫师不信医生，是第六种。人只要有其中的一种，那么他的病就没法医治。

扁鹊闻名天下。他经过邯郸时，听说那里尊重妇女，他就做妇科医生；经过洛阳，听说周人敬爱老人，他就做治疗老人耳聋眼花和风湿症的医生；到了咸阳，听说秦人爱护儿童，就做儿科医生；随着各地风俗而改变自己的行医重点。秦国的太医令李醯知道自己的医术不如扁鹊，就派人刺杀了扁鹊。直到现在，天下研究脉学的，都是从扁鹊那传下来的。

**附录二：**

# 探寻世界中医药学起源地及扁鹊故里

## ——中国淄博国际交流研讨会在淄博岜山集团举行

## （新闻通稿）

应岜山集团有限公司的邀请，世界中医药学会联合会主办，淄博市人民政府支持，淄博市卫生健康委、淄博市文化和旅游局、临淄区人民政府、博山区人民政府指导，岜山集团有限公司承办，扁圣书院协办的"探寻世界中医药学起源地及扁鹊故里——中国淄博国际交流研讨会"于2019年8月19～20日在淄博市岜山集团万杰国际大酒店隆重举行。

会议期间，海内外近30位中医学家、中医史学家、文物考古专家学者，就"探寻世界中医药学起源地及扁鹊故里"进行了交流研讨，一致达成如下共识：

一、本次会议是遵照国家领导人关于中医药发展的系列重要指示精神，在世界卫生组织重视传统医学，中医药大发展的大好形势下召开的。世界中医药学会联合会举办此次会议为中医药学的海内外国际交流发展创造了条件，搭起了平台，为中医药走向世界作出了贡献。

二、本次会议的召开，符合健康中国、健康人类的战略要求，对中医药走出中国国门有重要的意义。

三、与会专家一致认为：2000多年前的医学家扁鹊（秦越人）发明脉法，将阴阳理论引入中医理论，完善"望、闻、问、切"四诊理论，擅长"内、外、妇、儿、五官"临证各科，以及针灸、砭石、熨贴、按摩等多种疗法。其学从扁鹊师徒到仓公淳于意师徒绵延数百年，集中在齐国都城临淄及其周围，形成了扁鹊医学学派。

四、关于扁鹊故里的研究，中国考古专家孙敬明、刘忠进、张光明就出土文物《陈璋方壶》《陈璋圆壶》铭文以及战国时期齐国陶文、玺印进行研究，依据铭文、陶文、玺印与有关文献记载，认为"齐渤海秦越人也，家在于郑"，"郑"即"郑阳"，"郑阳"在战国时期齐都临淄城北近郊，扁鹊（秦越人）的故里是中国淄博的临淄。

与会专家形成共识：扁鹊（秦越人）是中医药学的奠基人，中国淄博是中医药学的主要起源地。

本次会议虽然时间短，但取得了重要的研讨成果，对于进一步发掘、研究和传承中医药文化，弘扬扁鹊精神，贯彻双百方针，增强四个自信，打造传承与传播中医药文化的国际化平台，助力"健康中国"战略实施，增进全人类健康福祉，推动中医药走向世界具有重要意义。

据悉，在20日上午举行的专家讲座交流会上，吸引了来自全国各地的200余名中医药工作者参会。专家们从各自的专业领域就扁鹊医学的历史地位与传承、扁鹊医籍著述地域考察、扁鹊遗迹考察及里籍辨析等学术问题进行了高端交流研讨。会议期间，扁鹊中医文化艺术国际研究院聘任孙启玉教授为永久名誉院长，聘任国医大师金世元、张大宁、唐祖宣、王世民为首席顾问，总部将设在中国淄博邑山。

# 松窗有秘方（代跋）

## 孙启玉

　　当我写这篇后记的时候，两年多来创作这部长篇小说的酸甜苦辣，一下子涌上心头！辛酸中掺杂些许委屈，执着中透出几分无奈，疲惫中透出一缕兴奋。总之，心里是五味杂陈，难以名状。

　　写这部长篇小说的缘起，似乎是因为一句玩笑。那是 2019 年 8 月，在我们邑山集团会议室里，中外专家论证扁鹊故里及中医药理论起源地的会议上，在大家唇枪舌剑、针锋相对地争论这个议题时，在专家各抒己见、互不相让、莫衷一是时，作为东道主的我，不揣简陋地作了一个学术性的发言。我从司马迁《史记·扁鹊仓公列传》里的记载说到《汉书·艺文志》中的典故；从中医医史文献著名学者何爱华教授说到著名考古学家孙敬明先生；从现存于南京博物院的陈璋圆壶和现存于美国宾夕法尼亚大学博物馆的陈璋方壶说到让文物说话、让历史说话的原则……以充分且无可辩驳的论据，阐述了"扁鹊故里是山东淄博，淄博是中医药理论主要起源地"这一论点，受到了与会专家的高度赞扬。会后，有位学贯中西的中医药史专家半开玩笑地和我说："你对扁鹊的研究，占有资料丰富，推导合乎逻辑，结果令人信服，要不，你写本扁鹊传吧！据我所知，这样的书多少人想写，但是又囿于各种原因而不敢染指，如果你能写出来，那可能是世界上第一本。"他说完之后，在场的几位专家也都附和着。当时，我俩便哈哈大笑起来。我认为这就是一个玩笑，也就没往心里去。当然，说是完全没往心里去，也是不确切的。如果说我原来积累关于扁鹊的资料，是为了论证扁鹊的里籍的话，那么，从那一天开始，我再搜集整理关于扁鹊的资料，则是为创作关于扁鹊的长篇小说作准备了。2021 年 6 月，我写的《本草律诗100首》一书出版了。据说，这是出版界第一次出版以中草药为题写的七言律诗集。在一次业内的会上，我将新书签名之后请一位国医大师指正。这位国医大师可不是一般人物，国际天文学联合会还用他的名字命名了8311号小行星呢！他看了我的《本草律诗100首》后，似乎思考了一段时间，然后真诚地对我说："你写一本扁鹊传吧！从上一次扁鹊论证会上的发言看，你对扁鹊的研究达到了一定的深度；从这本《本草律诗100首》来看，你又有相当的写作基础。万事俱备了，难得的东风也有了，还等什么呢？"

这次我没笑，因为我当真了！正是这次当真，把我引上了一条艰苦的探索之路。我知道，一旦动笔，烧脑的日子就开始了。面对汗牛充栋、真伪难辨的历史资料，面对古为今用、推陈出新的创作原则，我从一堆乱麻中条分缕析，我从一团混沌中剥丝抽茧。经过不断地删繁就简和去粗取精，经过不懈地拨云寻道和去伪存真，最后，在翻阅了无数历史资料后，在对比了无数历史传说后，在众多剪不断、理还乱的问题中，我找出了两个最关键，也是最根本的问题，那就是：这本书要写什么？这本书该怎么写？

第一个要解决的问题，就是"写什么"的问题。也就是说，在漫天雪片似的历史资料和故事传说中，用什么样的尺度去选材才能去粗取精，用什么样的原则去衡量才能去伪存真。这不是单纯的写作问题，而是一个严肃的历史研究问题了。比如，《扁鹊为病人换心的故事》和《扁鹊发现牛黄的故事》等，因为流传太广且正式发表的文章中也有很多将其作为真实材料而大加推崇的，所以刚开始时我把它们当作骨架故事使用。但这两个在网络上流传甚广的故事在司马迁的《史记·扁鹊仓公列传》里渺无踪影。所以，我在自己规定的"重大骨架故事必须有历史记载"的原则下，为了历史科学的严肃性，还是忍痛把它们放弃了。在司马迁的《史记·扁鹊仓公列传》里面，关于扁鹊的部分，加上标点符号，满打满算才1900余字，全部加起来只有6个故事。当然，如果从网络上一查，关于扁鹊的故事可谓铺天盖地，比比皆是。但通过对比和分析，我发现网上的故事大都为后人怀揣各种目的演绎的，而且有的故事地域性极强，甚至有的还带有明显的功利主义色彩。对于如何选用这些资料，刚开始时我是迷迷糊糊、浑浑噩噩的。只采用《史记》里的6个故事？这显然如用一棵小树来搭台架屋，难以撑起这部长篇小说的骨架；若大量采用网上的故事则难免良莠不齐，这样不但塑造不好扁鹊的艺术形象，而且会让万世医祖蒙尘。最后我决定，以这6个故事为主干，不采用网上的故事，而是以淄博地区的传说为枝叶，以合理的虚构为基础，并以此来架构故事。

第二个要解决的问题，就是"怎么写"的问题。写历史小说，大都是依历史资料而演绎。但是，采用哪些资料？演绎到什么程度？这都是很难把握的。如陈寿的《三国志》里，刘备求见诸葛亮时仅用了"凡三往乃见"五个字，但是到了罗贯中的《三国演义》里，就洋洋洒洒成了生动形象、引人入胜的"刘备三请诸葛亮"的故事。这时，我想起在中学时读的一本书，就是鲁迅先生的《故事新编》。我记得，那本书就是写古代人生活的历史小说。于是，我又托人找到那本书。在那本书的《序言》中，我终于找到了解决"怎么写"这一问题的金钥匙。这里，鲁迅先生列举了关于历史小说的两种写法：一是"博考文献，言必有据"，二是"只取一点因由，随意点染，铺成一篇"。看了鲁迅先生提炼的历史小说的两种写法，我茅塞顿开。同时，鲁迅先生的观点也与我原来懵懂的想法有些相似。看完鲁迅先生的文章，我觉得眼前一下子明亮起来，思路一下子清晰起来，精神一下子振奋起来。关于怎么写的问题，似乎是有了一个明确的答案。历史科学要与小说艺术化创作相结合，结合得水乳交融就能成功，结合得格格不入就是失败，二者必居其一。当然，还有史学和文学的关系问题，更是要处理好的。

知道了写什么，明确了怎么写，我又为这部长篇历史小说的创作定了三条原则：一是重大事件必须在历史记载中确有此事；二是重要人物必须在历史资料中可以查到；三是次要人物和次要事件及场景的设置，必须有利于还原历史脉络，其描写虽有虚构但要有明确的历史感。这就是说，写作时不仅要借扁鹊对患者的感情去贴近历史，还要用司马迁写《史记》的笔法去还原历史。所以，我为即将创作的长篇小说《扁鹊传》作了一个自我定义：六分真实，四分虚构。真实是骨架，虚构是细节。

于是，我按照自己定下的原则，马上开始写作。一般来说，原则是定起来容易，执行起来难。我虽然为自己定下了不用网上故事的原则，但是不用这些，又要去哪里找扁鹊的故事呢？我们村里的老人倒是说过几个关于扁鹊的故事，只是内容又短又少，根本撑不起整个篇幅。有一天，我从网上查到一个关于扁鹊的电影，就想看一遍找找感觉，受受启发。但是我转念一想：一旦被那些故事吸引，思路一下子陷进去该怎么办？让我去重复别人讲的故事吗？这显然是不可能的，也是我的创作原则所不允许的。还有一次，我大半夜没睡觉，构思出一个自以为绝好的故事。当第二天我津津有味地给同事讲起那个故事时，他毫不留情地说好像在哪里听过。我当时就把那个故事弃之不用了，不过，心里为此惋惜了好几天。

为了使作品更加符合史实，我一边查资料，一边拜访学者教授。几年下来，凡是能查到的关于扁鹊的资料，都被我翻了好几遍。有时候为了订正一个情节或者故事，我会大海捞针一样把所有的资料翻个遍，虽说时有劳形苦心而人困马乏的疲惫，但是更有山重水复柳暗花明的喜悦。几年下来，我去过河北任丘的扁鹊庙，去过河南汤阴的扁鹊庙，去过山东长清的扁鹊庙，还去过河北内丘鹊山的神应王庙，去那里获取灵感，去那里搜集资料。记得去任丘的时候正值酷暑，我在扁鹊庙里差点被热晕了，个中甘苦，不言而喻。但是，每次的偶有所得，都让我精神振奋，信心陡增。几年下来，仅我拜访过的先秦历史专家、中医药史学专家、中医药历史文献专家、中医药专家就有十几位，有的专家我曾多次拜访。这些专家都鼓励我一定要把《扁鹊传》这部长篇小说写出来，写好它。专家们的鼓励，更使我信心倍增。

终于写完这部长篇小说之后，我心里想：人们会怎么看待这本书呢？历史学家看了会不会这样说：司马迁《史记·扁鹊仓公列传》中，关于扁鹊的故事也就是6个总计1900余字，作者一下子洋洋洒洒写成30多万字，加上了自己的那么多东西，这还是历史吗？小说家看了会不会这样说：作者的笔触自始至终紧扣历史事实，而且不忘还原历史场景，这么拘谨地信奉真实，这还是小说吗？医学家看了会不会这样说：扁鹊乃万世医祖，作者写了那么多生离死别的故事，和扁鹊的医学理论及从医实践又有多少关系呢？一想到这些，我就感到有些胆怯。但是，一想到鲁迅先生关于如何写作历史小说的论述，一想到我为自己定下的三条原则，我的心里便释然了。因为见仁见智那是读者的事，并不是我能左右得了的。正如鲁迅先生在其《故事新编·序言》中引用的那句话："如鱼饮水，冷暖自知。"

长篇小说《扁鹊传》的写作，总体用了四年的时间，其中大体经历了这么几个阶段：先是查找典籍、分析资料，再是列提纲和修改提纲，最后是正式开始写。当然，我在查典籍时也穿插着列提纲，在写作中也穿插着修改提纲，很难清楚地把这三个阶段完全分开。

关于这篇后记的名字，我想解释一下。那是有一天在办公室里苦思冥想写什么以及怎么写，熬得精疲力竭、心力交瘁的时候，我放下笔从书房的窗户向外望去，忽见摇曳的松枝被灯影照在了窗子上。我忽然想起了不知出自哪里的一句话："药圃无凡草，松窗有秘方。"我顿时感到茅塞大开：我的秘方，不就是我定的三条原则吗？由此，写作变得顺利多了。

当写完最后一行字，精疲力竭地搁下笔时，我有一种如释重负感：这部长篇小说无论成败，我总算是给了我师父金世元一个交代；给了那些不遗余力地支持我的国医大师、中医史专家们一个交代；给了一生痴迷于中医药的我姥姥、我母亲一个交代；给了和我一起建立岂山中医药健康旅游基地的乡亲们一个交代。由于这是第一部关于神医扁鹊的长篇小说，书中肯定有许多不尽如人意的地方，恳请各位专家及读者多多批评，以便再版时修正。

2023 年 11 月 18 日